PACO RABANNE

LA TRILOGIE

TRAJECTOIRE
LA FIN DES TEMPS
LE TEMPS PRÉSENT

Michel LAFON

103, boulevard Murat – 75016 Paris

AVANT-PROPOS DE L'ÉDITEUR

Il y a des livres qui se suivent et ne se ressemblent pas ; il en est, au contraire, qui se complètent au long d'un même cheminement de pensée. *Trajectoire, La Fin des temps* et *Le Temps présent* relèvent de ce dernier cas de figure. C'est pourquoi il m'a paru intéressant de les réunir en un seul volume, une *Trilogie* qui accompagnera le lecteur dans l'éternel questionnement de son existence : pourquoi suis-je ici-bas, que dois-je y faire et où va ce monde que j'habite ?

Dans *Trajectoire*, Paco Rabanne expose une théorie particulière de la réincarnation, qui fait du parcours terrestre non un pénitencier où l'on devrait uniquement racheter ses fautes passées, mais une constante opportunité de se parfaire en vue d'un avenir radieux. Il révèle pour nous la présence immanente d'un Dieu unique, dans l'univers « magiaque » des « choses qui sont derrière les choses » ; l'âme des arbres, la vertu de l'eau, le pouvoir des pierres, la vigilance des grands Protecteurs et l'incroyable force du « lâcher prise » qui amène à comprendre leur message.

Cependant, que faisons-nous de ces richesses offertes par la Création ? *La Fin des temps* nous assène une terrible mise en garde. Dans une fresque hallucinante où la science et l'actualité rejoignent les textes prophétiques, Paco nous dresse le tableau alarmant des grandes tribulations qui nous guettent, et qui pourraient aller jusqu'à la disparition de la Terre, lasse des saccages que nous lui infligeons. Quand on sait que la célébration de l'an 2000 sera essentiellement fondée sur la préservation de la planète, on se dit que ces pages, publiées en 1993, avaient des allures prémonitoires. Ce qui ne saurait nous étonner, après tout, de la part du couturier le plus futuriste de son époque.

Et pourtant, Paco Rabanne ne se pose pas en cavalier de l'Apocalypse. Il veut juste nous avertir, et nous aider à passer cette étape difficile d'un sauvetage encore possible de la nature et de ses habitants. *Le Temps présent*, troisième volet de cette *Trilogie*, nous prodigue ainsi des conseils, ou plutôt nous incite à retrouver les chemins proposés par les grands Initiés. L'auteur nous montre en effet que les livres sacrés de toutes les religions sont d'abord des recueils pratiques, et efficaces, qui nous conduisent à mieux gérer nos jours, développer notre intuition, nous protéger de nos ennemis, surmonter les épreuves, assurer le quotidien. Et c'est seulement une fois réalisée cette harmonie qui peut vaincre le stress ambiant que l'auteur nous promet, dans une seconde approche des grands textes, une compréhension plus profonde des problèmes métaphysiques évoqués dans son premier ouvrage.

Ainsi la boucle est-elle bouclée, sur une note de courage et d'espoir.

Bonne lecture !

Michel LAFON

Un couturier ne réalise jamais complètement une robe ou un manteau. Il crée la ligne et le mouvement, dessine l'épure, choisit le matériau, après quoi une équipe concrétise son idée.

En ce qui concerne cette trilogie, merci à l'équipe Huguette Maure-Olivier de Broca !

LIVRE I

TRAJECTOIRE

D'une vie à l'autre...

Trajectoire :
Un chemin proposé...

Lors de sa première collection, en janvier 1964, il détournait le métal de ses fonctions habituelles pour habiller de cottes de mailles les amazones de l'émancipation féminine. Sur le podium, parmi les blondes jusqu'ici préférées, de superbes mannequins noirs évoluaient en musique. On n'avait jamais vu ni entendu cela ! La moitié de l'assistance quittait les lieux en hurlant au scandale, l'autre saluait à tout rompre l'entrée de l'art contemporain dans la couture traditionnelle.

Indifférent à ce beau tapage, Paco Rabanne regagnait son atelier pour y forger la mode de l'avenir, tandis que Calandre, *son parfum symbole, répandait ses effluves sur tous les continents. Bientôt, plus un défilé ne se passa sans ornement sonore ni beautés exotiques, et, aujourd'hui, nombre de jeunes créateurs manient à leur tour les lamelles d'aluminium, les pans de Rhodoïd et les reflets d'acier, sui-*

vant l'inspiration du révolutionnaire des sixties, *qui en fait préparait l'an 2000.*

Au printemps 1990, vingt-six ans après ses débuts, Paco Rabanne recevait le Dé d'or, double consécration d'un style devenu classique et d'une originalité persistante annonçant l'ère du Verseau.

*
**

Dans de telles conditions, si cet homme vient ici nous parler de sa vision de Dieu, nous avouer qu'il se promène dans ses vies antérieures comme d'autres dans leur enfance et commerce avec les esprits, on ne peut croire une seconde que ce soit « pour se faire remarquer ». Ce mystique n'a aucune raison de jouer les mystificateurs : il n'a pas besoin de ce stratagème pour connaître la fortune et le succès.

Quant à espérer devenir un nouveau prophète et s'assurer ainsi le pouvoir sur les foules, lui prêter pareille intention serait bien mal connaître cet adepte de la méditation solitaire. Que Mlle Chanel l'ait traité de métallurgiste n'implique pas qu'il se prenne pour Vulcain. Il faut l'avoir vu, les jours de grande présentation, sortir harassé des coulisses, recevoir les honneurs en deux temps trois saluts et chercher désespérément une ouverture dans le rideau qui lui permette de disparaître pour être persuadé qu'on ne tient pas là un futur fondateur de secte.

À vrai dire même, ce livre lui faisait peur. Les émissions télévisées où il a été questionné sur ses diverses réincarnations lui ont valu des milliers de lettres enthousiastes, parfois trop fébriles à son goût, et aussi d'irritants sarcasmes. À quoi bon jeter en pâture au public incrédule ou friand d'anecdotes plusieurs décennies de quête spirituelle ? Car Paco Rabanne n'appartient pas, non plus, à cette catégorie d'êtres humains qui se « recyclent » dans le mystérieux aux premières renonciations de l'âge mûr, prenant Dieu pour un portemanteau où l'on accrocherait son angoisse. Dès l'âge de sept ans, il a eu l'occasion de commencer sa route, jalonnée d'embûches, de fausses interprétations mais aussi d'éblouissements révélateurs.

C'est ce témoignage que ses proches, et ses guides spirituels, lui ont demandé d'apporter alentour, malgré ses réticences. J'eus la tâche délicate de faire les entretiens qui devaient préluder à l'élaboration de cet ouvrage, et je ne suis pas encore revenue de ma surprise.

Ce récit, en effet, ne retrace pas seulement l'aventure picaresque des existences passées du héros : la croyance de Paco Rabanne en la transmigration des âmes se réfère aussi bien aux études des alchimistes et aux religions orientales qu'à la foi des premiers chrétiens et aux allusions de l'Évangile. Et si l'auteur nous entraîne, dès les premières pages, dans la description périlleuse de voyages astraux dont le premier remonte à l'enfance, il a tôt fait de nous ramener sur terre. Que nous ayons été il y a plusieurs siècles Grand Inquisiteur ou lingère, Paco Rabanne nous rappelle que nous nous sommes réincarnés pour alléger notre karma et nous permettre d'accéder à des plans spirituels supérieurs. C'est donc ici et maintenant qu'il faut s'en occuper, sans mépriser pour autant son corps ni refuser le jeu social. Il nous donne même quelques conseils pour maîtriser le temps, augmenter nos capacités d'attention, affiner nos facultés intuitives et gérer notre réussite, sans tomber néanmoins dans les dérapages-recettes du New Age, *et sans perdre de vue que l'important est ailleurs.*

Le principal, pour lui, réside dans la recherche de la connaissance, qui mène à la lumière divine. Mais là encore, cet initié aux mains de moine qui s'obstine à porter le bourgeron de l'artisan fait preuve de sagesse. Il nous met en garde contre la fascination de l'ésotérisme mal compris, contre les dons surnaturels exploités sans prudence et les déboires légendaires des apprentis sorciers. Il nous invite plutôt à ouvrir les yeux sur le symbolisme de toute chose (la mode en donne des exemples fascinants), voire à nous épanouir par la méditation et l'amour planétaire.

Et vite ! Car, d'après ce couturier venu d'ailleurs, nous sommes dans les « temps réduits ». L'Apocalypse est proche, c'est-à-dire non pas la fin du monde, mais la fin de ce *monde, la Révélation et la sauvegarde des Justes. Ces affirmations ne relèvent pas seulement, semble-t-il, des messages reçus par un visionnaire inspiré : plus d'une coïncidence entre les prophéties des textes sacrés et les événements actuels a de quoi nous troubler.*

*
**

TRAJECTOIRE

Quand le travail fut terminé, Paco Rabanne, qui refuse de parler de l'argent qu'il distribue, de sa défense des artistes méconnus et des minorités ethniques, m'a tout de même montré quelques-unes des innombrables missives qu'il reçoit au lendemain de ses conférences. On l'y remercie d'avoir offert à l'assistance l'acceptation de l'injustice et de la souffrance provisoires, d'avoir estompé la terreur de la mort et redonné, par l'apprentissage d'une humilité non dénuée d'humour, le courage et l'espoir à long terme.

Je souhaite aux lecteurs de ce livre des bienfaits similaires : il nous en propose le chemin.

Huguette MAURE

CHAPITRE PREMIER

LE FIL D'ARGENT

La vraie vie est ailleurs.

Arthur RIMBAUD

Lorsque ma mère pénétrait à pas feutrés dans la chambre que je partageais avec mon frère et qu'elle se penchait sur mon lit, elle avait la surprise de me trouver tout éveillé, les yeux grands ouverts et fixés au plafond, incapable de trouver le repos dans ce monde où m'avait jeté la naissance.

Ma mère se rassurait en songeant que j'avais probablement le sommeil léger et que je me réveillais à son approche. Mais je savais bien, moi, qu'il n'en était rien, et qu'il m'arrivait de passer des nuits entières à attendre le moment où je succomberais enfin à la fatigue. Ces insomnies ne tardèrent pas à devenir pour moi une véritable torture, rendue plus insupportable encore par le sommeil profond dans lequel était plongé mon frère, sur le lit voisin. Je me tournais parfois vers lui et je l'observais, sans comprendre pourquoi la nature nous avait créés si différents l'un de l'autre.

Pour combler ces longues heures de vide et d'ennui, dès que je sus lire, je dévorai tous les livres qui me tombaient sous la main. Malheureusement, ce remède fut sans grand effet. Le temps continuait de piétiner obstinément. L'heure du coucher devint bientôt une véritable hantise. Tandis que mon frère dormait d'un sommeil de plomb, je suivais la ronde inlassable de mes pensées et j'écoutais les heures s'égrener au clocher du village. Parfois engourdie, ma lucidité refusait de sombrer dans l'inconscience, épreuve qui me causait un trouble considérable.

Un jour, à l'âge de sept ans, ne supportant plus cette absence de sommeil, je décidai de « tuer le temps », littéralement, c'est-à-dire non pas de le tromper comme je l'avais fait avec la lecture mais de l'arrêter. Pour ce faire, j'appliquai instinctivement une technique qui consistait à écouter les battements de mon cœur, à rythmer ma respiration sur ces battements, à faire le vide total dans mon esprit. Complètement absorbé par la recherche de cette harmonie entre mon pouls et ma respiration, je fermai les yeux et j'appuyai avec les paupières, à l'emplacement de l'iris, toujours au même rythme cardiaque.

C'est à ce moment-là que se produisit une chose extraordinaire. Alors que j'étais allongé sur le lit, conscient, le temps se figea. Une chape de plomb s'abattit sur mon corps. J'étais incapable de remuer le petit doigt, écrasé par ces tonnes de matière qui m'oppressaient et me clouaient sur le matelas.

Une inquiétude grandissante s'empara de moi. Mais je n'eus pas le loisir de m'y attarder. Soudain, je fus projeté à une vitesse prodigieuse dans un immense tunnel aux parois argentées. J'étais comme lancé dans des montagnes russes. Brusquement, je jaillis hors de ce tunnel et je me retrouvai très haut dans un ciel d'un bleu sombre très intense, au firmament duquel scintillaient des étoiles d'une extraordinaire luminosité. Plaisir ineffable de flotter dans ce silence total, dans cet univers de paix et de lumière, à l'opposé de ce monde de bruit et de fureur dans lequel je vivais à l'époque ! En regardant vers le bas, je me vis, ou plutôt je vis mon corps allongé à côté de mon frère endormi dans une chambre minuscule. J'étais retenu par un fil d'argent qui ondoyait dans l'espace en décrivant d'amples méandres et joignait ce que j'étais là-haut, ce « moi » éthéré, à mon corps physique qui reposait si loin. Fil de la Vierge m'entraînant dans un voyage astral, cordon ombilical qui me rattachait à la matrice tellurique.

Malgré la beauté stupéfiante de ce cosmos dans lequel je flottais, je fus soudain saisi de panique : je songeai que, comme je n'étais plus dans mon enveloppe charnelle, n'importe qui en bas pouvait s'y glisser et s'en emparer. Je craignais d'autre part de m'aventurer trop loin, de rompre ce cordon qui me rattachait à mon corps, à la terre. Qu'arriverait-il si ce fil d'argent venait à céder ?

Mais comment rentrer ? Je demandai alors mentalement à mon corps de bouger la main droite, je lui donnai l'ordre de remuer ne serait-ce que l'index. À l'instant précis où il s'exécuta, je fus soudain aspiré vers le bas. Mais ce retour, cette transmutation, était extraordinairement pénible. En effet, mon corps énergétique était beaucoup plus étendu que mon corps physique, et j'eus un mal fou à réintégrer ce dernier car je devais me condenser, me compresser dans la matière. Au prix d'efforts inouïs, accompagnés d'une vive douleur, je regagnai enfin les quatre murs de ma chambre, le cœur battant, exténué mais en proie à une sorte d'exaltation.

Cette prodigieuse aventure, que je ne comprenais pas bien encore, devait bouleverser toute ma vie. À partir de ce jour, je me sentis transformé. Cette expérience m'avait comme ouvert à un autre monde, à un au-delà dont j'ignorais tout alors mais dont je ne devais cesser de pressentir l'existence. Je me rappelais les spectacles de marionnettes que j'avais vus parfois sur la place du village : sur le velours noir du décor, on distinguait des fils qui signalaient la présence d'une volonté supérieure, laquelle donnait vie aux poupées de cire et de chiffon. Mon fil d'argent à moi me retenait à la vie terrestre mais semblait en même temps m'indiquer la direction des cieux, du cosmos, fil d'Ariane qui devait me guider dans mon cheminement personnel.

Dès lors, sans en prendre encore pleinement conscience, je m'engageais sur le long chemin de la Vérité, je devenais un initié, non pas le détenteur d'un quelconque secret mais l'apprenti de la Connaissance, le voyageur dont le seul bagage est une inépuisable curiosité.

*
**

Je suis né en 1934 au pays Basque espagnol, dans la province de Guipuzcoa, près de San Sebastian, dans le village de Pasajès de San Pedro, le « Passage de saint Pierre ». Mon vrai nom est Francisco Rabaneda-Cuervo, « François Tranche-de-Pain-Corbeau ».

Je puis dire que je n'ai pas connu une enfance « normale ». En effet, je passai mes premières années dans une grande précarité, côtoyant la mort et la souffrance sur les routes d'un long exode, ballotté par les hasards d'une guerre civile puis d'une guerre mondiale qui constituaient ma seule réalité quotidienne.

Cet univers de violence semblait devoir être le lot de la famille. Mon grand-père maternel fut l'un des premiers socialistes espagnols abattus par la garde civile. D'abord colonel du roi, mon père s'était rallié à la République après le départ en exil d'Alphonse XIII en 1934, à la suite des élections plébiscitant la République. Deux ans plus tard, ce fut la victoire du Front populaire. Envoyé en disgrâce aux Canaries, le général Franco provoqua un soulèvement au Maroc, puis, à l'instigation des royalistes et de la hiérarchie catholique, déclencha une guerre civile sous prétexte de restaurer la monarchie. Avec le renfort de contingents italiens et allemands, il devait en fait s'emparer du pouvoir et l'accaparer pendant quarante-cinq ans.

Mon père commandait les forces républicaines de la région nord. Ses hautes fonctions l'obligeaient à être toujours en première ligne, constamment en mouvement, et nous devions le suivre partout sur le front. Ce sont là mes premiers souvenirs : ramasser les vêtements à la hâte, marcher dans la campagne, s'entasser dans une charrette ou parfois à l'arrière d'un camion bringuebalant, toujours entre deux campements improvisés, exposés aux bombes et aux mitrailleuses dont j'apprenais très vite à évaluer la menace. La guerre d'Espagne fut extrêmement meurtrière – un million de morts. Tout enfant, j'assistais à des scènes terribles et la mort fit très vite partie de mon univers.

Toujours à la remorque de mon père, la famille Rabaneda se trouvait à Guernica, au pays Basque, lorsque la ville fut soumise aux bombardements des avions allemands en mai 1937. Je n'avais alors que trois ans mais j'ai gardé un souvenir vivace de cet enfer. Ma mère m'obligeait à me mettre des crayons dans la bouche avant de m'endormir afin de ne pas être victime des bombes soufflantes qui tombaient à proximité. Les gens succombaient parce qu'ils ne savaient pas qu'il fallait garder la bouche ouverte, sous peine d'exploser par compression de la cage thoracique.

Ce bombardement d'une population civile par la sinistre légion Condor causa une indignation mondiale. Picasso devait y consacrer sa célèbre toile *Guernica,* avec l'âpreté de ses noirs et blancs, avec ses corps écartelés, foulés aux pieds, le visage tourné vers un ciel injuste. Guernica immolée, Guernica ville sainte des Basques où se dresse le pommier légendaire, l'arbre sacré de la Connaissance, symbole de l'Atlantide, ce paradis perdu dont les Basques se disent originaires. Et, comme autrefois ce continent mystérieux, le pays Basque se trouvait en proie au chaos.

*
**

TRAJECTOIRE

En 1939, nous fûmes contraints de quitter l'Espagne. Les franquistes avaient réussi à couper en deux tronçons le territoire républicain et entreprenaient de liquider les poches de résistance. Barcelone, dernier bastion républicain, devait tomber en janvier 1939. Capturé, mon père fut fusillé par les franquistes. Aussi ma mère, éperdue de douleur, nous entraîna-t-elle, ma grand-mère, mes deux sœurs, mon frère et moi, à l'assaut des cols des Pyrénées pour rallier la France, seule issue à un piège mortel. À pied, dans la neige et le froid, à la merci des raids aériens, nous parvînmes à franchir la frontière.

Après un passage dans les camps d'internement de Port-Vendres et de Collioure, nous allâmes nous réfugier en Bretagne. À Morlaix, nous fûmes hébergés par un socialiste français, député du Finistère. Mais nous n'avions pas trouvé pour autant un havre de paix, loin s'en faut. Quelques mois plus tard, les Panzerdivisionen allemandes déferlaient sur la moitié nord de la France et je me souviens de mon effroi en voyant arriver les SS en chemises noires, flanqués de leurs chiens. La Gestapo recherchait tous les réfugiés espagnols pour les réexpédier vers l'Espagne où ils étaient exécutés par Franco « Caudillo ». Bientôt, les résistants français se lancèrent dans la bataille du rail et en représailles les SS effectuaient des rafles et fusillaient des otages. Nous vivions sans cesse sur nos gardes, dans une semiclandestinité. En Bretagne comme dans toute la France occupée, il régnait une atmosphère de terreur permanente.

N'ayant pas été élevé dans du coton, j'avais une

maturité étonnante pour mon âge. Comme tous les enfants de la guerre. À cinq ans, j'étais déjà un adulte.

***

Très tôt, par la force des choses, j'avais appris à garder mes sens en alerte, à observer tout ce qui se passait autour de moi. Et j'eus vite conscience que la réalité était double. En Espagne, je vivais dans un pays coupé entre franquistes et républicains. Dans la France occupée, il y avait les maquisards et les collaborateurs. En Bretagne, nous avons habité un moment en face de la Kommandantur. Là, tout enfant, je me souviens qu'on voyait à la nuit tombée des Français qui rasaient les murs, le col remonté, pour venir dénoncer leurs voisins. Le monde était double : il y avait toujours une face au grand jour et une face cachée.

Mais la meilleure illustration de la dualité du monde, je la trouvais dans l'opposition qui existait entre ma mère et ma grand-mère. Ma mère, première main chez Balenciaga, puis membre important du Parti socialiste espagnol, était une matérialiste convaincue, résolument athée. Par tradition, ma famille se situait d'ailleurs très à gauche. Farouchement anticléricale, elle ne voyait dans la religion que l'« opium du peuple ».

Mais j'avais une grand-mère qui, mouton noir de la tribu, était profondément religieuse. Tous les matins, elle se levait aux aurores pour aller à la messe. Sa foi se teintait volontiers de magie blanche, voire d'occultisme. Elle avait hérité de sa grand-mère les secrets de la nature et savait soigner par les plantes. De tous ses petits-enfants, j'étais sans conteste son préféré. Je passais beaucoup de temps avec elle, l'écoutant me confier les secrets du balai, du gros sel. À son côté, j'apprenais quantité de choses : comment reconnaître une plante, quel usage en faire, les heures où les organes s'ouvrent et se ferment, les pouvoirs différents de la racine, de la tige, de la fleur.

J'étais donc partagé entre ces deux savoirs : celui, cartésien, matérialiste, de ma mère et ce savoir magique, ou plutôt « magiaque », de ma grand-mère. Mais les deux ne me semblaient pas contradictoires : ils constituaient deux facettes d'une même réalité sans cesse à interpréter, quelle que soit la grille.

La famille Rabaneda-Cuervo conservait dans ses malles un arbre généalogique commandé par mon grand-père, et qui remontait à l'an 600 – date de l'arrivée dans la montagne de Santander d'un clan celte dont l'emblème, le Corbeau, était sculpté dans la pierre, sur la clé de voûte à l'entrée de la ferme familiale. Les Cuervos, ces corbeaux dont la légende celte dit qu'ils ont guidé les Francs venus de l'Oural jusqu'en France. Le corbeau, oiseau sacré des dieux Ases, envoyé sur la terre la veille des guerres et dont les croassements prédisent le nombre des morts. Le corbeau, oiseau fétiche de Merlin l'Enchanteur, qui détenait la clé ouvrant le lieu caché des secrets de la nature. Le corbeau, premier oiseau, avant la colombe, à quitter l'arche de Noé pour vérifier si la terre était de nouveau sortie des eaux.

Lorsque, à l'âge de sept ans, j'eus effectué mon

premier voyage astral, c'est à ma grand-mère que j'allai naturellement me confier. D'autant qu'après plusieurs expériences de ce type, je commençai à ressentir des brûlures intenses, comme de véritables coups de poignard, dans plusieurs points précis de mon corps. Dans la journée, sur le chemin de l'école, j'éprouvais soudain de vives douleurs au cœur, à la gorge, dans le ventre. Ma grand-mère me soignait en me donnant un petit verre d'Anis del Mono, un anis qui titrait 45 degrés.

– Bois, ça va te calmer.

Effectivement, cela me calmait. Sans connaître l'origine exacte de ces douleurs, je ne pouvais m'empêcher bien sûr de les associer à ces « allées et venues » de mon corps éthéré. Par la suite, grâce à la pratique du yoga, je devais apprendre que le corps humain possède un certain nombre de centres énergétiques appelés « chakras ». Par ces points de jonction circule la *kundalîni,* cette force vitale, sorte de serpent lové autour de la colonne vertébrale. Les hindous considèrent que l'ouverture de ces chakras est le point de départ vers l'harmonisation avec le monde. Mes excursions extra-corporelles avaient éveillé la kundalîni et il s'ensuivait toute une transmutation interne qui m'amenait peu à peu à un palier supérieur. Évidemment, je ne connaissais rien à l'époque de cette kundalîni et de ces chakras, pas plus que des secrets de la sagesse hindoue, mais je ne tardai pas à éprouver les signes du réveil de cette force intérieure.

*
**

TRAJECTOIRE

Dans mes moments de silence, je vis peu à peu apparaître devant mes yeux des images précises. Ce furent d'abord des plans fixes, instantanés de mondes insensés, de paysages extraordinaires, inconnus, clichés d'époques révolues, de cours royales ou de temples austères, voués à je ne savais quel culte. Peu à peu ces images se sont animées. Les instantanés sont devenus des séquences de film et je remarquai bientôt que ces séquences évoluaient autour d'un personnage central, toujours différent. Subitement, je pris conscience que ce personnage n'était autre que moi, dans des enveloppes corporelles multiples ! On imagine la confusion que peut créer chez un enfant de sept ans – et chez n'importe quel adulte – une telle intuition ! D'où venaient ces visions, de quels souvenirs enfouis avaient-elles jailli ?

Au début, j'essayai d'en parler à ma mère, qui me répondait avec son habituel esprit cartésien :

– Oh, toi, c'est encore ton imagination qui te joue des tours !

Elle mettait cette imagination fertile sur le compte des nombreuses lectures que j'avais effectuées enfant pour lutter contre l'insomnie. Mais ce que je lisais alors appartenait au registre de la Bibliothèque rose – la comtesse de Ségur ou Jules Verne – et ne correspondait en rien aux images de violence, aux scènes de somptuosité baroque, aux univers étranges et pourtant vaguement familiers que j'apercevais lors de mes songes éveillés. Je n'avais aucune référence pour recréer dans mon imagination de tels décors. Ces références, je devais les découvrir plus tard, aux Beaux-Arts, en architecture, en reconnaissant soudain, dans l'iconographie égyptienne ou les estampes japonaises, le cadre de certaines de mes visions.

Comment avais-je pu, à sept ans, dans un hameau breton de 1941, visualiser fidèlement des lieux situés à des années-lumière ? Que l'on veuille bien se replonger dans l'époque ! Aujourd'hui, un enfant dispose, par le biais du petit écran, d'une fenêtre sur le monde entier. Il connaît comme s'il les avait vus les gratte-ciel américains, les pyramides incas, la Muraille de Chine. Mais dans ce petit bourg de Bretagne nommé Ploujean, en pleine guerre, nous étions coupés de tout. Quand un colporteur venait à passer, les gens l'arrêtaient et lui disaient : « Qui es-tu ? D'où viens-tu ? Que peux-tu nous raconter ? » Et, dans la plus grande maison du hameau, on faisait du feu, on mettait des pommes de terre à griller sous la braise, le colporteur s'asseyait, fier de son importance... On passait la nuit là, à l'écouter nous raconter sa vie, son métier, ses tribulations, ses rencontres, les rumeurs qui couraient dans la grande ville. Voilà comment circulait l'information. Ces images – ces flashes, dirait-on aujourd'hui – avaient donc bien pour moi une valeur surnaturelle puisqu'elles ne correspondaient à rien de ce que j'avais pu voir ou entendre.

Mais je n'insistai pas. Je renonçai à convaincre ma mère. Une voix intérieure me soufflait : « Tais-toi ! Danger ! Tais-toi ! » Devant l'incompréhension maternelle, ne voulant pas devenir la risée de mon entourage, je préférais faire de ces visions mon jardin secret.

***

Je gardai donc le silence. Mais peu à peu s'imposait à moi l'idée que j'avais été « autre » et pourtant « le même » dans un passé lointain, et que des bribes de ces vies antérieures revenaient parfois affleurer à la surface de ma mémoire.

Et puis, un jour, j'eus une vision terrible, un véritable choc qui me laissa dans un état d'agitation indescriptible. Allongé sur mon lit, je me trouvais dans cet état de rêve éveillé où l'esprit errant se détache lentement du corps avant d'être aspiré dans le trou noir du sommeil. Soudain, je fus enveloppé par une lumière aveuglante dans laquelle mon âme semblait se diluer. Je fus transporté dans un autre monde... et dans un autre temps. J'eus en effet la certitude de revivre une scène appartenant à un passé récent.

Une voix me disait :

– Tu approches du septième plan vibratoire.

Face à une source vibrante de lumière, je me sentis pénétré d'une joie sublime. Alors se présentèrent les Vingt-Quatre Vieillards. Il s'agissait en fait de grands X lumineux que j'appelais des vieillards, bien qu'ils n'eussent pas forme humaine, car ils me faisaient l'effet de remonter à la nuit du monde.

– Le moment est venu pour toi de redescendre sur la Terre, me dirent-ils.

Mais je m'entendis protester :

– Non, j'ai accompli mon temps. Je ne veux pas redescendre.

– Regarde !

J'eus le malheur de tourner la tête. Je vis la planète bleue. Je vis défiler sous mes yeux tout ce qui allait arriver sur la terre, de ma naissance à ma mort. Spectacle horrible, génocides barbares, convulsions d'une humanité déboussolée, fléaux apocalyptiques... À l'heure où je fais ces confidences, le monde a déjà traversé un certain nombre de ces atrocités mais le pire est encore à venir.

Les Vieillards me révélèrent quelle serait ma destinée ici-bas. Pour l'assumer, je devais hériter d'une enveloppe de chair.

– Choisis !

Je vis alors plusieurs couples sur terre qui faisaient l'amour, nimbés d'un halo phosphorescent. Chacun m'offrait un corps différent, déterminant un certain nombre de trajectoires. J'optai pour le couple qui me paraissait le plus adéquat pour accomplir mon travail futur. L'homme et la femme étaient jeunes, amoureux.

– Ce sera ceux-là, dis-je.

Toutes les conséquences de mon choix, tous les pièges qui me seraient tendus, tous les chemins qui s'offriraient à mon libre arbitre me furent alors révélés. Et lorsque ma décision fut enregistrée, un trait de lumière jaillit de mon être et déchira l'espace en direction de cette femme. Je fus précipité à une vitesse fantastique vers la terre, déplacement qui s'accompagna d'une douleur croissante puisque, de substance éthérée que j'étais, diffuse, diaphane, je me concentrais, je me densifiais. Au moment où je touchais au but, le feu d'un sexe masculin, le sexe de mon père, me coupa en deux comme la lame d'une épée et je perdis connaissance, transpercé par une douleur terrible.

Cette vision s'imposa à moi alors que j'avais sept

ans, un âge où j'ignorais tout de l'amour physique et de la procréation. Elle eut sur moi un effet considérable. À mon réveil, j'éclatai en sanglots car je réalisais que la naissance avait fait de moi un être incomplet. Lorsque mon père m'avait sectionné en deux, j'avais perdu la moitié de moi-même, l'autre moi-même. J'étais né homme, il me manquait la femme que j'étais aussi. J'ai compris peu à peu que « de l'autre côté de la barrière » nous sommes tous androgynes, à l'image d'ailleurs de Dieu qui n'a pas de sexe, qui ne peut être conçu comme sexué. La malédiction, dans ce processus d'incarnation sur terre, c'est précisément d'être séparé de son double. Dès lors, j'entrevis confusément que la dualité que j'avais cru discerner dans le monde n'était qu'une apparence trompeuse, et que l'unicité était l'état primordial qu'il fallait reconquérir. Nous avons été Un dans la paix de Dieu et nous faisons aujourd'hui l'expérience douloureuse de la dispersion. Nous avons été âme immatérielle et nous sommes aujourd'hui prisonniers de la chair.

Chaque homme, chaque femme porte en soi son double féminin ou masculin. L'unité est cachée au fond de nous-mêmes. C'est pourquoi l'Alchimiste nous dit : « Descends dans tes entrailles comme Orphée dans les enfers pour trouver Eurydice, comme Dante à la recherche de Béatrice, et tu deviendras un être complet, un Janus, un roi-reine couronné, tu deviendras l'androgyne sacré et tu ne feras plus qu'Un avec Dieu. *Visita interiora terrae et invenies occultum lapidem.* Explore l'intérieur de la terre et tu trouveras la pierre cachée. »

*
**

Cette révélation m'avait terrassé. Pendant plusieurs jours, j'en fus malade, incapable de porter le même regard sur les autres et sur le monde. Ma situation était d'autant plus difficile à supporter que je ne disposais d'aucun confident. Ma mère se serait contentée de hausser les épaules et de secouer la tête avec incrédulité. Quant à mon frère, il ne voulait rien entendre : lui toujours si pratique, si terre à terre, me considérait comme un incorrigible rêveur. Nous étions si dissemblables ! Et comme nous étions des réfugiés politiques vivant dans une semi-clandestinité, je n'avais pas de camarades. J'allais pourtant à l'école, mais mon caractère et la nécessité me tenaient à l'écart des autres. L'atmosphère de permanente délation qui régnait en ces temps troublés m'incitait à la prudence. D'ailleurs, ma grand-mère, qui possédait la science de l'interprétation des rêves, me mettait en garde :

– Attention, si tu as des secrets, garde-les pour toi bien précieusement, surtout n'en parle à personne.

Mais j'avais parfois du mal à me contenir. Ainsi, lorsque ma petite sœur disait être née dans une rose et mon frère dans un chou, il m'arrivait d'entrer dans une colère terrible, et je surprenais ma mère en déclarant avec conviction :

– Moi, j'ai frappé à ta porte et j'ai dit : « Femme, à partir de ce jour, tu seras ma mère. »

Car j'avais conscience de l'avoir choisie, elle, avant ma naissance. Elle était ma mère, non pas par le fruit du hasard, mais parce que je l'avais voulu ainsi. Je ne l'en aimais d'ailleurs que davantage.

D'autant plus que la mort de mon père l'avait condamnée à une cruelle solitude.

Solitaire moi-même, privé d'une oreille amie, je me rendais souvent au bord de la mer ou bien j'allais me perdre en forêt où je restais longtemps à écouter la brise dans les feuillages. J'étais amoureux du vent. Les tempêtes me ravissaient. Je sortais alors en cachette de la maison, je me laissais malmener par les bourrasques, je courais dans la lande, face au ciel, tandis que le vent m'insufflait sa puissance. La violence de la nature me fascinait et le déchaînement des éléments semblait décupler ma propre énergie.

Dans ces moments de communion avec la nature, la solitude ne me pesait plus. Je passais des heures assis sur des rochers à contempler la mer, à écouter le fracas des vagues, dans lequel j'entendais l'écho des mouvements de mon âme. Il m'arrivait souvent d'en oublier l'heure.

– Où étais-tu passé ? me demandait ma mère lorsque je rentrais enfin.

– Je regardais la mer.

– Ah toi, tu ne changeras jamais !

La Terre, celle que les Grecs appelaient Gaïa, m'a toujours séduit. Oserai-je avouer que c'est à Gaïa que je dois ma première expérience amoureuse ? À l'âge de douze ans, un jour d'été, je ressentis le besoin impérieux de faire l'amour. Dans la lande bretonne, je creusai un trou dans l'humus, j'y enfouis mon sexe, j'y imprimai de brusques saccades et au moment où j'ensemençai la terre, un éclair de lumière me passa devant les yeux, le sol trembla et je m'effondrai, enivré par les odeurs de bruyère, de joncs et de genêts.

Depuis cette union symbolique, je sens que Gaïa m'aime, qu'elle me protège, me prévient. Chaque fois que je dus me rendre en Inde, par exemple, il y régnait une chaleur écrasante, l'air était chargé d'odeurs nauséabondes, la terre tremblait. C'était Gaïa qui me soufflait :

– Rebrousse chemin, tu n'es pas d'ici. Il y a d'autres pays.

En revanche, lorsque je mis pour la première fois le pied sur le sol égyptien, la terre vibra comme pour me dire :

– Tiens, te revoilà enfin !

La même chose se produisit en Guadeloupe, au Japon, au Mexique.

La Terre est une mère pour moi. C'est elle qui m'a donné vie. Ce lien que beaucoup de gens ont perdu, je l'éprouve dans la moindre fibre de mon corps. Je ressens les forces telluriques, les nœuds où s'exercent les forces du sol, les endroits où je dois me rendre et ceux dont je dois me tenir éloigné. Si je marche avec des amis en forêt, et que nous nous perdons, je montre d'instinct la bonne direction. Où que j'aille, Gaïa guide mes pas.

*
**

À l'école, c'était aussi vers Gaïa que se portait mon intérêt. Je montrais le plus d'aptitude dans les matières qui touchaient de près ou de loin à la terre, les sciences naturelles, le dessin, mais surtout l'histoire et la géographie. Je me situais ainsi dans le peloton de tête de la classe.

Pourtant, je n'étais guère poussé par ma mère.

Elle nous donnait – à moi comme à mes frère et sœurs – une liberté totale, exigeant seulement que nous lui témoignions du respect, notamment en étant présents à la maison à des heures régulières. Elle ne nous demandait jamais ce que nous faisions à l'école, ne surveillait pas nos devoirs, ne voulait pas signer les carnets de notes. Nous devions le faire nous-mêmes. Lorsque nos professeurs distribuaient ces carnets de notes tant redoutés, nous les signions aussitôt sous les yeux ébahis de tous les petits copains qui tremblaient à l'idée de la rossée qu'allait leur administrer leur père. Le proviseur fit venir ma mère à ce sujet.

– C'est inadmissible ! s'indigna-t-il. Ce sont vos enfants qui signent le carnet de notes !

– Eh oui ! lui répondit ma mère, drapée dans sa fierté espagnole. Qu'y a-t-il de mal à cela ? Après tout ce sont eux qui sont responsables de leurs études, pas moi. Je m'en moque bien, moi, de leurs études. S'ils veulent devenir clochards, ils seront clochards. S'ils veulent devenir ministres, ils seront ministres. Je ne veux pas m'occuper de ces histoires. À eux de savoir ce qu'ils veulent faire de leur vie.

Cette indifférence feinte était en fait pour nous le meilleur des aiguillons. Par orgueil, pour montrer ce dont nous étions capables, mais aussi pour ne pas décevoir cette mère qui, en dépit de ce qu'elle disait, se sacrifiait pour payer nos études, nous étions toujours en tête de classe. Je me souviens que ma mère nous répétait :

– Vous travaillez pour vous ! Si vous réussissez un jour, vous le devrez à votre travail, pas au mien.

*
**

Mais le travail académique ne devait pas être la seule raison de ma réussite au baccalauréat, quelques années plus tard...

Lorsque j'eus quatorze ans, nous quittâmes Morlaix pour nous installer aux Sables-d'Olonne – où nous ne devions pas rester longtemps.

En face de la maison que nous occupions, il y avait une colonie de vacances dont la gardienne était une vieille dame russe que les voisins disaient « toquée » parce que, passionnée de spiritisme, il lui arrivait de faire tourner les tables. Un jour, comme je la croisais dans la rue, elle m'arrêta :

– Toi ! Viens ! Comment t'appelles-tu ? Je sens que tu es un grand médium. On devrait faire une petite expérience tous les deux.

Quelque temps plus tard, intrigué, j'allai frapper à sa porte. Elle avait l'air inoffensive, cette vieille dame, mais par prudence et par souci d'éviter tout trucage, je lui proposai le marché suivant :

– Je veux bien faire le médium avec vous... mais à une seule condition ! C'est que ce soit en pleine lumière, fenêtres ouvertes.

– Comme tu voudras, mon enfant.

Nous allâmes nous installer devant un guéridon. Imitant la vieille dame, j'étendis les mains, doigts écartés, à quelques centimètres au-dessus du plateau. Nous étions seuls, fenêtres grandes ouvertes, dans une pièce éclaboussée de lumière.

Silencieux, nous nous concentrâmes un moment. Et soudain, il y eut une forte secousse, je vis la table bouger, puis s'élever dans les airs ! Aussitôt, je me pliai en deux pour regarder en dessous, pensant déceler un quelconque stratagème. Rien ! Le guéridon était en lévitation au-dessus du parquet. Je finis par me rendre compte que c'était moi qui le faisais bouger. Quelque chose s'emparait de moi et faisait tourner la table. Tout excitée, la vieille dame s'écria :

– Tu es un médium incroyable ! Jamais je n'avais vu une telle réaction. Tu as dans les mains un pouvoir extraordinaire !

Sur le pas de la porte, elle ajouta :

– Tâche de l'utiliser à bon escient.

Deux ans plus tard, je devais faire usage de ce pouvoir pour passer mon baccalauréat. Prétextant que, à la suite de notre déménagement, j'avais manqué trop de classes et que je n'étais pas au niveau, le proviseur du lycée des Sables-d'Olonne s'était opposé à ce que je fusse présenté aux épreuves. Désireux de tenter ma chance, je décidai de passer outre. À une semaine des examens, je me livrai à une séance de spiritisme et je demandai à la table :

– Quels vont être les sujets du bac ?

Patiemment, je notai toutes les lettres dictées par la table : un coup pour A, deux coups pour B, etc. Les sujets ainsi obtenus, je me plongeai dans un bachotage éclairé et décrochai haut la main mon diplôme !

*
**

À dix-sept ans, sur les exhortations d'un ami de lycée, je montai à Paris et m'inscrivis aux Beaux-Arts où je devais passer dix ans à étudier l'architecture.

Je ne tardai pas à faire usage de mes talents de médium pour épater mes camarades. Souvent, pour amuser la galerie dans les clubs de Saint-Germain, je jouais à faire tourner la table. Je demandais à une personne d'écrire quelques mots sur un bout de papier et, par le truchement de la table, au nombre de coups frappés, je retrouvais la phrase. Et cela non pas dans la calme pénombre d'une bibliothèque mais en plein capharnaüm, au milieu de ces gens qui dansaient le be-bop !

Cependant je prenais garde de ne pas abuser de mon magnétisme. D'abord parce que ces séances me coûtaient une énergie colossale. Mais aussi parce qu'une voix intérieure me soufflait :

– Arrête ! Tu es en train de gaspiller ta vitalité. Tu risques de le payer un jour.

J'eus ainsi peu à peu l'impression que je jouais avec le feu.

Toutefois, à l'époque où je pratiquais mes « tours de passe-passe », ce pouvoir n'avait pour moi rien de surprenant, encore moins de surnaturel. Je lui trouvais même toutes sortes d'explications parfaitement rationnelles et vraisemblables : je croyais – et continue de croire – que tout être humain émet des ondes dans l'espace, des « ondes-pensées » ou « égrégores ». Parce que j'étais doué d'une sensibilité peut-être hors du commun, je pouvais saisir cette onde-pensée, l'intercepter et donc la retranscrire un peu comme les antennes de l'ORTF recevaient les ondes radioélectriques. Somme toute, je ne faisais qu'explorer les capacités du corps humain, des capacités que mes camarades avaient « oublié » de développer. Il s'agissait tout au plus d'un don précieux, au même titre que d'autres par exemple possèdent l'oreille absolue. Mais je ne tardai pas à prendre conscience que cette faculté pouvait se révéler extrêmement dangereuse pour celui qui en était doté.

Étudiant en architecture, je me trouvais dans l'atelier d'Auguste Perret, l'inventeur du béton armé. Nos professeurs estimant que notre apprentissage passait par une connaissance approfondie du monde qui nous entourait, nous eûmes le privilège, sur leur initiative, d'effectuer de fréquents voyages à l'étranger.

Ainsi, au mois d'août 1955, nous nous rendîmes en Pologne. Nous sortions à peine de l'après-guerre et Varsovie était encore en pleine reconstruction. La capitale polonaise disparaissait sous les échafaudages, de même que les villes de Cracovie et de Zakopane où nous eûmes l'impression de traverser de vastes chantiers.

Et puis ce fut l'inévitable visite d'Auschwitz. Accompagné d'un guide polonais, notre groupe descendit du vieil autocar à quelque distance du camp. Il faisait un temps superbe, un vent léger nous apportait le chant des alouettes cachées dans les blés, qui ondulaient avec un frémissement d'épis. Nous parvînmes devant le portail. Je marchais en queue, sans trop savoir pourquoi, traînant vaguement les pieds, incapable de partager l'insouciance de mes camarades qui bavardaient gaiement, faisant cliqueter le diaphragme de leurs appareils photo.

À peine eus-je franchi la clôture de fil barbelé qu'un silence pesant me compressa les tympans. Un silence dont je semblais être le seul conscient. Tandis que mes camarades poursuivaient leur chemin, je revins sur mes pas. J'entendis à nouveau le bruit du vent dans les blés, le chant des alouettes dans le lointain.

Je pénétrai derechef dans Auschwitz. Silence absolu. Silence de mort. Bouleversé, je me mis à invoquer Dieu, un Dieu dont j'avais jusqu'alors une idée très vague, un Dieu-Humanité à qui je demandais pardon. « Pardon, mon Dieu, pour tous les crimes qu'ont pu commettre les hommes ! » J'éprouvais un sentiment de culpabilité, comme si, par le seul fait d'être homme moi-même, je partageais la responsabilité de ces atrocités.

À l'époque, Auschwitz n'était pas encore transformé en un musée austère, et l'on pouvait y voir des vestiges horribles, des couvertures tissées avec les cheveux des femmes, des savons fabriqués avec de la graisse humaine. Je me trouvais au cœur d'une abomination, dans la fournaise de Seth. La moindre pierre, le moindre objet pesait des tonnes, alourdi, englué par le poids de la cruauté et de la souffrance indigne. La matière ne transmettait plus les sons à mes oreilles. Cette horreur m'oppressait, et plus j'avançais, presque titubant, plus je m'accrochais à la prière comme à une bouée de sauvetage. Je hurlais à l'intérieur de moi-même : « Pardon... Mon Dieu ! Pardon ! Pour tout ce que nous avons fait subir à nos frères, pardon ! »

Sur les pas de notre guide polonais, mes camarades s'engagent dans les rampes qui descendent vers les fours crématoires. À Auschwitz, en effet, ces installations sont enfouies sous terre. Moi, je me tiens en retrait, plongé dans mes prières. Mes camarades s'enfoncent avec le guide dans les ténèbres du souterrain. Ils semblent à peine conscients du lieu dans lequel ils pénètrent, sifflotant, mains dans les poches, l'appareil photo en bandoulière.

Ils disparaissent, et, craignant de les perdre, je m'élance à leur suite, je dégringole la rampe en courant lorsque soudain... je reçois un choc à la poitrine, un choc violent qui me stoppe net dans mon élan. C'est alors que je vois une main, une main surgie du néant, une main dépourvue de corps et qui me repousse jusqu'au sommet de la rampe.

Affolé, j'intensifie mes prières. Je veux nier cette force, je résiste, je repars à l'assaut mais inlassablement la main me ramène à mon point de départ. Je redoute d'être coupé de mes camarades, de les perdre de vue au moment où j'ai le plus besoin de leur présence. Soudain, je les aperçois qui ressortent par une autre rampe, à quelque distance de là. Aussitôt, la main disparaît. Contournant l'obstacle, je vais rejoindre le groupe qui s'est à peine rendu compte de mon absence.

Je ne leur révélai rien de ce qui s'était passé, m'efforçant même de masquer le trouble indescriptible dans lequel je me trouvais. Ils n'auraient pas compris, peut-être même m'auraient-ils ri au nez, tant mon histoire aurait semblé bondieusarde à ces libres penseurs.

Plus tard, je compris que tous ces gens, ces vieillards, ces initiés, ces femmes et ces enfants morts dans les chambres à gaz souterraines avaient, dans leur dernier souffle, maudit l'espèce humaine pour cette souffrance qu'on leur infligeait. Et depuis, un gardien du seuil veillait sur ce lieu. Il a laissé passer mes amis mais il m'a dit en quelque sorte :

– Non, toi, tu ne descendras pas !

Possédant des facultés de médium et me trouvant alors en intense prière, je courais un danger à pénétrer dans cette chambre à gaz. J'aurais reçu de plein fouet les hurlements de ces hommes et de ces femmes. Cela risquait de m'anéantir. Aussi le gardien du seuil m'a-t-il interdit l'accès. Loin de me rejeter, il me protégeait.

Toute la nuit suivante, je la passai en prières, à demander pardon à Dieu pour tous les crimes des hommes. Car, en tant qu'être humain, je suis à la fois victime et bourreau, je ressens autant la faute que la douleur causée. Cette visite à Auschwitz fut un coup de cymbale dans ma vie. Le camp de la mort m'apparut comme un signe annonciateur de l'Apocalypse, une étape dans cette folie destructrice qui semble animer les êtres humains.

*
**

Mon passage à l'École des Beaux-Arts fut une période essentielle à tous points de vue. Professionnellement bien sûr, même si je devais par la suite opter pour une voie différente. Mais aussi personnellement car j'y poursuivais mes recherches intérieures, étudiant et lisant énormément. J'y confirmais mes dons de médium et, en identifiant les décors de mes rêves éveillés, je me confortais dans l'idée que j'avais vécu des vies antérieures et qu'il y avait un « moi » fixe, impérissable, qui ne se résumait pas à cette incarnation actuelle mais que je n'osais encore appeler mon « être » ou mon « âme ».

Je rencontrai en outre des amis dont l'influence fut capitale sur mon évolution spirituelle. En particulier ce camarade dont le père était égyptologue et qui avait été élevé par deux grands mages, Aor et Isha. Il me prêta leurs livres et je rencontrai les « enfants d'Aor » à Grasse, sur la Côte d'Azur. Des êtres d'exception grâce auxquels, peu à peu, je me mis à progresser sur le chemin de la connaissance.

Mes relations « privilégiées » avec l'autre monde, le monde impalpable, continuaient à se manifester, parfois de façon extrêmement violente, comme pour me rappeler à l'ordre, comme pour me dire de ne pas perdre de vue l'essentiel.

J'étais en effet à un âge où les tourments amoureux prennent souvent le pas sur toute autre préoccupation. Là aussi, j'étais en quelque sorte un être à part. Mais cette particularité n'avait rien d'enviable et elle était même pour moi la source d'une honte profonde : à l'âge de vingt-six ans, j'étais encore puceau. À l'époque, une telle confession m'aurait mortifié. J'étais puceau parce que l'amour physique ne m'intéressait pas. Les frasques et les débauches libertines de mes camarades m'effrayaient, m'emplissaient même de dégoût. L'acte physique, bestial, me répugnait. J'aspirais à une harmonie idéale avec la personne que j'allais rencontrer. Je voulais une union mystique, une fusion des êtres. Rêves fous, excessifs comme le sont les jeunes gens. Peut-être prenais-je exemple sur ma mère qui, follement éprise de mon père, était restée fidèle à sa mémoire après sa mort, survenue alors qu'elle n'avait que vingt-neuf ans. Comme elle, je rêvais d'un unique amour.

À vingt-six ans, pour la première fois de ma vie, je tombai follement amoureux d'une personne aux Beaux-Arts. Mais à mon grand désespoir, nos relations restaient strictement amicales. Comme le désir grandissait en moi, je décidai de passer aux actes, c'est-à-dire de mettre mes pouvoirs à l'épreuve. Je vivais alors sous les toits, au 73, boulevard Haussmann, dans une chambre d'étudiant austère, avec un lit en fer, une table et une chaise pour tout mobilier. Ma mère occupait une chambre voisine. Enfermé dans mon antre, je façonnai une statuette de cire à l'image de la personne aimée. À l'intérieur de cette statuette, je plaçai sa photo, ainsi qu'une mèche de cheveux. Et pendant plusieurs jours de suite, je la magnétisai.

– Je veux que tu m'aimes, je veux que tu m'aimes, répétais-je ardemment.

Un soir, comme j'éteignais la lumière pour me coucher, je constatai avec stupeur qu'une légère phosphorescence émanait de la statuette. Elle se détachait dans la pénombre. Je restai un bon moment à la contempler en me demandant si je n'étais pas le jouet d'une quelconque illusion d'optique. Mais les jours suivants, le doute ne fut plus permis : l'intensité de cette phosphorescence n'avait pas cessé de croître.

J'étais impressionné par l'étendue de mes pouvoirs. Les résultats ne se firent pas attendre. La personne commença bientôt à avoir des attentions pour moi. J'avais réussi ! Fasciné par l'emprise que je pouvais avoir sur un être, je poursuivais assidûment mes pratiques qui tenaient plus de l'envoûtement que de la magie.

Un soir de pleine lune, je me réveillai en sursaut, sentant une présence dans la chambre. J'étais pourtant certain d'avoir tiré le verrou. Et aucun cambrioleur venu par les toits ne pouvait entrer, car les fenêtres étaient équipées de barreaux.

Je ne vis personne dans la chambre. La pièce était vide, éclairée par les rayons de la lune. Mais soudain, les ressorts de mon lit se mirent à grincer. Quelqu'un venait de s'asseoir à côté de moi ! Là, sur le matelas, à hauteur de ma hanche, je pouvais voir nettement l'empreinte de son corps ! Je me redressai d'un coup, les yeux pleins d'épouvante.

Cet être invisible me prit fermement les mains, me serra les poignets. Bientôt je sentis un souffle sur mon visage, puis ce fut une joue qui se pressa contre la mienne. J'eus l'impression que cette personne voulait entrer en moi, me déposséder de mon âme. Je me dérobai à cette horrible étreinte, repoussai violemment l'intrus de mes deux mains tendues et me collai contre le mur, en proie à une vive terreur.

Toute la nuit, je luttai contre l'invisible. Cent fois, je crus perdre la raison. Sans les barreaux qui condamnaient la fenêtre, je crois que je me serais précipité dans le vide pour mettre fin à ce combat inégal.

Au lever de l'aurore, la « chose » disparut comme elle était venue. Peu après, ma mère, comme tous les matins, m'apporta le petit déjeuner. Elle me trouva dans un état à faire peur :

– Mais qu'est-ce que tu as ? Tu es vert !

– Ce n'est rien, mentis-je. J'ai mal dormi. J'ai dû manger quelque chose qui n'est pas passé.

Elle n'insista pas. Dès que je fus à nouveau seul, je me levai d'un bond, je pris la statuette de cire et la fis dissoudre dans l'eau. Puis j'allai jeter la photo et les mèches de cheveux dans la Seine. Je fis ensuite le tour de toutes les églises de Paris pour y allumer un cierge en disant :

– Pardon, mon Dieu, pour ce que j'étais en train de faire...

Je sentais que j'avais mal agi : j'avais voulu jouer les apprentis sorciers, je m'étais livré à un acte démoniaque, et de là-haut, on m'avait envoyé quelqu'un pour me réveiller, pour me mettre en garde contre la perte de mon âme. Ce fut la première fois de ma vie – et la dernière – que je me brûlai les ailes.

*
**

Cet épisode heureusement sans conséquences néfastes devait avoir une grande influence sur moi. Je cessai par la suite d'utiliser mes dons de médium à toute fin qui puisse servir d'une quelconque façon mon ego.

Mais surtout, je pris conscience du fait que les pouvoirs dont j'étais doté, et que jusqu'alors, sous l'influence de la pensée matérialiste de ma mère, j'avais expliqués par une acuité sensorielle « extraordinaire », ces pouvoirs donc étaient en fait d'origine supérieure, divine. La notion de Dieu, déjà entrevue à Auschwitz, se présentait à mon esprit. Mais elle ne s'imposait pas encore. Au contraire, j'avais besoin de nouvelles manifestations pour croire :

– Mon Dieu, si Vous existez vraiment, je Vous en prie, montrez-Vous !

Orgueil absolu du pharisien qui demande un signe de Dieu pour croire ! Mais dès lors, et pendant trois ans, la nuit comme le jour, je priai avec ferveur. Je priais dès mon lever, je priais sur le chemin de l'École des Beaux-Arts, ou en traçant des plans sur ma planche à dessin. J'invoquais Dieu en mangeant, en errant dans les rues de Paris...

– Dieu, si Tu existes, montre-Toi ! Je suis là. J'attends un signe de Toi.

Et lorsque je marchais, des étincelles jaillissaient du sol et me frappaient le talon gauche. Mais pour moi, ce n'était encore que la manifestation de mes pouvoirs de médium. De même lorsque j'entrais dans les églises et que les bois sculptés se mettaient à craquer sur mon passage.

Un jour, j'étais dans le métro sur la ligne Mairiedes-Lilas-Châtelet, seul dans le wagon de queue, en train de prier.

– Mon Dieu, si Tu existes, montre-Toi.

Et brusquement, il y eut une explosion. Une énorme déflagration ? Quoi qu'il en soit, toutes les vitres du wagon venaient d'imploser et les éclats de verre se rassemblèrent en boule à mes pieds ! Simple accident ? Je n'en ai jamais trouvé l'explication. Sous le choc, je ne pensais qu'à une chose : si par malheur un contrôleur montait dans la voiture, il allait m'accuser de vandalisme ! Mais comment expliquer que les éclats de verre aient été projetés à l'intérieur et non vers l'extérieur ?

Lorsque la rame s'immobilisa à la station Place-des-Fêtes, je m'enfuis en prenant mes jambes à mon cou. Je courus jusqu'à l'épuisement. Alors, reprenant difficilement mon souffle, je méditai sur ce qui venait de se passer. On m'avait envoyé un message dont le sens était le suivant : la prière n'était pas quelque chose qui sortait de moi pour s'élever vers le cosmos. Au contraire, la prière était une sorte de trou noir qui attirait les énergies. J'étais moi-même un trou noir, une parcelle et une réplique du cosmos, et mes pouvoirs trouvaient leur origine dans cette consubstantialité avec le Tout. Dieu n'allait pas venir à moi, je m'élèverais moi-même vers Lui quand je serais assez fort.

*
**

Quelques semaines plus tard, un dimanche de septembre, je me rendis au stade Pershing à Vincennes, à côté du champ de courses, où je devais rejoindre un camarade qui jouait au football. C'était une journée grise et un fin crachin me battait le visage. Le temps maussade n'empêchait pas les joueurs de courir d'un bout à l'autre du terrain. Je les regardais debout sur le bord de la touche, car il n'y avait ni gradin ni banc.

Tout en suivant le match d'un œil distrait, je priais, fidèle à mon habitude.

Brusquement, la pluie s'arrêta. Un immense arc-en-ciel déchira les nuages et enjamba le ciel au-dessus du champ de courses, devant moi, arche d'alliance jetée entre le ciel et la terre.

Comme je contemplais ce spectacle avec ravissement, je me sentis projeté face à une lumière éblouissante, très haute dans le cosmos. Le monde autour de moi avait disparu. Il n'y avait plus ni footballeurs ni terrain. J'étais seul face à cette lumière prodigieuse qui irradiait la Bonté, la Vérité, la Justice et me communiquait cette chose incroyable, impensable, que je ressens encore aujourd'hui jusque dans la moindre de mes fibres : l'Éternité. J'ai été éternel dans l'éternité. Je connus cette joie puissante, sublime, ineffable qui abat les barrières, je fus dans tout l'infini de mon être, j'éprouvai en moi l'unité du Cosmos et le déploiement en toutes choses de l'Énergie Suprême.

Un millionième de seconde plus tard, je me retrouvai sur le terrain de football, les pieds sur la pelouse humide. Je venais de connaître l'éternité. Je restai terrassé, foudroyé.

Je prétextai à l'ami que j'étais venu voir un soudain vertige, un besoin de marcher.

– Rentre avec les copains en voiture, lui dis-je. Ne t'occupe pas de moi. Je vais rentrer à pied. Ça me fera du bien.

La pluie avait repris. Sous ce crachin pénétrant, je regagnai lentement Paris, longeant le bois de Vincennes, encore ébloui, mais l'esprit assailli de questions.

– Que s'est-il passé ? me répétais-je. Ce n'est pas possible ! Je n'ai pas pu voir Dieu ! C'est fabuleux ! C'est incroyable !

À mesure que je marchais, mon côté rationaliste reprenait le dessus. Un remugle cartésien s'exhalait de mon cerveau.

– Tu délires ! Ça fait trois ans que tu pries tous les jours, comme un bigot, et tu viens de te payer la plus belle scène d'hystérie du monde ! Freud doit se taper les cuisses dans sa tombe.

Pourtant, ce que j'avais entrevu était si beau, si pur, mon âme était encore si heureuse, illuminée par cette éternité que j'avais ressentie, que je ne parvenais pas à me décider sur la nature exacte de cet événement. Mais on imagine aisément la confusion dans laquelle je pouvais me trouver.

Abîmé dans mes pensées, je marchais le long de la Seine, vers Charenton. Je passai sur la rive gauche, traversai la gare d'Austerlitz puis continuai le long du zoo du Jardin des Plantes. J'arrivai finalement derrière Notre-Dame, sur les quais où sont installés les bouquinistes. Mais par ce dimanche pluvieux, l'endroit était désert.

Et puis soudain, devant moi, quelqu'un m'appelle.

– Monsieur !

Je lève les yeux et je découvre un homme entièrement habillé de noir.

– Tenez, me dit-il.

Et il me remet entre les mains un livre ancien, relié de cuir. Je soulève la couverture et je lis : *Mysterium Magnum,* de Jacob Boehme. Je referme le livre, je m'apprête à remercier le généreux donateur mais... plus personne ! Il s'est évaporé ! J'ai beau regarder autour de moi... Le quai est vide.

Alors je compris que Dieu m'avait envoyé un messager. Furieux de m'entendre nier l'évidence, irrité de m'entendre invoquer la crise d'hystérie, il avait matérialisé quelqu'un devant moi qui m'avait remis ce livre, comme pour me dire : « Tu veux du matériel, eh bien ! en voilà ! »

Jacob Boehme, dont je m'empressai de dévorer les ouvrages, est un cordonnier du XVIIe siècle, un mystique qui, à la suite d'une illumination, a écrit ce qui restera certainement comme les plus belles pages jamais écrites sur Dieu.

Parce qu'elle balaya mes derniers doutes matérialistes, cette journée est pour moi marquée d'une pierre blanche. Depuis, je peux dire que j'ai vraiment la foi du charbonnier. Il m'est devenu aussi impossible de douter de l'existence de Dieu que de renier ma foi en Lui. Après ce « ressenti » de l'Éternité puis cette matérialisation de l'au-delà, je ne pouvais plus me refuser à Dieu.

*
**

Cette matérialisation ne fut pas la dernière. Quelques années plus tard, je devais connaître une expérience semblable, à un moment où je courais un grave danger non pas spirituel mais physique.

En 1968, j'étais pour la première fois au Japon, invité à présenter ma collection de haute couture. J'étais couturier depuis 1964. Après le Japon, je décidai de regagner la France avec des amis en faisant escale dans toute l'Asie. Nous revînmes par Hong Kong, Taïwan, le Cambodge, la Thaïlande, etc. Je tenais à visiter le grand temple khmer d'Angkor Vat.

Arrivés à Phnom Penh, nous prenons un petit avion en tôle ondulée qui nous emmène jusqu'à Angkor Vat. Nous atterrissons alors que le soleil atteint son zénith. En ce mois d'août, il fait une chaleur suffocante qui nous assomme littéralement dès que nous posons le pied sur le macadam d'où s'élèvent des vapeurs de chaleur.

Nous gagnons l'*Auberge du Roi,* un hôtel minable qui doit sa clientèle à la seule proximité du temple. Nous déjeunons rapidement et tout le monde se déclare prêt à faire la sieste. Le guide le premier :

– Vers 6 heures, quand le soleil tombera, nous irons visiter Angkor.

Ce programme ne m'enchante guère. Je dors très peu, et l'idée de faire la sieste m'ennuie. Je décide donc d'aller seul visiter le temple. Pour m'y rendre, je dois emprunter une chaussée pavée longue d'un kilomètre et flanquée de fossés. Je m'engage sur le chemin, apercevant à distance les tours de ce temple extraordinaire, l'une des plus belles réalisations humaines avec les pyramides d'Égypte.

Je progresse lentement. Le soleil qui m'écrase ralentit mon allure, aucune brise ne vient brasser cet air brûlant qui m'enveloppe et m'asphyxie. Soudain, arrivé aux trois quarts du chemin, je sens les canaux sanguins de mon nez céder. Le sang commence à couler abondamment, sur mes lèvres puis entre mes doigts. La tête me tourne, elle est prise dans un étau. Le sol sous mes pieds commence à vaciller. Je suis comme vidé de toutes mes forces, je ne peux plus faire un pas ni en avant ni en arrière.

« Mon Dieu, songé-je, quelle stupidité de marcher ainsi par cette chaleur, tête nue ! Je suis victime d'une insolation, je vais crever comme un imbécile... loin de chez moi. »

À ce moment, un rire d'enfant, un rire moqueur résonne dans le brouillard de chaleur qui m'emprisonne la tête. Je regarde en direction du temple et j'aperçois, sous le grand porche, juché sur une pierre, un jeune bonze de quatorze ou quinze ans, drapé dans une étoffe orange, le crâne rasé. Assis en tailleur, il se tient les côtes de rire en me regardant. Son large sourire souligne des pommettes saillantes et plisse ses paupières, sous lesquelles je devine des prunelles noires et brillantes comme des billes de plomb.

Vexé de l'entendre se moquer ainsi ouvertement de moi, je puise la force de me remettre en marche. Chancelant, je parviens enfin à l'ombre du porche où je m'adosse contre la pierre, épuisé. Au bout d'une demi-heure, lorsque je recouvre mes esprits et que le sang cesse de me battre aux tympans, le jeune moine a disparu. Je parcours en tous sens le vaste temple, errant dans les galeries, traversant les grandes salles à la recherche du jeune bonze qui, sans le savoir peut-être, vient de me sauver la vie. Mais Angkor Vat est absolument désert. Je ne vois pas âme qui vive.

De guerre lasse, je reprends le chemin de l'auberge. Là, je vais trouver le guide.

– Dites-moi, les bonzes qui viennent dans ce temple... commencé-je.

Il m'interrompt aussitôt :

– Mais de quels bonzes parlez-vous ? C'est un temple abandonné, il ne vient jamais de bonzes ici.

Je restai stupéfait. Je n'avais pourtant pas rêvé ! Le moine n'était pas un mirage mais un être de chair et de sang ! Je compris alors que l'au-delà avait matérialisé un enfant pour me sauver la vie. Mon destin n'était pas de mourir à Angkor Vat ce jour-là.

*
**

Chaque fois que ma vie s'est trouvée en péril, chaque fois que j'ai dû prendre des décisions importantes ou affronter des épreuves pénibles, l'au-delà m'a envoyé des signes pour me diriger, me guider ou me mettre en garde.

Or, quand le ciel ou le destin adresse ainsi des signes, ou des preuves, le regard qu'on pose sur le monde se trouve complètement modifié et l'on commence à se poser les questions essentielles.

Brusquement, on se rend compte que le monde « réel », ce monde matériel dans lequel nous vivons, n'est qu'une sorte d'illusion. Il y a une réalité supérieure derrière ce décor, une réalité primordiale qui se laisse parfois entrevoir.

Nous sommes le plus souvent comme ces prisonniers dont parle Platon, prisonniers qui, enchaînés au fond d'une caverne, le dos à la lumière, ne connaissent des objets que leurs ombres projetées sur la paroi par le soleil. Mais, heureusement, nous ne sommes pas condamnés à vie à cet état d'ignorance. Le monde qui nous entoure est empli de signes qu'il faut savoir déchiffrer. De tous les arts, c'est sans doute la poésie qui est la plus consciente de ce phénomène. Ainsi Baudelaire nous alertait-il sans cesse sur les « correspondances » entre le ciel et la terre :

La nature est un temple où de vivants piliers
Laissent parfois sortir de confuses paroles.
L'homme y passe à travers des forêts de symboles
Qui l'observent avec des regards familiers.

L'autre monde, l'« outre-monde », nous fait des clins d'œil et celui qui sait regarder décèle partout sa présence. Ce chemin n'est pas réservé aux « initiés ». Ou plutôt, chacun peut devenir un initié, car l'initié n'est précisément que celui qui se lance sur ce chemin de la connaissance. Je ne détiens aucune vérité, je ne suis pas un prophète, je ne propose aucun système, aucun dogme. Mais je suis un témoin et je veux faire partager mon expérience et peut-être inciter des gens à explorer également leur intérieur pour progresser vers la lumière.

Si je me suis longtemps tu, c'est que je me croyais seul et que je craignais le ridicule. Souvent, je me suis demandé :

– Pourquoi moi ? Qu'ai-je fait pour mériter ces signes de l'au-delà ? Qu'ai-je fait pour mériter cette acuité sensorielle qui me rapproche du divin ? Pourquoi ai-je gardé souvenir de mes vies antérieures ?

Mais au fil des années, j'ai rencontré une multitude de gens qui m'ont fait part d'expériences analogues. S'ils n'osaient en parler ouvertement, c'était par crainte de passer pour des fous, ou pour des gens qui s'accrochaient à l'au-delà faute d'avoir réussi leur vie, ou encore pour des mystificateurs qui veulent briller en société.

J'ai donc attendu d'avoir accompli une certaine réussite, d'être connu, bref de n'avoir plus rien à prouver, pour raconter mon histoire et la présenter telle qu'elle est : une aventure personnelle, un « ressenti » que je n'ai pas l'intention d'ériger en doctrine.

Ma seule ambition : encourager certaines personnes à ouvrir les yeux. Le monde dans lequel nous vivons n'est pas la seule réalité. Notre passage sur terre n'est pas la seule finalité de notre vie. Il y a une autre vision du monde, il y a un monde sublime, infini, qui fait reculer les frontières de la connaissance.

Si j'avais un message, ce serait celui-ci : « Attention, ce que vous voyez ici-bas n'est pas tout. Et le reste vous est accessible si vous vous en donnez la peine, si vous savez en trouver les clés.

TRAJECTOIRE

« Car ces clés ne sont pas hors d'atteinte : nous les portons en nous-mêmes.

« Nous retrouvons là une interprétation du V.I.T.R.I.O.L. des alchimistes : *Visita interiora terrae et invenies occultum lapidem.* Explore l'intérieur de la terre et tu trouveras la pierre cachée. »

CHAPITRE DEUXIÈME

LE VOILE D'ISIS

Le monde visible est un symbole du monde invisible.

Jacob BOEHME

Si la quête de soi et de l'au-delà est offerte à chacun, elle n'en est pas moins longue et difficile. En effet la Connaissance est cachée, semblable à la déesse égyptienne Isis, qui apparaissait le visage masqué par un voile.

Ce voile, c'est en premier lieu ce monde matériel dont les apparences trompeuses nous dérobent l'essentiel. Les corps, les formes, les substances, autant de rideaux de fumée qui recouvrent les mystères divins. Mais le voile d'Isis, ce sont aussi ces passions qui nous égarent en nous proposant de vains objectifs tels que l'argent, le pouvoir, la réussite sociale, miroirs aux alouettes qui nous font tomber dans le piège de la matérialité, leurres clinquants qui nous détournent de la vraie cible. Nous passons notre temps à poursuivre des chimères, à adorer le Veau d'or. Le voile d'Isis, c'est enfin tout le poids de notre vie sociale, avec ce qu'elle comporte de conformisme, d'opinions fausses ou préconçues, d'ignorance, de superstition ou de crainte.

Le premier pas dans la quête de soi consiste donc à se débarrasser de toute espèce de préjugé, de tout ce qui nous est imposé par l'extérieur. Cela ne signifie pas vivre en anachorète, mais il faut apprendre à poser sans cesse un regard neuf sur le monde. Au seuil de ce chapitre, je n'en demanderai pas plus au lecteur : qu'il veuille bien m'entendre, et qu'il soit attentif aux signes de la nature ! Il pourra alors se forger librement une opinion.

J'eus la chance quant à moi de ne jamais être le prisonnier d'aucun dogmatisme. L'opposition qui existait entre ma mère marxiste et ma grand-mère catholique me sauva de tout enfermement dans une pensée monolithique. Parce que je les aimais toutes deux avec la même passion, l'une ne pouvait avoir plus raison que l'autre. Mon amour parvenait à concilier tout antagonisme. En fait, cette divergence d'opinions m'inculqua très vite un certain esprit d'ouverture et de tolérance, en même temps qu'elle développait en moi un goût pour l'observation et la réflexion.

Car le voile d'Isis n'est pas opaque. Il laisse filtrer des messages précieux. Encore faut-il être aux aguets. Sinon, comme le dit la Bible : *Ils auront des yeux pour voir et ils ne verront pas. Ils auront des oreilles pour entendre, mais ils n'entendront pas.*

*
**

Enfant curieux, je ne me lassais pas d'observer le monde. Une chose me laissait perplexe. La théorie marxiste dont on m'abreuvait à la maison professait que les hommes naissent égaux mais qu'ils sont ensuite privilégiés ou handicapés par leur environnement social, économique et familial. Or cette théorie ne coïncidait pas avec ce que je voyais autour de moi. Et il n'était guère besoin d'aller chercher bien loin. Dans ma famille, mon frère et mes deux sœurs, pourtant soumis aux mêmes conditions extérieures que moi, étaient tous extrêmement différents. Sortis du même moule, élevés sur le même modèle, nous montrions des aptitudes et des inclinations fort éloignées. Quel abîme entre mon frère et moi ! Lui si matériel, si dynamique ; moi si rêveur, si introspectif ! Par quel mystère ne partageait-il pas ma passion pour la lecture, mon goût pour le silence et la solitude ? Comment nos appréhensions du monde pouvaient-elles être si radicalement opposées ?

C'était pour moi une énigme insoluble. En dépit de tout ce que pouvait m'enseigner ma mère, je constatais chaque jour qu'il existait des différences considérables entre chaque individu, au sein même d'un cercle familial. Il fallait bien par conséquent qu'un homme fût façonné par autre chose qu'un simple déterminisme social ou atavique.

Ce problème trouva un début de réponse avec mes rêves éveillés et mes premières expériences de voyage astral. Ces illuminations me révélèrent en effet que cette « différence » fondatrice de mon moi propre pouvait s'expliquer par le fait que j'avais vécu d'autres vies, que je venais d'un passé lointain, bien qu'encore mal défini. Et logiquement, tout me portait à croire que mon frère et mes deux sœurs venaient d'horizons complètement différents. Dès lors, tout devenait plus clair à mes yeux. Si les membres d'une même famille apparaissent si « hétérogènes », si leurs destins frappent par leur disparité, c'est qu'ils suivent effectivement des trajectoires distinctes qui se croisent soudain en un même point de l'espace-temps, comme des voyageurs qui, bien que n'ayant pas la même destination, se trouveraient réunis sur un même bateau et feraient ensemble un bout de chemin.

*
**

Ces itinéraires dissemblables, et la multiplicité de caractères qui en découlait, j'en trouvais encore les signes dans les particularités physiques dont ma grand-mère faisait grand cas. Elle prétendait en effet que tous les traits cachés d'un individu se reflétaient d'une façon ou d'une autre sur son visage ou dans son attitude. Le monde visible contenait un message sous-jacent. Il fallait dépasser l'apparence formelle, soulever le coin du voile pour parvenir à la signification profonde.

Je me mis ainsi à observer les gens avec une grande attention, étudiant leurs mains, la forme de leurs oreilles, décryptant les visages. Procédant par hypothèse, je m'efforçais de dégager des règles universelles, d'établir des parallèles entre le physique et le mental ou le spirituel. En somme, je faisais de la physiognomonie sans le savoir.

Je portais une attention toute particulière aux oreilles, leur attribuant une valeur privilégiée : leur forme ne rappelle-t-elle pas en effet un fœtus replié sur lui-même, la tête en bas ? Or je constatais que certaines personnes avaient le lobe de l'oreille attaché, parfois même inexistant alors que chez d'autres ce lobe était très développé. J'essayais, par simple empirisme, d'attribuer une valeur à cette différence qui ne pouvait être due au pur hasard puisque dans une même famille, entre personnes ayant le même code génétique, on trouvait des disparités étonnantes. Au lycée, mes camarades les plus fonceurs, bagarreurs ou dominateurs, ceux qui étaient le plus en prise avec la réalité matérielle avaient tous un lobe d'oreille très réduit alors que tous les gens intériorisés, réfléchis, plus intellectuels ou rêveurs avaient des lobes très découpés. Les premiers avaient l'agressivité de l'animal, dont ils gardaient la forme de l'oreille. J'en concluais qu'ils n'en étaient qu'à leur première vie, alors que les seconds avaient « beaucoup vécu » et s'étaient ainsi affinés spirituellement.

L'iconographie orientale vint par la suite confirmer mes déductions : je ne fus pas autrement surpris de découvrir que Bouddha, le sage, l'immortel, était toujours représenté avec des lobes excessivement longs, qui viennent presque toucher ses épaules. Et ne dit-on pas que Lao-tseu, le fondateur du taoïsme, avait des oreilles de sept pouces, ce qui lui avait valu le surnom mérité de « longues-oreilles » ? Peut-être s'agissait-il d'une allusion à la faculté d'écouter le « soi intérieur », d'entendre les vibrations qui animent tout ce qui vit et respire ?

***

De la même façon, la main est une grande révélatrice. Nul besoin de connaître le secret de ses lignes pour savoir combien elle peut trahir les sentiments ou la personnalité d'un être.

Dès mes premières observations, je me heurtai à un mystère. Je m'étonnais en effet de voir des femmes qui avaient des mains d'homme et *vice versa*. Je voyais aussi fréquemment des armoires à glace avec de petites menottes de chérubin et des maigrelets qui brassaient l'air de leurs grandes mains noueuses.

Si les mains n'étaient pas en harmonie avec le reste du corps, elles ne correspondaient pas davantage à la profession. On trouvait des pianistes avec de gros doigts de paysan et inversement des cantonniers avec de longues phalanges de pianiste. Quel message pouvait se cacher derrière toutes ces « anomalies » ?

J'émis alors l'hypothèse selon laquelle nous conservions des signes physiques de nos vies passées. Les mains me paraissaient très importantes car après tout elles sont l'instrument de nos actions, le prolongement de nos pensées. Le pouce symbolise l'homme et les doigts les quatre éléments qui le protègent. Ainsi, l'enfant qui vient au monde a le pouce pris dans les quatre doigts et le vieillard qui se prépare à mourir referme instinctivement la main sur son pouce.

Et pourquoi les fumeurs ont-ils tant de mal à se séparer de la cigarette ? On dit avec raison, me semble-t-il, qu'elle leur donne une contenance. Beaucoup de gens ne savent pas quoi faire de leurs mains. Il faut toujours que, embarrassés, ils croisent et décroisent les bras sur leur poitrine, qu'ils se massent machinalement le creux de la paume ou qu'ils jouent avec leur bague. Aux Beaux-Arts, j'observais avec amusement les gesticulations de mes professeurs sur leur estrade. Lorsqu'ils s'en apercevaient, ils étaient gênés, soudain conscients de leurs mains. Ils s'emparaient alors d'une règle ou d'un crayon et se mettaient à tapoter sur le bureau. Tout se passe comme si les gens pressentaient qu'une partie de leur être profond se révèle ici, se manifeste à leur insu.

Les personnes dynamiques ont toujours le pouce tourné vers l'extérieur : elles affirment leur personnalité face aux autres, elles expriment aussi leur générosité. En revanche, les gens timides, timorés, introvertis ont toujours le pouce replié dans les doigts parce qu'ils ont peur de s'extérioriser.

Je me suis en outre rendu compte que ceux qui avaient de petites mains étaient des gens qui réclamaient beaucoup d'attention, qui aimaient être conseillés, entourés, dorlotés. Ceux ou celles qui ont de grandes mains au contraire possèdent une forte indépendance de caractère, ils supportent mal l'emprise de l'autre. J'ai compris peu à peu que l'on conservait de ses vies passées la taille de sa main. Les petites mains sont celles de gens morts autrefois dans l'enfance ou l'adolescence, qui ont besoin d'être confortés sur le plan sentimental ou dominés sur le plan sexuel, alors que les grandes mains dénotent une personne plus mûre, plus autonome, sans doute décédée à un âge avancé. Cet individu, en général, ne recherche pas les contacts physiques.

J'ai pu également établir plusieurs grands « types » de mains. Il y a, entre autres, les mains avec veines apparentes, qui sont celles des hommes d'action, soldats, explorateurs. Il y a les mains d'intellectuel, les mains du peuple. Et puis il y a les mains rondes, comme les miennes, sans muscle ni tendon apparent, qui sont des mains de religieux. J'ai toujours eu le sentiment d'avoir vécu de nombreuses vies de prêtre, en Égypte comme sous l'Inquisition.

Ces remarques, on l'aura compris, n'ont rien de scientifique. Mais que l'on veuille bien s'amuser à les vérifier autour de soi et l'on verra qu'elles ne sont pas dénuées de fondement.

*
**

Autre révélateur essentiel, l'œil. On sait que l'iridologie affirme pouvoir déterminer par l'examen de l'iris la nature et le siège de certains troubles ou lésions physiques. Au siècle dernier, la police scientifique pensait même pouvoir trouver dans la prunelle d'une victime la « photographie » de son assassin. Mais l'aspect global de l'œil est riche de bien d'autres enseignements.

Les femmes ont toujours su l'importance du regard, elles qui se maquillent les cils et les paupières pour envoyer des messages aux hommes. Lorsque j'étais enfant, la mode était aux yeux en amande. Les femmes se faisaient des yeux de biche ou de chatte pour dire à leur partenaire « je suis une féline, une sensuelle ». C'était une sorte de code. Plus généralement, les gens qui ont des yeux qui remontent vers les tempes (et des lobes quasi inexistants) sont des sensoriels, des séducteurs. Ils croquent la vie à pleines dents, brûlant parfois la chandelle par les deux bouts. Ils sont actifs, voire excessifs. J'ai pu constater que la plupart des gens

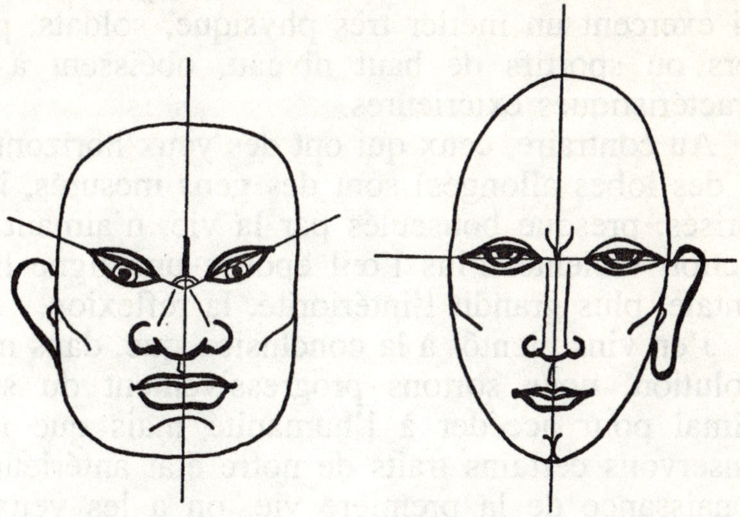

VISAGE DE LA MATÉRIALITÉ

Homme sortant de l'animalité

Angle des yeux aigu

Oreilles sans lobes

Actif - Matériel - Sensuel

VISAGE DE LA SPIRITUALITÉ

Homme en fin de réincarnation

Yeux à 180°

Oreilles aux longs lobes

Introverti - Détaché - Abstrait

LECTURE DU NOMBRE DE RÉINCARNATIONS

D'après la position de l'iris dans les yeux à 180°

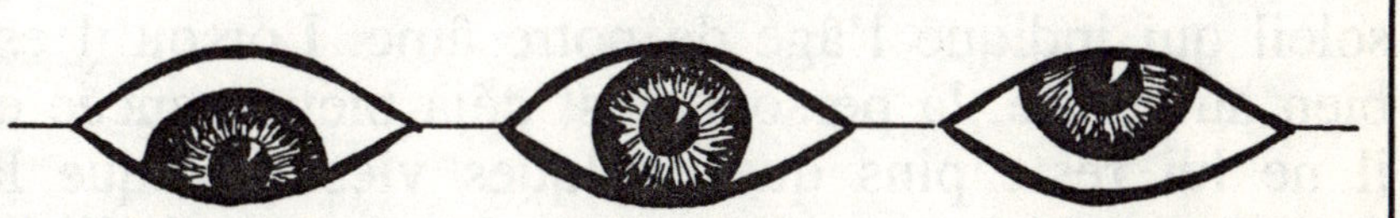

Soleil levant
Moins de 1000 ans

Soleil à midi
Environ 2500 ans

Soleil couchant
Plus de 5000 ans

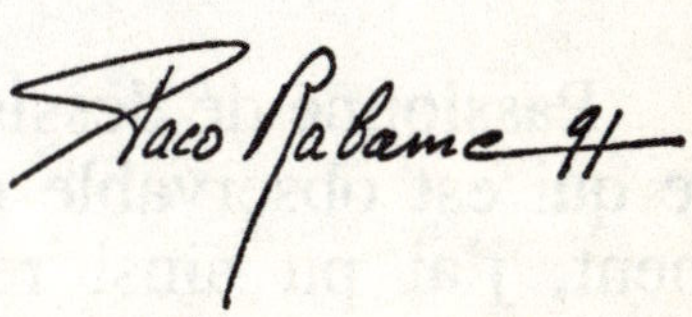

qui exercent un métier très physique, soldats, policiers ou sportifs de haut niveau, obéissent à ces caractéristiques extérieures.

Au contraire, ceux qui ont des yeux horizontaux (et des lobes allongés) sont des gens mesurés, intériorisés, presque bousculés par la vie, n'aimant pas l'action violente. Plus l'œil épouse une ligne horizontale, plus grandit l'intériorité, la réflexion.

J'en vins bientôt à la conclusion que, dans notre évolution, nous sortons progressivement du stade animal pour accéder à l'humanité mais que nous conservons certains traits de notre état antérieur. À la naissance de la première vie, on a les yeux de l'animal et au fur et à mesure des réincarnations on arrive à l'œil horizontal, que j'appelle l'œil du Christ.

Au fil des ans, affinant mon observation, je remarquai que, parmi les gens qui ont les yeux horizontaux, il était possible de distinguer plusieurs stades. Ceux dont l'iris était bas, encore recouvert en partie par la paupière inférieure, étaient ceux qui comptaient le moins de vies. L'iris est comme un soleil qui indique l'âge de notre âme. Lorsqu'il est bien au centre, la personne est déjà bien avancée et il ne lui reste plus que quelques vies. Lorsque la paupière supérieure vient couvrir le sommet de l'iris, on atteint le soleil couchant, c'est-à-dire la dernière incarnation sur terre.

*
**

Passionné de dessin, partant du principe que tout ce qui est observable est symbolique et réciproquement, j'ai pu ainsi relever un certain nombre de signes qui sont venus confirmer ma croyance en la survivance de l'âme et en ses réincarnations successives.

Aujourd'hui, lorsque je me trouve face à une personne, je ne peux m'empêcher d'observer ses mains, la forme de son oreille, l'inclinaison de ses yeux, la hauteur de son iris. Et aussitôt, je sais quoi lui dire, comment l'intéresser, car ces caractéristiques correspondent à un moi profond, peut-être à un moi non révélé, à des pensées que la personne n'ose s'avouer ou qu'elle n'a pas encore été puiser au plus profond de ses entrailles.

Dès lors, je sais comment la captiver, je sais ce qu'elle attend du monde, de l'autre, je perçois cette inquiétude existentielle que tout être éprouve, même les gens les plus pragmatiques. Car chacun d'entre nous, jusqu'au plus matérialiste, porte toujours en lui une part de rêve et d'absolu.

Toutes ces observations m'ont amené à penser que le monde visible n'est pas un vain mirage, une illusion sans valeur dont il faut s'écarter à tout prix pour approcher de la vérité. En connaissant l'extérieur, on peut deviner l'intérieur et guider ainsi les gens, les amener à répondre aux questions qu'ils se posent. On peut en outre accéder par intuition à la théorie de la réincarnation. Car les apparences terrestres ne sont pas un paravent qui nous coupe de la réalité supérieure. Le voile d'Isis masque la réalité en la révélant, et la révèle en la masquant.

***

Les signes de la réincarnation ne s'arrêtent pas aux traits physiques. Chacun sans doute a éprouvé ces sensations de « déjà vu » qui font que, arrivant dans un lieu où l'on n'a jamais mis les pieds, on éprouve soudain la sensation d'y être déjà venu, d'avoir battu ce pavé, parcouru ces salles ou contemplé ce paysage dans un passé lointain. Bien souvent, il ne s'agit pas d'une vulgaire impression car on est capable alors de trouver son chemin, de donner un détail que l'on n'était pas censé connaître. Il existe quantités d'exemples de personnes qui, découvrant une ville, ont pu dire avoir habité autrefois dans telle maison, et préciser qu'il y avait telle inscription dans la pierre, ou que tel événement s'était produit ici. D'où peut nous venir un pareil savoir ?

Parfois, la sensation est si fugitive que nous n'avons pas le loisir de l'explorer. À moins que nous n'ayons peur de ce que nous pourrions découvrir... Car il est des vérités qui ne peuvent être acceptées sans préparation, des lumières trop aveuglantes pour être contemplées au sortir des ténèbres.

Le même phénomène peut se produire avec les gens. Là aussi chacun a fait l'expérience de ce coup de foudre, de ce contact soudain évident avec des personnes qu'on rencontre pour la première fois et qu'on a pourtant l'impression d'avoir « toujours connues ». On éprouve d'emblée des affinités, on se sent des « atomes crochus ». Comment pourrais-je ne pas voir là le signe que nous nous sommes déjà rencontrés dans une autre vie, et que nous avons été proches, amis ou parents ? Inversement, il arrive qu'on éprouve un sentiment instinctif de répulsion à l'égard de certains êtres, peut-être parce que, dans une vie passée, ils nous ont fait souffrir. Peut-être nous ont-ils volés, ou tués, ou trompés. Et l'on refuse tout commerce avec eux.

Il y a quelques années, à l'occasion d'un dîner, je tombai sur trois personnes que je reconnus immédiatement comme des « amis », des « frères », sans les avoir jamais vues auparavant. Au premier regard échangé, ce fut comme si la foudre s'était abattue sur nous. Tous nous eûmes une soudaine illumination, sans doute provoquée par notre rencontre si improbable. Je m'exclamai :

– Nous nous connaissons. Nous étions ensemble sur un vaisseau.

Et tous trois hochèrent la tête. L'un d'eux décrivit en détail l'intérieur du vaisseau.

– Nous venons de la planète Altaïr, leur dis-je.

Je me souvenais de cette planète qui est au centre de la galaxie, une planète de cristal d'une beauté extraordinaire.

– Oui, dit alors le troisième, les sept sages de Cynus nous avaient demandé de venir sur terre pour vérifier les progrès réalisés par l'homme depuis sa création il y a un million d'années par les Elohim, les Grands Anciens.

– Nous sommes arrivés sur la planète Terre pour fonder l'Atlantide.

C'est ainsi que je peux dater mon souvenir le plus ancien à environ soixante-quinze mille ans avant Jésus-Christ, date à laquelle la Gnose, la science religieuse des adeptes, situe la création de l'Atlantide. S'étendant à l'ouest de la péninsule ibérique, la civilisation atlantéenne détenait le savoir des origines, la Parole aujourd'hui perdue. Elle avait atteint un niveau supérieur d'organisation sociale et politique lorsqu'elle disparut corps et biens, engloutie en l'espace d'un jour par un gigantesque séisme.

On dit que les Basques seraient les descendants des survivants de l'Atlantide, les Basques dont la langue étrange, sans aucune parenté européenne, a toujours intrigué les linguistes.

« Qui se ressemble s'assemble », dit la sagesse populaire. Les gens peuvent être comparés à des émetteurs-récepteurs : ils émettent une onde, une note musicale plus ou moins haute selon l'élévation de leur mental, selon le nombre de vies qu'ils ont déjà vécues. Et c'est ainsi qu'instinctivement, nous nous rapprochons de ceux qui émettent à la même fréquence que nous. Une personne « animale », sensorielle, attirera par une vibration à basse fréquence des gens qui ont les mêmes désirs, les mêmes préoccupations. En revanche, plus le son est pur, lumineux, plus les gens sont avancés dans leur recherche spirituelle, dans leur désir de communication. Nous disons alors que nous sommes « sur la même longueur d'onde ». La découverte d'une âme sœur n'est jamais vraiment le fruit du hasard.

*
**

Ces rencontres extraordinaires, qui font jaillir une vie antérieure de notre tréfonds, sont extrêmement rares. Le plus souvent, la réminiscence est progressive. Ainsi, lorsque j'étais enfant, je visualisais des décors égyptiens, que je ne pouvais identifier comme tels à l'époque. Ces images figées se sont peu à peu animées, les bribes se sont recoupées, enchaînées jusqu'à former une histoire cohérente, le destin complet d'un personnage que je « ressentais » être moi, dans un corps qui avait été le mien. Un récit que me confirmèrent et étayèrent par la suite mes cours d'architecture antique aux Beaux-Arts et ma fréquentation d'égyptologues éminents.

J'ai été prêtre.

J'étais un prêtre égyptien officiant dans un temple.

Prêtre initiateur des pharaons, je côtoyais les personnages les plus haut placés de la cour d'Aménophis III.

J'ai enseigné la connaissance des lois d'Égypte et la cosmogonie au roi Aménophis IV, fils du précédent. Abandonnant le culte traditionnel d'Amon, culte du Bélier, celui-ci devint adorateur du Soleil, Aton, dieu unique, et prit le nom d'Akhenaton.

J'éprouvais une profonde admiration pour ce souverain dont le règne était placé sous le signe d'une grande justice. Il avait épousé Néfertiti, reine d'une immense beauté. Mais, androgyne comme son père, Akhenaton ne pouvait pleinement satisfaire les désirs de la reine qui eut des relations coupables avec Horemheb, le chef des armées. Ce dernier, avec l'appui du clergé d'Amon – furieux de voir le pharaon contester sa toute-puissance en s'écartant du culte du Bélier –, détrôna Akhenaton et l'abandonna en plein désert, où il mourut d'épuisement.

Son jeune frère prit alors le titre de pharaon, devenant ainsi le traître de son aîné. Rétablissant officiellement le culte du Bélier, il adopta le nom de Toutankhamon. Akhenaton disparu, je fus contraint de faire allégeance aux prêtres d'Amon. Ces derniers auraient sans doute préféré m'éliminer, mais ma qualité de grand-prêtre initié me rendait intouchable.

Plus tard, avec la complicité de douze prêtres restés fidèles à la mémoire d'Akhenaton, j'ai assassiné Toutankhamon alors qu'il entrait dans sa vingt-quatrième année. Prêtre embaumeur, j'ai participé à son embaumement et à son enfermement dans une chambre funéraire.

Une chambre funéraire que l'archéologue Carter devait découvrir en 1922.

Lorsque je me rendis en Égypte pour la première fois, je visitai le musée du Caire et, là, dans ces immenses salles poussiéreuses, sous l'œil somnolent d'un gardien, derrière toutes ces vitrines où les vestiges de l'art pharaonique reposent enveloppés dans du coton, j'éprouvai un choc terrible en retrouvant des objets dont je connaissais le poids et la texture comme si je les avais manipulés dans un passé lointain et pourtant si vivace.

*
**

Devant cette accumulation de signes, de visions, de rencontres qui tous semblaient m'indiquer que ma vie actuelle n'était qu'un maillon d'une chaîne dont je ne saisissais pas encore pleinement la finalité, on ne s'étonnera pas que je me sois plongé dans l'étude de l'histoire ancienne et de l'histoire des religions.

Car je n'osais toujours pas me confier à mes proches ou à mes camarades. Par peur, je l'ai dit, de passer pour un fou, ou pour le moins par peur du ridicule.

Et pourtant quel ridicule y avait-il à croire à l'indépendance et à la survie de l'âme face à des athées qui voulaient me faire accroire que ce principe sublime, cette âme humaine aux possibilités infinies, devait disparaître dans le néant avec la putréfaction de mon enveloppe charnelle ? Comment accepter que l'esprit créateur d'hommes tels que Léonard de Vinci ou Mozart ne soit que le résultat d'un assemblage de cellules ? N'était-il pas plus vraisemblable de considérer que leur corps était le réceptacle et non la source de leur génie ?

Quel ridicule y avait-il à penser que mon âme pouvait redescendre sur terre, se réincarner dans une enveloppe différente ? En quoi était-ce plus logique d'imaginer, comme m'y invitait l'iconographie d'un christianisme dénaturé, qu'après un bref passage sur terre – une étincelle en regard de l'univers – je serais jugé, admis dans un paradis d'image d'Épinal ou condamné à rôtir dans un enfer éternel ? Comparé à la réincarnation, le dogme de la résurrection générale des corps me paraissait une aberration monstrueuse. Comment ! Un boiteux renaîtrait boiteux, un paralytique infirme ?

On m'objectera peut-être qu'il est difficile d'admettre la réincarnation si l'on n'a pas souvenir de ses vies passées. Mais se souvient-on en continu des premières années de sa vie ? Gardons-nous le souvenir de tous nos rêves ? Et pourtant l'enfance comme le sommeil sont partie intégrante de nos existences.

*
**

Si l'étude n'eut pas sur moi l'impact de mes expériences « ressenties », elle m'ôta bien des appréhensions en m'apprenant que, loin d'être un cas unique, j'avais découvert par intuition une croyance qui faisait partie du patrimoine universel de l'humanité.

En me plongeant dans les livres, j'eus en effet la surprise de découvrir que la plupart des religions de la planète, anciennes comme modernes, incluent la réincarnation dans leur doctrine. La transmigration des âmes, appelée aussi « palingénésie », constitue même le fondement de plusieurs d'entre elles.

Mon propos n'est pas de présenter ici un panorama historique ou géographique de la réincarnation. Il me suffira de dire que la croyance en la matérialisation cyclique des âmes est couramment admise par les Orientaux, qu'elle est le pilier de l'hindouisme, qu'elle est présente dans les nombreuses branches du bouddhisme. Le soufisme y adhère également. La majorité des civilisations anciennes croient à la réincarnation des ancêtres, de même que de nombreux peuples dits primitifs. Des philosophes ou des écrivains aussi considérables et différents que Pythagore, Lao-tseu, Platon, Goethe, Schopenhauer, Flaubert, Thoreau, etc., croyaient à la réincarnation.

Comment dès lors peut-on rejeter sans examen une croyance qui est le fait de plus de la moitié de la population terrestre ? Après une longue période d'occultation en Occident, elle est depuis un siècle en progression spectaculaire. N'est-ce pas parce qu'elle répond à nos préoccupations essentielles ?

*
**

Mais, plutôt que de nous pencher sur des cultures « exotiques », intéressons-nous de plus près au christianisme, puisque aussi bien c'est notre univers.

La plupart des catholiques ne sont pas loin de considérer la doctrine de la Réincarnation comme une superstition digne d'une secte de bas étage ou au mieux comme une curiosité orientale. Ils s'imaginent qu'elle est contraire à leur foi et qu'elle est condamnée par l'Église romaine.

Or il n'en est rien ! Il n'y a strictement aucun interdit dans la religion catholique à propos de la réincarnation, au moins à l'origine.

La renaissance des âmes était une option vivante des premiers chrétiens. Puis, au Ve et au VIe siècle, elle tomba sous le coup d'une Église qui cherchait à définir des dogmes lui permettant de lutter contre les hérésies, d'éviter l'éclatement du christianisme et de conserver ainsi entre ses mains un pouvoir aussi bien temporel que spirituel.

Lors du Ve concile œcuménique qui se tint à Constantinople en 553, la réincarnation fut condamnée de façon arbitraire. Une condamnation d'ailleurs contestable puisque les évêques, choisis par l'empereur Justinien, n'obtinrent pas l'aval du pape Vigile. Ce dernier, pourtant présent à Constantinople, refusa d'assister aux débats. Par ailleurs, la doctrine de la renaissance des âmes n'était pas l'objet du concile, et sa condamnation se fit indirectement, par le truchement d'une sentence extraconciliaire.

Le fait que le concile de Constantinople se soit penché sur le problème de la réincarnation suffirait d'ailleurs à attester la vivacité de cette doctrine dans l'Église des premiers temps.

L'enseignement visé était celui d'Origène (185-254), théologien alexandrin que saint Jérôme considérait comme « le plus grand maître de l'Église après les apôtres ». Origène professait la préexistence et la transmigration des âmes.

Après le concile de Constantinople, l'Église omit soigneusement de mentionner la réincarnation. Ainsi placée sous le boisseau, cette doctrine fut bientôt considérée comme une hérésie. Ce fut une des raisons de la persécution des cathares.

Rappelons au passage que le mot « hérétique », frappé d'un tel opprobre qu'il en est presque devenu synonyme de diabolique, signifie étymologiquement « celui qui choisit ». Dès lors sont hérétiques tous ceux qui, refusant d'admettre aveuglément les dogmes de l'Église romaine, continuent de chercher et de penser par eux-mêmes.

Nul être au monde ne peut prétendre détenir la vérité. Moi le dernier. Il ne s'agit donc pas pour moi de contester de façon péremptoire les conclusions des pères de l'Église mais de livrer mon expérience personnelle, ma vision du monde. Bien que n'ayant jamais été baptisé, je me sens profondément chrétien. Je vis, je pense dans un monde judéo-chrétien. Mais il me semble que, par définition, une doctrine figée ne permet pas d'évoluer et que seule une confrontation des interprétations peut favoriser la progression sur le chemin de la connaissance.

*
**

Bien que passé au crible de la censure ecclésiastique, le Nouveau Testament garde trace de la réincarnation. Relisons ensemble l'Évangile selon saint Matthieu, 17e chapitre, versets 9 à 13 :

Comme ils descendaient de la montagne, Jésus leur fit cette défense : « Ne parlez à personne de cette vision, avant que le Fils de l'Homme ne ressuscite d'entre les morts. » Et les disciples lui posèrent alors cette question : « Que disent donc les scribes, qu'Élie doit venir d'abord ? » Il répondit : « Oui, Élie doit venir et tout remettre en ordre, mais je vous le dis, Élie est déjà venu et ils ne l'ont pas reconnu, mais ils l'ont traité à leur guise. Et le Fils de l'Homme aura de même à souffrir d'eux. » Alors les disciples comprirent que ses paroles visaient Jean Baptiste.

Ainsi, Jean Baptiste est présenté comme la réincarnation d'Élie. Ce que nous confirme Matthieu, 11e chapitre, versets 13 à 15 :

Tous les prophètes en effet, ainsi que la Loi, ont mené leurs prophéties jusqu'à Jean Baptiste. Et lui, si vous voulez m'en croire, il est cet Élie qui doit revenir. Que celui qui a des oreilles entende !

Comme Jésus, au mont des Oliviers, ne parvenait pas à trouver le sommeil, il descendit vers Jérusalem. Là, il rencontra Nicodème. Ils ont parlé longuement et Nicodème lui a demandé (Évangile selon saint Jean, chapitre 3) :

– Comment un homme peut-il naître, étant vieux ? Peut-il une seconde fois entrer dans le sein de sa mère et naître ?

La réponse du Christ reste au centre d'infinies polémiques de la part des exégètes. La traduction « officielle » est la suivante (Bible de Jérusalem) :

– Pour entrer dans le royaume de Dieu, il vous faut naître d'en haut.

Mais certains hellénistes ont affirmé qu'il fallait lire « naître de nouveau », ce qui attesterait que le Christ professait la doctrine de la Réincarnation !

*
**

La réincarnation n'était donc pas inconnue des premiers chrétiens, mais il y aurait eu un déguisement de la parole du Christ. Le grand instigateur de cette falsification n'est autre que Paul, l'apôtre des Gentils.

Saul de Tarse, baptisé par la suite Paul, était le seul des apôtres à n'avoir pas connu le Christ de son vivant. Pharisien fervent, mercenaire à la solde des Romains, il pourchassa les chrétiens avant de se convertir. Il entra par la suite en conflit avec Jacques, héritier du message christique. Grand admirateur de la puissance romaine, Paul voulait donner à l'Église chrétienne une organisation, une puissance calquées sur le modèle césarien.

L'Église catholique d'aujourd'hui, ou plutôt sa caricature hiérarchisée, dogmatique, commerciale, nous la devons à Paul. C'est la Grande Prostituée dont parle l'Apocalypse de saint Jean, « la courtisane vêtue de pourpre et d'écarlate ». Une Église institutionnelle dont l'Apocalypse de saint Jean prédit la chute car elle a failli à la loi d'Amour dictée par Jésus de Nazareth :

> *Approche-toi, je te montrerai le jugement de la grande courtisane, celle qui est assise au bord des eaux nombreuses, avec qui tous les rois de la terre se sont livrés à la débauche... Une femme montant une bête écarlate, une bête portant sept têtes et dix cornes... Les sept têtes sont les sept collines sur laquelle la femme est assise... la femme que tu vois, c'est la cité géante qui a la royauté sur les rois de la terre.* (Chapitre 17.)

Cette cité géante, c'est Rome, avec ses sept collines et ses dix quartiers. La tiare papale porte trois couronnes, signe de préséance sur les rois et les empereurs. Rome deviendra de nouveau le centre du monde lorsque l'Antéchrist en fera sa capitale après la mort du dernier pape, annoncée par la prophétie de saint Malachie. Et selon cette prophétie, Jean-Paul II serait l'avant-dernier...

***

Si l'Église paulinienne soulève parfois mon indignation, c'est précisément parce que je me sens profondément chrétien et qu'il m'est douloureux de voir ainsi le message du Christ trahi, dénaturé par une iconographie niaise, où le Dieu infini devient un Dieu personnalisé, grand-père pantouflard à la barbe fleurie, où l'on tente d'appâter le chaland et de le maintenir dans la crainte en agitant sous son nez les oiseaux du paradis et les flammes de l'enfer.

Pour parvenir à ses fins, Paul a réécrit l'histoire christique à sa façon. Il a d'abord gommé le fait que Jésus et ses disciples étaient juifs, un « oubli » qui fut à l'origine d'un antisémitisme latent en Europe, antisémitisme qui devait autoriser les déclarations racistes de l'extrême droite française et culminer dans l'horreur du génocide hitlérien.

Jésus n'était pas un simple charpentier, comme on nous le dit, mais bien un aristocrate juif. Les Évangiles de Luc et de Matthieu font état de sa descendance directe du roi David. Il est donc le prétendant au trône d'Israël, usurpé par Hérode, et c'est à ce titre qu'il est reçu par des notables, à Cana par exemple. Il est entré à Jérusalem par la porte des Poissons – comme l'avait prédit la prophétie de Zacharie (IX-9) :

Réjouis-toi, fille de Sion
Pousse des cris de bonheur, fille de Jérusalem,
Regarde, ton roi vient vers toi,
Il est victorieux, il est triomphant,
Humble et monté sur un âne...

Jésus est un Messie, l'« oint divin », le guide spirituel, l'oracle, mais aussi le roi. Tout souverain d'Israël était considéré comme un Messie ; le terme s'appliquait à David et à ses successeurs. Ils étaient « oints » comme les rois de France, rois de droit divin, étaient « oints » par le saint chrème en la basilique de Reims.

Quant à Marie, elle était une descendante directe de Salomon et de la reine de Saba. Ce qui signifie qu'elle était métisse. Ne vous êtes-vous jamais demandé pourquoi, dans un pays où l'hospitalité était un devoir, une femme enceinte se vit refuser l'entrée d'une auberge et dut aller accoucher dans une étable ? Personne ne semble jamais s'être posé cette question. En fait l'explication est simple : c'est que Marie avait du sang noir dans les veines. D'ailleurs beaucoup de représentations de la Vierge sont noires : la Vierge du Puy, la Vierge de Chartres, de Saragosse et celle des Saintes-Maries-de-la-Mer sont toutes des Vierges noires.

*
**

La Vierge est d'ailleurs la première sacrifiée de la falsification fondamentale, celle opérée sur la Trinité. La Trinité chrétienne, donc juive, s'inspire directement de la Trinité égyptienne qui se décompose ainsi : le Dieu unique, au nom imprononçable, qui dans sa matérialisation devient Osiris, dieu le Père ; Isis la Vierge noire qui donne naissance à Horus ; Horus le Rédempteur, fils divin du Père et de la Mère.

Cette histoire vous semble familière ? Pourtant,

elle a été écrite dix mille ans avant l'ère chrétienne. Mais Paul, viscéralement misogyne, et pour qui la femme est indissociable du péché, gomma jusqu'à la notion de féminité dans la Trinité. Car comment ne pas s'étonner de trouver, dans la Trinité chrétienne, le Père, le Fils... et le Saint-Esprit ?

Pourquoi avoir ainsi escamoté la Mère ? Ne doit-on pas y voir la source d'une indéniable misogynie de l'Église ?

Que le lecteur me permette d'exposer ici ma définition de la Trinité, telle qu'elle s'est imposée à moi lors de mes méditations. Il verra que loin de m'écarter de mon propos, j'y suis au cœur.

Dieu a créé le monde par désir. Le Tout, l'Un, l'Absolu, fleuve d'amour infini et éternel, n'a pas conscience de son existence. Pour se contempler, il doit se scinder en deux : Dieu le Père, celui qui regarde, et la Vierge céleste, celle qui se laisse regarder, le *chaos* des Grecs, la Māya des hindous. Par le vouloir actif du Père, la Vierge céleste va créer tous les mondes, toutes choses existantes. Ce choc va engendrer le Fils, le Verbe divin, étincelle qui va nommer et donc animer chaque forme créée par la Mère.

Mais en voulant se contempler, l'Un absolu perd son unicité primordiale. Le Tout devient multiple, il se disperse. Issu de la divinité, à l'image de Dieu, l'homme est lui-même fragmenté et limité par sa prison de chair. Mais si son corps est lié à la matière, son âme, reflet et parcelle du grand tout cosmique, aspire à retrouver la fusion avec l'Un, la dissolution dans la lumière divine.

Seulement, pour parvenir à cette spiritualisation, l'homme doit passer par différents paliers. Sa réintégration dans le Tout suppose des réincarnations successives.

*
**

Si l'Église catholique ne se veut pas réincarnationniste, la doctrine de la Réincarnation n'en a pas moins, nous l'avons vu, beaucoup d'adeptes. Mais il est temps à présent de préciser ce que l'on entend exactement par réincarnation. Quels sont les mécanismes qui régissent la transmigration des âmes ? Là encore, il ne s'agit pas d'imposer un système mais d'exposer un credo personnel.

Que le lecteur sceptique se donne la peine d'examiner les différents points qui suivent ; peut-être y trouvera-t-il réponse à certaines questions qu'il se pose.

Car des questions, la réincarnation en soulève beaucoup pour le néophyte. De la plus anecdotique – peut-on se réincarner en animal ? – à la plus profonde – quelle est dès lors la finalité de notre vie sur terre ?...

*
**

Depuis la chute originelle, l'homme est séparé de la lumière divine. Il est prisonnier de la matière dans ce que j'appelle le Troisième Plan vibratoire, c'est-à-dire l'état incarné, corporel qui constitue notre condition terrestre actuelle.

Car entre la lumière absolue et la matière brute, il existe une série de degrés intermédiaires, du plus dense au plus subtil, du plus inanimé au plus spirituel. Tout être aspire à la vie céleste, mais cette transmutation vers la spiritualité est une ascension extrêmement lente. L'âme progresse par étapes, en se dégageant graduellement de la matière.

Au Premier Plan vibratoire, on trouvait les lémures et les humanoïdes, à peine sortis du règne animal. Puis vinrent, au Deuxième Plan vibratoire, les cavernicoles qui se distinguèrent par la station debout et la découverte des outils et du feu. Le Troisième Plan est celui de l'*Homo Sapiens,* l'homme de l'abstraction, de la science et du savoir, l'homme d'aujourd'hui.

Lorsqu'un être meurt, il passe au Quatrième Plan vibratoire, l'Hadès des Grecs, un monde lumineux, décorporé où l'âme vit non pas hors du temps mais dans une temporalité ralentie, étirée.

C'est ce monde que décrivent les gens qui sont revenus de comas profonds. Ces fameuses NDE *(Near Death Experiences),* expériences de « morts cliniques » où les êtres se voient errer dans un monde coloré, dans des lieux fascinants où ils croisent d'autres ombres.

Mais ce Quatrième Plan n'est pas la destination ultime des âmes. C'est une sorte de palier, un passage obligé. Là, les âmes se perfectionnent, deviennent plus justes. Car, Dieu étant Miséricorde, toutes les fautes sont pardonnées. Imaginer un enfer où les pécheurs sont livrés aux flammes ou jetés dans des cuves d'huile bouillante est une insulte à la miséricorde divine ! Le plus vil des pécheurs sera absous, mais il ne connaîtra pas de sitôt la lumière de Dieu.

Dans le Quatrième Plan vibratoire, en effet, les âmes sont dans une espèce de brouillard, bien loin encore de l'éblouissement divin. Certaines même se contentent de cet état : pour aspirer à la lumière divine, il faut en avoir conservé une étincelle au tréfonds de son être.

Mais d'autres veulent monter plus haut, vers Dieu, vers cette lumière totale qu'ils entr'aperçoivent au-dessus d'eux et qui les attire. Les plans supérieurs leur apparaissent comme des brillances extraordinaires, comme les degrés d'une échelle de cristal. Alors ils veulent escalader le ciel.

Quand ce désir d'élévation nous occupe tout entiers, le Gardien du seuil se présente à nous :

– Tu peux rester ici plus longtemps ou bien tu peux redescendre sur terre pour essayer de t'améliorer, d'effacer toutes les actions négatives qui se sont attachées à ton enveloppe.

On accepte, en dépit de la douleur que représente le retour dans la matière. Il n'y a donc personne sur terre qui n'ait accepté les conditions exactes de son incarnation, famille, corps, handicaps de toutes sortes. À cette précision près qu'on ne peut en aucun cas se réincarner en animal. Certains voudraient en effet qu'un homme ayant vécu comme un pourceau revienne sur terre dans la peau d'un porc. C'est un contresens au regard de la loi divine qui veut que l'évolution se fasse toujours vers le haut. Pour notre retour sur terre, nous choisissons toujours une enveloppe humaine.

Pendant cette nouvelle vie, on va essayer de séparer le grain de l'ivraie et de se purifier. Si l'on y parvient, lorsqu'on mourra, on accédera cette fois à un nouveau stade de sagesse et de vérité. Le Cinquième Plan vibratoire correspond au plan paradisiaque. Le Sixième Plan est celui des mémoires cachées. Là, l'homme retrouve le souvenir de toutes ses vies passées, il peut contempler dans son ensemble la trajectoire décrite vers le divin.

Enfin, l'âme parvient au Septième Plan vibratoire, le face-à-face avec Dieu, l'extase dans la communion avec le Tout. Ainsi, peu à peu, l'âme gravit les échelons vers cette source de lumière d'une brillance colossale, ce phare de bonté, de justice en laquelle elle veut se fondre pour retrouver la félicité suprême dans l'unité originelle. Une existence exemplaire, une illumination peuvent nous rapprocher très rapidement du but mais, en règle générale, le processus est extrêmement lent et peut prendre parfois des milliers de vies. Le Royaume de la Lumière ne s'atteint pas si facilement.

*
**

Pour s'élever, il faut d'abord alléger son âme, la débarrasser des scories laissées par les actions négatives dont nous nous sommes rendus coupables au cours de nos vies précédentes.

Car toute action négative, tout péché disent les chrétiens, a des conséquences sur notre destinée. C'est ce que les hindous appellent le karma, la loi de cause à effet. Cette loi peut se résumer par un dicton d'inspiration biblique : on récolte toujours ce qu'on a semé. Commettre une mauvaise action, c'est déjà s'engager sur une voie néfaste car il n'est pas de parole qui n'ait son écho dans l'éternité.

Si nous agissons bien, nous pourrons progresser dans la lumière. Si nous agissons mal, il faudra réparer nos torts dans cette vie ou dans une existence ultérieure. Mais il ne s'agit pas là d'une loi punitive, vengeresse. Le karma n'est pas la loi du Talion : « Œil pour œil, dent pour dent. » Il s'agit en fait de parvenir à instaurer l'harmonie dans nos vies. Le débutant qui veut apprendre à jouer d'un instrument de musique commettra de nombreuses fausses notes mais il apprendra ainsi ce qu'il ne doit pas faire, comment placer ses doigts pour atteindre la pureté du son absolu.

On choisit toujours d'être réincarné dans le corps qui nous semble le plus apte à corriger nos erreurs passées. Ainsi, un dictateur responsable de mille atrocités retournera sur terre dans le corps d'une mendiante aveugle, condamnée à subir toutes les humiliations et toutes les souffrances du monde. Celui qui a été tortionnaire deviendra victime. Il s'agit là d'exemples extrêmes, bien sûr, mais le mécanisme reste valable pour un petit chef de bureau tyrannique ou une bigote médisante.

J'ai le souvenir d'avoir été une prostituée au XVIIIe siècle. C'est la seule vie de femme dont je me souvienne. J'étais prostituée au Parc-aux-Cerfs sous Louis XV, une enfant enlevée à sa famille pour les bons plaisirs du roi et morte à l'âge de dix-sept ans. Une courte vie de luxure aux Champs-Élysées, là où se trouvait la maison de tolérance du roi et de ses courtisans. Ayant souvent été prêtre, doté d'un certain pouvoir sur les esprits, je commençais à me dessécher. Mon cœur était devenu calleux, insensible aux souffrances de mes frères. Pour m'élever, je devais connaître le sort de Marie-Madeleine. Je devais subir l'humiliation, l'avilissement, l'opprobre public.

Mais, encore une fois, il ne s'agit pas d'une punition divine. Chaque être doit obligatoirement passer par différents stades, par différentes épreuves, il doit expérimenter tous les sentiments, l'orgueil comme l'humilité, l'avarice comme la générosité. En effet, quel mérite aurait l'homme pieux par faiblesse, par crainte ou par manque d'imagination ? En quoi un homme qui n'a pas connu le pouvoir de faire le mal pourrait-il prétendre à la lumière de Dieu ? Le comble de la pureté, de la sagesse, ce n'est pas la grenouille de bénitier mais l'être qui est passé par tous les stades, qui a fait le mal mais qui s'en est détourné. C'est la raison pour laquelle le Christ est toujours allé vers les pécheurs, et non vers les bien-pensants et les parangons de vertu. Les grands saints ont tous été de grands pécheurs qui ont connu la révélation, ce sont tous des repentis. À un moment de leur vie, ils se sont dit : « Je n'ai pas le droit de faire le mal. Car là n'est pas le secret de la sagesse. »

Le vrai sage, c'est celui qui a tout subi, qui a connu toutes les faiblesses humaines pour peu à peu s'élever et se transformer en un être extrêmement lumineux. Il peut alors espérer parvenir au Septième Plan vibratoire, puis au sommet de l'échelle spirituelle, et devenir un « avatar ». Parfois, ces avatars se réincarnent sur terre pour améliorer notre condition. Ils sont alors des sortes de grands trous spirituels qui viennent ici-bas pour absorber la négation autour d'eux. Le Christ en soignant les aveugles ou les paralytiques ne faisait pas autre chose que de soulager ces êtres de leur karma. On peut même voir là un symbole éclatant du message du Christ, mort pour les hommes, venu montrer la voie d'une élévation vers Dieu par la libération du karma.

*
**

J'entends les objections des sceptiques. Si la loi du karma m'impose mon destin, si ma vie actuelle n'est que la conséquence d'actions antérieures, quelle liberté, quel libre arbitre me reste-t-il ? N'est-ce pas là condamner l'homme au plus strict des déterminismes ? Un déterminisme qui ne serait plus social ou atavique mais cosmique ?

La meilleure façon de répondre à ces interrogations, c'est peut-être de prendre l'image du joueur à qui l'on distribue un certain nombre de cartes. Il n'a pas choisi son jeu, mais à partir de là, il est libre d'abattre la carte qu'il veut, bonne ou mauvaise. Il est libre de perdre ou de gagner la partie comme nous sommes libres de nous rapprocher de la lumière divine ou de nous en écarter.

Nous pouvons accepter ou refuser les dons du Ciel. Nous pouvons les exploiter ou les laisser en friche. En d'autres termes, nous avons la faculté d'accélérer ou au contraire de ralentir notre propre évolution.

Je crois que, d'une certaine façon, tout est écrit, c'est-à-dire que lorsque nous nous réincarnons, nous faisons partie du plan divin. On a choisi sa vie, on a vu tout ce qui « pouvait » nous arriver. Mais nous avons en plus reçu ce don divin, le libre arbitre :

– Tu peux éviter telle chose mais il t'arrivera telle autre ; tu peux ne pas éviter cela, mais tu peux faire ceci...

Pour mieux faire comprendre ma conception du libre arbitre, j'ai toujours comparé la vie à un wagon de chemin de fer lancé à toute vitesse dans une immense gare de triage. Toutes les voies sont tracées, mais il peut aller à droite ou à gauche, il peut à tout moment changer d'aiguillage, se remettre dans le « droit chemin » ou se perdre dans des voies qui ne mènent nulle part.

Loin de condamner l'homme au déterminisme, la loi du karma le rend responsable de ses actes. Nous sommes entièrement maîtres de notre existence, comme nous sommes maîtres de nos actions et de nos pensées. Nous avons toujours le choix : agir ou ne pas agir.

On s'explique mieux dès lors la mise au pilori de la réincarnation par l'Église. Car en responsabilisant l'individu, cette doctrine libère l'homme de l'emprise d'un clergé qui entend régenter les âmes. Seuls bâtisseurs de notre salut, nous n'avons plus besoin d'intermédiaires terrestres pour nous élever vers le Tout.

*
**

Cela dit, à mon sens, le libre arbitre est un cadeau empoisonné. Disons une épreuve proposée à notre orgueil. Grâce à cette liberté, nous pouvons nous enorgueillir, en effet, de mener notre vie comme nous le désirons. Seulement, quand tout va de travers, nous nous tournons vers le Ciel et nous supplions : « Aidez-moi ! »

Mais les envoyés du Ciel, qu'il s'agisse des Grands Guides ou de notre ange gardien, cette force qui veille sur nous, ne peuvent intervenir que si nous abandonnons, totalement, notre libre arbitre ! Se dire : « Je fais ce que je veux mais si je me noie tu me repêches » est une conception infantile des rapports avec le divin. Ne parlons pas des prières pratiques du style : « Mon Dieu, s'il Vous plaît, faites que je gagne au loto. »

La vraie prière consiste à s'en remettre complètement à Dieu. « J'abandonne mon libre arbitre, agissez avec moi comme bon Vous semble car ce que Vous faites, je sais que Vous le faites par amour. » Alors seulement nos Guides interviennent, nous remettent sur le droit chemin.

Mais la plupart d'entre nous se refusent à cet acte simple. Devinons-nous d'instinct que la volonté de Dieu ne fait pas toujours notre affaire ? Que jamais Il ne cautionnera nos façons pas très nettes d'obtenir la richesse, le pouvoir, un amour ? Aussi les gens préfèrent-ils souvent garder leur libre arbitre. Ils font « ce qu'ils veulent », pas toujours le bien, et alourdissent leur karma.

Alors que si l'on se laisse guider, on peut accélérer son évolution. On peut brûler les étapes vers la lumière divine, on peut éviter les errements et les voies sans issue. Le seul libre arbitre valable, en dernière analyse, est celui qui consiste à s'immoler devant Dieu. Le vrai sage est celui qui fait preuve d'une totale humilité.

*
**

C'est par l'abandon de son libre arbitre que l'homme peut soulager ses souffrances. Car le retour dans la matière est pour l'âme synonyme de douleur. Dans ce corps de chair, elle va en effet connaître les affres du désir, de l'envie, de la faim, de la soif, de la maladie. L'enfer, pour elle, est sur terre.

Mais la notion de réincarnation nous aide à supporter cette condition terrestre qui peut paraître si injuste. Car les épreuves de la vie, si douloureuses soient-elles, nous offrent la possibilité de nous rapprocher des plans vibratoires supérieurs, donc de la Lumière et de la Vérité. Simone Weil disait que « la grande force du christianisme, c'est qu'il propose non pas un remède à la souffrance, mais un usage de la souffrance ». La loi du karma offre en plus une explication de cette souffrance, un moyen de l'alléger, ou pour le moins de raccourcir le temps de réparation qui nous sépare de Dieu.

La mort elle-même n'est plus une tragédie. Dans certaines civilisations, les familles célèbrent dans la joie le départ du défunt vers un monde meilleur.

La mort est en fait une renaissance, une élévation sur l'échelle céleste. Pour ma part, elle a cessé depuis longtemps de m'effrayer. Je sais que ma vie actuelle est la dernière. L'iris a quitté le bas de l'œil.

CHAPITRE TROISIÈME

LA TUNIQUE DE CHAIR

Tu m'as donné ta boue et j'en ai fait de l'or.

Charles BAUDELAIRE

La croyance en la réincarnation est aujourd'hui à la mode. On peut se réjouir de voir tomber les derniers préjugés qui mettaient un frein à sa diffusion en Europe. Mais on peut craindre aussi que ne se répande une pléthore d'interprétations erronées et de déviations dangereuses.

Il y a indiscutablement dans la transmigration des âmes un côté spectaculaire qui fascine le public. Quelle sensation de pouvoir annoncer dans un dîner en ville qu'on a été maharani ou conquistador ! Les existences passées ont souvent pour fonction de flatter un ego insatisfait, qui peut d'ailleurs s'exprimer *a contrario*. Car il y a de l'amour-propre à se donner une vie antérieure misérable, comme pour dire : « Ah, si vous saviez combien j'ai souffert ! » Les moralistes nous ont appris à nous méfier de ces coquetteries.

De nos jours, on voit fleurir à tous les coins de rue des centres de méditation et autres officines douteuses qui, « résultats garantis », promettent au chaland la solution de tous ses problèmes grâce à une méthode dite de « renaissance » ou de « régression ».

Il s'agirait, par des techniques plus ou moins scientifiques, de réveiller la mémoire de nos vies antérieures. Une thérapie qui est censée, en l'espace de quelques séances, nous apporter des pouvoirs paranormaux ou la réussite professionnelle ! On n'arrête pas le progrès : hier, la psychanalyse vous expliquait vos névroses en explorant les traumatismes de votre petite enfance, aujourd'hui on s'installe sur la machine à remonter le temps ! Appliquées parfois par des charlatans qui exploitent sans vergogne le désarroi de nos contemporains, ces pratiques représentent un réel danger.

En effet, la recherche de ses vies antérieures ne s'effectue pas sans préparation. Une telle démarche ne doit pas être motivée par la simple curiosité : elle suppose que l'on soit déjà suffisamment avancé dans sa quête personnelle. Peut-on un instant imaginer le choc psychologique que représente pour un individu la prise de conscience soudaine que sa vie actuelle n'est que le maillon d'une longue chaîne ? Ne court-il pas le risque de basculer dans la folie ? Ou plus simplement de « décrocher » de la réalité ? Si le voile d'Isis couvre nos yeux, c'est peut-être aussi pour que nous ne soyons pas aveuglés.

Mal comprise, la croyance en la réincarnation conduit à un regrettable détachement vis-à-vis du réel. Face aux difficultés de l'existence, grande est la tentation de se réfugier dans le souvenir de ses vies antérieures. Mais, de toute évidence, qui dit *régression* dit *régresser*. Il ne s'agit plus d'aller de l'avant mais de se tourner délibérément vers le passé !

L'individu peut en outre afficher un certain fatalisme. « Tout ce qui m'arrive est la conséquence de mes vies passées, mes drames personnels sont un juste paiement de mes fautes d'hier, il n'y a donc rien que je puisse faire pour améliorer mon sort. » Si la vraie vie est ailleurs, pourquoi faire aujourd'hui ce que je peux faire demain ou dans une vie future ?

Ces « dérapages » m'ont amené à affirmer que la connaissance de ses vies antérieures n'a rien de nécessaire. J'irai même jusqu'à dire qu'elle est parfaitement anecdotique.

En quoi le fait de savoir que je fus prince moghol ou usurier en Lombardie va-t-il m'aider dans ma vie présente ? Apprendre que j'ai des crises d'asthme parce que j'ai été autrefois étouffé par un oreiller de plumes va-t-il pour autant me guérir ? Traquer son moi fixe à travers ses vies passées revient en somme à chercher une amande dans des coquilles vides. Quelle perte de temps, quand celui qui nous est imparti est si court !

Si la réincarnation et son corollaire obligé, le karma, doivent nous enseigner quelque chose, c'est précisément l'importance de notre vie présente. C'est ici et maintenant que l'homme progresse, c'est ici et maintenant que se gagne la lumière divine.

Car si la vie terrestre n'est qu'une étincelle comparée à l'éternité des plans vibratoires supérieurs, elle n'en est pas moins l'occasion de notre évolution. C'est par notre comportement quotidien que nous pouvons alléger notre karma.

Aussi les adeptes de la réincarnation accordent-ils une importance primordiale au passage sur terre. Se retirer du monde et se faire anachorète ne constitue pas à mon sens la voie royale menant à la sagesse. Il ne s'agit pas de fuir la réalité mais de faire ce pour quoi on est descendu sur terre. La foi en la réincarnation ne doit être ni un refuge dans le passé ni un fatalisme à l'égard de l'avenir : elle est fondamentalement une incitation à l'action dans le présent.

*
**

Vivre au présent, c'est tout d'abord ne pas refuser les règles du jeu de la vie sociale. Simple consécration des efforts fournis, la réussite n'est pas un crime. Il n'y a aucune honte à gagner de l'argent, à condition toutefois de ne pas en faire une fin en soi...

J'ai toujours eu un rapport curieux avec l'argent. Je me souviens qu'un jour, au retour de la caserne, mon père avait jeté sa veste sur le dossier d'une chaise. J'en avais profité pour subtiliser son portefeuille. J'étais descendu dans la rue et j'avais distribué les billets aux passants ! Mon père m'avait pris la main dans le sac et m'avait flanqué une raclée mémorable à coups de ceinturon militaire...

Malgré ou peut-être à cause de la pauvreté dans laquelle je passais mon enfance, j'éprouvais une sorte de mépris pour cet argent qui donnait aux autres tout ce que je ne pouvais posséder. Je n'ai jamais rêvé de la bicyclette ou des patins à roulettes que ma mère ne pouvait m'offrir. De la même façon, s'il m'arrivait d'admirer la beauté physique de certains de mes camarades, je n'aurais pas voulu me retrouver dans leur peau pour tout l'or du monde. Changer de corps signifiait changer mon cerveau, mon esprit, mon imaginaire, mon vécu. Je songeais que la nature m'avait accordé une intelligence, une vivacité d'esprit dont mes camarades n'étaient pas forcément dotés. Je possédais des acquis fantastiques qui compensaient largement le manque de fortune ou de grâce physique.

Aujourd'hui que je gagne énormément d'argent, je n'ai pas changé d'attitude. Je continue de distribuer largement cet argent, non pas en le jetant par les fenêtres mais en m'efforçant d'aider les autres.

L'argent ne doit jamais être une finalité mais un simple moyen d'acquérir une certaine liberté de mouvement. Je ne m'offre qu'un seul luxe, celui de l'espace : je vis dans un grand appartement peint en blanc dans lequel il n'y a pratiquement pas de meubles, à l'exception de quelques tableaux et de bibliothèques chargées de livres.

*
**

On le sait, le confort matériel ne fait pas le bonheur. Et être heureux aujourd'hui est une tâche difficile pour celui qui refuse de porter des œillères. Car nous vivons des temps troublés. La Terre est soumise à d'inquiétantes tensions. Pollution, misère, famine, guerre, séismes, cyclones, épidémies, surpopulation, autant de nuages noirs qui assombrissent désormais notre vie quotidienne et mettent en péril notre avenir. Nombre de nos contemporains optent alors pour la fuite en avant, que ce soit dans les drogues de toute espèce ou dans les sectes qu'on voit se multiplier. Autodestruction physique ou spirituelle.

Ces menaces et ce malaise généralisé sont dus au fait que nous nous situons à une époque charnière. En effet, nous allons quitter l'ère des Poissons, qui a débuté il y a quelque deux mille ans avec la venue du Messie, pour entrer dans celle du Verseau. Le Christ a pris bien soin de marquer son appartenance à l'ère des Poissons. Symboliquement, la Bible nous dit qu'il a choisi pour premiers disciples des pêcheurs, qu'il a marché sur les eaux, lancé ses filets. Ressuscité, il a mangé du poisson (Évangile selon saint Luc, chapitre 24). Le mot grec *ichthus,* qui signifie « poisson », est aussi un sigle que l'on peut traduire par « Jésus-Christ, Fils de Dieu, Sauveur » (*Iesu Khristos Theou Uios Sôter).* Ce n'est que plus tard, en 325, au concile de Nicée, que le poisson fut abandonné comme symbole du Christ et remplacé par la croix latine.

L'ère chrétienne est la phase ultime de l'âge de fer, ou Kali-Yuga. L'ère du Verseau, qui lui succédera, sera un âge d'or. Mais le passage ne se fera pas sans heurts. La période de transition a commencé en 1914, à l'aube du XXe siècle, « lorsque le Juif errant a déposé son sac... », c'est-à-dire à la signature des accords de Balfour, à Londres, qui promettaient aux Juifs un foyer national en Israël. Signe de la fin d'un cycle : chassée de la Terre sainte, la diaspora juive éparpillée se rassemble pour fonder l'État d'Israël.

Et de la même façon qu'au théâtre on frappe trois coups avant le lever de rideau, cette nouvelle ère du Verseau est annoncée par trois chocs : la Première Guerre mondiale, la Seconde Guerre mondiale et le troisième choc... hélas ! est imminent, même s'il est difficile, voire dangereux, de donner des dates précises.

*
**

Quel qu'en puisse être le moment exact, ce passage d'une ère à l'autre s'accompagne déjà d'un profond sentiment d'angoisse auquel nous sommes tous plus ou moins sensibles. Un malaise que l'Église romaine est impuissante à apaiser. Mais comment s'en étonner puisque, littéralement, elle n'est plus de ce temps ? Sourde aux avertissements, apparemment inconsciente de l'urgence de la situation, l'Église paulinienne s'enlise dans de ridicules querelles intestines et ergote à l'infini sur des points de liturgie. Désormais archaïque, elle apparaît incapable de répondre à nos interrogations.

Cette faillite de l'Église renforce le désenchantement de jeunes qui, déboussolés, ne savent plus à quel saint se vouer. Tout refuge dans le politique leur est désormais interdit. Avec l'écroulement du système communiste, le dernier pan de mur de nos illusions politico-sociales vient de s'effondrer. À la fin des années quarante et jusque dans les années cinquante, tous les jeunes étaient marxistes, moi y compris. Je croyais dur comme fer que l'idéologie marxiste allait sauver le monde ! Heureusement, mon premier voyage à l'Est suffit à m'ouvrir les yeux. Je réalisai que la dictature égalitaire était un crime contre l'humanité. L'histoire vient d'en infliger la preuve aux derniers incrédules.

Privés de tout idéal, les jeunes fuient la réalité

intolérable et se lancent à corps perdu dans les paradis artificiels. Ils trouvent l'enfer de la dépendance, victimes de sectes pseudo-orientales ou pseudo-scientifiques qui exploitent leur désarroi. Devenez maître en dix leçons ! Réveillez vos énergies intérieures par la méditation-flash ! Apprenez les techniques de la renaissance ! Autant d'hameçons jetés par des aigrefins de tout poil. Les prophètes nous ont mis en garde : « Malheur à la fin des temps, lorsque les sectes pulluleront et que les faux dieux apparaîtront. »

Face à la démission des institutions politiques et religieuses, on voit se développer un fort courant d'« exotisme » où l'on va chercher ailleurs, dans d'autres cultures, d'autres religions, les réponses à son mal de vivre. À mon sens, c'est s'engager sur une fausse route car si nous avons choisi notre corps au moment de notre incarnation, nous avons aussi choisi, et pas par hasard, un lieu géographique, une race, une culture. C'est sur ces acquis qu'il nous faut travailler. Si mon destin était de me retirer dans un ashram, je serais probablement né en Inde. Mais je suis né ici, en Occident, dans le pays Basque, à cinq kilomètres de la frontière française, avec cet héritage atlantéen et celte d'une richesse inépuisable. Je vis dans une civilisation judéo-chrétienne et c'est dans le christianisme que je dois chercher mes réponses. Il ne s'agit pas d'affirmer la supériorité de la culture occidentale sur les cultures orientales. Le bouddhisme, le zen ou le soufisme musulman sont des philosophies sublimes, mais je dois cultiver mon jardin avec les outils du terroir.

Malheureusement, le monde occidental traverse aujourd'hui une crise de ses valeurs. Sans guide, sans repère, les jeunes en particulier sont la proie facile de tous les imposteurs. Lorsque j'étais enfant, j'avais constamment sous les yeux des héros extraordinaires, des gens qui avaient le goût du sacrifice. Mon père avait été fusillé par Franco pour avoir refusé de trahir son idéal républicain, ma mère avait lutté toute sa vie pour ses idées. J'ai ensuite trouvé mes modèles dans l'iconographie française : les Blériot, les Guynemer, ces héros qui voulaient toujours repousser les limites. Mais désormais, le désintéressement et le don de soi sont des valeurs qui ne trouvent plus guère d'écho. Chacun s'enferme dans un égoïsme rapace, s'isole sous son « baladeur » ou devant son écran de télévision. Nous sommes revenus à l'époque de Babel, au règne de la confusion et de l'incompréhension générales. Les chaînes de radio et de télévision se multiplient, les gens « zappent » à tout va et les discours se confondent, les langages s'entrecroisent, les hommes politiques parlent la langue de bois. Babel est partout.

*
**

C'est pourtant dans ces temps difficiles qu'il faut redoubler de vigilance. On lit dans le Nouveau Testament qu'il faut tenir sa maison en ordre, car Dieu y viendra « comme un voleur », au moment où nous nous y attendrons le moins. Notre maison, c'est notre conscience, mais c'est aussi notre corps qu'il s'agit d'assainir, de purifier.

Hélas, cette purification est vite apparue impossible aux yeux des Pères de l'Église. Au fil des siècles, notre civilisation judéo-chrétienne a jeté l'anathème sur le corps, considéré comme la source de toutes les tentations et de tous les vices. Rappel permanent de notre déchéance, siège de ces puissances trompeuses que sont les sens, il nous rapprocherait de la bête quand nous voulons faire l'ange. Déjà pour les Grecs, le corps était le tombeau de l'âme, prison de chair clouant l'esprit dans le monde des apparences, l'empêchant de s'ouvrir aux idées essentielles.

Pour les manichéens comme pour les censeurs de l'Église, la chair, c'est en somme la bête indomptée, le germe de corruption qui pourrit l'esprit. D'après eux, pour accéder au salut, il faut par conséquent mépriser tout ce qui rappelle notre condition corporelle. D'où la glorification de l'ascèse, de la virginité, d'où les autoflagellations. Le moine qui entre au monastère doit laisser son corps à la porte. La tunique de chair ne peut que le divertir de sa quête de la vérité.

*
**

Heureusement, il s'est trouvé quelques humanistes pour rappeler qu'un esprit sain est indissociable d'un corps sain. Ce dernier n'est-il pas création de Dieu au même titre que l'âme et ne mérite-t-il pas dès lors tous nos égards ?

Plus important encore, n'est-il pas une parcelle du Tout, un reflet de ce Cosmos qui est l'expression de Dieu ? Dès lors, mon corps est sacré comme toutes les formes de la création issues de l'Énergie suprême. Hermès Trismégiste, Hermès le Trois Fois Grand, dit dans *La Table d'Émeraude :* « Ce qui est en bas est comme ce qui est en haut et ce qui est en haut est comme ce qui est en bas. » Il existe une correspondance, une harmonie entre notre microcosme et le macrocosme de l'univers. Nous sommes nous-mêmes, êtres humains, des cosmos. Tous les règnes se retrouvent en nous. Le minéral, car nous sommes composés de métaux et d'eau, et nous sommes donc régis par la lune. Comme les plantes, nous avons une sève de vie, le sang qui coule dans nos veines. Nous sommes donc soumis au soleil comme les végétaux. Si nous pouvons connaître le monde, c'est en quelque sorte parce que nous sommes un condensé de la nature. Autrement dit, notre corps est le premier moyen que nous ayons d'éprouver par analogie la puissance divine.

Et cette « prison de chair », si elle nous fait connaître la souffrance, est là pour nous permettre de reconquérir notre grâce. Le corps est en somme le filet qui nous a rattrapés dans notre chute. Et il sera le tremplin grâce auquel nous remonterons un à un les échelons qui nous séparent de la lumière divine. Ainsi, la chair n'est pas complètement négative, elle est aussi notre instrument de salut. À condition toutefois d'en faire bon usage...

*
**

Contrairement à ce qu'ont pu affirmer certains manichéismes, l'homme n'est pas inéluctablement tiraillé entre deux éléments opposés, le corps qui l'entraînerait vers le bas et l'âme qui chercherait à l'élever. L'homme est un être ternaire, réunissant le corps, l'esprit et l'âme. Ces trois éléments peuvent – devraient – jouer à l'unisson. Nos organes sensoriels nous permettent dans un premier temps d'appréhender la sphère physique dans laquelle nous nous mouvons. Cette conscience empirique, par association, devient pensée. Enfin, par la méditation, en augmentant notre acuité sensorielle, nous pouvons reculer les limites de notre connaissance et accéder à l'au-delà.

Pour relier ce corps physique à cet état de conscience, il existe tout le long de la colonne vertébrale un réseau de centres énergétiques auxquels la philosophie hindoue donne le nom de chakras, un mot sanscrit qui signifie « roue ». Ce sont des points occultes, reliés par des canaux subtils où circule une énergie vitale double, semblable à la cellule hélicoïdale d'ADN qui contient toutes les informations génétiques. Cette énergie est nommée kundalîni.

Il existe sept chakras essentiels, qui ont chacun une fonction, et qui correspondent chacun à des préoccupations différentes. Contentons-nous de les passer rapidement en revue.

Le premier chakra, ou chakra de base, est situé dans le périnée. C'est lui qui gère l'assise physique de mon être. Il est donc mon premier rapport au monde mais aussi le siège des instincts les plus bas, les plus primitifs. Il est visualisé par la couleur rouge.

Le second chakra est celui de l'aine. C'est le centre de nos fonctions productrices, c'est-à-dire aussi bien notre puissance sexuelle que notre créativité. Sa couleur est l'orange.

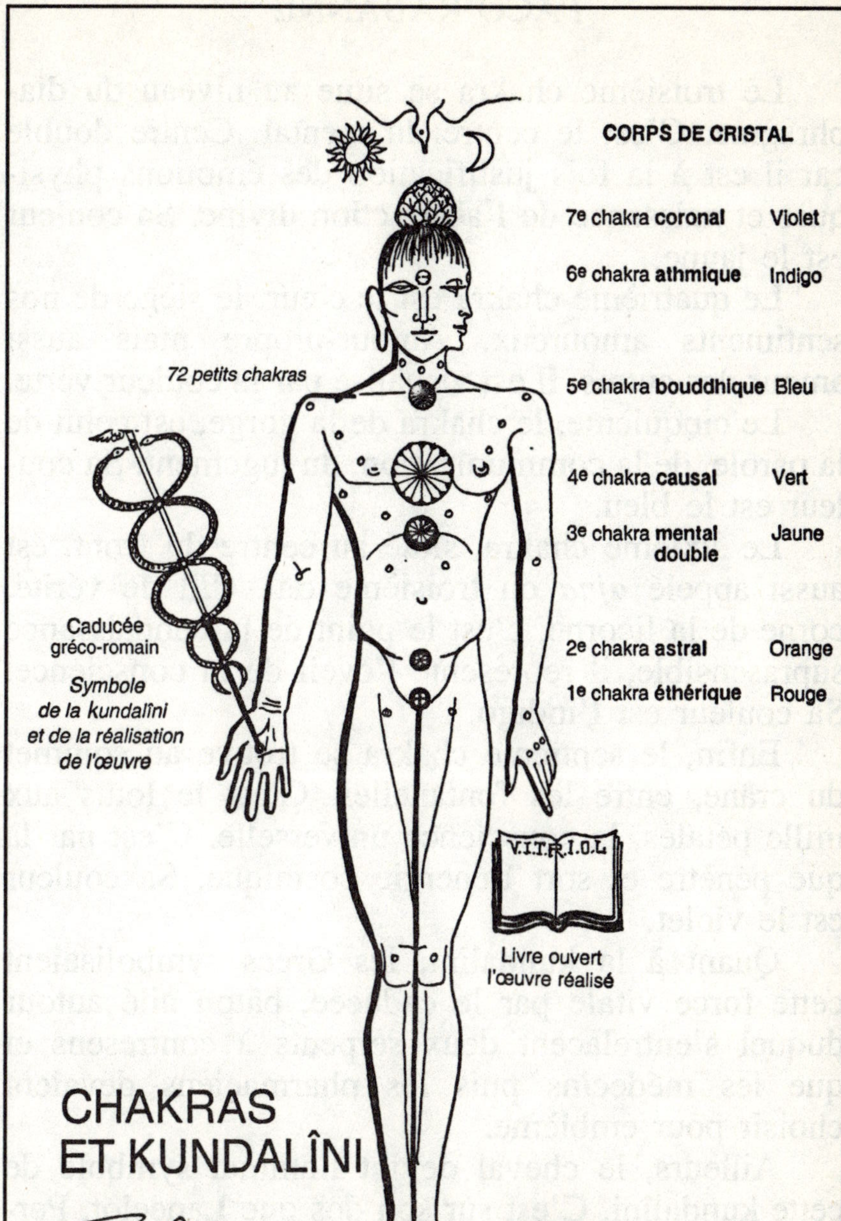
CORPS DE CRISTAL
7e chakra coronal Violet
6e chakra athmique Indigo
5e chakra bouddhique Bleu
4e chakra causal Vert
3e chakra mental double Jaune
2e chakra astral Orange
1e chakra éthérique Rouge
72 petits chakras
Caducée gréco-romain
Symbole de la kundalîni et de la réalisation de l'œuvre
V.I.T.R.I.O.L
Livre ouvert l'œuvre réalisé
CHAKRAS ET KUNDALÎNI
Paco Rabanne 91

Le troisième chakra se situe au niveau du diaphragme. C'est le centre du mental. Centre double car il est à la fois justification des émotions physiques et naissance de l'abstraction divine. Sa couleur est le jaune.

Le quatrième chakra est le cœur, le siège de nos sentiments amoureux. Amour-propre mais aussi amour des autres. Il est visualisé par la couleur verte.

Le cinquième, le chakra de la gorge, est celui de la parole, de la communication, du jugement. Sa couleur est le bleu.

Le sixième chakra, situé au centre du front, est aussi appelé *ajna* ou troisième œil. Œil de vérité, corne de la licorne, c'est le point de la connaissance suprasensible, il représente l'éveil de la conscience. Sa couleur est l'indigo.

Enfin, le septième chakra se trouve au sommet du crâne, entre les fontanelles. C'est le lotus aux mille pétales, la conscience universelle. C'est par là que pénètre et sort l'énergie cosmique. Sa couleur est le violet.

Quant à la kundalîni, les Grecs symbolisaient cette force vitale par le caducée, bâton ailé autour duquel s'entrelacent deux serpents à contresens et que les médecins puis les pharmaciens devaient choisir pour emblème.

Ailleurs, le cheval devint l'animal symbole de cette kundalîni. C'est sur son dos que Lancelot, Perceval et les chevaliers de la Table ronde sont partis en quête du Graal. Blanc, le cheval représente la pureté de la recherche initiatique. Ailé, tel Pégase, monture des dieux, il figure une spiritualité supérieure. Au sommet de cette hiérarchie, on trouve la licorne, figure emblématique de l'adepte parvenu à l'unité divine.

Par l'éveil des chakras supérieurs, l'homme parvient à augmenter les capacités de son corps, à le spiritualiser. De physique, le corps devient subtil et ouvre à la connaissance. Par la méditation, notamment en visualisant les couleurs des chakras, l'homme peut agir sur la chair, il peut guérir des lésions, équilibrer ses passions, diriger ses aspirations vers le divin.

En jouant de la kundalîni comme d'un instrument de musique, l'homme peut se mettre en harmonie avec le monde. N'était-ce pas déjà le message des religions panthéistes, « Tiens ta lyre accordée » ?

*
**

Pour accorder cette lyre, pour en faire vibrer pleinement les cordes, il faut savoir méditer. Non pas réfléchir sur un sujet donné, mais faire table rase, faire le vide mental pour s'immerger totalement dans le présent. Ne plus désirer, ne plus attendre. Prendre conscience de notre moi dans la neutralité la plus absolue.

Mais ce type de méditation demande une longue pratique. Il y a de nombreux verrous à faire sauter. Au début, on est bloqué par la peur. Peur de ce qui peut se produire lorsque la pensée ne se donne plus d'objet et erre sans garde-fou, entraînant l'esprit vers des rivages inconnus et dangereux. L'homme craint de voir surgir de son bourbier intérieur des pensées inavouées, des envies de luxure, de sadisme ou de masochisme, toute une masse de turpitudes morales qui sommeille en lui. Redoutant d'ouvrir la porte à ses vieux démons, on préfère diriger sa pensée sur un objet précis : le travail, les enfants, la femme que l'on aime.

Mais s'arrêter là, c'est refuser de faire le pas décisif sur le chemin de la connaissance. L'Alchimiste a toujours mis en garde l'apprenti : la recherche doit commencer par l'œuvre au noir, c'est-à-dire la descente aux enfers, symbolisée par le corbeau. Tous nous avons des pensées sadiques. Qui n'a rêvé de tuer une fois dans sa vie ? Affronter toutes ses pulsions négatives, les faire sortir à la lumière, c'est s'accepter soi-même.

Dans une vie antérieure, j'ai été prêtre inquisiteur. J'ai torturé des gens. Au cours de mes méditations, des images de torture sont revenues à la surface de ma mémoire. Je me suis vu dans des caves sombres, en train de préparer avec zèle les tenailles et les fers rougis. C'était à Tolède, j'étais un proche du Grand Inquisiteur Torquemada, un homme d'une cruauté impitoyable que je devais seconder dans ses basses œuvres.

Ces noirceurs de mon âme, plutôt que de les refouler, je les ai considérées objectivement. J'ai eu le courage d'exhumer ces aspects nauséabonds et la force de les évacuer à l'extérieur de moi. Non pas en les savourant mais en les examinant sous toutes les coutures. Je suis descendu dans la fange et j'y ai trouvé des souillures héritées de mes vies passées, de lectures interdites, de la guerre que j'avais vécue, des horreurs que j'avais ressenties à Auschwitz. Mais j'ai réussi à crever l'abcès.

C'est là une étape indispensable sur le chemin de la Vérité. Regarder en face le cloaque d'immondices qui bouillonne dans les bas-fonds de notre être. Œdipe ne dut-il pas reconnaître avoir tué son père et épousé sa mère pour savoir qui il était ?

« Connais-toi toi-même », grande maxime socratique ! Grand projet humain ! Mais combien parviennent à le réaliser ? Combien se contentent de connaître le moi apparent, façonné par la famille ou la société ? Car il faut bien prendre garde ici. Il ne s'agit pas d'acquérir un « savoir » sur soi tel que peut nous en offrir la psychanalyse en nous expliquant nos actes manqués, nos rêves ou nos conduites névrotiques. La véritable connaissance de soi est transformation de son être, c'est un travail de longue haleine qui doit permettre d'affiner, de spiritualiser l'enveloppe charnelle pour parvenir au « corps subtil ». On atteint ainsi l'œuvre au blanc, qui est la sortie des chaînes matérielles. Une libération qui doit permettre enfin l'œuvre au rouge, la réintégration dans le Tout divin.

*
**

Pour atteindre le vide mental, il est indispensable de maîtriser quelques techniques simples. Je commence par inspirer profondément, du creux du ventre vers la partie supérieure des poumons, avant de bien expirer le gaz carbonique. Puis je me mets à l'écoute. Littéralement. Je tends l'oreille. Mon attention n'est pas dirigée vers les bruits parasites, mais vers cette vibration interne, cette espèce de vrombissement qui émane de mon organisme. Je m'efforce de ne penser à rien. Cette attente – qui n'est jamais une attente de quelque chose – peut durer longtemps. Jusqu'à ce que mon cerveau se taise complètement et se mette lui aussi à l'écoute. En quelque sorte, je dois réussir à le berner, à tromper sa vigilance.

Brusquement, le vide se fait en moi. Je me sens comme foudroyé par une force énorme tandis qu'une vibration sourde résonne à l'intérieur de mon corps. Les énergies cosmiques descendent en moi et c'est l'explosion de joie dans le silence absolu, l'émerveillement dans la simplicité primitive. Ces vibrations d'une énorme intensité peuvent être visualisées par des couleurs fantastiques qui correspondent à notre degré de concentration ou à notre état spirituel du moment.

La position importe peu. Inutile de se déboîter les articulations du genou à vouloir s'asseoir en lotus. Je ne suis pas oriental et je n'ai pas la souplesse des yogis. Je me contente de m'installer confortablement dans un fauteuil, les jambes décroisées, la colonne vertébrale droite, la tête légèrement inclinée en avant, les yeux mi-clos, les mains posées sur les genoux, paumes ouvertes vers le haut.

Où et quand méditer ? N'importe où et dès qu'on en a la possibilité.

Certes, les contraintes de la vie quotidienne ne nous fournissent guère de moments de calme, et les gens se plaignent constamment de « n'avoir pas une minute à soi ». Mais c'est parce qu'ils ne font pas suffisamment d'efforts. On trouve toujours le temps de s'isoler. Ainsi, levé aux aurores, je prends dès l'aube une dizaine de minutes pour méditer. Ensuite, sur le chemin du bureau, si d'aventure le taxi est pris dans un embouteillage, au lieu de m'énerver parce que je vais arriver en retard, je remercie le Ciel pour l'occasion qui m'est offerte. Et, bien calé sur la banquette arrière, je ferme les yeux. Le chauffeur doit probablement s'imaginer que je ne suis pas encore réveillé. En fait, je me concentre.

De même, dans mon bureau, entre deux rendez-vous, je prends le temps de méditer. Au total, en dépit d'un emploi du temps chargé, je parviens ainsi à me ménager quatre ou cinq « pauses » par jour. Avec un peu de volonté et d'organisation, chacun devrait pouvoir en faire autant. Il ne s'agit pas de perdre contact avec la réalité mais bien plutôt d'effectuer une sorte de réajustement interne. Inutile d'aller se recueillir dans je ne sais quel cercle de prière, inutile de solliciter les conseils d'un gourou. Il faut devenir soi-même « prière », en approfondissant la méditation, où que ce soit.

Combien de fois me suis-je livré à cet exercice dans le métro ! Dès que j'ai une quinzaine de stations devant moi, je sais que j'ai le temps de me concentrer. J'invoque Isis l'Initiatrice, la Vierge noire, la vierge souterraine. Et au lieu de pester contre la lenteur du métro ou contre la mauvaise humeur ambiante, je fais le vide en moi. Les yeux mi-clos, je me mets à sourire... Sans provocation. Il ne faut pas mettre inutilement les gens en état d'agressivité. Quand on reste dans son coin, les yeux fermés, souriant, les gens vous laissent tranquille, et finissent même par ne plus vous voir, pour peu qu'on se livre à un acte de protection magique très simple. Autour de moi, mentalement, je crée une auréole de lumière, je m'imagine enfermé dans un œuf dont les bords extérieurs sont des miroirs et à l'intérieur duquel règne une douce lumière, cette fameuse lumière rose-dorée des vrais rosicruciens. À l'extérieur, je suis un miroir dans lequel les gens se reflètent. Quand ils me regardent, c'est leur propre image que je leur renvoie. Je suis là physiquement, et pourtant je deviens invisible. Toute agressivité extérieure disparaît.

***

C'est grâce à ces méditations et à l'absorption dans l'immanence du présent que l'on parvient à maîtriser le temps. Ce dernier cesse d'exister ou plutôt il prend la valeur que je lui donne. Ce qui dans ma vie professionnelle constitue un atout essentiel.

Je m'occupe de mode, bien sûr, mais aussi de productions musicales et cinématographiques. Il m'arrive ainsi d'accumuler une douzaine de rendez-vous par jour. Malgré tout, je « prends mon temps ». Levé à cinq heures et demie du matin, j'arrive au bureau à sept heures. Il n'y a personne encore, ni secrétaire ni ouvrière. Cela me donne l'occasion d'esquisser quelques dessins, de faire le point. Pour mes rendez-vous, je suis toujours d'une extrême ponctualité. Et je me donne entièrement à la personne qui vient me trouver. Je m'ouvre totalement, sans restriction. Mon interlocuteur du moment est toujours privilégié. Il est là dans l'instant présent, comme un autre moi. Il n'y a pas de tricheries, pas de faux-fuyants. Dès lors qu'il y a ouverture, on va directement au cœur du sujet. Lorsque quelqu'un entre dans mon bureau, je lui demande : « Qu'est-ce qui vous amène ? Que puis-je pour vous ? » Cela donne une espèce de lucidité, de rapidité, de concision dans la vie qui permet une grande disponibilité.

*
**

« Tenir sa lyre accordée... », c'est aussi tout simplement prendre soin de son corps, mener une vie saine, réglée. J'ai toujours éprouvé une véritable passion pour le sport, trouvant un grand plaisir et une espèce de quiétude dans l'effort physique. Exaltation du geste, apprentissage de l'harmonie, le sport est aussi pour moi la première façon d'appréhender l'autre et de développer un certain sentiment de fraternité.

Mais qui dit soin du corps ne dit pas nécessairement culte du corps. Depuis une dizaine d'années, on voit des « culturistes » s'astreindre à une discipline spartiate pour sculpter leurs muscles. Pourquoi pas, dira-t-on, si cela leur permet de trouver un certain équilibre ? Mais on prend le risque de se tromper d'objectif. Car c'est aimer le corps pour lui-même alors qu'on devrait l'aimer parce qu'il est notre premier lien avec l'au-delà.

Et s'il faut l'entretenir, il faut aussi le protéger avec une attention d'autant plus grande que nous sommes soumis aujourd'hui à des agressions de plus en plus traumatisantes. Par exemple, il m'est devenu presque impossible d'entrer dans une boîte de nuit. La musique y est assourdissante. Ces infrasons me perturbent terriblement : mon souffle se fait irrégulier, mes tympans sifflent pendant plusieurs jours, victimes d'un dérèglement de la vibration interne qui me déphase par rapport à l'harmonie du monde... Les agressions sont aussi bien, d'ailleurs, celles de la vie professionnelle qui nous fait négliger nos yeux, notre dos, etc. Traité en quantité négligeable, le corps est ainsi sans cesse menacé par le surmenage. Or comment peut-on espérer un bon équilibre mental si l'assise physique est instable ?

*
**

Aimer son corps, cela signifie tout d'abord avoir le courage de s'accepter tel que l'on est. C'est la condition *sine qua non* de toute progression spirituelle. Citons à nouveau Hermès Trismégiste, dans le *Corpus Hermeticum :* « Si d'abord tu hais ton corps, mon enfant, tu ne peux t'aimer toi-même. » Les Orientaux et les gnostiques ne disent pas autre chose, eux qui nous invitent à aimer notre corps comme un Graal, un récepteur créé par la volonté de Dieu et à Son image.

C'est avec cette tunique de chair que nous allons appréhender le monde, c'est par elle que nous allons comprendre notre place dans le cosmos. Donc, le premier geste à faire, c'est de se regarder dans une glace. S'accepter n'est pas toujours facile lorsqu'on ne correspond pas aux normes imposées par les journaux de mode. Il faut se contempler, se dire : « Il m'a donné cette apparence, je l'aime parce qu'Il l'a aimée. Dieu est présent en moi. »

Tout progrès dans la recherche du Graal intérieur passe par la découverte et par l'amour de son propre corps. Souvenons-nous que nous l'avons choisi parce qu'il devait nous aider à alléger notre karma. Nous avons accepté cette tare qui nous enlaidit, cette maladie qui nous domine, afin de nous élever par l'humilité ou la souffrance.

Il ne s'agit pas de se résigner ni de refuser toute espèce de médecine mais d'apprendre à dépasser ses limites en exploitant ses dispositions innées ou acquises. Ainsi l'aveugle compensera-t-il la perte de la vue par le développement des sens de l'ouïe ou du toucher.

Notre corps est plein de possibilités. Qu'attendons-nous pour les découvrir ?

*
**

Certains semblent au contraire s'acharner à annihiler ces possibilités par l'abus de tabac, de drogue ou de toute une pharmacopée dangereuse.

Notre respiration, les battements de notre cœur sont à l'image de ce flux et reflux qui anime la Terre, à l'image de ces phases d'expansion et de contraction que les astronomes décèlent dans le cosmos. Nos poumons nous permettent de pressentir notre consubstantialité avec le cosmos. Les maîtres yogis le savent bien, pour qui le contrôle de la respiration est la première étape de la méditation. La cigarette m'est toujours apparue comme une aberration. Pourquoi s'obstiner à obstruer notre lien à Dieu en l'encrassant sous une couche de nicotine ?

Pour des raisons similaires, je ne mange pas de viande. Il est dit dans la Genèse que le cinquième jour, Dieu créa les poissons et les oiseaux. Le sixième jour, ce fut le tour des animaux et de l'homme. Ces derniers sont donc de la même « génération », ils constituent véritablement l'étape animale. Un bœuf que l'on mène à l'abattoir sent qu'il va mourir, et ce pressentiment produit un stress terrible, une exhalaison négative que l'amateur de viande rouge va ingérer, et qui va venir perturber les centres énergétiques de son corps.

Lorsque les chakras sont éveillés, le fait de manger de la viande provoque des brûlures épouvantables le long de la kundalîni. C'est comme une marque au fer à la base du cou, dans le plexus, etc. Cela dit, chacun est libre. Si vous ne souhaitez pas progresser spirituellement, rassasiez-vous de viande saignante, injectez-vous du poison dans les veines, annihilez vos chakras, étouffez cet instrument fragile qui nous permet de correspondre avec le monde et l'au-delà ! Vous retarderez d'autant l'allègement de votre karma.

En revanche, le poisson et l'oiseau, d'un règne différent, sont propres à la consommation. On peut aussi adopter un régime strictement végétalien, mais c'est devenu difficile de nos jours et parfois dangereux car les légumes traités chimiquement, ou même irradiés, n'ont plus la valeur nutritive d'autrefois. Même les légumes « biologiques » ! Quelle supercherie que ces cultures biologiques dont on nous rebat les oreilles ! Tous les légumes, fruits et céréales sont contaminés par les engrais chimiques. Les champs de culture « normale » jouxtent ceux de culture dite biologique : comment ne seraient-ils pas tous soumis aux mêmes conditions de pollution ? Le fruit biologique est une supercherie. Tout est empoisonné. Les pluies acides déversent des poisons violents sur nos forêts qui périssent lentement d'un cancer généralisé. Quant au nuage radioactif de Tchernobyl, il ne s'est pas arrêté sagement à la frontière française. Toutes les radiations issues de la fusion de ce noyau d'uranium sont tombées sur la terre, sur la végétation, les rivières.

C'est là qu'on s'aperçoit que prendre soin de notre corps va nécessairement de pair avec la protection de l'environnement. Comment pourrait-il en être autrement puisque nous sommes tous fils et filles de la Terre ? En dépit de tous nos efforts pour alléger notre karma personnel, nous restons victimes, indirectement, de la détérioration de Gaïa. Quand comprendra-t-on enfin que notre sort est indissociable de celui de notre Mère nourricière ? En cette fin de millénaire, une conjonction d'ondes négatives menace d'entraîner la Terre dans une spirale destructrice.

*
**

Cette Terre qui nous porte est cependant la forme la plus condensée de l'amour divin, c'est le Saint-Esprit des catholiques, la Maya des hindous, la Gaïa des Grecs. C'est elle qui nous a donné naissance, elle est un prolongement de notre corps. « Tu es né poussière et tu retourneras à la poussière. »

Issus de la Terre, sortis de son ventre, nous avons

le devoir de la respecter et de la protéger. Car nous avons hérité d'une des plus belles planètes de la galaxie, la Planète bleue. Bleue comme le manteau de la Vierge, bleue comme la Compassion. Cet héritage, il faut le faire fructifier et non le condamner à la stérilité.

Pourtant, en l'espace de cinquante ans, nous en avons fait une poubelle ! Coupable insouciance !

Lorsque j'étais enfant, je me souviens qu'on pouvait pêcher l'écrevisse dans toutes les rivières de France. Aujourd'hui, la plupart sont transformées en dépotoir. À mon arrivée à Paris, je pouvais encore me baigner dans la Seine et boire la tasse sans risquer d'attraper toutes les maladies du monde. Aujourd'hui...

Et les arbres ? Qu'avons-nous fait des arbres ? L'arbre, c'est pourtant un élan d'amour du végétal vers le plan divin. Par ses racines qui fouillent les profondeurs et par sa cime qui s'élance dans les airs, il unit le Ciel et la Terre. L'arbre, c'est l'impulsion de la nature qui monte vers son Dieu, le Soleil, qui s'ouvre à lui et qui généreusement donne l'oxygène aux êtres humains.

Or nous, comment remercions-nous les arbres ? Nous les abattons, nous les brûlons, nous les empoisonnons en déposant à leurs pieds des masses de détritus. Débarrassez un arbre de ces détritus qui jonchent le sol et vous verrez le frémissement de ses branches. Car les arbres vivent, ils parlent ! Encore faut-il savoir les écouter.

Pour la nature entière, du reste, ces dernières vingt-cinq années ont été particulièrement dévastatrices. En une génération, nous avons détruit notre écosystème. Un écosystème si fragile que le moindre déséquilibre peut avoir des conséquences dramatiques. Nous commençons seulement à nous rendre compte que les ressources naturelles dont nous avons été dotés ne sont pas inépuisables, que la pellicule d'oxygène autour de la planète et la couche de terre arable sont toutes deux très minces. Or elles présentent aujourd'hui l'aspect d'un haillon mité.

Alors, fatalement, Gaïa se rebelle. Depuis quelques années, il ne se passe pas un jour sans que la terre tremble en un point du globe. Notre planète souffre, elle gémit, elle appelle au secours et nous ne l'entendons pas ! L'avenir de la Terre est menacé. Tous se retrouvent sur ce point, matérialistes, écologistes et spiritualistes.

Prenons garde de ne pas blesser à mort la généreuse Gaïa. C'est elle qui subvient à nos besoins. Si elle se venge, elle, qui n'est que pureté, va acquérir un karma. Et non seulement ce karma freinera le passage de la planète dans le plan vibratoire supérieur de l'ère du Verseau (dont nous reparlerons plus tard), mais, dans des temps proches, il pèsera sur chacun d'entre nous, car nous sommes tous responsables.

*
**

Notre existence terrestre, finalement, est faite de respect, ce qui n'est pas pour autant synonyme d'ennui ni d'austérité. Respect de l'argent pour la liberté qu'il nous procure, mais pas culte de l'argent. Respect de son corps sans sombrer dans le narcissisme. Respect de la terre, jouissance de la terre et non-exploitation inconsidérée de ses richesses. Respect d'un des dons les plus précieux qui nous furent donnés, mais sans le dévoyer : je veux parler de la sexualité.

Toutes les traditions ont revêtu le sexe d'une valeur sacrée. Dans la plus ancienne des religions, la religion égyptienne, il est dit que Seth, le frère d'Osiris, jaloux de l'amour que ce dernier portait à Isis, l'attira dans un guet-apens, l'assassina et le coupa en morceaux qu'il alla jeter dans le Nil. Isis, désespérée, partit en quête de son époux. Elle parvint à rassembler les morceaux... à l'exception du sexe, qu'un poisson avait avalé. Privé de son phallus, l'homme n'est plus en somme qu'un cadavre sans vie.

Dans la Grèce ancienne, les temples abritaient des statues de Priape, le dieu ithyphallique, représenté avec le sexe en érection, symbole de la fécondité et de la continuité de la vie. On retrouve ces images en Égypte et en Turquie, où le phallus est considéré comme le récepteur de l'énergie divine.

La recherche alchimique distingue les chakras du haut des trois chakras de base, liés à la matérialité, et en éveil chez la majorité des gens. En fait, le troisième chakra est double : il combine le mental inférieur, qui correspond à la sexualité, et le mental supérieur, la spiritualité. À hauteur du diaphragme, le corps est donc séparé en deux. Le sexe constitue la charnière, le passage de la puissance procréatrice à la puissance cognitive de l'homme. Il est donc source de connaissance.

Mais une connaissance qui autrefois devait rester secrète. Les alchimistes s'interdisaient de parler de sexualité, une loi tacite qu'il ne fallait surtout pas transgresser ! Et voici qu'aujourd'hui tout se dévoile, tout s'exhibe. « Malheur au temps où les perles rouleront dans le ruisseau... » Aujourd'hui, les perles de vérité sont jetées aux pourceaux.

*
**

Toute une partie de la philosophie ésotérique a pensé accéder à la spiritualité par l'amour physique. C'est la « voie humide » des alchimistes ou le tantrisme indien. Lorsqu'un couple fait l'amour, il redevient androgyne. Les corps soudés ne font plus qu'un, et se rapprochent donc de l'unité divine. L'union sexuelle est le reflet de la hiérogamie divine qui engendra le monde. Par des techniques très particulières de concentration, de maintien du Feu sacré, les adeptes de cette voie initiatique parviennent à des moments d'exaltation fantastique.

Mais la philosophie tantrique est un chemin parsemé d'embûches pour nous autres Occidentaux qui n'y sommes pas préparés. En Inde, on masse les enfants dès leur plus jeune âge pour favoriser la perception de l'identité physique. Ils n'ont pas honte de leur corps, ils en connaissent les ressources, les énergies. Mais nous, qui baignons dans le judéo-christianisme, nous punissons le corps, nous sommes des castrateurs qui enserrent la chair dans des vêtements cousus, des corsets, des cols fermés. Ligaturé par les tabous, le judéo-chrétien ne peut qu'être un homme de prohibitions sexuelles et d'inquisition.

On estime le nombre des victimes de l'Inquisition à cinquante mille brûlés par mois en Europe. La violence de cette formidable répression s'explique en partie par la frustration sexuelle dans laquelle vivaient les catholiques de l'époque. La cruauté, le sadisme devenaient un exutoire à cette ignorance de la Sexualité sacrée. On n'avait pas compris encore, comme les hindous, que l'épanouissement spirituel de l'homme passe par son épanouissement existentiel. On ne trouve pas Dieu en se retranchant du monde mais dans l'amour de l'autre, y compris dans la jouissance amoureuse.

*
**

Les mouvements de balancier de l'histoire ont toujours poussé l'homme d'un extrême à l'autre. Après la répression inquisitoriale, après le puritanisme anglican, nous sommes tombés dans une sexualité débridée dont les candides initiateurs ont été les hippies, qui prônaient la libération totale des mœurs et l'abolition des tabous sexuels. Ils ne cachaient plus leur corps et pratiquaient l'amour en groupe.

Mais la liberté dégénéra en débauche, en particulier dans le milieu homosexuel américain. Il y a vingt ans, les gens faisaient l'amour jusqu'à dix fois par jour ! Dans les *backrooms,* les gens entraient et s'accouplaient avec des inconnus.

Or, en 1980, la planète de la mort, Pluton, est

entrée dans le signe du Scorpion, signe de la sexualité. À la même époque naissait le sida.

En effet on avait oublié que l'acte sexuel est avant tout un acte sacré et que l'amour, c'est aussi le respect de l'autre, du ou de la partenaire. L'amour n'est pas un jeu ! C'est la rencontre de l'autre, et l'élévation à travers lui. Au moment de l'orgasme, on atteint même une parcelle d'éternité. La langue familière, si expressive, ne dit-elle pas « monter au septième ciel » ? L'acte physique est aussi un acte de spiritualité.

Une terrifiante maladie a donc ramené un peu de retenue dans les mœurs. En 1995, Pluton quittera le Scorpion, ce qui laisse présager la découverte d'un vaccin. Mais il aura fallu des milliers, des millions de victimes pour qu'on se dise enfin : « Assez, suffit ! » Déjà Sodome et Gomorrhe, les dépravées, ont été réduites en cendres. Nous sommes revenus en ces temps périlleux. Et les ésotériques savent bien qu'un danger plus terrible encore que le sida menace l'humanité, si elle ne prend pas garde à ses comportements.

*
**

En constatant les conséquences d'une trop grande promiscuité sexuelle, on ne peut s'empêcher de songer que le secret imposé par les alchimistes sur la sexualité n'était pas dû au hasard.

Sur le portail de Notre-Dame, on peut voir sur le pilier central la figure de l'Alchimiste. Il dort, allongé, et de son sexe sort un dragon ailé. Plus haut, le saint Alchimiste réalisé, le livre de la Connaissance à la main, enfonce un bâton dans la gueule du dragon. Ainsi saint Michel terrassait-il le dragon, ce vieux serpent de la Bible. Ainsi Thésée, remontant le fil d'Ariane, à la sortie du labyrinthe, doit-il affronter le Minotaure, créature moitié humaine, moitié taureau.

Saint Michel, c'est l'homme qui veut redevenir ange et qui pour cela doit venir à bout de ses pulsions régressives. Le monstre ailé, c'est notre imaginaire sexuel, érotique, ce sont les ailes crochues de la chauve-souris, du diable, caricature des anges de pureté. C'est l'envers du miroir que nous devons pourtant explorer avant d'accéder à la vérité.

Mais le lecteur comprendra, je l'espère, que je n'en dise pas plus. Car il est des chemins sur lesquels on ne trouvera d'autre guide que soi-même. Je n'ai pas le droit de mâcher ce travail de recherche. Tout est écrit, tout est lecture, que ce soit dans la Gnose, dans les légendes, dans les architectures sacrées. Il faut faire l'effort de regarder, de lire, de comprendre ce que l'Artiste, le Compagnon initié a voulu mettre dans la pierre ou dans les paraboles.

Car la connaissance de soi n'est pas de l'ordre du transmissible. Elle est l'aboutissement d'un long travail personnel, d'une quête qui s'effectue sur une vie entière. « Cherchez et vous trouverez », nous dit Luc (chapitre 11, verset 9).

CHAPITRE QUATRIÈME

LES CAPRICES DE LA MODE : JAMAIS INNOCENTS

C'est notre esprit que nous habillons, pas notre corps.

Yvonne DESLANDRES

Vivre dans le présent, c'est aussi être attentif à l'évolution du monde, à ces subtils changements qui, année après année, marquent et révèlent une époque. Or quel phénomène est plus sujet à ces métamorphoses que la mode ?

Ainsi s'explique le paradoxe apparent de ma démarche. Car on me demande parfois comment ma recherche constante du moi *fixe*, du noyau primordial, peut se concilier avec un travail qui, par définition, touche à ce qu'il y a de plus *éphémère* et de superficiel au monde, le vêtement.

Cette contradiction n'existe pas à mes yeux. Comprendre les caprices de la mode, c'est encore avancer dans la connaissance de l'homme et de son rapport au monde.

Le vêtement est en effet éminemment révélateur. L'être et le paraître ne sont pas deux notions antinomiques : ils entretiennent des rapports étroits, se répondent sans cesse par un jeu de miroirs.

*
**

En 1951, j'entrai aux Beaux-Arts un peu par hasard. Comme tout gamin de dix-sept ans, je ne savais pas avec certitude dans quelle voie m'orienter. Doué pour les arts graphiques, je songeai un moment me consacrer à la peinture. Mais aux Sables-d'Olonne, je me laissai convaincre par un ami qui venait d'entrer dans l'atelier d'Auguste Perret, l'inventeur du béton armé.

– Pourquoi n'essaies-tu pas ? me disait-il. Tu verras, l'architecture, c'est passionnant, ça te plaira.

Je suivis ces conseils. Je montai à Paris et m'inscrivis à l'École nationale supérieure des Beaux-Arts, dans l'atelier d'Auguste Perret, qui avait une excellente réputation. C'était là une rude école. Notamment parce que y sévissait une forte tradition de bizutage. Tout au long de leur première année, les « bizuts » subissaient toutes sortes de brimades qui frôlaient parfois le sadisme. Au début des années cinquante, ce rituel était comme exacerbé par le fait que certains de nos aînés avaient connu les camps de prisonniers allemands et que, d'une certaine manière, ils se vengeaient sur les nouveaux venus des sévices qu'ils avaient subis. Au début de l'année, nous étions cinq cents. À la fin de l'année, il n'en restait guère plus d'une trentaine !

Ce bizutage avait au moins le mérite de renforcer la solidarité des étudiants. Venus d'horizons sociaux très différents, tous devaient passer sous les mêmes fourches caudines. Le seul moyen de tenir le coup, c'était de se serrer les coudes. Il y avait là pour nous une quasi-obligation de survie.

Mais l'École des Beaux-Arts présentait des avantages plus manifestes. Nous étions placés sous la tutelle de maîtres à penser comme Auguste Perret ou Hervé Albert, le bâtisseur de la basilique d'Alger. Grands humanistes, ils nous répétaient que pour devenir de bons architectes, il fallait être pour moitié homme de métier et pour moitié homme du monde, c'est-à-dire homme de *ce* monde. Ils insistaient sur la nécessité de bien connaître notre siècle et nous exhortaient à visiter le plus grand nombre possible d'expositions en tous genres, peinture, sculpture, photographie, etc. Nous devions fréquenter assidûment les salles de cinéma et de théâtre, et rencontrer les meilleurs représentants de toutes les disciplines artistiques ou intellectuelles.

À cet effet, nos professeurs invitaient à l'atelier les grands esprits de l'époque, comme Zamansky, le doyen des mathématiques, ou des peintres célèbres comme Manessier, Carzou, Estève, des musiciens comme Xenakis. Toute l'intelligentsia des années cinquante venait ainsi exposer ses conceptions de l'art et nous forcer à réfléchir sur les problèmes soulevés par la création.

*
**

Au cours de ces années, j'acquis ainsi une culture générale conséquente et je m'ouvris au monde qui m'entourait. L'enseignement des Beaux-Arts comportait également l'histoire de l'art des civilisations passées. Aucun créateur ne saurait se prétendre novateur s'il ne s'appuie sur une connaissance approfondie de l'iconographie ancienne. Comment mesurer son apport personnel si l'on ignore ce qui s'est fait auparavant ? Peut-être se contente-t-on de perpétuer ou de copier une tradition, sans le savoir... En revanche, le créateur possédant une certaine culture peut clairement identifier son originalité, sans être dupe de son inspiration.

Cet enseignement solide et concret me fut par la suite d'une immense utilité. Par ailleurs, je rencontrai aux Beaux-Arts des personnes extraordinaires, déjà bien avancées dans la recherche ésotérique et qui surent guider mes pas. Je découvris ainsi les ouvrages de Fulcanelli, qui me firent entrevoir dans l'architecture sacrée, dans les églises et les abbayes romanes ou gothiques, tous les secrets véhiculés par le compagnonnage initiatique. Les cathédrales ne sont pas de simples constructions édifiées à la gloire de Dieu mais une synthèse, un révélateur permettant de pénétrer la pensée de nos ancêtres. Derrière la pierre visible se cache un art immense, une connaissance ancestrale qui s'est perpétuée grâce aux compagnons, puis aux architectes initiés comme Viollet-Le-Duc. Les reconstitutions historiques réalisées par ce dernier n'ont jamais été fausses, elles s'appuyaient au contraire sur la tradition, sur une connaissance ésotérique qui lui a permis de ne pas dénaturer le message sacré des monuments qu'il restaurait.

Je développais ainsi ce que j'appelle le « double regard », qui saisit en premier lieu la forme de l'objet pour s'intéresser ensuite en profondeur à sa raison d'être. Quel message véhicule-t-il en réalité ? Que manifeste-t-il ?

On avance dans la recherche pas à pas, avec une

curiosité de tous les instants, en considérant le monde dans sa nudité la plus pure, mais pour mieux en libérer la magie. Car si l'objet est présence, il est aussi révélation, étant imprégné du secret divin. Malheureusement, la plupart des gens s'arrêtent aux apparences, ils ne font pas l'effort de chercher plus loin les relations qui animent les choses et qui jettent entre elles de fascinantes passerelles.

Ce double regard, je devais le poser également sur la mode, l'appliquer à la compréhension du rôle symbolique et social du vêtement. Car les caprices de la mode ne sont pas aussi innocents qu'on veut bien le croire.

*
**

En renonçant à l'architecture pour la mode, je ne pénétrais pas dans un univers inconnu, puisque ma mère avait été première main chez Balenciaga en Espagne avant de se lancer dans l'activisme politique.

Au début, afin de payer mes études d'architecture, je mis à profit mes dons manuels pour réaliser des maquettes dans les ateliers des Beaux-Arts. De là, je passai à des maquettes pour la mode. Je dessinais des sacs, des ceintures et des bijoux que je réalisais moi-même et que j'allais proposer aux couturiers. C'est ainsi que j'effectuai mes premiers pas dans la mode, et que je rencontrai Balenciaga, Givenchy, Jacques Griffe, Saint-Laurent, Christian Dior... Je leur vendais des dessins – j'avais un bon coup de crayon. Je confectionnais également quantité de boutons avec des matières sortant de l'ordinaire :

je collais des vermicelles ou des grains de café sur des plaques de Rhodoïd que je peignais. Le résultat était assez excentrique ! Mais je les écoulais comme des petits pains, la mode étant alors aux boutons baroques. Grâce à ces menus travaux, je subvenais confortablement à mes besoins, tout en glissant un pied dans le monde de la haute couture.

Rapidement, je constatai que les couturiers parisiens se complaisaient dans une attitude beaucoup trop passéiste à mon goût. On flattait un styliste en lui disant que sa mode était « délicieusement années trente » ou qu'elle « ressuscitait » la Belle Époque. Moi dont la formation visait à me mettre en prise avec le monde contemporain, j'étais horrifié. Comment pouvait-on faire du 1930 dans les années soixante ! Le monde était en pleine mutation et la mode s'enlisait dans un immobilisme consternant. Il y avait là un anachronisme contre lequel je m'élevais avec toute la fougue de mon jeune âge.

C'est ainsi que germa dans mon esprit le projet de présenter ma propre collection de haute couture, dans l'esprit des dadaïstes, c'est-à-dire dans un geste de provocation et de révolte, dans l'espoir de secouer un peu cette inertie et de promouvoir peut-être une plus grande modernité.

*
**

L'enseignement reçu aux Beaux-Arts m'avait démontré que dans tous les grands mouvements historiques, il existe une relation harmonique entre les différentes formes d'expression artistiques. À l'âge baroque, on peut relever des correspondances entre l'architecture de Borromini et du Bernin, les peintures du Tintoret, la poésie de Sponde ou d'Agrippa d'Aubigné : tous font preuve d'un goût pour l'illusion, pour les formes courbes, pour l'éphémère et l'ostentation. Autant de caractéristiques que l'on retrouve dans le vêtement que portait la cour. On pourrait également établir des analogies entre l'architecture fonctionnelle du Bauhaus, l'art abstrait du début du XXe siècle et les robes droites des années folles.

Les années soixante furent à leur tour le théâtre d'une révolution fantastique dans le domaine des arts. On découvrait de nouvelles formes d'expression comme l'*Optical Art* ou le *Cinetic Art*, on explorait toutes les directions avec pourtant une constante, l'abandon du matériau traditionnel. L'architecture renonçait à la pierre, la peinture à la toile, la sculpture au marbre. Martial Raysse et l'école de Nice faisaient des tableaux avec du néon, Sotto avec des fils de fer, Julio Le Parc travaillait sur des plaques de métal, Quassar créait ses meubles gonflables en plastique transparent. La musique n'était plus harmonique mais sérielle, dodécaphonique ou électronique. On n'utilisait plus les instruments classiques : les frères Baschet avaient inventé les orgues de verre, ancêtres des synthétiseurs d'aujourd'hui.

Fasciné et transporté par ce formidable mouvement, je décidai d'appliquer à la mode, art mineur, le geste de ces créateurs que j'admirais. J'allais moi aussi franchir le pas, délaisser le tissu inventé par les Égyptiens il y a quinze mille ans pour le remplacer par les matières les plus contemporaines. C'est ainsi que je m'intéressai au plastique, au Rhodoïd et à l'aluminium, qui n'avaient jamais été employés dans la mode. Je mis l'aiguille et les ciseaux de côté pour me saisir d'une pince et d'un chalumeau. Bientôt, j'eus l'ambition de rassembler une collection de quelques modèles « expérimentaux ». En m'attelant à cette tâche, je n'eus à aucun moment l'impression de faire œuvre de futuriste. J'étais seulement en avance sur ceux qui étaient en retard sur leur temps.

*
**

À la fin de 1964, je présentai au public « douze robes expérimentales et importables en matériaux contemporains ». Ce fut un terrible scandale. Pour mieux le mesurer, il faut se remémorer l'atmosphère surannée dans laquelle se déroulaient les défilés de l'époque : plantée à l'entrée des salons, une aboyeuse déclamait l'invraisemblable litanie des modèles – il y en avait jusqu'à trois cents ! – qui tous portaient des noms grotesques : « le Crapaud mort d'amour ; Papillon du soir, espoir », etc. Je trouvais cela d'une niaiserie confondante et souvent d'un ennui mortel.

On imagine le choc qu'éprouvèrent les habituées de ces défilés froufroutants en voyant surgir des filles bardées de métal, moulées dans des housses en rondelles de Rhodoïd, cuirassées de triangles d'aluminium reliés par des anneaux ou des rivets ! Une révolution d'autant plus radicale que, pour la première fois dans l'histoire de la haute couture, certains des mannequins étaient des Noires et qu'elles évoluaient en dansant frénétiquement sur les percussions du *Marteau sans maître* de Pierre Boulez !

Ce fut un charivari inouï ! La moitié des gens se levèrent en poussant des cris effarés devant ces amazones en cotte de mailles qui se déhanchaient sur une « musique de sauvages ». D'autres manifestaient bruyamment leur enthousiasme sous l'œil perplexe des dames du XVIe arrondissement. Le coup avait porté.

Loin de me rebuter, ce scandale fut pour moi une stimulation. Je décidai de continuer dans cette voie, d'autant que je m'étais fait un nom et que les commandes affluaient du monde entier. Et c'est ainsi que je me détournai de l'architecture, pour la simple raison que j'avais voulu raccrocher la mode au train de la « révolution » en marche.

Je n'avais pas vraiment la sensation de renier dix ans d'études. Le Corbusier, que j'admirais, avait coutume de dire : « L'architecture, c'est aussi les boutons de porte. » En entrant dans la mode, je continuais à travailler sur l'environnement de l'homme. Je songeais aussi que j'aurais davantage l'occasion de donner libre cours à mon imagination. Les règles qui régissent l'architecture me paraissaient trop contraignantes. Mais par la suite, je devais découvrir que la mode est loin d'être ce jeu gratuit que j'imaginais à l'époque. Elle obéit elle aussi à des lois qui, pour être peu définies, n'en sont pas moins incontournables.

*
**

À mesure que je progressais dans mon nouveau métier, je me heurtais à un certain nombre de questions. Pourquoi la mode existait-elle ? À quels besoins répondait-elle ? Quelles fonctions servaient le col, la cravate ou autres accessoires ? Phénomène complexe, symbole à tiroirs, la mode peut être abordée sous des angles divers.

On s'imagine volontiers que le premier vêtement fut créé par l'homme pour se protéger des intempéries. À mon avis, il s'agit là d'une conclusion hâtive. Un exemple suffira à en apporter la preuve. Lorsque les explorateurs européens posèrent le pied en Patagonie, dans la pointe de l'Amérique du Sud, ils découvrirent que les indigènes vivaient nus par des températures de moins quinze degrés et ne portaient sur eux que quelques amulettes.

Le premier vêtement était donc de nature magique. C'était un ornement, un fétiche destiné à se concilier les bonnes grâces d'une divinité puissante comme la foudre, le feu, l'eau ou la bête sauvage. De même que si, en Afrique ou en Amazonie, les femmes et les hommes se mettaient dans les lèvres des plateaux, c'était pour ressembler à l'oiseau sacré, aux animaux totems. Pour s'apparenter aux divinités, il fallait sacrifier quelque chose de sa chair.

Le tissu, inventé par les Égyptiens il y a des milliers d'années, était un symbole de la Trinité. Le fil, l'Un à l'image de Dieu, se divise en deux, celui qui regarde et celle qui se laisse regarder. Le fil chaîne et le fil trame. Tous deux en se mêlant créent un monde, le tissu.

Représenté dans l'écriture hiéroglyphique par un

demi-panier en tressage que les Égyptiens nommaient *Neth*, le tissu était au début réservé aux statues des dieux et au pharaon, le dieu vivant.

Il possédait donc une valeur éminemment sacrée. Mais toute création humaine se pervertit : quittant les épaules divines, le vêtement descendit jusque dans la cour royale et se répandit ensuite parmi les bourgeois et le peuple. Ainsi désacralisé, il ne lui restait plus qu'à devenir emblème social.

*
**

Cette déviation du sens fondamental du vêtement fut exploitée de façon exemplaire par Louis XIV qui préférait voir ses nobles se ruiner en dentelles et en étoffes précieuses plutôt qu'en frondes ou en guerres intestines. Les siècles suivants ont largement hérité de cette idée de parure-caste sociale. Chaque classe se singularisait par un costume particulier. Le clergé portait la soutane, le magistrature la robe, la noblesse l'épée, le soldat l'uniforme. On signalait par la façon de se vêtir son appartenance à un groupe, ou la fonction que l'on occupait au sein de la société.

Dans ces conditions, on imagine aisément que le vêtement, emblème de caste, n'allait pas tarder à se muer en signe d'obéissance au code social. La cravate en est peut-être l'exemple le plus frappant, garrot prêt à étrangler toute revendication, licou par lequel on mène les bêtes de somme à la tâche ou à l'abattoir, collier d'esclave que s'inflige l'adorateur du Veau d'or. La cravate, c'est la corde passée au cou des bourgeois de Calais.

De nos jours, à cette époque d'égalitarisme, au

moins théorique, la façon de se vêtir tend vers une uniformisation fonctionnelle. Le prêtre abandonne sa soutane pour mieux se fondre dans la masse, s'éloignant ainsi un peu plus du rôle symbolique de son costume. On peut également voir un signe de cette évolution dans l'abandon progressif du chapeau, symbole de l'autorité et affirmation d'une supériorité.

Le comble de cette uniformisation fut sans doute atteint par la Chine maoïste qui imposa le coutil bleu à toute sa population. Sous couvert d'égalitarisme, cette mesure s'inscrivait en fait dans un programme plus vaste : il s'agissait de juguler les pulsions sexuelles ou plus exactement de les canaliser vers le travail. D'une pierre deux coups, on freinait la démographie galopante et on accroissait la capacité productive ! Loin de constituer une libération, le rejet du vêtement de classe au profit d'une monotonie égalitaire n'était en somme qu'une forme extrême d'embrigadement.

La première tentative de mise à bas de ce système fut menée par les hippies des années soixante-dix, ces *Flower People* qui jetèrent aux orties veste et cravate, et qui les remplacèrent par des chemises à fleurs et des bijoux. Hommes et femmes portaient les mêmes tuniques amples, les mêmes jeans bariolés et personnalisés, les mêmes cheveux longs... Ils créaient les premiers « habits fêtes », androgynes, annonciateurs de l'âge nouveau, l'ère du Verseau.

*
**

Car le vêtement est aussi, fréquemment, outil de différenciation sexuelle. Ou plus exactement il l'est devenu. En effet, les Grecs portaient une tunique unisexe, le chiton, sauf en certaines circonstances où la femme se différenciait par ses bijoux ou sa coiffure. En Europe, jusqu'au Moyen Âge, époque des cours d'amour, le pourpoint était presque identique pour tous.

En France, c'est à François Ier que l'on doit les atours contraignants pour la femme. Celui que l'on présente volontiers comme un grand amoureux de la gent féminine devait en fait nourrir pour elle une secrète aversion. Alors qu'avant son règne les dames de la cour portaient des atours de liberté, des robes qui avaient la souplesse et la légèreté d'une seconde peau, François Ier inventa les outils qui allaient comprimer la femme et l'opprimer socialement. Pour mieux la mettre au pas, il lui imposa des cothurnes, ces semelles de bois hautes de dix centimètres, qui fragilisaient sa démarche. Les femmes eurent dorénavant la taille prise par le vertugadin, ancêtre du corset, tandis que les mouvements de leur tête étaient limités par les fameuses « fraises » empesées qui enserraient le cou. Cette mode d'asservissement sexiste fut l'invention de François Ier. Il empêchait les femmes de vivre, de bouger, de s'émanciper. S'il les aimait, c'était domestiquées, ravalées au rang d'objet. Dans le fond, elles devaient lui inspirer une sainte terreur. Cet assujettissement se poursuivit, avec divers raffinements, tout au long des siècles suivants. L'histoire a retenu toutefois quelques exceptions spectaculaires, comme l'écrivain George Sand, toutes les « irrégulières » et autres « scandaleuses »...

Il fallut attendre le début du XXe siècle pour voir voler en éclats ce carcan vestimentaire. Jetée pour son bonheur ou son malheur dans la vie active, la femme adopta le pantalon masculin, exprimant ainsi sa volonté d'être traitée sur un pied d'égalité. On assiste aujourd'hui à une certaine uniformisation du vêtement, masculin et féminin, au moins dans la journée, qui est le temps du travail. En revanche, le soir, la femme retrouve toute sa féminité, elle redevient papillon, attractive, flamboyante.

C'est d'ailleurs une tendance qui préfigure l'ère du Verseau, à l'aube du troisième millénaire. Comme les êtres humains seront en surnombre, la durée du travail sera réduite au profit des loisirs. On ne travaillera plus que quelques heures par jour. On ôtera ensuite la tenue laborieuse pour des vêtements confortables et joyeux. L'homme et la femme redeviendront des êtres ludiques...

À mes yeux, le pantalon unisexe n'est pas une victoire, ni un symbole de liberté. Il serait même plutôt une contrainte, une discipline imposée au corps. Emblème du monde occidental, il est délaissé par le reste de l'humanité qui lui préfère l'ampleur de la djellaba ou du boubou. Lorsque je rentre chez moi, je mets un kimono japonais, une habitude prise depuis mon premier voyage au pays du Soleil levant.

*
**

On le voit avec le port du pantalon chez la femme, la mode reflète aussi l'évolution des mœurs et des mentalités. Quand on évoque une civilisation, la première image qui s'impose à l'esprit, c'est bien un vêtement, avant même une architecture ou un système politique. Un temps historique se caractérise d'abord par une façon de s'habiller. C'est dire que la mode n'est pas un phénomène sans signification profonde dans une société.

Le vêtement est une enveloppe qui symbolise et permet la gestuelle d'une époque. À chaque modification de comportement correspond une évolution de l'habillement. La dernière coupure radicale que nous ayons connue est certainement la Première Guerre mondiale. Jusqu'en 1914, la femme était essentiellement une femme au foyer, prisonnière de tabous sociaux, prisonnière du corset, des chaussures lacées, le visage caché derrière une voilette. Puis soudain, l'homme parti au front, dans les tranchées, la femme se trouva dans l'obligation d'aller aux champs, à l'usine, de conduire les bus et les trains. Elle coupa elle-même les lanières du corset, parce qu'elle ne pouvait pas se baisser. Elle rangea au placard la robe longue, si peu pratique, et la remplaça par le pantalon ou par une robe courte.

À geste différent, tenue différente. Le couturier et décorateur Paul Poiret, secondé d'ailleurs par des peintres célèbres de l'époque comme Vlaminck ou Dufy, se contenta d'embellir ces nouvelles lignes que les femmes de 1914-1918 avaient adoptées d'elles-mêmes.

*
**

Car c'est bien la femme, et non le couturier, qui trouve d'instinct la toilette qui lui correspond. Elle la choisit en harmonie avec les tâches qu'elle doit accomplir dans sa vie quotidienne. Le couturier, de son côté, se contente d'entériner cette tendance, il grossit le trait, il l'amplifie dans une collection. Contrairement à ce que certains se plaisent à croire, le mouvement ne se fait pas de la haute couture vers la femme mais bien dans le sens contraire. Le couturier n'est somme toute qu'un catalyseur, il accentue les formes, les couleurs.

Je m'amuse toujours d'entendre un couturier revendiquer la paternité de tel ou tel type de vêtement. Il n'a fait que flairer l'air du temps, et son seul génie aura été peut-être d'avoir su le devancer.

Pourquoi la longueur des robes varie-t-elle de façon cyclique ? Périodiquement, la jupe tombe sur les chevilles... pour remonter ensuite sur les cuisses. S'agit-il d'un simple mouvement de balancier dont l'impulsion serait donnée par la haute couture ? Non. « On a fait court la saison dernière, on fera long cette année » : ce serait accorder trop de pouvoir aux couturiers.

On pourrait bien sûr voir dans ces fluctuations la simple expression d'une plus ou moins grande liberté morale, avec pour extrêmes la robe de l'ère victorienne et la minijupe des années soixante. Mais cette explication ne m'a jamais complètement satisfait. Puisque tout ce qui est visible est symbolique, j'ai pensé qu'il devait y avoir une raison plus profonde. En observant attentivement les modes, en les mettant en rapport avec l'époque dans laquelle elles s'exprimaient, j'émis alors l'idée – il y a trente ans de cela – que les vêtements avaient des vertus prophétiques.

Je remarquai par exemple qu'en période de prospérité économique, la femme s'habille très court. Le cocon familial à l'abri de toute menace, elle peut s'éloigner du foyer, arpenter le monde de ses deux jambes libérées. En revanche, dès qu'elle sent l'unité de la famille mise en péril par de mauvaises conditions économiques extérieures, le vêtement redescend au-dessous du genou. Baisser de rideau. On pourrait s'amuser à superposer la courbe des crises économiques et celle des longueurs de jupe.

Après la Première Guerre mondiale, l'Occident vécut dans l'euphorie des années folles, bercé par la prospérité radieuse et le triomphe du machinisme. Les toilettes étaient légères, ultra-courtes. Pourtant, en 1927, Jeanne Lanvin rallongea brutalement les jupes aux chevilles. On se couvrit de pied en cap sous de grandes capelines. Deux ans plus tard, c'était le Jeudi noir, le krach boursier et la crise internationale dont les effets devaient se faire sentir jusqu'au second conflit mondial.

En 1950, le Club de Rome réunit des savants du monde entier pour faire de la prospective. Il s'agissait d'étudier l'évolution probable de la technique, des sciences et de l'économie dans le but d'établir des prévisions sur notre mode de vie futur. Les conclusions de ce comité se révélèrent extrêmement optimistes. Elles prévoyaient l'avènement d'un véritable pays de cocagne, les progrès technologiques devant enfin apporter le bonheur à toute l'humanité. Dans les années qui suivirent, la mode n'a cessé de raccourcir. Les années soixante ont vu l'apparition de la minijupe, tous les couturiers faisaient dans le court, à l'instar d'un Courrèges.

Et puis brusquement, en 1967, tous les vêtements s'allongent, Christian Dior lance ses fameux manteaux cosaques. L'année suivante, ce sera mai 1968 puis, au début des années soixante-dix, la flambée des prix du pétrole et la crise économique qui s'ensuivit. Après l'optimisme généré par le Club de Rome, le réveil était douloureux. En fait, ces brillants économistes avaient négligé le malaise des populations face à ce développement technologique, ils avaient oublié que le revers de la médaille était une pollution effrayante, que le développement se ferait sur le dos du tiers monde, une exploitation qui devait entraîner d'énormes flux migratoires des pays pauvres vers les pays riches, et donc les heurts que nous connaissons aujourd'hui, le racisme, la xénophobie grandissante... Autant de menaces que la mode avait en quelque sorte pressenties.

*
**

Chaque fois qu'un couturier a voulu aller à contre-courant, il s'est cassé le nez. Les créateurs n'en font pas qu'à leur tête. Le bon couturier n'est pas tant celui qui invente que celui qui découvre, qui anticipe les évolutions. Aussi faut-il sans cesse s'interroger sur les phénomènes qui nous entourent, même les plus infimes en apparence.

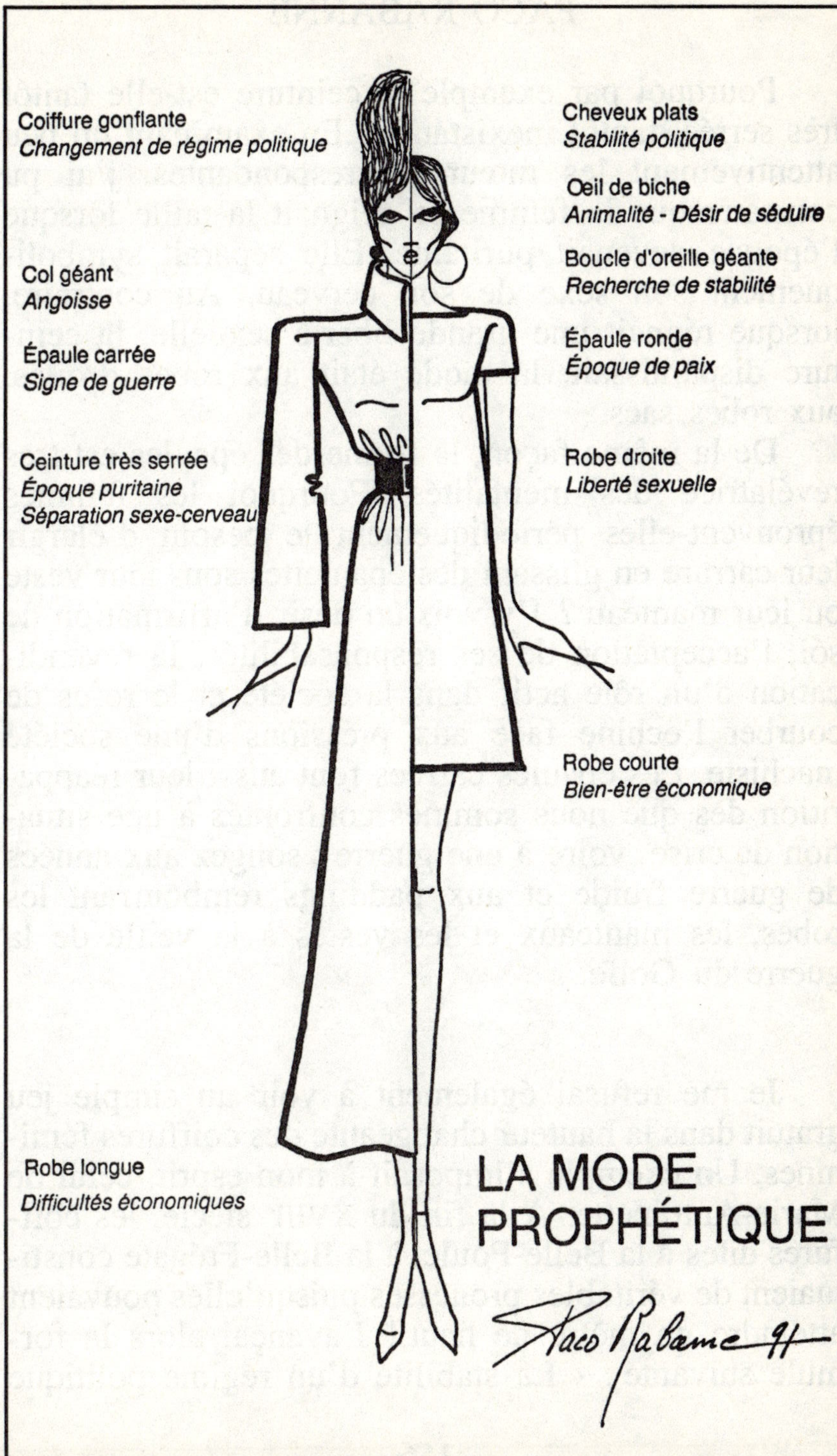
Coiffure gonflante
Changement de régime politique
Cheveux plats
Stabilité politique
Oeil de biche
Animalité - Désir de séduire
Boucle d'oreille géante
Recherche de stabilité
Col géant
Angoisse
Épaule carrée
Signe de guerre
Épaule ronde
Époque de paix
Ceinture très serrée
Époque puritaine
Séparation sexe-cerveau
Robe droite
Liberté sexuelle
Robe courte
Bien-être économique
Robe longue
Difficultés économiques
LA MODE
PROPHÉTIQUE
Paco Rabanne 91

Pourquoi par exemple la ceinture est-elle tantôt très serrée, tantôt inexistante ? En examinant un peu attentivement les mœurs correspondantes, j'ai pu constater que la femme se ceignait la taille lorsque l'époque devenait puritaine. Elle séparait symboliquement son sexe de son cerveau. Au contraire, lorsque régnait une grande liberté sexuelle, la ceinture disparaissait, la mode était aux robes droites, aux robes sacs.

De la même façon, la forme des épaules est très révélatrice des mentalités. Pourquoi les femmes éprouvent-elles périodiquement le besoin d'élargir leur carrure en glissant des épaulettes sous leur veste ou leur manteau ? J'y vois un désir d'affirmation de soi, l'acceptation de ses responsabilités, la revendication d'un rôle actif dans la société et le refus de courber l'échine face aux pressions d'une société machiste. Les épaules carrées font aussi leur réapparition dès que nous sommes confrontés à une situation de crise, voire à une guerre : songez aux années de guerre froide et aux paddings rembourrant les robes, les manteaux et les vestes à la veille de la guerre du Golfe.

Je me refusai également à voir un simple jeu gratuit dans la hauteur changeante des coiffures féminines. Un exemple s'imposait à mon esprit, celui de Marie-Antoinette. À la fin du XVIIIe siècle, les coiffures dites à la Belle-Poule, à la Belle-Frégate constituaient de véritables prouesses puisqu'elles pouvaient atteindre un mètre de haut ! J'avançai alors la formule suivante : « La stabilité d'un régime politique est inversement proportionnelle à la hauteur des coiffures. » Une hypothèse que des exemples concrets permettent d'étayer. Marie-Antoinette se donnait des airs de grandeur en arborant ce qui devait être la plus haute coiffure du monde (un mètre vingt !) : elle a fini décapitée à la guillotine et la royauté avec elle !

On peut relever la même coïncidence entre les coiffures de 1830, de 1848 et les journées d'émeutes révolutionnaires dont ces années furent témoins. Plus près de nous, en 1956-1957, ce sont les fameuses « choucroutes » de Brigitte Bardot. Un an plus tard, le général de Gaulle est rappelé à la présidence du Conseil, la IVe République fait place à la Ve. Et aussitôt après, les cheveux redeviennent plats et disciplinés. Les hommes politiques feraient bien de méditer ces observations. S'ils veulent mesurer les chances de leur régime, qu'ils regardent la tête de leurs concitoyennes.

Or, de nos jours, les coiffures sont en train de gonfler. Signe que le régime politique actuel n'a plus beaucoup de temps devant lui. Je ne serais pas autrement étonné si, d'ici un an ou deux, la France connaissait une période de troubles menant à l'instauration d'un régime différent, qui ne serait ni la droite classique ni la gauche. Pour en savoir plus, penchons-nous sur les prédictions de Nostradamus (centurie II, 57e quatrain) :

Avant conflit le grand mur tombera
Le grand à mort, mort subite et plainte
Nay my parfaict, la plus part nagera
Auprès du fleuve de sang la terre tainte.

Un quatrain qui, en cette année 1991, paraît limpide ! Quant au suivant, je me garderai bien de l'interpréter (troisième centurie, 55e quatrain) :

En l'an qu'un œil en France régnera
La cour sera en un bien fascheux trouble
Le grand de Bloys son ami tuera
Le règne mis en mal et doubte double.

*
**

Cette méthode d'analyse de la mode, plus intuitive que rationnelle, je l'appliquai *a posteriori* à mes propres créations. Quelle signification donner à l'usage du métal, devenu l'emblème de la griffe Paco Rabanne ?

Depuis plusieurs décennies, tout autour de nous est métal, l'architecture comme la sculpture – des ouvrages de Gustave Eiffel aux sculptures de César. Tout ce qui soigne dans la pharmacopée actuelle est à base d'ions métalliques, qu'il s'agisse d'oligo-éléments, d'homéopathie ou de médicaments classiques. Tout ce qui tue est métallique, de la balle de revolver à la bombe atomique, puisque l'uranium et le plutonium sont des métaux.

Après l'âge de la pierre, l'âge du bronze, est venu notre âge de fer, le Kali-Yuga des hindous, commencé il y a quelque six mille ans. C'est l'âge de l'extrême condensation de la matière. En parant la femme de métal, je saluais à ma manière le crépuscule de cette ère finissante.

Mais, vue sous un angle social, ma première collection correspondait aussi à la naissance du Mouvement de libération de la femme qui revendiquait entre autres l'égalité des salaires et des responsabilités. Habiller les femmes de métal, les couvrir de cottes de mailles, c'était un peu en faire de nouvelles Jeanne d'Arc, des amazones, des guerrières en opposition à la lâcheté masculine. Dans l'ensemble, elles l'ont d'ailleurs fort bien compris. Ces robes ont connu un énorme succès, et plus les créations étaient violentes, agressives, mieux je les vendais. Si elles ont « rencontré » leur public, c'est qu'elles allaient dans la même direction que lui. En d'autres termes, si l'utilisation du métal a eu un tel impact, c'est qu'elle correspondait à un moment particulier de notre évolution spirituelle et sociale.

Récemment, sans abandonner mon matériau de prédilection, je l'ai associé au tissu ou au cuir car j'estime que l'agressivité est moins de mise aujourd'hui que dans les années soixante, époque à laquelle les artistes dans leur ensemble étaient d'une extrême virulence. Mais le métal n'est pas abandonné, il garde sa raison d'être, il revient même au goût du jour. Nombreux sont les jeunes créateurs ou les stylistes qui, en 1991, l'intègrent à leurs collections. Nous bouclons le Kali-Yuga et nous nous apprêtons à passer dans un nouvel âge d'or. Mais tous les textes anciens nous mettent en garde : avant d'entrer dans cette ère édénique, l'humanité devra traverser de cruelles épreuves, épreuves que nous voyons d'ores et déjà se profiler...

*
**

Dans les années cinquante, le Club de Rome avait annoncé que les progrès technologiques, en particulier dans le domaine des transports, allaient entraîner une réduction des distances, un « rétrécissement » de la planète : les gens feraient le tour du monde, ils prendraient l'avion comme on prenait autrefois le train. Afin qu'ils pussent voyager léger, il fallait créer à leur intention des vêtements jetables qu'ils pourraient acheter dans des distributeurs automatiques, comme de vulgaires cigarettes, dans les halls d'aéroport. L'homme moderne disposerait là d'un prêt-à-porter complet, du maillot de bain à la tenue de soirée.

Mais l'idée ne serait viable que si ces tenues étaient bon marché. Il fallait donc utiliser le matériau le moins cher... autrement dit le papier. En ces années d'abondance et de consommation à tout va, le papier était venu concurrencer les mouchoirs, les serviettes, les nappes et parfois même les draps en coton de nos grand-mères. Ce matériau fragile m'apparaissait comme le symbole de notre civilisation insouciante qui glorifiait l'éphémère. Après de nombreux tests, j'optai pour un papier utilisé dans les hôpitaux militaires, doux, silencieux, infroissable, ignifugé, pratiquement indéchirable et que l'on pouvait même laver une fois ou deux.

Avec l'aide d'un fabricant français de Roanne, Annick Roblin, je pus réaliser des vêtements qui étaient vendus en sachet au prix de quinze francs. Le succès fut immédiat, en particulier parce que nous proposions des robes en papier doré ou argenté. Les femmes furent séduites par l'idée d'acheter pour une somme modique une tenue fantaisie qui leur permettait de briller pour un soir. Elles y trouvaient aussi un certain érotisme. Quelle barrière est plus fragile que le papier ?

Dans la même perspective, je réalisai une robe de mariée pour la fille de l'administrateur des Galeries Lafayette. Elle s'est mariée en papier blanc, entièrement brodé de fleurs du même matériau ! Ce matériau me semblait s'imposer dans ce genre de cérémonie unique. On pouvait également envisager un vaste marché avec la confection de pyjamas et de chemises de nuit pour les chaînes d'hôtels...

Mais les événements de Mai 1968 portèrent un coup fatal à la robe jetable. Car dès qu'il y a crise, on assiste automatiquement à un retour aux matériaux nobles comme la soie ou le satin. Quand le temps est au beau fixe, on s'habille d'un bout de chiffon, mais dès que les nuages s'amoncellent, on se réfugie dans les valeurs sûres. Plus une civilisation est fragile, plus elle s'accroche aux traditions. La robe en papier n'était plus en symbiose avec le moment historique. Sans doute était-elle en avance. Aujourd'hui, de jeunes créateurs tentent de reprendre l'idée.

La robe en papier m'avait séduit parce que, fait très rare, elle ne comportait qu'une seule couture. L'homme occidental est prisonnier de son costume, ligoté par les points qui assemblent les différentes pièces de son vêtement. Au contraire, dans l'Antiquité ou dans certaines civilisations orientales, l'homme est simplement drapé.

Il me vint alors le désir de pousser plus loin dans

cette direction afin de parvenir à un vêtement entièrement dépourvu de couture. C'est ainsi que je m'intéressai de près à une technique de moulage inventée par un ingénieur français. Il suffit de façonner des mannequins en tôle répondant aux normes des différentes tailles féminines. Ce moule est plongé dans un bain de chlorure de vinyle puis, après démoulage, on obtient un vêtement d'une pièce, bon marché, flexible et qui est véritablement comme une seconde peau.

Le procédé nécessite un gros investissement et aucun industriel n'est encore prêt à prendre le pari. Mais on peut voir là une préfiguration de la mode de l'an 2000.

*
**

Tout créateur est nécessairement un « anormal », c'est-à-dire un être hors norme, un arbre qui dépasse la forêt. Il vit en dehors des tabous sociaux, en dehors des castes, il n'est pas esclave des us et coutumes, il pressent l'événement. C'est un être qui ne se satisfait pas du quotidien et qui aspire au changement.

La masse des gens veut aussi évoluer, car il est dans la nature de toute chose d'évoluer, depuis le Big-Bang originel jusqu'au Bang-Big final, lorsque le monde se refermera. Mais les désirs du public forment une sorte d'agglomérat informe qui est incapable de s'exprimer clairement et encore moins de se concrétiser. C'est ici qu'interviennent les créateurs : ils perçoivent les aspirations de la foule et leur donnent forme, chacun dans son domaine et avec le support qui lui est propre, livre, tableau, ou vêtement. La masse s'empare avec délectation de ces innovations et les fait siennes avec d'autant plus d'aisance qu'elles répondent à une attente. Mais la psyché universelle demande toujours davantage, désireuse de satisfaire de nouveaux désirs, de combler un vide laissé par sa propre évolution.

La création est et restera ininterrompue. Les pessimistes, les envieux ou autres oiseaux de mauvais augure ont beau annoncer régulièrement la mort de la haute couture, ils se bercent d'illusions. Car la demande du public est par nature insatiable. Et il y aura toujours des créateurs pour lui donner forme, des gens capables de trouver des inspirations nouvelles, soufflées par les dieux ou jaillies d'une sensibilité exacerbée.

*
**

J'ai souvent eu l'occasion d'observer des amis peintres au travail. Ils s'installent à quelques pas d'une grande toile blanche et restent ainsi immobiles pendant de longues minutes, parfois des heures, comme hypnotisés par cette surface immaculée. Et brusquement, ils s'avancent tels des somnambules et leur main décrit de grands mouvements sur le canevas. Ils entrent dans un état de transe, ils commencent à jeter de grands traits et des taches de couleur. Puis soudain ils s'arrêtent, ils redeviennent eux-mêmes et regardent la toile, sidérés. « C'est moi qui ai fait ça ? » Ils ne comprennent pas ce qu'ils viennent d'esquisser. Le lendemain, ils se replacent devant la toile pour contempler cette mystérieuse ébauche jusqu'à ce que le feu de l'inspiration s'empare à nouveau d'eux. Ce sont les fameuses Muses des Grecs, l'ire sacrée, cette colère divine qui anime les créateurs.

Art mineur, la mode ne connaît pas de tels emportements divins. Mais le couturier peut entendre cependant la musique des sphères célestes. La création exige en premier lieu une concentration totale, l'effacement de l'ego, la dissolution de la personnalité. Il faut faire abstraction de soi, se laisser posséder par cette espèce de vibration, cette lumière intérieure qu'est l'inspiration. Et brusquement la main part, comme possédée par une force étrangère, féminine. Car l'inspiration est féminine, depuis la Mère céleste, la Terre créatrice qui fait pousser les arbres jusqu'à la femme qui met un enfant au monde. L'homme est action, il donne l'impulsion mais la femme est la véritable créatrice.

Mon inspiration, je la puise aussi dans mes vies passées. Ou plutôt, lorsque je fais abstraction de mon ego, mes existences antérieures viennent affleurer à la surface. Un jour, je griffonnais machinalement sur une feuille quand je reconnus avec surprise dans ces croquis une nette influence égyptienne. Je continuai à dessiner, laissant mes doigts guider le crayon. Bientôt, j'avais reconstitué un bas-relief égyptien.

Quand je me mets au travail, c'est d'abord le mental inférieur, l'intellect qui fonctionne et mes dessins sont mauvais, ils manquent d'aisance et de grâce. Et puis, au fur et à mesure que j'avance, le vide mental se fait en moi, je me sens devenir roseau. Je sens que je suis habité par un autre moi-même, ou un moi-même qui prend conscience que ce corps n'est qu'une de ses enveloppes.

Mes dessins deviennent meilleurs, plus créatifs. C'est un mental supérieur qui rejoint le Sixième Plan vibratoire, le plan de la connaissance, des mémoires, de tous ces souvenirs de femmes que j'ai rencontrées ou que j'ai aimées dans des époques passées, souvenirs que je modernise et auxquels je mêle des visions de l'avenir.

*
**

À l'écoute de son inspiration, le créateur ne doit pourtant en aucun cas imposer sa mode : il se contente de proposer. Chaque être humain doit en effet défendre jalousement sa personnalité, refuser de jouer les moutons de Panurge.

Dans les années soixante, je me suis ainsi violemment élevé contre la mode-dictature des couturiers. Je n'étais pas le seul à mener le combat. Dans son journal *Elle*, Hélène Lazareff s'efforçait de lancer l'idée de « stylistes » de mode, travaillant à bonne distance de la haute couture, afin de permettre à la femme de se libérer des oukases dictés par les couturiers.

Je proférais à l'époque des jugements à l'emporte-pièce, qui étaient mal interprétés. J'affirmais par exemple qu'une femme qui suit la mode est une parfaite imbécile. Les journalistes qui s'empressèrent de relever cette déclaration oublièrent souvent de préciser la suite de ma pensée : « une imbécile, parce qu'une femme ne doit pas être asservie par la mode mais se servir de la mode ». Chaque couturier offre des possibilités, la femme fait son choix en fonction de son physique, de sa personnalité, de ses envies. Ce faisant, elle échappe au rôle de femme-objet dans lequel on l'a trop longtemps confinée. Elle n'est pas là pour servir un vêtement : c'est le vêtement qui doit la servir, la mettre en valeur. La servir et non l'asservir.

D'où le paradoxe de ma situation. J'entrais dans l'univers de la haute couture en disant aux femmes : « Ne suivez pas la mode, créez votre propre style ! »

Je continue à fustiger certains de mes confrères qui semblent n'obéir qu'à leur bon plaisir. J'estime que le créateur a tous les droits, sauf celui de ridiculiser la femme, ce que font pourtant certains. Pour moi, c'est un crime contre la profession, contre le genre humain. On a le droit d'aller loin, d'être excessif, de faire de la femme une déesse, une extra-terrestre, une princesse, une reine ou une collégienne, mais on ne doit en aucun cas avilir son image.

Habiller une femme, c'est aussi lui permettre de séduire en répondant aux phantasmes des hommes. Mais espérons également qu'un jour prochain les hommes seront habillés de façon à faire phantasmer les femmes ! Qu'ils seront tour à tour le matelot, le baroudeur, l'homme d'affaires ou que sais-je encore, mais qu'ils cesseront d'être uniformes et ennuyeux à regarder !

Quoi qu'il en soit, il semble que la femme des années quatre-vingt-dix soit une femme totalement libérée de la mode, au bon sens de l'expression. Elle n'y prend que ce qu'elle désire, ce qui convient à sa personnalité. Car la mode telle que je la conçois est exactement le contraire d'une obligation. Le vêtement est précisément ce qui permet l'épanouissement de la personnalité.

*
**

Pour barrer la route à la mode-dictature, il faut concentrer ses efforts sur l'être humain, sur sa nature profonde. Car si la mode est reflet du sacré ou du social, elle est aussi reflet de la psychologie.

Le vêtement exprime et trahit les problèmes existentiels. Si un homme n'est pas en harmonie avec son travail, s'il est en conflit avec sa famille, s'il a un problème avec la femme qu'il aime, avec ses enfants, cela va se concrétiser dans sa façon de s'habiller. Il va choisir tel style de vêtement, telle couleur comme une barricade ou comme étendard de sa révolte. Il va ainsi communiquer un sentiment qu'il n'ose pas affirmer par le verbe.

Dès qu'un problème surgit, une personne d'ordinaire « classique » affichera des goûts quelque peu différents, elle fera montre d'une touche d'audace. Elle arborera un symbole, un accessoire en forme de provocation : une cravate un peu trop voyante, un côté un peu « décalé ». La femme adoptera un bijou trop clinquant, une coiffure exubérante. La femme qui porte quinze bracelets au poignet a de graves problèmes : elle a peur d'être négligée, peur de ne pas être aimée, alors elle fait du bruit, elle secoue ses breloques comme pour dire : « Je suis là, j'existe, regardez-moi, aimez-moi. » Au contraire, une femme épanouie, aimée, et qui le sait, porte des bijoux légers et discrets.

Plus le problème est sérieux, plus la provocation sera poussée loin. Avec pour point extrême la mode punk. Pour les punks, il n'y a pas d'avenir – *no future !* –, pas de survie. Alors ils viennent cracher sur l'époque avec leurs vêtements informes, leurs cheveux verts, rouges, orange, leurs épingles à nourrice qu'ils ne mettent plus dans le vêtement mais dans la chair, comme pour la sacrifier.

*
**

On dit peut-être trop rapidement que l'habit ne fait pas le moine. On a vu combien l'être et le paraître étaient aussi indissociables que le sont le microcosme et le macrocosme. Tout est symbole.

Mais bien entendu, la vraie quête dépasse largement l'observation des comportements humains. Le visible, si révélateur qu'il soit, n'est qu'une étape qui doit nous inviter à une recherche plus profonde... et plus délicate.

CHAPITRE CINQUIÈME

AU-DELÀ DES FORMES :
« Les choses qui sont derrière les choses. »

Il voyait trop. Et voir est un aveuglement.

Tristan CORBIÈRE

Savoir enfin... Connaître la vérité cachée, nous connaître nous-mêmes, deviner notre avenir et découvrir la finalité de notre existence : voilà qui nous tente tous, croyants ou agnostiques, et même les athées malgré ce qu'ils prétendent. Or le monde matériel nous offre d'innombrables passerelles vers l'au-delà. Tout semble nous inciter à ne pas nous satisfaire des apparences mais à chercher les « choses qui sont derrière les choses ». Mais comment mener cette étude sans tomber dans les délires d'un ésotérisme de foire ?

Astrologie, géomancie, voyance, cartomancie, on ne compte plus aujourd'hui les pratiques qui prétendent commercer avec l'invisible. De plus en plus, les gens y ont recours en espérant trouver la solution à leurs problèmes quotidiens ou existentiels. Mais ce « commerce » est malheureusement plus souvent synonyme de mercantilisme que de véritable communication.

Certains abusent de ces techniques, comme si notre quête spirituelle passait nécessairement par elles ; d'autres sont plus méfiants, parce qu'ils craignent les impostures ou parce qu'ils voient là des rituels inquiétants et lourds de mystères.

Mais la recherche initiatique n'est-elle pas précisément la quête d'un mystère, ne serait-ce que celui de son propre être ? La Connaissance à laquelle accède l'adepte n'est-elle pas scellée par le secret ? Les sciences divinatoires, quel que soit leur sérieux, manipulent des forces qui sont bien réelles et toutes-puissantes. Et le *secret* nous fait toucher au *sacré*...

*
**

L'homme des premiers temps évoluait dans un univers aux innombrables dangers, à la merci des bêtes féroces et de phénomènes météorologiques qui mettaient en péril ses ressources de survie. Conscient de sa faiblesse, il vivait dans la terreur des ténèbres. C'est dans ce sentiment de peur qu'il faut rechercher l'origine du sentiment religieux.

Confronté aux menaces permanentes du monde extérieur, l'être humain découvrit d'abord des moyens de protection simples : il conjura le danger en arborant des talismans ou des gris-gris. Et puisqu'il ne pouvait lutter contre ces forces gigantesques, il préféra les amadouer. Le soleil, l'orage devinrent des dieux, l'ours ou le sanglier des totems.

Pour se mettre à l'abri des bêtes sauvages et des intempéries, l'homme trouva refuge dans des cavernes, c'est-à-dire dans le ventre de la terre. Il créa ainsi, par analogie, des déités féminines comme la Vierge de Lespugne ou de Willendorf, ces femmes opulentes qui le protégeaient de la nuit comme la mère protège son enfant dans son ventre.

Puis il fit fonctionner un peu plus son cerveau, afin de se concilier les bonnes grâces des puissances qui l'entouraient. Avec quel objet les séduire, par quelle technique, quel geste, quel son ? Comment prévoir, comment contrôler les événements naturels ?

De ces interrogations est née la magie opérative. Les sorciers sont apparus, qui prétendaient détenir la connaissance du rituel agissant sur les phénomènes. Peu à peu, ils vont édicter les lois régissant le groupe. Car les règles sociales ont trouvé leur source dans les lois magiques, imposées non par le chef de village mais par le sorcier.

Cette magie et ce culte des divinités naturelles se sont progressivement transformés en religion. L'homme a accédé à l'abstraction lorsqu'il a imaginé pour la première fois que toutes les manifestations violentes de la nature devaient être couronnées, commandées par une force supérieure, unique, colossale. Ce fut l'apparition de l'*Homo Sapiens* et l'entrée dans le Troisième Plan vibratoire dans lequel nous évoluons encore aujourd'hui.

*
**

J'effectuai mon premier apprentissage de magie opératoire en observant ma grand-mère qui disait avoir hérité ses secrets des anciens druides.

Lorsque nous habitions en Bretagne, il n'y avait ni médecin ni pharmacien dans le bourg. Ma grand-mère soignait les gens des alentours par les plantes, en prescrivant des tisanes, des décoctions ou des cataplasmes. Au fil des cas, elle m'enseigna l'action des « simples » sur le corps humain. Elle me disait que chaque plante correspondait par sa forme à l'organe qu'il fallait soigner. La racine, la tige et la feuille avaient des vertus très différentes. Ce qui est enfoui dans le sol n'a pas le même pouvoir que ce qui s'ouvre au soleil. La racine fouille la terre, absorbe l'humidité et les sels minéraux. La feuille au contraire se dilate, s'élève vers le soleil. Tout ce qui est sous terre a un effet contractant sur le corps humain, tout ce qui est à l'air libre a un effet dilatant.

Lorsqu'un organe est lésé, c'est souvent qu'il a augmenté ou réduit de volume et l'on peut remédier à ce déséquilibre par les plantes en prenant bien soin toutefois de ne pas contrarier les cycles naturels du corps. En effet, les organes s'ouvrent et se ferment en harmonie avec les heures du jour et de la nuit. L'univers tout entier obéit à ces lois de contraction et de dilatation. Jusqu'à la psychologie humaine : l'espérance dilate le cœur, l'envie le dessèche.

Ma grand-mère répétait que le corps et la nature fonctionnaient de la même façon et qu'il suffisait d'observer l'un pour connaître l'autre. Et toute affection trouve son remède dans la nature car Dieu a tout mis à notre disposition.

Ainsi, ce que l'on nomme « pratiques magiques » ne représente en fait que la connaissance des lois qui régissent le monde. C'est la connaissance des causes profondes, alors que la science « officielle », positive, n'est que la connaissance limitée de certaines lois par leurs conséquences visibles, les symptômes.

La méfiance qu'inspire la magie n'est souvent qu'ignorance. Les savants matérialistes rejettent ces pratiques qu'ils associent à la superstition. Mais la magie, lorsqu'elle sera enfin étudiée, deviendra science. Les hommes de science commencent seulement à s'intéresser aux vertus de certaines plantes utilisées par les sorciers africains ou vaudous. L'homéopathie a depuis peu acquis ses lettres de noblesse, mais les scientifiques n'ont pas encore pleinement discerné la puissance des plantes, des pierres, des sons, des gestes. Ils se servent bien de cristaux dans l'électronique mais sans avoir la complète maîtrise de leurs pouvoirs. Et lorsqu'on ne connaît pas une chose, il est tellement plus simple de la reléguer au rang de superstition...

*
**

Lorsque les secrets de la nature se dévoilent ainsi peu à peu à nos yeux, nous sommes saisis par un sentiment d'émerveillement. Comment, en effet, ne pas être émerveillé par les possibilités du corps humain ? Lorsque je me suis livré à ma première expérience de spiritisme, j'ai été ébloui par la puissance du magnétisme que je possédais. Notre première rencontre avec l'au-delà nous laisse forcément dans un formidable état d'exaltation. On découvre un monde nouveau et plein d'attraits, on veut en savoir davantage et on se lance à corps perdu dans cette quête, persuadé de s'engager sur la bonne voie.

On ne se doute pas que là résident les plus grands dangers. Car la recherche ésotérique, commencée comme un jeu, n'est jamais anodine. En effet, on y fait appel à des énergies subtiles qui existent bel et bien, qui sont des réalités. Et l'on s'apercevra trop tard, si l'on manque de prudence, que ces énergies peuvent vous brûler les ailes.

*
**

Mes premiers pas vers le monde suprasensible furent ces quelques séances de spiritisme chez cette vieille dame russe aux Sables-d'Olonne. C'est elle qui m'apprit à faire tourner les tables. Elle m'enseigna également la technique du Ouija. Il s'agit d'un disque en bois au centre duquel est fixée une flèche semblable à l'aiguille d'une horloge. Sur la circonférence du disque sont disposées des lettres. On fait tourner l'aiguille qui s'immobilise sur une lettre. On renouvelle l'opération de nombreuses fois, sur un rythme effréné, et l'on obtient ainsi des mots, des réponses aux questions que l'on posait. Cette technique proche de l'écriture automatique est apparemment inoffensive. Encore faut-il savoir s'arrêter, car à toujours chercher les réponses à l'extérieur de soi, on court le risque de sacrifier son goût de l'initiative et de l'action.

De la même façon, j'ai vu de nombreux amis se lancer en aveugles dans l'étude des postures du yoga, dans le réveil des chakras.

Il est exact que par une certaine gestuelle, telle qu'en offre le yoga, on peut déclencher en soi des ouvertures d'organes, des descentes d'énergies cosmiques et donc des réajustements internes. Mais malheureusement, dans la majorité des cas, l'esprit n'est pas suffisamment préparé, on ne maîtrise pas les techniques qui consistent à redistribuer ces apports énergétiques. Aussi voit-on nombre d'apprentis yogis se brûler non plus les ailes mais les organes : en effet, les forces nouvelles se dispersent dans le corps de façon complètement incontrôlée.

En Inde, les vrais maîtres qui connaissent parfaitement la science du yoga ont une autre mentalité, une autre approche. Ils savent que cette pratique est aussi spirituelle que physique. Ils arrivent donc à contrôler ces énergies-lumière et savent les utiliser pour augmenter leur potentiel de réceptivité.

Mais en Europe, nombreux sont ceux qui se meurtrissent le corps en voulant faire du yoga comme on fait des exercices d'assouplissement. Pire, on fait du yoga parce que c'est chic, parce que c'est exotique ! Alors que ce sont des pratiques « magiques » destinées à augmenter la perception des phénomènes extérieurs et intérieurs.

*
**

Nous vivons dans un monde matériel qui est une succession de formes. Celles-ci dégagent des vibrations et exercent ainsi sur nous une force d'attraction ou de répulsion. Tout dans la nature est positif ou négatif, dilatation ou contraction, féminin ou masculin, terrestre ou céleste, ombre ou lumière.

Si l'on accumule en soi les influx négatifs, on risque de détruire son système nerveux et lymphatique. La surcharge des énergies positives est elle aussi néfaste car des forces dilatantes mal contrôlées peuvent provoquer des lésions dans l'organisme.

L'équilibre et la mesure sont les règles de la santé comme de la sagesse.

Selon la tradition soufie, le chercheur qui veut franchir la petite porte menant au royaume de la Connaissance doit d'abord s'engager sur le pont de Shira, un passage plus étroit que la lame du yatagan, le sabre courbe des Arabes. Il faut marcher pieds nus sur le fil de l'épée. Si l'on tombe à droite, on sombre dans la folie et si l'on tombe à gauche, c'est la destruction de l'âme, c'est la plus terrible des morts, la mort spirituelle, l'anéantissement.

*
**

Comme toutes les forces qui animent le cosmos, nos pensées elles aussi peuvent être positives ou négatives. Chacune d'entre elles émet une vibration qu'on appelle égrégore. Lorsque notre esprit se concentre sur une personne, celle-ci peut le sentir car notre égrégore va venir la toucher. Et l'onde va alors rebondir vers nous ! Semblables à des boomerangs, les ondes-pensées, bonnes ou mauvaises, reviennent à leur point de départ.

D'où le danger de la sorcellerie qui utilise des pensées néfastes. Ceux qui pratiquent la magie noire, visant à nuire (par opposition à la magie blanche, qui vise l'amélioration), courent le risque d'un retour de flamme qui peut les anéantir.

Une anecdote assez surprenante – et parfaitement véridique – illustrera mieux ce principe des pensées-boomerangs.

TRAJECTOIRE

Ayant toujours été attiré par les cultures différentes (tout en sachant que je dois rester fidèle à la mienne), je fréquente beaucoup à Paris les restaurants exotiques, africains, chinois, japonais, etc. Il y a quelques années, je me liai ainsi d'amitié avec une Française qui tenait un restaurant africain. Elle comptait parmi ses proches un Béninois, auteur réputé d'un livre de magie. Le Bénin est en ce domaine d'une grande activité. C'est là qu'on situe d'ordinaire la source de la *macumba* brésilienne ou du vaudou haïtien. Dans des circonstances dont je ne me souviens pas, je me brouillai avec cette jeune femme. Son ami se rangea de son côté et me prit donc en grippe.

Un soir, en pleine nuit, je me réveillai soudain ruisselant de sueur comme à la sortie d'un cauchemar. Je ressentais tour à tour des bouffées de chaleur et des frissons glacés. Me redressant sur mon lit, je vis avec effroi des flammes vertes qui léchaient le plafond sur tout le pourtour de ma chambre.

Grâce aux leçons reçues de ma grand-mère, je compris immédiatement ce qui se passait. Quelqu'un exerçait sur moi ses pouvoirs de sorcier !

Refoulant un début de panique, je tâchai de me concentrer. Je demandai :

– Qui es-tu ? Que me veux-tu ?

Et dans le silence de ma méditation, je vis apparaître le visage de ce sorcier béninois. Il était en train de m'envoûter, à l'aide probablement d'une poupée à mon image.

Je décidai alors de lui donner une leçon. Par la seule force de la pensée, je me transformai en miroir, en un immense miroir. Je n'existais plus en tant que corps physique, j'étais un simple réflecteur. J'envoyai vers cet homme une pensée positive, une pensée d'amour.

– Écoute ! Je suis un miroir. Ce miroir t'aime. Tout ce que tu me souhaites, je te le rends en mille...

Je me suis maintenu dans cet état pendant une heure ou deux. Brusquement le téléphone a sonné. C'était mon envoûteur :

– Paco, Paco, arrête ! Je t'en supplie ! Je ne le ferai plus ! Je t'en prie...

Il avait compris que, grâce à mon miroir d'amour, j'avais retourné ses pensées négatives qui étaient alors venues le frapper comme un boomerang. Retour à l'envoyeur. Il a arrêté tout de suite...

C'est en fait le principe de la pelote basque, sport magique, jeu atlantéen venu de la nuit des temps, joué avec quatre joueurs, les quatre éléments, les quatre branches de la *svastika*. Armé de sa *chistera*, le joueur envoie la balle – l'intention – sur le fronton avec une force G. La balle frappe le mur qui oppose une inertie et la boule de cuir revient sur le second joueur avec une force égale à 2 x G.

Sur le fronton du rebot est gravée la croix basque, dont les quatre branches sont coudées comme des virgules. C'est la fameuse *svastika* que l'on retrouve chez les Indiens d'Amérique, eux aussi rescapés du cataclysme qui a englouti l'Atlantide. C'est le symbole du tourbillon de la création, du développement de l'univers autour du point fixe Dieu. C'est la croix gammée nazie, à cette différence près qu'Hitler en a inversé le sens giratoire : les rotations positives sont devenues négatives et la *svastika* s'est alors transformée en symbole de destruction.

***

Pour ma part, en effet, je ne pense pas que les forces maléfiques qui agissent sur l'univers soient l'œuvre du diable. Ce dernier, à mon sens, n'a pas plus d'existence réelle que l'enfer. Ou plutôt, de la même façon que l'enfer est ici sur terre, le diable, c'est nous, c'est le résultat des pensées négatives émises par les hommes. Ce n'est pas Dieu mais bien l'homme qui a créé le diable !

À l'origine, Dieu avait séparé la lumière des ténèbres. L'homme a réintroduit les ténèbres, il leur a donné forme en engendrant le diable, Satan.

Toutefois, il ne faut pas confondre Satan et Lucifer. Lucifer signifie « Celui qui porte la lumière ». Détenteur de la connaissance secrète, représentée par l'émeraude qu'il portait incrustée au milieu du front, Lucifer était l'ange préféré de Dieu et celui qui Lui était le plus dévoué. Par amour de Dieu et de la Création, mais sans doute aussi par orgueil, il s'est jeté sur terre pour apporter la connaissance à une humanité qui était plongée dans l'obscurité matérielle depuis la chute d'Adam, coupable de s'être détourné de la face divine.

Mais a-t-on le droit de s'emparer ainsi de la lumière de Dieu, même avec de bonnes intentions ? On a beaucoup glosé sur Lucifer et, là encore, ce que je livre ici n'est qu'une interprétation personnelle. D'après la légende – et les écrits – il semble que cette descente sur terre ait fait de Lucifer – provisoirement – un ange déchu. Et son outrecuidance est peut-être la cause de la façon dont on a dévoyé la science qu'il apportait.

Les écrits racontent que, dans sa chute, il a perdu son émeraude. Ce serait dans cette émeraude que, selon la légende arthurienne, fut creusé le saint Graal, la coupe dans laquelle Joseph d'Arimathie recueillit le sang du Christ... Mais parallèlement les hommes, auxquels Lucifer devait apporter la lumière, ont travesti cette lumière : ils en ont fait la science positiviste, d'abord, puis l'inspiration frelatée des apprentis sorciers. Lucifer a dès lors revêtu une valeur négative, et il est désormais l'inspirateur de tous ceux qui cherchent à acquérir des pouvoirs maléfiques.

On retrouve cette ambivalence dans le mythe de Prométhée, qui déroba une étincelle de feu à Zeus pour l'apporter sur la terre. Seulement, en offrant aux hommes le feu, l'esprit divin, il leur insuffla l'orgueil de rivaliser avec les dieux. L'apprenti sorcier est souvent animé par le rêve secret de devenir un surhomme. Mais en pratiquant la magie, il joue avec le feu.

*
**

Dès que l'on prend conscience qu'il existe un monde supérieur, on veut à tout prix se familiariser avec les techniques qui nous en ouvriront les portes et qui surtout nous permettront d'influer sur notre vie terrestre ou sur celle des autres. De tout temps, l'homme a ainsi tenté de percer les secrets du passé lointain ou de l'avenir : les haruspices lisent dans les entrailles des animaux, la chiromancie dans les lignes de la main, la géomancie dans les dessins tracés sur le sol. La nécromancie évoque les morts pour obtenir des révélations, la cartomancie pense trouver celles-ci dans les cartes à jouer...

Il serait trop facile de voir là de vulgaires supercheries. Ces moyens de divination sont réels ! Plus on progresse dans la méditation, dans l'épuration des énergies négatives, plus on chasse cet encombrement mental qui sépare l'homme de la nature, plus les pouvoirs descendent en soi. Au début, c'est un éblouissement. Imaginez-vous découvrant soudain que vous lisez dans la pensée des gens qui vous entourent ; qu'en tirant le tarot, vous connaissez leur destin ! Seulement, parvenus à ce stade, beaucoup de gens s'estiment satisfaits, heureux de pouvoir étonner et dominer les autres. Et dès lors, ils s'arrêtent en chemin dans leur quête intérieure, dans cette recherche qui doit aller jusqu'à l'oubli de soi, jusqu'à l'humilité totale. Découvrant la puissance de la magie opératoire, ils en approfondissent la maîtrise et s'empressent d'ouvrir boutique. Or monnayer son savoir dans ce domaine ne va pas sans danger. On peut mettre ses dons au service d'autrui et à la rigueur se faire rétribuer, mais on ne doit pas faire de ces dons un moyen d'acquérir la fortune ou l'emprise sur les autres. Car alors, c'est son âme que l'on vend, et que l'on perd.

Sans même faire commerce de ces pouvoirs, d'ailleurs, si on les possède, il convient de rester prudent. Je le sais, car ces pouvoirs, j'en ai usé. J'ai déplacé les objets, fait tourner les tables, lu dans la pensée d'autrui, subi la tentation d'épater les amis, voire des inconnus, en leur démontrant la fiabilité de ces techniques ! Je me suis servi de mes dons pour me faire valoir, pour séduire. Voilà le grand piège : utiliser ses dons à des fins personnelles. C'est là une chausse-trape placée sur nos pas, un crochet surgi des ténèbres pour faire trébucher le téméraire qui s'est engagé sur le pont de Shira avec des intentions impures.

Il faut voir plus loin, aller plus avant sur le chemin de la Connaissance, demander l'impossible, devenir plus excessif, plus « fou de Dieu ». Il faut se dire : « Puisqu'il y a une intelligence colossale qui régit ce monde, et dont je commence à entrevoir les lois, c'est cette intelligence ultime que je veux connaître. Je veux avoir cette folie de voir le Tout et de me fondre en lui. »

Alors, les pouvoirs magiques s'éteignent. Ou plutôt, ce qui s'éteint, c'est le désir de les galvauder. On les garde en soi mais ils se fondent dans l'oubli. Le chemin s'ouvre, plus brillant. De nouvelles éclaircies s'offrent à nous, on entend l'appel de notre voix intérieure, cette voix de la conscience qui nous dit : « Ne fais pas cela, mais ceci ! Va dans telle direction ! Ouvre ce livre ! » Ce n'est pas notre conscience, ni notre petit doigt, c'est un guide envoyé du Ciel par les dieux, qui est à nos côtés, parfois en nous. Il nous conseille dans ce long cheminement parsemé d'embûches et pourtant si simple.

Mais cette simplicité, il faut parfois toute une vie pour en avoir la révélation, tant l'évolution de notre être est ralentie par l'hérédité génétique, par l'environnement familial, scolaire, social et par la complexité de notre propre personnalité.

J'ai moi-même connu de nombreux errements. Je suis allé à droite, je suis allé à gauche, je suis tombé dans des impasses où brusquement je me suis senti coupé de Dieu, dans un désert mental et moral terrible. Mais je n'ai pas perdu pied, je n'ai pas perdu la foi. J'ai seulement compris que je m'étais engagé dans une voie qui n'était pas la bonne. J'ai donc rebroussé chemin et je me suis remis en marche en tâchant de mieux écouter ma voix intérieure. C'est dans le silence de la méditation, dans cet appel qu'on lance vers le Tout en disant : « Je T'aime, Toi qui as créé l'univers », c'est dans cet appel d'amour que brusquement descendent les énergies qui vous remettent en selle.

Tous nous avons connu ou nous connaissons encore de tels égarements. L'essentiel, c'est de comprendre qu'il suffit d'un acte de volonté pour sortir de l'ornière. Dès que j'aurai accompli le premier pas, mes erreurs ou mes hésitations d'hier seront profondément oubliées. Le voyageur qui vient de se sustenter songe-t-il encore à la faim de la veille ?

Tout est si simple ! Si j'avais su, si l'on savait ! Mais des années de tâtonnements sont nécessaires. Celui qui parvient à soulever le voile d'Isis a la surprise de découvrir un deuxième voile, puis un troisième... Plus on avance, plus les vérités nous apparaissent. Une espèce de crainte sacrée, d'humilité s'empare de nous. Car lorsque nous commettons une erreur, lorsque nous nous écartons du plan divin, nous nous faisons taper sur les doigts : nous tombons malades, nous avons des problèmes d'argent, nos amis nous quittent. Ce sont des rappels à l'ordre plus ou moins violents. Quand on réintègre la voie qui nous a été tracée, tout s'aplanit, tout devient lumineux. Il y a une espèce de paix intérieure, de quiétude, de joie. Et l'on sait sans hésitation qu'on est sur le bon chemin.

« Heureux les simples en esprit », dit le Christ. Heureux ceux qui ne cherchent pas à compliquer les choses car la vérité est simple, on ne le dira jamais assez. Il faut conserver en soi l'âme d'un enfant, avec sa capacité d'émerveillement. « Laissez venir à moi les petits enfants, dit encore Jésus, car c'est à leurs pareils qu'appartient le royaume des cieux. » (Évangile selon saint Matthieu, chapitre 19, verset 14.)

*
**

Simplicité pour simplicité, objecteront les lecteurs ironiques, combien notre vie serait facilitée si nous pouvions connaître la trajectoire dessinée pour nous !

C'est ce que les astrologues affirment pouvoir faire en étudiant les conjonctions astrales. Les Égyptiens comme les Tibétains ou les Aztèques pratiquaient l'astrologie. Le principe de base est le suivant : tous les êtres vivants sont soumis à l'influence des astres. Mais cette conception dégénère en un simple déterminisme mécaniste. À mes yeux, les astres n'influent pas sur notre destin, ils l'indiquent. Si vous êtes né Verseau, vous êtes un rêveur, utopiste ; si vous êtes Bélier, vous êtes fonceur ; si vous êtes Taureau, vous êtes un homme plein d'allant, de bruit et de fureur. Les signes du Zodiaque révèlent le comportement, les possibilités, les failles de notre caractère.

Nous avons hérité à la naissance d'un schéma de vie qu'il est possible de retrouver par certaines techniques. Mais ce schéma, nous gardons la capacité de l'accélérer ou de le ralentir.

Par curiosité, j'ai étudié l'astrologie, je me suis familiarisé avec la numérologie ou le tarot. Mais je ne me sers pas de ces techniques, de même que j'ai renoncé à user de mes dons de médium.

Je crois qu'il est dangereux de consulter trop souvent des voyantes car on finit par y abandonner sa volonté. C'est une forme de démission face à la vie. Néanmoins, de temps en temps, lorsqu'un grand problème nous préoccupe, lorsqu'on n'a pas d'amis à qui se confier, aller trouver un ou une voyante peut représenter un recours. Il ou elle peut vous donner des repères, vous ouvrir des perspectives.

Il ne s'agit évidemment pas d'aller les voir tous les mois pour savoir si l'on va trouver une maison de campagne, si l'on va obtenir de l'avancement ou rencontrer l'amour de sa vie au coin de la rue.

Aux moments charnières de ma vie, lorsque se sont posées des questions graves, chaque fois que j'ai dû prendre des décisions importantes pour ma carrière, je suis allé trouver des astrologues ou des voyantes. Ils m'ont donné des conseils que j'ai suivis ou non. Mais ce regard différent a nourri ma réflexion personnelle et m'a permis parfois de débrouiller une situation difficile.

Lorsque je montai à Paris pour suivre les cours de l'École des Beaux-Arts, par exemple, je sentis que j'étais à un tournant de ma vie. Je décidai de consulter un voyant, plus par curiosité que par conviction. J'avais lu dans la presse que le plus grand voyant de Paris était Belline, installé rue Fontaine.

J'allai donc sonner à sa porte. Il me reçut, me tira les cartes et lut les taches d'encre. Il m'annonça alors que j'allais réussir « par les femmes ». Moi qui m'étais fixé pour objectif de devenir architecte, je le pris aussitôt pour un fou. Réussir par les femmes ? À moins de devenir proxénète, je voyais mal comment cette prédiction pouvait se réaliser

Je lui fis part de mes doutes. Belline ne se démonta pas.

– Vous travaillerez entouré de femmes... Et ce sont les femmes qui feront votre fortune.

J'étais presque vexé par cette insistance. Il ajouta :

– Vous allez créer quelque chose qui ressemblera un peu à un livre, au moins dans sa forme extérieure...

Et de ses deux index, il dessina dans l'espace un rectangle haut d'une quinzaine de centimètres.

– Ce n'est pas très épais, continua-t-il, ça parle de métal, c'est entouré de métal. Cet objet fera le tour du monde et vous apportera la richesse et la notoriété.

Je sortis de chez Belline en me tenant les côtes de rire. C'était la première fois de ma vie que je m'adressais à un voyant et il me racontait des histoires à dormir debout.

Treize ans plus tard, je devenais couturier, je travaillais entouré de mannequins et d'ouvrières, je créais pour les femmes et réussissais grâce à elles, puis je lançais mon premier parfum, nommé *Calandre*. Le flacon est entouré de métal, de la taille d'un petit livre. C'est aujourd'hui le parfum français, avec *Pour homme*, le plus vendu au monde...

*
**

Les voyantes que je vais consulter de temps à autre perçoivent au premier abord mes dons de médium. Réciproquement, dès que l'une d'elles se met en transe, je ne reste pas passif. Il se passe un phénomène d'osmose, nos esprits communiquent, le temps se fige, il y a une espèce d'interpénétration.

À la fin de ces consultations, j'ai à mon tour des « flashes » et je peux prévoir sur trois mois des événements qui vont affecter ces voyantes.

Il y a plusieurs décennies, alors que je suivais encore mes études d'architecture, je suis allé chez une voyante qui habite près de l'Étoile.

Nous nous sommes installés à une table. Soudain, une lumière éblouissante m'a fait cligner des yeux. J'ai d'abord cru à un rayon de soleil qui se reflétait sur mon visage mais cette lumière ne semblait avoir aucune source, elle venait de partout à la fois.

Puis une odeur de lys et de rose a imprégné la pièce. Un parfum capiteux qui me tournait presque la tête.

– Pourquoi faites-vous brûler cet encens si fort ? demandai-je. Et quelle est cette lumière ?

– Je ne brûle pas d'encens ! répondit la voyante, qui m'avait l'air tout affolée. Une entité lumineuse se tient derrière vous. C'est elle qui dégage toute cette lumière et ce parfum. Elle semble bienveillante à votre égard.

Ces entités de lumière sont nos guides, nos anges gardiens envoyés par Dieu. Au moment de la Création, il y a eu des paliers différents dans la densification de l'énergie suprême. À ces paliers correspondent les hiérarchies célestes qui, dans la cosmogonie judéo-chrétienne, s'organisent en sept ordres angéliques : trônes, chérubins, séraphins, etc. Ce sont des êtres spirituels, éthérés, intermédiaires entre Dieu et le monde. Lorsqu'on a des dons de médium ou lorsqu'on est avancé dans la méditation, il arrive que ces anges nous apparaissent. Ce sont comme des courants d'air frais qui traversent la pièce alors que portes et fenêtres sont fermées, et qui vous caressent le visage avec une douce fraîcheur. Ils veulent signifier leur présence, comme pour dire : « N'oublie pas, nous sommes avec toi. »

On les appelle des « maîtres de lumière ». Mais ils ne peuvent intervenir dans notre vie, rappelons-le, que si nous renonçons à notre libre arbitre. Pour obtenir leur aide, nous devons abandonner ce pouvoir exorbitant. Et tout devient facile ! « Quand vous faites un pas vers nous, disent aux initiés ces messagers de Dieu, nous en faisons dix vers vous. »

*
**

« Dix pas vers vous... » Ce que nous prenons pour de l'« intuition » n'est souvent que l'intervention des hiérarchies célestes. Qui d'entre nous n'a pas entendu cette voix qui nous souffle la direction à suivre ou qui nous met en garde contre un danger imminent ? Même les plus cartésiens, qui voudraient bien bâillonner cette intruse, finissent par se plier à ses injonctions. Car ils ont conscience, confusément, qu'elle les protège.

Lorsque mon père fut fait prisonnier et que le pays Basque menaça de tomber tout entier sous la coupe franquiste, ma mère décida de fuir l'Espagne, sachant qu'elle risquait le peloton d'exécution. Nous gagnâmes ainsi, ma mère, ma grand-mère, mes deux sœurs, mon frère et moi, la ville de San Sebastian, qui était alors prise dans un étau mortel. Nous parvînmes à monter à bord du dernier bateau en partance pour le Mexique. De nombreux républicains s'y étaient entassés pour fuir la guerre civile et la répression menée par les phalangistes.

Dans la confusion générale, le sifflet du départ retentit. Soudain, comme on ramenait la passerelle, ma mère poussa un cri. Elle ne voulait pas rester à bord ! Elle voulait descendre immédiatement ! Traînant ses enfants et ma grand-mère qui protestait, ma mère se précipita vers la passerelle et insista pour qu'on nous laisse débarquer. Excédé, le commandant du bateau finit par obtempérer.

Debout sur le quai, nous restâmes à regarder le bateau qui s'éloignait dans la rade de San Sebastian. Ma grand-mère pestait contre cette soudaine lubie :

– Tu es folle ! Les phalangistes vont envahir la ville d'une minute à l'autre ! Tu viens peut-être de laisser échapper notre dernière chance de salut !

Comme le bateau s'apprêtait à gagner la haute mer, un vrombissement sourd résonna dans le ciel. Tournant la tête, nous vîmes surgir une patrouille d'avions allemands. Repérant le navire, ils le prirent aussitôt pour cible. Frappé par plusieurs bombes, le bateau coula en quelques secondes sous nos yeux horrifiés. Il n'y eut aucun survivant.

Ma grand-mère était sidérée. Mais nous n'eûmes pas le temps de nous attarder sur ce drame et sur l'intuition extraordinaire de ma mère. Une camionnette s'arrêta à quelques mètres de nous.

– Vous cherchez à fuir San Sebastian ? demanda le chauffeur. Je vous emmène. Je connais un chemin sûr.

Cachés sous des sacs de toile à l'arrière de la camionnette, nous pûmes déjouer les barrages phalangistes et nous prîmes ensuite la direction de Barcelone, encore tenu par les républicains. Le Ciel veillait sur les Cuervo.

En février 1939, lorsque Barcelone tomba entre les mains des phalangistes, nous partîmes à pied à travers la montagne pour gagner la France. Un soir, sous la neige, nous trouvâmes refuge dans une maison à moitié en ruine. En pleine nuit, ma mère s'éveilla brusquement.

– Ils l'ont tué ! Ils ont tué mon mari !

Elle éclata en sanglots. Je tirai les pans de sa jupe.

– Ne t'en fais pas, je suis là. À partir d'aujourd'hui, je serai ton mari.

Il fallut tous les soins de ma grand-mère pour la convaincre de se recoucher. Le lendemain, nous reprîmes notre route. Plus tard, en France, nous reçûmes la notification de la mort de mon père. Elle avait eu lieu le jour même où ma mère avait eu cette prémonition... Ma mère... si cartésienne !

*
**

Ma grand-mère m'a initié à l'oniromancie, l'art d'interpréter les songes. Il existait selon elle trois sortes de rêves. Le premier, le plus anodin, est le rêve de digestion. Après un repas trop chargé, notre estomac sera barbouillé, nous aurons des visions sans queue ni tête, derrière lesquelles ne se cache aucun message.

Puis il y a le rêve de compensation, typiquement freudien. C'est la jeune vierge qui rêve qu'un monsieur la poursuit avec un grand couteau... Ou l'employé de bureau, tyrannisé par son supérieur hiérarchique, qui s'imagine en justicier masqué et qui taille son patron en pièces.

Il y a enfin le rêve prémonitoire proprement dit qui est représenté par l'homme noir renversé, la tête en bas, les pieds en l'air. Un symbole qui signifie qu'il faut lire les songes à l'envers !

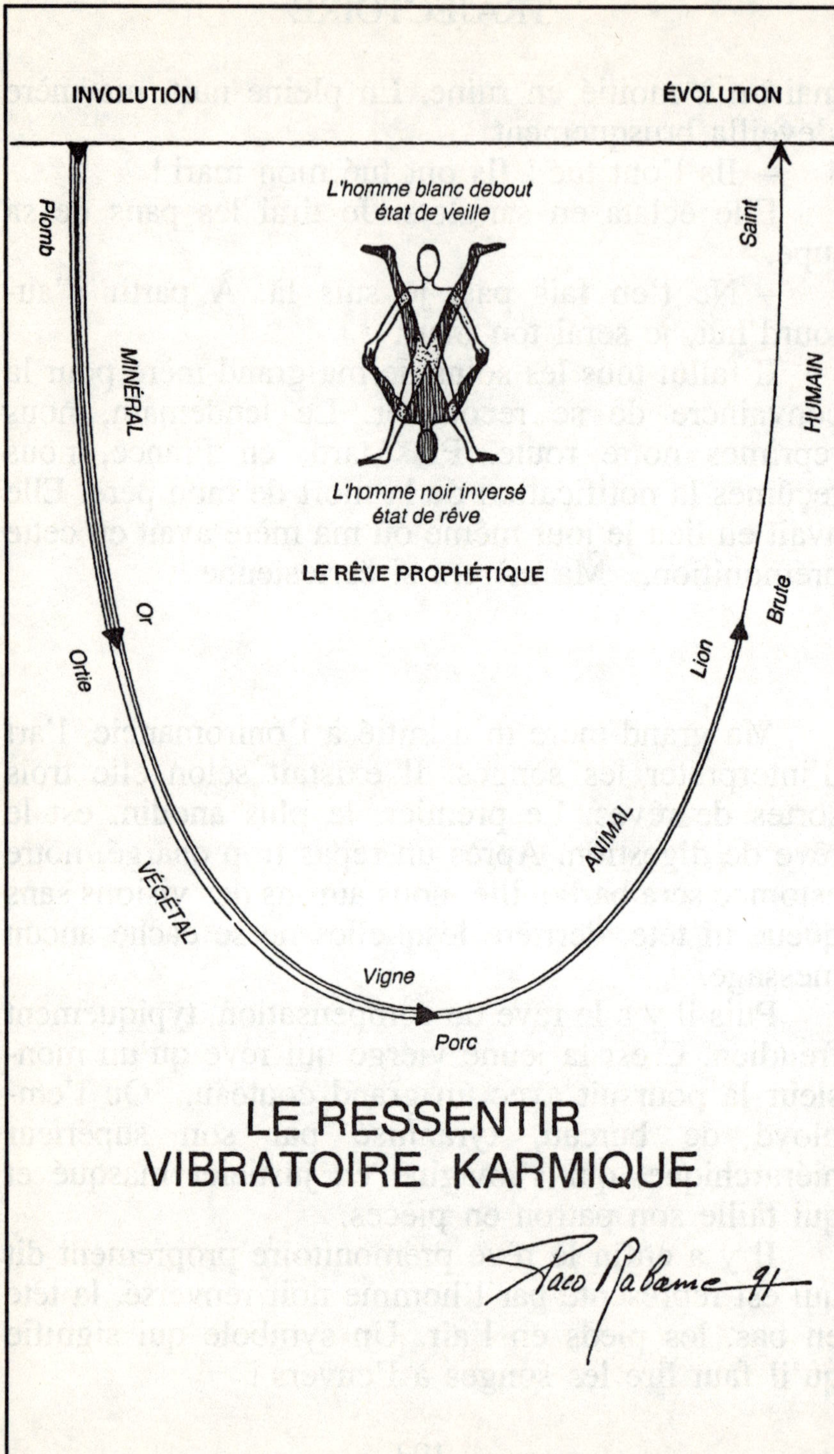
INVOLUTION
ÉVOLUTION
L'homme blanc debout
état de veille
L'homme noir inversé
état de rêve
LE RÊVE PROPHÉTIQUE
Plomb
MINÉRAL
Or
Ortie
VÉGÉTAL
Vigne
Porc
ANIMAL
Lion
Brute
HUMAIN
Saint
LE RESSENTIR
VIBRATOIRE KARMIQUE
Paco Rabanne 91

TRAJECTOIRE

Si vous rêvez que votre mère meurt et que le sang coule à flots de sa blessure, il ne faut pas vous inquiéter, au contraire. Votre mère est en pleine santé puisque la mort, dans ce monde renversé, c'est la vie. Et ce sang qui s'échappe d'une plaie, c'est une grosse somme d'argent qui vient renflouer son compte en banque !

Un jour, une femme est venue trouver ma grand-mère en disant :

– J'ai fait un rêve étrange... J'étais en train d'écrire une lettre. Mon fils s'est approché de la table, il a pris la feuille, l'encrier s'est renversé et l'encre a recouvert mon fils...

Ma grand-mère lui répondit :

– Surveillez bien votre fils ! Il risque d'avoir des problèmes de santé.

La femme partie, ma grand-mère me dit :

– Voilà le type même du rêve prémonitoire à l'envers. Cette femme était en train d'écrire... L'encre, c'est ce qui nomme, ce qui donne vie aux choses. Le gosse a été recouvert par ce liquide de vie. Donc il va mourir.

Le jour même, l'enfant échappait à la surveillance de sa mère et traversait imprudemment la rue. Une voiture le frappa de plein fouet.

Les rêves peuvent aussi nous éclairer sur nos existences passées. Par exemple sous forme d'un paysage qui revient sans cesse, d'une ville qui devient le cadre récurrent de nos rêves ou même d'une personne que nous ne connaissons pas dans ce monde mais qui est le compagnon fidèle de nos promenades dans le royaume des songes. Il s'agit là de lieux ou de gens qui nous ont marqués, qui nous ont fait connaître les plus grandes joies ou les plus grandes peines et qui restent gravés dans un repli de notre mémoire.

Le sommeil peut en outre nous entraîner vers des plans vibratoires supérieurs... à condition que nous ne soyons pas terrifiés ! Nous avons tous fait ce cauchemar où nous sommes entraînés dans une chute vertigineuse et interminable. Parfois le dormeur donne des coups de pied dans le vide comme pour essayer de remonter. Ce rêve correspond au moment où le corps éthéré se détache du corps pour flotter dans l'espace. Mais il retombe car les gens ne savent pas qu'ils peuvent s'élever, cette sensation leur fait peur ! S'ils en avaient le courage ou la volonté, ils pourraient s'élancer dans ce tunnel lumineux qui mène aux plans vibratoires supérieurs. Catherine Emmerich, une religieuse stigmatisée, effectuait ainsi des voyages astraux, visitait des planètes inconnues, revivait des bribes de ses existences passées. Ses visions fulgurantes ont été retranscrites par Clemens Brentano et par Goethe.

*
**

Plongé dans le royaume de la nuit, je suis sûr que le lecteur se demande, à l'instant : et nos chers défunts, que nous entrevoyons en rêve, dont nous sentons parfois la présence ? Et le sommeil, ce « frère jumeau de la mort » ? Et la mort, la vraie... la terreur lancinante et l'interrogation ?

Lorsqu'un être meurt, il quitte son corps physique. Mais, n'ayant pas pleinement conscience que son enveloppe charnelle est morte, l'âme désincarnée met quelques jours à s'élever. Elle flotte au-dessus du corps, elle essaie de parler aux gens. C'est la raison pour laquelle de nombreuses traditions ont recours aux pleureuses. Par leurs larmes, elles font comprendre au mort qu'il n'est plus de ce monde, qu'il n'a plus rien à faire ici. Les chrétiens se livrent à une opération magique en disposant quatre cierges autour du lit, créant ainsi un champ ascensionnel très puissant qui conduit vers le Quatrième Plan d'existence, le royaume des morts.

L'âme passe alors par un tunnel argenté – celui-là même que j'ai emprunté à l'âge de sept ans, et que franchissent ceux qui ont eu des expériences de coma profond ou de « mort imminente ». À l'entrée de ce monde lumineux, on est accueilli par le Gardien du seuil, un être d'une grande pureté que les chrétiens identifient à Jésus, les musulmans à Mahomet, etc. Il vous pose cette question terrible :

– Homme ! Qu'as-tu fait de ta vie ?

Vous voyez alors défiler toute votre vie, les occasions que vous avez eues de faire le bien et que vous n'avez pas saisies, tous les gestes positifs conformes au plan divin, à ce qu'on vous avait demandé de faire pour alléger votre karma. Cet examen est d'une impartialité inexorable. Il n'y a ni circonstances aggravantes ni circonstances atténuantes. Rien que la réalité.

Et le jugement tombe. Ou bien on est condamné à une lente purification dans le Quatrième Plan vibratoire, ou, si l'on a été une personne de bien, on monte au Cinquième Plan, voire plus haut encore.

Lorsqu'on erre au royaume des morts, on peut se tourner vers la brillance des plans supérieurs. Mais il arrive aussi que l'on entende des appels venus de la terre. Un être qui vous supplie, qui vous demande un secours. On peut jeter un regard vers le bas et parfois même essayer de descendre. Mais ce déplacement est très difficile parce qu'il demande une énergie colossale.

Ce sont alors ces effleurements que nous sentons sur terre ou ces messages que nous recevons par les tables tournantes ou l'écriture automatique.

Mais ces pratiques de spiritisme ne sont pas toujours recommandables. Il faut pleurer ses morts mais sans les rappeler sur terre. Nous devons penser à eux en leur disant : « Montez ! Élevez-vous vers la lumière ! N'ayez plus que ce désir ! » S'ils nous protègent et que nous le « sentons », délires de la souffrance et de l'imagination mis à part, c'est qu'ils sont déjà des êtres de lumière, arrivés à des plans supérieurs. Mais ce n'est pas à nous de leur demander cela. Il faut « prier pour eux », comme dit la célébration simple et sage. Prier pour qu'ils s'élèvent...

Pour s'élever, le défunt dispose, on l'a vu, de deux possibilités. Progresser très lentement en restant dans le Quatrième Plan, ou bien choisir de se réincarner pour essayer de s'améliorer sur terre, d'alléger encore son karma. Mais avant de toucher ce corps de femme qui deviendra sa mère, il devra « boire l'eau du Léthé », le fleuve de l'Oubli. Ainsi, au moment de la naissance, on a tout oublié, et il faut lentement remonter le fil d'Ariane.

*
**

La mort est une étape. Mais nombreux sont ceux qui la refusent, par ignorance. Il s'agit surtout de matérialistes qui, au moment du trépas, sont soudain saisis d'une peur panique du néant. Ils s'accrochent désespérément à la matière, à tout ce qu'ils voient. Leur âme ne peut plus quitter le Troisième Plan ; elle se fixe sur un meuble, dans un mur, dans une pièce. Leur corps se décompose, retourne à la poussière, mais leur âme reste coincée dans ce lieu terrestre qu'ils désespèrent alors de pouvoir quitter. Ces âmes en peine, ces « fantômes » parviennent de temps en temps à se manifester aux sens des médiums. Ils profitent des énergies émises par ces derniers pour communiquer leur détresse.

J'ai eu l'occasion de voir ou de ressentir un grand nombre de fantômes. Contrairement à ce que prétend l'imaginaire populaire, ces êtres n'ont pas de desseins maléfiques. Leurs interventions sont juste des appels au secours. Ils voudraient se libérer de ce lieu intermédiaire afin de poursuivre leur évolution. Ils se rendent compte de l'aveuglement dans lequel les a maintenus toute une vie de matérialisme pur et dur.

Et il est possible de les aider ! Il m'est plusieurs fois arrivé d'intervenir ainsi, chez des amis confrontés à des « esprits frappeurs ».

Un célèbre couturier parisien, par exemple, est venu me trouver un jour. Il venait d'acheter une maison près de Compiègne.

– Paco, je connais ton intérêt pour tout ce qui

touche au surnaturel... Eh bien, j'ai un gros problème en ce moment. Avec mon amie, nous n'arrivons plus à dormir dans cette maison. Tous les soirs, nous nous réveillons trempés de sueur et pourtant grelottants de froid, cauchemars à l'appui...

Comprenant de quoi il retournait, je priai cet ami de m'inviter à passer un week-end chez lui. Le soir de mon arrivée, lorsque mes hôtes se furent retirés dans leur chambre à l'étage, je m'allongeai dans le canapé du salon et j'éteignis la lumière.

Brusquement, dans la nuit, j'entendis des coups violents frappés au mur. Je rallumai la lumière : les coups cessèrent aussitôt. Je fis un petit tour de la maison, pour m'assurer que portes et fenêtres étaient bien fermées. Il n'y avait personne à l'extérieur. Le jardin était clos.

J'éteignis à nouveau la lumière. Les coups reprirent presque instantanément. Je pensais qu'en haut, mes amis devaient être en proie à leurs habituels cauchemars. Je décidai donc de laisser la lampe allumée. Le reste de la nuit s'écoula sans autre manifestation.

Le lendemain matin, je me promène aux alentours de la maison. J'aborde un vieux monsieur qui travaille dans un jardin voisin. Je lui explique en quelques mots les événements de la nuit dernière. Soudain, une question me vient à l'esprit :

– Dites-moi, que s'est-il passé dans cette maison pendant la Première Guerre mondiale ?

Il me regarde d'un œil étonné.

– Comment ? Vous savez ?

– Non, simple intuition. Je ressens une vibration. Pourquoi en 14-18 ? Je n'en ai aucune idée.

– Eh bien, en effet... Voyez-vous, la maison de vos amis a la plus grande cave du village. En 14, nous étions à cinquante mètres des lignes allemandes et tous les soldats français qui étaient blessés, on les avait installés dans cette cave. C'était comme qui dirait une infirmerie... En fait, c'est là qu'ils mouraient.

Fort de ces renseignements, je demandai à mes hôtes de me procurer quatre bougies. Je les disposai dans la cave et me livrai à un petit cérémonial. Puis j'allai trouver le curé du village et le priai de dire une messe à l'intention des trépassés. Il comprit très bien la situation et accepta.

Depuis, mes amis dorment sur leurs deux oreilles. Plus aucune manifestation. J'ai libéré les âmes qui s'étaient accrochées aux pierres, refusant leur sort cruel, et qui ne pouvaient ni monter ni se réincarner, prisonnières entre le Troisième et le Quatrième Plans vibratoires.

*
**

Les plus à plaindre, cependant, sont certainement les athées. Persuadés que leur esprit n'est qu'une émanation de la matière et ne survivra pas à la décomposition de la chair, ils se condamnent au néant ! Ils ne croient pas à la vie après la mort : ils ne la connaîtront pas !

Leur âme se trouve dans un plan intermédiaire entre le Troisième et le Quatrième Plans vibratoires, un monde très neutre, gris, uniforme, morne plaine sans ciel. C'est là que finissent toutes les âmes qui ne croyaient pas en Dieu.

Mais je gagerais volontiers qu'on y trouve aussi des catholiques bon teint, qui refusaient d'admettre la réincarnation, préférant croire cette aberration qu'est la Résurrection générale de la chair au moment du Jugement dernier. Ils sont là, alignés, jusqu'à la fin des temps, c'est-à-dire jusqu'à ce Bang-Big qui effacera de la réalité notre espace-temps et qui verra Dieu ramener en Son sein l'immensité du Cosmos. Ces âmes se morfondent pendant des milliards d'années dans une léthargie blafarde alors que d'autres se réincarnent, se purifient et progressent dans la joie divine. La graine qui n'est pas tombée en bonne terre ne pourra pas s'élever et ne donnera aucun fruit.

*
**

Évidemment, et encore une fois, ceci n'est qu'une vision personnelle, fruit de mes réminiscences, de mes voyages astraux, de mes lectures et de mes réflexions. Les adeptes dociles de telle ou telle religion sont en droit de « croire » autre chose. Je respecte leur croyance, comme je respecte toutes les religions. Toutes ne cherchent-elles pas soit à approcher Dieu, soit à se fondre en Lui ?

Seulement les religions ont été créées par des hommes, qui ont tenté de représenter Dieu au travers de leur sensibilité personnelle. Je ne fais pas autre chose, me rétorquera-t-on ; à cette nuance près que je ne cherche pas à proposer une religion nouvelle. Simplement, le fait que les croyances, les dogmes et les rites relèvent de l'humain me semble autoriser certaines interprétations sans que celles-ci fassent pour autant figure de sacrilège.

Ce qu'il ne faut pas oublier, en outre, c'est que chaque religion véhicule deux formes de savoir. L'un relativement accessible, anecdotique, dont l'expression imagée varie d'un culte à l'autre, mais dont la structure est la même et le but analogue : mettre les enseignements élémentaires de la religion à la portée du plus grand nombre. L'autre savoir se révèle plus profond, ésotérique. Il n'est pas en contradiction avec le premier – il le complète – mais il ne saurait être mis entre toutes les mains. Il se réfère aux trois ordres, minéral, végétal et animal, et manipule les énergies cosmiques. Vu les dangers potentiels qu'il implique s'il est utilisé à de mauvaises fins, il ne saurait être divulgué à la légère. Il est protégé par le mystère, et réservé aux initiés.

C'est pour maintenir ce mystère que les sages de tous les temps et de toutes les confessions ont dissimulé leur enseignement sous une enveloppe symbolique, ensemble de contes, paraboles, légendes ou énigmes transmis oralement de génération en génération, ou objet de livres à décrypter.

Car les contes ne sont pas toujours que de simples récits d'aventures : ils offrent souvent un niveau de lecture ésotérique. *Ali Baba et les Quarante Voleurs* en figure un exemple parmi d'autres. Ali Baba, c'est celui qui veut trouver la connaissance. Il est détenteur du Sésame qui ouvre les portes de la caverne : il descend en lui-même, en fait, pour trouver le trésor, ce soleil central, cette pierre sacrée. Le trésor appartenait aux quarante voleurs – nombre de l'attente et de l'épreuve : Jésus est soumis à la tentation dans le désert pendant quarante jours, Moïse demeure quarante jours au sommet du Sinaï, Bouddha et le Prophète auraient commencé à prêcher à l'âge de quarante ans...

On peut opérer un décryptage semblable sur *Blanche-Neige et les Sept Nains*. Blanche-Neige, la vierge pure opposée à la marâtre pernicieuse, mais sauvée par les sept nains, sept comme les sept étapes de la matière, comme les sept chakras ou les sept plans vibratoires...

*
**

De la même façon, nous pouvons déchiffrer plus avant les textes religieux. Car si le secret représente la protection d'un savoir, il implique aussi que chacun doive faire l'effort de remonter le chemin des Écritures. La Vérité ne se communique pas comme un héritage en pièces d'or, comptables, évaluables et nommables. Nommer la Vérité, ce serait en faire un objet, la réduire. Il y a en elle un secret qui ne peut s'exprimer que par symboles. La dissimulation n'est au fond qu'une tentative d'accéder à l'indicible. Jésus ne disait-il pas : « Que celui qui peut comprenne ! » ?

Il y a ainsi trois lectures possibles de la Bible. La première est une belle histoire dont les contradictions, pourtant, sont déjà des clés pour le lecteur intuitif. La deuxième lecture est complètement symbolique (l'échelle de Jacob en fournit un exemple à la portée de tous), et la troisième s'ouvre à une « magie » opératoire nous permettant de retrouver Dieu en nous.

Ainsi la kabbale cherche-t-elle les secrets cachés dans la Torah. Certains kabbalistes affirment que le texte sacré est un langage codé, que les lettres hébraïques correspondent à des nombres, chaque nombre ayant sa propre signification, son message, son mystère...

Jésus de son côté s'exprimait volontiers en paraboles. Et quand il dit : « Nul ne parviendra au royaume de mon Père s'il ne passe par l'eau », il ne s'agit pas de faire un plongeon mais de prier, de méditer. L'eau est symbole de prière, d'une certaine forme de méditation. Une méditation profonde, qui va au-delà de l'analyse pure et simple, comme semble l'indiquer la parabole des pêcheurs. Ceux-ci lançaient leurs filets sur la gauche et ils n'attrapaient pas de poissons. Le Christ leur dit : « Lancez vos filets sur la droite », et ils ramenèrent des poissons. Peut-on imaginer une seconde que cette histoire nous indique simplement que le Christ connaissait les bons coins pour la pêche ? Sûrement pas. Tandis que, si l'on sonde un peu plus profondément, on peut se dire que le cerveau gauche, c'est le siège de la matérialité, de l'esprit analytique, alors que le cerveau droit est le siège de l'abstraction et de la connaissance divine. Lorsque le cerveau droit fonctionne, il y a jonction des deux hémisphères, ouverture du troisième œil, l'*ājna*, et la Vérité apparaît.

Plus tard, les gnostiques et les alchimistes durent eux aussi employer une langue volontairement confuse. Nostradamus, pour sa part, camoufla ses prophéties derrière divers calembours et homophonies. Il s'agissait là non seulement de protéger le savoir, mais aussi de se protéger eux-mêmes, les uns et les autres, d'une Église dictatoriale qui les aurait condamnés au bûcher au premier soupçon d'hérésie ! Un livre comme celui-ci, il y a un peu plus de deux siècles, m'aurait envoyé immanquablement rôtir dans les flammes.

Alors que non seulement je ne blasphème pas, mais je ne me sens pas en contradiction avec la substance intrinsèque des religions quelles qu'elles soient. Les différences de trame entre les divers cultes, qui engendrent encore aujourd'hui tant de combats meurtriers, me font penser à une antique machine qu'utilisaient jadis les drapiers, et que l'on appelait la calandre à moirer. Pour embellir et varier l'aspect de leurs tissus, les drapiers écrasaient le grain des étoffes entre les cylindres de cette machine, obtenant, selon la technique, des reflets changeants, des trames ondulées, des chatoiements divers, des étoffes différentes, en somme : mais le tissu restait le même.

À l'instar des drapiers, les hommes ont paré leurs croyances de fulgurations ondoyantes, de paraboles plus ou moins lumineuses, de mythes et de rituels chamarrés.

Mais la Vérité, elle, demeure unique, sous tous ses aspects. L'adage veut que tous les chemins mènent à Rome. Je préfère penser, plus universellement et de façon plus égalitaire, que toutes les religions mènent à Dieu.

CHAPITRE SIXIÈME

LA DÉCHIRURE ET LA RECRÉATION

Puis je vis un ciel nouveau, une terre nouvelle.

Apocalypse de saint Jean

Inutile d'être devin pour annoncer aujourd'hui le retour du spirituel : il crève les yeux, où que nous nous tournions, porté par une vague qui pourrait devenir lame de fond. On finit même par oublier la formidable évolution qui s'accomplit ici. Entre le « Dieu est mort » de Nietzsche et le fameux « le XXIe siècle sera religieux ou ne sera pas » de Malraux, que de chemin parcouru !

Il n'est pourtant pas très éloigné, le temps où la science s'acharnait à nier tout ce qui la dépassait. On reléguait la religion au rang de simple lien social, de drogue douce ou d'hystérie collective. Entre travail, famille, patrie et métro, boulot, dodo, la spiritualité ne trouvait guère de place dans nos vies.

Aujourd'hui, certains scientifiques semblent prêts à inclure Dieu dans leurs schémas d'explication des origines ! Partout on assiste à une recrudescence d'intérêt pour le suprasensible et le spirituel. Les rangs grossissent de ceux qui s'engagent sur le chemin de la quête. Cette évolution correspond bien évidemment à une angoisse grandissante face aux difficultés de la vie quotidienne et aux menaces qui planent sur l'avenir de la planète. Le chaos ambiant nous incite à chercher un sens plus profond à notre vie, l'attrait pour l'au-delà devient un réel besoin.

Car le malaise généralisé se double d'un fort sentiment d'urgence. De plus en plus, il nous semble que le temps nous est compté. L'histoire s'est emballée et nous entraîne sur une pente qui pourrait être fatale. Dès lors, il importe de « faire le ménage » dans notre vie pour ne pas être surpris par les bouleversements qui se profilent.

*
**

Selon la tradition gnostique, le premier être créé par Dieu, avant même les archanges, les anges ou autres chérubins, fut Lilith, la femme rouge. Trop intelligente, trop indépendante, elle séduisit une partie des anges et provoqua leur chute. Dieu, pour « corriger le tir », créa alors à son image Adam Kadmon, l'homme rouge, non incarné, simple entité vibratoire.

Jalouse, Lilith se métamorphosa en serpent pour pervertir Adam.

– Regarde-toi, lui dit-elle, toi aussi tu existes, toi aussi tu es Dieu puisque Dieu t'a créé à Son image. Toi aussi tu possèdes la puissance créatrice.

Cédant aux appels de la voix tentatrice, Adam se détourna de la face divine pour se contempler lui-même : premier geste égocentrique qui devait coûter cher à l'humanité. Trop occupé à regarder son nombril, Adam ne pouvait plus être en adoration devant l'Énergie créatrice. Il fut donc chassé du paradis et précipité dans la matière. Lui qui était esprit devint corps. Lui qui était androgyne se trouva divisé en deux, homme et femme.

Découvrant peu à peu ses pouvoirs, l'homme ainsi incarné décida de mettre ces pouvoirs à l'épreuve sur la matière. Le monde s'offrait à lui, il allait s'en rendre maître et possesseur. Mais pour avoir les mains libres, nous nous sommes efforcés de désacraliser la nature. Nous en avons fait un simple objet de science, nous avons oublié le pourquoi des choses pour ne nous intéresser qu'au comment. Il n'y avait plus de limites désormais à notre mise en coupe réglée des richesses de la planète. Tout absorbé par ses activités prométhéennes, l'homme se détournait plus encore du divin : il s'exposait ainsi à un terrible coup de fouet en retour.

*
**

Depuis deux siècles, le « Progrès » est devenu le maître mot de l'humanité. Pensez donc ! Quelle glorieuse perspective ! Nous allions mettre fin à la misère en créant l'abondance ! Peut-on imaginer programme plus simple et plus stimulant ?

Où ce beau programme nous a-t-il conduits ? Notre Terre, notre Alma Mater, est aujourd'hui totalement défigurée, lépreuse.

La planète Terre existe depuis plusieurs milliards d'années. En l'espace d'un siècle – un claquement de doigts –, nous avons fortement entamé les ressources naturelles qui nous avaient été généreusement octroyées. Un seul exemple : on estime qu'un quart des réserves mondiales de pétrole est parti en fumée. Parti en fumée... Car c'est bien de cela qu'il s'agit : cette matière si riche, aux applications diverses, nous nous contentons le plus souvent de la brûler dans nos voitures, nos maisons ou nos usines. Quels enfants gâtés !

Nous agissons de même avec les arbres, il n'est pas vain d'insister là-dessus. La forêt amazonienne, vaste réservoir d'espèces vivantes, a perdu déjà dix pour cent de sa surface... Et si le massacre continue au rythme actuel, cette forêt aura disparu dans soixante-dix ans, dans une insouciance quasi générale !

L'Afrique est elle aussi touchée. En 1950, la Côte-d'Ivoire comptait 15 millions d'hectares de forêts : elle n'en compte plus que 3 millions aujourd'hui. En Éthiopie, la forêt représentait quarante pour cent du territoire en 1900 ; ce chiffre était descendu à seize pour cent en 1960, il n'est aujourd'hui plus que de quatre pour cent... Et l'on voudrait nous faire croire que les problèmes économiques et sociaux rencontrés par ces pays sont étrangers à cette catastrophe écologique ?

La déforestation a des conséquences évidentes sur l'écosystème. Un fort pourcentage des pluies provient de l'évaporation de la forêt. En outre, les arbres stabilisent le sol. Dès lors, s'il n'y a plus d'arbres, l'aridité menace. En Haïti, où la forêt a quasiment disparu, l'érosion emporte des millions de mètres cubes de terre arable chaque année. Vu d'avion, le pays offre désormais le spectacle désolant d'une terre galeuse, mise à nu.

Pourquoi s'arrêter en si mauvais chemin ? Dans son aveuglement, l'homme s'est attaqué aux éléments les plus essentiels à sa survie, l'eau et l'air.

Charriant toutes les eaux usées des grandes villes et des usines, les fleuves sont moribonds, empoisonnés par ce flot vicié. Les poissons succombent par dizaines de milliers ou ne sont plus propres à la consommation. La pollution ne se limite pas d'ailleurs aux eaux de surface : certaines nappes phréatiques sont également atteintes, d'autres ont vu leur niveau baisser dramatiquement, entamé par l'irrigation ou par les excessives consommations urbaines. Le mal est en profondeur.

On semble s'apercevoir maintenant seulement que l'eau est une denrée précieuse ! Dans les grandes métropoles, des problèmes d'approvisionnement commencent à se poser. L'eau devient une chose rare. Pour boire un verre d'eau potable, il faudra peut-être un jour débourser le prix de l'or. Alors qu'elle était un don du ciel !

Quant à la mer, nous l'avons transformée en poubelle avec d'autant plus d'empressement que nous avions bien voulu nous persuader qu'elle était la grande purificatrice, capable de se régénérer elle-même. On commence à s'apercevoir qu'il n'en est rien. Mais les dégâts sont déjà considérables : nous y avons déversé toutes nos ordures industrielles, nos huiles de vidange, jusqu'à nos déchets radioactifs qu'on ose nous présenter comme inoffensifs !

Les activités désordonnées des humains mettent aussi en péril la stratosphère. Depuis quelques années, on s'est aperçu avec horreur que la couche d'ozone était trouée. Cette fine pellicule stratosphérique qui nous protège des fureurs du dieu Soleil est mitée par les fameux chlorofluorocarbones. Déjà, un trou énorme est visible au-dessus de l'Antarctique. Et c'est un quart de l'ozone qui pourrait disparaître d'ici à 2025 ! On connaît les conséquences : les ultraviolets pourront alors attaquer notre peau, nos rétines, notre système immunitaire... Cette menace a enfin suscité une louable – mais tardive ? – mobilisation des gouvernements. Preuve s'il en était besoin que la situation est dramatique...

Parallèlement, les gaz dits à « effet de serre » ont provoqué un réchauffement global de la planète qui pourrait entraîner des risques de sécheresse dans plusieurs parties du globe et une hausse du niveau des mers, menaçant ainsi tous les grands deltas à forte densité de population...

Mais arrêtons là la litanie des doléances de Gaïa. La démonstration n'est plus à faire de l'inconscience humaine. Qui désormais pourrait nier la montée des périls ?

*
**

Tous les dangers de la pollution sont amplifiés par un phénomène qui, par ses conséquences multiples, représente certainement aujourd'hui la menace numéro un : je veux parler de la surpopulation.

Quelques chiffres éloquents : la population mondiale était de 700 millions en 1750, de 1,1 milliard en 1850 et de 2,5 milliards en 1950. Nous avons passé en 1987 le cap des 5 milliards. Un doublement en l'espace de trente-sept ans ! Et depuis cette date, nous nous sommes accrus de quelque 400 millions de personnes, soit l'équivalent de la population entière de l'Amérique du Nord ! En 2050, la population de la planète atteindra le chiffre astronomique de 10 milliards ! Et l'on voudrait se persuader que les agressions contre la biosphère ne vont pas augmenter en proportion ? Comment la production alimentaire pourrait-elle suivre une telle courbe ? Par une accélération du déboisement et par l'usage intensif de ces engrais chimiques si nocifs aux sols ?

Sans infléchissement de sa courbe de natalité, l'Afrique verra sa population multipliée par dix en un siècle ; 220 millions en 1950 contre 2 milliards prévus pour 2050. Certains statisticiens avancent même ce chiffre pour 2012 ! Soumis à des conditions météorologiques difficiles, mal doté par la nature dans le domaine agricole, le continent noir pourra-t-il faire face à cet accroissement phénoménal de bouches à nourrir ? Déjà, dans la brousse, les femmes doivent parcourir des distances de plus en plus considérables pour trouver l'eau ou le bois nécessaire à leur survie. La désertification gagne sans cesse du terrain, le continent est menacé par une gigantesque famine...

Pendant ce temps, bercés par l'illusion d'une prospérité relative, les pays « riches » se croient à l'abri de ces menaces. Ce sont pourtant eux qui ont le plus à perdre. Car il va bien falloir que les dizaines de millions de pauvres viennent chercher leur nourriture là où elle se trouve. Il faut bien se dire que les populations immigrées dont on s'effraie tant ne sont en définitive que les têtes de pont d'un « débarquement » aussi massif qu'inéluctable. Nous nous dirigeons tout droit vers la réalisation des scénarios les plus pessimistes : les villes riches vont élever des remparts pour endiguer le flot des hordes affamées du tiers monde. Mais quelle naïveté de penser pouvoir arrêter l'immigration par des contrôles policiers ! Comment imaginer qu'un problème de dimension planétaire puisse trouver une solution aussi stupidement égoïste ?

Curieusement, le monde scientifique semble seulement découvrir aujourd'hui – ô stupeur ! – ce que les ésotériques ont toujours su : la planète Terre forme un tout, les éléments qui la composent ne sont pas des pièces rapportées sur lesquelles on peut agir sans risquer de modifier l'ensemble. Microcosme, macrocosme... Tout est dans tout. Saccager les forêts, c'est toucher aux conditions climatiques ; détruire la nature, c'est condamner l'humanité à la ruine.

*
**

Maltraitée de la sorte, Gaïa va finir par secouer le joug. N'a-t-elle pas déjà commencé ? Il ne se passe pas un jour sans qu'une catastrophe naturelle survienne en quelque point du globe. Nous l'avons dit dès le début de ce livre, notre planète appelle au secours et si nous continuons à ne pas l'entendre, son avenir – et le nôtre – seront menacés.

Les griefs de la Terre sont d'autant plus vifs

qu'elle se trouve désormais engagée dans une période de mutation vibratoire qui devrait l'amener à un plan supérieur. Car la loi d'évolution du Cosmos veut que tout ce qui vit s'élève. D'ores et déjà, nous pouvons percevoir les signes de cette mutation. Lorsqu'on se promène sur les quais de la Seine, ou à la campagne, on s'aperçoit que les arbres ont commencé leur adaptation vers le Quatrième Plan vibratoire : ils deviennent argentés. Le vert bouteille, ce vert sombre qu'avaient les feuillages il y a cinquante ans est en train de virer au vert argent, plus lumineux.

Tout est en train de muter, le minéral comme le végétal, et l'animal aussi. Dans les mines, les géologues voient surgir du sol des cristaux. La matière s'anime. Les arbres changent de couleur. Tous les matins, les oiseaux s'égosillent : ils piaillent de joie parce qu'eux aussi ressentent cette impulsion universelle.

Le seul qui ne comprenne rien, le seul qui refuse d'accepter l'évidence, c'est l'homme. Et pourtant lui aussi est appelé à passer du Troisième au Quatrième Plan vibratoire, qui deviendra celui des maîtres, là où l'*Homo Sapiens* deviendra *Homo Spiritualis*, passant du savoir rationnel à la spiritualité. Les plus éveillés d'entre nous ressentent une douleur révélatrice dans les fontanelles, où se situe le dernier chakra, ce lotus aux mille pétales qui nous met en communication avec les forces cosmiques et qui veut s'ouvrir au divin. Mais les plus inconscients vont-ils retarder, ou mettre en péril, par leur folie de gaspillage et de destruction, l'évolution de la planète entière ?

Tant il est vrai qu'après les mises en garde, la Terre pourrait bien en venir aux menaces. Des menaces qu'elle a les moyens de mettre à exécution.

Selon la tradition ésotérique, Gaïa est servie par quatre génies. Les Gnomes, sortes de lutins rouges, se déplacent à toute vitesse dans le sol et on peut les apercevoir parfois la nuit venue. Les Sylphes, eux, sont aériens ; ces êtres surnaturels ressemblent à de longs nuages gris qui prennent la forme d'oiseaux diaphanes. Les autres éléments sont aussi habités, le feu par les Salamandres et l'eau par les Ondins.

Pour réagir contre les outrages que lui fait subir la main de l'homme, la Terre peut déchaîner contre nous ses génies. Les Gnomes provoquent les tremblements de terre, de plus en plus fréquents, de plus en plus meurtriers depuis quelques années, du Mexique à l'Arménie. Les Ondins déclenchent des inondations terribles ou ces raz-de-marée terrifiants comme en ont connu le Bangladesh ou l'Asie orientale. Les Salamandres allument de gigantesques incendies de forêt. Des dizaines de milliers d'hectares sont ainsi partis en fumée aux États-Unis, au Canada... Ces feux ne sont pas toujours le fait de vulgaires pyromanes, ce sont des autocrémations, des coups de semonce adressés aux hommes. Malheur au temps où les Sylphes décideront de ne plus porter les avions qui alors s'abattront sur terre. Malheur au temps où les Sylphes ne filtreront plus les ultraviolets du soleil !

Pour n'avoir pas respecté Gaïa, nous encourons aujourd'hui ses foudres. Elle va finir par crier vengeance. Or, nous l'avons vu, en nourrissant à notre endroit des pulsions négatives, elle va acquérir un karma, un karma que nous lui aurons imposé, et que nous seuls pourrons collectivement alléger en subissant de nouvelles épreuves.

Car la loi de compensation ne fonctionne pas seulement au niveau personnel. Les fautes dont nous devons nous débarrasser ne sont pas seulement nos péchés individuels mais aussi ceux du groupe auquel nous appartenons : les crimes commis par notre nation ou par le genre humain dans son ensemble. Ainsi l'Allemagne a-t-elle accumulé un karma très lourd pendant la Seconde Guerre mondiale, karma qu'elle a dû effacer en restant coupée en deux pendant quarante ans.

De même, face à une situation mondiale aussi noire que celle d'aujourd'hui, il serait trop facile de ne mettre en accusation que des gouvernements inconséquents ou une société capitaliste assoiffée de profits. Chacun d'entre nous porte sa part de responsabilité.

*
**

Cette responsabilité est d'autant plus grande que la pollution n'est pas seulement industrielle mais aussi spirituelle. Dans nos gestes comme dans nos pensées, nous chargeons négativement le sort de la planète.

Un matin, je regagnais à pied mon appartement de Vincennes quand brusquement, en pleine rue, je fus happé dans une totale obscurité ! Mes yeux, pourtant grands ouverts, ne voyaient pas à un centimètre, noyés dans cette opacité complète qui était presque palpable. Lorsque ce linceul effleura ma peau, je poussai un cri de terreur, tant ces ténèbres avaient quelque chose de démoniaque.

Cet aveuglement ne dura qu'une fraction de seconde mais il me laissa terrifié. Je hâtai le pas pour regagner mon appartement et, dans la méditation qui suivit, des images s'imposèrent à moi. (Car je n'entends pas de voix, les messages de l'au-delà sont pour moi visuels.) Je vis ces multitudes d'hommes en train de ruminer leur haine ou leur ressentiment. De leur front suintait un liquide noir et hideux qui se déversait et se coagulait sur le sol. Ces pensées négatives de haine, de meurtre et de concupiscence s'amoncelaient et finissaient par former une chape visqueuse qui entourait la planète, qui l'asphyxiait lentement.

Cette expérience m'apparut comme un avertissement, comme un avant-goût de ce que pourraient être ces fameux « trois jours et trois nuits d'obscurité » qui s'abattront sur le monde à la fin des temps et dont parlent toutes les prophéties mariales, trois jours et trois nuits où le soleil ne brillera plus, avant qu'un ciel nouveau survienne...

*
**

Confusion des activités, confusion des esprits... Mais aussi faillite de la pensée rationnelle ou d'idéaux tombés en désuétude... Jamais nous n'avons été plongés dans une telle déréliction morale. À qui ou à quoi se fier ? Sur qui ou sur quoi moduler notre conduite ? Les repères disparaissent, nous avançons sur des sables mouvants. Ce n'est pas tant la chute du communisme qui nous surprend – n'était-elle pas attendue ? – que l'effondrement du *statu quo* qui semblait régner depuis la Seconde Guerre mondiale. La guerre froide avait au moins l'avantage paradoxal de geler notre représentation du monde et de nous installer dans une relative stabilité. Mais ces conceptions sur lesquelles nous fonctionnions autrefois ne sont pas de règle aujourd'hui.

Inutile de s'appesantir sur l'échec total du dirigisme communiste : il a conduit au mépris de l'homme, il n'a été que l'instrument d'un parti totalitaire. Cette fausse religion, sans Dieu, sans idéal n'était que la glorification de la machine, du tracteur sur fond de champs de blé. Par quelle aberration l'homme a-t-il pensé pouvoir bâtir une civilisation fondée sur la négation de la dimension spirituelle de l'être humain ?

Mais la faillite du communisme ne signifie pas pour autant le triomphe du capitalisme, comme certains ont voulu – ou veulent encore – nous le faire accroire. Devenue sauvage, l'économie de marché n'est souvent qu'une jungle vaguement policée. On en connaît les failles aux États-Unis : misère et égoïsme social, drogue et violence. C'est une religion dont l'idole est le Veau d'or. L'homme y est écrasé sous le poids d'énormes compagnies internationales. Le seul but devient la réussite matérielle, la volonté de domination. Ce n'est pas non plus de ce côté qu'il faut chercher pour satisfaire nos aspirations spirituelles.

Dans ces conditions, vers quel horizon se tourner ? Nous ouvrir à une conscience mondiale ? Nous avons bien trop peur ! Nous préférons nous recroqueviller dans notre carapace. Contraction et non dilatation... Nous nous raidissons dans des doctrines religieuses ou dans des nationalismes qui ont l'avantage de nous fournir une dernière structure guidante.

Il en est ainsi de l'intégrisme musulman. Les pays d'Afrique du Nord et du Moyen-Orient sont confrontés à des situations économiques et sociales difficiles qui les poussent à chercher ailleurs l'indispensable espoir. Comment pourrions-nous nous en offusquer puisque aussi bien nous sommes en grande partie responsables, nous autres Occidentaux, du retour en force de cet intégrisme ?

En effet, nous avons colonisé ces pays, nous avons méprisé une culture d'une immense richesse, nous avons humilié des peuples qui pouvaient s'enorgueillir d'une histoire grandiose, nous leur avons imposé un mode de vie et un système économique, nous avons pillé leur capital humain et leurs ressources naturelles. Comment s'étonner qu'ils aient cherché dans l'intégrisme un contrepied à cette humiliation, une revendication de la différence ? Ils hissent aujourd'hui le drapeau du fondamentalisme, ils appliquent la loi islamique à la lettre, quitte à en oublier l'esprit...

Les intégristes musulmans ont déclenché un mouvement d'autant plus inquiétant qu'il n'en est qu'à son commencement. La guerre du Golfe n'a fait qu'empirer les choses. Toutes les prophéties, chrétiennes ou islamiques, prédisent le renouveau d'une flambée arabe et un esprit de reconquête. Les intégristes se croiront investis d'une mission divine consistant à diffuser leur religion, jusque par la force. Nous assistons d'ores et déjà à la prise de conscience de ces masses arabes foulées aux pieds, que ce soit en Algérie ou aux portes de nos villes. Nous sommes dans des temps lourds de menaces, d'autant plus grandes que nous pourrions être tentés d'y opposer un autre intégrisme.

Parallèlement ou souvent conjointement à ces tensions religieuses, nous voyons se développer tous azimuts les nationalismes et les heurts ethniques : dans les pays Baltes, dans le Caucase, dans les Balkans mais aussi dans la société américaine. Partout, on assiste à une fermentation des nationalités, à un retour à l'esprit de clocher, de caste. Les revendications ethniques mènent à des revendications territoriales et à des affrontements armés. Alors que nous devrions accéder à l'ère planétaire, nous nous enlisons dans le morcellement. Face à l'insécurité, nous tirons les volets et nous refusons de voir ce qui se passe hors de chez nous. Nous avons bâti une nouvelle tour de Babel, dont la résurgence semble décidément le fait marquant de cette fin de millénaire.

*
**

Et si derrière l'apparente multiplicité et diversité de ce monde éclaté se cachait une figure unique ? N'y a-t-il pas une logique implacable dans l'évolution actuelle ?

J'en eus le pressentiment pour la première fois en 1965, lorsque je me rendis aux États-Unis, invité à participer au *show* d'Ed Sullivan, alors l'émission la plus célèbre de la chaîne de télévision CBS.

Comme je me promenais sur Broadway, je restai soudain pétrifié en découvrant sur la façade d'un immense gratte-ciel, en caractères géants, d'un bleu lumineux, le nombre 666.

Les paroles de l'Apocalypse de saint Jean me revinrent aussitôt à la mémoire. *Que l'homme doué d'esprit calcule le chiffre de la Bête, c'est un chiffre d'homme : son chiffre, c'est six cent soixante-six.* (Chapitre 13, verset 18.)

La Bête de l'Apocalypse, surgie de l'Abîme pour « mener campagne contre les saints » et pour « régner sur toute race, peuple, langue ou nation » !

Un peu interloqué, je demandai à mon guide ce que signifiait cette inscription.

– Comment ? Vous ne savez pas ? s'étonna-t-il. C'est la fréquence ondes courtes de la première émission de radio dans le monde.

Je restai sidéré. Ainsi m'apparaissait l'explication, ou plutôt une des innombrables explications du chiffre-tiroir 666.

La voix de la Bête surgie de l'Abîme, ne serait-ce pas cette radio venue d'outre-Atlantique, qui étend partout sa toile d'araignée, répandant aux quatre coins de l'univers les chansons de ces « idoles » dont les « tubes » creux provoquent l'hystérie ? Les jeunes d'aujourd'hui marchent sous l'influence de leurs « baladeurs », incapables de trouver un moment de silence et de recueillement. Il leur est devenu impossible de se raccorder à Dieu par la méditation. Ils se pressent à ces concerts assourdissants où les fausses idoles les mesmérisent avec des lumières rouges et vertes, les couleurs diaboliques.

*
**

Les ondes électriques seraient donc le moyen de propagation de la Bête. Fréquences de la radio mais aussi de la télévision... Saint Jean ne nous met-il pas en garde ?

> *Je vis surgir de la terre une autre Bête... au service de la première, elle en établit partout le pouvoir, amenant la terre et ses habitants à adorer cette première bête... Elle accomplit des prodiges étonnants : jusqu'à faire descendre, aux yeux de tous, le feu du ciel sur la terre ; et par les prodiges qu'il lui a été donné d'accomplir au service de la bête, elle fourvoie les habitants de la terre... On lui donna même d'animer l'image de la bête pour la faire parler et de faire en sorte que fussent mis à mort tous ceux qui n'adoreraient pas l'image de la bête.* (Chapitre 13 de l'Apocalypse.)

« Animer l'image de la Bête... » On songe évidemment à la télévision, devant laquelle les gens restent prostrés plusieurs heures par jour, hypnotisés par les paillettes de cette image mouvante qui propage dans le monde entier ses feuilletons violents, ses émissions de « variétés » d'une monotonie affligeante, ses jeux bêtifiants. Avec le règne incontesté de la publicité, il est devenu inutile, pour influer sur le comportement des spectateurs, de recourir à ces fameuses images subliminales – images que l'on glisse subrepticement dans un programme, qui ne sont pas perceptibles par l'œil mais enregistrées par le cerveau. Mais le danger subsiste, et qui sait à quelles fins le procédé pourrait être utilisé ?

Alors que nous devrions nous attacher à dépasser les apparences, nous avons nous-mêmes créé un voile d'Isis de plus, qui nous coupe davantage de la réalité en confondant fiction et documentaire. Règne de l'illusion... La grande « philosophie » de la télévision, n'est-ce pas après tout le divertissement, ce divertissement pascalien qui empêche de « penser à soi » ?

« Établir partout le pouvoir de la Bête... » Grâce aux satellites qui captent et redistribuent les messages, la télévision et la radio couvrent l'ensemble de la planète d'un vaste réseau de communication auquel nul ne peut plus échapper. Grande manipulatrice des consciences, la télévision est devenue – mais a-t-elle jamais été autre chose ? – le plus extraordinaire des instruments de propagande. La guerre du Golfe, avec le contrôle et le trucage effectués sur les médias, nous l'a récemment prouvé.

De surcroît, la télévision est sans conteste le plus efficace des moyens de surveillance. Dans le métro, dans la rue comme au travail, nous sommes de plus en plus nombreux à être épiés par les caméras indiscrètes. On ne parle plus que de télésurveillance, de téléconférence, de vidéotransmission, de téléconsultation de bases de données.

Comme le faisait déjà remarquer Georges Bernanos, nous ne pouvons plus parler de « civilisation » mais de « système ». Car il y a dans tous ces réseaux de communication, ces flux de données informatiques, un monde en train d'imposer une dangereuse évidence : la culture est en voie de disparition, elle va céder la place à l'hyperplanification.

Relayée par les instituts de sondage, la télévision sait en effet décrypter nos goûts, elle connaît nos besoins ou nous en crée si nécessaire pour mieux nous perdre dans les délices de la consommation matérielle. On a pu calculer par exemple qu'un enfant ingurgitait quelque quatre mille messages publicitaires par an !

Les scénarios considérés autrefois comme de la pure science-fiction sont en train de devenir réalité. La mainmise sur les réseaux de communication conduit à un totalitarisme aseptisé. De plus en plus, l'homme devient un simple rouage. Le développement des ordinateurs nous a tous transformés en numéros. Notre sauf-conduit dans la vie est devenu une carte à puce électronique qui nous permet de manger, de prendre de l'essence, d'acheter un billet d'avion, etc. Toutes ces informations sont rassemblées et étudiées par des banques de données qui peuvent ainsi savoir quelle vie nous menons, combien nous gagnons, ce que nous faisons de notre argent.

Sous prétexte de renforcer la sécurité, on étudie actuellement des cartes d'identité électroniques qui, reliées à un ordinateur central, fourniraient toutes sortes d'informations sur les individus. Certains rêvent même d'insérer sous la peau des puces électroniques. Reprenons l'Apocalypse de saint Jean :

Par les manœuvres de la Bête, tous, petits et grands, riches ou pauvres, libres et esclaves, se feront marquer sur la main droite ou sur le front, et nul ne pourra rien acheter ni vendre s'il n'est marqué au nom de la Bête ou au chiffre de son nom. (Chapitre 13.)

Qu'on ne se méprenne pas sur mes intentions. Je ne voudrais pas passer pour un prédicateur réactionnaire. Loin de moi l'idée de remettre en question les apports d'une technologie dont j'ai salué les inventions à ma façon, dans mes collections. La science et ses prodiges nous ont apporté une connaissance, une liberté de mouvement dont nos ancêtres ne jouissaient pas. Mais faut-il pour autant ne pas prêter attention à la finalité de ces « progrès » ? C'est l'utilisation négative de ces inventions qui est dangereuse. Et la Bête n'est-elle pas d'autant plus dangereuse qu'elle est séduisante ?

*
**

L'Apocalypse aurait-elle déjà commencé ? À en juger par l'accumulation des signes inquiétants que nous venons de passer en revue, on est en droit de se poser la question. Mais avant d'aller plus loin dans l'évocation des bouleversements qui se préparent, rappelons au lecteur que, contrairement à une idée assez répandue, *apocalypse* ne signifie pas « destruction totale du monde », mais « révélation ». Révélation des origines, révélation de la lumière divine. Seulement cette révélation ne se fera pas en douceur, et tous ne seront pas sauvés. Des choses terribles vont se produire, se produisent déjà...

L'apprenti sorcier qui voulait éprouver ses talents divins a fini par créer un arsenal atomique qui lui permettrait de détruire la Terre entière, que ce soit par la guerre ou par la pollution. Or, dans le livre de saint Jean, après l'ouverture du Septième Sceau, les sept anges sonnent de la trompette pour annoncer l'imminence du Jugement dernier. Lorsque le troisième ange sonne, il est dit :

> *Alors tomba du ciel un grand astre, brûlant comme une torche. Il tomba sur le tiers des fleuves et sur les sources ; l'astre se nomme « Absinthe » : le tiers des eaux se changea en absinthe, et bien des gens moururent de ces eaux devenues amères.* (Chapitre 8.)

On songe immédiatement aux « risques technologiques majeurs », une pollution d'origine chimique ou radioactive. Mais bien peu de gens savent que cette *absinthe* dont parle saint Jean se traduit en ukrainien par un nom qui s'est répandu dans le monde entier comme une traînée de poudre : Tchernobyl !

Tchernobyl, cette centrale soviétique qui a causé la plus grande catastrophe nucléaire de tous les temps, dont les retombées ont été enregistrées à des milliers de kilomètres à la ronde. Les plus incrédules verront là pour le moins une coïncidence troublante...

*
**

La quatrième trompette aurait-elle aussi retenti ? L'Apocalypse dit :

Et le quatrième ange sonna... Alors furent frappés le tiers du soleil et le tiers de la lune et le tiers des étoiles : ils s'assombrirent d'un tiers, et le jour perdit le tiers de sa clarté. (Chapitre 8.)

Aujourd'hui les taches du soleil sont visibles à l'œil nu.

Le grand Michel de Nostre-Dame, alias Nostradamus, avait lui aussi attiré notre attention sur le « défaut du soleil » :

Quand le défaut du soleil lors sera
Sur le plein jour le monstre sera vu
Tout autrement l'interprétera
Cherté n'a garde nul n'y aura pourvu.

« Tout autrement l'interprétera... » Force est de constater que tous les signes, tous les avertissements sont consciencieusement niés. Nous préférons nous couvrir les yeux. À tous les niveaux, on pratique résolument la stratégie de l'autruche. Les hommes politiques voient dans l'écologie un simple gadget électoraliste et les industriels un empêcheur de tourner en rond. Les États sont plongés dans des atermoiements à n'en plus finir. Quant à l'homme de la rue, il sent confusément qu'il y a péril en la demeure, mais, rassuré par le ronron des médias, il finit par se dire que si catastrophe il doit y avoir, elle aura le bon goût d'attendre qu'il soit mort de sa belle mort. Après moi le déluge !

Et le cinquième ange sonna... Alors je vis un astre qui du ciel avait chu sur la terre. On lui remit la clé du puits de l'abîme. Il ouvrit le puits de l'abîme et il en monta une fumée, comme celle d'une immense fournaise, le soleil et l'atmosphère en furent obscurcis. (Apocalypse de Jean, chapitre 9.)

Les fumées des puits de pétrole du Koweit n'ont-elles pas envahi le ciel pour se mêler aux fumées des volcans japonais ou philippins ?

Sans compter qu'à ces fumées physiques viennent s'ajouter les fumées spirituelles, nées du chaos des esprits, des fausses valeurs, de cette négativité des hommes qui entraîne aujourd'hui beaucoup de gens vers l'abîme.

Quant à la dernière sonnerie de trompette, Jean nous en dit ceci :

Voici ta fureur à toi, et le temps pour les morts d'être jugés ; le temps de récompenser tes serviteurs les prophètes, les saints et ceux qui craignent ton nom, petits et grands, et de perdre ceux qui perdent la terre. (Apocalypse, chapitre 11.)

*
**

La Terre ne serait d'ailleurs pas la première planète à subir la colère divine. Il est dit dans la Gnose et dans les révélations des maîtres qu'il existait autrefois, entre la Terre et Jupiter, il y a cinq millions d'années, une planète appelée Traïa. Cette planète était elle aussi sur le point de monter dans un autre plan vibratoire mais elle n'a pas pu le faire à cause des sacrilèges commis par les humanoïdes qui l'habitaient. Elle a explosé, provoquant une pluie d'astéroïdes qui a bombardé tout le système solaire, et dont on peut voir les impacts sur Mercure, sur Mars, sur la Lune comme sur la Terre. Cette dernière connaîtra-t-elle à son tour le sort de Traïa ?

Les astronomes ont récemment identifié une météorite baptisée « 1990 Mu », dont la trajectoire n'est pas encore connue avec certitude, mais qui pourrait désintégrer la Lune, fracasser la Terre ou passer suffisamment près pour détruire l'atmosphère et transformer notre planète en une boule de feu.

Théorie fantaisiste ? Statistiquement, si cette probabilité est faible, elle n'en est pas moins réelle. Une thèse scientifique récente affirme que la fin du règne des dinosaures aurait été provoquée ainsi par une météorite qui, en frôlant la Terre, aurait enflammé les forêts et tué ces animaux géants. On trouve en effet dans les sédiments du secondaire une fine pellicule noire qui contient des diamants microscopiques provenant d'une météorite. Vestige du plus grand brasier de tous les temps ? Préfiguration d'un cataclysme à venir ? L'Apocalypse parle d'un dragon de feu dont *la queue balaie le tiers des étoiles du ciel et les précipite sur la terre*. (Chapitre 12, verset 4.)

Voulue sans doute par le divin, la fin des dinosaures a permis l'avènement de l'homme, qui a pu enfin régner sur toute chose. Mais il a mal usé de la suprématie qui lui était conférée sur la nature et sur les êtres vivants. La fin du règne de l'*Homo sapiens* approche-t-elle ?

*
**

Je ne me risquerai pas à avancer de dates. Ce serait bien trop téméraire. Souvenons-nous cependant de la prophétie de saint Malachie établissant la liste des cent onze papes qui, depuis Célestin II, seraient en fonction jusqu'au Jugement dernier. À en croire Malachie, l'Antéchrist, le faux prophète personnifiant la Bête, viendra sur terre après la mort du pape Pierre II, dit le Romain. Et Jean-Paul II serait l'avant-dernier... Saint Clément nous avait aussi prévenus : malheur au temps où le nom du pape commencera par un K ! Or le prénom polonais de Jean-Paul II est Karol...

Le pape actuel est le détenteur des trois secrets délivrés par la Vierge aux trois pâtres de Fatima en 1917. On sait que les deux premiers étaient des visions de l'enfer de la Seconde Guerre mondiale. Qu'en est-il du troisième ? Pourquoi Jean-Paul II refuse-t-il de le révéler ? Est-il donc si épouvantable ?

Pourtant, le pape a reçu un avertissement du Ciel avec la tentative d'assassinat à Rome le jour anniversaire de la révélation des messages de la Vierge à Fatima. Faudra-t-il attendre que se réalise la prophétie de Nostradamus dans la deuxième centurie, 97e quatrain ?

Romain pontife garde de t'approcher
De la cité que deux fleuves arrosent.
Ton sang viendra auprès de là cracher
Toy et les tiens quand fleurira la rose.

Ou dans la huitième centurie, 46e quatrain :

Pol Mensolée mourra trois lieues du Rosne
Fuis les deux prochains tarasc destrois
Car Mars fera la plus horrible trosne
De coq et d'aigle de France frères trois.

Pol Mensolée, selon certains, serait le pape polonais. Il devrait trouver la mort près du Rhône, dans la ville arrosée par deux fleuves. À noter l'étrange dernière ligne évoquant les « frères trois points ». Disposés en triangle, les trois points forment un symbole ésotérique employé par les francs-maçons. Une loge maçonnique violente pourrait-elle fomenter un assassinat qui marquerait la chute annoncée de l'Église paulinienne, la Grande Courtisane de l'Apocalypse ?

*
**

Sans fixer l'année ni le jour, on peut donc dire que le compte à rebours est sérieusement entamé. Il règne d'ailleurs un fort sentiment d'urgence. Tout va très vite actuellement. Nous constatons chaque semaine une accélération des menaces qui toutes, de la surpopulation à la pollution, paraissent adopter une courbe exponentielle. L'humanité est comme montée à bord d'un train lancé à tombeau ouvert vers un formidable butoir. Et les plus avisés des conducteurs se contentent de suggérer du bout des lèvres qu'on ralentisse l'allure...

Nous voyons se développer sous nos yeux une culture qui est celle de la fébrilité. Comme s'il pressentait que les temps sont « réduits », l'homme privilégie la vitesse dans tous les domaines. Les trains, les avions sont de plus en plus rapides. Nous vivons à l'heure du télécopieur, de la communication instantanée.

Cette urgence, on la retrouve également dans l'application de la loi du karma. Autrefois, s'il nous arrivait de commettre une faute, nous en subissions les conséquences dans une vie ultérieure. Aujourd'hui, tout est accéléré. Lorsque nous faisons un mauvais choix, que ce soit dans notre vie professionnelle, sentimentale ou spirituelle, la sanction est presque immédiate. Je vois partout cette tendance se confirmer autour de moi. Le moindre écart se paie comptant.

Il faut donc redoubler de vigilance. Nous allons en quelque sorte condenser plusieurs existences en une seule. Mais, plutôt que de craindre les coups de bâton, voyons là une opportunité extraordinaire de progression rapide. Tâchons de nous mettre en harmonie avec nous-mêmes et avec les autres. Pourquoi continuer à remettre au lendemain nos bonnes actions ? Agissons au présent, allégeons notre karma pendant qu'il en est encore temps !

*
**

Les plus désabusés d'entre nous se demandent sans doute pourquoi nous devrions fournir un tel effort si la Terre doit disparaître. Pourquoi au contraire ne donnerais-je pas libre cours à tous mes plus vils instincts, pourquoi ne pas dévaliser une banque pour vivre au moins mes derniers jours dans l'opulence et l'oisiveté ?

C'est oublier un fait essentiel : la course folle de l'humanité n'est pas irréversible ! Si l'homme prend enfin conscience de la gravité de la situation, la planète peut encore être sauvée.

C'est ainsi qu'il faut interpréter les nombreuses apparitions mariales qui ont émaillé le dernier siècle. La Vierge, qui est compassion, prend pitié de l'homme et veut le prévenir, lui rappeler ses devoirs et ses responsabilités. Elle retient le bras qui pourrait s'abattre sur nous. Rue du Bac, à La Salette, à Fatima, à Dozulé, le message de la Vierge est le même : « Je vous aime et je ne veux pas votre condamnation. Priez ! Demandez pardon ! Élevez-vous ! Tournez-vous vers le Christ car sinon... »

Par la prière, nous pouvons créer des égrégores de pureté qui combattent la noirceur générale. Ainsi, dans les monastères, dans des centres de prière, des hommes et des femmes tentent de repousser les ténèbres en créant des « bulles » d'espoir.

En outre, des êtres d'exception, les « avatars », se sont réincarnés pour tenter d'absorber les masses négatives qui enveloppent la Terre. Il existe ainsi en Inde un être extraordinaire qui répond au nom de Saï Baba, venu ici-bas pour empêcher que ce pays ne sombre dans la folie meurtrière. De tels êtres de lumière sont parfois capables de soigner les gens par simple apposition des mains : ils se chargent eux-mêmes volontairement du karma des êtres humains, et les libèrent ainsi de leurs fautes. Ceux-là au moins pourront peut-être échapper au cataclysme.

*
**

Car il y aura des survivants ! La Bible dit que seront épargnés *ceux-là seuls qui sont inscrits dans le Livre de Vie de l'Agneau : (...) Attendez, pour malmener la terre et la mer et les arbres, que nous ayons marqué au front les serviteurs de Dieu.* (Apocalypse, chapitre 7.)

Marqué au front... Ne s'agit-il pas là de ceux qui sont parvenus à ouvrir l'*ājna*, le troisième œil situé au milieu du front ? C'est-à-dire ceux qui sont éveillés à la spiritualité, qui sont en communication avec le Tout cosmique, et qui seront dès lors en mesure d'accéder au nouveau monde de lumière. Car encore une fois, l'Apocalypse n'est pas la fin du monde mais seulement la fin de *ce* monde.

Nous sommes à l'aube d'une ère nouvelle. Le cycle du Kali-Yuga s'achève. Nous allons connaître un nouvel âge d'or, l'ère du Verseau, placé sous le signe de la plus haute spiritualité, de la pureté cristalline.

Mais inutile toutefois de se leurrer. Pour parvenir à cette Jérusalem céleste, il faudra nettoyer les écuries d'Augias. Le passage sera difficile, toutes les prophéties s'accordent pour l'annoncer. La population sera décimée, la terre lavée. L'homme criminel, aveugle, doit enfin comprendre ses erreurs. Pour qu'une plante nouvelle pousse, pour qu'une fleur nouvelle éclose, il faut d'abord que la graine pourrisse, qu'elle s'enfonce en terre et qu'elle germe. Même chose pour les civilisations qui, nous le savons, sont mortelles.

Une ère spirituelle... La prospective elle-même l'annonce. Elle pronostique que l'homme va traverser une crise effroyable, un chaos social dans lequel les mégapoles seront transformées en véritable jungle, où l'homme redeviendra un loup pour l'homme. Puis interviendra la prise de conscience que la survie de l'humanité passe par des solutions à l'échelle planétaire. On gérera mieux les ressources, on comprendra l'importance vitale de l'éducation et de la fraternité qui deviendront des valeurs nécessaires. Alors seulement l'homme accédera à une troisième phase, qui est celle de l'exploration des profondeurs de son âme. Il découvrira la consubstantialité qui l'unit au cosmos tout entier. L'initié deviendra adepte. L'homme sera enfin réalisé.

*
**

On voit combien on aurait tort de me prendre pour un oiseau de mauvais augure. Si j'ai tant insisté sur les périls qui nous guettent, ce n'est pas par goût morbide du catastrophisme ni par complaisance dans le rôle du prophète vindicatif. Mon « message » est un message d'espoir, résolument optimiste. S'il doit bien y avoir changement de cycle, c'est dans le sens de l'amélioration. Et nous gardons entre nos mains les rênes qui nous permettront de faciliter au maximum la transition. Pour cela, il faut continuer ce patient travail sur soi, se débarrasser de toute pensée égoïste, négative, et cultiver le sentiment le plus positif, le plus altruiste qui soit : je veux parler de l'amour, bien sûr, mais du vrai.

CHAPITRE SEPTIÈME

LA TUNIQUE SANS COUTURE

Aimons-nous les uns les autres, car l'amour est de Dieu.

Première Épître de saint Jean

L'avenir pourrait nous réserver de cruelles épreuves. Mais quoi qu'il arrive, nous devons continuer à vivre – et à progresser – dans le présent. Un présent que l'urgence des temps rend plus précieux encore. Apocalypse ou pas, notre quête continue.

Tout d'abord parce que, on l'a vu, nous avons notre rôle à jouer, individuellement, dans la sauvegarde de la planète. Et ensuite parce qu'un objectif grandiose s'offre à nous, l'ascension des plans vibratoires supérieurs pour réintégrer finalement l'Unicité première. Quelles que soient les tensions extérieures, nous devons, par nos actions quotidiennes, épurer notre corps et notre âme pour parvenir à la sérénité. Et qu'importent après tout les épreuves, puisqu'elles sont les étapes nécessaires d'une « révélation », celle de notre moi profond et, partant, de notre appartenance à Dieu !

« Dieu est amour », nous dit saint Jean dans sa Première Épître (chapitre 4, verset 7). Pour être reflet du divin, nous devons cultiver en nous cette force extraordinaire, nous devons devenir « amour ». Mais sait-on bien de quoi l'on parle ici ?

*
**

Il est deux mots que notre monde moderne s'est acharné, semble-t-il, à dévoyer : Dieu et l'Amour. Peut-être parce que ce sont deux notions presque impossibles à cerner et par là même sujettes à toutes les déformations. Peut-être aussi parce que les hommes de pouvoir, devinant la force « révolutionnaire », désaliénante, de ces deux mots, ont tout fait pour les rendre inoffensifs, notamment en les vulgarisant et en les enfermant dans des structures contraignantes.

C'est certainement l'Église paulinienne elle-même qui a le plus contribué à imprimer dans l'esprit de ses ouailles l'image d'un Dieu anthropomorphe, tantôt bonhomme, tantôt père fouettard, qui met son nez dans les affaires des gens, ou que l'on appelle à la rescousse au moment opportun tel un *deus ex machina*. C'est tellement plus facile !

De la même façon, l'amour a été galvaudé, associé au vulgaire appétit charnel ou au mieux à une passion aussi incontrôlée qu'éphémère. Quant à l'amour vrai, il a été relégué au rayon des curiosités historiques.

La sexualité n'est certes pas négligeable. Nous avons vu qu'elle peut susciter en nous l'intuition de l'Unité primordiale. Mais dénaturé, traîné dans la boue, l'acte sexuel n'est-il pas devenu le plus souvent la simple satisfaction d'un besoin biologique ? Pour espérer toucher au sacré, il faut se livrer à un travail de sublimation, c'est-à-dire donner à la sexualité sa totale dimension.

À l'instar de l'acte sexuel, l'amour ne doit-il pas être passé au tamis ? N'est-il pas en effet corrompu par des sentiments parasites ? Au premier rang desquels on trouve le désir de possession... Ne s'agit-il pas d'attirer l'autre à soi, de drainer son énergie, de l'étouffer ? Toutes conceptions contractantes et donc négatives. Aucun domaine ne donne lieu à autant de métaphores guerrières que l'amour. À croire que l'on fait la cour comme on entre en campagne : il faut triompher de la résistance adverse et obtenir une reddition complète. L'amour se fait conquête. Tous les coups sont permis. Aimer ainsi, c'est vouloir plier l'autre sous son joug, c'est enchaîner le ou la partenaire.

Et pourquoi cette fougue sinon pour satisfaire notre amour-propre, pour nous assurer de notre pouvoir de séduction ? Nul n'est exempt de cette vanité. Qui osera nier que nous recherchons les faveurs d'une personne plus pour notre plaisir que pour le sien ? Le jeu amoureux, loin d'être découverte de l'autre, ne sert la plupart du temps qu'à flatter notre ego.

Un égoïsme qui transparaît jusque dans notre langage : ne parle-t-on pas de *ma* femme, de *mon* mari ? Comme pour bien signifier qu'ils nous appartiennent et qu'ils sont les objets de notre bon vouloir.

Nous sommes tous un peu Narcisse. Et certes, il faut être capable de s'aimer. Étape indispensable, on l'a vu, car il n'y aura de progrès dans la quête que lorsqu'on se sera dit : « Je m'aime. » Mais il s'agit là, en fait, de tout autre chose que d'une déclaration narcissique. Cet amour de soi est la prise de conscience que nous avons été créés par Dieu, à Son image. Aucun orgueil ici mais seulement une acceptation de soi, avec un détour par le divin. Il faut s'aimer pour ce que Dieu a fait de nous et non pour l'image qu'on donne au monde.

Il y a là une condition *sine qua non* de l'amour véritable. « Aime ton prochain *comme toi-même* », dit le Christ. Car l'un ne va pas sans l'autre. Comment en effet aimer l'autre si on ne s'aime pas soi-même ? Comment faire confiance à autrui si l'on n'a pas confiance en soi ?

*
**

Amour de l'autre... Le projet n'est pas aussi simple qu'il y paraît au premier abord. Dans nos choix amoureux, nous sommes dupes de mirages multiples. L'attirance que nous éprouvons pour telle personne repose en grande partie non pas sur son moi véritable mais sur l'image que nous nous faisons d'elle, sur des « qualités » extérieures comme la beauté, le succès, la richesse. Pour peu que ces mirages se dissipent, l'amour disparaît avec eux.

Mais plus profondément, cette recherche perpétuelle de sa « moitié » perdue n'est-elle pas faussée au départ et donc illusoire ? Souvenons-nous qu'au moment précis de son incarnation, notre être a été brusquement scindé en deux, dans la douleur. Lui qui était androgyne dans un plan vibratoire est devenu homme ou femme sur terre. Autrement dit, cet autre nous-même que nous passons parfois toute une vie à chercher se trouve en fait enfoui dans nos entrailles. Nous supplions le hasard de le mettre sur notre chemin alors qu'il « suffit » de descendre en nous. Car notre moitié sommeille en nous, cachée dans le foie, cet organe essentiel où sont scellées quantités des liens qui nous unissent au cosmos.

Tant qu'on n'aura pas pris conscience de cela, la quête amoureuse restera décevante. On m'objectera qu'il existe des couples parfaitement heureux. C'est qu'ils sont parvenus à un équilibre – un compromis ? – proche de leur unicité première. Mais on ne m'empêchera pas de penser qu'il y aura toujours un manque profond, inhérent à notre condition.

Il arrive que l'on pense approcher de l'alchimie rêvée. Instinctivement, on sent en l'Autre des analogies, des correspondances évidentes. Ceux qui ont connu une telle expérience savent qu'il n'y a pas, au moins dans les premiers instants, de désir de posséder la personne mais simplement de se fondre en elle. Hélas, cet amour-passion est souvent éphémère. Condamné à l'échec ? J'en ai peur. La scission qui se produit lors de notre incarnation contient la source mais aussi la vanité de la quête amoureuse, et le poète inspiré a pu écrire : « Il n'y a pas d'amour heureux. » Le besoin de fusion lui-même relève encore d'un égocentrisme de mauvais aloi, même vécu *a contrario*. L'amour suppose de s'ouvrir à l'autre, et non de le phagocyter ou de se faire absorber par lui.

Notons à cet égard que la notion de couple nécessaire n'est pas le fait de toutes les civilisations. On trouve en Amazonie des tribus où les hommes et les femmes sont divisés en deux « maisons ». Ils changent fréquemment de partenaire et les enfants sont élevés ensemble dans une troisième « maison ». Pour ces Indiens, l'idée de couple est vide de sens.

En Occident, elle a été imposée par la loi judéo-chrétienne qui voyait là sans doute, non sans quelque bon sens, un moyen d'éviter l'anarchie sociale et une licence sexuelle risquant de détourner de la foi ou plus prosaïquement des bancs de l'église. Le serment de fidélité s'est trouvé ensuite ratifié par notre instinct de possession et perpétué par simple respect de la tradition. Mais toutes les traditions sont-elles bonnes à suivre ? Après tout, certains dogmes judéo-chrétiens ont conduit à l'Inquisition et aux conflits religieux... Le mariage chrétien est-il le meilleur moyen d'épanouissement de l'individu ? Un poète un peu cynique écrivait : « Ne pouvant pas supprimer l'amour, l'Église a voulu au moins le désinfecter et elle a fait le mariage. »

La glorification de la procréation s'inscrit sans doute dans le même esprit. Lorsque les Juifs arrivèrent en Palestine, conduits par Moïse, ils n'étaient que quelques milliers et la survie du groupe était par conséquent menacée. Aussi le mot d'ordre fut-il : « Croissez et multipliez. Et malheur aux fruits secs. » Les civilisations chrétiennes ont suivi le mouvement. Il fallait faire des enfants pour avoir davantage de bras, que ce fût pour manier la bêche ou le fusil.

*
**

L'amour à deux ne serait donc au mieux qu'une imitation de l'unicité fondamentale, au pire une simple habitude. Dans un cas comme dans l'autre, il se résume généralement à une appropriation de l'autre.

Aimer véritablement, ce serait au contraire tout donner à l'autre, aller vers lui et non l'attirer à soi. Cela ne signifie pas couvrir la personne aimée de cadeaux, qui ne sont que des chaînes déguisées, mais faire don de soi, totalement, être à l'écoute, à la disposition. Un tel désintéressement se rapproche de l'amour divin.

Mais ce qu'il faut bien se mettre dans la tête, c'est que cette qualité d'amour n'est pas réservée à un seul être ! Que nous ayons choisi une âme sœur dans notre vie présente, décidé de procréer avec elle, opté pour la fidélité et des relations sexuelles de qualité n'implique pas que nous ne dispensions pas de l'amour à l'humanité tout entière. Cela peut paraître naïf à certains, c'est pourtant le seul moyen de trouver l'harmonie et de ne pas être victime de la haine.

À chaque occasion, il faut aborder l'autre de façon positive. En agissant de la sorte, on s'aperçoit qu'on neutralise toutes les charges négatives pouvant venir de l'extérieur. Elles perdent leur raison d'être, ou elles retournent à l'envoyeur, selon le principe évoqué des idées-boomerangs.

Il ne faut jamais céder à l'emportement. La

colère est contractante : on dit qu'on se « met en boule », qu'on se « crispe ». Alors que tout devient si simple lorsqu'on s'ouvre. Quelqu'un qui est complètement ouvert, doux, disponible, n'est jamais attaqué. On prétend que le serpent ne mord pas l'ermite. C'est que l'ermite ne lui veut aucun mal et que l'animal le sent. On sait bien que les chiens montrent les crocs à ceux qui les approchent avec de mauvaises intentions ou avec un sentiment de crainte, alors que l'amour ne connaît pas la crainte. De même dans le métro, je crois fermement que plus on redoute les agressions, plus on a de chances d'en être victime.

Sorti de l'animal, l'homme en a conservé les instincts. Ne percevons-nous pas immédiatement l'animosité de notre interlocuteur ? Mais c'est justement là qu'il faut éviter de se « braquer ». Avec un peu de souplesse, de gentillesse, en gardant toujours le sourire, en accueillant chacun avec calme, tout s'arrange. Aussi étonnant que cela puisse paraître, la gentillesse est *désarmante*. En fait, les gens s'en prennent à ceux qui ont un fond d'agressivité. Les deux pôles négatifs se heurtent et se repoussent. Quand on n'est pas haineux, personne ne vient vous brusquer. L'amour est la meilleure forme de protection.

***

On me traitera de doux rêveur. On me rétorquera que cette « méthode », si efficace soit-elle, n'est guère applicable dans la vie quotidienne, qui a souvent raison de nos meilleures résolutions. On a beau faire, la vie est un combat, le monde est une jungle et il n'est pas toujours recommandé de s'y promener comme une brebis prête à se faire égorger. La vie professionnelle, pour ne citer que cet aspect, est remplie d'escrocs ou d'envieux qui ne songent qu'à abuser de notre naïveté.

Mais qui dit ouverture d'esprit ne dit pas forcément jobardise. Il n'est pas question de baisser la garde, mais de refuser de se mettre en position d'agresseur, de ne jamais aborder autrui l'esprit plein d'*a priori*, de préjugés. Car ne pas attaquer, qu'est-ce d'autre finalement que de ne pas juger ? Voilà l'essentiel. Accepter les gens comme ils viennent, comme ils sont. Juger quelqu'un, c'est l'enfermer dans un moule, c'est lui fixer des limites. Et ce faisant, on se limite soi-même. *Ne jugez pas, afin de n'être pas jugés... Car de la mesure dont vous mesurez on mesurera pour vous.* (Évangile selon saint Matthieu, chapitre 7, verset 1.) Bien évidemment, nous avons le droit d'élire nos amis ou de préférer telle personne à telle autre, selon des affinités souvent dictées par une similarité vibratoire. Mais juger, jamais. Et de plus, éviter de mentir. Mentir, c'est mépriser l'autre, donc cesser de le respecter. Le mensonge nous arrange souvent, certes, il est parfois commode, mais n'oublions pas qu'il alourdit notre karma.

Cela dit, les principes élémentaires de morale sont toujours aisés à formuler. Les mettre en application, c'est une autre paire de manches. Un humoriste remarquait qu'il était beaucoup plus facile d'aimer l'humanité en général que son voisin de palier... À chaque instant, en effet, nous sommes tentés de juger l'autre. Cet homme bizarrement accoutré dans la rue, l'ami qui nous pose un lapin, la fille qui monnaye ses charmes, etc.

Une chose devrait pourtant nous faire réfléchir : curieusement, nous sommes d'autant plus prompts à juger les autres que nous ne les connaissons pas, d'autant plus prompts à les critiquer que nous n'avons aucune idée des mobiles qui les font agir ! En revanche, dès qu'il s'agit d'un être aimé, le jugement tend à s'estomper pour faire place à la bienveillance : nous sommes prêts à accepter l'autre et à l'aider même sans le comprendre.

Le secret qui doit nous permettre de ne pas juger, c'est l'humilité. Reine des vertus, à la fois si simple et si rare. Rare parce que toute notre personnalité s'y oppose. Mais simple parce que la raison elle-même nous convainc de sa nécessité. En effet, nous sommes tous, chacun autant que nous sommes, une parcelle du Tout, une cellule du cosmos divin. Par quelle infatuation une goutte d'eau pourrait-elle mépriser la goutte d'eau voisine ? Elles sont toutes deux rigoureusement identiques, partie et reflet de l'océan, dans lequel elles puisent leur raison d'être. Lorsque je me trouve en présence de quelqu'un, je sais et je sens qu'en dépit des différences superficielles, nous avons la même origine, la même nature, les mêmes aspirations à résoudre le mal d'être qui fait notre condition terrestre.

En somme, nous sommes tous taillés dans la même étoffe... C'est peut-être pour illustrer cette idée que la Bible nous dit que le Christ portait une tunique *sans couture*. Il signifiait ainsi à la fois l'universalité de la condition humaine et l'universalité de son message. Sans couture, c'est-à-dire sans barrière, sans frontière. La parole du Christ n'a rien de commun avec un patchwork fait de bouts de tissu hétéroclites. Le message est unique : « Aime ton prochain comme toi-même car Dieu est en vous. »

*
**

L'amour le plus pur que nous puissions éprouver est d'inspiration divine. Mais pour raviver ce sentiment, il faut faire taire le mental en nous, éteindre cette fournaise de Seth qui veut tout rationaliser. Le mental, c'est Satan. Il pèse notre intérêt, nous attache à une personne par calcul, même inconscient. Il faut parvenir à dépasser cette appréhension négative de l'autre afin de le recevoir entièrement comme un frère, comme un autre soi-même.

Si le mental s'acharne à nous différencier, le « ressentir », au contraire, nous unit, souligne nos analogies. Souvenons-nous que Jésus-Christ montrait son cœur en disant : « Là est l'entrée du royaume de Dieu. » Autrement dit, la découverte de Dieu relève non de l'analyse mais de l'intuition. « Dieu sensible au cœur », disait Pascal. C'est en somme la célèbre formule : Dieu ne se prouve pas, il s'éprouve.

Bien sûr, il faut entendre le cœur non pas comme

l'organe de l'affectivité, mais comme ce que l'homme a de plus profond. Dans le plexus solaire, près du cœur, il y a un chakra qui est le siège de notre Dieu intérieur, à l'image de Dieu le Père. Par la méditation, il est possible d'éveiller ce centre énergétique, afin de « ressentir » que nous sommes habités par le Divin, à l'instar de toute la Création.

Dieu a donné l'impulsion créatrice, la Vierge cosmique a donné forme à toutes choses, le Christ les a animées par le Verbe. Du minéral à l'homme, tout sur terre est vivant : tout bouge, vibre, se développe. Le monde obéit à la loi d'involution et d'évolution : involution de l'esprit dans la matière et évolution vers le corps « subtil », désincarné. La plante monte de la terre vers le soleil ; la pierre se mue en cristal, elle devient lumière. De même, l'homme veut s'élever dans les plans vibratoires, s'approcher de son soleil, ce phare de Vérité et de Justice. Cette loi d'ascension universelle n'est autre qu'un élan vers Dieu, vers cette Énergie suprême qui est une vibration colossale, un centre vibratoire autour duquel s'organise le cosmos.

*
**

Cette vibration venue des origines et qui est présente en toute chose, nous pouvons l'entendre en nous. Il faut se mettre à l'écoute. Il s'agit de retrouver par la prière le son primordial qui nous met en harmonie avec le cosmos et le Tout.

Mais il y a prière et prière. J'ai commencé par la prière vocale, c'est-à-dire les litanies, des kyrielles de mots énoncés les uns à la suite des autres. Un jour, je me suis observé en train de prier ainsi : j'ânonnais des phrases auxquelles je ne prêtais plus attention. Comment Dieu aurait-il pu entendre ma voix ? Je me suis mis alors à méditer chaque mot. « Notre Père qui êtes aux cieux... » Tâchons déjà de concevoir cela ! On peut rester une heure à essayer d'envisager toutes les possibilités retenues dans « Notre Père », créateur de tous les hommes sur terre.

Aujourd'hui, ma prière est très rarement formulée. Elle consiste principalement à créer le vide intérieur, à m'imposer le silence total. Ce silence obtenu, je tente d'amplifier la vibration qui part du cœur. Je perçois d'abord une lumière rose-dorée qui dilate tous les pores de la peau et toutes les cellules de mon corps. La réponse ne se fait plus attendre : une lumière vient en sens inverse et me foudroie. J'ai l'impression d'exploser, d'éparpiller mes atomes dans l'espace. Comment exprimer par les mots une joie aussi intense ?

La méditation nous permet ainsi d'accéder directement à Dieu. Nul besoin en effet d'intermédiaire, comme voudrait nous le faire croire l'Église paulinienne qui a imposé en écran toute sa hiérarchie épiscopale. Par l'amour et la prière, nous communiquons avec Dieu. C'est ce que l'islam a très bien compris : la grande force du Coran, c'est précisément qu'il est un hymne d'amour de l'homme vers Dieu, sans intermédiaire. Le soufisme, cet ascétisme de l'islam, a tout particulièrement développé cette notion d'amour sacré, qui permet, pendant la durée de notre vie terrestre, de nous confondre dans le divin.

*
**

Dieu nous a créés par amour. Tout a été conçu par amour, jusqu'aux ennuis qui nous assaillent dans notre existence quotidienne et qui sont des leçons, des épreuves, pour nous inciter à réfléchir, à nous corriger. Si l'on se persuade de cela, notre vision du monde devient lumineuse. Un problème surgit ? Remerciez le Ciel et tâchez d'en tirer une leçon sur votre conduite future. Quelqu'un vous veut du mal ? Souhaitez-lui les meilleures choses ! C'est évidemment très difficile, agaçant, inconcevable pour notre amour-propre et notre orgueil. Mais c'est pourtant une source de force et de bien-être extraordinaire. « Aimez vos ennemis et priez pour vos persécuteurs », nous dit saint Jean. Alors s'accomplira dans votre vie de tous les jours une transformation merveilleuse. C'est le grand nettoyage ! Le corps comme l'âme sont débarrassés de leurs scories et parviennent à la paix intérieure. Le bandeau de négativité qui nous couvrait les yeux disparaît. Il n'y a plus aucune obstruction à la lumière divine.

L'homme ou la femme que vous étiez se transforme. Inutile d'attendre de monter dans les plans vibratoires supérieurs. La Joie peut s'atteindre ici-bas. Mais il faut pour cela faire « pourrir le vieil homme », c'est-à-dire l'homme de la matérialité, de l'égoïsme, du rationnel, pour devenir cet homme ou cette femme jeunes, ouverts. C'est là une mort symbolique que l'on retrouve dans tous les rites initiatiques. C'est le tombeau vide de Chéops dans lequel pénétrait le néophyte. Ce sont ces tribus africaines qui enterrent les enfants jusqu'au cou, le visage à l'air libre, protégé par une natte, pour qu'ils puissent respirer. Lorsqu'on le sort de terre, l'enfant est mort symboliquement ; l'homme neuf, initié, vient de naître au monde.

La doctrine de la Réincarnation nous promet une renaissance dans une vie ultérieure. Mais n'oublions pas que nous sommes venus accomplir ici-bas la renaissance de l'homme nouveau, l'homme spirituel, l'enfant du Verseau.

La loi d'amour, pilier fondateur de toutes les religions, chrétienne, juive, musulmane, orientales, est le pendant et le correcteur de la loi du Karma. Grâce à l'amour, nous avons la possibilité extraordinaire de dissoudre nos fautes passées et de suspendre la loi de cause à effet. Dès lors, le joyau qui était caché au fond de nous-mêmes peut sortir de sa gangue et briller de tout son éclat. Nous avons enfin développé toutes les virtualités de notre être. De cette réalisation – au sens d'accomplissement – naît la Joie, une joie profonde qui n'est pas une vue de l'esprit. En effet, lorsqu'on a choisi ce chemin, on reçoit des réponses, des flamboiements d'énergie qui nous mettent en correspondance avec les autres ordres, minéral, végétal, animal. Autrement dit, il y a un résultat physique, interne, concret qui est plus que la sérénité : un avant-goût de l'absolu.

*
**

Soulagé de son karma, l'homme initié pourra enfin espérer concevoir ces notions indicibles que sont l'Éternité et l'Infini, c'est-à-dire Dieu. Et puisque

Dieu est totalité, il doit nous réunir dans la recherche, au lieu de nous séparer dans la défense fanatique de convictions personnelles ou de groupe. Chaque religion représente une approche de la Lumière divine, avec ses parcelles de Connaissance, morcelées sans doute par de fausses interprétations, à moins que ce ne soit par des intentions spécieuses. Mais quels que soient les sentes ou les sentiers qui nous égarent parfois, les uns et les autres, l'idée d'une route commune devrait nous inciter à nous entraider dans l'abolition de nos erreurs, au lieu de nous entre-tuer pour imposer nos certitudes à dimension humaine.

Restent les athées, promis à mon sens à une non-existence future. Mais je suis persuadé qu'il existe beaucoup plus d'agnostiques ou de sceptiques que d'athées, et qu'un prétendu non-croyant qui recherche le bien et pratique la loi d'amour est plus près de Dieu, quoi qu'il pense, qu'un croyant tortionnaire.

Quant à moi, si j'ai pu choquer la sensibilité de certains lecteurs par mes propres interprétations et ma vision du monde, que ceux-ci veuillent bien me pardonner. Je ne prétendais pas leur assener la Vérité, mais leur décrire les arcanes qui me mènent peu à peu à cette vérité. Une vérité qui continue de se façonner, sans cesse corrigée par le doute et la prudence, au long des existences de ce moi éternel, aujourd'hui incarné dans un certain Paco Rabanne.

Cinq milliards d'individus actuellement sur terre sont appelés à la même quête. L'Éternité et la

TRAJECTOIRE

Lumière sont le but du voyage. Ceux qui s'effraient de la distance qui nous en sépare devraient se souvenir qu'en dépit de l'adversité, la beauté ultime de ce voyage réside non seulement dans sa destination, mais aussi dans le chemin parcouru.

LIVRE II

LA FIN DES TEMPS

D'une ère à l'autre

Quelques lignes en forme de remerciements... et d'avertissement

Je tiens d'abord à remercier les nombreux lecteurs de Trajectoire *qui ont pris la peine de m'écrire pour me dire qu'ils partageaient mes convictions et qu'ils avaient fait l'expérience de révélations et d'aventures spirituelles semblables à la mienne, ou plus extraordinaires encore. Il m'est matériellement impossible de répondre à tous. Mais qu'il est rassurant cependant – pour eux comme pour moi – de découvrir qu'une vision « particulière » du monde ne nous condamne plus au rôle de « phénomènes de foire » ou de « doux dingues »... Mon livre aura peut-être contribué à ébranler un peu l'assise d'un scepticisme si souvent dommageable à la quête de la vérité. Le doute érigé en principe a le grave inconvénient de ne pas faire avancer les choses. Or, aujourd'hui plus que jamais, nous devrions tous chercher à être des « initiés » : nous devrions nous mettre en chemin, partir en quête de Connaissance. Quelle satisfaction pour moi donc, si, comme veulent bien me le confier certaines lettres, j'ai pu indiquer quelques voies d'exploration nouvelles !*

Livre d'espoir et de curiosité, Trajectoire *s'interdisait cependant de flatter le lecteur dans le sens d'un optimisme béat. Ainsi, les pages que je consacrais à l'Apocalypse et à ses prémices m'ont valu d'abondantes réactions. Certains me reprochaient de livrer une image excessivement sombre de l'avenir. Dans les conférences où j'ai eu l'occasion par la suite de parler de la fin des Temps, j'ai pu voir les visages effarés – et l'air dubitatif – de ceux à qui j'annonçais* ex abrupto *les terribles échéances suspendues au-dessus de nos têtes. À tel point que j'ai finalement choisi de commencer mes interventions, comme je le fais ici, par un avertissement : « Accrochez vos ceintures, cramponnez-vous, car vous risquez d'en prendre plein la figure ! »*

Le rôle de Cassandre n'a jamais été facile. Tirer la sonnette d'alarme est perçu comme une atteinte aux convenances. Dans l'Antiquité, on allait jusqu'à mettre à mort les porteurs de mauvaises nouvelles. Aujourd'hui, en dépit des clignotants qui s'allument au rouge un peu partout, nombreux sont ceux qui préfèrent tout simplement garder leurs œillères si rassurantes : sans doute s'imaginent-ils qu'ils avanceront mieux et plus loin en ignorant ce qui se passe autour d'eux...

Pourtant, ces derniers mois, j'ai pu constater que mes propos « alarmistes » recevaient un accueil différent. Les gens semblent désormais mieux préparés à ce discours, ils m'écoutent avec davantage d'attention que naguère. Une majorité de lettres me reproche même désormais de ne pas aller assez loin !

Ces auditeurs – ou lecteurs – voudraient que je durcisse mes mises en garde, dans l'espoir peut-être de modifier la route suicidaire sur laquelle s'est engagée l'humanité.

Cette attitude nouvelle découle d'une certitude qui s'impose aujourd'hui à tous : « Cela ne peut plus continuer ainsi », entend-on répéter partout. Un sentiment de tension extraordinaire saisit le monde, confronté à une quantité de problèmes apparemment aussi insolubles que grandissants : démographie galopante, effets multiples et désastreux de la pollution, développements inquiétants de la génétique, violence ethnique ou urbaine, désordre des esprits... Chacun sent confusément que, dans nos comportements vis-à-vis de nos prochains comme de la Nature, nous avons trop tiré sur la ficelle. Comme d'autres avant elle, notre civilisation est parvenue au point de rupture.

« Cela ne peut plus continuer ainsi... » Mais alors, que va-t-il se passer ? Où allons-nous ?

De nombreux textes prophétiques peuvent nous éclairer sur les échéances prochaines. N'est-il pas toujours préférable de savoir ? D'autant que nous pouvons espérer puiser dans ces prophéties des indications qui pourraient nous permettre de sortir de l'ornière.

Trajectoire *était avant tout un livre autobiographique. Celui-ci est plus ambitieux sans doute, puisqu'il s'intéresse au devenir de l'humanité. Le premier marquait à sa manière l'aboutissement de l'ère des Poissons – ère de la quête intérieure et personnelle –, le second se voudrait le livre de la*

PACO RABANNE

transition vers l'ère du Verseau, qui sera placée sous le signe de la fraternité, de la solidarité collective.

Cette transition, malheureusement, pourrait s'effectuer dans les pires conditions, si l'homme ne se reprend pas...

Mon propos n'est pas d'inspirer la terreur, mais d'exposer les menaces qui pèsent sur notre avenir. Pour le reste, comme le dit l'Ancien Testament : « Écoute qui veut écouter, refuse d'entendre qui veut refuser ! »

Paco RABANNE

CHAPITRE PREMIER

URGENCE !

Écris donc ce que tu as vu, ce qui est, ce qui doit arriver après toute chose !

Apocalypse de saint Jean

Écrire ce que j'ai vu... Voici une recommandation qui paraît facile à suivre et à laquelle pourtant je ne me suis pas toujours plié. Pourquoi suis-je resté jusqu'ici en deçà de ce que j'avais à dire ? La raison première de cette réserve peut paraître illégitime, elle n'en est pas moins suffisante : je craignais d'affronter le regard des incrédules ou celui, plus terrible encore, des moqueurs. Car j'ai souvent pu observer qu'un homme, public ou non, s'expose au ridicule dès lors qu'il lui vient l'étrange courage de dévoiler une conviction intime, surtout lorsque celle-ci s'appuie en premier lieu sur sa sensibilité propre plus que sur un raisonnement logique, et sur des pressentiments plus que sur des preuves tangibles.

Pourtant, ne voit-on pas aujourd'hui que ce règne de la raison absolue, glorifié par le siècle des Lumières et caricaturé par le positivisme de la révolution industrielle, ne voit-on pas que ce despotisme est en train de vaciller sur ses bases ? Les conséquences souvent désastreuses – sur le plan écologique et humain – du sacro-saint « progrès » amènent peu à peu l'intelligence humaine à davantage de modestie. D'autant plus que, dans ses fulgurations récentes, la raison des scientifiques ne fait précisément que redécouvrir ce que le chœur de tous les mystiques répète depuis des siècles et qui pourrait se résumer ainsi : la formidable primauté de la spiritualité sur la matérialité.

C'est sans doute ce climat favorable qui m'a poussé aux premières confidences. J'ai senti que le moment était venu et qu'on ne me reléguerait pas d'emblée, sans m'avoir écouté, dans la catégorie des fous furieux. Quant au qualificatif d'« illuminé » qu'on a parfois employé à mon égard, je l'ai repris volontiers à mon compte : je préférerai toujours être « allumé » plutôt qu'éteint.

Ne vaut-il pas mieux en effet partir en quête de la vérité – quand bien même elle ne serait finalement que la sienne – plutôt que se condamner à rester perpétuellement prisonnier d'un carcan de préjugés qui n'a même pas le mérite d'assurer notre confort moral et spirituel ? Pourquoi ne pas miser sur la cohérence du monde, son absurdité nous condamnant inéluctablement au désespoir ?

C'est ainsi que j'ai commencé par dire dans un premier livre ma croyance en la réincarnation, croyance selon laquelle notre existence actuelle n'est qu'un maillon de la chaîne de vies qui forme la « trajectoire » de notre être profond. J'ai exposé par quels signes et par quelles visions cette conviction s'était développée en moi dès mon plus jeune âge et comment se sont imposés à ma mémoire les souvenirs de mes vies antérieures. J'ai dit ensuite les « dons » de voyance dont, encore adolescent, j'avais eu la révélation : « pouvoirs » que j'avais naïvement – et surtout avec beaucoup d'inconscience – voulu exploiter à des fins personnelles. Je me suis efforcé d'attirer l'attention de ceux qui voulaient bien me lire sur cette forêt de symboles qui nous entoure, dans les textes sacrés autant que dans nos caractéristiques physiques, révélatrices de nos incarnations passées, ou encore dans la mode – puisque tel reste mon domaine de prédilection artistique. Autant de signes qui, comme une passerelle jetée sur le vide, nous laissent parfois pénétrer dans un monde qui n'est pas « autre » – car il est toujours le nôtre –, mais un monde qui serait fait de « sens » et de « lumière », le chaos de la vie n'étant qu'apparent. Comme le rappelait un scientifique célèbre, le hasard n'est en réalité que ce que nous sommes encore incapables d'expliquer...

Cette conviction m'a été apportée en particulier par une vision bouleversante que j'ai déjà évoquée dans *Trajectoire...* sans toutefois oser dire tout ce que j'avais vu. Il s'agit en fait d'une expérience de voyage astral, telle qu'ont pu en connaître un certain nombre de personnes.

On se souvient peut-être qu'à l'âge de sept ans, alors que je me trouvais allongé sur mon lit dans un demi-sommeil et qu'en s'efforçant d'abolir le temps mon esprit s'élevait lentement de mon corps inerte, je fus soudain transporté devant une lumière intense, dont l'origine m'échappait. Je devais comprendre peu à peu que j'étais en train de revivre l'instant qui avait précédé ma « descente » sur terre, ma dernière incarnation...

*
**

Je n'avais plus conscience de mon existence propre, car je me trouvais confondu avec la source de toute lumière et de toute connaissance. J'étais face à face avec la Divinité, ce centre énorme qui vibre au rythme du cosmos. D'instinct, je savais que je me trouvais dans le Septième Plan vibratoire, le plus élevé, celui où tout n'est plus qu'Essence. Je n'avais plus forme de corps, j'étais une simple entité vibratoire et lumineuse. Chaque seconde qui passait s'identifiait pour moi à l'éternité. J'étais heureux, contemplant l'immensité et communiant avec l'infini. Heureux parce que je n'étais plus moi, étant Lui. Comblé car confondu avec la Totalité.

Mais brusquement, cette extase a été interrompue. Une présence différente venait de troubler ma joie. Me détournant de la face de l'Un, je découvris alors ce qui m'apparut comme de grands X de lumière et que, par une sorte d'anthropomorphisme naturel, je devais par la suite nommer des « Vieillards », car ils me semblaient vieux comme le monde, au sens le plus littéral.

Au nombre de vingt-quatre, ces Vieillards m'observaient avec gravité. Je leur ai adressé une interrogation muette – car nous communiquions sans la moindre parole :

– Que me voulez-vous ?

– Tu dois redescendre, te redensifier.

Ma réponse fut immédiate. J'ai hurlé :

– Non ! J'ai fini mon karma sur la planète Terre...

– Regarde ! m'ont-ils dit alors.

Le globe de notre Planète bleue m'est apparu. Un être s'en approchait. Cette entité, que je devinais n'être autre que moi, allait choisir un corps humain dans lequel s'incarner. Et c'est là que je vis le destin de l'humanité.

Je me trouvais projeté dans un monde d'adultes absolument terrifiant. Devant mes yeux épouvantés ont alors défilé les scènes effroyables dont j'allais être le témoin tout au long de mon existence terrestre.

Ce fut tout d'abord la guerre qui embrasait ma terre natale, l'Espagne, et les premiers bombardements aériens ayant pris pour cible une population civile, celle de Guernica. Ces déchirements fratricides allaient marquer profondément mes jeunes années, puisque mon père devait être fusillé par les franquistes et qu'il me fallut fuir avec ma mère à travers les montagnes enneigées, en direction de la France, devenue depuis ma terre d'asile.

J'ai vu ensuite les horreurs de la guerre de 39-45, avec ses dictateurs assoiffés de sang, ses régimes barbares et ses camps de la mort. J'ai entendu les hurlements des femmes et des enfants sacrifiés et gazés à Auschwitz, à Buchenwald et ailleurs. Pour mon malheur, et pour celui de l'humanité, l'Histoire est venue confirmer mes visions.

Puis j'ai vu le crime gagner peu à peu toute la planète. J'ai vu le monde, à l'origine si lumineux, s'obscurcir de plus en plus. Je l'ai vu s'enfoncer inexorablement dans l'oppression, la misère et la destruction.

Le spectacle insoutenable ne s'arrêta pas là. Car j'ai vu aussi la Troisième Guerre mondiale, ou l'abomination absolue. Ce n'était plus un affrontement de nation à nation, mais un conflit chaotique où l'on se battait de rue en rue, de fenêtre en fenêtre, avec pour seul mobile le plaisir de tuer l'autre sans se soucier de savoir qui il est... Les combats se propageaient comme une peste de village en village, de province en province pour couvrir enfin toute l'étendue de la planète. Guerre religieuse, guerre ethnique, guerre de survie, guerre totale...

La Planète bleue se trouva alors plongée dans d'horribles ténèbres d'où ne s'échappaient plus que des hurlements de terreur et d'affolement. Annoncés par les prophètes, les trois jours de Yahvé étaient venus...

Au terme de ces trois jours, j'ai vu les survivants errer comme des bêtes, puis s'entre-déchirer pour se livrer au cannibalisme et autres crimes innommables.

Puis brusquement, j'ai vu surgir la Bête immonde...

Et tout s'est arrêté.

Je me suis senti alors happé vers la Terre, transporté d'un trait, percé d'une douleur inouïe, prix de mon passage de l'état de lumière éthérée à celui de matière. Une pointe venait de me crucifier au cœur de la densité. J'étais à présent réincarné, j'avais choisi un couple qui serait celui de mes géniteurs. Alors commença une nouvelle existence, sous la forme de Francisco Rabaneda-Cuervo, qui devait plus tard prendre le nom de Paco Rabanne.

*
**

Cette révélation extraordinaire qui m'avait laissé pantelant, cloué sur mon lit, je fus longtemps incapable de la partager avec quiconque. Mes rares tentatives dans cette voie se heurtèrent aux railleries de mon frère aîné ou à l'incrédulité amusée de ma mère. Mon voyage astral redevint peu à peu un simple rêve d'enfant. Ou peut-être un cauchemar... Quoi qu'il en soit, je mis ce songe dans ma poche et mon mouchoir par-dessus.

Ou plutôt, je m'efforçai inconsciemment de n'en garder que les éléments les plus positifs, c'est-à-dire la découverte d'un monde immatériel, « magique » au sens noble du terme, qui doublait le nôtre et venait l'enrichir. Il existait entre ces deux univers, entre ces deux plans vibratoires différents, des correspondances étroites, l'un étant le calque de l'autre, de telle sorte que le monde m'apparaissait désormais comme un hologramme, c'est-à-dire que mon corps dans son infinie petitesse était à l'image du cosmos dans son infinie grandeur. D'autre part, mon être ne se réduisait pas à ce corps présent, ni même à son existence actuelle : il s'était incarné de nombreuses fois, à des époques différentes, non pour satisfaire une quelconque soif de jouissances matérielles, mais au contraire pour s'affiner, pour alléger son karma, c'est-à-dire pour se défaire peu à peu des erreurs accumulées dans le passé.

On le voit, je gardais ainsi tout ce qui m'aidait à donner un sens à la vie, et en particulier la certitude d'une consubstantialité au monde, lequel cessait dès lors de m'effrayer. Si j'étais une partie du Tout, qu'avais-je à craindre de lui ? En revanche, je passais sous silence ce que ma vision avait eu de plus angoissant. Un enfant de sept ans n'avait que faire de ces scènes d'apocalypse. Ou plutôt, incapable de les contempler, il préférait les refouler au plus profond de lui-même.

Malheureusement, les événements historiques sont venus confirmer la première partie des images atroces qui s'étaient imposées à mon esprit. Or, je l'ai dit et je le répète avec effroi, le pire reste à venir...

On pourrait s'étonner du fait que, porteur d'une telle certitude, j'aie néanmoins poursuivi avec ambition une carrière de couturier. Pourquoi ne suis-je pas plutôt allé trouver refuge dans une grotte de l'Atlas ? Ou bien pourquoi n'ai-je pas utilisé toutes mes ressources à bâtir une sorte d'abri antiatomique dans lequel je pourrais éventuellement échapper aux horreurs que tout nous laisse présager ?

C'est que loin de me condamner au renoncement ou à l'inaction, ces visions d'apocalypse m'ont sans doute encouragé à mener ma vie au mieux, matériellement et spirituellement. J'aurai l'occasion de m'en expliquer plus loin, mais il me suffit de dire dès maintenant que, paradoxalement, j'ai puisé là un espoir et surtout une volonté qui ne m'ont jamais fait défaut par la suite.

Les miens ont longtemps mené la vie modeste et souvent recluse d'une famille d'exilés espagnols antifranquistes dans une France qui devait bientôt se trouver sous occupation allemande. Enfant curieux, amoureux de cette Nature dont je sentais, à chaque pas, les liens qui m'unissaient à elle, je me passionnais aussi bien pour les sciences biologiques que pour la « magie », laquelle me faisait pénétrer plus avant dans la connaissance intime de notre monde.

Plus tard, je montai à Paris pour entrer en école d'architecture, aux Beaux-Arts. Ce furent des années d'études durant lesquelles je m'initiai en particulier à l'histoire de l'art et des civilisations anciennes avec une passion d'autant plus grande que j'y trouvais le troublant écho de mes vies antérieures. Mes lectures me conduisaient de plus en plus vers l'ésotérisme et le décryptage des messages sacrés ou prophétiques.

Progressivement, je délaissai l'architecture pour me consacrer à la mode. De plans graphiques en esquisses, de maquettes en confection d'accessoires divers, il y avait un pas sans doute audacieux mais que je n'hésitai pas à franchir. Jusqu'au jour où, beaucoup par esprit de provocation, je présentai ma première collection de mode, pour laquelle je fis défiler des amazones bardées de métal devant une salle enthousiaste ou scandalisée, déclenchant ainsi un des plus beaux charivaris de l'histoire de la haute couture. Ma carrière de couturier était lancée...

Parallèlement, toujours hanté par mes visions d'enfance et troublé par la manifestation régulière d'une « supra » sensibilité que je n'osais encore identifier à des pouvoirs de médium, je poursuivais ma quête spirituelle, cherchant dans les livres saints ou érudits la confirmation d'une vérité pressentie.

Cette confirmation, je la trouvais aussi – et je continue de la trouver aujourd'hui – dans l'exercice de mes méditations, qui toutes me rappellent mon lien avec l'au-delà ainsi que mon appartenance à une longue chaîne ancrée dans la nuit du monde...

Seulement depuis quelque temps déjà, ces méditations s'avèrent de plus en plus traumatisantes. Longtemps restées enfouies, les images d'horreurs que m'avaient infligées en avertissement les Vingt-Quatre Vieillards reviennent aujourd'hui avec une force plus grande que jamais. Partout, je ne vois que massacres et désolation.

Un mot surtout résonne dans mon esprit, un mot qui claque à mes oreilles, claironné sans relâche par mes guides spirituels : « Urgence ! Urgence ! »

C'est cette injonction qui m'oblige aujourd'hui à prendre de nouveau la parole. S'il y a urgence, c'est qu'en cette fin de millénaire, les périls montent à une vitesse croissante. On ne me contredira pas sur ce point. Il faudrait être sourd et aveugle pour ignorer les dangers qui se profilent à l'horizon. Et si nous n'en avons pas toujours pleinement conscience, c'est peut-être précisément que nous sommes déjà au cœur de cette période de troubles et de bouleversements annonciateurs du grand cataclysme. L'acteur peut difficilement être juge de la pièce qu'il joue, de même que le fantassin n'a qu'une vision très limitée du champ de bataille.

Pourtant, il ne s'agit plus désormais de savoir déchiffrer les signes cachés mais tout simplement d'ouvrir les yeux. Les conflits raciaux, la famine ou encore la destruction de notre planète par la pollution ne sont plus des mirages que l'on aperçoit vaguement à grande distance et dont on puisse encore douter : ces dangers constituent d'ores et déjà notre réalité.

« Urgence ! » donc, si nous voulons avoir quelque chance d'infléchir une courbe qui pourrait nous entraîner vers la pire des catastrophes.

« Urgence ! » car nous arrivons à la fin des Temps.

Je dis bien la fin des Temps, de nos Temps actuels, et non la fin du monde. Car il faut d'emblée dissiper un malentendu fréquent. Il ne s'agit pas de la fin de tous les Temps, que des prédicateurs souvent peu scrupuleux brandissent de façon hystérique pour effrayer leurs fidèles. Que l'on se rassure ! La fin du monde, qui fait les choux gras des films-catastrophe et des oiseaux de malheur, n'est pas pour demain. Le monde se porte bien, merci pour lui. Mais la Terre, elle, est malade. Et cette maladie laisse présager que nous sommes à l'aube d'un tournant important, qui pourrait bien s'effectuer dans les pires conditions si nous n'y prenons garde...

*
**

Je sais qu'on va m'accuser d'éveiller par mes cris, et avec un peu d'avance, la grande peur de l'an 2000, comme il y a eu, dit-on, celle de l'an 1000.

Le moment pourrait en effet sembler particulièrement opportun. On sait quelle inquiétude sourde, voire quelles angoisses réelles, peut susciter en nous l'idée d'un changement de millénaire. Relayé par une science-fiction fantasmagorique, notre inconscient nous présente cette fameuse barre de l'an 2000 comme un cap des plus périlleux, ou comme un butoir sur lequel nous n'allons pas manquer de nous fracasser. Mais il s'agit là somme toute d'un phénomène sans autre fondement que psychologique.

La meilleure preuve en est sans doute que cette date-balise est une pure convention. Le nombre en soi ne signifie pas grand-chose, sinon rien, et ce basculement soudain dont nous nous effrayons tant n'a de réalité que sur nos calendriers.

On sait en effet les controverses qui existent sur la datation exacte de l'ère chrétienne. Je me souviens ainsi de ma surprise lorsque, jeune lecteur, j'ai découvert que le roi Hérode le Grand – dont Matthieu nous dit qu'il fit égorger tous les enfants de Bethléem dans l'espoir de faire disparaître le futur « roi des Juifs » qui venait de naître –, ce Hérode sanguinaire, donc, était mort selon tous les exégètes et les encyclopédistes quatre années avant... la naissance « officielle » de Jésus-Christ !

Tracassé par ce type d'incohérence, j'appris alors que la décision de compter les années à partir de la naissance du Christ remontait à l'an 532 de notre ère et que l'idée en revenait à Denys le Petit. Le premier jour de l'an de Rome 754 devint le 1er janvier de l'an 1 de l'ère chrétienne.

Toutefois, par la suite, on s'aperçut que Denys le Petit avait commis une erreur de calcul et que le Christ était né au moins quatre ans avant la date choisie. On convint cependant de s'en tenir à ce calendrier dionysien. Mais chacun peut vérifier dans son dictionnaire que Jésus-Christ est né quelques années (entre quatre et sept selon les interprétations)... avant Jésus-Christ.

Autrement dit, nous ne serions pas aujourd'hui en 1993 mais en 1997... ou même déjà en 2000 !

Donc ce fameux « an 2000 » que nous attendons avec tant d'appréhension serait en fait l'an 2004, voire 2007...

Voilà un flou artistique qui devrait nous prémunir de tout vent de panique et nous inciter à plus de méfiance face à ceux qui brandissent l'échéance de cette fin de millénaire comme un épouvantail.

L'autre excellente raison de ne pas se pencher avec myopie sur notre calendrier, c'est qu'il y aurait un fâcheux nombrilisme à croire qu'un bouleversement planétaire devrait survenir à une date qui n'est un repère que pour nous autres chrétiens ou Occidentaux. En effet, notre an 2000 ne marquera la fin d'un millénaire ni pour les Arabes, ni pour les Juifs. Pour les premiers, nous serons en l'an 1421 de l'Hégire et pour les Juifs en l'an 5760... Gardons-nous donc de toute fixation sur une date qui n'est « fatidique » que pour une fraction de l'humanité, fût-elle la nôtre.

En outre, la plupart des historiens spécialistes du Moyen Âge s'accordent à dire que la célèbre grande peur de l'an 1000 fut doublement une chimère. D'abord parce que ce passage de trois à quatre chiffres ne fut suivi d'aucune catastrophe spectaculaire. Ensuite et surtout parce qu'il semble bien que cette grande peur... n'eut tout simplement pas lieu. On dénombre bien quelques prédicateurs locaux qui annoncèrent l'imminence de l'Apocalypse, mais ils ne reçurent qu'un très faible écho, ne serait-ce que parce que les moyens de communication de l'époque étaient des plus réduits... La peur de l'an 1000 semble avoir été une invention des siècles suivants.

Oublions donc cette date de l'an 2000, bien trop précise et conventionnelle pour avoir une quelconque signification ou influence sur notre destin commun.

***

Alors, me direz-vous, pourquoi s'inquiéter ? Pourquoi la transition entre les deuxième et troisième millénaires ne s'effectuerait-elle pas de façon aussi paisible que le passage du premier au deuxième ?

Rien n'est moins sûr. Car des facteurs plus pertinents que notre datation officielle entrent ici en ligne de compte. Tout indique en effet que l'humanité se trouve actuellement au terme d'un *cycle,* notion autrement plus déterminante que celle de millénaire.

Chacun peut voir aisément que notre vie entière est faite de cycles, à l'image du cosmos lui-même ; ce qui ne devrait pas nous étonner, puisque « ce qui est en bas est comme ce qui est en haut et vice versa », selon la règle d'or fixée par Hermès Trismégiste, auteur du *Corpus Hermeticum,* source d'inspiration inépuisable pour les penseurs grecs et chrétiens. Ainsi la nuit chasse le jour jusqu'à l'aube comme le sommeil chasse la fatigue accumulée la veille. Les saisons meurent et renaissent, et avec elles une grande partie de la flore et de la faune. Au-dessus de nos têtes, le ballet céleste se renouvelle avec une précision d'horloger, chaque astre retrouvant à intervalles réguliers sa place dans cette chorégraphie. Chacun sait que ce que nous appelons une année correspond au temps nécessaire à la Terre pour effectuer une révolution complète autour du Soleil, soit trois cent soixante-cinq jours un quart.

En revanche, on connaît moins l'année dite « précessionnelle », qui pourtant régit le destin de l'humanité sur des durées beaucoup plus vastes. Les lecteurs férus d'astronomie voudront bien excuser la simplification à laquelle je vais me livrer, car il nous suffit ici de comprendre le principe de ce cycle sans entrer dans le détail.

Tout en évoluant autour du Soleil, la Terre pivote sur elle-même. Mais ce mouvement est perturbé de façon complexe par la dissymétrie de notre planète et par l'attraction solaire et lunaire. De telle sorte que la Terre est affectée par un autre mouvement, que l'on appelle précession, et qui consiste en une rotation de toupie très lente autour de son plan orbital, nommé écliptique. Donc l'axe de la Terre n'est pas fixe par rapport aux étoiles et à la voûte céleste. Il se déplace d'un degré tous les soixante-douze ans – soit une vie humaine – et effectue le cycle complet en 25 920 années. L'étoile polaire n'est polaire que pour notre époque : dans quelques milliers d'années, une autre aura pris sa place.

Vingt-cinq mille neuf cent vingt ans. Vingt-six millénaires... Voici la durée de l'année dite précessionnelle. Elle nous semble colossale ; elle n'est qu'une courte étincelle au regard de l'histoire cosmique. Cette année précessionnelle constitue ce que les Grecs appelaient la Grande Année, au terme de laquelle la Terre retrouve exactement sa place sur l'écliptique.

Parce qu'il change lentement de position par rapport à la sphère des étoiles, l'axe de la Terre pointe au fil du temps d'une constellation à une autre. La Grande Année se trouve ainsi divisée en douze « mois » d'environ 2 160 ans chacun, auxquels correspondent tous les signes du Zodiaque stellaire, Cancer, Gémeaux, Balance, etc.

Les trois derniers signes furent le Taureau, le Bélier et les Poissons. Et ces signes ont trouvé d'étranges échos dans l'histoire de l'humanité, chacun symbolisant une religion nouvelle, ou tout au moins une représentation différente du monde.

Le Taureau fut le dieu privilégié des civilisations anciennes, notamment indo-méditerranéennes. Les dieux védiques Indra et Shiva sont assimilés à un taureau, de même qu'Osiris et Apis chez les Égyptiens. Qu'il prenne encore le nom d'El ou d'Enlil pour les Babyloniens, le taureau représente la force créatrice et la fécondité, le principe de vie qui exige à l'occasion des sacrifices, à l'instar du célèbre Minotaure crétois.

Le Bélier couvre quant à lui toute la période hébraïque. On retrouve partout sa figure dans l'Ancien Testament. Lorsque Moïse s'insurge contre le Veau d'or, c'est avant tout au symbole d'une religion passée qu'il s'en prend. C'est le culte d'El qui se voit ainsi proscrit. Il s'agit d'enchaîner le Minotaure, c'est-à-dire de dompter nos appétits et de résister à l'enivrement des enchantements dionysiaques. Le Bélier conserve l'ardeur du taureau, mais il lui allie la générosité et l'idéal de Justice.

Quelque deux mille ans plus tard, l'ère des Poissons s'ouvrait par la naissance du Christ. Si celui-ci est souvent identifié à l'agneau, c'est pour marquer sa filiation avec le Bélier, mais on sait que le poisson fut l'idéogramme « mot de passe » des premiers chrétiens persécutés. Jésus n'est-il pas entré dans Jérusalem par la porte des Poissons ? De la pêche miraculeuse à la multiplication des poissons, ce symbolisme est constant dans le Nouveau Testament. Le mot grec *ichthus,* signifiant poisson, correspond d'ailleurs aux initiales de *Iesu* Khristos Theou Uios Sôter, qui se traduit par « Jésus-Christ, Fils de Dieu, Sauveur ».

Selon les astronomes, notre entrée dans la constellation des Poissons date environ de 150 avant Jésus-Christ. En nous basant sur une durée moyenne de 2 160 ans, le passage dans l'ère du Verseau – le prochain signe « pointé » par l'axe de la Terre – devrait donc se faire aux alentours de 2010. Après deux millénaires d'ère chrétienne, nous allons connaître une nouvelle transformation morale et religieuse...

Est-il utile de préciser qu'une telle mutation spirituelle ne se fait pas du jour au lendemain ? Vous n'allez pas vous éveiller un beau matin pour trouver un monde nouveau et une religion différente à votre porte. Le passage s'effectue parfois sur des siècles, les symboles se prolongent d'un cycle à l'autre, les usages changent progressivement, avant de tomber en désuétude et de disparaître. Nous sommes depuis quelque temps déjà dans une période de transition : les troubles divers qui agitent notre planète et la crise morale qui nous frappe sont les signes de cette évolution. Une évolution qui pourrait ne pas s'effectuer en douceur...

*
**

En soi, le passage d'une ère à l'autre, d'un « mois » précessionnel à un autre ne constitue pourtant pas un danger planétaire. Nous verrons même qu'il peut constituer une chance pour l'humanité, si toutefois celle-ci accepte ce mouvement au lieu de le freiner, et qu'elle ne s'obstine pas dans l'erreur et l'apostasie...

Si aujourd'hui je considère qu'il y a une menace réelle, c'est que cette conversion zodiacale se voit doublée d'une césure plus dramatique encore, d'une véritable révolution cyclique que confirment toutes les traditions anciennes, avec une concordance frappante.

En effet, toutes ces traditions divisent la grande histoire de l'humanité en quatre « âges » d'inégale longueur, – bien que déterminées mathématiquement par l'année précessionnelle – et dont la succession décrit une lente descente de la lumière vers les ténèbres.

Le premier de ces âges, que les Grecs appellent l'Âge d'Or et les hindous le Krita-Yuga, est le plus long puisqu'il dure une Grande Année entière, soit 25 920 ans environ. Âge glorieux de la communion avec le Divin, il s'étend pour nous autres chrétiens de la Création adamique jusqu'à la Chute et l'involution dans la chair.

Le deuxième âge est l'Âge d'Argent ou, pour les hindous, le Treta-Yuga. Il correspond aux trois quarts d'une Grande Année, soit environ 19 440 ans, et montre déjà une certaine décadence, un passage de l'amour divin au devoir. Il est suivi par l'Âge d'Airain ou Dwapara-Yuga, qui s'étend sur une demi-année précessionnelle et qui est placé sous le signe des passions. Ces deux cycles couvrent en gros nos préhistoire et protohistoire.

L'Âge d'Airain nous conduit jusqu'aux portes de l'Antiquité, à la naissance de cet Âge de Fer qui regroupe les trois « mois » précessionnels que nous venons d'évoquer, placés sous les signes du Taureau, du Bélier et des Poissons. Ce cycle de 6 480 ans, c'est le fameux Kali-Yuga des hindous.

Ce dernier cycle, toutes les traditions le décrivent comme un âge de violence et de ténèbres grandissantes. Pour Hermès Trismégiste (*Corpus Hermeticum*), c'est une époque où « *nul ne lèvera plus ses regards vers le ciel ; l'homme pieux sera tenu pour fou, l'impie pour sage... L'âme et toutes les croyances qui s'y rattachent, selon lesquelles l'âme est immortelle par nature, on ne fera qu'en rire... Les Dieux se sépareront des hommes : divorce déplorable !* ».

Pour les Grecs, et pour Hésiode dans *Les Travaux et les Jours,* durant l'Âge de Fer, « *l'hôte ne sera plus cher à son hôte, l'ami à son ami, le frère à son frère. À leurs parents, sitôt qu'ils vieilliront, ils ne montreront que mépris. Aux vieillards qui les ont nourris, ils refuseront les aliments. Nul prix ne s'attachera au serment tenu, au juste, au bien. Le seul droit sera la force. Aux pas de tous les humains s'attachera la jalousie, de tristes souffrances seront le lot des mortels : contre le Mal il ne sera point de recours* ».

Nous nous trouvons aujourd'hui à la pointe extrême du Kali-Yuga, que le *Linga Purana,* épopée religieuse de l'hindouisme, rédigée vers le Ve siècle avant J.-C., décrit comme suit :

L'indifférence, la maladie, la faim, la peur se propagent. On assistera à de graves sécheresses. Les différentes régions du monde entreront en conflit les unes avec les autres. Les textes sacrés ne seront plus respectés. Les hommes seront sans morale, irritables et sectaires. Les fausses doctrines et les écrits trompeurs se répandront.

Le nombre des princes et des agriculteurs déclinera progressivement. La plupart des nouveaux chefs seront d'origine ouvrière.

On tuera les fœtus dans le ventre de leur mère. Des voleurs deviendront rois, les rois seront des voleurs. Nombreuses seront les femmes qui auront des rapports avec plusieurs hommes.

La terre produira beaucoup dans certains lieux et trop peu dans d'autres. Les dirigeants confisqueront la propriété et en feront un mauvais usage.

Il y aura beaucoup de personnes déplacées, errant d'un pays à l'autre.

Les hommes de bien renonceront à jouer un rôle actif.

De la nourriture déjà cuite sera mise en vente. Les livres sacrés seront vendus à tous les coins de rue. Les jeunes filles feront commerce de leur virginité. Le dieu des nuages sera incohérent dans la distribution des pluies. Il y aura beaucoup de mendiants et de sans-travail. On ne pourra se fier à personne.

La dégradation des vertus et la censure des puritains hypocrites caractériseront la période de la fin du Kali-Yuga. La richesse et les moissons diminueront. Des groupes de bandits s'organiseront dans les villes et les campagnes. L'eau manquera et les fruits seront peu abondants.

Beaucoup d'individus seront perfides, lubriques et vils. Ils porteront les cheveux en désordre. Des aventuriers prendront l'apparence de moines avec la tête rasée et des vêtements orangés.

Des gens affligés par la faim et la peur se réfugieront dans des abris souterrains.

Des gens non qualifiés passeront pour des experts en matière de morale et de religion.

Ne reconnaît-on pas à travers tous ces textes la description exacte – et affligeante – de notre monde contemporain ? Le texte hindou annonce ensuite une guerre terrible qui réduira les hommes à l'état de pauvres hères affamés, malades et désespérés. « *C'est alors que quelques-uns commenceront à réfléchir...* »

*
**

S'il me vient aujourd'hui le désir ou même le besoin impérieux de tirer la sonnette d'alarme, ce n'est donc pas seulement parce que le troisième millénaire approche à grands pas. Fondées sur les grandes révolutions sidérales, les cyclologies anciennes nous indiquent que le monde est parvenu à une charnière capitale.

Ma vision personnelle du monde et de l'évolution humaine va dans le même sens. On se souvient que lors de mon voyage astral, les Vingt-Quatre Vieillards m'avaient fait comprendre que je me trouvais dans le Septième Plan vibratoire, qui est celui de la fusion avec le Tout. Toutes mes méditations ultérieures m'ont convaincu, en effet, que l'histoire de l'homme et de ses incarnations se déclinait en une hiérarchie de plans successifs, selon la distance ou l'étroitesse de ses rapports avec le divin. Ainsi, le Premier Plan est celui des lémures et des humanoïdes, à peine sortis du règne animal. Le Second Plan est celui des hommes cavernicoles, qui se distinguent par la station debout, et l'usage du feu et des outils. Le Troisième constitue notre état actuel, celui de l'homme incarné, retenu par son enveloppe de chair, mais aspirant au divin. Actuellement, la Création entière voudrait s'élever vers le Quatrième Plan vibratoire, qui sera marqué par une prépondérance de la spiritualité. Pour prendre une autre terminologie, nous assistons aux derniers jours de l'*Homo Sapiens*. Ensuite viendra le règne attendu de l'*Homo Spiritualis*. À moins que l'*Homo Destructor* ne vienne l'empêcher !

Accession à un plan vibratoire supérieur, avènement de l'*Homo Spiritualis* ou retour cyclique d'un nouvel âge d'or... Passé les tribulations de l'Apocalypse, l'avenir lointain de l'homme s'annonce en somme radieux. Rappelons ici qu'apocalypse ne signifie nullement destruction, comme l'acception commune pourrait nous le faire croire, mais Révélation. C'est le dévoilement du message divin et du sort lointain réservé à l'humanité.

Mais pour être dignes de recevoir ces secrets, il nous faudra passer par de terribles épreuves. Il faudra que périsse cette civilisation qui s'est détournée de la face de Dieu pour n'être plus qu'un froid système. Son anéantissement est peut-être le passage obligé de notre renaissance et de notre purification spirituelle. Dans l'Apocalypse de saint Jean, il est dit qu'il faudra que de nombreux fléaux, de la guerre à la famine, s'abattent sur l'humanité pour qu'apparaisse enfin la Jérusalem nouvelle...

Pourrons-nous échapper à ces calamités, alors que l'ensemble des prophéties nous les prédisent ? Tous les textes sacrés parlent de ce Jour de la Colère divine où le ciel se retirera comme un livre qu'on roule, où l'Éternel fera le deuil et la solitude sur terre... Je parle bien sûr de la prophétie apocalyptique de saint Jean mais également de celles d'Ézéchiel, d'Isaïe et de Daniel, ou encore du Livre d'Énoch, des Jubilées, de l'Apocalypse syriaque de Baruch...

À côté de ces textes religieux, on trouve toutes les prophéties que nous dirons « privées », c'est-à-dire celles émises par des voyants, des devins ou des êtres « inspirés » qui ont vu s'imposer à eux des images annonciatrices de notre avenir. Je pense à Nostradamus, évidemment, mais aussi à Joachim de Flore, saint Césaire, saint Malachie ou Jean de Vatiguerro, et d'autres... Il y a encore les prophéties mariales et les textes anonymes comme l'importante prophétie de Prémol ou celle d'Orval... Celui qui veut supputer sur les échéances de notre destinée ne manquera pas de matière. Comme beaucoup avant lui, il se verra alors contraint d'admettre que la concordance de tous ces textes leur donne un poids troublant.

*
**

On m'objectera cependant qu'il ne faut pas prendre ces textes prophétiques pour argent comptant. La meilleure raison de cette défiance, me dit-on, c'est que nombre de ces prédictions ne se sont jamais réalisées. On sait par exemple que plusieurs prédicateurs, s'appuyant sur le chiffre de la Bête donné dans l'Apocalypse de saint Jean (soit 666), avaient prédit la fin du monde pour 1666... Certes les Londoniens, victimes cette année-là d'un gigantesque incendie, durent croire leur dernier jour arrivé, mais on peut difficilement donner une dimension apocalyptique à ce drame. On pourrait multiplier les exemples dans ce domaine, rappeler entre autres que William Miller, fondateur de l'Église adventiste, avait annoncé à grand fracas le Jugement dernier pour mai 1843. Comme rien ne se passa, il claironna alors la date de mars 1844, puis d'octobre 1844. Toujours rien. Curieusement, ces rendez-vous manqués ne découragèrent pas les fidèles de Miller...

De nombreuses supercheries ont pu également être démasquées. Ce sont ce que j'appellerai des prophéties *a posteriori*. Il est facile, en 1830 par exemple, de produire une prophétie prétendument datée du XVIe siècle, découverte dans la bibliothèque de quelque couvent, et qui aurait annoncé l'épopée napoléonienne en des termes indubitables (et pour cause). L'histoire de la prophétie est jalonnée de ces mystifications.

Certains voyants en furent même victimes malgré eux. Il semble bien par exemple qu'une poignée de quatrains apocryphes ait été ajoutée après coup aux fameuses *Centuries* de Nostradamus. Ainsi celui qui dépeignait clairement Napoléon Ier :

D'Arcole et de Lodi en pays italique
Au temps futur les coqs l'aigle repousseront
Tudesqs, Hongrois, Lombards, armée germanique
Devant Gaulois vainqueurs bagages plieront.

Il est facile de « pronostiquer » un événement après les faits. Toutefois, ces manipulations vulgaires ne doivent pas ternir l'éclat fulgurant et l'authenticité des prédictions de Nostradamus. Ainsi dans la première édition de son livre, soit en 1555, le devin écrivait (première centurie, 35e quatrain) :

Le lyon jeune le vieux surmontera
En champ bellique, par singulier duelle,
Dans cage d'or les yeux lui crèvera,
Deux classes une, puis mourir, mort cruelle.

Quelques années plus tard, le 1er juillet 1559 exactement, le roi Henri II affronta le jeune comte de Montgomery lors d'un tournoi. Il portait pour l'occasion un blason représentant un lion. La lance de son adversaire se brisa et un long éclat de bois perfora le casque royal. L'œil crevé, le crâne transpercé, Henri II devait mourir au terme de plusieurs jours d'atroces souffrances.

Je crois pour ma part qu'il faut savoir trier le bon grain de l'ivraie. La Bible elle-même nous incite à la plus grande vigilance à l'égard de ceux qui s'autoproclament prophètes alors que Dieu n'a mis aucun mot dans leur bouche. Mais gardons-nous pour autant de rejeter en bloc ces projections vers l'avenir. Parce que quelques imposteurs se sont glissés parmi les vrais prophètes, ne refusons pas de prêter l'oreille à ce qui nous est indiqué. « *Ils n'ont pas écouté,* dit la Bible, *ils narguaient les messagers de Dieu, méprisaient leur parole et raillaient leurs prophéties.* » À douter de tout on finit par ne croire en rien, et l'incrédulité devient vite un aveuglement coupable.

On sait par exemple que, pendant la montée du nazisme en Allemagne, de nombreux Juifs n'avaient pas voulu croire que leur vie était en danger, en dépit de tous les avertissements. Peut-être auraient-ils dû lire plus attentivement Le Livre de Jérémie, qui était aussi, il est vrai, une promesse d'espoir : « *Le peuple juif sera châtié comme aucun peuple ne le sera. Après les massacres et les déportations au cours des siècles, le Seigneur ramènera les Juifs de l'Aquilon, des extrémités du monde, en pleurant de joie, traversant les mers par les chemins les plus rapides. Écoutez la parole du Seigneur, Nations, et annoncez aux îles éloignées : Celui qui a dispersé Israël les rassemblera.* » Pouvait-on annoncer en termes plus clairs les camps de la mort, la renaissance de l'État d'Israël et le retour massif des Juifs en Terre sainte ?

Ne pas accorder foi aux prophéties, ce serait donc se condamner à répudier une part importante de la Bible et du message de la Divinité, puisque, aussi bien, les grands prophètes sont ses porte-parole.

Quant aux prédictions « privées », ne pouvons-nous également y puiser quelques vérités ? Les grands voyants ne cherchent pas à savoir ni à convaincre, ils ne font que transmettre une parole, une certitude qui s'est imposée à eux. Et qu'on refuse ou non à leurs prémonitions le qualificatif d'« inspirées », l'honnêteté et la confrontation nous poussent à dire qu'elles se sont souvent révélées justes, même si l'on n'en comprend pas le « mécanisme ».

On admet volontiers qu'une personne puisse « ressentir » la mort d'un être alors qu'elle se trouve séparée de lui par des milliers de kilomètres. Ce sont là des phénomènes de transmission de pensée sur lesquels la science se penche aujourd'hui avec attention. L'Histoire nous rapporte quantité d'anecdotes à ce sujet. Ainsi en l'an 96, à Éphèse, le philosophe Apollonios de Tyane discourait un jour devant un petit groupe lorsqu'il s'interrompit soudain, comme saisi de stupeur. Puis il se mit à frapper plusieurs fois le sol de son bâton avant d'annoncer à son auditoire :

– Réjouissez-vous, car le tyran est mort.

On ne comprit pas tout d'abord. On crut à une lubie. Mais on apprit ensuite qu'au même moment, à Rome, un affranchi du nom de Vespasius venait de frapper d'un coup mortel le cruel tyran Domitien.

Si les prémonitions peuvent vaincre de cette façon l'espace, pourquoi ne vaincraient-elles pas aussi le temps ? Le fait est plus rare mais avéré. Certains voyants, dotés de pouvoirs paranormaux, sont sujets à des « visions » qui les informent subitement sur le passé d'un inconnu rencontré au hasard. Ils sont alors capables de retracer des faits qui ont marqué le passé de cet être. Ou de prédire des événements qui vont affecter sa vie future...

On connaît peut-être l'anecdote suivante, relative à Nostradamus. Lors d'un voyage en Italie, celui-ci croisa un jour un groupe de jeunes et modestes cordeliers. Soudain, mû par une impulsion que lui-même n'aurait pu expliquer, il posa un genou à terre devant un des moines et se mit à baiser sa robe. Ses camarades, interloqués par ce geste incompréhensible, éclatèrent de rire.

– Que fais-tu donc là ? demandèrent-ils à Nostradamus.

– Je dois me soumettre et ployer le genou devant Sa Sainteté, répondit le célèbre devin.

Bien des années plus tard, les cordeliers durent certainement se souvenir de cette scène : le jeune moine devant lequel Nostradamus s'était agenouillé n'était autre que Felice Peretti, qui devint cardinal de Montalte, puis pape en 1585 sous le nom de Sixte Quint...

D'autres voyants semblent capables de « prévoir » la destinée de tout un groupe humain. À l'aéroport de Cincinnati, on n'a sans doute pas oublié les appels téléphoniques réitérés d'un certain David Booth qui annonçait, en mai 1979 :

– Depuis plusieurs jours, je vois en rêve une catastrophe aérienne qui va se produire très prochainement.

On l'a envoyé promener, en riant bien fort des cauchemars de ce maniaque. Seulement, le lendemain de son dernier rappel, le vol 191 des American Airlines s'écrasait peu après le décollage. Il n'y eut aucun survivant.

La science-fiction nous fournit également des exemples de prémonitions fascinantes. Après le naufrage du *Titanic* en 1912, on se souvint d'un livre passé inaperçu lors de sa parution en 1898. Écrit par un certain Morgan Robertson, *Le Naufrage du Titan* était l'histoire d'un paquebot géant qui heurtait un iceberg et sombrait lors de sa première traversée de l'Atlantique ! Les coïncidences avec la réalité étaient extraordinaires : le *Titan* et le *Titanic* avaient le même tonnage, la même vitesse de croisière, le même nombre d'hélices et de passagers. Jusqu'au mois du naufrage et au nom du capitaine qui correspondaient exactement ! Alors ?

On a pu remarquer aussi que de nombreux détails du livre de Jules Verne, *De la Terre à la Lune,* écrit en 1865, coïncident avec le déroulement de la véritable conquête spatiale, réalisée un siècle plus tard. L'emplacement de la rampe de lancement en Floride, le nombre des astronautes, l'amerrissage dans le Pacifique : tout y est. Même les noms des voyageurs entretiennent – pour deux d'entre eux – d'étranges similitudes : Ardans et Nicholl chez Jules Verne, Aldrin et Collins dans la réalité...

Point n'est besoin d'être romancier, d'ailleurs, pour imaginer les intrigues du futur. En Angleterre, on connaît bien la Mère Simpson, cette prophétesse née en 1488 dans le Yorkshire, dont on dit qu'elle avait un corps et une figure hideux, mais une intelligence d'une stupéfiante clairvoyance. Or que disait cette femme, à la fin du XVe siècle ?

Les voitures iront sans chevaux
Les accidents désoleront le monde
Les pensées voleront autour de la Terre
Durant le temps d'un seul clin d'œil.
Le monde sera renversé.

On trouvera l'or au pied d'un arbre ;
L'homme passera au travers des montagnes
Sans qu'il ait besoin de cheval
Et il ira aussi sous l'eau,
Marchant, dormant et conversant.
On le rencontrera dans l'air
Vêtu de blanc, de noir, de vert.
Sur les eaux le fer flottera
Aussi bien qu'un bateau de bois.
Beaucoup d'or sera mis à nu
En pays encore inconnu.
Le feu et l'eau feront miracle.
Tous les fils d'Angleterre qui labourent la terre
Souvent on verra un livre à la main.
Le pauvre, alors, saura beaucoup de choses,
Et l'eau coulera où pousse le blé
Dans les vallées lointaines.

Peut-on être plus clair ? Nul besoin d'interprétation fantaisiste pour voir annoncées dans ces quelques vers les grandes découvertes des XIXe et XXe siècles, de l'automobile à la télécommunication en passant par les sous-marins et jusqu'à l'énergie nucléaire...

Et que penser de cette inscription gravée au XVe siècle également, toujours en Angleterre, sur une stèle de cimetière de Kirby ?

Quand les images paraîtront vivantes et seront
[animées par leurs propres mouvements,
Quand les bateaux voyageront sous les ondes de
[la mer comme les poissons,

LA FIN DES TEMPS

Quand les hommes dépassant les oiseaux auront
[escaladé le Ciel,
Alors la moitié du Monde s'engouffrera dans le
[sang.

*
**

Je crains qu'on ne voie dans ce long développement un moyen d'accréditer le fait que je puisse à mon tour me présenter comme un devin. Que l'on se rassure, je n'ai aucune prétention de cette nature ! Je ne suis qu'un lecteur passionné, doublé d'un témoin de notre temps : je m'efforce d'être constamment attentif à ce qui se passe ici-bas et d'y déceler l'écho d'avertissements anciens.

Là où les informations médiatiques nous présentent l'image d'un monde morcelé, où les reportages nous font passer d'un pays et d'un sujet à un autre, je vois des signes qui forment une cohérence. La montée des fanatismes, les conflits ethniques, la violence de la vie urbaine, la pollution des fleuves, la famine qui touche de nombreux pays africains ne m'apparaissent pas comme des faits isolés : ils dessinent une trame de plus en plus précise, un tout dont nous sommes chacun partie prenante. Si la catastrophe est proche, pourquoi au moins ne pas essayer d'y voir clair ? La lucidité n'est-elle pas le meilleur garant de toute action positive ?

Mais le fait que je veuille témoigner ici des inquiétudes qui m'assaillent désormais – de façon quasi permanente – n'implique absolument pas que je m'érige en prophète ! Je ne fais que me plier à ce sentiment d'urgence qui m'anime, jusqu'à la révolte parfois. Comment pourrait-on me reprocher de donner voix à mes craintes ? Si elles se révèlent infondées, j'en serai le premier heureux. « *Malheur à ceux qui désirent le Jour de Yahvé, car il est ténèbres et non lumière* », nous dit Amos dans l'Ancien Testament (chapitre 5, verset 20). Mon souhait le plus cher, c'est d'être démenti. Mais dans le cas contraire, je n'aurai pas à me repentir d'être resté silencieux face aux événements.

Que l'on ne dise pas non plus que je fais le jeu d'on ne sait quelle secte. Je supplie ceux qui liront ces lignes d'exercer à chaque instant leur jugement critique. Je m'élève avant tout contre les préjugés, ces œillères qui nous empêchent de voir la réalité en face. Et en fait de secte, je n'appartiens qu'à une seule, qui m'est par ailleurs indispensable : la Chambre syndicale de la haute couture...

Certains pourront sourire en lisant ce qui va suivre, ils pourront douter de tout ce que j'avance et refuser d'entrer dans ce jeu de Cassandre.

Ou bien ils me feront remarquer que les prophéties auxquelles je me réfère manient habilement l'équivoque. On cite souvent à ce sujet l'histoire de Crésus qui voulait partir en guerre contre les Perses. Pour juger de ses chances de succès, il alla consulter l'oracle de Delphes qui lui répondit : « Un grand empire sera détruit. » Sûr de sa victoire, Crésus mena bataille. Il subit une lourde défaite et fut même capturé. Un empire avait bien été détruit, mais ce n'était pas celui qu'il croyait...

Nombre de prophètes s'expriment ainsi dans un

langage ambigu autant qu'imagé, qu'il faut savoir déchiffrer sans se perdre dans la forêt de symboles. Mais pour ce qui est de l'équivoque, elle n'a plus guère de place dans les interprétations qu'on peut faire aujourd'hui. Cet « empire », ce monde dont on annonce la destruction, c'est bien le nôtre, c'est la planète Terre.

On peut enfin me rétorquer qu'à chaque époque, il s'est trouvé quelqu'un pour annoncer que le moment était critique et que le monde n'avait plus que quelques années à vivre. Les exégètes fantaisistes des prophéties ont dû sans cesse rectifier le tir et repousser l'échéance fatidique.

Il y a cependant une différence de taille, ces temps-ci. En effet, pour la première fois dans l'histoire de l'humanité, les avertissements prophétiques et les signes annonciateurs de l'Apocalypse n'apparaissent plus comme de vulgaires inventions de la science-fiction ou d'un esprit illuminé : ils constituent notre réalité quotidienne.

Et les premiers à sonner le toscin à toute volée, ce ne sont pas quelques lunatiques au cerveau dérangé, mais bien nos plus éminents scientifiques...

CHAPITRE DEUXIÈME

QUAND LES SCIENTIFIQUES REJOIGNENT LES INITIÉS

Un temps viendra où les hommes ne regarderont plus le monde comme le digne objet de leur admiration et de leur révérence.

Hermès TRISMÉGISTE

« *Il ne nous reste plus qu'une ou deux décennies pour pouvoir lutter contre les menaces actuelles et la perspective d'une humanité immensément diminuée.* »

Quel visionnaire exalté a pu jeter à la face du monde une prophétie aussi alarmiste ? Quel oiseau de malheur a osé prédire une déchéance à si court terme ?

Malheureusement pour notre tranquillité d'esprit, cette sentence n'est pas sortie de la bouche d'un prédicateur atrabilaire en mal de publicité. Elle est extraite de *L'Appel de Washington,* un texte rédigé et signé tout récemment, en 1992, par mille cinq cents savants de renommée internationale, parmi lesquels une centaine de lauréats du prix Nobel...

On le voit, on est loin d'une réunion d'hurluberlus. Sans cesse au chevet de notre Terre malade, ces gens-là n'ignorent rien de son état. Difficile pour les incrédules et les optimistes béats de rejeter comme infondées des craintes reposant sur un rapport statistique et empirique de la situation présente.

Cependant, l'honnêteté me pousse à préciser que tous les scientifiques n'ont pas ratifié les conclusions de cet *Appel de Washington.* Certains, en effet, dans leur grande générosité, vont jusqu'à nous accorder un sursis de cinquante ans, voire d'un siècle...

Mais au rythme actuel de l'exploitation forcenée de la planète, tous sont extrêmement pessimistes sur nos chances de survie. Cette inquiétude semble d'ailleurs avoir quelque difficulté à secouer l'indifférence générale, en dépit de toutes les mises en garde. Si l'humanité et ses dirigeants ne prennent pas rapidement conscience de l'urgence de la situation, les scientifiques nous disent en somme qu'ils ne répondent plus de rien... Et certains redoutent que nous ayons déjà atteint le point de non-retour.

Car les menaces qui pèsent sur notre Planète bleue sont si multiples qu'on ne sait plus laquelle traiter en priorité. Pourtant, nombre d'entre elles – si ce n'est toutes – ont été annoncées depuis des siècles et même des millénaires ! Mais nous avons fait la sourde oreille, nous n'avons pas voulu ouvrir les yeux. Et le plus inquiétant à mon sens, c'est qu'en connaissance de cause nous ne faisons toujours rien, ou si peu, pour remédier à ce sort terrible que nous nous préparons. Serait-il trop tard pour enrayer l'extraordinaire accélération des périls ?

Car partout, je vois que nous sommes entrés dans les « Temps réduits », les temps où tout se précipite. Est-ce un hasard si l'année 1991 a connu un nombre de catastrophes sans précédent jusqu'alors ? Ce n'est pas moi qui l'affirme, mais un rapport du Centre de documentation et d'information de l'assurance : on compte plus d'une centaine d'inondations, d'ouragans, d'éruptions volcaniques et autres tremblements de terre. À cela viennent s'ajouter cinquante gros incendies, autant de collisions terrestres d'importance, quarante-quatre naufrages, vingt-huit catastrophes aériennes... Jamais le monde n'avait eu à payer pareil tribut écologique et humain. Et l'année 1992 n'a pas été plus clémente, loin s'en faut.

Encore ne s'agit-il selon moi que de simples « avertissements », aussi meurtriers soient-ils. Ce que nous laissent présager les spécialistes de la biosphère est d'ailleurs autrement plus alarmant... Or l'ironie veut qu'ils ne fassent que transcrire en données chiffrées ce que les prophètes ont clamé depuis des siècles et des siècles.

Souvenons-nous de la phrase terrible de saint Jean, parlant de l'Apocalypse future : « *Le temps est venu de juger les morts, et de détruire ceux qui détruisent la Terre...* »

*
**

La première menace dont je veux faire ici état serait la plus hypothétique si une découverte récente ne lui avait donné soudain une nouvelle potentialité. En 1989, trois astronomes français ont en effet découvert dans la lunette de leur télescope de l'observatoire de la Côte d'Azur un astéroïde de grande taille qui se dirigeait vers la Terre ! Cet objet astral, ils lui ont donné le nom de Toutatis, sans doute pour faire écho à la vieille terreur de nos ancêtres les Gaulois dont on dit qu'ils ne craignaient rien, sinon que le ciel leur tombe sur la tête.

Cette terreur va-t-elle trouver sa justification ? Impossible, me direz-vous... Pourtant, un tel phénomène ne serait pas sans précédent. Déjà, en mars 1989, nous l'avons échappé belle puisque un astéroïde de taille moyenne – environ trois cents mètres de diamètre –, et baptisé 1989 FC, est passé à environ 700 000 kilomètres de notre planète, soit deux fois la distance de la Terre à la Lune. Pas de quoi s'affoler, me rétorquera-t-on. Certes la distance paraît plus que raisonnable : elle fut suffisante en tout cas pour nous éviter toute répercussion désagréable. Mais à l'échelle cosmique, on peut dire que le boulet est passé près. En cas de collision avec la Terre, 1989 FC aurait pu creuser un cratère de cinq cents mètres de profondeur sur quinze kilomètres de diamètre et créer une onde de choc capable d'effacer toute trace de vie sur une surface équivalente à l'Île-de-France.

Il se trouve que notre système solaire fourmille de ces astéroïdes et autres comètes. Actuellement, on estime qu'une centaine d'entre eux, de grosseurs diverses, décrivent une orbite qui coupe celle de la Terre. Et les progrès de l'astronomie nous en font régulièrement découvrir de nouveaux. Heureusement pour nous, notre planète s'est munie d'un dispositif de protection efficace : les météorites qui s'approchent de trop près sont freinées et finalement désintégrées par les couches denses de notre atmosphère.

Elles retombent alors sous forme de particules ou éventuellement de cailloux inoffensifs.

Mais cette protection n'est pas toujours suffisante. Le cas s'est d'ailleurs déjà produit. Inutile pour l'évoquer de remonter aux calendes grecques : en 1908, une météorite de taille heureusement réduite est tombée en Sibérie, près de Tougounska. Les voyageurs du Transsibérien ont vu une grosse boule de feu traverser le ciel. Sur son passage, elle a dévasté la taïga sur des dizaines et des dizaines de kilomètres, cassant les arbres comme des allumettes. La météorite s'est désintégrée avant de toucher terre, mais l'explosion a fait trembler le sol, tandis qu'un souffle puissant renversait les huttes des Toungouses tout en brisant portes et fenêtres à soixante kilomètres à la ronde. Les habitants ont cru que venait de se réaliser un vieux mythe sibérien racontant que la Terre serait anéantie par un déluge de feu... Par « chance », cette météorite était tombée dans une zone peu peuplée. Imaginons la catastrophe qu'elle aurait pu causer en survolant une métropole !

Or, répétons-le, il s'agissait d'une météorite de petite taille. Les scientifiques se sont efforcés d'estimer les dégâts qu'occasionnerait un corps céleste d'une masse de mille milliards de tonnes, soit l'équivalent de – seulement – un cube de dix kilomètres de côté. L'énergie dégagée lors de la collision élèverait la température de l'atmosphère jusqu'à deux cents degrés. Le choc produit par l'impact donnerait lieu à des séismes titanesques. Si la météorite tombe dans la mer, nous ne serons pas mieux lotis pour autant. D'énormes raz-de-marée submergeront les terres sous une vague haute comme la tour Eiffel, et qui emportera tout sur son passage. Les plaques tectoniques s'entrechoqueront, engloutissant des continents, les failles s'ouvriront, béantes, et tous les volcans se réveilleront, crachant des flots de lave.

Certes, un tel cataclysme reste peu probable. Selon les astronomes, son éventualité est très faible. Il n'en demeure pas moins qu'il pourrait survenir demain... Il est encore possible de déceler sur terre, quand l'érosion ne les a pas totalement effacés, les vestiges de vastes cratères causés par des météorites anciennes. Ainsi, au Mexique, un de ces cratères atteint presque deux cents kilomètres de diamètre ! Les géologues estiment qu'il se serait formé il y a quelque soixante-cinq millions d'années, une date troublante car elle correspond à la disparition des dinosaures... Ceux qui auraient survécu au cataclysme lui-même auraient succombé au refroidissement consécutif de la planète. En effet, le choc aurait provoqué la pulvérisation d'énormes masses rocheuses dans la stratosphère. Cette poussière se serait répandue et aurait formé dans les cieux une couche épaisse ne laissant plus passer les rayons du soleil et faisant chuter la température de notre globe terrestre. De nombreuses espèces animales, mais aussi végétales, auraient ainsi été rayées de la carte. L'ère des dinosaures était terminée. Un cycle se finissait, un autre allait voir le jour. En géologie, cette période correspond à la transition crétacé-tertiaire...

On le voit, il suffirait d'une météorite d'un kilomètre de diamètre pour causer non pas l'explosion définitive de la Terre mais une catastrophe ressentie à l'échelle du globe. La collision ferait remonter très haut dans le ciel un immense geyser de dizaines de milliers de fragments rocheux, qui retomberaient ensuite à très grande vitesse. Cette pluie incandescente pourrait entraîner la mort de milliards d'individus, ainsi que la destruction des habitations et la disparition de la végétation et des récoltes. N'est-ce pas à un phénomène de ce type que Nostradamus fait allusion lorsqu'il écrit dans la préface de ses *Prophéties* : « *Le feu mélangé aux pierres tombera dans des quantités telles que l'on ne pourra rester à aucun endroit si l'on ne veut pas être assommé* » ?

La chute d'une météorite n'est-elle pas annoncée également dans le chapitre 7, versets 8 à 11, de l'Apocalypse de saint Jean ? « *Alors une énorme masse embrasée, comme une montagne, fut projetée dans la mer, et le tiers de la mer devint du sang.* » Ou, un peu plus loin : « *Il y eut un grand tremblement de terre, le soleil devint noir comme un sac de poix, et la lune tout entière devint comme du sang. Et les étoiles tombèrent sur la terre comme un figuier laisse tomber ses fruits verts lorsqu'il est secoué par un grand vent* *. » Si les Cieux sont en colère, rien d'étonnant à ce que le châtiment vienne du ciel...

Toutatis, l'astéroïde découvert, sera-t-il l'instrument du courroux céleste ? Au moment où j'écris ces lignes, j'apprends qu'il vient de passer à une distance correspondant à environ dix fois celle qui nous

** L'emploi du passé simple est courant dans les prophéties sacrées. Il ne signifie pas que les évenements ont eu lieu. Il s'agit de visions hors du temps, comme si, à l'échelle de l'histoire du monde, ces choses étaient déjà inscrites.*

sépare de la Lune. Y aura-t-il un prochain passage ? Est-ce un rendez-vous manqué en forme d'avertissement ? Si ce n'est Toutatis, ce pourrait être son frère...

Le Coran lui aussi fait allusion à semblable événement : « *Les cieux se fondront et tomberont en pièces... La terre et les montagnes emportées dans les airs seront d'un seul coup réduites en poussière.* » Ce nuage de poussière soulevé par l'impact d'un astéroïde et par le réveil de l'activité volcanique aux quatre coins de la planète occulterait vraisemblablement le Soleil pendant plusieurs jours. Verrons-nous alors ces fameux « Trois Jours de Yahvé », ces trois jours de ténèbres dont nous parle la Bible ?

On peut imaginer d'ailleurs un scénario différent conduisant à un résultat identique. Le bouleversement provoqué par un corps stellaire pourrait déplacer l'axe de la Terre. Nous lisons dans Isaïe (chapitre 2, verset 20) : « *La terre éclate en se brisant, la terre tombe en miettes, la terre vacille étrangement... La terre chancelle comme un homme ivre, elle est secouée comme une hutte, accablée par le poids de son iniquité.* » Ce changement d'axe pourrait contrarier ou annuler temporairement la rotation de la Terre face au Soleil. Une moitié du globe se trouverait alors exposée aux rayons du Soleil pendant plusieurs jours, tandis que l'autre moitié serait plongée dans une obscurité absolue et glaciale. À nouveau les Trois Jours de Yahvé...

Bien évidemment, ce ne sont là que suppositions. Il n'y a aucune raison de s'alarmer... tant qu'une météorite ne s'approche pas trop près de nous. Les textes sacrés n'ont pas pour objet de nous effrayer mais de nous avertir et de nous inciter à la vigilance. Mais si le Cosmos le souhaite ainsi, notre route croisera à nouveau celle de Toutatis, ou d'un autre astéroïde, et le Ciel nous tombera sur la tête...

En attendant, gardons donc un œil sur les étoiles. Nous n'avons rien à perdre, bien au contraire, à tourner les yeux et notre âme vers le firmament.

*
**

Malheureusement pour nous, la Terre est exposée à des périls bien moins hypothétiques et autrement plus pressants que la chute d'une météorite. L'avantage, toutefois, c'est que nous avons plus d'influence sur eux que sur l'orbite d'une masse astrale...

La menace numéro un, celle sur laquelle tous les scientifiques s'accordent, c'est la surpopulation. Aucun domaine peut-être ne nous donne une meilleure idée de l'accélération subite et phénoménale du danger que nous encourons. Car l'explosion démographique est un fait récent, qui correspond en gros à l'ère des Poissons, l'ère de la multiplication. Pendant des millénaires, le nombre total des humains est resté extrêmement faible. À l'époque du Christ, on estime que la population mondiale était de l'ordre de 200 millions d'êtres humains. En 1750, elle était encore de 700 millions. Puis soudain, en cette fin de Kali-Yuga, c'est l'envol. L'ironie veut que cette explosion démographique soit en partie due aux bienfaits de la science, qui est enfin parvenue à réduire la mortalité infantile et à allonger l'espérance de vie. Nous sommes ainsi passés de 1,1 milliard en 1850 à 2,5 milliards au milieu du siècle suivant.

Puis la démographie devint galopante. En 1975, nous franchissions le seuil des 4 milliards, douze ans après celui des 5 milliards, et aujourd'hui, les dernières estimations avancent le chiffre de 5,6 milliards. Chaque jour, je dis bien chaque jour, naissent 220 000 bébés ! Deux par seconde... Le chiffre astronomique de 10 milliards d'habitants sur terre, hier encore du domaine de la pure fantasmagorie, est aujourd'hui couramment annoncé pour 2050 environ.

Lorsqu'on sait que la moitié de la population actuelle du globe vit au-dessous du seuil de la pauvreté, voire sans cesse menacée par la famine, on est en droit de se demander quel sort sera réservé à ce surplus de 5 milliards d'individus. Comment pourrons-nous subvenir à leurs besoins quand tant de gens aujourd'hui ont à peine de quoi survivre ? Le plus terrible à dire, c'est que la pauvreté actuelle d'une immense fraction de l'humanité est la seule raison de notre sursis : si l'ensemble de la planète vivait sur le même « train de mort » que les pays riches, en proie au démon d'un gaspillage effréné, nous pourrions d'ores et déjà mettre la clé sous la porte.

Souvenons-nous de cette phrase de l'épopée sanscrite, le *Mahabharata* (12e chant, 248, 13-17) qui, en regard de notre situation, résonne de façon terrible : « *L'anéantissement de l'espèce humaine aura lieu lorsque le Créateur ne trouvera plus d'autres remèdes qu'une destruction totale du monde pour mettre fin à la multiplication désastreuse et non prévue des êtres vivants.* »

*
**

Car si l'augmentation de la population se poursuit à un rythme effréné, celle de notre production alimentaire ne peut suivre le même mouvement. L'écart ne cesse de se creuser entre le nombre de bouches à nourrir et nos ressources. Aujourd'hui, la faim ne fait pas seulement de terribles ravages en Somalie : elle menace une grande partie des continents africain, mais aussi asiatique et sud-américain. Écoutons le voyant Jean de Vatiguerro qui, au début du XVIe siècle, dressa dans le *Liber Mirabilis* (le *Livre des Étonnements*) un tableau terrifiant des malheurs devant clore le XXe siècle : « *Il y aura une étonnante et cruelle famine qui sera si grande et telle par tout l'univers et surtout dans les régions de l'Occident que, depuis le commencement du monde, jamais on n'aura entendu parler d'une semblable.* » Une annonce à laquelle Nostradamus fera écho dans le 67e quatrain de sa première centurie :

La grand famine que je sens approcher,
Souvent tourner, puis être universelle,
Si grande et longue qu'on viendra arracher
Du bois racine et l'enfant de mamelle.

Comme nous le signalent ces deux voyants, l'Occident, où semble régner l'abondance, n'est pas à l'abri de la disette. Celle-ci pourrait résulter de ruptures dans la chaîne alimentaire, telles que nos atteintes à l'environnement sont en train d'en créer.

Ou d'une contamination des terres après un conflit nucléaire...

Un moment, dans notre confiance aveugle en le « progrès », nous avons cru que la fameuse Révolution verte allait résoudre tous les problèmes. Grâce à la science, on allait pouvoir augmenter de façon spectaculaire le rendement des cultures et nourrir ainsi tous les enfants de la Terre. On créa des espèces hybrides que l'on pouvait récolter jusqu'à trois fois par an. Ainsi espérait-on maintenir l'équilibre entre démographie et production alimentaire. Malheureusement, on sait aujourd'hui que ce rêve était utopique. La course-poursuite semble bien perdue d'avance. Plus grave encore, cette Révolution verte a fait courir des risques insensés à l'environnement à cause de l'usage intensif des engrais chimiques et des pesticides... Nombreuses sont les prophéties qui nous annoncent qu'un jour les arbres ne porteront plus de fruits et que la terre arable sera réduite à une fine pellicule improductive.

*
**

L'explosion démographique ne serait pas une catastrophe en soi si elle n'avait pour conséquence la destruction de notre environnement. La surpopulation entraîne en effet avec elle tout un cortège de désastres. Car il faut bien se loger, se nourrir... et consommer. Dans les pays sous-développés, le surpâturage entraîne la désertification ; et dans les pays riches, chaque jour, des dizaines de kilomètres carrés de terres cultivables sont perdues au détriment du béton.

L'esprit égaré par un appétit insatiable, nous épuisons à une vitesse croissante les ressources que la Terre avait mises à notre disposition. Nous dépensons sans compter, nous jetons par les fenêtres des énergies naturelles comme le pétrole ou le charbon, nous exploitons sans vergogne les richesses minières. « *La Terre ne sera respectée que pour ses seuls trésors minéraux* », nous dit le *Vishnu Purana,* texte hindou datant de plusieurs siècles avant J.-C.

Seulement, nous qui croyions ces réserves incommensurables, nous nous apercevons avec stupéfaction qu'on chiffre aujourd'hui l'extinction des ressources pétrolières en dizaines d'années ! Dans cinquante ans selon certains, quatre-vingts tout au plus selon d'autres, au rythme de notre consommation actuelle il n'y aura plus une goutte de pétrole. Et ce n'est qu'un exemple parmi d'autres. Notre planète n'est pas corvéable à l'infini. Un changement radical de nos comportements et de notre consommation s'impose donc comme une condition *sine qua non* de notre survie.

Pourtant, l'incurie des hommes continue d'infliger de terribles balafres à la Terre. Vue d'avion, celle-ci est aujourd'hui méconnaissable. La surpopulation, encore elle, stimule une accélération irréfléchie du processus de déforestation. Les arbres, ces arbres qui tentent de s'élever vers le Quatrième Plan vibratoire dans un bruissement de feuilles argentées, sont abattus par millions d'hectares chaque année. Sait-on que l'Amérique du Nord s'enorgueillissait de quelque 3,2 millions de kilomètres carrés de forêts avant l'arrivée des Européens ? Aujourd'hui, il n'en reste plus que 0,2 million...

Quant aux forêts tropicales, sorte de ceinture de sécurité entourant le globe, leur mise en coupe réglée s'effectue à un rythme effarant. Celles de la Côte-d'Ivoire et du Nigeria ont pratiquement disparu. Il en sera de même pour toute la planète d'ici cinquante ans ! Quand on sait à quel point notre existence est tributaire de ces vastes étendues forestières, on peut s'interroger sur le sort de l'humanité. Ne mérite-t-elle pas d'être punie pour ce que d'aucuns appellent le « plus grand crime biologique jamais perpétré par l'homme » ? Souvenons-nous de l'imprécation d'Isaïe au chapitre 33, verset 1 : « *Malheur à toi, dévastateur ! Ne seras-tu pas dévasté ? Artisan de violences, n'essuieras-tu pas la violence ? Lorsque tu auras achevé tes ruines, tu seras ruiné.* » Des civilisations entières vont disparaître, des étendues immenses seront transformées en terrains broussailleux ou en déserts par le défrichement et la surexploitation agricole. Les arbres ne seront plus là pour transformer le gaz carbonique en oxygène. Sans leur action, l'atmosphère sera surchargée de ce gaz carbonique qui accentuera l'effet de serre, provoquant un réchauffement de la planète. Quand on sait qu'une augmentation d'un degré de la température du globe provoquerait l'inondation de pays tels que le Bangladesh, les Pays-Bas ou les atolls polynésiens, il y a de quoi frémir...

La déforestation met aussi en péril d'autres ressources vitales. D'innombrables espèces végétales et animales vont être anéanties avec la forêt. Ce n'est pas par sentimentalisme que nous les regretterons, mais parce qu'elles constituent un réservoir potentiel de cultures, de médicaments, de fibres et d'aliments nouveaux. Sait-on que le maïs à lui seul, par exemple, sert à la fabrication de l'aspirine, de la pénicilline, du papier et des matières plastiques ?

Partout nous assistons – impuissants ? – au fantastique gâchis de réserves qui, bien gérées, pourraient assurer notre subsistance pour plusieurs millénaires encore.

*
**

L'homme a sali la Planète bleue, qui ne méritera bientôt plus son nom. Il s'en est pris sans scrupule à l'Océan, celui qu'Homère nous présente comme le père de tous les dieux. Douce ou marine, l'eau est le « principe de toute chose », écrivait Thalès de Milet : elle engendre, vivifie, regénère, féconde. Le mépris et l'insouciance avec lesquels nous dilapidons ce trésor en dit long sur notre attitude face à la vie.

Longtemps, nous nous sommes rassurés en glorifiant les capacités régénératrices de la mer. On prétendait qu'elle pouvait digérer et laver toutes les ordures que nous y déversions : eaux usées des villes, vidanges des usines, déversements sauvages des navires, marées noires, pesticides et produits chimiques divers amenés par le ruissellement des eaux. Nous sommes même allés jusqu'à y jeter nos déchets nucléaires, feignant de croire qu'ils y seraient en toute sécurité. Aujourd'hui, la France, le pays le plus nucléarisé du monde, ne sait tout simplement plus que faire de ses déchets radioactifs.

Récemment, le monde s'est ému d'apprendre

qu'il y avait plusieurs sous-marins atomiques échoués au fond de l'océan. Épaves soviétiques ou américaines, ils pourraient représenter autant de bombes à retardement à proximité de nos côtes. Inconscience des apprentis sorciers... D'innombrables navires de guerre russes, laissés à l'abandon faute de crédits pour leur entretien, pourrissent dans leur port d'attache, déversant carburants et autres produits toxiques.

De nombreuses mers régionales sont d'ailleurs en danger de mort. Leurs réserves de poisson ne se renouvellent plus, quand elles ne sont pas déjà impropres à la consommation. Dans les traditions anciennes, il est dit que les baleines et les dauphins étaient des mammifères non terrestres, amenés par les dieux dans nos mers pour surveiller l'état de la planète. Qu'arrivera-t-il si ces animaux intelligents, détruits par la toxicité marine, viennent à disparaître ?

Lorsque nous n'empoisonnons pas les eaux, nous les nourrissons trop. Le phosphore, sous forme de phosphate, n'est pas toxique en soi, mais c'est un aliment hyperfertilisant dont l'excès entraîne une prolifération des algues qui, à leur tour, provoquent une désoxygénation de l'eau, responsable d'hécatombes massives. Ainsi la célèbre algue rouge, « Oscillatoria rubescens », également appelée le « Sang des Bourguignons », est-elle en train d'étouffer nombre de nos lacs. « *Et le tiers des eaux se transforma en sang* », nous dit saint Jean.

Jusqu'à l'eau destinée à la consommation

humaine qui est en train de se dégrader ! On va encore m'accuser de vouloir semer la panique, mais sait-on qu'à Paris, la qualité de l'eau du robinet ne correspond plus, pour de nombreux paramètres, aux normes fixées par la réglementation ? On y trouve des nitrates et des résidus de pesticides en proportion cinq fois supérieure à ce qu'elle était il y a quinze ans. Il pourrait s'ensuivre une augmentation sensible des cancers et des affections sanguines... À New York, on détecte dans l'eau de boisson des taux d'aldicarbe, un neurotoxique redoutable, supérieurs à ceux fixés par l'Organisation mondiale de la santé... Et l'humanité va ainsi, « *beuvant par force eaux soulphre envenimées* » (Nostradamus, dixième centurie, 49e quatrain).

Le phénomène est planétaire, touchant aussi bien les campagnes que les villes. Au centre de la Sibérie s'étend le lac Baïkal, le plus profond du monde : cet écosystème unique est aujourd'hui présenté comme un grand malade, presque à l'agonie, asphyxié par les rejets des usines de pâte et de cellulose. « *L'eau viendra à manquer* », nous disent presque toutes les prophéties.

Si la terre et l'eau sont empoisonnées, notre alimentation l'est aussi, fatalement. Qui peut dire les conséquences exactes sur notre organisme et en particulier sur nos neurones de toutes les substances toxiques que nous absorbons, de gré ou de force ? La viande contient des hormones synthétiques, les insecticides utilisés dans l'agriculture sont aujourd'hui associés à la leucémie, aux avortements spontanés ainsi qu'à divers troubles nerveux. Chaque année près d'un million de personnes sont intoxiquées par des pesticides aux noms barbares. Sait-on que chaque matin, en filtrant notre café ou en infusant un sachet de thé, nous absorbons des quantités, infimes certes, de dioxine, qui est utilisée pour blanchir le papier ? De nombreux colorants dont les « vertus » cancérigènes ont été prouvées n'ont à ce jour pas été retirés du marché... Selon certains spécialistes, la majorité des cancers serait due à la dégradation de l'environnement et de notre régime alimentaire... Inutile de se précipiter sur les légumes « biologiques », ils sont tout aussi contaminés, puisqu'ils poussent dans les mêmes sols que les autres et qu'ils sont arrosés par les mêmes eaux. Dans les pays industrialisés, nous avalons près de dix grammes d'additifs chimiques divers pour un kilogramme de nourriture consommé !

Inutile aussi bien de pratiquer un jeûne intensif pour mieux se prémunir, l'air que nous respirons est également dangereux. Les études réalisées sur des populations vivant à proximité de centres industriels montrent une progression dramatique des céphalées et des dysfonctions hormonales...

En attaquant notre système immunitaire, ces substances toxiques nous rendent plus vulnérables aux virus. Qui peut affirmer qu'elles ne sont pas, en outre, les facteurs partiels de ces maladies de l'âge moderne que sont l'agressivité urbaine, le stress et les dépressions ? Devrons-nous attendre une génération de mutants avant de réagir ? La Terre risque d'accomplir elle-même une purification devenue nécessaire.

*
**

Mais interrompons là le lancinant catalogue des problèmes écologiques qui nous assaillent. Il faudrait un livre entier, trop décourageant, pour exposer les innombrables doléances de la Planète bleue.

« *La terre est en deuil, elle dépérit... Elle est profanée sous les pieds de ses habitants car ils ont transgressé les lois, violé le décret, rompu l'alliance éternelle* », nous dit Isaïe au chapitre 24, versets 4 et 5. Les craintes d'Hermès Trismégiste se trouvent aujourd'hui plus que confirmées, lui qui écrivait dans son *Corpus Hermeticum* : « *Les hommes ne regarderont plus le monde comme le digne objet de leur admiration et de leur révérence... On tiendra en mépris et on ne chérira plus cet ensemble de l'Univers, œuvre incomparable de Dieu, glorieuse construction, Création de toute bonté faite d'une infinie diversité de formes, instrument de la volonté de Dieu qui, sans envie, prodigue sa faveur dans son ouvrage où s'assemble, en un même tout, dans une harmonieuse diversité, tout ce qui peut s'offrir au regard qui soit digne de révérence, de louange et d'amour...* »

Nous avons oublié que Gaïa, notre Terre nourricière, formait un Tout et, plus encore, un être vivant. L'homme moderne s'est détaché de la Nature : il a voulu en faire un objet extérieur à lui-même et qu'il pourrait ainsi dominer à volonté. Chemin faisant, il a perdu de vue que sa propre survie dépendait de l'harmonie qu'il entretenait avec son lieu de domicile.

Les théories scientifiques les plus récentes semblent cependant opérer dans ce domaine une véritable révolution. Ainsi, l'Anglais Lovelock considère Gaïa comme un organisme vivant et qui, à ce titre, dispose de moyens autorégulateurs, comparables aux mécanismes physiologiques du corps humain, pour maintenir les conditions nécessaires à son existence ou tout simplement favorables à son développement. Cela signifie qu'il existe une symbiose totale entre les organismes vivant sur terre et leur environnement. L'exemple le plus simple et le plus connu est sans doute celui du maintien à un niveau quasiment constant de l'oxygène. Ce maintien est dû à un compromis entre les consommateurs d'oxygène, comme l'homme et les animaux, et les consommateurs de gaz carbonique que sont les plantes. Pour Lovelock, *« le système Gaïa a beaucoup de points communs avec la physiologie des animaux à sang chaud : l'atmosphère peut être comparée aux poumons de la planète ; le système hydrique, cours d'eau et océans compris, au sang de l'appareil circulatoire »*. Les organismes vivants sont en quelque sorte les détecteurs de la Terre, les interactions entre les différentes espèces réglant le métabolisme de la planète. Une catastrophe naturelle comme l'explosion d'un volcan ou un raz-de-marée peut temporairement rompre cet équilibre, que la vie se chargera alors de réinstituer.

En somme, la Terre est « intelligente », ce que les ésotériques n'ont cessé de clamer. Il ne s'agit pas bien sûr d'une intelligence humaine mais d'une intelligence « biologique », voire « cosmique »... Malheureusement, l'action brutale des hommes est en train de miner dangereusement les mécanismes qui ont permis à Gaïa de maintenir son homéostasie. En dépit de ses capacités autorégulatrices, notre écosystème se trouve aujourd'hui, et pour la première fois de son histoire, en véritable danger, débordé par toutes les agressions subies. Lovelock n'hésite pas dès lors à parler de « fléau humain ». Mais il lance aussi un avertissement : si Gaïa est capable d'immenses largesses lorsqu'on la respecte, elle peut aussi se venger des mauvais traitements qu'on lui inflige. « *Il est dans l'intérêt de l'humanité de vivre en bonne entente avec la Terre. Sinon, Gaïa continuera d'exister... mais avec une nouvelle biosphère dont les êtres humains ne feront peut-être pas partie...* » Quelle vengeance !

*
**

De quelle façon la Terre pourrait-elle mettre à exécution cette vengeance ? Les scientifiques ont sans doute leur version, les ésotéristes en ont une... disons plus « animée ». La Planète bleue dispose de quatre éléments qui la protègent et qui pourront devenir ses instruments de lutte contre le fléau humain. Ces éléments, ce sont la terre, l'eau, l'air et le feu, représentés par la svastika, cette croix gammée qui a été si néfastement récupérée par le nazisme. Symbole atlantéen que l'on retrouve de l'Amérique centrale à l'Extrême-Asie, la svastika est composée de quatre branches coudées qui, en tournant autour du centre, représentent le tourbillon créateur, le développement du monde autour du point fixe, Dieu. Hitler a repris ce symbole, mais il a inversé le sens de sa giration. De positive, la rotation est devenue négative et destructrice...

Les quatre éléments de Gaïa sont servis par des génies. La terre possède ainsi ses Gnomes qui, selon la Tradition, peuvent être visualisés sous la forme de lutins de petite taille habitant sous terre et animant la roche. Les Ondins règnent quant à eux dans l'eau, semblables à des sirènes à la longue queue de poisson. Les airs sont habités par les Sylphes, sortes de grands oiseaux aux ailes immenses, au corps fin et gracieux. Enfin, les Salamandres, sortes de lézards ou de dragons nains, évoluent dans le feu et se nourrissent de lui.

Ces génies sont un peu l'âme des choses, ils figurent les énergies protectrices en action dans la nature. Dépourvus de conscience et de personnalité propres, ils n'ont été créés que pour assurer la sauvegarde de la Terre. D'ordinaire ils ne se montrent pas et sont même rigoureusement invisibles à ceux qui ne croient pas en leur existence, mais parfois ils se manifestent...

L'année dernière, je revenais de Tokyo en avion et, comme toujours, j'étais assis près de la fenêtre. En regardant par le hublot, je perçus soudain un sifflement très étrange. Naturellement, je pensai tout d'abord que cela provenait du moteur. Je me suis penché un peu et, dans le prolongement de l'aile, j'ai vu une sorte de nuage très effilé, immense. Brusquement, ce nuage a pris la forme d'un oiseau et il s'est enfui dans un battement d'ailes à peine perceptible...

Je sais ce que cela peut avoir d'extraordinaire pour le lecteur non averti. Mais ce que nous prenons pour de la matière inanimée possède bel et bien une âme et des vies cachées. Les cristaux, les tourbillons marins, les flammes, la brise même sont le refuge et les signes de ces êtres mystérieux. Lorsque j'étais enfant, en Bretagne, les paysans disaient encore qu'en labourant un champ, il fallait toujours laisser un coin en friche pour que les lutins et les fées de la terre puissent y aller danser. Bachelard prétendait quant à lui que ces génies « viennent à nous quand on les appelle par leurs noms ». En vérité, ils ne sont perceptibles que pour les êtres ayant franchi le pont qui nous relie à l'au-delà. Pour ceux, au fond, qui ont conservé toute leur capacité d'émerveillement et d'admiration face au monde... N'est-ce pas finalement ce que nous dit la Bible ? « *Si vous ne devenez semblables à des enfants, vous n'entrerez pas dans le royaume des cieux.* »

*
**

Génies bénéfiques, les Gnomes pourraient se changer en génies maléfiques. Leur mission première était d'aider les hommes, mais ils pourraient bien se rebeller contre eux. Pour se débarrasser des humains, parasites nuisibles, la Terre va secouer son écorce. Toutes les prophéties nous prédisent de terribles séismes. Le voyant Jean de Vatiguerro écrit dans le *Livre des Étonnements* : « *La terre, saisie de crainte, éprouvera en plusieurs lieux des secousses effrayantes et engloutira tous les vivants : nombre de villes, de forteresses et de châteaux forts s'écrouleront et seront renversés.* » Zacharie nous annonce l'ouverture d'une faille gigantesque (14, 3) qui évoque l'écartement des plaques tectoniques : « *La montagne des Oliviers se fendra par le milieu, de l'Orient à l'Occident, en une immense gorge. La moitié de la montagne reculera vers le nord, et l'autre vers le midi.* »

L'activité sismique de la planète n'a jamais été aussi forte que depuis une vingtaine d'années. De la côte ouest américaine aux montagnes du Caucase, de la Chine à l'Égypte, il ne se passe plus un jour sans qu'une secousse, même de faible intensité, soit ressentie en quelque endroit du globe. La sourate 67 du Coran nous interroge ainsi : « *Êtes-vous sûrs que celui qui est dans les cieux n'ouvrira pas la terre sous vos pas ? Déjà elle tremble.* » Et la sourate 99 nous dit encore :

Lorsque la terre tremblera d'un violent tremblement,
Qu'elle aura secoué tous ses fardeaux,
L'homme demandera : Qu'a-t-elle ?
Alors elle racontera ce qu'elle sait,
Ce que ton seigneur lui inspirera.

Les Ondins prêteront main-forte aux Gnomes. Nous savons que les catastrophes telluriques sont suivies de gigantesques raz-de-marée, les redoutables « tsunamis ». Les hommes ont toujours en mémoire la catastrophe de Valparaiso, au Chili, en 1952. Une vague d'environ quarante mètres de haut s'était abattue avec fracas sur cette ville, emportant tout sur son passage, hommes et maisons. L'impulsion de cette vague venait de Sibérie, à quelque quinze mille kilomètres de là...

« *Les vagues de la mer s'en vont aux rivages lointains épouvanter les nations* », lit-on dans la prophétie de Prémol qui, trouvée dans le couvent du même nom en 1783, prédisait avec une clarté extraordinaire les soubresauts de l'histoire de France, notamment de la Révolution et de l'Empire napoléonien. Jean de Vatiguerro, encore lui, nous annonce pour sa part que « *la mer mugira et s'élèvera contre le monde* ».

Or que disent les scientifiques ? Conséquence directe de l'effet de serre, le réchauffement de la planète entraînera la fonte des glaciers et une impressionnante montée du niveau des mers. Des régions, des îles et des pays entiers seront alors submergés, et les océans confondront leurs eaux.

Le *Vishnu-Purana* nous met aussi en garde contre des pluies diluviennes : « *Des nuages gigantesques couvriront la Terre. Puis, par un interminable déluge, ils noieront d'eau le monde entier. Cette pluie noiera la terre pendant douze ans et l'humanité sera détruite. La terre semblera un immense océan.* »

Pourtant, les chrétiens devraient avoir une raison d'espérer que ces inondations seront limitées et qu'au moins une partie des terres resteront émergées. Car après le Déluge, Dieu a dit à Noé : « *J'établis mon alliance avec vous : tout ce qui est ne sera plus détruit par les eaux, il n'y aura plus de déluge pour ravager la terre.* » Mais il est vrai que nous n'avons pas respecté cette alliance puisque nous avons enfreint la clause qui invitait à reconnaître le Créateur comme seul maître de la vie... Verrons-nous alors les Ondins noyer le monde ?

Une chose est sûre, c'est que les Sylphes ne se montreront pas plus cléments. Ces êtres si fins peuvent se transformer en ennemis implacables. N'est-ce pas l'air qui porte les avions ? Et si les Sylphes venaient à rechigner à l'effort ? On l'a vu, ces dernières années enregistrent un nombre record de catastrophes aériennes.

Mais l'action des Sylphes ne se limiterait pas là, loin s'en faut. Ils peuvent donner naissance aux tempêtes et aux ouragans : le réchauffement de la planète d'un degré doublerait la fréquence des cyclones. Les Sylphes peuvent également rendre la terre impropre à toute culture en balayant et en disséminant la fine couche arable qui la recouvre. Ils peuvent propager à des milliers de kilomètres les particules radioactives, comme cela s'est vu après l'accident de Tchernobyl. Maîtres de notre atmosphère, les Sylphes peuvent cesser de filtrer les ultraviolets, nous condamnant à périr brûlés dans une véritable rôtissoire... En rêve, j'ai vu les hommes couverts de plaques noires et de brûlures faites par le soleil.

Surtout, les Sylphes peuvent véhiculer toutes sortes de virus inconnus ou de produits toxiques : « *L'air sera infecté et corrompu à cause de la malice et de l'iniquité des hommes*, nous dit Jean de Vatiguerro. *Le cours naturel de l'air sera presque totalement changé et perverti à cause des maladies pestilentielles. Les hommes, aussi bien que les animaux, seront frappés de diverses infirmités, et de mort subite ; il y aura une peste inénarrable.* »

L'homme dispose aujourd'hui d'une impressionnante panoplie de gaz mortels. De nombreux accidents l'ont suffisamment prouvé. Souvenons-nous de Seveso, en 1976 : un poison très violent, la dioxine, fut libéré dans l'atmosphère. Dans le périmètre touché par le nuage toxique, les oiseaux tombèrent du ciel, les animaux domestiques succombèrent et l'endroit dut être évacué en catastrophe. Les hommes souffraient de tumeurs effroyables : les plus touchés furent enfermés dans une zone dont on interdit l'accès. La terre était si imprégnée de ce poison qu'il fallut la retirer à coups de bulldozers – ce qui d'ailleurs se révéla largement insuffisant. On assista à une augmentation dramatique des malformations congénitales et les personnes exposées sont aujourd'hui encore victimes des effets à long terme. Nous avons appris par la suite que des fûts de dioxine se promenaient dans les décharges françaises...

Il y eut aussi Bhopal, en 1984. Un gaz très volatil, l'isocyanate de méthyle, s'échappa d'un réservoir d'une usine d'insecticides. Tout autour, des milliers de personnes eurent les poumons atteints et se mirent à vomir du sang, tandis que le gaz leur brûlait les yeux. On estime que cet « accident » a fait quelque dix mille morts, mais aussi vingt mille infirmes et deux cent mille personnes touchées qui souffrent encore de troubles de la vue ou de douleurs dans l'abdomen ; les femmes connaissent des complications gynécologiques et des troubles de la grossesse...

Seveso, Bhopal... Quelle sera la troisième grande catastrophe chimique ? Aujourd'hui, nos militaires disposent de gaz d'une violence rare : deux millièmes de gramme suffisent à tuer un homme, cinquante kilogrammes pourraient rayer la population française de la carte. Inutile de courir acheter un masque à gaz : il ne serait d'aucun secours puisque certains de ces produits peuvent pénétrer par les pores de la peau...

Sainte Hildegarde, la grande prophétesse du XIIe siècle, abbesse des bénédictines de Bingen, nous annonce une « *grande nuée qui répandra une odeur d'une corruption épouvantable, et véritablement infernale* ».

Mais les Sylphes ne seront jamais plus puissants que lorsqu'ils s'allieront aux Salamandres du feu...

Les prophéties sont pratiquement unanimes, en effet, pour faire du feu l'instrument privilégié de la colère divine. « *Ma fureur s'est allumée comme une flamme impétueuse,* est-il écrit dans le Deutéronome, *elle pénétrera jusqu'aux fonds des enfers, elle brûlera la terre et tout ce qu'elle produit.* »

Le Déluge causa la première destruction du monde, les flammes accompliront la seconde. C'est une constante dans les traditions et les civilisations les plus éloignées, des peuples altaïques aux Indiens aztèques ou amazoniens, des textes mazdéens à l'Apocalypse de saint Jean où l'on voit le septième ange « *se placer près de l'autel, muni d'une pelle d'or... Il l'emplit du feu de l'autel qu'il jeta sur la terre* ». Claude Lévi-Strauss cite un mythe des Indiens Gé selon lequel la Lune vole un diadème de feu au Soleil. « *Le diadème lui brûla les mains et elle le laissa choir par terre, toute la savane s'embrasa, et les animaux furent consumés.* »

Le poète latin Lucain a aussi donné voix à cette crainte : « *Le feu détruira le monde, rien n'échap-*

pera à la fureur des flammes le jour où le ciel et la terre seront confondus en un seul brasier. »

Quant aux sources de cet embrasement, elles pourraient être multiples. Nous avons déjà évoqué la possibilité du passage d'une météorite qui, en élevant considérablement la température atmosphérique, provoquerait des incendies spontanés aux quatre coins du globe. À moins qu'elle ne dévie légèrement l'orbite de la Terre en l'exposant dangereusement aux rayons implacables du Soleil... Mais les risques les plus grands sont plus proches de notre sol. On sait par exemple les conséquences de l'embroussaillement de la forêt méditerranéenne. En une génération, les régions ravagées par le feu ont triplé en France. On se souviendra également du gigantesque incendie qui fit rage dans les montagnes Rocheuses, aux États-Unis. Jamais, semble-t-il, les Salamandres n'ont été aussi actives...

Mais les hommes ne sont pas en reste ! Les incendies provoqués par leur folie meurtrière ne sont plus à compter. Depuis le Viêt-nam, nous n'ignorons rien de l'action des bombes au napalm. Aujourd'hui, nous disposons de bombes au phosphore qui brûlent jusque sur la pierre nue. Or de nombreuses prophéties annoncent la destruction des grandes capitales par le feu de la guerre. Saint Césaire d'Arles (470-542) évoque ainsi la fin de Paris : « *Le fer et le feu enserrent la Babylone de la Gaule qui tombe dans un grand incendie.* »

Le plus terrifiant, bien sûr, reste le feu atomique qui, selon toute vraisemblance, jouera un rôle crucial. Il est étrange d'en trouver la prémonition dans un texte datant du XVIIe siècle et baptisé la *Prophétie du Moine inconnu* : « *Des rayons brûlants, plus brûlants que le soleil le plus incandescent à l'équateur, des forteresses roulantes de fer et des vaisseaux volants remplis de boulets terribles et de flèches, des étoiles filantes mortelles et du feu sulfureux détruiront de grandes villes.* » Pouvait-on mieux décrire les armes nucléaires, les chars d'assaut, les bombardiers géants et les missiles qui constituent nos armadas modernes ?

Le feu incandescent pourrait aussi désigner la bombe à neutrons qui libère son énergie sous forme de rayons capables de traverser les murailles et le métal comme une flèche traverse un filet. Les neutrons désintègrent les cellules du corps et l'organisme se trouve alors comme liquéfié : « *Mon souffle est un feu qui vous dévorera*, trouve-t-on dans Isaïe, chapitre 33, versets 11 et 12, *les peuples seront de la chaux en combustion, des épines coupées que le feu réduit en cendres.* »

Cette apocalypse nucléaire n'est-elle pas aussi présente chez saint Jean ? Au chapitre 8, versets 10 et 11, il nous parle d'un « *astre brûlant comme une torche, un astre nommé "Absinthe" qui tomba sur le tiers des fleuves et des sources : le tiers des eaux se chargea en absinthe, et bien des gens moururent de ces eaux devenues amères...* ». J'ai déjà signalé au lecteur, dans *Trajectoire,* que ce mot « Absinthe » se traduit en ukrainien par un nom qui retentit comme une trompette de l'Apocalypse : *Tchernobyl...*

Parce qu'elle contamine la terre et les eaux, parce qu'elle est un feu et une menace invisible qui se propage dans les airs, la catastrophe nucléaire nous apparaît comme la conjonction destructrice des Gnomes, des Ondins, des Sylphes et des Salamandres...

Au début de la construction des centrales nucléaires, nous avons tous entendu les meilleurs spécialistes nous assurer doctement que les chances d'accident n'étaient pas supérieures à une sur un milliard. Aujourd'hui, nous avons déjà inscrit sur nos tablettes : Kyshtyn en 1957, Three Mile Island en 1979, Tchernobyl en 1986, et d'autres incidents de moindre envergure... Comment resterions-nous paisibles ? Confrontés à l'évidence, les spécialistes ont d'ailleurs révisé leurs probabilités. Plusieurs estiment désormais à 50/50 les chances d'un accident nucléaire majeur d'ici la fin du siècle.

En somme, on ne se pose plus la question d'empêcher semblables accidents, mais de savoir comment les vivre « au mieux ». À l'entrée de ce chapitre, j'exprimais la crainte que nous soyons parvenus à un point de non-retour...

*
**

Est-ce à dire que la Terre va disparaître ? J'ai bon espoir que non. Pourtant, le pire des scénarios n'est pas à exclure. Tout ce qui est né doit mourir, et la Terre n'échappera pas à cette règle. Nous savons que notre Soleil lui-même n'est pas éternel et que son espérance de vie est estimée à encore quelque cinq milliards d'années, ce qui nous laisse le temps de voir venir... Dans son anéantissement, le Soleil entraînera bien sûr celui de la Terre. Ce ne sera pourtant pas encore la fin du monde. L'explosion de cet astre laissera la place à d'autres planètes, d'autres étoiles... Le vaste cycle cosmique recommencera. J'ai la conviction qu'il existe dans des galaxies lointaines des milliers de constellations habitées, évoluées, qui prendront le relais.

Dans les visions que m'inspirent mes voyages astraux, j'ai eu l'intuition d'une autre planète, nommée Traïa, qui aurait été le premier laboratoire de civilisation dans notre galaxie. Sur cette planète qui se situait entre Mars et Jupiter, les Elohim, ces anciens dieux dont nous parle la Bible hébraïque, ont effectué un premier essai de colonisation humaine. Traïa s'est développée, les habitants se sont multipliés mais ils ont fini par se rebeller et par se détourner de leurs créateurs. Entravée dans son ascension à un plan vibratoire supérieur, Traïa a explosé, il y a quelque cinq milliards d'années, provoquant les bombardements d'astéroïdes dont toutes les planètes du système solaire gardent les traces : ce sont les cratères que l'on voit sur Mercure, Vénus, Mars, la Lune... Et certains de ces corps stellaires sont allés constituer la ceinture d'astéroïdes autour de Jupiter, planète gazeuse.

Bien après cet échec, les Elohim, inspirés par la Divinité, ont alors entrepris une nouvelle expérience sur terre (nous y reviendrons au chapitre suivant). Aujourd'hui, nous nous trouvons au même tournant crucial que Traïa n'a pas su négocier. Si la Terre ne peut s'élever dans l'échelle vibratoire, elle sera menacée d'explosion. Le taux vibratoire du Cosmos étant trop élevé, et celui de la Terre trop bas, il y aura fatalement rupture... Un peu comme lorsqu'un verre de cristal, soumis à une note musicale très forte, se brise, incapable de monter dans la gamme chromatique.

Mais nous n'en sommes pas là. L'Apocalypse qui nous guette m'apparaît plutôt comme une purification opérée par Gaïa. La Terre va se secouer pour évacuer les produits toxiques que lui injecte le fléau humain. Il s'agit non pas d'une destruction finale mais d'une restructuration et d'une renaissance avant un Âge nouveau.

*
**

Que se passera-t-il alors ? À défaut d'emporter la planète avec lui, l'homme pourrait-il disparaître de la surface de la Terre ? Je crois malheureusement que c'est tout à fait possible. « Nous autres, civilisations, nous savons maintenant que nous sommes mortelles », disait Valéry. Depuis, nous avons encore franchi un cran : désormais, nous savons que c'est le genre humain tout entier qui est mortel... L'ère des dinosaures est révolue, celle de l'homme pourrait céder la place au règne des insectes, dont on connaît la résistance aux changements de température et à des taux élevés de radioactivité.

Le scénario le plus plausible, cependant, c'est que la Terre éliminera une fraction importante de l'humanité, mais qu'une partie survivra. « *Beaucoup seront triés, épurés et passés au creuset* », nous dit Daniel. La Terre sera alors mise en jachère des hommes.

« *Et s'il en est qui sont épargnés,* prophétise Ézéchiel au chapitre 7, verset 16, *ils se sauveront et ils seront sur les montagnes comme les colombes des vallées, toutes gémissantes, chacun pour son péché...* »

Et Isaïe (chapitre 26, verset 20) : « *Va, mon peuple, retire-toi dans tes demeures, et ferme les portes derrière toi : cache-toi un court instant, jusqu'à ce que la bourrasque ait passé. Car voici l'Éternel qui sort de sa résidence pour faire expier leurs méfaits aux habitants du pays.* »

L'Apocalypse de saint Jean (chapitre 7, versets 2 et 4) nous donne des indications sur ceux qui seront préservés : « *Dieu cria d'une voix puissante aux quatre anges auxquels il fut donné de malmener la terre et la mer : "Attendez, pour malmener la terre et la mer et les arbres, que nous ayons marqué au front les serviteurs de notre Dieu." Et j'appris combien furent alors marqués du sceau : cent quarante-quatre mille, de toutes les tribus des fils d'Israël.* »

Ceux-là auront pour mission de rebâtir la Terre. Leur existence pourra être tout d'abord précaire, mais la Connaissance sera préservée. Après tout, ce ne serait pas la première fois dans l'histoire du monde que semblable tribulation surviendrait...

CHAPITRE TROISIÈME

LES RESCAPÉS DE L'ATLANTIDE

L'imagination est la reine du vrai, et le possible est l'une de ses provinces.

Charles BAUDELAIRE

Que savons-nous vraiment de notre histoire ? Je ne parle pas de notre histoire récente, qui couvre *grosso modo* l'ère des Poissons. Celle-ci est relativement bien connue. Mais elle ne constitue que la partie émergée d'un gigantesque iceberg. Quels sommets, quels gouffres se cachent sous le niveau modeste de nos connaissances vérifiées ? Étudiant aux Beaux-Arts, j'étais fasciné par ces pans entiers de notre passé qui restent inexplorés, comme égarés dans la nuit des temps. Que reste-t-il de l'épopée de ces peuples anciens, bâtisseurs de civilisations qui ont brillé d'un éclat singulier plusieurs millénaires avant la nôtre ?

Que savons-nous au fond de l'« Histoire d'avant l'Histoire » ? Bien peu, il faut le reconnaître. Combien de zones d'ombres, combien d'énigmes irrésolues nous dissimulent le vrai visage de nos prédécesseurs ! Certes, les découvertes archéologiques repoussent sans cesse les bornes de notre savoir. Depuis deux siècles environ, ils sont spectaculaires, les bouleversements qui ont agité notre perception de l'Antiquité et de la Préhistoire. Des fouilles ont mis au jour, en Amérique du Sud ou dans ce croissant fertile qu'est la Mésopotamie, les vestiges de cités dont nous ignorions hier encore l'existence. Ou bien nous doutions de celle-ci, qui n'était attestée que par quelques textes anciens, voire par une simple tradition orale. Pour ne donner qu'un seul exemple, souvenons-nous que la ville de Troie fut longtemps considérée comme un site purement légendaire, né de l'imagination de l'auteur de l'*Iliade*. Mais en 1870, lorsque Heinrich Schliemann, s'appuyant sur les poèmes homériques, découvrit les traces d'établissements successifs sur la côte de l'Hellespont, il fallut se rendre à l'évidence : la guerre de Troie avait bien eu lieu !

À Jéricho en Israël, à Çatal Hüyük en Turquie, à Lagash en Irak, des cités ont été désensablées. Elles révèlent que des civilisations ordonnées se sont développées bien avant les dates à partir desquelles nous fixions jusqu'alors la naissance de l'humanité. Ces civilisations ont connu leur heure de gloire puis elles ont péri, sans que nous sachions vraiment les raisons de ce déclin parfois brutal. Au Pérou ou en Colombie, la découverte de villes presque intactes, laissées à l'abandon, nous procure une impression étrange, comme si ces villes avaient été soudain désertées par leurs habitants, fuyant devant un quelconque cataclysme dont l'Histoire a tout oublié. Au fond, ces civilisations perdues nous rappellent l'inéluctable loi des cycles : naissance, développement, apogée et mort, tel fut leur destin, tel pourrait être le nôtre. Elles nous rappellent en somme qu'il n'est pas impossible qu'à notre tour, nous sombrions un jour dans l'oubli...

Dans deux de ses dialogues, le *Timée* et le *Critias,* Platon évoque la figure d'un haut personnage, Solon (640-558 avant J.-C.), homme politique athénien réputé pour son esprit de réforme. Ce sage de la Grèce antique fut aussi un grand voyageur, qui se rendit notamment en Égypte. Là, il eut l'occasion de converser longuement avec les prêtres les plus savants du pays. Ceux-ci s'adressèrent à lui en des termes qui pourraient aussi nous être destinés : « *Vous autres Grecs, vous êtes tous jeunes d'esprit car vous n'avez aucune opinion ancienne fondée sur une vieille tradition et aucune science blanchie par le temps. En voici la raison : il y a eu souvent et il y aura encore souvent des destructions d'hommes causées de diverses manières...* »

Les prêtres égyptiens confièrent alors à Solon que cette ancienne Tradition était consignée dans les caches de leurs temples depuis un temps immémorial et que les documents dont ils disposaient faisaient clairement état de l'anéantissement d'une île, vaste comme un continent, qu'ils nommaient Atlantide.

Ces textes évoquaient un peuple « venant d'un autre monde situé dans l'océan Atlantique. On pouvait alors traverser cet océan car il s'y trouvait une île devant ce détroit que vous appelez, dites-vous, les colonnes d'Héraclès... ».

Ces colonnes d'Héraclès, ou d'Hercule, c'est ce que nous nommons aujourd'hui le détroit de Gibraltar.

« Cette île était plus grande que la Libye et

l'Asie réunies, continuèrent les prêtres égyptiens. De là, on pouvait alors passer dans les autres îles et de celles-ci gagner tout le continent qui s'étend en face d'elles et borde cette véritable mer. »

À en croire Platon, les Égyptiens connaissaient donc l'existence des Caraïbes et de l'Amérique, situées au-delà de l'Atlantide...

Mais ce royaume atlante connut un brusque effondrement. « Il y eut des tremblements de terre et des inondations extraordinaires, s'entendit narrer Solon. Dans l'espace d'un seul jour et d'une seule nuit néfastes, l'île Atlantide, s'étant abîmée en mer, disparut d'un coup. »

Le continent mystérieux s'est affaissé, emportant dans la légende toute une civilisation. Et si l'Atlantide nous intéresse aujourd'hui, c'est qu'elle préfigure – peut-être – ce que nous allons vivre nous-mêmes : la fin d'une ère.

Que s'est-il passé ? Quelle était l'origine de ce peuple évolué ? Pourquoi et comment a-t-il sombré corps et biens ? À moins qu'il n'ait réussi à prolonger son influence sous une forme ou sous une autre... Les réponses à ces questions pourraient nous éclairer sur notre passé comme sur notre avenir.

Fascinés et guidés par le récit platonicien, de nombreux explorateurs se sont efforcés de découvrir les traces de l'Atlantide. À quelque deux mille kilomètres à l'ouest de l'Espagne, il existe un haut plateau sous-marin qui pourrait correspondre au continent englouti. Certaines de ses crêtes, comme le pic Ampère, viennent affleurer à seulement soixante-dix mètres de la surface des eaux. Le reste du plateau s'enfonce jusqu'à deux mille cinq cents mètres de profondeur. Là, des prélèvements de roche ont attesté la présence de coraux morts. Ces coraux ne pouvant naître à une telle profondeur, cela semblerait indiquer que cette région se trouvait autrefois bien plus élevée et qu'elle s'est soudain effondrée. Seuls quelques points du continent perdu resteraient émergés : ce sont les îles des Açores et de Madère, les îles du Cap-Vert ou, du côté américain, les Bermudes et les Bahamas.

En 1969, à Bimini, au large de ces Bahamas précisément, des plongeurs ont fait une découverte qui a ému le monde scientifique comme tous ceux que le mystère de l'Atlantide passionne : il s'agit d'une chaussée longue de plusieurs centaines de mètres, large de dix, et constituée d'énormes blocs de pierre. Ce dallage géant n'est certainement pas d'origine naturelle, comme le démontre l'imbrication précise des pierres, ainsi que leur découpe en angle droit. Tout laisse à penser qu'il s'agit d'une route, peut-être d'une voie royale qui s'enfonce sous la mer et sous le sable dans la direction supposée de l'Atlantide.

Dans la région appelée Triangle des Bermudes, on rencontre en plusieurs endroits des structures mégalithiques qui intriguent depuis longtemps les pêcheurs et les océanographes. Des pilotes d'avion survolant cette portion de mer ont eux aussi fait état de formations ressemblant à des murailles ou à des routes sous-marines. En dépit de leurs dessins géométriques – droites rectilignes ou cercles de pierre – on a longtemps voulu croire à des structures naturelles, ce que vient démentir la découverte de Bimini. Pourrait-il s'agir des vestiges de ports ou de colonies atlantes englouties par le grand cataclysme qui détruisit l'île-mère ?

Edgard Cayce, un célèbre voyant américain mort en 1945, qui disait avoir des visions par le truchement d'un sommeil hypnotique, avait déclaré vingt-huit ans avant cette découverte archéologique qu'aux environs de l'année 1969, l'Atlantide réapparaîtrait... non loin de l'île de Bimini. En 1929, il avait également prédit que « *d'ici cent ans environ, après une série de tremblements de terre, des îles s'élèveront hors de l'océan, dans la région des Açores, et les ruines de l'Atlantide seront découvertes et explorées* ».

Peut-être Cayce avait-il lu ces vers de Sénèque :

Un temps viendra dans la vieillesse du monde
Où l'océan libérera ce qu'il enserre
Et une terre apparaîtra dans toute sa gloire.

En attendant, sur tout le pourtour de cet océan, les peuples et la géographie semblent nous renvoyer l'écho du continent englouti : Atlas, Antilles, Andes, Andalousie... Quant aux Aztèques, ils affirment que leur nom est dérivé de celui de l'île montagneuse dont ils sont originaires et qui pour eux fait figure désormais de paradis perdu : *Aztlan*.

De leur côté, les archéologues hésitent encore à se prononcer sur l'existence de l'Atlantide, peut-être parce que cela les obligerait à récrire totalement l'histoire de l'humanité. Tant que des preuves concluantes n'auront pas été apportées, ils resteront sur leurs positions attentistes. La rigueur de leur méthode est tout à leur honneur. Prenons garde cependant à ce qu'une frilosité intellectuelle ne nous fasse adopter une attitude de rejet systématique. Depuis quelque temps, je note avec intérêt une certaine évolution chez les scientifiques : l'Atlantide n'est plus perçue comme un simple mythe dépourvu de fondement, mais bel et bien comme une hypothèse de travail.

Mais qu'importe, après tout ? Ce qui est sûr, c'est qu'il reste encore beaucoup trop d'inconnues dans notre histoire pour que quiconque puisse estimer détenir l'unique vérité et qualifier d'insanités les autres affirmations. Peu à peu nous défrichons, et les certitudes d'hier font souvent place à des interrogations. Notre savoir n'est pas immobile, il ne cesse de se corriger pour retrouver le fil de notre Grande Histoire. Les fouilles archéologiques nous apparaissent comme les jalons de ce processus, de même que les archipels atlantiques sont les seules crêtes aujourd'hui émergées d'un vaste continent. Pourquoi ne pas tenter de prendre appui sur ces jalons pour rétablir le pont avec le passé ? L'imagination est le guide et le ferment des avancées humaines, au même titre que l'empirisme. Les hommes de science eux-mêmes savent bien d'ailleurs ce que leurs découvertes doivent à l'intuition. Alors pourquoi refuser de plonger dans ces profondeurs inconnues ? Si nous ne devions rencontrer que la légende, elle n'en serait pas moins riche en enseignements...

On pourra lire en effet les pages qui suivent comme la plus belle des légendes, celle de l'histoire humaine. Mais les mythes ne sont-ils pas avant tout des versions poétiques de la réalité et les meilleures réponses à nos énigmes ?

Prenons l'exemple – si crucial – de l'origine des hommes. On sait que les théories scientifiques de l'évolution se heurtent à l'obstacle majeur du chaînon manquant : comment une cellule de vie a-t-elle pu naître dans un monde uniquement minéral ? L'hypothèse selon laquelle la réunion d'un certain nombre de gaz à une température donnée aurait pu jouer ce rôle de catalyseur est aujourd'hui contestée : la combinaison gazeuse avancée est tout simplement impossible.

De mon côté, lorsque j'affirme ma conviction selon laquelle l'homme serait apparu grâce à l'intervention d'une puissance cosmique, je ne fais que me conformer aux mythes les plus anciens de notre culture, fondateurs de nos religions. Mais les légendes sont à tiroirs : on peut les prendre au pied de la lettre, ou bien y voir l'illustration imagée d'une réalité physique. Car au fond, ma vision n'est pas si éloignée des dernières hypothèses scientifiques. Ainsi, on avance aujourd'hui que ce sont des météorites tombées du ciel qui auraient apporté la première étincelle de vie sur terre. Issues de planètes sur lesquelles existait une forme de vie rudimentaire – mais pourquoi pas développée, comme sur Traïa ? –, ces météorites étaient porteuses de certaines cellules ou molécules. En « échouant » sur notre planète minérale, au terme d'un immense processus de combinaison et d'évolution, ces éléments extérieurs auraient donné naissance aux premiers organismes vivants, puis à l'homme. Une telle théorie ferait de nous, de par notre lointaine origine, des « extra » terrestres...

Tout ce préambule pour dire qu'on ne doit pas s'étonner de voir se mêler ici mes visions personnelles, les mythes anciens et les découvertes scientifiques. Le but du jeu n'est-il pas de débroussailler le sens de la vie, sans hésiter à manier tous les outils à notre disposition ?

Quoi qu'il en soit, je m'estimerais satisfait si le lecteur, même en souriant, acceptait de délaisser un moment sa vision parcellaire de l'Histoire pour envisager la vaste destinée du genre humain ; si l'évocation des civilisations antérieures pouvait l'inciter à relativiser l'assise de ses pseudo-certitudes et s'il pouvait enfin, à la lumière de cette fresque légendaire qui se déroule devant lui, apercevoir que nous sommes les héritiers d'une longue chaîne humaine dont les racines plongent dans l'obscurité des temps. Peut-être alors pourrait-il s'interroger sur notre responsabilité à l'égard de nos ancêtres comme de nos successeurs. Car nous sommes parvenus à un point où, par notre inconscience, nous risquons de rompre cette chaîne...

*
**

Mes lectures comme mes souvenirs et mes visions m'ont amené à penser qu'il existe au centre de notre Galaxie une civilisation vieille de plusieurs milliards d'années sur la destinée de laquelle président les Sages de Sirius et d'Orion, gouvernants invisibles qui régissent également de nombreuses étoiles de notre système galactique.

Après l'échec de l'expérience Traïa, que nous avons déjà évoqué, l'intérêt de ces Sages fut éveillé par la planète Terre : celle-ci est en effet située sur l'une des branches extérieures de la Galaxie, ce qui fait d'elle un point d'appui, une tête de pont idéale pour d'éventuelles expéditions vers des nébuleuses voisines.

Les représentants de cette civilisation lointaine sont les Elohim, mot que la Bible hébraïque utilise à maintes reprises pour désigner des dieux anciens ou des êtres surnaturels. Depuis des millions d'années, ces Elohim ont approché notre planète. Ils l'ont étudiée alors qu'elle se trouvait encore à l'état quasi sauvage et il y a cinq millions d'années ; obéissant aux instructions des Sages d'Orion et de Sirius, ils sont arrivés sur terre pour créer, à partir d'un embryon terrestre, un amphibien d'aspect humanoïde.

Récemment, j'ai eu la surprise d'apprendre que les aborigènes d'Australie possèdent un mythe étrangement similaire à mes conclusions pour expliquer l'apparition de l'homme sur terre. Au commencement, d'après eux, existaient des formes vivantes qui flottaient sur l'eau boueuse des marécages : dépourvus d'organes distincts tels que l'ouïe et la vue, ces organismes ressemblaient en fait à des globes translucides sur lesquels on discernait à peine une ébauche de membres et de tête... C'est alors que des créatures célestes, que les aborigènes nomment Ungambikula – nos Elohim ? –, sont intervenues pour modeler un visage ayant apparence humaine.

Ils dessinèrent les yeux, la bouche et les oreilles. Puis les membres furent achevés, et les préhominidés ainsi obtenus sortirent de l'élément aqueux pour gagner la terre. Leurs jambes n'étant pas encore très solides, ils commencèrent par ramper comme des reptiles. Plus tard, ils se mirent à marcher...

Ne retrouvons-nous pas là, sous forme mythique mais de façon spectaculaire, ce que nous disent les théories évolutionnistes de nos scientifiques ?

Mais revenons aux Elohim. Initiateurs de créatures amphibies, ils quittèrent la planète Terre, laissant imprudemment se parachever l'évolution.

Il y a soixante-dix-huit mille ans, jugeant le moment venu, les Sages de Sirius et d'Orion donnèrent pour mission à ces Elohim de reprendre le chemin de la Terre afin d'y organiser la première civilisation humaine. Ceux-ci se remirent donc en route, en compagnie de savants et d'autres instructeurs recrutés sur plusieurs planètes de notre Galaxie.

À leur arrivée sur la Planète bleue, ces Grands Instructeurs découvrirent avec consternation que les spécimens abandonnés à leur sort n'avaient pas toujours évolué dans le sens attendu. En effet, suite à diverses aberrations génétiques, les humanoïdes avaient donné naissance à quantité de mutants dont les légendes anciennes ont gardé la mémoire. Il y avait là des êtres mi-homme mi-taureau que les Grecs appelleront Centaures et Bucentaures. Il y avait des hommes à tête de chacal, comme l'Anubis des Égyptiens. Ou des Harpies au corps de femme doté d'ailes et de serres ; des sirènes à la longue queue de poisson ; des satyres aux pattes et cornes de bouc ; des êtres mi-homme mi-cheval, des loups-garous... Les Elohim trouvèrent aussi des animaux fabuleux, comme ces griffons à bec et ailes d'aigle, et au corps de lion ; des gorgones, la tête auréolée de serpents, la bouche pourvue de défenses de sanglier ; des chevaux ailés comme Pégase ; des chimères à tête léonine, corps de chèvre et queue de dragon, et qui crachaient des flammes...

Ces monstres que nous avons conservés au plus profond de notre inconscient, est-il si aberrant de croire qu'ils ne sont pas des inventions gratuites ? Leur récurrence, avec des symboliques différentes, dans les mythes et légendes de peuples épars n'est-elle pas le signe qu'en des temps infiniment reculés, ces créatures hybrides ont eu une existence réelle ? Tout enfant déjà je n'avais aucun doute sur le fait qu'à une époque lointaine, on avait pu voir évoluer sur notre planète des centaures et des licornes. Avant de renaître dans nos phantasmes, ces êtres étonnants ont nécessairement vu le jour ! La paléontologie ne nous a-t-elle pas fait découvrir des reptiliens tout aussi monstrueux ayant marqué de leur empreinte l'aube des temps ?

Quoi qu'il en soit, affolés par les directions aberrantes prises par l'évolution de la vie humaine et animale, les envoyés de Sirius et d'Orion durent se livrer à une vaste épuration. Ils sacrifièrent alors de nombreuses espèces afin de ramener l'humanité sur la trajectoire voulue.

Ce faisant, les Elohim et leurs auxiliaires oubliaient un détail d'importance. En supprimant des « monstres », ils n'en versaient pas moins le sang.

Nos Grands Instructeurs endossaient ainsi un lourd karma de criminels. En voulant agir pour le bien de l'homme, ils commettaient des actes contre la vie. Ce karma devait les lier pour des millénaires au sort de la Terre. Dès lors, au terme de chacune de leurs existences, ils durent revenir sur notre planète, en réincarnations successives, pour se laver de ce pogrom initial, quand bien même il avait eu pour victimes des monstres hybrides, quand bien même il n'avait eu d'autre objet que la fondation d'une civilisation véritablement humaine...

Peu à peu, les Grands Instructeurs se trouvèrent donc enchaînés à la planète Terre. Ils s'unirent aux humains et finirent même par perdre la conscience de leur origine lointaine. Dans la Genèse, il est dit que les fils de Dieu – les Elohim – « trouvèrent que les filles des hommes leur convenaient et ils prirent pour femmes toutes celles qu'il leur plut ». Ils donnèrent naissance alors aux Néphilim, ces géants que l'on retrouve dans toutes les légendes. Peut-être ceux-ci entretiennent-ils quelque rapport avec ces constructions cyclopéennes des premiers temps, depuis les ruines de Sacsahnaman au Pérou jusqu'aux statues colossales de l'île de Pâques ou de l'ancienne Égypte. Ensuite ces Néphilim, créatures titanesques, durent à leur tour disparaître pour que cessent le désordre et l'inégalité, et que la Terre soit enfin à la mesure de l'homme...

*
**

Dans *Trajectoire,* j'ai raconté comment j'ai eu la soudaine révélation de ce que fut ma première incarnation sur terre. En rencontrant par hasard trois personnes un jour de ma vie présente, j'eus tout à coup la très nette sensation de les avoir connues auparavant. Longtemps auparavant... Les flashes se bousculèrent dans mon esprit, confirmés par le trouble similaire qu'éprouvaient ces personnes. Une « vérité » s'est alors imposée à moi, celle de mon origine première.

Je viens d'une planète dite « de cristal », dans la constellation de l'Aigle, qui évolue en orbite autour de l'étoile Altaïr. Étais-je, avec ces trois personnes, de l'expédition organisée par les Elohim en vue de civiliser la Terre ? C'est ma conviction intime, contre laquelle on ne peut rien. Les images confuses de ce voyage cosmique constituent mes premiers souvenirs, que je peux donc dater à environ soixante-dix-huit mille ans. Par la suite, je fus un des législateurs qui allaient s'attacher à donner naissance à la civilisation atlante. Complice des massacres sur les monstres hybrides, je devais désormais lier mon destin à celui de la planète Gaïa...

*
**

Lorsque les Elohim eurent achevé de donner leur vaste coup de balai dans la ménagerie terrestre, les bases étaient jetées. L'*Homo Sapiens* venait de faire son apparition. Il allait conquérir le monde.

Sous l'impulsion des Grands Instructeurs, quatre civilisations virent le jour : elles devaient longtemps vivre en harmonie, ou dans l'ignorance l'une de l'autre, je ne sais, aux quatre coins du globe.

Le royaume de Thulé occupait la partie nord de

notre hémisphère. Ses habitants, les Hyperboréens, ceux qui vivent « au-delà du vent du nord », étaient de race blanche. On les trouve mentionnés aussi bien dans les traditions scandinaves qu'orientales. Thulé, ce n'est autre que l'Avalon des Celtes ou le Varahi des hindous : le foyer primordial de l'*Homo Sapiens*.

Dans l'océan Pacifique s'implanta le royaume de Mu, siège de la race jaune. Cet immense royaume s'étendait du sud-est asiatique aux côtes ouest du continent américain actuel. Une grande partie de ces terres a disparu, engloutie sous les eaux, comme l'Atlantide : seuls vestiges de ce continent, les îles indonésiennes et les myriades d'archipels du Pacifique.

L'Afrique constituait le royaume de Gondwana, berceau de la race noire.

Enfin, « après les colonnes d'Hercule », au milieu de l'océan Atlantique s'éleva la civilisation des Atlantes, la plus développée des quatre. Les Atlantes se nommaient les Hommes rouges, car ils avaient la peau cuivrée. Bien des millénaires plus tard, lorsque les Espagnols mettront le pied sur le continent américain, ils auront d'ailleurs l'étrange intuition d'appeler ces peuplades, héritières des Atlantes, les « Peaux-Rouges ».

L'Atlantide prospéra rapidement. L'artisanat, puis les arts, enfin la science et les techniques s'y développèrent sous la tutelle des Grands Instructeurs, que leur karma avait condamnés au rôle de guides permanents.

Platon donne une description précise de l'irrésistible expansion de cette civilisation : « *Dans cette île Atlantide, des rois avaient formé une grande et admi-*

rable puissance, qui étendait sa domination sur l'île entière et sur beaucoup d'autres îles et quelques parties du continent. En outre, en deçà du détroit, de notre côté, ils étaient maîtres de la Libye jusqu'à l'Égypte, et de l'Europe jusqu'à la Tyrrhénie. »

Les Atlantes mirent tout leur savoir au service de vastes et complexes constructions, édifiant la plus grandiose des capitales : *« Avec toutes les richesses qu'ils tiraient de la terre, les habitants construisirent les temples, les palais des rois, les ports, les chantiers maritimes, et ils embellirent tout le reste du pays dans l'ordre que je vais dire. Ils commencèrent par jeter des ponts sur les fossés d'eau de mer qui entouraient l'antique métropole, pour ménager un passage vers le dehors et vers le palais royal. Ce palais, ils l'avaient élevé dès l'origine à la place habitée par le Dieu et par leurs ancêtres. Chaque roi, en le recevant de son prédécesseur, ajoutait à ses embellissements et mettait tous ses soins à le surpasser, si bien qu'ils firent de leur demeure un objet d'admiration par la grandeur et la beauté de leurs travaux. Ils creusèrent depuis la mer jusqu'à l'enceinte extérieure un canal de trois plèthres de large, de cent pieds de profondeur et de cinquante stades de longueur, et ils ouvrirent aux vaisseaux venant de la mer une entrée dans ce canal, comme dans un port, en y ménageant une embouchure suffisante pour que les plus grands vaisseaux y pussent pénétrer...* »

Pour décorer leurs monuments, les Atlantes utilisaient sans compter les métaux les plus précieux, y compris certains dont nous ne connaissons plus la composition, comme l'orichalque. On retrouvera dans des civilisations postérieures, babylonienne ou inca, l'usage de couvrir les murs des temples de feuilles d'or. Les pyramides égyptiennes elles-mêmes étaient à l'origine recouvertes de plaques de ce précieux métal, que des générations de pillards se sont acharnées à démanteler.

« Le temple tout entier, continue Platon, à l'extérieur, était revêtu d'argent, hormis les acrotères, qui l'étaient d'or : à l'intérieur la voûte était tout entière d'ivoire émaillé d'or, d'argent et d'orichalque ; tout le reste, murs, colonnes et pavés, était garni d'orichalque. On y avait dressé des statues d'or, en particulier celle du Dieu, debout sur un char, conduisant six chevaux ailés, et si grand que sa tête touchait la voûte, puis, en cercle autour de lui, cent néréides sur des dauphins... Autour du temple, à l'extérieur, se dressaient les statues d'or de toutes les princesses et de tous les princes qui descendaient des dix rois et beaucoup d'autres grandes statues dédiées par les rois et les particuliers, soit de la ville même, soit des pays du dehors soumis à leur autorité. »

Une civilisation affichant une telle splendeur et une volonté de conquête aussi arrogante devait inéluctablement connaître de vives guerres intestines. On assista bientôt aux premiers incidents, puis aux premières luttes armées entre humains.

Deux partis se disputaient désormais le contrôle du royaume : les Fils de Bélial et les Fils de l'Un. Les premiers étaient polythéistes, les seconds croyaient en un Dieu unique. Les monothéistes estimaient que la société atlantéenne devait continuer de se fonder sur les valeurs de la Tradition. Les Fils de Bélial, au contraire, étaient des novateurs au mauvais sens du terme, des rationalistes qui avaient oublié leur origine cosmique, divine, et qui voulaient exercer pleinement leur emprise sur le monde.

Ces rivalités n'étaient-elles pas en fait inhérentes à la nature désormais pleinement humaine des Atlantes ? C'est ce que suggère Platon lorsqu'il décrit cette décadence des esprits qui évoque étrangement la nôtre : « *Pendant de multiples générations, aussi longtemps que la nature du dieu suffit à les inspirer, les Atlantes restèrent dociles à la voix de sa législation et favorablement disposés à l'égard du fondement divin de leur mutuelle parenté... Mais quand vint à se ternir en eux, pour avoir été mélangé, et maintes fois, avec maint élément mortel, le lot qu'ils tenaient du dieu, quand prédomina chez eux le caractère humain, alors impuissants désormais à porter le poids de leur condition présente, ils perdirent toute convenance dans leur manière de se comporter et leur laideur morale se révéla aux yeux capables de voir, puisque, entre les biens les plus précieux, ils avaient perdu ceux qui sont les plus beaux.* »

Sous l'influence des Fils de Bélial, la science des Atlantes s'est peu à peu pervertie. Dans leur mégalomanie, ces apprentis sorciers ont même voulu transformer la planète et modifier en particulier son climat qui se refroidissait lentement. Dans ce but, ils ont entrepris de manipuler les forces telluriques. La Terre est en effet parcourue de faisceaux électromagnétiques, à l'instar du corps humain. Pour repérer puis agir sur ces champs de force, les Fils de Bélial ont dressé des pierres géantes. On voit encore les vestiges de ces opérations dans les fameuses pierres levées de Stonehenge ou de Carnac. Tous ces alignements mégalithiques, ainsi que les immenses lignes droites, semblables à des pistes d'atterrissage, qu'on peut découvrir à Nazca, au Pérou, avaient pour fonction d'inverser les champs magnétiques. Aujourd'hui encore, dans la mémoire collective de tous les peuples du monde, ces sites de menhirs sont considérés comme des endroits maléfiques.

Ce qui devait arriver arriva. Les manipulations des Fils de Bélial allaient provoquer l'engloutissement de l'Atlantide. L'inversion des champs magnétiques avait pour but d'obtenir un réchauffement du climat, elle eut en fait pour première conséquence une modification de l'axe de rotation de la Terre qui entraîna de terribles secousses sismiques.

Ce « déplacement d'axe » trouve d'ailleurs un curieux écho dans une légende des Indiens hopis, une tribu amérindienne qui raconte que les pôles Sud et Nord étaient gardés par deux jumeaux, et que lorsque le Créateur voulut détruire le monde pour faire place à un autre, il se contenta d'ordonner aux deux gardiens d'abandonner leur poste...

Cela dit, les Fils de Bélial avaient réussi au-delà de leurs espérances ! Un réchauffement général de la planète se fit sentir, et des fontes de glaces massives allèrent grossir les raz-de-marée provoqués par le choc tellurique. Les Fils de Bélial venaient de condamner l'Atlantide à la destruction.

Cela se passait il y a douze mille ans environ, c'est-à-dire au moment de la transition entre l'ère de la Vierge, signe d'organisation, et l'ère du Lion, signe de la puissance de la nature. Cela se passait il y a douze mille ans environ, date à laquelle on situe de manière scientifique le Déluge biblique...

*
**

Dans la Genèse, chapitre 6, il est écrit : « *Yahvé vit que la méchanceté de l'homme était grande sur la terre et que son cœur ne formait que de mauvais desseins à longueur de journée... Yahvé dit : "Je vais effacer de la surface du sol les hommes que j'ai créés... Je vais amener le déluge, les eaux, sur la terre, pour exterminer de dessous le ciel toute chair ayant souffle de vie : tout ce qui est sur la terre doit périr..."* »

Beaucoup ont voulu voir dans cette noyade universelle un simple mythe servant à illustrer la colère de Dieu face aux transgressions de Ses lois par les hommes. Aujourd'hui, on sait pourtant avec certitude que le Déluge a bien eu lieu et on est même capable de dire quand. Les fouilles d'Ur, en Chaldée (aujourd'hui en Irak), par exemple, ont permis aux archéologues de constater la présence d'une couche de limon épaisse de plusieurs mètres, résultat d'alluvions et de sédimentation marines. Après examen au Carbone 14, les céramiques retrouvées immédiatement sous cette couche ont livré assez précisément la date de cette gigantesque inondation : elle s'est produite il y a quelque douze mille ans.

Les géologues, pour leur part, ont pu établir que la dernière glaciation a commencé il y a environ quatre-vingt mille ans, soit à l'époque où débutait la civilisation atlante. Cette glaciation, dite de Wurm, connut plusieurs poussées de froid. La dernière, située il y a quelque treize mille ans, fut aussi la plus prononcée. Fut-ce celle qui inquiéta tant les Fils de Bélial ? De gigantesques glaciers se formèrent, entraînant l'abaissement du niveau marin d'environ cent cinquante mètres. Le visage de la planète était alors très différent de ce qu'il est aujourd'hui : imagine-t-on que la France, l'Angleterre, l'Irlande et la Scandinavie formaient une vaste étendue homogène ; que le Rhin trouvait son embouchure quelque part en Norvège ; que les îles de la mer Égée étaient soudées à la Grèce ; que Saint-Malo, La Rochelle ou Lisbonne se trouvaient à deux cents kilomètres à l'intérieur des terres ?

Face à elles, au milieu de l'océan, émergeait l'île Atlantide, alors au faîte de sa puissance colonisatrice. Les Atlantes avaient établi des ports à l'est, sur la côte d'Espagne et d'Afrique, mais aussi à l'ouest, sur ces îles Caraïbes qui n'étaient alors séparées entre elles que par de minces bras de mer... Mais les villes et les peuplements humains très anciens qui avaient naturellement élu domicile sur ces régions côtières doivent aujourd'hui être cherchés sous la mer, comme à Bimini.

Or cette dernière période de la glaciation de Wurm fut suivie par un fort réchauffement du climat, il y a douze mille ans. Fut-il provoqué comme je l'avance par une inclinaison de l'axe de la Terre ? Quoi qu'il en soit, les géologues s'accordent pour dire que ce réchauffement fut extrêmement rapide, un véritable éclair à l'échelle géologique. La fonte des glaces s'accompagna d'une forte évaporation, et donc de pluies abondantes. La remontée des eaux marines, le gonflement des fleuves auquel vint s'ajouter le mouvement des plaques tectoniques, tout cela déchaîna une formidable activité hydraulique. Glissements de terrain, effondrements côtiers, coulées de boue et inondations détruisirent des villages, des régions, voire des civilisations entières. C'est ce cataclysme énorme, cette catastrophe inouïe qui a subsisté dans le récit biblique du Déluge...

Et pas seulement dans la Bible ! Peu de thèmes sont aussi universels que celui du Déluge. Il est vrai qu'une submersion d'une telle ampleur devait nécessairement transparaître dans toutes les civilisations. On en trouve le souvenir dans les livres sacrés de l'Inde, mais aussi dans les vieux récits chinois ou océaniens comme dans les légendes africaines.

La Bible, d'ailleurs, ne se serait-elle pas inspirée de textes plus anciens ? La première narration écrite du Déluge figure sur des tablettes sumériennes, découvertes lors de la mise au jour des ruines de la ville de Nippur, en Irak. Ces tablettes racontent comment les dieux ont pris la décision de détruire l'humanité : pendant sept jours et sept nuits, ils ont déchaîné l'eau et le vent avec une violence terrible. Plus tard, ce texte sera la source de la version babylonienne du Déluge, telle qu'on peut la lire dans *L'Épopée de Gilgamesh*. En Inde, en Mésopotamie ou en Grèce, toutes les civilisations anciennes ont gardé la mémoire de ce Déluge qui « mit fin à l'humanité ».

Ou plutôt qui balaya une civilisation. Car l'humanité survécut. On le sait, un homme au moins – ou un groupe d'individus – échappa à la noyade. Selon les traditions, cet homme prendra des noms divers. Pour les Sumériens, il est Ziusudra, pour les Babyloniens Um-Napishtim, Manou pour les Indiens. Les Grecs l'appellent Deucalion. Pour la Bible enfin, ce survivant, c'est bien sûr Noé.

Quelque nom qu'on lui donne, cet homme fut averti de l'imminence du Déluge par Dieu, qui lui donna toutes instructions pour construire le grand vaisseau grâce auquel il devait échapper à l'ouverture des écluses divines (Genèse, chapitre 7, versets 1 à 3). « *Tu entreras dans l'arche, toi et tes fils, ta femme et les fils de ta femme avec toi. De tout ce qui vit, de tout ce qui est chair, tu feras entrer dans l'arche deux de chaque espèce pour les garder en vie avec toi ; qu'il y ait un mâle et une femelle.* »

Inutile, me semble-t-il, de s'appesantir sur l'impossibilité matérielle d'une entreprise visant à emmagasiner sur un simple navire – même à trois étages, comme nous le précise la Genèse – tout le formidable échantillonnage de la faune et de la flore terrestres... Je crois qu'il ne faut pas ici prendre le récit biblique au pied de la lettre. J'imagine mal en effet un homme bâtissant seul, à coups de marteau et en un temps record, une grande « barcasse » – pardon pour le terme – capable de résister vaillamment au raz-de-marée diluvien.

Alors quelle(s) hypothèse(s) pouvons-nous formuler ? Anticipant le cataclysme provoqué par les agissements coupables des Fils de Bélial, les Elohim auraient-ils décidé de sauver un certain nombre d'habitants de l'Atlantide, mais aussi des royaumes de Thulé, de Mu et de Gondwana, en les mettant en lieu sûr ? On peut penser en effet que seuls les Grands Instructeurs avaient les moyens de mener à bien la tâche titanesque consistant à sauver l'ensemble des espèces représentées sur terre.

Mais une autre question se pose : qu'a-t-on fait ensuite de ces spécimens humains, animaux et végétaux ? Il est possible et probable que le Déluge ait épargné certaines régions montagneuses. Les poignées de survivants auraient alors trouvé refuge dans de simples cavernes, effectuant ainsi un formidable bond en arrière. Une autre interprétation me séduit, parce qu'elle recoupe mes visions méditatives : à bord de gigantesques vaisseaux fermés – des Arches –, les Elohim auraient emmené dans les constellations de Sirius et d'Orion les compagnons de Noé, jusqu'à ce que les tribulations diluviennes se soient apaisées...

Ce qui m'incite à croire en cette intervention des Elohim, c'est une lecture gnostique de la Bible. Le nom de Noé ne me paraît pas avoir été choisi au hasard. Il est un signe. En retournant ces trois lettres, on obtient « Éon ». En grec, ce mot désigne « ce qui existe de toute éternité ». Pour les Hellènes comme pour les gnostiques, les Éons sont les puissances éternelles émanées de l'Être suprême. Ils figurent les dieux tutélaires, les énergies grâce auxquelles Dieu peut exercer son action sur le monde. À ce titre, Bouddha ou Jésus-Christ sont des Éons. Le nom de Noé nous signale qu'il serait lui aussi la manifestation terrestre d'un Éon, et non un « simple » humain. Ce qui, entre parenthèses, pourrait expliquer une certaine distance, voire l'indifférence dont fait preuve le Noé de la Genèse à l'égard du sort terrible de l'humanité...

Noé-Éon serait ainsi une entité divine venue du centre de la Galaxie, envoyé en catastrophe par les Sages de Siruns et d'Orion pour sauver ce qui pouvait être sauvé. Ceux qui trouvèrent grâce auprès de Dieu furent secourus, conduits sur une planète de transit, initiés peut-être à certaines connaissances.

Plus tard, Noé-Éon envoya sur terre un corbeau pour s'assurer que la planète avait retrouvé son équilibre. Dans notre hypothèse légendaire, il est possible que ce corbeau n'ait pas été un oiseau, mais une sorte de mission d'investigation des Elohim avant le retour des rescapés de l'Atlantide...

Aujourd'hui, la science a repris à son compte la notion d'éons : ceux-ci désignent des éléments invisibles contenus dans la matière. En langage imagé, ils sont l'âme cachée des choses. Ainsi, on voit le dernier prix Nobel de physique estimer qu'il serait possible grâce à eux de retrouver la mémoire ancienne retenue prisonnière des céramiques. Comme un microsillon gravé, une poterie formée sur le tour du potier contiendrait des informations sur le moment de sa fabrication...

On le voit, à travers toutes ces interprétations commence à se dessiner un dénominateur commun : celui de la pérennité. Peu importe au fond que Noé ait existé ou non, peu importent les modalités du sauvetage de l'humanité après le Déluge. Ce qui compte, c'est le message transmis par le symbole Noé-Éon : à mon sens, la Bible attire notre attention sur la permanence de l'humanité, considérée non pas comme un simple assemblage d'hommes, mais comme une valeur transcendante ou un « esprit » – celui apporté par la Colombe ? Chaque être contient en lui l'ensemble de l'humanité, de l'« humanitude », disent aujourd'hui certains penseurs. Noé-Éon est le symbole de cette continuité de l'espèce humaine sur terre, continuité assurée par Dieu en dépit des cataclysmes qui peuvent frapper une civilisation pervertie.

*
**

Nous connaissons très mal ce qu'il est advenu des hommes après le Déluge, après l'anéantissement de l'Atlantide. Furent-ils mis en quarantaine dans la Galaxie jusqu'à ce que le calme règne à nouveau sur la Terre ? Quelques groupes d'Atlantes rescapés se transformèrent-ils en troglodytes ? La question reste posée.

Ce que nous savons, cependant, c'est que la civilisation suivante, celle de Sumer, date d'il y a environ six mille ans. Cela revient à dire qu'entre le Déluge et cette apparition d'une civilisation organisée post-diluvienne en Mésopotamie, il y a un trou de six millénaires ! Six mille ans pendant lesquels la Terre semble avoir été quasiment inoccupée, les hommes étant absents ou plongés dans une régression culturelle consécutive à la submersion universelle. Jamais le fil de l'histoire de l'humanité ne fut aussi ténu que durant cette période de ténèbres.

L'archéologie semble bien confirmer cette longue parenthèse dans le développement humain. Ainsi, on sait que les Magdaléniens, implantés des Alpes aux montagnes Cantabriques en Espagne, ont connu leur apogée entre 15 000 avant J.-C. et l'époque approximative du Déluge. Les peintures de Lascaux et d'Altamira, près de Santander – la ville de mon grand-père maternel –, sont un témoignage évident de leur imagination fertile ainsi que de la finesse de leur inspiration. Il suffit de contempler les extraordinaires polychromies d'Altamira pour se convaincre du génie pictural des Magdaléniens. Une telle explosion de créativité serait sans doute un des faits les plus étonnants de notre histoire si on ne se souvenait pas que les auteurs de ces peintures furent les voisins de l'Atlantide. Ne tirèrent-ils pas leurs techniques picturales de la fréquentation des colonies atlantes ?

Mais les Magdaléniens ont soudain disparu, emportés sans doute par le même cataclysme qui a eu raison de l'Atlantide. La splendeur de leur art ne trouvera d'équivalent que sept mille ans plus tard, dans l'ancien empire égyptien.

Six millénaires... Trois « mois » de l'année précessionnelle... C'est ce que dura le long silence de l'humanité, couvrant ainsi les trois ères zodiacales du Lion, du Cancer et des Gémeaux. De façon significative, cette triade correspond à la période mythologique de Kronos, qui est celle d'un arrêt dans l'évolution à des fins de remise en ordre, et celle qui précède l'émergence d'une véritable conscience de soi.

*
**

« L'Histoire commence à Sumer », nous disent les historiens. C'est à la fois vrai et faux. Vrai si l'on considère qu'à partir de Sumer, nous pouvons suivre pas à pas le processus humain tout au long de cette nouvelle triade – ères du Taureau, du Bélier et des Poissons. Faux si l'on se souvient des royaumes antédiluviens...

Quoi qu'il en soit, après six mille ans d'absence ou de lente récupération, les hommes sont soudain revenus – ont réapparu ? – à Sumer en Mésopotamie, en Chine, en Égypte et en Amérique. Comment ne pas s'étonner de la soudaine émergence de ces civilisations organisées ? Tout d'un coup, semble-t-il, on voit les Sumériens « découvrir » – redécouvrir ? – cette irrigation que Platon nous décrivait comme une conquête atlante, mais aussi la céramique, la polychromie, la fonte et l'usage de métaux tels que le cuivre, le bronze, l'argent et l'or... Sumer nous fournit également les premiers exemples d'écriture dont nous disposons, gravés sur des tablettes d'argile.

L'éclosion soudaine d'une telle civilisation avancée ne va pas sans poser de questions. On pourrait en dire autant de l'ancienne Égypte. Voilà un peuple de bergers transhumants qui se fixe dans la vallée du Nil. Et presque instantanément surgit du néant une civilisation brillante, sans aucune référence, mais témoignant d'un raffinement artistique que nous envions encore. Certains meubles du trésor de Toutankhamon s'enorgueillissent d'une technique d'orfèvrerie que nous serions bien à mal d'imiter. Comment une civilisation aussi riche aurait-elle pu surgir aussi vite, *ex nihilo* ?

En l'absence de toute protohistoire, il est difficile de ne pas songer à un apport étranger. Comment ne pas être tenté de formuler l'hypothèse d'une renaissance, en Égypte comme à Sumer, d'un savoir atlante ? Celui-ci a peut-être été apporté par la vague de migration des rescapés du Déluge, qui se sont peu à peu fondus dans les populations locales, plus primitives. L'historien Diodore de Sicile écrit : « Les Égyptiens étaient des étrangers qui, à une époque lointaine, s'établirent sur les rives du Nil, amenant avec eux la civilisation de leur mère patrie, l'art de l'écriture et un langage évolué. Ils venaient de la direction du soleil couchant et étaient les hommes les plus anciens. »

Il est possible également que les Atlantes, colonisateurs insatiables et grands voyageurs, aient laissé à proximité du Nil et de l'Euphrate des dépôts contenant la somme de leur savoir. Aujourd'hui, l'homme moderne envoie bien aux confins de l'espace des sondes dans lesquelles est concentrée sur bandes informatiques toute l'étendue des réalisations humaines. Pourquoi ne pas imaginer que les Atlantes en aient fait autant avant nous, afin que puisse redémarrer une civilisation influencée par leurs propres découvertes ?

La statue du Sphinx pourrait bien être ce réceptacle de la Tradition. On sait que son origine et la datation de sa construction restent sujettes à controverse. Certains vont jusqu'à affirmer que cette statue colossale, si conforme aux réalisations atlantes, aurait été construite *avant* le Déluge. Les traces d'érosion que l'on voit nettement sous la tête du Sphinx seraient dans ce cas la marque du niveau extrême de la montée des eaux. Cet animal indestructible et si énigmatique n'abritait-il pas dans ses entrailles les acquis de la science atlante ?

Les habitants de la vallée du Nil auraient ainsi pu avoir accès à un savoir d'une extrême profondeur qui aurait donné naissance à une culture foisonnante de symboles, capable de s'exprimer dans un langage codé. En même temps apparaissait la caste si mystérieuse des prêtres et savants égyptiens, ces grands initiés. Initiés à quoi, sinon à la Connaissance atlante ? Les Égyptiens n'allaient-ils pas jusqu'à conférer des pouvoirs divins au grand architecte Imhotep, ministre du pharaon Djoser ?

On sait aujourd'hui que les pyramides de Guizeh ne sont pas de simples tombeaux pharaoniques mais de véritables « livres de pierre » : leurs positions, les rapports qu'entretiennent leurs mesures sont le témoignage irréfutable des étonnantes connaissances astronomiques et mathématiques des Égyptiens. Quant aux Sumériens, ils utilisaient déjà le nombre zéro, ce qui leur permettait d'effectuer des calculs cosmiques... Les astronomes babyloniens, quant à eux, connaissaient l'existence de la grande année précessionnelle qu'ils avaient calculée avec une remarquable précision.

Ces civilisations anciennes connaissaient également l'existence de constellations invisibles à l'œil nu et qui ne seront « découvertes » qu'au XVIIe, voire au XIXe siècle, grâce au télescope ! D'où détenaient-elles ce savoir ? N'est-ce pas là le legs des Hommes rouges, et en remontant plus loin, des Elohim ?

Par l'intermédiaire de Moïse, la culture hébraïque puis chrétienne bénéficia de cet héritage atlante. Trouvé au milieu des joncs sur les rives du Nil, l'enfant Moïse fut recueilli par la fille du Pharaon et, nous dit l'Acte des Apôtres, « instruit dans toute la sagesse des Égyptiens ».

L'extraordinaire prolixité de la Grèce antique en savants de toute espèce puisera aussi sa source sur les bords du Nil. Thalès de Milet étudia auprès de prêtres égyptiens puis revint dans son pays enseigner – bien avant Copernic et Kepler – que la Terre était ronde, chose que savaient déjà les Mésopotamiens. Pythagore rapporta également d'Égypte sa science des nombres et des mouvements astraux...

On pourrait multiplier les exemples à l'infini. Rappelons simplement que c'est aussi en Égypte que le sage Solon effectua son pèlerinage d'études. C'est là qu'il s'entendit raconter l'histoire de l'Atlantide. Comme il s'étonnait des sources de ses instructeurs, ceux-ci lui répondirent : « *Tout cela est écrit de longue date, ici dans nos temples, et sauvé de l'oubli...* »

*
**

Je voudrais pour conclure confier une expérience personnelle que les lecteurs de *Trajectoire* admettront sans doute plus volontiers que les autres. Ils savent en effet la nature des liens qui m'unissent à la Terre : lorsque je voyage à l'étranger, je reçois des vibrations positives ou négatives, comme si le sol voulait m'accueillir ou m'avertir. Il est des pays où je me sens de « retour » sur une terre qui fut autrefois, dans une vie antérieure, ma patrie. On se rappelle ainsi quelles sensations de familiarité j'ai ressenties lors d'un séjour en Égypte. Des souvenirs anciens, d'abord de simples images, puis des reconstitutions fidèles, m'ont convaincu que j'avais autrefois vécu dans cette Vallée des Rois...

J'ai effectué mon premier voyage « actuel » en Égypte quelque temps après la guerre des Six Jours. Le président Nasser était encore en froid avec la France – qui avait soutenu Israël – mais on parlait de réconciliation. Pour marquer le retour à des relations normales, l'idée est venue d'organiser un défilé de mode au pied des Pyramides. Mais afin ne pas froisser les susceptibilités, les organisateurs ne voulaient pas d'un couturier trop typiquement français. Le choix s'est alors porté sur un couturier un peu à part : Paco Rabanne. J'ai donc eu la chance de sceller les « retrouvailles » franco-égyptiennes en présentant ma dernière collection du moment devant le Sphinx de Guizeh.

Après le défilé, ému par l'extraordinaire beauté du site qui se trouvait accentuée par la lumière irréelle de la lune, j'ai gravi seul le petit raidillon qui court le long de la patte gauche du Sphinx. Mes regards étaient tournés vers l'impressionnante silhouette de la pyramide de Khéops, et je rêvais aux secrets qu'elle renfermait dans ses labyrinthes. Brusquement, mû par une sorte d'appel intérieur, je me suis retourné vers le Sphinx, dont le profil sombre se dessinait en contre-jour de la lune.

Je restai pétrifié. La statue m'apparaissait en image holographique, c'est-à-dire que la masse noire de la pierre était soulignée par un voile translucide qui épousait ses contours originaux. Ce que je voyais, c'était le Sphinx intact, tel qu'il se présentait au moment de sa construction. Je découvrais avec étonnement que la statue était en couleur : le visage était peint en rouge, la coiffe en blanc et bleu.

Alors j'entendis le Sphinx me parler. Il m'expliquait qu'il était le symbole de l'œuvre alchimique qui se fixe pour but d'épurer sa condition animale pour atteindre le divin. Le Sphinx possède un corps de lion, il est allongé sur le sol, comme ancré dans la matérialité terrestre, mais son visage est humain, son regard est tourné vers une vérité certes mystérieuse mais dont on peut voir qu'elle lui apporte une sérénité totale. En contemplant le soleil, il devient lui-même un dieu.

Tandis que je m'imprégnais lentement de ces révélations, je crus voir la pierre perdre peu à peu de son opacité. Dans la patte droite du Sphinx, un passage, un escalier dérobé m'apparut. Il menait à une cavité où sont enfermés tous les secrets atlantes. Dans cette chambre se trouve la preuve définitive qu'une civilisation antédiluvienne, disposant d'une écriture, mais aussi de machines complexes et d'une science évoluée, a autrefois existé sur la Terre.

Mais bientôt la pierre s'est à nouveau opacifiée, la pièce secrète et l'escalier ont disparu. « Lorsque mon visage sera remodelé, ces trésors seront découverts », me souffla encore le Sphinx.

Aujourd'hui, des travaux de restauration du visage sont entrepris. Et dernièrement, j'ai appris que la patte droite de la gigantesque statue était ensevelie sous un enchevêtrement d'échafaudages. Son abord même est interdit au public. Des fouilles auraient-elles commencé sous cette patte ?

Ce savoir des Atlantes, qui fut la source d'une des plus grandes civilisations humaines, mais qui, manipulé à de mauvaises fins par les Fils de Bélial, fut aussi la cause de sa perte, ce savoir va peut-être bientôt revoir le jour. Est-ce parce qu'il doit être révélé à quelques élus pour être transmis ? À l'instar des Fils de Bélial, en effet, l'homme moderne a depuis quelques décennies trouvé le moyen de modifier – par l'énergie atomique – l'axe de la Terre. Ceci n'est qu'une hypothèse mais, en pareil cas, d'immenses cataclysmes sont à prévoir et les rescapés de cette « fin d'un monde » devront à leur tour aller cacher ailleurs les secrets du savoir atlante qui ne seraient plus en sécurité en Égypte.

L'emplacement du Sphinx et des Pyramides a été choisi, en effet, pour son extraordinaire stabilité. Ces monuments se devaient d'être sur un secteur géologique à l'abri de tout séisme. Ainsi le secret des Atlantes serait bien gardé.

Pourtant, il s'est produit en 1992 un événement à mes yeux très alarmant : pour la première fois, un tremblement de terre a eu pour épicentre la pyramide de Khéops. Je crains qu'il ne faille voir là un signe de très mauvais augure.

Comme les Fils de Bélial, sommes-nous allés trop loin dans la mauvaise utilisation de notre intelligence novatrice ? Nous sommes-nous écartés du divin au point que celui-ci vienne nous rappeler à l'ordre dans ce lieu de sauvegarde du savoir humain ?

LA FIN DES TEMPS

Tout se passe comme si les êtres humains, parvenus à un certain stade d'évolution, devaient être condamnés à une destruction, sous forme de déluge ou autre cataclysme. Les Dieux seraient-ils jaloux de l'ascension des hommes ?

CHAPITRE QUATRIÈME

LA CONNAISSANCE DÉVOYÉE

Science sans conscience n'est que ruine de l'âme.

RABELAIS

Gardienne de la Connaissance, l'ancienne Égypte en réservait prudemment l'accès à quelques rares élus. Était-ce parce que, déjà, elle mesurait les risques d'une exploitation négative ? Depuis lors, et pendant des millénaires, les initiés ont souvent été obligés de s'envelopper d'un hermétisme protecteur afin d'interdire la diffusion d'un savoir dont ils pressentaient que, mis entre de mauvaises mains, il pouvait mener aux pires catastrophes. La lumière fut ainsi mise sous le boisseau. L'Évangile selon saint Matthieu lui-même (chapitre 7, verset 6) nous met en garde : « *Ne jetez pas vos perles aux porcs, de crainte qu'ils ne les piétinent, puis se retournent contre vous pour vous déchirer.* »

L'évolution de notre monde contemporain semble malheureusement donner raison à toutes ces inquiétudes : parce qu'elle s'est faite l'instrument d'une froide technocratie, l'intelligence humaine porte une lourde responsabilité dans la situation de crise que nous vivons. Ne s'est-elle pas, par exemple, mise trop souvent au service de la destruction massive ? Des noms comme Hiroshima et Tchernobyl ont jeté la science dans un terrible discrédit. S'en remettra-t-elle jamais ? Aujourd'hui, au vu des dégâts causés, le public continue de la considérer avec une certaine défiance.

Attaquer ainsi les scientifiques me paraît cependant léger. Je doute qu'ils aient jamais œuvré dans le secret de leur bibliothèque ou de leur laboratoire pour la perte de l'humanité. Mais ont-ils toujours mesuré l'utilisation diabolique que l'on pourrait faire de leurs inventions ? Ils se contentaient d'aller plus loin dans la compréhension des lois de l'univers, et de transmettre leurs découvertes. Seulement, les héritiers de ces découvertes en ont souvent imaginé un usage pervers. Et devant les catastrophes qui s'en sont suivies – ou qui menacent encore de s'ensuivre –, on a parfois tendance à crier haro sur la science, et non sur la façon dont on la détourne de ses intentions premières. Quand on critique ainsi à tort et à travers le « progrès », ce n'est pas lui en fait qu'on incrimine, mais un anti-progrès qui réside dans ce détournement du savoir.

Ce contresens n'est pas nouveau. Depuis l'aube des civilisations, les hommes se sont plu à penser que par une volonté de puissance jalouse, les Dieux ou le Dieu unique avaient tendance à prendre ombrage de leur désir de s'instruire. De nombreux mythes reflètent cette croyance selon laquelle les Divinités hésitent à remettre aux humains les clés de la Connaissance, de peur que ceux-ci n'en viennent un jour à rivaliser avec elles.

J'ai bien du mal à croire à semblable mesquinerie de la part du Créateur, mais les exemples légendaires ne manquent pas à l'appui de cette thèse on ne peut plus romanesque. Selon celle-ci, l'homme n'aurait jamais reçu le Savoir comme un cadeau du Ciel : il aurait été contraint de l'accaparer par vol et par ruse, châtiment terrible à l'avenant.

N'est-ce pas déjà ce que nous dit la légende sumérienne ? Enki, le dieu de la Sagesse, refusait obstinément de livrer à l'humanité les secrets nécessaires au développement de la civilisation. De son côté, la déesse du Ciel, Inanna, prit fait et cause pour les humains, qu'elle se désolait de voir croupir dans leur marasme primitif. Elle se rendit alors chez le dieu Enki, lequel, en hommage à sa beauté, lui offrit un somptueux festin. Sous le charme de son invitée, l'hôte but en abondance : l'ivresse aidant, il remit bientôt à Inanna les secrets divins. Lorsqu'il eut repris ses esprits, et réalisé qu'il avait été berné, Enki remua ciel et terre pour empêcher Inanna de parvenir à ses fins. Mais la déesse échappa à toutes les embûches et révéla aux hommes les arcanes des techniques fondatrices de la civilisation. L'impulsion première était donnée. Il n'en demeure pas moins qu'il avait fallu pour cela tromper la vigilance du dieu de la Sagesse...

N'est-ce pas aussi en se rendant coupable d'un vol qualifié que le célèbre Prométhée put apporter le feu aux hommes ? On ne sait plus très bien s'il alla le chercher sur la roue du soleil ou dans les forges d'Héphaïstos, mais ce qui est certain, c'est qu'il accomplit cet acte sans l'autorisation des Dieux, lesquels se réservaient l'entière jouissance du feu. Lorsque Zeus s'aperçut de cette perfidie, il fut sans pitié pour Prométhée, qui se vit enchaîner sur une colonne et condamner à se faire éternellement dévorer le foie par un aigle ! La leçon semblait claire...

Elle n'en reparaît pas moins dans la tradition chrétienne où l'on voit Lucifer jouer ce rôle prométhéen. Son nom, qui a aujourd'hui si mauvaise réputation, signifie en fait « Celui qui porte la lumière » (par opposition à Méphistophélès, « Celui qui hait la lumière »). Lucifer était à l'origine un ange entièrement dévoué à Dieu. Pourtant, par amour de la Création, mais aussi peut-être par orgueil, il porta le flambeau de la Connaissance à une humanité encore plongée dans les ténèbres de l'ignorance. Lucifer fut sévèrement puni, puisque Dieu fit de lui un ange déchu, rejeté du côté des forces sataniques...

Une première lecture de ces mythes et textes sacrés nous incite, certes, à voir dans l'essor des civilisations et de la science une révolte des hommes contre leurs Créateurs. Pourtant, je crois que l'affaire n'est pas aussi simple. Ce que tous ces récits mettent en cause, c'est moins le désir de Connaissance des hommes – après tout légitime – que leur ambition affichée – et combien dangereuse – de se prendre pour des Dieux. N'est-ce pas à cette ivresse de toute-puissance que les civilisations disparues ont dû leur perte ?

Car lorsqu'il s'est enfin muni de la Connaissance, dont il n'a de cesse d'explorer toutes les voies, même les plus périlleuses, l'homme ne connaît plus de bornes à son orgueil et se persuade qu'il peut seul dominer le monde. Mythe ou réalité, l'anéantissement de l'Atlantide illustre de façon dramatique ce processus fatal : oubliant et niant leur dépendance divine, les Fils de Bélial ont voulu soumettre la planète à leur bon plaisir. Ils se sont alors exposés à une terrible riposte des Cieux.

Toutes les civilisations « perdues » ne l'ont pas été par l'engloutissement d'un continent, certes. Mais toutes n'ont-elles pas également péché par vanité ou par lascivité, c'est-à-dire par une perte progressive de leur lien avec le divin ? Il en fut ainsi de Rome, qui, après avoir dominé le monde méditerranéen, a sombré dans la corruption morale et politique. Les grands empires coloniaux, qu'ils soient portugais, français ou britanniques, ont eux aussi été victimes de leur arrogance et de leur appétit démesuré. Tous avaient cru voir la preuve de leur supériorité dans ce qui n'était qu'une hégémonie temporaire. Ces puissances s'étaient mis en tête que le monde leur appartenait et qu'elles pouvaient se l'approprier sans vergogne : cette présomption devait les condamner à un déclin plus ou moins brutal.

Brutale, la chute de l'empire soviétique le fut incontestablement. Comme pour mieux nous rappeler qu'en ces Temps réduits, nos erreurs sont sanctionnées avec une rapidité accrue. L'Union soviétique, ce vaste glacis que l'on croyait impossible à briser, s'est soudain désagrégée sous nos yeux. N'est-ce pas le meilleur exemple de la progressive perversion des civilisations ? Fondé sur un principe admirable – l'égalité des hommes –, le communisme a conduit à la plus absurde des dictatures et au plus apostat des systèmes.

L'homme n'est pas victime des progrès de son savoir mais de la vanité avec laquelle il les emploie. C'est d'ailleurs ce que nous suggère un autre mythe célèbre, celui de Babel. Les hommes s'étant mis en tête de construire une tour assez haute pour pénétrer les Cieux, Dieu s'irrita de ce projet et réduisit leurs efforts à néant. On comprend aisément que ce qui est reproché aux humains, dans ce mythe, ce n'est pas leur faculté d'assembler des briques avec du bitume pour édifier une tour ! La faute des bâtisseurs de Babel, c'est de n'avoir compté que sur eux-mêmes pour s'imposer sur terre et forcer la Porte du Ciel. « Faisons-nous un nom ! » clamaient-ils avec outrecuidance. En voulant s'affirmer ainsi, ils oubliaient leur soumission à la puissance divine, la nécessité de respecter une éthique, à moins que ce ne soit la plus élémentaire prudence.

La science et la technique ne devaient être pour les hommes que des moyens d'adaptation au monde : ils ont voulu en faire des instruments de conquête. Rien de mal à s'élever vers le Ciel – c'est au contraire le sens de notre vie – à condition toutefois de ne pas considérer cette ascension comme un défi, mais comme un désir de fusion dans le Tout...

*
**

Certains exégètes ont souvent voulu voir dans la pomme croquée par Adam et Ève le symbole de la Connaissance. Ce fruit défendu aurait provoqué leur chute. Pour ma part, je me suis toujours méfié de cette confusion qu'une certaine Église s'est ingéniée à entretenir entre la simple curiosité humaine et l'orgueil satanique d'une créature voulant outrepasser ses limites. D'autant que ce péché originel était – comme par hasard – attribué à la femme puisque c'est Ève qui mangea le fruit la première. En ce qui me concerne, je ne crois pas un seul instant que Dieu ait eu pour projet de maintenir l'homme dans l'ignorance. Quel genre d'épreuve serait-ce là : proposer à Adam et Ève le fruit de la Connaissance et espérer qu'ils s'en priveraient ? C'est absurde.

Selon moi, la pomme devait représenter plutôt les bas instincts de l'homme, ces désirs les plus vils qui l'attirent vers la matérialité et non vers le spirituel. Sans doute les deux premiers êtres de la Création avaient-ils été avertis des dangers qu'ils pouvaient encourir à croquer le mal à pleines dents. Et sans doute le libre arbitre dont nous disposons aujourd'hui existait-il déjà au paradis terrestre. Ève et Adam ne résistèrent pas... Par la suite, de la même manière, pour chacune de ses actions, l'homme sera confronté à la nécessité de choisir entre ces deux voies différentes qui s'offrent sans cesse à lui : le bien satisfaisant, d'une part, et les périlleuses gourmandises du mal, de l'autre. Il en sera de même avec la science, qu'il pourra toujours faire basculer d'un côté ou de l'autre, pour le meilleur... ou pour le pire.

Dans la légende prométhéenne, par exemple, le feu est un symbole ambigu : il peut représenter la chaleur apprivoisée, mais il peut aussi devenir la foudre meurtrière. Or, comme l'écrit Jacob Boehme dans son *Mysterium Magnum :* « Le feu est douloureux, tandis que la lumière est aimable, douce et féconde. »

Voilà qui nous prouve que les mythes ne condamnent pas en soi la Connaissance et l'intelligence humaine, mais qu'ils nous mettent en garde contre leur ambivalence. Les interdits divins n'étaient d'ailleurs pas si formels que cela : les dieux n'ont-ils pas plus ou moins fermé les yeux sur le vol du feu ? Prométhée ne fut-il pas finalement délivré de son terrible sort par Hercule ? Par la suite, après la mort du Centaure, Prométhée accédera même à l'immortalité. La punition qu'il a subie reste toutefois un avertissement sur la responsabilité des hommes dans l'utilisation qu'ils feront des révélations dont ils auront été les bénéficiaires...

Dans ce domaine, le tableau de notre civilisation contemporaine est loin d'être glorieux. Les hommes ont dévié le savoir, ils en ont oublié la dimension spirituelle. En cette fin du Kali-Yuga, la science et surtout la technologie se sont éloignées de leur source divine. On se souvient de la phrase de Descartes appelant l'homme à se rendre « maître et possesseur de la nature ». Il opérait par là même une catastrophique fracture entre le moi pensant et le monde considéré comme objet extérieur, simple matière à expériences. La Nature devenait un vaste champ d'action pour les expérimentateurs qui s'en donneront à cœur joie.

Ce fut le point de départ d'une exploitation du monde dont on a vu plus haut les résultats : saccage de l'environnement, pollution chimique, déforestation, effet de serre... Le bilan est catastrophique. La responsabilité en incombe à cette scission qu'une science dévoyée a cru, pendant un certain temps, pouvoir établir entre l'Homme et la Nature. Aujourd'hui, nous commençons seulement à comprendre à quel point nous avons fait fausse route. Pauvres imbéciles ! Nous avions oublié que l'univers était un tout et que nous en étions partie prenante : soumettre la Nature, c'était nous asservir nous-mêmes...

Certains peuples que nous disons « primitifs » le savaient mieux que nous. Ainsi, en 1855, devant le président américain, le chef des Indiens de la tribu Duwarish prononça ce discours émouvant, alors que les siens s'apprêtaient à gagner la réserve exiguë qui leur était allouée : « *Chaque partie de cette terre est sacrée pour mon peuple, chaque aiguille de pin, chaque plage sablonneuse, chaque nuage dans les forêts sombres. Nous sommes une partie de la terre et elle est une partie de nous. Les fleurs odorantes sont nos sœurs, l'écureuil, le cheval, le grand aigle sont nos frères. La Terre est notre mère. Celui qui l'attaque attaque aussi les fils de la terre. Lorsque des gens crachent sur la terre, ils crachent aussi sur eux-mêmes. Car cela, nous le savons, n'appartient pas à l'homme, l'homme appartient à la terre que l'homme rouge aime comme le nouveau-né aime les battements du cœur de sa mère.* »

*
**

Loin de moi cependant l'intention d'entraîner le lecteur dans une entreprise de dénigrement généralisé de la science. Chacun sait tout ce que nous devons au progrès scientifique depuis quelques siècles, dans notre confort quotidien, dans notre lutte contre la souffrance et dans notre compréhension du monde. Et lorsque nous venons à tomber malades, nous faisons tous comme Socrate : nous préférons appeler le médecin plutôt que le « second en toutes choses », le philosophe.

Pourtant, je suis inquiet... Et l'on serait en droit de se demander si je ne me montre pas un peu « rétrograde », si je ne fais pas toute une montagne de quelques découvertes scientifiques dont il n'y a peut-être pas lieu de s'effrayer. Je crains soudain de faire songer à certains grincheux du XIXe siècle, qui s'opposaient farouchement aux chemins de fer sous des prétextes ridicules : la vitesse infernale des trains abrutissait les passagers qui, exposés au vent, avalaient en outre tous les miasmes de la terre, quand ils n'attrapaient pas des fluxions de poitrine en traversant les tunnels... Le jour où un homme un peu habile inventa la roue, j'imagine qu'il se trouva quelque vieux fou pour prédire que la fin de l'humanité était proche. Alors, pourquoi ne pas continuer de faire confiance au progrès ?

À cela, on pourrait opposer les désastres écologiques dont nous avons parlé. Mais ce ne serait pas suffisant. Si je m'inquiète des possibles dévoiements de la science, c'est que celle-ci se trouve à l'aube d'un bouleversement sans précédent. Jusqu'à présent, les progrès techniques restaient dans le domaine de l'*innovation* : l'outil inventé décuplait la force de l'homme, il n'en demeurait pas moins un prolongement mécanique de son bras. Ce à quoi nous assistons à présent, c'est à une véritable *mutation*, symptomatique du passage d'une ère zodiacale à une autre. Les outils ne sont plus seulement nos dociles serviteurs, ils sont en train de nous dépasser. L'ordinateur ne se contente pas de calculer plus vite que l'esprit humain, il effectue des calculs dont l'homme n'est pas capable. Bientôt, les molécules biochimiques se substitueront au silicium et au gallium des composants électroniques, leur capacité de stockage de l'information se rapprochant alors de celle de la cellule vivante. Nous sommes à la veille de ce que les spécialistes appellent la quatrième génération de robots, c'est-à-dire des machines « intelligentes », capables de capter les informations de leur environnement pour réagir en conséquence.

Sommes-nous en mesure d'envisager toutes les répercussions d'une telle mutation ? Devenu un véritable démiurge, l'homme ne sera-t-il pas victime de ses propres créations ? Quoi qu'il en soit, et devant les potentialités inouïes de la recherche, nous avons plus que jamais besoin de nous assurer que les scientifiques placent leur discipline sous le contrôle d'une véritable éthique, ou, plus simplement, d'un sens des responsabilités.

Tout est affaire d'équilibre et de mesure. C'est ce que semblait dire le grand savant Dédale à son fils Icare, alors que celui-ci s'apprêtait à s'envoler, des ailes fixées sur ses épaules avec de la cire. « *Ne vole pas trop bas,* lui dit son inventeur de père, *car tes ailes ne te soutiendraient pas. Ne vole pas trop haut non plus, car la chaleur du soleil ferait fondre la cire.* » Mais grisé par l'altitude, Icare s'éleva toujours plus haut, comme pour se mêler aux dieux : le soleil fit fondre la cire, et l'orgueilleux s'abîma dans la mer.

Au point où nous en sommes arrivés, ce n'est pas faire de l'antirationalisme primaire que de dire que la science moderne a – aussi – les moyens de nous conduire à l'abîme. À nous tous de rester vigilants... si toutefois cela peut suffire...

Qui connaît Goiania, par exemple ? Presque personne. Il y a quelques années, pourtant, cette ville du Brésil fut le théâtre d'un fait divers ou plutôt d'un drame qui peut nous apparaître comme une sorte de parabole sur les dangers du feu prométhéen. Dans un laboratoire médical laissé en quasi-abandon, un ferrailleur récupère une machine utilisée pour le traitement du cancer. En la démontant, il trouve un gros cylindre de plomb qu'il ouvre à grands coups de marteau. Ce cylindre contient une jolie poudre bleutée, légèrement phosphorescente. Il en distribue à ses enfants, puis à des voisins intrigués.

Cette poudre, c'était du césium 137, éminemment radioactif. La femme et les enfants du marchand de ferraille moururent quelques jours plus tard. D'autres personnes furent exposées à des taux de radiation énormes qui les condamnaient à moyenne échéance. Des centaines de gens furent atteints, plusieurs familles durent être évacuées de leur maison, que l'on dut raser. En dehors de l'ex-URSS, jamais on n'avait vu autant de dégâts dus à la radioactivité.

Voici un appareil qui avait pour fonction de soigner une maladie et qui devint responsable de la destruction d'une communauté... Peut-on imaginer meilleur exemple de cette toujours possible déviation négative de la technologie ?

Encore ne s'agit-il ici que d'une simple erreur humaine, d'un détournement fortuit. Le plus dangereux, c'est le détournement conscient et permanent de la science à des fins meurtrières.

Ainsi, la fission de l'atome n'est pas un mal en soi : bien maîtrisée – et une fois résolu l'épineux problème des déchets ! –, elle pourrait devenir une vraie solution à nos problèmes énergétiques. Mais en attendant, le dévoiement des recherches nucléaires nous fait courir des risques énormes depuis maintenant presque un demi-siècle. Une formidable épée de Damoclès est suspendue au-dessus de nos têtes. L'ensemble de l'armement nucléaire est aujourd'hui estimé par les spécialistes à quelque quinze milliards de tonnes d'équivalent TNT ! Chiffre trop gigantesque pour être vraiment appréhendé par l'esprit : cela correspond à trois tonnes d'explosif par habitant de la planète ! Quand, pour nous mettre en garde, les savants nous disent que nous sommes assis sur un baril de poudre, il ne s'agit pas d'une image mais d'une réalité physique ! Lorsqu'on distribue des armes à toute une population, un jour ou l'autre, pour une broutille, la fusillade générale finit nécessairement par éclater.

Longtemps les stratèges se sont abrités derrière la notion de « dissuasion » pour expliquer la folle course aux armements à laquelle nous avons assisté ces dernières décennies. Pour garantir sa sécurité, un pays devait persuader ses ennemis qu'il pouvait répliquer à une attaque nucléaire. Aujourd'hui, cette « dissuasion » n'est plus qu'un leurre : nous savons en effet qu'en cas d'agression nucléaire massive, ce n'est pas seulement le pays visé qui serait détruit, mais l'ensemble de la biosphère... quand bien même l'agressé n'aurait pas le loisir de riposter. Une guerre ou même un accident en chaîne ne laisserait donc que des perdants.

Enfin convaincues de l'inanité de leur folie guerrière, les grandes puissances ont entrepris un mouvement de réduction de leur armement nucléaire. Signe encourageant, certes, mais il nous reste largement de quoi envoyer la planète sur une autre orbite...

Parce qu'ils sont à la pointe des innovations, les scientifiques savent faire de la prospective et leurs déclarations sonnent parfois comme des prophéties. Espérons cependant que le grand chimiste Marcelin Berthelot se trompait lorsqu'il écrivait à la fin du XIXe siècle : « *Je prévois qu'après une centaine d'années de science physique et chimique, l'homme saura ce qu'est l'atome... Et je crois que lorsque la science aura atteint ce point, Dieu descendra sur la Terre avec son énorme trousseau de clés et dira à l'humanité : Messieurs, c'est la fin des Temps !* »

*
**

Les dangers relatifs au nucléaire sont désormais relativement bien connus, même s'il aura fallu de terribles accidents pour nous ouvrir les yeux. Mais une autre menace se profile, plus sournoise. Bien qu'elle en soit encore à ses balbutiements, la génétique a de quoi faire froid dans le dos, surtout si l'on imagine l'exploitation dont elle pourrait être l'objet.

On se souvient de l'émoi causé par la « démission » soudaine d'un des plus grands spécialistes mondiaux dans ce domaine. Il avait réussi à obtenir la congélation d'embryons, ce qui en soi pouvait être considéré comme un extraordinaire succès scientifique, voire comme un espoir pour l'humanité. Pourtant, ce généticien a préféré une sorte de suicide professionnel plutôt que de poursuivre plus avant des recherches dont les retombées futures le glaçaient. Il était néanmoins conscient que sa décision personnelle, si elle pouvait servir à alerter l'opinion, ne suffirait pas à empêcher l'irrésistible progression de la génétique. Ses confrères continuent les recherches, privés de garde-fous et soumis à des intérêts économiques pervers. Quel monde nous préparent-ils dans leurs éprouvettes ? Faute de disparaître, l'humanité pourrait bien ne plus avoir le visage que nous lui connaissons, ce qui n'est pas moins effrayant...

La Nature a accompli ce véritable miracle de ne jamais produire deux êtres exactement identiques – sauf dans le cas particulier de jumeaux issus d'un même œuf. Pourtant, cette diversité infinie n'est que la variation d'une molécule unique et éternelle, l'acide désoxyribonucléique, mieux connu sous le nom d'ADN.

Cette molécule se présente sous forme d'une double spirale, à l'image de la kundalîni, la force vitale qui selon les hindous se love autour de notre colonne vertébrale. Évocation du mouvement originel, base de toute création, cette double hélice est le symbole à la fois de la fécondité et de la permanence de l'être sous son apparente mobilité. La molécule d'ADN, parce qu'elle est susceptible d'une infinité de combinaisons, est la source créatrice de tous les êtres humains ainsi que le symbole d'une permanence : celle de notre humanité.

Cette molécule, présente dans chacune des quelque cent milliards de cellules que compte le corps d'un homme adulte, a été découverte il y a seulement une quarantaine d'années. Aujourd'hui, nous sommes capables d'en sélectionner les séquences, de les modifier et de les recoller. Bientôt, nous serons en mesure de fabriquer ces clones qui font depuis longtemps déjà les délices de la science-fiction, laquelle, on le sait, est malheureusement souvent prophétique. On pourra réaliser un double biologique de n'importe quel être : il « suffira » de prélever chez lui le patrimoine génétique contenu dans le noyau d'une cellule quelconque pour l'insérer dans un ovule. L'enfant qui naîtra à la suite de cette manipulation sera l'exact jumeau du fournisseur d'ADN...

Un tel « succès » scientifique peut être exploité pour le meilleur comme pour le pire. Quelle glorieuse perspective pour l'industrie alimentaire qui pourra ainsi sélectionner les animaux les plus productifs et accroître de façon spectaculaire nos ressources ! Pour l'humanité en revanche, quelle inquiétude ! Nous dirigeons-nous vers une société qui pourra former à volonté le type d'homme dont elle a besoin ? Les riches et les puissants pourront-ils commander à la science l'« élevage » de leurs clones personnels, afin de prolonger leur vie en prélevant sur ces sosies les organes dont ils auront besoin ?

Perspective apocalyptique... De leur côté, les

chercheurs voient dans les manipulations génétiques une source d'espoir : celle du repérage des maladies héréditaires, qui sont inscrites dans le code de l'ADN. Seulement, il y a une marge entre détecter une anomalie génétique et y remédier. En cas d'anomalie répertoriée, en effet, on peut craindre que la solution adoptée soit l'avortement thérapeutique et l'élimination à court terme des porteurs de gènes « anormaux ». C'est la porte ouverte à une sélection des naissances, sorte d'eugénisme social : on pourra étouffer « dans l'œuf » tous ceux qui ne présenteront pas les caractéristiques conformes aux exigences de la société. Ceux dont les maladies ou handicaps seront trop lourds à porter par le groupe, ceux dont les potentialités intellectuelles ou physiques ne répondront pas à un besoin se trouveront irrémédiablement écartés... Tout cela bien sûr sous le couvert d'assurer une meilleure viabilité au groupe social. On ne manquera pas de justifier ce vaste tri génétique par des nécessités économiques ou démographiques...

Nous n'en sommes pas là, me direz-vous, et je me place dans l'optique d'un scénario catastrophe. Les conséquences à long terme des découvertes en biologie et en génétique nous semblent encore bien floues. Pourtant, il y a de bonnes raisons de se montrer prudent. Pouvoir déterminer rapidement le sexe d'un fœtus peut en effet apparaître comme une avancée mineure, et somme toute bien innocente. Toutefois, dans certains pays, ce « progrès » entraîne déjà une hécatombe de filles, les femmes enceintes préférant avorter lorsqu'elles savent qu'elles ne donneront pas naissance à un garçon. Aujourd'hui, des cliniques offrent même, pour quelques milliers de francs, la possibilité de choisir le sexe de son enfant... Quelle sera la prochaine étape ? Cela me rappelle ce projet qui, en 1979, était apparu comme une farce : les Américains avaient eu l'idée farfelue de stocker le sperme des prix Nobel dans le but à peine dissimulé de créer une race de génies...

Aujourd'hui, les gens ouvrent enfin les yeux et réclament partout la formation de comités d'éthique chargés d'encadrer les avancées de la génétique. Celles-ci devraient en effet être soumises à une étude visant à évaluer les conséquences positives et négatives du prétendu « progrès ». Mais l'existence de ces comités d'éthique est aussi un terrible constat : s'ils s'avèrent nécessaires, c'est bien que la science semble avoir perdu toute capacité de discerner le bien du mal. On me rétorquera que cela n'a jamais été son rôle. Eh bien, j'affirme le contraire ! La science ancienne, reposant sur la Connaissance secrète, ne perdait jamais de vue qu'elle devait servir un but : le rapprochement avec le divin, et non la descente aux enfers. Ce que la Tradition savait, ce que les Égyptiens avaient pu conserver, la science moderne l'a perdu. Elle a trop longtemps évacué toute notion de morale en prétendant que celle-ci n'était pas de son domaine. Aujourd'hui, on voit dans quelle confusion et sur quelle pente dangereuse nous a entraînés cette attitude démissionnaire ! Le fait que ce soient des scientifiques eux-mêmes qui ont tiré la sonnette d'alarme représente sans doute un espoir, mais les suivra-t-on dans leurs mises en garde ?

Ou bien faudra-t-il attendre ce moment fatidique où, nous dit Isaïe (chapitre 2, verset 11), « *l'orgueil humain baissera les yeux, l'arrogance des hommes sera humiliée ; Yahvé sera exalté, lui seul, en ce jour-là* » ?

*
**

Surtout qu'on ne se méprenne pas sur mon propos. Encore une fois, ma diatribe est moins dirigée contre la science elle-même que contre sa mauvaise utilisation. En fait, ce à quoi je m'oppose c'est le scientisme, cette tentative de réduire l'être humain à quelques propositions mathématiques. L'âge moderne a renoncé à s'interroger sur le *pourquoi* du monde pour ne plus s'intéresser qu'au *comment*. On oublie l'origine et le sens de la vie pour ne s'intéresser qu'à son fonctionnement mécanique. Je crains qu'une société privée de tout principe spirituel ne soit vouée à la dispersion, comme les bâtisseurs de la tour de Babel.

Cela dit, si l'on est en droit de pointer un doigt accusateur sur la science, c'est uniquement parce qu'elle s'est écartée de ses buts premiers. Qu'elle en retrouve le chemin, et elle constituera notre meilleure chance de survie. Que ce soit clair, en effet : si j'avais à choisir entre la science et le refuge dans un irrationnel de pacotille, je choisirais sans hésiter la science ! Je sais trop bien que les difficultés qui nous assaillent ne trouveront pas de réponse satisfaisante sans l'appui de la recherche scientifique. C'est elle qui peut nous apprendre à économiser nos ressources en développant des énergies de substitution, elle qui peut faire face aux épidémies, elle enfin qui pourra nourrir une population croissante. La biotechnologie devrait nous permettre la production de masse, et à un faible coût, de protéines comestibles à partir de substrats tels que le gaz naturel ou les déchets agricoles. Bien sûr, les gourmets vont crier au scandale mais nous ménagerons nos sols et, surtout, nous sauverons des millions de vies humaines.

Ce que j'appelle de mes vœux, ce n'est donc pas la fin du règne de la science, mais son assujettissement au bien-être de l'humanité. Ce que je souhaite, c'est que la formidable mutation qui se prépare s'accompagne chez tous les scientifiques d'une prise de conscience de leurs responsabilités. On connaît la célèbre citation d'Einstein qui reste malheureusement toujours d'actualité : « *La puissance décharnée de l'atome a tout changé, sauf notre façon de penser, et nous glissons ainsi vers une catastrophe sans précédent : une nouvelle façon de penser est essentielle si l'humanité doit survivre.* »

*
**

Cette nouvelle façon de penser, je ne suis pas sûr de l'entendre clairement vibrer dans le concert de voix qui s'élève aujourd'hui contre les abus de la technologie. Les protestations d'un certain nombre d'écologistes me semblent en particulier avoir d'étranges échos passéistes...

Si ceux qui roulent en 2CV ont tendance à me faire sourire, ceux qui veulent s'éclairer à la bougie me font plutôt enrager. L'écologie ne doit pas être synonyme de retour à l'âge de Cro-Magnon. L'ère du Verseau doit nous permettre un bond en avant, pas en arrière. Malheureusement, trop d'amoureux de la « nature » m'apparaissent comme des gens qui ont simplement réinvesti dans ce créneau leur haine du modernisme. Les vrais écologistes n'ont pas d'attitude archaïque.

Une attitude à laquelle je ne peux évidemment pas souscrire. Toute ma vie, je me suis efforcé de m'inscrire dans la modernité. À tel point qu'on a pu parfois me qualifier d'avant-gardiste, chose aberrante que j'ai fini par prendre pour une insulte. Je suis pleinement ancré dans le présent, au contraire, et c'est lui que je dévoile dans mes collections. Je ne suis pas en avance sur le temps : ce sont ceux qui me traitent d'avant-gardiste qui sont en retard d'un train...

Je suis en accord sur de nombreux points avec les écologistes : je partage leur analyse sur l'urgence d'une action globale pour sauver notre environnement et même notre planète. Mais je me méfie de ceux qui cachent sous leur profession de foi la nostalgie stérile d'un monde de grand-papa pour lequel je n'ai aucune attirance particulière. Pourquoi faudrait-il rejeter en bloc les conquêtes de notre confort et de notre bien-être ? La veillée au feu de bois était peut-être pittoresque, mais l'électricité et le chauffage central ont aussi du bon. Les lavandières, les glaneuses et les repasseuses faisaient sans doute de beaux sujets de peinture, mais je préfère penser que ces personnes ont trouvé grâce au machinisme leurs professions moins éreintantes.

Un certain nombre de « fondamentalistes » de l'écologie ont donc à mes yeux une fâcheuse tendance à chercher leur idéal de société dans le passé plutôt que dans l'avenir. J'ai même entendu des sociobiologistes rêver tout haut d'un monde ou l'homme aurait réussi à imiter « le noyau familial du gibbon à mains blanches, ou l'harmonieuse communauté des abeilles ». Ambition consternante et terrifiante ! Certes, nous sommes issus de l'animalité. J'ai expliqué dans *Trajectoire* que nos premières incarnations pouvaient être animales. Mais l'évolution se fait toujours et forcément par le haut ! Alors par pitié, pas de nostalgie déplacée : nous nous élevons, nous ne descendons pas !

Je ne serais pas autrement surpris d'entendre certains extrémistes nous déclarer bientôt que le sida fait partie des mécanismes autorégulateurs de Gaïa ou que l'eugénisme est la seule réponse à la croissance démographique. Nous reparlerons plus loin des faux prophètes. En attendant, méfions-nous toujours de ceux chez qui la passion de la nature cache assez mal une aversion à l'égard des hommes...

*
**

L'aversion et la haine... C'est là peut-être que réside la plus grande faute commise par notre civilisation. Nous avons oublié que Dieu est non seulement Connaissance, mais Amour. Nous avons oublié que l'intelligence humaine n'est qu'un monstre froid si elle ne se trouve guidée et soutenue par une spiritualité ardente.

Et c'est de ce manque d'amour que viendra l'Apocalypse. Nous agissons depuis trop longtemps sous la gouverne d'une « science sans conscience ».

Si nous trouons sans vergogne la couche d'ozone, n'est-ce pas que nous nous désintéressons du sort de nos enfants ? N'est-ce pas par manque de fraternité que nous faisons des pays pauvres notre poubelle ? N'est-ce pas par inhumanité totale que l'on tue des enfants en Amérique du Sud pour alimenter les « dons d'organes » qui, en soi, pourraient se justifier s'ils ne faisaient pas l'objet de trafics et de crimes ?

Née de la Connaissance secrète, la science s'est transformée progressivement en une grande prostituée : elle s'est vendue à l'ordre marchand, elle est devenue l'esclave d'intérêts économiques. Elle a encouragé la création dans le public de faux besoins qui ont conduit à notre société de pléthore et de gaspillage. En se dévoyant, la Connaissance nous a fait perdre toute notion du sacré. Aujourd'hui, tout est devenu marchandise, le sang, les organes, et jusqu'au sperme.

Dans un tel climat, il serait vain cependant de faire de la science en elle-même le bouc émissaire de tous nos maux. Elle n'est qu'un instrument de nos mauvais desseins. Nous lui devons peut-être Hiroshima et Tchernobyl. Mais aucune technologie de pointe n'a été nécessaire pour construire les chambres à gaz et les fours crématoires d'Auschwitz...

Si notre planète Gaïa souffre d'abord d'une pollution chimique, d'un étouffement par le béton et d'une dégradation générale de l'environnement, elle est aussi lentement asphyxiée par la noirceur de nos pensées, qui finiront tôt ou tard par provoquer la colère terrestre autant que céleste.

CHAPITRE CINQUIÈME

QUAND LA PLANÈTE BLEUE S'ENROBE DE NOIR...

Allons, mes enfants, réveillez-vous de ce sommeil, car d'un moment à l'autre, le monde peut être jeté à bas.

Message de la Vierge
à San Damiano, 1967

Mon métier de couturier m'a donné l'occasion d'effectuer très tôt de nombreux voyages à l'étranger. Dès les années soixante, j'ai pu ainsi me rendre sur les quatre continents pour y présenter mes collections de mode. Insatiable curieux de toutes les cultures, de tous les paysages, j'explorais le monde avec la volupté de Baudelaire rêvant d'une jeune géante dont il pourrait « parcourir à loisir les magnifiques formes ».

Je n'étais pas le seul à m'enivrer de ces splendeurs et de la « verve puissante » de la Nature. Pour la première fois dans l'histoire de l'humanité, grâce aux photographies prises par les astronautes, une génération d'hommes et de femmes découvrait avec éblouissement l'extraordinaire beauté de leur Planète bleue.

Malheureusement, mes voyages récents – de la Russie au Brésil, du Canada au Japon – ont fait naître en moi des impressions bien différentes. C'est un visage tout autre que présente aujourd'hui la Terre.

Partout, j'ai senti une grisaille uniforme gagner rapidement du terrain. Vues du ciel, les villes du monde entier m'ont paru couvertes d'une couche de crasse, quand elles ne disparaissaient pas sous les immondices.

Lors d'une des dernières missions de la navette spatiale américaine, une astronaute a constaté, elle aussi, l'altération dont est victime notre planète. Les gaz rejetés par nos industries rendent par endroits l'atmosphère opaque au rayonnement infrarouge thermique. En observant la Terre depuis l'espace, on s'aperçoit que leurs « signatures » spectrales s'étendent de plus en plus...

Mais je suis persuadé que la pollution chimique n'est pas seule en cause. La noirceur que je perçois, pour ma part, est également celle qui transpire de nos âmes cafardeuses, fielleuses ou carrément mauvaises. Chaque fois qu'une pensée nous traverse l'esprit, en effet, nous émettons une vibration appelée égrégore. Lorsqu'elles sont négatives, ces égrégores polluent notre espace mental et celui de notre entourage. On sait combien la « mauvaise humeur » peut se révéler communicative. Entrez dans la chambre ou le bureau de quelqu'un qui « broie du noir » (les expressions ne sont jamais fortuites), et vous sentirez un poids s'abattre sur vos épaules. Additionnées à l'échelle d'une ville ou d'un pays, ces ondes négatives forment une véritable chape qui pèse sur notre psychisme de façon presque palpable et engendre à son tour haine, jalousie, amertume...

J'ai raconté dans *Trajectoire* comment, il y a deux ans environ, alors que je marchais tranquillement dans une rue de Paris, je me suis trouvé comme emprisonné par des ténèbres plus épaisses et plus visqueuses que du goudron liquide. Les passants avaient disparu, tout n'était plus que salissure alentour. Quand ce linceul terrifiant est venu effleurer mon corps, j'ai poussé un hurlement. Aussitôt, l'obscurité s'est dissipée. J'ai retrouvé la lumière de la rue... et quelques regards ahuris posés sur moi !

Tout cela n'avait duré que quelques secondes, je suppose. Mais de retour chez moi, j'ai relu les passages concernant les Trois Jours de Yahvé. Et j'ai compris que je venais de faire l'expérience visionnaire de ce terrible obscurcissement qui régnera sur la belle Planète bleue quand tombera la colère céleste.

Depuis, je ne cesse d'observer ce voile angoissant qui ternit les couleurs du monde. « *Cet âge obscur s'obscurcira jusqu'à sa fin* », nous dit le *Vishnu-Purana.* Tout sur terre s'efforce de monter vers la clarté du Quatrième Plan vibratoire et nous, nous nous alourdissons, nous nous enfonçons dans l'opacité de la matière. Comment n'y aurait-il pas déchirement ?

*
**

Déjà le crépuscule descend sur cette ère des Poissons, condamnée par le cycle des temps. Mais si ce passage d'une ère à l'autre est inéluctable, il n'entraînera notre perte que dans la mesure où nous y contribuerons. Les nuages qui s'amoncellent sur notre destin ne sont que le résultat de notre propre noirceur.

Le premier coupable, c'est ce sentiment négatif

qui gangrène notre esprit : l'égoïsme. Pour lui donner meilleure allure, nous lui prêtons souvent le nom plus flatteur d'individualisme. Mais c'est bien lui qui met des œillères à nos pensées et qui abaisse nos vibrations intérieures.

Si Prométhée fut le symbole des conquêtes de l'aube des Temps, Narcisse est certainement celui de cette fin du Kali-Yuga. Non contents d'oublier le divin, nous avons désaffecté la sphère publique pour ne plus nous intéresser qu'à notre nombril. La religion prédominante est sans nul doute le culte du moi. Culturisme à outrance, implants de jouvence et liftings à répétitions : *mens sana in corpore sano* ? Il s'agit de bien autre chose dans nos mentalités : il s'agit du paraître, au détriment de l'être. On ne veut plus vieillir, on ne veut plus mourir, ni léguer son expérience, ni partager quoi que ce soit. La réussite sociale n'est plus seulement la récompense d'un ouvrage bien mené, mais l'accession au pouvoir, à la puissance matérielle, à l'opulence ostentatoire. Et laissez-moi tranquille, s'il vous plaît, même vous, ma conscience ! Au moindre frémissement de leur âme, les adorateurs de l'Ego se précipitent chez leur « psy », lequel leur tendra un miroir complaisant : parlez-moi de moi, il n'y a que ça qui m'intéresse. On veut être bien dans sa peau, ici et maintenant, et chacun pour soi.

Et la Terre, dans ce nombrilisme ? La Terre et ses habitants – les autres –, l'avenir du monde, de notre monde, c'est-à-dire notre avenir ? Nul ne s'en préoccupe sérieusement, ou si peu ! C'est pourtant bien ce qui nous perdra, collectivement, donc individuellement. Chaque égoïste profond se trouve dans la position ridicule d'un homme qui bricolerait l'intérieur de sa maison dans le moindre détail, sans se rendre compte qu'un glissement de terrain extérieur risque de l'engloutir. Comment les êtres humains d'aujourd'hui, en effet, pourraient-ils s'apercevoir de l'état du monde qui les entoure, alors qu'ils sont en permanence occupés à suivre les péripéties de leur moi superficiel ? Ah, certes, ils ont bien entendu parler de la catastrophe écologique ou des affrontements ethniques qui ravagent la planète, ils en suivent même les développements dans les médias, mais leur intérêt ne dépasse jamais le stade de l'étonnement passager, entre la page des spectacles et celles des sports. Au besoin, on verse une larme sur tant de malheurs, ou bien on y puise de quoi animer un dîner mondain, histoire de montrer qu'on se tient au courant. Être informés, voici un programme à la mesure de ces frivoles ; mais s'impliquer, s'investir, militer... c'est au-dessus de leurs forces. Surtout ne pas déranger : on dort.

L'égocentrisme ambiant est aujourd'hui le plus grand obstacle à la mobilisation planétaire que réclament les scientifiques comme les initiés. Comment d'ailleurs se faire entendre de gens qui se promènent dans la rue un Walkman sur les oreilles ou qui s'enferment chez eux dans un *cocooning* confortablement borné ? « Communiquer », dites-vous ? Mais toutes les innovations de la vie moderne – des distributeurs automatiques au minitel – ne visent-elles pas à réduire le plus possible nos contacts avec autrui ? Les autres ? C'est déjà bien de les tolérer, à condition qu'ils restent dans leur coin, et à bonne distance. Sinon, on va défendre son territoire, national, ethnique, religieux. L'heure des intégrismes de tous bords et des épurations criminelles a sonné. Serait-ce déjà le début de la grande guerre de la fin des Temps ?

Certains penseront sans doute que, dans la plupart des pays « démocratiques », nous n'en sommes pas là et que, bien au contraire, nous nous posons en bienfaiteurs des pauvres et défenseurs des droits de l'Homme sur le reste de la planète. Une façon de se dédouaner par quelques interventions ponctuelles. Mais quel exemple proposons-nous, nous les donneurs de leçon ? Notre civilisation n'obéit plus qu'à un seul mot d'ordre : le confort matériel ! Et individuel... Car il ne s'agit aucunement d'un idéal de bien-être général, mais d'une pléthore personnelle que nous osons appeler bonheur. Je ne sais plus qui disait, pourtant, que la quête d'un bonheur individuel qui ne se donne pas pour ambition de rejaillir sur l'entourage n'est qu'un « rêve de prédateur ». Ainsi poursuivons-nous nos buts sans nous soucier de ceux qu'il faudra piétiner en chemin.

« *Celui qui possède beaucoup d'argent sera le maître des hommes* », dit le *Vishnu-Purana,* évoquant la fin de ce Kali-Yuga, annonciatrice de la grande catastrophe. « *Accumuler de la fortune sera l'objectif le plus partagé. L'esprit des hommes sera occupé essentiellement à la recherche de gratifications matérielles et de pouvoir... Les valeurs spirituelles déclineront de jour en jour, le monde deviendra dépravé. Seule la propriété, la fortune conféreront rang : la santé physique sera la seule source de dévotion, et les passions seront sexuelles. Le mensonge, la fausseté seront les moyens du succès.* »

Entraînée par le culte du moi sur la pente des plaisirs faciles, notre civilisation glisse lentement vers la corruption des mœurs. Une certaine morale de l'effort et de la quête a été remplacée par le principe hédoniste du « tout, tout de suite ». Drogue, sexe, jeu envahissent la planète, alourdissant de jour en jour le karma de l'humanité, et cette noirceur-là, aucune banque ne pourra jamais la « blanchir ». La haine sévit dans les chansons, la violence envahit jusqu'aux jeux proposés aux enfants, l'amour perd ses chances de survie. « *Revenez donc chacun de votre voie mauvaise et de la perversité de vos actions* », nous conjure le prophète Jérémie. Mais qui se souvient de Jérémie ? À ses imprécations l'on préfère les exhortations alléchantes de la publicité, les voitures pour golden boys, la gourmandise sur fond de rendez-vous d'alcôve, l'érotisme au service des poudres à récurer. « Égoïste, égoïste ! », crient les femmes révoltées mais séduites, dans une mise en scène d'opéra. « Devenez diabolique ! » conseille une fille superbe, mais grimée en diablesse, pour vendre une marque de bas.

Bien sûr, il faut faire dans tout ce marketing la place de l'humour. Mais cet humour-là ne me paraît pas innocent, dans la mesure où il reflète nos tendances profondes. Diaboliques, nous le sommes déjà. Nous le deviendrons plus encore si nous ne changeons pas de mentalité. Et nous déroulerons ainsi le tapis rouge devant l'Antéchrist, cette émanation annoncée de Satan. Lorsqu'il apparaîtra, il sera trop tard pour nous désoler : « Vous m'avez appelé, dira-t-il, me voici... »

*
**

Toute cette débauche de luxe mal partagé comme de plaisirs pervers me fait irrésistiblement penser à la « Prostituée fameuse » de l'Apocalypse de saint Jean qui, « vêtue de pourpre et d'écarlate, étincelait d'or, de pierres précieuses et de perles... Sur son front, un nom était inscrit : Babylone la Grande, la mère des courtisanes et des abominations de la terre ». Cette ville magnifique fut vouée à la déchéance car tout y reposait sur des valeurs temporelles. Les richesses ou le pouvoir y avaient perverti l'homme, éteignant en lui toute dimension spirituelle. Mais cette ville est aussi un symbole, dans l'histoire entière de l'humanité. La Bible est remplie d'allusions à d'autres cités de cette espèce, détruites par la colère de Yahvé, à l'instar de Sodome et Gomorrhe, où régnait le vice. Et partout, il est dit qu'au moment des grandes tribulations, le châtiment des « nouvelles Babylone » s'accomplira de façon plus terrible encore.

Aujourd'hui, est-ce un hasard si une ville comme Los Angeles, une des plus dévoyées de la planète, capitale de l'illusion et de l'artifice, où domine le culte du corps et de l'argent, où la drogue et la violence échappent à tout contrôle, est-ce un hasard si cette ville est située sur une faille tellurique qui pourrait causer son anéantissement en quelques minutes ? Edgard Cayce, le grand voyant américain, a prédit que cette catastrophe inéluctable surviendrait avant la fin du siècle. Or les géologues savent bien que cette prophétie pourrait se réaliser, et que San Francisco se trouverait également en danger.

De nombreuses villes méditerranéennes risquent de subir le même sort. Ne sont-elles pas devenues elles aussi de modernes Babylone ? Ne sont-elles pas coupables par exemple de terribles souillures écologiques ? Bétonnage, égouts, vidanges, métaux lourds... La Méditerranée est désormais reconnue comme une des mers régionales les plus polluées du monde. C'est pourtant dans ce bain que viennent se tremper chaque année des millions de personnes en quête de... de quoi au juste ? On ne le sait plus. En outre, aggravant son cas, cette région du monde est placée sous le régime d'une gigantesque corruption mafieuse : les opérations immobilières douteuses détruisent le littoral, tandis que les salles de jeu et les laboratoires clandestins de drogue se chargent de la ruine des âmes. Déjà Nostradamus se lamentait sur le sort de cette région (dixième centurie, 60e quatrain).

Je pleure Nisse, Mannego, Piz, Gennes
Savonne, Sienne, Capue, Modene, Malte
Le dessus sang et glaive par estrennes,
Feu, trembler terre, eau, malheureuse nolte.

Ou, dans le 6e quatrain de la septième centurie :

Naples, Palerme, et toute la Sicile
Par main barbare sera inhabitée,
Corcicque, Salerne et de Sardeigne l'Isle,
Faim, peste, guerre, fin de maux intentée.

Une nuit – *nolte* – suffirait donc à anéantir la péninsule italienne et la Côte d'Azur française. Mais bien d'autres villes seront touchées. La prophétie de Prémol, que nous avons déjà citée, avait prédit les conflits intestins qui ruineraient la splendeur marchande et culturelle de la capitale libanaise : « *Toi, superbe Tyr* – au sud de Beyrouth – *qui échappes encore à l'orage, ne te réjouis pas dans ton orgueil. L'éruption du volcan qui brûle tes entrailles approche.* » Cette même prophétie de Prémol alerte également la ville de Jérusalem, ancienne capitale de la Judée, près de la Palestine, aujourd'hui occupée par les Israéliens, et dont on connaît le raidissement dans l'intransigeance : « *Jérusalem ! Jérusalem ! Sauve-toi du feu de Sodome et de Gomorrhe et du sac de Babylone.* » Jérusalem, dont Zacharie (chapitre 12, verset 3) nous disait déjà quel danger elle représenterait pour la sécurité du monde, comme l'illustrent aujourd'hui le problème palestinien et l'Intifada, la « révolution des pierres » : « *Je ferai de Jérusalem une pierre pesante pour toutes les nations. Tous ceux qui voudront la soulever seront meurtris.* »

Et ce n'est pas tout. D'autres métropoles semblent menacées. Au premier rang de celles-ci, la plupart des prophéties s'accordent à placer Paris, la « Babylone de la Gaule », et Rome, à qui elles redonnent le qualificatif de « Grande Prostituée ». Nous aurons l'occasion d'y revenir plus loin...

*
**

Il faudrait bien sûr se reprendre, lutter contre ce relâchement des mœurs, cette gabegie des riches indifférents à la misère, cette aspiration à l'autarcisme des privilèges. Mais comment y parvenir alors que tout le système assure la promotion d'un tel mode d'existence ? À longueur de journée, à coups de matraquage publicitaire, on nous incite à une surconsommation dont on nous cache les conséquences sur l'environnement. Nous sommes engagés dans une course à la possession qui semble sans fin. Ainsi, les Japonais produisent aujourd'hui tellement de téléviseurs qu'ils ne savent plus à qui les vendre. Mais l'industrie mondiale ne tarde pas à trouver une solution à cette saturation : on change les normes, on crée la haute définition, il va falloir renouveler le « parc ». Et la planète d'embrayer avec enthousiasme. Dans tous les domaines, les pays riches sont aujourd'hui submergés par une pléthore d'objets superflus.

Concurrence, compétition, rentabilité, telles sont les valeurs que notre âge moderne est parvenu – par quel tour de passe-passe ? – à porter aux nues. Nous évoluons désormais dans un monde de requins, de chasseurs de primes ou de têtes, de « raiders » et d'OPA sauvages. Tous les coups sont permis et celui qui n'a pas l'âme d'un « tueur » est condamné à l'échec. En revanche, il faudrait feindre l'étonnement et l'inquiétude lorsqu'une société fondée sur de telles valeurs engendre une violence plus réelle, plus sanglante, qui s'établit dans les rues de toutes les métropoles. « *Les parents ont mangé des raisins verts et les enfants ont les dents agacées* », nous dit l'Ancien Testament. Aux violences des banlieues répond la belligérance institutionnelle qui permet aux uns de régler leurs comptes avec les autres sous l'égide d'interventions internationales. Nous avons bradé des armes aux régimes les plus douteux, les Américains les proposent en vente libre, et chacun fait mine de s'offusquer lorsque l'acheteur a le mauvais goût d'en faire usage !

Aujourd'hui, les cadavres jonchent nos écrans de télévision et nous n'y prenons plus garde. Un voyageur venu du siècle dernier, en découvrant notre journal télévisé, ne douterait pas un instant être tombé en pleine Apocalypse. Faites l'expérience, regardez les informations avec un peu de recul : vous verrez s'y succéder les combats en Yougoslavie, les attentats liés à la drogue en Colombie, la découverte de charniers au Rwanda ou au Cambodge, des émeutes sanglantes au Zaïre comme à Los Angeles, et des échauffourées ethniques aux quatre coins de la Terre, etc. Sans parler du bulletin de santé – toujours plus alarmant – de notre planète, avec ses pénuries prochaines et ses famines en Somalie ou au Soudan. Le tout agrémenté d'appels de détresse lancés par des populations écrasées, sur fond de fanatisme montant et de langue de bois. Les périls montent, les avertissements se multiplient et pourtant nous restons sans réaction.

Devant pareille force d'inertie, il me paraît un peu trop facile d'accuser les médias, en particulier la télévision, dont les gros titres ou les images banalisent l'horreur. C'est nous qui avons perdu notre capacité à nous horrifier. Je me demande même si le terme de « téléspectateur » n'incite pas à confondre la réalité avec la fiction. Tout devient simple spectacle, comme si le « vingt heures » figurait l'espace tragédie, vite oublié dans les divertissements qui suivent, et que nous qualifions étourdiment de stupides, alors que nous participons aux scores de leur audimat. Nous nous étourdissons de prouesses dérisoires (à quand la traversée de l'Atlantique dans un panier à salade ?), nous adorons des idoles de pacotille, ces idoles que la Bible appelait des « néants qui ne servent à rien ». Pour paraphraser un lauréat du prix Nobel, nous nous trouvons confrontés à une génération qui connaît « le juste prix de tout et la vraie valeur de rien ».

Comment pourrions-nous, face à de tels artifices, juger de l'urgence de la situation, être sensibles aux signaux d'alarme qui sont pourtant déjà là, sous nos yeux ? Souvenons-nous de l'adresse de Jésus-Christ aux Pharisiens (Évangile selon saint Matthieu, chapitre 16, verset 2) : « *Au crépuscule, vous dites : il va faire beau temps, car le ciel est rouge feu ; et à l'aurore : mauvais temps aujourd'hui, car le ciel est d'un rouge sombre. Ainsi, le visage du ciel, vous pouvez l'interpréter, mais pour les signes des Temps, vous n'en êtes pas capables !* »

Les signes des Temps... La télévision se proposait cependant, à l'origine, d'être pour nous une fenêtre sur le monde ; trop souvent désormais, elle n'est plus qu'une lanterne-mirage qui nous fait miroiter des oasis sans âme. Elle entraîne les spectateurs dans une lente spirale vers le bas, hélice hypnotique qui les condamne à l'apathie pendant que, dehors, se joue le sort de l'humanité. Je citais plus haut cette étrange épitaphe trouvée dans un cimetière anglais, sur une stèle du XVIe siècle : « *Quand les images sembleront vivantes et seront animées par leurs propres mouvements, alors la moitié du monde s'effondrera dans le sang.* » La télévision, après la radio, représenterait-elle la fameuse Bête de l'Apocalypse de saint Jean, qui régnera sur la Terre, asservissant les hommes, avant la fin des Temps ?

Dans *Trajectoire,* j'ai évoqué le choc que j'avais reçu en visitant New York, pour la première fois, dans les années soixante. Au cœur de la ville, sur la façade d'un gratte-ciel, j'ai pu voir trois gigantesques chiffres lumineux. Trois 6, soit 666 : le nom codé, donné dans l'Apocalypse à la « Bête » au sujet de laquelle on s'est tant posé de questions !

Je restai là, en arrêt devant ce nombre, incapable d'en comprendre la présence sur ce mur. On m'apprit alors qu'il s'agissait de la fréquence hertzienne choisie par la première émission de radio...

J'eus aussitôt le sentiment que tout se mettait en place dans ma vision des choses. Pour moi, il ne faisait aucun doute que les ondes hertziennes, baptisées au chiffre de la Bête, figuraient le moyen de propagande de celle-ci. Radio, d'abord, puis télévision : « *On lui donna le pouvoir d'animer l'image de la Bête pour la faire parler* », dit Jean. Cette image qui s'anime, donc bouge, et qui parle, qu'est-ce d'autre que l'image télévisuelle, sinon également celle de tous les réseaux de communication informatiques et électroniques dont nous disposons désormais ?

Qu'on ne se méprenne pas : je ne prétends pas que la télévision et l'informatique soient des créations du diable ni que leurs animateurs ou techniciens soient des suppôts de Satan ; je dis que les voies du Démon sont elles aussi impénétrables, et que le Mal a pu trouver dans notre modernisme mal géré de fantastiques moyens de propagation. Au départ, ces inventions, comme toutes celles de la science, avaient des aspects positifs évidents, voire des projets nobles : tout ce qui favorise le dialogue et la communication peut rapprocher les hommes, et les avantages pédagogiques, professionnels ou simplement ludiques de ces technologies nouvelles demeurent indéniables. Seulement, on ne s'est pas assez méfié de la Bête qui, pour mieux séduire, s'avance masquée, comptant sur les défaillances ou déviances humaines. Il s'agissait pour elle, en premier lieu, d'asservir le genre humain. C'est plutôt réussi : aujourd'hui les programmes télévisés comme les banques de données forment de gigantesques toiles d'araignée qui quadrillent l'ensemble de la planète, comme autrefois les faisceaux réveillés par les Fils de Bélial. Aucun de nous ne peut prétendre y échapper. « *Qui égale la Bête, et qui peut lutter contre elle ?* s'interroge l'Apocalypse de saint Jean (chapitre 13, versets 4 et 7). *On lui donna pouvoir sur toute race, peuple, langue ou nation.* »

Beaucoup vont sans doute m'accuser d'archaïsme et de catastrophisme désuet à cause de ce discours et pourtant... je ne suis pas le seul à le tenir. Dénoncer l'empoisonnement des esprits par les médias et le contrôle des individus par l'informatique, des intellectuels, des écrivains, des savants et des religieux l'ont déjà fait. À l'occasion, presse et télévision elles-mêmes se livrent à cet exercice d'autocritique. Mais ces mises en garde restent sans effet.

Pourtant, n'y a-t-il pas de quoi frémir en voyant ce qui se dessine ? Nous savons par exemple que nous sommes tous plusieurs fois fichés sur ordinateur. Notre passeport dans le monde est devenu une carte de crédit magnétique. Sans son code, nous ne pouvons rien. Or que lisons-nous dans l'Apocalypse de saint Jean ? « *Par les manœuvres de la Bête, tous, petits et grands, riches et pauvres, libres et esclaves, se feront marquer sur la main droite ou sur le front, et nul ne pourra rien acheter ni vendre s'il n'est marqué au nom de la Bête ou au chiffre de son nom.* » On me reproche une interprétation abusive ? Récemment, devant l'augmentation des vols de cartes de crédit, les banques mondiales ont étudié le projet d'une puce électronique qui serait insérée dans les doigts de la main et qui permettrait à chacun de faire ses achats, mais aussi d'ouvrir sa voiture ou sa maison. La carte de crédit deviendra biologique...

Quant aux médias, nous avons longtemps voulu croire à l'objectivité de leurs informations : depuis la révolution roumaine et la guerre du Golfe, nous avons perdu beaucoup de nos illusions. Nous sommes entièrement manipulés, à un bout ou l'autre de la chaîne, par une formidable machine potentielle de désinformation et de fanatisation. Quel pouvoir sera assez fort pour contrebalancer le quatrième pouvoir ? L'Ancien Testament maudit à plusieurs reprises ceux qui « *donnent confiance au peuple grâce au mensonge* ». « *Ne les écoutez pas ! Ils vous dupent, ils débitent les visions de leur cœur ; rien qui vienne de la bouche de Yahvé !* »

La Bête ne se montre-t-elle pas d'ailleurs de plus en plus au grand jour ? Partout triomphe un cynisme qui n'a rien de philosophique mais qui est au service de la vulgarité et de l'indifférence. Qui ose encore prétendre que la communication audiovisuelle est le lieu privilégié des débats d'idées et de la pluralité d'opinions ? Coupés du réel, les « intervenants » font seulement mine de débattre, quand ils sont tous d'accord au fond sur le maintien du statu quo et des privilèges de chacun d'entre eux.

M'accusera-t-on encore de noircir le tableau si je déplore de voir aujourd'hui les jeunes délaisser leurs livres pour des consoles de jeux vidéo ? Quel parent n'a pas été effrayé devant le regard halluciné de ses enfants mesmérisés par le clignotement infernal de ces images électroniques ? Aujourd'hui, on apprend que leur « abus » est dangereux pour la santé et provoque parfois des crises d'épilepsie...

Se dirige-t-on vers une humanité lobotomisée ? Est-ce à tort que je m'inquiète lorsque j'entends les informaticiens nous parler de la prochaine étape, qui est celle des « mondes virtuels » ? Les spectateurs deviendront acteurs, mais sur un mode imaginaire. Un casque-bandeau sur les yeux, le corps équipé de palpeurs sensibles, ils pourront véritablement entrer dans l'image en trois dimensions, y saisir des objets, y vivre une aventure plus ou moins programmée avec les partenaires de leur choix. Ce procédé ouvre des perspectives extraordinaires dans le domaine des jeux et de l'illusion intégrale. Vous pourrez jouer au tennis, visiter Pékin, massacrer tous vos voisins ou vivre vos pulsions érotiques les plus folles... sans jamais quitter votre fauteuil. Rien que de très logique ici : le bonheur individuel devait trouver son aboutissement ultime dans le plaisir solitaire. Mais celui-ci se fera au détriment de la mobilité et de la lucidité. La Bête de l'Apocalypse pouvait-elle rêver meilleur moyen de contrôle que cette machine à rêver ? Les gens ne vivront plus qu'en phantasmes. Triomphe de l'abrutissement, opium absolu, avènement de l'homme robotisé...

Ainsi pourrait s'établir le règne de la Bête (si toutefois il n'a pas déjà commencé). Ce sont du moins les images et les appréhensions que m'a inspirées le chiffre 666. Par la suite, un détail est venu compléter mon interprétation : j'ai appris que 666-666 était le numéro de la ligne téléphonique reliant le président Nixon à Neil Armstrong, le premier homme à poser le pied sur la Lune. On retrouve l'idée des ondes hertziennes mais s'y ajoute la notion d'orgueil humain : en foulant le sol lunaire, l'homme n'a-t-il pas répété l'erreur des bâtisseurs de Babel ? N'a-t-il pas mis tous ses efforts à signifier qu'il n'était plus dépendant de cette Planète bleue dont on lui avait confié la charge ?

Ceci reste bien sûr une interprétation personnelle, loin d'être unique en son genre. De tout temps, le chiffre de la Bête a suscité de multiples hypothèses, des plus érudites aux plus farfelues. La gématrie, partie de la kabbale fondée sur les correspondances entre mathématiques et alphabet, a pu ainsi avancer que 666 dissimulait les noms de Néron ou de César.

Fidèle à ma notion de symbole-tiroir, je suis pour ma part disposé à admettre des conclusions diverses. Pourtant, j'ai toujours eu une préférence pour la simplicité. Il faut parfois savoir prendre les choses au premier degré, et c'est pourquoi je m'étonne qu'on n'ait pas retenu d'abord l'explication la plus évidente, et qui justifie toutes les variantes ponctuelles... La Genèse nous dit qu'au commencement était le Verbe : c'est la Parole de Dieu qui a donné naissance au monde, elle est le principe de vie et d'amour communiqué à la Création. À la fin des Temps, au contraire, apparaît le Chiffre (par opposition au 7, le 6 est l'antiperfection, le Mal) ; 666 annoncerait en fait la prise de pouvoir du calcul sur le langage, soudain privé de sa capacité à faire surgir l'Être. Aujourd'hui, l'informatisation de la société accomplit ce renversement. C'est la victoire du raisonnement robotique sur la pensée esthétique, c'est le remplacement d'une société à visage humain par la froide dictature des machines...

Existe-t-il un moyen d'infléchir cette évolution désastreuse de l'humanité ? Que faire, sinon « veiller pour ne pas être surpris » par le jour de la catastrophe ? C'est ce à quoi nous invite Luc dans le Nouveau Testament (chapitre 21, versets 34 et 35) : « *Tenez-vous sur vos gardes, de peur que vos cœurs ne s'appesantissent dans la débauche, l'ivrognerie, les soucis de la vie, et que ce Jour-là ne fonde soudain sur vous comme un filet ; car il s'abattra sur tous ceux qui habitent la surface de la terre.* »

*
**

Cette menace, beaucoup de gens la sentent confusément. S'ensuit un mal-être qui les paralyse, une angoisse profonde, irrationnelle, que ni la médecine générale ni la psychiatrie ne sauraient guérir. Et comme on ne veut plus, désormais, vivre de questionnement, comme il faut le bonheur tout de suite, à n'importe quel prix, on se tourne vers les « sorciers ». Paradoxe de la fin de l'ère des Poissons : l'homme rechigne à croire en Dieu – sauf en cas de fanatisme, dont nous reparlerons – mais se précipite sur les faux prophètes. Au nom de l'espoir dans des miracles uniquement souhaités en faveur de son propre confort, il ouvre en grand la porte aux thaumaturges de tous calibres, du plus farfelu au plus dangereux. Pseudo-sages orientaux, gourous savoyards, bonzes de banlieue, bricoleurs du spirituel, yogis arthritiques, pythonisses de fête foraine, pousseurs de cri primal, télépathes de l'abracadabra, rebouteux perlimpimpinesques... il n'y a véritablement que l'embarras du choix. Tous exploitent avec plus ou moins de cynisme l'inquiétude qui caractérise notre « ère du vide », selon l'expression d'un philosophe moderne.

Ces faux prophètes ne sont d'ailleurs pas tous mal intentionnés au départ. Certains – ils sont rares – pensent sincèrement œuvrer au soulagement de la détresse morale de leurs contemporains. Dans les années soixante, à Paris, on pouvait rencontrer au hasard des cafés un certain Ange Cyclamen, qui se disait envoyé par le Seigneur pour sauver le monde. Son moyen d'action était la tendresse. Il prétendait que bientôt un nouveau continent émergerait du Pacifique et qu'il aurait la forme d'un cœur...

D'autres mages de pacotille s'exposent ainsi au ridicule, par exemple ces adorateurs de la Petite Pyramide qui, à San Francisco, se promènent toute la journée avec un chapeau en pointe sur la tête pour capter les ondes spatiales... Ou bien ces thuriféraires de l'Oignon, qui vénèrent en ce légume le symbole de l'éternité de l'âme humaine...

Le plus drôle (ou le plus inquiétant), c'est que tous ces charlatans ont pignon sur rue et qu'ils tiennent même des congrès où l'on peut suivre des conférences sur « les brocolis et la lutte antistress » ou sur « la lecture cabalistique du bottin mondain », entre deux stages d'initiation à l'iridologie prophétique ou à la magnétisation des œufs en gelée... Ne riez pas, j'exagère à peine.

Seulement, la plaisanterie tourne souvent au cauchemar. Sans doute surpris eux-mêmes par la crédulité de leur clientèle, les faux prophètes se transforment en marchands du Temple. « *Ils vaticinent à prix d'argent* », nous dit Michée (chapitre 3, verset 11) dans l'Ancien Testament. « *Ils sont avides de rapine* », ajoute Jérémie (chapitre 6, verset 13). S'ils convainquent leurs victimes de l'inanité des possessions matérielles, c'est pour mieux se les approprier. Dans l'Évangile de Matthieu (chapitre 7, verset 15), le Christ nous met en garde contre « *ces hommes qui viennent vers vous vêtus en brebis et qui au-dedans sont des loups rapaces* ». Combien de gourous professant la pauvreté comme voie d'accès à la sagesse roulent en Rolls-Royce et parcourent le monde de suite royale en résidence luxueuse !

Gagnés par la folie des grandeurs, ces mégalomanes font édifier à grands frais et à leur propre gloire des églises et des statues colossales. Grisés par le pouvoir d'influence qu'ils se découvrent sur l'esprit humain, ils ne tardent pas à en faire le pire usage. D'ordre économique, spirituel ou affectif, leurs manipulations entraînent les plus faibles jusqu'aux confins de la folie. Ou jusqu'à la mort... On se souvient du Temple du Peuple, installé dans la jungle guyanaise : son fondateur, Jim Jones, contraignit le millier de membres de sa secte à un suicide collectif. « *Les loups affamés se précipitent de la montagne et viennent dévorer les moutons qu'ils déchirent jusqu'au milieu des étables* », nous dit la prophétie de Prémol.

Aujourd'hui, il existe des centaines de sectes en France, des milliers aux États-Unis... Impossible d'en dresser le catalogue complet, il s'en crée chaque jour de nouvelles. Leur prolifération est le signe même de l'imminence de la fin des Temps : « *On vénérera de faux dieux dans de faux ashrams dans lesquels on décrétera arbitrairement jeûnes, pèlerinages, pénitences, don de ses biens, austérité au nom de prétendues religions* », lit-on dans le *Vishnu-Purana*. Tous ces faux prophètes pavent la route de celui qui sera leur maître, celui qui portera à son comble la séduction diabolique : l'Antéchrist. À force d'en appeler aux puissances occultes, celles-ci finissent par répondre. Et ceux qui croyaient les domestiquer en deviendront bientôt les esclaves. Car on ne joue pas impunément avec les incantations...

Faut-il pour autant jeter la pierre à ceux qui se laissent bercer par le chant de ces sirènes maléfiques ? Il s'agit en général de personnes – jeunes en particulier – désorientées et vulnérables. Si les sectes se sont mises à pulluler de la sorte, c'est avant tout qu'il y avait un espace à occuper. Ne se sont-elles pas contentées de combler le vide laissé par la désertion de l'Église institutionnelle ?

J'affirme en effet que celle-ci a failli à sa tâche. Et qu'elle n'est pas à la hauteur de la situation de crise que nous vivons. Comment s'en étonner ? C'est cette même Église qui pendant des siècles a falsifié l'enseignement des premiers chrétiens. Elle qui, de concile en encyclique, s'est appliquée à dénaturer le message d'amour du Christ. On l'a vue donner les pires exemples, entre autres ceux de la terreur inquisitoriale et du luxe affiché par des prélats peu scrupuleux.

Cette lente perversion était sans doute inéluctable. La loi cosmique, à laquelle les Églises n'échappent pas, veut que tout ce qui a été créé subisse l'érosion du temps. Religion de l'ère des Poissons, le christianisme tel que nous le connaissons arrive en bout de course, épuisé, vidé de sa substance. Il faut dire à sa décharge qu'il a été mis à rude épreuve ces derniers siècles : l'humanisme de la Renaissance a diminué le divin pour grandir l'individu, le siècle des Lumières a glorifié la rationalité humaine, notre époque contemporaine a enfin assuré le triomphe du scientisme et de l'athéisme... Aujourd'hui, comme peut le constater avec désolation André Frossard, « l'univers chrétien s'est enfoncé si profondément dans l'oubli que son naufrage ne fait même plus de vagues ».

Le pape semble résigné à sombrer avec son

navire. Au lieu d'amorcer la réforme nécessaire au passage d'une ère à l'autre, au lieu d'apporter, contre la déréliction morale, des arguments adaptés à l'époque, l'Église se raidit dans les positions du passé. Les timides exhortations, dans la messe contemporaine, à se donner la main dans la paix du Christ ne sauraient suffire à une nouvelle prise en compte de la « charité chrétienne ». Les fidèles sont en droit d'espérer une lecture plus poussée des Textes, une vision des dogmes dépouillée de toute volonté de puissance. Sans doute, à cet égard, attendaient-ils beaucoup du « nouveau » catéchisme : ils n'y trouvent, la plupart du temps, que la répétition de conceptions périmées. Pire, les très rares innovations contredisent formellement les principes fondateurs de l'Église originelle. Ainsi en arrive-t-on à reconnaître comme légitime, dans certains cas, la peine de mort. Est-ce là le seul moyen qu'on ait trouvé pour reconquérir les déçus du catholicisme : une ignoble concession à la barbarie de l'époque ? La papauté a-t-elle oublié qu'un des Dix Commandements ordonne « Tu ne tueras point » ? Elle s'expose désormais à l'avertissement de Matthieu : « Ne jugez pas afin de ne pas être jugés... »

Raidissement encore quand le catéchisme pose comme un dogme que « toutes les formes de divination sont à rejeter ». Je suis le premier à dénoncer les excès et le charlatanisme mais je me souviens que Paul lui-même disait, dans la Première Épître aux Thessaloniciens (chapitre 5, verset 20) : « *Ne dépréciez pas les prophéties ; éprouvez tout, retenez ce qui est bon.* » Et je garde en mémoire ce superbe passage de Pierre, dans sa Deuxième Épître (chapitre 1, verset 19), qui porte en lui tout le formidable espoir de l'ère du Verseau : « *Ainsi nous tenons plus ferme la parole prophétique : vous faites bien de la regarder, comme une lampe qui brille dans un lieu obscur, jusqu'à ce que le jour commence à poindre et que l'astre du matin se lève dans vos cœurs.* »

J'insiste sur le christianisme car il est la religion prédominante de l'ère des Poissons. Appartenant, au moins dans ma réincarnation présente, à cette ère, je me suis toujours senti profondément chrétien. Mais chrétien du début des Temps, détenteur d'un message d'amour, non d'extermination, de prédominance ou de haine. Or, comme le judaïsme et l'islamisme, à l'aube du grand bouleversement qui nous guette, le christianisme se voit tenté, ici et là, par une forme d'intégrisme. Rome condamne cette attitude, sans doute, mais Rome ne cherche pas à revenir à la pureté des premiers chrétiens. L'Apocalypse de Jean s'ouvre ainsi sur un sévère rappel à l'ordre : « *Toutes les Églises sauront que je suis celui qui scrute les reins et les cœurs ; je rendrai à chacun selon ses œuvres.* »

Toujours dans ce même livre prophétique, on lit à propos de la reine Jézabel, qui divertit son mari de l'adoration du vrai Dieu : « *Je lui donnai du temps pour qu'elle se reprenne, mais elle ne veut pas se repentir de sa débauche.* » Rome, moderne Jézabel, paiera lourdement son aveuglement et son entêtement. Saint Jean encore : « *Malheur, malheur ! Immense cité... Une heure a suffi pour que tu sois jugée !* »

Cette destruction semble toute proche, si l'on en croit l'extraordinaire prophétie de saint Malachie. Ce primat de l'Église irlandaise, ami de l'illustre saint Bernard de Clairvaux, vécut dans la première partie du XIIe siècle. Dans la prophétie qui porte son nom, il établit la lignée des 111 papes qui doivent se succéder depuis Célestin II en 1143, jusqu'à la fin des Temps. Il s'agit en fait d'une liste de 111 devises latines, chacune concernant un souverain pontife. Faut-il quelques exemples probants du caractère prémonitoire de ces devises ? La centième, correspondant à Grégoire XIV, pape de 1831 à 1846, était « *De Balnae Etruriae* », c'est-à-dire « *De Balnes en Étrurie* ». Or Grégoire XIV appartenait à l'ordre religieux des Camaldules, dont le siège se trouve dans la ville de... Balnes, en Étrurie.

Clément XIII, élu en 1758, s'était vu attribuer (au XIIe siècle, rappelons-le !) la devise « *Rosa Umbriae* ». Or avant d'être pape, il a été gouverneur d'une ville en Ombrie dont le symbole est la rose. Son successeur devait être « *Ursus Velox* » : ce fut Clément XIV, issu d'une famille dont les armes représentaient un ours en pleine course. Innocent XII, pape de 1691 à 1700, était nommé par la devise « Le râteau à la porte ». Or son nom n'était autre que Rastello, « râteau » en italien...

Quant aux derniers papes... Jean XXIII (1958-63), selon saint Malachie, était « *Pastor nautaque* » c'est-à-dire « pasteur et nautonier » : or il a été patriarche de Venise, ville des nautoniers. La devise de son successeur Paul VI (1963-1978) était « *Flos florum* », la « fleur des fleurs », c'est-à-dire le lys : ses armes sont formées de trois lys et, en outre, il était originaire de la ville de Florence, dont le symbole est le lys. « *De medietate lunae* » – la moitié de la lune – s'appliquait à Jean-Paul Ier : celui-ci fut élu au moment de la demi-lune et il mourut un mois plus tard. Son règne n'a donc duré que d'une demi-lune à une autre.

Jean-Paul II, quant à lui, est « *De labore solis* », « le travail du soleil ». La signification de cette devise apparaîtra-t-elle plus tard, au terme de son règne ? Ou bien s'agit-il d'une allusion à son inlassable activité de voyageur, dans un monde où jamais le soleil ne se couche ? Aucun pape en effet n'a autant parcouru la Terre, d'un continent à l'autre, baisant partout le sol comme pour lui demander pardon de sa propre impuissance. Qu'il prenne garde ! Certains quatrains de Nostradamus (que j'ai cités dans *Trajectoire*) annoncent l'assassinat du pape polonais, ce qui a déjà bien failli se produire.

De surcroît, d'après saint Malachie, Jean-Paul II serait le 110e pape, sur 111 annoncés, ou 112 : nous expliquerons pourquoi ce pape « supplémentaire » qui n'a pas de « surnom » dans la prophétie. Quoi qu'il en soit, il ne resterait plus qu'un ou deux papes avant l'Apocalypse. La Chrétienté – telle qu'on la conçoit aujourd'hui – toucherait-elle à sa fin ? Une prophétie troublante, émanant de saint Anselme, nous met en garde : « *Malheur au temps où la lettre "K" sera exaltée dans les murs de Rome !* » Chacun sait que le prénom polonais de Jean-Paul II est Karol...

Qu'arrivera-t-il ensuite ? Le successeur de Jean-Paul II est décrit comme « *De gloriae olivae* », « la gloire de l'olivier ». Certains voient là un signe particulier de reconnaissance. L'olivier est, traditionnellement, le symbole du peuple juif. Cette « gloire de l'olivier » pourrait figurer l'accession d'un Juif au siège suprême de l'Église catholique. Or n'avons-nous pas en France un évêque qui fut autrefois de confession hébraïque ?

Cela dit, il ne me semble pas que « la gloire de l'olivier » soit le dernier souverain pontife. Car au terme de sa longue liste, Malachie nous précise : « *Dans la dernière persécution de la sainte Église romaine siégera Pierre le Romain ; il fera paître ses brebis au milieu de nombreuses tribulations. Ces tribulations passées, la ville aux sept collines* (Rome) *sera détruite et le juge redoutable jugera son peuple.* »

Doit-on en conclure que les chrétiens seront de nouveau pourchassés dans leurs croyances et dans l'exercice de leur religion ? C'est possible... Mais ce qui est sûr, en tout cas, c'est que cette religion se meurt parce qu'on a trahi sa nature. Les cathédrales sont profanées par des hordes de touristes, les jeunes ne s'intéressent plus à Dieu, ou se tournent vers des sectes qui se réfèrent au Christ de façon exotique et profane. « *Quand je reviendrai sur cette terre,* dit en substance ce Christ dans le Nouveau Testament, *restera-t-il encore quelqu'un pour croire en moi ?* » Saint Paul lui-même nous avait avertis : « *Avant que le jour arrive du grand châtiment, doit venir l'apostasie.* » Désormais, tout est en place pour le dernier acte.

*
**

« *L'Église aura une crise affreuse. La sainte foi de Dieu étant oubliée, chaque individu voudra se guider par lui-même et être supérieur à ses semblables.* » Cette prophétie, qui résume l'irréligion de notre société et l'égoïsme orgueilleux des hommes, est extraite du message transmis par la Vierge à deux jeunes bergers près de La Salette, dans les Alpes du Dauphiné, en 1846. D'autres révélations mariales suivront, comme à Amsterdam en 1946 : « *La religion devra mener un dur combat. On la veut anéantir ; ce sera fait avec tant de raffinement que personne, ou presque, ne s'en apercevra.* »

De tout temps, la Vierge est apparue aux hommes, et particulièrement aux enfants, à cause de la pureté de leur âme. Pourtant jamais ces apparitions mariales n'ont été aussi fréquentes que depuis le XIXe siècle. Les esprits rationalistes ont voulu expliquer ces « phénomènes » par de soudaines flambées de foi religieuse dans la population. Ne devrait-on pas davantage les attribuer à l'inquiétude de la Vierge face à l'athéisme croissant qui caractérise la fin du Kali-Yuga ? Ne sont-elles pas un signe supplémentaire de l'imminence des grandes tribulations ? Tout se passe en effet comme si la Vierge tentait un ultime effort pour nous prévenir, pour nous exhorter à reprendre le chemin de Dieu, s'il en est encore temps. Déesse-mère, elle est avant tout compassion, elle intercède en notre faveur et tâche de nous ouvrir les yeux sur nos options catastrophiques.

Depuis deux siècles, plusieurs centaines d'apparitions mariales ont été constatées à travers le monde. Beaucoup ont eu pour cadre la France ou l'Italie, et certaines ont été reconnues par l'Église elle-même.

À Paris, rue du Bac en 1830, la Vierge annonçait à une jeune religieuse : « *Le monde entier sera bouleversé par des malheurs de toute sorte.* » Mêmes avertissements à Lourdes, en 1858, et à Fatima en 1917. Mais aussi à Banneux, en Belgique (1933), ou à Beauraing, etc.

Partout le message est le même. La Vierge s'en prend à la négligence des hommes, à leur vanité, à leur absence de vie spirituelle. « *Les chefs, les conducteurs du peuple de Dieu ont négligé la prière et la pénitence, et le Démon a obscurci leur intelligence* », dit la Mère divine à La Salette. « *Que les évêques agissent donc ! Qu'ils commandent à leurs prêtres de se tourner vers la jeunesse afin de la préserver de ce paganisme moderne*, annonce-t-elle à Amsterdam. *Ce monde matérialiste court à sa perte.* »

Les apparitions mariales sont une dernière exhortation, une supplication pleine de pitié aimante mais qui peut à l'occasion prendre les accents d'une terrible menace : « *Si mon peuple ne veut pas se soumettre, je suis forcée de laisser aller le bras de mon fils...* »

Toutes les prophéties nous ont prévenus encore et encore. Resterons-nous sourds et aveugles jusqu'au bout ? Lorsque viendra le jour, nous n'aurons aucune circonstance atténuante. « *C'en est fait de l'orgie des vautrés* », clame le prophète Amos.

CHAPITRE SIXIÈME

LES TROMPETTES DE L'APOCALYPSE

Mise en garde à propos de ce chapitre

Dieu m'est témoin de toute ma souffrance et de mon inquiétude à la rédaction des lignes qui vont suivre. Avais-je le droit de les écrire ? Il n'y a pourtant là rien d'inventé. C'est seulement le résultat de décennies de lectures et de méditations à la lumière du Savoir antique, confirmant les événements qui me furent montrés au Septième Plan vibratoire et qui motivèrent mon retour sur terre. Un sentiment de terreur divine m'a fait un instant douter de la nécessité de dévoiler ceci, mais pendant que j'écrivais ces pages, autour de ma table, les Vingt-Quatre Vieillards sont venus, hiératiques, tendant un doigt autoritaire vers la feuille de papier, et m'ordonnant : « Écris ! »

Je me suis plié à leur injonction. Mais ce fut effrayant. Aussi ai-je envie de dire aux lecteurs trop fragiles : si vous n'avez pas la force d'ouvrir les yeux et de voir, alors vite, passez ces quelques pages destinées aux âmes courageuses qui comprendront mieux l'urgence de multiplier leurs prières afin que tout ceci soit atténué.

Lors se perdra la piscature barque.

NOSTRADAMUS

Voici le dernier acte venu, celui de la fin des Temps. Impossible de concevoir celle-ci sans qu'aussitôt une question naisse dans notre esprit, une question que l'on trouve formulée dans la 129e sourate du Coran : « *Ils t'interrogeront en disant : quand viendra cette heure fatale ?* » En ce domaine, le texte islamique exhorte le Prophète à la prudence. Son rôle, en effet, n'est pas de donner la date de la fin du monde : « *Qu'en sais-tu ? Son terme n'est connu que de Dieu. Tu n'es chargé que d'avertir ceux qui la redoutent.* »

Le fait est qu'il faudrait être bien téméraire ou bien présomptueux pour prétendre fixer avec précision nos échéances eschatologiques. Dans le Nouveau Testament, Matthieu nous invite lui aussi à renoncer à tout pronostic : « *Quant à la date de ce jour, et à l'heure, personne ne les connaît, ni les anges des cieux, ni le Fils, personne que le Père seul.* »

Gardons cela en mémoire : personne ne doit ni ne peut oser prédire l'heure à laquelle sonnera la dernière trompette de l'Apocalypse. En revanche, il est permis de constater, en comparant les prophéties et l'histoire de l'humanité, que toutes les étapes annonciatrices de cette Apocalypse ont aujourd'hui été franchies. Oui, notre civilisation s'est éloignée de la foi et de la tradition. Oui, nous nous sommes tournés vers de fausses doctrines. Oui, nous avons préféré les plaisirs faciles à la voie étroite, la violence au respect de l'autre. Oui, nous avons détruit la Terre... « *Tremblez,* dit la Vierge à La Salette, *vous qui faites profession de servir Jésus-Christ et qui au-dedans vous adorez vous-mêmes, tremblez, car Dieu va vous livrer à son ennemi.* »

Les dernières décennies ne correspondent-elles pas en fait à ce commencement des douleurs – *initia dolorum* – dont nous parlent les prophéties ? Ce siècle que l'on a appelé, non sans raison, le plus violent de l'histoire humaine, ne rassemble-t-il pas toutes les horreurs dont l'homme est capable ? Le temps est venu de payer la facture de nos erreurs et de nos crimes innombrables. Le karma accumulé par l'humanité a atteint un poids jamais égalé et la Terre ne saurait supporter plus longtemps le joug de ce fléau humain.

Les pages qui vont suivre dressent un tableau bien sombre de notre destin. À tel point que je tombe peut-être sous le coup de cette boutade de Jean Rostand, qui se disait « très optimiste quant à l'avenir du pessimisme ». Je me crois pourtant plus lucide que pessimiste. Car une lueur lointaine, sur laquelle je garde les yeux fixés, n'a jamais cessé de trouer les ténèbres qui m'assaillent... Et je sais que nous n'aurons pas trop de ce guide pour nous mener au travers des grandes tribulations à venir.

Bien sûr, celles-ci ne constituent qu'un scénario

probable... malheureusement confirmé par la plupart des prophéties. Or, nous l'avons vu au fil de ce livre et à travers les siècles, ces prédictions se sont révélées d'une redoutable fiabilité. Par quel aveuglement refuserions-nous encore de leur prêter foi ? Dans mon cas, cette politique de l'autruche est d'autant plus impossible que les prophéties se doublent de visions personnelles dont je ne peux chasser le souvenir ni l'évidence. Au contraire, ces visions me hantent avec plus d'intensité chaque jour, sans doute pour me signaler l'imminence de leur réalisation.

Nous ne pouvons savoir quand exactement s'abattra le bras du Seigneur, c'est entendu, mais souvenons-nous de la phrase du Coran à l'intention de tous ceux qui s'interrogent sur la proximité de la fin des Temps : « *Le jour où ils la verront, il leur semblera qu'ils ne sont restés sur la terre qu'une soirée ou un matin.* »

*
**

N'avons-nous pas déjà entendu résonner les trois coups du brigadier ? Ou, du moins, les deux premiers... Comme au théâtre, la tragédie de l'Apocalypse possède ses préambules codés. Ici, le lever de rideau semble devoir être annoncé par d'immenses événements historiques : les trois crises planétaires que sont la guerre de 14-18, celle de 39-45 et enfin la Troisième Guerre mondiale à venir. Toutes ont été prophétisées. Les deux premières s'étant réalisées, la troisième apparaît fortement vraisemblable, pour ne pas dire plus. Peut-être même a-t-elle déjà commencé...

Dans le couvent de Gandersheim, en Saxe, vivait

au Xe siècle une abbesse restée célèbre pour ses transes visionnaires. Dans un manuscrit intitulé *Tuba Secolorum,* le « Clairon des Siècles », sœur Hroswitte évoquait les belligérants d'un vaste conflit : « *Les peuples tomberont sous toi, Allemagne, et ta puissance sera si grande que le monde entier s'alliera contre toi.* » Et l'abbesse donnait une date précise à cette « péripétie » : « *quand mourra le 255e pape* ». Ce 255e pape depuis les origines, ce n'est autre que Pie X, mort en 1914 !

Rédigée au XVIIe siècle, la prophétie du Moine inconnu, déjà citée, considérait le XXe siècle comme « *le plus étrange de tous les siècles car les hommes seront fous d'eux-mêmes et du monde et se détruiront les uns les autres* ». Après une première guerre « *où les boulets tomberont du ciel* », le Moine inconnu annonçait une « *deuxième guerre au cours de laquelle presque toute la création sera bouleversée. De grands désastres de fortune et de biens se produiront et beaucoup de larmes seront versées, les hommes seront sans âme et sans pitié* ».

Évidemment, on n'a pris ces avertissements au sérieux qu'après coup... Aujourd'hui, c'est une Troisième Guerre mondiale qui nous menace. Coïncidence qui n'en est bien sûr pas une, le troisième coup du brigadier a frappé au même endroit que le premier. En 1914, l'Europe s'embrasait à la suite de l'assassinat de l'archiduc François-Ferdinand par un étudiant serbe, à Sarajevo. Aujourd'hui, Sarajevo est de nouveau au cœur de l'actualité. La poudrière des Balkans, qu'une mosaïque de nationalités et de religions rend si instable, sera-t-elle, comme au début du siècle, le foyer d'un conflit planétaire ?

C'est en tout cas ce que prédit sans ambiguïté Nostradamus dans le 82e quatrain de la quatrième centurie : « *Amas s'approche venant d'Esclavonie...* » L'Esclavonie, ce n'est autre que l'ancien nom de la Slavonie, province du nord de l'ex-Yougoslavie. Le mage de Salon-de-Provence ajoute dans le même quatrain : « *La grande flamme éteindre ne saura.* » Aujourd'hui, tous les observateurs craignent une extension du conflit serbo-croate. Une intervention des grandes puissances crèvera-t-elle l'abcès ou mettra-t-elle le feu aux poudres ? La décision est difficile. En attendant, on laisse les crimes se perpétrer et le feu se propage : serons-nous en mesure de l'éteindre à temps ?

Autre fausse coïncidence ? C'est aussi en Yougoslavie que s'est produite l'une plus récentes apparitions de la Vierge, dans la bourgade de Mejdugorje, à quelques dizaines de kilomètres seulement de Sarajevo... Les apparitions débutèrent en juin 1981 sur une colline des environs et se poursuivirent dans l'église du village. Plusieurs personnes, en pleine extase, virent distinctement la silhouette de la Déesse-Mère. Chose intéressante à noter, le costume de la Vierge apparue s'est modifié au fil des ans. Elle portait autrefois une robe blanche éblouissante, ou une mante bleue semée de paillettes d'or ; elle n'est plus vêtue que d'une simple robe de bure noire, comme pour nous appeler à l'austérité et à la pénitence, et elle pleure... À Mejdugorje, la Vierge communiqua des messages et des secrets sur les événements à venir. « *Je suis venue vers vous en Reine de la paix pour dire au monde qu'il y va de son salut.* » La petite ville devint bientôt un haut lieu de pèlerinage, les fidèles affluèrent par centaines de milliers. Pourtant, en 1985, les évêques se prononcent sur le cas : ils refusent de reconnaître les apparitions. On craint sans doute qu'elles ne viennent discréditer l'autorité de l'Église...

Une fois de plus, la voix de la paix est bâillonnée. À croire que nous ne voulons décidément rien entendre ! On sait que le troisième et dernier secret de Fatima n'a toujours pas été divulgué, même si l'on subodore qu'il s'agit précisément de l'annonce de la Troisième Guerre mondiale. Seuls détenteurs du message, les papes se sont obstinément refusés à en communiquer le contenu exact. On comprend dans une certaine mesure leur désir de ne pas semer la panique mais ne faudrait-il pas quand même avertir les populations ?

Partout retentissent les préparatifs militaires. « *Horrible cliquetis d'armes !* » s'écrie saint Césaire d'Arles. La prophétie de Prémol, après avoir annoncé de multiples pogroms et exodes (ceux de la Seconde Guerre mondiale ?), se lamente ainsi : « *N'est-ce pas assez, Seigneur, d'une pareille hécatombe pour apaiser votre colère ? Mais non. Quel est ce bruit d'armes, ces cris de guerre et d'épouvante qu'apportent les quatre vents ?* »

Pourtant, un immense espoir était né en 1989 après la chute du rideau de fer. Les deux Grands ayant mis un terme à leur rivalité, les risques d'un conflit généralisé semblaient définitivement écartés. On fêtait l'avènement d'un « nouvel ordre mondial » qui devait nous garantir la sécurité. Pourquoi n'avons-nous pas relu alors les messages de la Vierge à La Salette ? Avant que n'éclate véritablement la guerre, nous dit-elle, « *il y aura une fausse paix dans le monde, on ne pensera qu'à se divertir* ». Tous nous avons cru à cette « fausse paix », nous avons applaudi ce mur abattu à Berlin. Mais très vite, il a fallu déchanter, la « pax americana » nous faisant pénétrer dans une période de tous les dangers, comme l'a démontré cette guerre du Golfe qu'avait prédite Nostradamus : « *Sous l'opposite climat babylonique, grande sera de sang effusion, que terre et mer, air, ciel, sera inique.* »

Nous découvrons avec effroi qu'un bon nombre de puissances moyennes ont la capacité de déclencher la catastrophe. Savons-nous même exactement lesquelles disposent de l'arme atomique ? Fini le statu quo de la guerre froide, nous sommes en plein dans une zone de graves convulsions et de revendications nationalistes. Avec une extraordinaire prescience, Nostradamus avait relevé ce moment charnière dans le 57e quatrain de la deuxième centurie : « *Avant conflict le grand mur tombera...* »

*
**

Une des caractéristiques des Balkans, c'est d'être le point de rencontre – et souvent de friction – de deux civilisations, l'une nordique et slave, l'autre arabe. Longtemps ennemies mortelles, elles se sont rapprochées au cours de ce siècle. On a vu ainsi, au cours des dernières décennies, les Russes apporter un soutien logistique aux nations arabes contre Israël.

C'est là, à mon sens, au Proche et Moyen-Orient, que se situe le second foyer – après la Serbie – de la prochaine guerre. Première visée, nous l'avons vu, la ville de Jérusalem. Jésus-Christ a lui-même prédit dans l'Évangile selon saint Luc (chapitre 21, verset 24) que « *Jérusalem sera foulée aux pieds par les gentils jusqu'à ce que le Temps des Nations soit accompli* ». La capitale d'Israël est aussi condamnée par la prophétie de Prémol : « *Un coup de tonnerre ouvrit les nues, et j'aperçus Jérusalem sous une effroyable tempête, et ses murs étaient tombés sous les coups de bélier, et le sang ruisselait dans les rues ; car l'ennemi s'en était rendu maître.* » Par cette occupation débutera « *l'abomination de la désolation* ».

Arabes et peuples de l'ex-Union soviétique contracteront une alliance militaire, les uns fanatisés par l'intégrisme religieux, les autres aiguillonnés par la misère et par les remugles d'un communisme que l'on croit moribond mais qui n'attend que l'occasion de renaître de ses cendres, sur le fumier de la décomposition sociale et économique. « *L'Arabe et Hongrie feront un mesme cours* », nous dit Nostradamus dans le 63e quatrain de la dixième centurie. Avant, (cinquième centurie, 73e quatrain), il annonçait la persécution de l'Église et des populations chrétiennes lorsque « *seront Arabes aux Polons ralliez* ». Les Polons, ce sont probablement les Polonais, la partie pour le tout.

« *L'Oriental sortira de son siège* », nous avertit encore Nostradamus (deuxième centurie, 29e quatrain). Or cet « Oriental », c'est aussi bien le peuple qui vient de l'est que de l'Orient.

« *Regarde bien et écoute,* dit la Vierge Marie à Amsterdam, *l'Orient contre l'Occident. Europe, prends garde !* »

LA FIN DES TEMPS

En 1972, Johanna Southcott, jeune fille d'un gentilhomme anglais du Devonshire, magicienne à ses heures, eut une révélation brève et soudaine concernant la fin des Temps : « *Quand viendra la guerre orientale, sachez que la fin est fatale.* »

Deux armées, l'une venue de l'est et du nord, l'autre venue du sud et de l'Orient, convergeront ainsi en direction de l'Europe. Dans l'Ancien Testament, le prophète Ézéchiel (chapitre 38) nous décrit avec précision le déferlement des troupes ennemies, qu'il appelle Gog et Magog, et nous rappelle que leur bras sera armé par Dieu.

Voici que je me tourne vers toi, ô Gog, du pays de Magog, prince souverain de Mosch et de Tobol. Je vais te traîner après moi. Je mettrai des crochets dans tes mâchoires, et je te ferai sortir de ton pays, toi et toute ton armée, chevaux et cavaliers, tous parfaitement équipés, formant une multitude innombrable, avec grands et petits boucliers, et tous maniant l'épée. Les guerriers de Perse, d'Éthiopie, de Libye seront avec eux, tous munis de boucliers et casques, Gomer et toutes ses troupes, la maison de Togarma de l'extrême Nord avec ses bandes. Tous ces peuples sans nombre seront tes auxiliaires. Tiens-toi prêt ; fais tes préparatifs, toi et toutes ces multitudes qui vont se rassembler autour de toi. Sois leur chef suprême.

Après bien des jours, tu recevras un ordre ; à la fin des Temps, tu iras dans un pays dont les habitants seront délivrés du joug de l'épée et rassemblés au sein de plusieurs nations ; tu viendras sur les montagnes d'Israël, longtemps désertes, mais où vivent maintenant en sécurité les habitants du pays, ramenés au sein des autres nations. Tu t'avanceras, tu arriveras comme l'ouragan ; comme une nuée tu couvriras le pays, toi, avec toutes tes troupes et les peuples nombreux qui seront avec toi.

Ces pays délivrés de la guerre et réunis dans un cadre multinational, n'est-ce pas exactement l'Europe ? Ou s'agit-il de l'Organisation des nations unies ?

L'Apocalypse de saint Jean, le dernier des livres du Nouveau Testament, consacré au sort ultime de l'homme, nous offre une description saisissante des envahisseurs dont parlait déjà la Bible. On sait que son récit montre Jean de Patmos s'élevant au ciel pour contempler de là les scènes grandioses et tragiques de la fin des Temps. Le Livre des Desseins divins se trouve révélé à l'apôtre, qui en ouvre successivement les sept sceaux. À l'ouverture du septième, il découvre le châtiment que Dieu enverra aux hommes. Sept trompettes en sonneront les différentes étapes. Lorsque retentit la cinquième, des « sauterelles » surgissent de la fumée. Mais des sauterelles tout à fait symboliques, qui évoquent immanquablement nos avions et autres appareils de guerre modernes ! « *Or ces sauterelles, à les voir, font penser à des chevaux équipés pour la guerre ; sur leur tête on dirait des couronnes d'or, et leur face ressemble à des faces humaines... Leur thorax rappelle des cuirasses de fer, et le bruit de leurs ailes, le vacarme de chars aux multiples chevaux se ruant au combat ; elles ont des queues pareilles à des scorpions, avec des dards.* »

Lorsque la sixième trompette se fait entendre, une nouvelle armée apparaît « *afin d'exterminer le tiers des hommes... Elle compte deux cents millions de cavaliers... Ils portent des cuirasses de feu, d'hyacinthe et de soufre ; quant aux chevaux, leur tête est comme celle du lion, et leur bouche crache feu, fumée et soufre. Alors le tiers des hommes fut exterminé par ces trois fléaux : le feu, la fumée et le soufre vomis de la bouche des chevaux* ».

Armée innombrable, formidablement équipée, et d'autant plus irrésistible qu'elle marchera sur des fronts multiples. Tandis que les Russes balaieront l'Allemagne et toute l'Europe du Nord, les musulmans progresseront par plusieurs offensives méditerranéennes. « *La Perse tourne envahir Macédoine* », nous dit Nostradamus (deuxième centurie, 96e quatrain). Jusqu'où iront-ils ? « *Dans le Danube et du Rhin viendra boire le grand chameau* », ajoute le prophète (cinquième centurie, 68e quatrain). Ce chameau symbolise l'armée arabe qui devrait donc opérer la jonction avec les troupes slaves sur les rives de ces grands fleuves européens.

Plus à l'ouest, les musulmans retrouveront les chemins de conquêtes des anciens Maures. L'Espagne sera envahie, selon le 55e quatrain de la cinquième centurie de Nostradamus :

De la felice Arabie Contrade
Naistra puissant de loi mahométique
Vexer Espaigne, Conquesta, Grenade,
Et plus par mer a la gent lygustique.

La péninsule Ibérique sera donc soumise à la loi islamique, conquise par le peuple libyen (lygustique). Les tentatives de résistance seront écrasées : « *Loin d'Ibère au royaume de Grenade, Croix repoussées par gent mahométique* », lit-on dans le 20e quatrain, troisième centurie.

L'Italie subira le même sort (I, 9) :

> *De l'Orient viendra le cœur Punique*
> *Fascher Hadrie, et les hoirs Romulides,*
> *Accompagné de la classe lybique,*
> *Temples Melites et proches Isles vuides.*

Il n'est pas besoin de traduire : ce cœur punique, ce sont les Carthaginois, les Africains du Nord, qui, irrités par la situation en Adriatique, mer baignant la Yougoslavie, et par l'attitude des papes « héritiers » de Rome, envoient leur flotte (classe) à l'assaut de l'Italie. Les Mélites sont peut-être les « melkites », nom que les musulmans donnaient autrefois aux catholiques. Ainsi la guerre viderait les églises chrétiennes et les îles de la Méditerranée.

Mais l'objectif central, c'est le siège de la papauté. Joachim de Flore, savant, poète et philosophe du XIIe siècle, prédit à celle-ci un lourd châtiment : « *Rome, ville privée de toute discipline chrétienne, est la source de toutes les abominations de la chrétienté ; c'est elle que frappera d'abord le jugement de Dieu.* »

Jean de Vatiguerro prophétise que le souverain pontife devra fuir précipitamment la Ville sainte et que lui et les siens auront de la chance « *s'ils peuvent trouver un lieu de refuge où chacun puisse avec les siens manger seulement le pain de la douleur dans cette vallée de larmes* ».

Voilà qui confirme la vision prophétique qu'eut le pape Pie X, sur son lit de mort, en 1914 : « *J'ai vu l'un de mes successeurs qui s'enfuyait enjambant le corps de ses frères. Il se réfugiera incognito quelque part ; et après un bref répit, il mourra de mort cruelle.* » Cette retraite précipitée, suivie de la fin brutale du souverain pontife, est une constante dans toutes les prémonitions. Et ce pape, c'est bien sûr Pierre le Romain, le 112e de la prophétie de saint Malachie, à la tête de la Chrétienté lors de cette « ultime persécution ».

Rome rasée de fond en comble, les musulmans poursuivront leur chemin. « *Passer les monts Apennins voir la Gaule : transpercera le ciel, les eaux et neige ; et un chacun frappera de sa gaule* », écrit Nostradamus (II, 29).

Divisée, mal préparée, la France sera incapable de se défendre contre cet envahisseur. C'est ce que nous dit le célèbre quatrain :

Par la discorde négligence gauloise
Sera passage à Mahomet ouvert,
De sang trempé la terre et mer Senoise,
Le port Phocéen de voiles et nefs couvert.

Le port phocéen, c'est évidemment Marseille, envahie par les navires adverses. La simple géographie fera alors de la France le lieu de convergence de toutes les têtes de pont ennemies. L'envahisseur arrivera par les Pyrénées, par la mer, par l'Italie, par les Balkans et par l'Allemagne.

France à cinq pars par neglect assaillie,
Tunys, Argel esmeuz par Persiens :
Leon, Seville, Barcellone faillie
N'aura la classe par les Vénitiens.

Les Irakiens (persiens) auront soulevé (esmeuz) les autres nations arabes, telles que la Tunisie ou l'Algérie. Les grandes villes espagnoles puis françaises succomberont, sans pouvoir attendre de secours de l'Italie, elle aussi placée sous le joug.

Paris ne pourra tenir longtemps. Sa destruction est partout annoncée. Jean de Vatiguerro voit « *la prise, la spoliation et la dévastation de la capitale et maîtresse de tout le royaume des Français* ». « *Paris sera un vrai carnage* », dit une religieuse anonyme dont le recueil de prophéties, publié en 1882, lui a valu le surnom d'« extatique de Tours ». La ville sera mise à feu et à sang, on se battra rue après rue, de maison en maison. Les plus chanceux trouveront refuge dans les caves, dans les égouts et dans les innombrables grottes et carrières du sous-sol parisien. Le vrai châtiment attendra encore un peu...

Après de longues tergiversations, les Américains en proie au désordre intérieur interviendront cependant pour tenter de sauver l'Europe, ou ce qu'il en reste. La guerre sera alors véritablement mondiale. On se battra partout : « *les désastres seront du nord au sud, du sud à l'ouest et de l'Occident à l'Orient* », dit la Vierge à Amsterdam.

Aucune nation ne pourra résister à ce tourbillon infernal. Jeanne Le Royer, une religieuse qui vécut au XVIIIe siècle, avait annoncé que l'arrivée de l'Antéchrist serait précédée de guerres sanglantes : « *Les peuples s'élèveront contre les peuples, les nations contre les nations, tantôt divisées et tantôt unies pour combattre, pour ou contre le même parti.* »

À ce stade du conflit, les alliances seront sujettes à d'imprévisibles retournements. La guerre ne sera plus seulement une guerre de nation contre nation, mais une guerre de races, de villes, de clans. Toutes les prophéties prédisent cette terrible déviation. Ainsi celle de Prémol : « *Les hommes et les peuples se sont levés les uns contre les autres. Guerres, guerres ! Guerres civiles, guerres étrangères ! Quels chocs effroyables ! Tout est deuil et mort...* »

La Vierge de La Salette s'effrayait également de ces combats fratricides : « *La France, l'Italie, l'Espagne et l'Angleterre seront en guerre. Le sang coulera dans les rues. Le Français se battra avec le Français, l'Italien avec l'Italien ; ensuite il y aura une guerre générale qui sera épouvantable. On se tuera, on se massacrera mutuellement jusque dans les maisons.* »

C'est dans ce chaos qu'interviendra subitement le Tout-Puissant. De nombreuses prophéties insistent en effet sur le caractère à double détente du châtiment divin. D'abord les guerres et les révolutions, puis le cataclysme planétaire qui fera table rase... ou presque.

*
**

Pour châtier les hommes, Dieu S'est d'abord contenté de porter à leur paroxysme leurs passions guerrières, sans doute pour les mettre une bonne fois en face de leur monstruosité. La seconde étape, c'est le nettoyage par le vide de cette planète dévastée. L'intervention divine ne se fera pas, comme se l'imaginent naïvement certains, de façon « personnelle ». Renonçons une fois pour toutes à nos conceptions anthropomorphiques de la Toute-Puissance céleste. Oublions ces images d'Épinal qui expliquaient le Déluge en nous montrant un Dieu barbu et joufflu en train de cracher sur la Terre.

Le « Choc Effroyable » se fera de façon très matérielle, physique, par le biais des quatre éléments : l'eau, la terre, l'air et surtout le feu. Ce dernier, nous l'avons vu, sera l'instrument privilégié de la prochaine destruction.

La Sibylle chaldéenne, grande devineresse de l'Antiquité, menaçait déjà : « *Si vous ne m'écoutez pas, le feu descendra sur la Terre. Voici les signes qui l'annonceront : au lever du soleil, on verra des épées, on entendra des grondements et des bruits formidables. Le feu consumera toute la Terre, il détruira toute la race humaine, toutes les villes, les fleuves et la mer ; il brûlera tout et réduira le monde en une poussière noirâtre.* »

Quelle sera exactement l'origine de ce feu ? Les scénarios sont multiples. Au plus fort d'un conflit mondial, on pense bien sûr à une explosion atomique. À court de ressources, acculées à la défaite, certaines nations risquent d'avoir recours à cette arme aussi dévastatrice que suicidaire, puisqu'elle entraîne la réplique adverse et des réactions en chaîne.

Écrits il y a des siècles et des siècles, les textes prophétiques hindous ont à cet égard une étrange résonance. Ainsi le *Ramayana* nous livre la vision d'une « *arme inconnue, un tonnerre de fer, gigantesque messager de la Mort, qui réduisit en cendres tous les membres de la race des Vrishnis et des Andhakas* ». Cette arme se présenterait sous la forme d'un « *projectile unique chargé de la puissance de l'Univers. Une fumée incandescente, semblable à dix mille soleils, s'éleva dans sa splendeur* ». Après l'explosion, le texte hindou évoque des « *rouages azurés en forme d'œuf ou de globe lumineux* ». Peut-on mieux décrire les champignons atomiques ?

Pour ma part, je n'exclus en aucune façon cette catastrophe nucléaire. Pas plus qu'un gigantesque séisme « *comme il n'y en eut jamais depuis que l'homme vit sur terre* » (Apocalypse de Jean). Pour l'année 1992, on ne dénombre pas moins de soixante-dix séismes meurtriers : Californie, Indonésie, Égypte, Nicaragua... Auxquels s'ajoute le réveil des volcans. La Terre gronde déjà... Dans ce cas, le feu destructeur des prophéties serait de la lave en fusion.

On peut craindre cependant que ce séisme ne soit la « simple » conséquence d'un cataclysme plus formidable encore : l'entrée dans notre atmosphère d'un astéroïde qui balaiera la planète ou même entrera en collision avec elle. Lorsqu'ils abordent le sujet des « signes de la fin des Temps », les prophètes ne parlent-ils pas d'une comète, visible de tous ? Celle-ci pourrait s'approcher de beaucoup trop près, comme il est suggéré dans ce quatrain de Nostradamus (II, 41) :

La grande estoile par sept jours bruslera
Nuée fera deux soleils apparoir
Le gros mastin toute nuict hurlera
Quand grand pontife changera de terroir.

Le visionnaire de Salon-de-Provence nous donne ici une précieuse indication chronologique : le deuxième soleil qui menace de tout brûler sur terre ferait son apparition peu après que le pape, chassé par l'invasion arabe, aura quitté Rome.

Cette comète, nous la retrouvons dans le deuxième secret de la Vierge de Fatima : « *Lorsque vous verrez une nuit éclairée par une grande lumière inconnue, sachez que c'est le signe que Dieu vous donne qu'elle est prochaine la punition du monde.* » À ce message fait écho la prophétie du célèbre voyant italien Jean de Vatiguerro : « *On verra dans le ciel des signes nombreux et très surprenants. Des étoiles se choqueront, ce qui sera le signal de la destruction et du massacre de presque tous les hommes* » ; et encore cette révélation de la Vierge, apparue aux yeux de Veronica, une jeune Américaine de Beyside, dans l'État de New York : « *Le châtiment qui sera envoyé sur l'humanité, mon enfant, sera une grande boule de feu qui se précipite à travers le ciel et qui lance des particules dorées...* »

Une météorite comme signal et instrument de la colère divine... Quand la Troisième Guerre mondiale battra son plein, il ne nous restera plus qu'à guetter, comme nous y invite Nostradamus (X, 60), le jour où « *apparoistra vers le Septentrion, non loing de Cancer l'estoile chevelue* »...

Peu importe finalement la nature exacte du grand fléau. Ce qui est certain, c'est que tout ira vite, très vite. Tous les prophètes s'accordent sur ce point : le cataclysme sera « *instantané, de courte durée, mais terrible* ». Anna-Maria Taïgi, une religieuse de l'ordre de la Sainte-Trinité, annonçait à la fin du XVIIIe siècle, en Italie : « *Celui qui, par curiosité, ouvrira sa fenêtre au moment du fléau ou qui sortira par la porte tombera mort à l'instant même.* » N'est-ce pas aussi ce que dit le Padre Pio, en parlant au nom du Christ : « *Je vous donnerai un signe pour vous indiquer le commencement du grand jugement : en une froide nuit d'hiver, je ferai retentir le tonnerre qui fera vibrer les montagnes. Alors fermez vos fenêtres et ne regardez pas dehors...* » ?

La catastrophe donnera un coup d'arrêt brutal aux combats et aux appétits territoriaux. L'esprit de conquête s'évanouira, étouffé par la terreur. Les hommes seront les jouets d'une kyrielle de cataclysmes : raz-de-marée, séismes, pluies de pierre et de feu, gaz mortels... Écoutons plutôt Sophonie, un des prophètes « mineurs » de l'Ancien Testament, au chapitre 1, versets 15 à 18 :

Jour de fureur, ce jour-là !
Jour de détresse et de tribulation,
Jour de désolation et de dévastation,
Jour d'obscurité et de sombres nuages,

Jour de nuées et de ténèbres,
Jour de sonneries de cor et de cris de guerre
Contre les villes fortes et les hautes tours.
Je livrerai les hommes à la détresse
Et ils iront comme des aveugles
(parce qu'ils ont péché contre Yahvé) ;
Leur sang sera répandu comme de la poussière,
Leurs cadavres jetés comme des ordures.
Ni leur argent, ni leur or
Ne pourront les sauver.

La prophétie de Prémol, dans son style si dramatique, s'épouvante de ces nouveaux désastres naturels : « *Eh quoi, Seigneur ! Votre bras ne s'arrête pas ! N'est-ce pas assez de la fureur des hommes pour tant de ruines fumantes ? Les éléments doivent-ils encore servir votre colère ? Arrêtez, Seigneur, arrêtez ! Vos villes s'abîment d'elles-mêmes.* »

En effet, ce sera le coup de grâce pour la plupart des métropoles. Et notamment Paris... Le prince Hohenlohe, sujet à des visions prophétiques, écrivait dans une lettre datée de 1828 : « *Paris sera détruit ; le feu qui tomba sur Sodome et Gomorrhe tombera sur elle, et pour la détruire, le ciel s'unira à la terre ; Paris sera enseveli sous une pluie de soufre, et l'on n'y verra que des précipices.* »

« *La capitale disparaîtra dans les flammes* », disait aussi sainte Odile.

En 1846, la jeune bergère Mélanie Calvat, âgée d'une quinzaine d'années, vit la Vierge à La Salette. Cinquante ans plus tard, elle se rendit à Paris à l'occasion de cet anniversaire. En se promenant sur les quais, elle eut soudain une vision qu'elle confia à l'amie qui l'accompagnait : « *Vous soyez la Seine ? Si vous saviez combien de gens y viendront et y seront jetés ! Et ce n'est pas tant ceux qu'on y jettera – il y en aura certainement – mais le plus grand nombre viendra s'y jeter, tout affolé, fuyant le feu qui sera suspendu au-dessus de la ville ! Ils s'y jetteront comme fous de terreur, croyant éviter ainsi ce feu menaçant !* »

*
**

Aux flammes succéderont les ténèbres. Le grand cataclysme plongera en effet la Terre dans une période de noirceur absolue qui durera, selon les Écritures, trois jours et trois nuits. « *L'éclat des lumières s'éteindra* », dit Zacharie (14, 3). De la même façon, au moment de la mort du Christ sur la Croix, le soleil s'éclipsa et l'obscurité se fit pendant trois heures.

Ces trois jours sombres seront dus sans doute à l'extraordinaire masse de particules projetée dans l'atmosphère. À moins, comme j'en ai émis l'hypothèse plus haut, qu'ils ne soient la conséquence d'un changement d'axe de la Terre, suite à l'impact d'un astéroïde sur notre planète. Notre hémisphère ne verra plus le Soleil, tandis que les continents asiatique et austral grilleront sous ses rayons impitoyables. Ce changement d'axe, on le trouve évoqué dans Nostradamus :

Vous verrez tost et tard faire grand change
Horreur extrêmes et vindications
Que si la Lune conduicte par son ange
Le ciel s'approche des inclinaisons.

Quoi qu'il en soit et quelle que soit leur origine, les Trois Jours de Yahvé seront certainement l'épreuve la plus cruelle de toutes. Ceux qui auront survécu à la guerre et aux soubresauts de la planète seront-ils encore assez forts, physiquement et moralement, pour supporter l'angoisse qui semblera se déverser du ciel ? Beaucoup ne pourront supporter d'entendre retentir dans le noir les lamentations des mourants.

Quel texte mieux que la *Voluspa,* poème de la mythologie nordique écrit vers le IXe siècle, nous décrit ce moment où basculent à la fois le monde et la raison humaine ?

Les montagnes s'écroulent,
Les hommes tâtonnent vers l'enfer,
Et le ciel s'entrouvre,
Le soleil s'enténèbre,
La terre s'abîme dans la mer,
Les étoiles vacillent dans les hauteurs du ciel...
Les frères tueront les frères,
Les parents détruiront leurs propres parents,
Pervers deviendra le monde
L'homme s'effondrera, frappé par l'homme.

Quels conseils nous donnent les textes sacrés et les prophéties sur la conduite à suivre ? « *Allez dans les creux des rochers,* dit l'Ancien Testament, *et dans les antres de la terre.* »

L'abbesse de Gandersheim, sœur Hroswitte, décrit ainsi, pour sa part, les conditions de survie :

« *Ils creuseront des trous comme les taupes tandis que dans l'air se répandra l'odeur de la mort.* »

En fait, il sera inutile de chercher à s'échapper. On lit dans l'Apocalypse de saint Jean que seuls seront épargnés, *in extremis,* les 144 000 Justes que le Seigneur aura pris soin de marquer au front avant de malmener la Terre... Mais en attendant, dans le chaos indescriptible qui suivra le feu et la nuit, les survivants – Justes mis à part – seront encore soumis à mille épreuves, et punis selon leurs actions. « *Ceux qui ont traité nos signes de mensonges seront livrés au supplice ignominieux* », prévient le Coran (sourate 23). « *Celui qui est loin mourra par la peste, celui qui est proche tombera sous le glaive, survivants et assiégés périront par la famine, et j'épuiserai ma fureur sur eux* », dit Yahvé dans le Livre d'Ézéchiel, verset 12 du chapitre 6.

« *S'il en reste qui sont épargnés,* dit encore Ézéchiel, chapitre 7, verset 16 et suivants, *ils se sauveront et ils seront dans les montagnes comme les colombes des vallées, toutes gémissantes, chacun pour son péché. Toutes les mains seront défaillantes et tous les genoux s'en iront en eau. L'épouvante les enveloppera, sur toutes les faces il y aura de la confusion et sur toutes les têtes de la calvitie. Leur argent, ils le jetteront dans les rues et leur or leur sera un objet de répulsion : ils ne rassasieront pas leurs corps et leurs entrailles.* »

Même impression chez le prophète Isaïe, où la fin des ténèbres ne met pas un terme aux douleurs des hommes : « *Les habitants de la Terre sont consumés, un petit nombre d'hommes survit. Il ne reste dans la ville que décombres. Car il en est dans le pays, au milieu des peuples, comme des olives qu'on gaule, comme des raisins qu'on grappille, la vendange est finie. Mais moi, je dis : Malheur à moi ! Malheur à moi ! Hélas ! Les pillards pillent, les pillards s'acharnent au pillage. L'épouvante, la fosse et le filet vont te saisir, habitant de la terre. Celui qui fuira pour échapper à l'épouvante tombera dans la fosse. Celui qui se tirera de la fosse sera pris au filet.* »

Quelle sorte d'humanité subsistera sur terre ? Celle que nous décrit le *Lunga-Purana* mérite à peine ce nom : « *Les gens s'entre-tueront furieusement. À la fin il restera çà et là des groupes de gens qui s'entre-tueront pour se voler mutuellement. Agités et confus, ils abandonneront leurs femmes et leurs maisons. Ils seront sans loi, sans honte, sans amour. Ils vivront de racines et de fruits, seront vêtus d'écorce, de feuilles, de peaux de bêtes. Ils n'utiliseront plus de monnaie. Ils auront faim, seront malades et connaîtront le désespoir.* »

Les hommes en seront réduits au cannibalisme. J'en ai acquis l'horrible certitude par les visions que m'ont imposées les Vingt-Quatre Vieillards avant de m'envoyer sur terre pour ma dernière incarnation. Ces images, je les ai malheureusement vues confirmées par Nostradamus. Dans un quatrain déjà cité, il nous dit que la famine sera si universelle que l'on arrachera l'enfant au sein de sa mère pour le manger. « *L'homme d'homme sera anthropophage* », lit-on dans le 75e quatrain de la deuxième centurie.

La prophétie de Prémol pousse à l'extrême la

description de cette déchéance humaine : « *La corruption allait croissant, les hommes se changeaient en reptiles et se baignaient et vivaient dans ces eaux fangeuses.* »

Dès lors, il n'est plus question de guerre de nationalités ou de religions. Chacun tente de survivre dans ce nouveau monde sans foi ni loi. Époque de misère physique et morale... C'est ce que nous dit Amos : « *Voici venir le temps où j'enverrai la faim dans le pays. Non la faim du pain, mais celle d'entendre la parole de Yahvé. Les hommes tituberont d'une mer à l'autre, du nord au Levant, errant et cherchant sans trouver.* »

*
**

Profitant de ce complet désarroi, un homme va surgir, une figure apparemment charismatique va subjuguer la Terre entière : l'Antéchrist !

En affirmant cela, je sais que je vais à l'encontre de pratiquement toutes les chronologies « officielles » de la fin des Temps. Ma conception originale me vaudra sans doute d'être violemment pris à partie par les tenants de l'orthodoxie eschatologique. Ceux-ci en effet placent la venue de l'Antéchrist *après* celle du Grand Monarque et du Grand Pape, deux êtres qui, nous le verrons, parviendront à rétablir l'harmonie sur terre.

Je n'ai jamais pu adhérer à cette chronologie qui me semble tout à fait illogique. Je vois mal, en effet, comment l'action bénéfique de ces deux souverains, l'un temporel et l'autre spirituel, ouvrirait la porte au Malin. Si le Grand Monarque réussit à juguler le désordre et à promouvoir des sentiments plus fraternels sur terre, on conçoit mal qu'il puisse céder soudain la place aux visées néfastes de l'Antéchrist.

En revanche, il est parfaitement concevable qu'une figure forte, même satanique, mais habilement déguisée au début en « sauveur », parvienne à s'imposer auprès de survivants regroupés en quelques clans barbares. Voilà des âmes parmi lesquelles l'Antéchrist pourra aisément moissonner... Le 84e quatrain de la première centurie de Nostradamus semble apporter de l'eau à mon moulin : « *Lune obscurcie aux profondes ténèbres* (Jours de Yahvé), *son frère passe de couleur ferrugine, le grand caché* (l'Antéchrist) *longtemps sous les ténébres, teindra fer dans la playe sanguinaire.* »

Quand viendra-t-il exactement ? Restons circonspects... Faut-il suivre les vers fameux du 72e quatrain, dixième centurie de Nostradamus, qui ont tant fait couler d'encre :

L'an mil neuf cens nonante neuf sept mois
Du ciel viendra un grand roy d'effrayeur.

Ce roi des frayeurs pourrait désigner aussi bien la comète du Jour de Yahvé que l'Antéchrist. Si l'on suit ma théorie, la question n'est pas si cruciale puisque les deux événements sont concomitants ou presque ; 1999... L'échéance semble aujourd'hui bien proche. La fin des Temps pourrait-elle venir aussi vite ? Contentons-nous de noter ici qu'en renversant 1999 on obtient 6661, soit le chiffre de la Bête, opposé à l'Un divin...

On dit que l'Antéchrist aurait trente-trois ans au

moment de son avènement – le même âge que le Christ à sa mort. Le « fils de perdition » serait donc vivant à cette heure-ci...

Au cours de mes méditations, j'ai vu le visage d'un jeune homme vivant à Londres et qui surprend les plus hautes personnalités par ses dons de « magicien ». Déjà, il étend son emprise psychique comme sa fortune personnelle. Les ondes négatives émanant de lui sont les plus fortes que j'aie jamais perçues. N'est-il qu'un sorcier aux pouvoirs extraordinaires ou pourrait-il être l'Antéchrist, qui attend déjà son heure en embuscade ? Je relis souvent et je m'interroge sur l'énigme du 76e quatrain, huitième centurie de Nostradamus :

Plus Macelin que Roy en Angleterre
Lieu obscur nay par force aura l'empire :
Lasche sans foy sans loy saignera terre,
Son temps s'approche si près que je soupire.

Encore une fois, et malgré de fulgurantes visions, je me garderai bien de dater la fin de notre ère ni d'affirmer que l'Antéchrist est Untel ou Untel. Il me semble plus intéressant de me demander quelle sera la nature véritable de cet Antéchrist. Simple mortel ou image métaphysique du mal ? Avant tout, il me paraît devoir être l'anti-Christ, celui qui s'oppose au Christ, plutôt que l'Antéchrist, celui qui est « avant », donc qui précéderait le retour du Christ. Son but réel – non affiché au début de son règne – sera d'éradiquer le message christique. Il sera l'ultime personnification de la Bête de l'Apocalypse, ce monstre symbolique à l'affût de tous les moyens pour porter la parole de Satan.

Surgie du chaos, cette Bête, longtemps, fera l'ange. L'Antéchrist séduira les foules, aux yeux desquelles il apparaîtra comme un homme providentiel. Selon les prophéties, il mettra fin aux hostilités en prétendant vouloir sauver la Terre. En réalité, ce « Prince d'Iniquité » mènera à leur ruine tous ceux qui accepteront de le suivre. Et beaucoup le suivront, car il saura se parer de toutes les séductions. D'une beauté troublante, d'une formidable intelligence, il s'imposera bientôt par son charisme et deviendra le Grand Conciliateur, s'attirant le soutien de tous, y compris des Croyants. Car ce « fils de perdition », comme l'appelle saint Paul, saura se présenter comme un homme d'Église et de prière.

Il accomplira même des prodiges. La Sibylle de Tibur, dans les premiers siècles de la Chrétienté, disait de l'Antéchrist que « *par ses sacrifices magiques, il surprendra la bonne foi de plusieurs qui verront, à sa voix, descendre le feu du ciel* ». Il paraîtra en effet produire des éclairs, le tonnerre, la grêle, renverser les montagnes, détourner les fleuves. Il fera mine de guérir les infirmes, de chasser les démons, et parfois de ressusciter les morts.

Il sera la quintessence des faux mages qui pullulent de nos jours. Quand on sait le succès que remportent ces « faiseurs de miracles » dans le monde structuré d'aujourd'hui, comment s'étonner qu'un être exceptionnel d'habileté, inspiré par le Malin, étende son pouvoir sur les hordes égarées sorties des horreurs des Trois Jours de Ténèbres ?

Ses dons lui permettront donc de subjuguer ce

qu'il restera de l'humanité et de ses chefs. Il aura d'autant plus d'audience que ses prêches se feront plus tentants. Homme d'Église, certes, mais d'une Église du plaisir idolâtre. « *Vous pouvez faire ce qu'il vous plaira,* lui fait dire sainte Hildegarde. *Renoncez au jeûne, il suffit que vous m'aimiez, moi, qui suis votre seul Dieu.* »

Et ses adorateurs de s'engouffrer dans le rejet de toute spiritualité pour mieux s'abandonner à la facilité docile. L'Antéchrist finira ainsi par imposer sa loi politique et sociale. Le premier, il mettra en application l'idée d'un salaire universel, égal pour tous, programme qui lui apportera bien évidemment tous les suffrages, vu l'état dans lequel se trouvera la planète.

Alors seulement, quand il aura établi son total pouvoir, l'Antéchrist révélera sa malice. Les gens s'apercevront que son seul but était d'installer sa puissance pernicieuse sur le monde. Il apparaîtra enfin comme l'anti-Christ, c'est-à-dire l'antigénérosité, l'anti-amour. « *Il détruira d'une façon prodigieuse,* dit Daniel aux versets 24 et 25 du chapitre 8, *réussira dans ce qu'il fera et détruira les puissants et le peuple des saints, et à cause de son habileté, la tromperie réussira par sa main et grandira dans son cœur.* »

Le Prince d'Iniquité trouvera le moyen de se maintenir en employant la corruption, les prodiges et surtout la terreur. Tous ceux qui oseront élever la voix contre lui seront mis à mort.

Le moine Adson écrivait en 954 à la reine Gerberge, épouse du roi de France Louis IV d'Outremer : « *Cette redoutable tribulation durera trois ans et demi, les quarante-deux mois de l'Apocalypse.* »

Quarante-deux mois, mille deux cent soixante jours, c'est aussi le temps que saint Jean donne aux Deux Témoins venus fouler la Ville sainte pour s'opposer au pouvoir de la Bête. Ces deux témoins, ce sont les réincarnations d'Hénoch et Élie, le patriarche et le prophète qui ont en commun d'avoir été jadis enlevés au ciel sans passer par la mort. Hénoch est doté d'une force colossale, tandis que Élie est un jeune homme irradiant de lumière.

Les Deux Témoins s'élèveront contre l'Antéchrist, sans toutefois immédiatement le vaincre. Ils seront mis à mort à Rome, reconstruite par l'Antéchrist qui en aura fait le siège de sa domination planétaire. Leurs cadavres seront exposés aux regards de tous.

Mais avec ce dernier crime, le Prince d'Iniquité signera son arrêt de mort. Sainte Hildegarde nous raconte ainsi sa fin : « *Quand le fils de perdition aura accompli tous ses desseins, il rassemblera ses croyants et leur dira qu'il veut monter au ciel. Au moment même de cette ascension, un coup de foudre le terrassera et le fera mourir. D'un autre côté, la montagne où il sera établi pour opérer son ascension sera à l'instant couverte d'une nuée qui répandra une odeur de corruption insupportable et vraiment infernale, ce qui, à la vue de son cadavre couvert de pourriture, ouvrira les yeux à un grand nombre de personnes et leur fera reconnaître leur misérable erreur.* »

Le miracle – vrai – que constitue l'anéantissement de l'Antéchrist est-il le signe de la miséricorde divine ? Sans doute. L'humanité semble être allée alors jusqu'au bout de l'ignominie, de la souffrance, mais aussi du châtiment. Et subsistent les Justes. Les 144 000 Justes de l'Apocalypse de Jean (ou plus, ou moins, nous le verrons, cela dépendra de chacun de nous). Pour eux, Dieu décide de mettre fin à l'immense châtiment. Souvenons-nous du verset 22, chapitre 24 de l'Évangile de saint Matthieu : « *Et si ces jours-là n'étaient pas abrégés, nul n'aurait la vie sauve ; mais à cause des élus, ils seront abrégés, ces jours-là...* »

Les terribles tribulations que nous venons d'évoquer doivent ouvrir sur « un ciel nouveau, une terre nouvelle ». En exergue de ce chapitre, je citais ce vers de Nostradamus : « *Lors se perdra la piscature barque...* » Piscature, ce sont bien sûr les poissons. Car au terme de toutes ces épreuves, c'est l'ère des Poissons qui s'achèvera. « *De pleur, de cri, de peine, il n'y en aura plus,* se réjouit saint Jean à la fin de l'Apocalypse, *car l'ancien monde s'en est allé.* »

CHAPITRE SEPTIÈME

D'UNE ÈRE À L'AUTRE...

Ceux qui seront marqués au front

Vous aurez aussi à entendre parler de guerre et de rumeurs de guerre ; voyez, ne vous alarmez pas : car il faut que cela arrive.

Évangile selon saint Matthieu

Après le déchaînement de l'orage, une pluie fine et consolatrice arrosera la Terre. Les trompettes et le vacarme céleste feront place à un silence apaisant. Les grandes tribulations apocalyptiques seront enfin terminées, grâce à Dieu... L'Antéchrist terrassé, la Bête sera jetée « *dans l'étang de feu et de soufre embrasé* », nous dit Jean, et Satan enchaîné.

La mort de l'Antéchrist plongera tout d'abord les foules dans une grande confusion : l'écroulement du système politique et de la fausse morale qu'il aura érigés laissera en effet un vide angoissant.

Mais cette dernière épreuve sera de courte durée. Car c'est alors qu'apparaîtra une figure véritablement salvatrice, le Grand Monarque dont parlent toutes les cyclologies de la fin des Temps mais en situant curieusement sa venue, nous l'avons dit, avant celle de l'Antéchrist. J'ai déjà énoncé les raisons qui m'empêchent d'adhérer à cette thèse : pour moi, l'Antéchrist ne saurait succéder aux deux grandes figures qui ramèneront l'Esprit de Dieu sur Terre : Pontifex Maximus et le Grand Monarque.

Ce souverain, l'imagerie traditionnelle lui associe la couleur blanche, qui marque à la fois la fin de la nuit et la naissance du jour. Symbolisant aussi bien la mort que le renouveau, le blanc est par excellence la couleur de la transition : le règne du prestigieux monarque clôt l'ère des Poissons et ouvre celle du Verseau.

Le bienheureux Raban Maur, archevêque de Mayence, conseiller de Louis le Pieux, annonçait au IVe siècle l'arrivée de ce souverain : « *Vers la fin des Temps un descendant des rois francs établira son règne sur tout ce qui a été l'Empire romain : il sera le plus grand et le dernier de tous les rois...* » On retrouve l'écho de cette prophétie chez saint Rémy, archevêque de Reims, qui précise que le Grand Roi « *arrivera comme par miracle, et qu'il sera du sang de la vieille cape* »...

S'agirait-il dès lors d'un descendant des rois de France, et en particulier des Capétiens ? C'est ce que de nombreux exégètes ont cru pouvoir affirmer. Pour ma part, je serais plus réservé. Cette hypothèse sent trop sa restauration royaliste pour emporter mon adhésion. Ce qui m'intéresse énormément, en revanche, c'est la notion de descendance : le Grand Monarque nous est présenté comme l'héritier d'une tradition séculaire, voire millénaire. D'ailleurs, Raban Maur ne se contentait-il pas de répéter ce qu'avait écrit bien avant lui saint Augustin (354-430) ? On peut remonter plus loin encore, car avant d'évoquer la personnalité du Grand Monarque, saint Augustin, le célèbre évêque d'Hippone, signalait lui-même qu'il ne faisait que rapporter une tradition bien plus ancienne : « *Quelques-uns de nos docteurs disent qu'un roi franc possédera un jour l'Empire romain...* »

Pour Nostradamus, en revanche, le Souverain viendra d'Orient. Mais surtout, le mage de Salon-de-Provence suggère (75e quatrain, dixième centurie) que son fameux héritage sera de nature ésotérique :

Tant attendu ne reviendra jamais
Dedans l'Europe ; en Asie apparoistra
Un de la ligue yssu du grand Hermès
Et sur tous Roys des Orients croistra.

Ce Hermès dont il est question, c'est bien sûr Hermès Trismégiste, l'auteur du *Corpus Hermeticum,* recueil de traités qui marie la science égyptienne et la philosophie néoplatonicienne, affirmant que le Cosmos est un être vivant et que l'homme lui est consubstantiel. Le Grand Monarque appartiendrait donc à la longue filiation des héritiers de la Tradition ésotérique.

Je suis convaincu en effet qu'en dépit de toutes les destructions causées par les tribulations apocalyptiques, les fameux secrets des Atlantes, dont l'Égypte et la Mésopotamie ont été les dépositaires, ne disparaîtront pas à jamais. Au contraire ! La nouvelle ère qui commencera après la mort de l'Antéchrist puisera son génie dans la redécouverte de cette Connaissance sacrée. C'est aussi ce que prophéthise la *Voluspa,* le grand texte cosmologique des peuples nordiques : « *Au cœur de la verdure, les hommes retrouveront les tablettes d'or, tablettes merveil-*

leuses qu'aux premiers jours avaient possédées leurs ancêtres... » Qu'il vienne d'Europe ou d'Orient, le Grand Monarque sera en premier lieu un Grand Initié.

Éclairé par ce savoir des origines, il se révélera un souverain exemplaire. La prophétie de Prémol nous décrit ainsi son accession à la gloire : « *Et je vis venir de l'Orient un jeune homme remarquable monté sur un lion : il tenait une épée flamboyante à la main et le Coq chantait devant lui. Et sur son passage, tous les peuples s'inclinèrent.* » Le lion, c'est le symbole de la puissance souveraine, mais aussi de la sagesse et de la justice. Et le glaive lumineux évoque moins la fougue guerrière que la conquête de la Connaissance.

Car s'il est un combattant, le Grand Monarque sera surtout le rédempteur et le rassembleur de tous les survivants. Et son règne favorisera l'action d'un autre personnage annoncé par les prophéties : Pontifex Maximus, le Grand Pape. Tant il est vrai que les tribulations apocalyptiques seront suivies par la réconciliation entre le temporel et le spirituel. Si les peuples s'inclinent ainsi devant le Grand Monarque, nous précise la prophétie de Prémol, c'est que « *l'Esprit de Dieu était en lui. Il vint sur les ruines de Sion, et il mit la main dans la main du Pontife* ». « *Tous deux unis de cœur et d'âme feront triompher la réformation du monde* », se réjouit saint Césaire.

Attention, il ne s'agit pas ici de l'infamante collusion entre le sabre et le goupillon, par laquelle les élites ont longtemps asservi le peuple ! Nos anciens rois de France offrent une piètre idée du guide infaillible que figurera le Grand Monarque, de même que les papes de l'Église catholique ne sont que les affligeantes caricatures du futur Pontifex Maximus.

Sous l'impulsion de celui-ci, en effet, l'humanité renaissante assistera à une restauration de l'Église véritable. Une nouvelle religion verra le jour, plus proche, sans doute, du christianisme des origines. Finis les bondieuseries et les dogmes imposés, oubliée toute cette pompe vaticanesque qui bafoue ouvertement les vœux d'austérité des premiers chrétiens ! Le Grand Pape fera preuve d'humilité. Le Christ marchait pieds nus et ne possédait qu'une robe de bure : il ne portait aucun bijou en or, mangeait dans des calebasses ou dans des plats en terre. De même, à l'aube de l'Église du Verseau, la simplicité chassera enfin l'ostentation.

Ce rajeunissement extraordinaire du christianisme était annoncé au XIXe siècle par Joseph de Maistre : « *Il ne s'agit pas d'une modernisation de l'Église, mais d'une forme nouvelle de la religion éternelle qui sera au christianisme ce que celui-ci est au judaïsme.* » Un changement d'ère implique un changement de religion... Après le Bélier, les Poissons ; après les Poissons, le Verseau.

Traditionnellement, ce signe du Verseau est représenté par un homme qui tient une amphore sur l'épaule ou sous le bras. Nous retrouvons ce symbole dans l'Évangile selon saint Luc (chapitre 22, verset 10) : « *Vous rencontrerez un homme portant une cruche d'eau ; suivez-le* », dit le Christ aux Apôtres qui lui demandent où ils doivent préparer le repas pascal, lequel sera aussi leur dernier repas avant l'arrestation et la crucifixion de Jésus. Or cette Pâque, c'est le souvenir de la sortie des Juifs d'Égypte. Avant que le fléau exterminateur ne s'abatte sur le pays des Pharaons, les Hébreux avaient immolé l'agneau, ils en avaient recueilli le sang et marqué le linteau de leur porte afin que Yahvé épargne leurs maisons. La Pâque reste synonyme d'un passage dans la souffrance : celui des Hébreux de l'esclavage à la liberté, celui du Christ de la mort à la résurrection. La mention chez Luc de ce « porteur d'amphore » guidant les Apôtres vers le repas pascal peut se revivre aussi bien comme une parabole : ne pourrait-elle pas évoquer le passage des élus à l'ère du Verseau, au milieu des tourments apocalyptiques ?

« *La terre sera remplie de paix comme un récipient peut être rempli d'eau,* nous dit la Tradition islamique ; *la concorde sera universelle.* » Ce récipient plein d'eau, n'est-ce pas encore l'amphore du Verseau ?

La vocation œcuménique du christianisme, longtemps étouffée, se développera pleinement. Le Pontifex Maximus accomplira ce miracle de rassembler toutes les religions. « *Il y aura un seul troupeau, un seul pasteur* », dit Jean (chapitre 10, verset 16). Le même Esprit de Dieu sera présent en tous les hommes : « *Je répandrai mon Esprit sur toute chair* », lit-on dans les Actes des Apôtres (chapitre 2, verset 17). « *De tous les points de la terre, les hommes se ressouviendront et se convertiront à lui* », prophétise Isaïe (chapitre 21, verset 27). Ce sera enfin l'avènement de l'Église d'amour, universelle...

Alliance sans heurt du civil et du religieux, fusion des différentes religions... L'humanité entrera alors dans le Millenium, un cycle de paix et de spiritualité. Ce terme de Millenium ne désigne pas nécessairement un millénaire, comme l'affirment certains, mais une longue et glorieuse période de plénitude qui recouvre l'ère du Verseau, où Satan demeurera enchaîné.

Les hommes auront accédé au Quatrième Plan vibratoire. Cela n'implique pas que nous serons entièrement « spirituels » mais cela signifie que nous serons parvenus à un stade d'évolution qui nous permettra de mieux gérer le nécessaire équilibre entre rationalité et spiritualité, entre matière et esprit. La civilisation du Verseau fonctionnera selon un nouveau mode de pensée. Nos rapports avec les autres comme avec le monde seront modifiés.

Après le passage de l'ouragan apocalyptique, après l'expurgation des pensées les plus noires et les plus viles, la Nature sera comme vierge de nouveau. Elle se réconciliera avec la Science qui ne sera plus le despote parfois destructeur de notre planète que nous connaissons : après la redécouverte des secrets atlantes, les scientifiques se mettront entièrement au service de l'homme, dans le respect absolu de notre mère Gaïa. Il ne s'agira pas d'un retour à un âge primitif : au contraire, le Millenium verra s'épanouir une civilisation très évoluée mais dont les technologies « douces » ne porteront pas atteinte à l'écosystème.

Quant à nos rapports avec les autres, ils évolueront de la même façon. Le Verseau est le signe de la fluidité, et de la fraternité. Les impératifs moraux qui sont encore pour nous des idéaux lointains – « Aime ton prochain comme toi-même » – apparaîtront comme des évidences parfaitement naturelles : considération pour la personne humaine, compréhension des aspirations de chacun, sentiment d'appartenir à une collectivité, entraide, telles seront les valeurs régissant le Quatrième Plan vibratoire humain. Isaïe évoque ainsi cette période idyllique (chapitre 65, verset 25) : « *Le loup et l'agnelet paîtront ensemble, le lion comme le bœuf mangera de la paille, le serpent se nourrira de poussière, on ne fera plus de mal ni de violence sur toute la montagne sainte.* »

Quant à l'organisation et au visage qu'offrira cette société du Verseau, nous ne pouvons encore que la rêver. Dans mes méditations, j'ai vu des monuments de marbre blanc, j'ai vu des rues pavées d'or – car l'or n'aura plus de valeur marchande –, j'ai vu des gens, hommes et femmes, habillés des mêmes tuniques simples et confortables. Images édéniques, parnassiennes, que l'on retrouve dans toutes les cyclologies et qui évoquent en particulier la Jérusalem nouvelle de l'Apocalypse de Jean : « *Les assises de son rempart sont rehaussées de pierreries de toute sorte : la première assise est de jaspe, la deuxième de saphir, la troisième de calcédoine, la quatrième d'émeraude, la cinquième de sardoine, la sixième de cornaline, la septième de chrysolite, la huitième de béryl, la neuvième de topaze, la dixième de chrysoprase, la onzième d'hyacinthe, la douzième d'améthyste. Et les douze portes sont douze perles, chaque porte formée d'une seule perle ; et la place de la ville est de l'or pur, transparent comme du cristal.* »

L'humanité suivra dès lors son cours. Sans doute connaîtra-t-elle d'autres cycles, d'autres années précessionnelles... Dans un avenir si lointain que nous pouvons à peine l'esquisser en filigrane, interviendra la Parousie, le retour glorieux du Christ, si souvent annoncé dans les Évangiles. Annoncé et réclamé : « *Viens, Seigneur Jésus !* » lit-on dans les dernières lignes de l'Apocalypse de Jean.

Selon moi, cette Parousie ne sera pas le retour « pur et simple » de Jésus. Car il doit y avoir progression, évolution, chemin vers Dieu. Les premiers hommes étaient polythéistes : Moïse – pour fixer un repère – a inventé la religion monothéiste. Les Dieux étaient autrefois représentés ou figurés par des éléments naturels ou des animaux : la religion hébraïque en a fait un Dieu qu'on ne peut plus nommer ni décrire sans commettre un sacrilège. « Je suis celui qui est », dit simplement Yahvé. Le Dieu primitif était vengeur : il a ensuite conclu une alliance avec les hommes. L'ère du Verseau et le Millenium figureront une nouvelle étape, où l'homme disposera de la Connaissance sacrée et pourra trouver les chemins du Divin. La Parousie sera l'apothéose finale, la fusion dans la Lumière céleste, l'accession au Septième Plan vibratoire.

Alors surviendra la fin du monde telle que nous l'entendons ordinairement. Le moment où « *le ciel disparaîtra comme un livre qu'on roule* », nous dit Jean de Patmos. Après le Big-Bang doit venir le Bang-Big. « Je suis l'Alpha et l'Omega », dit le Seigneur dans l'Apocalypse. Cette Apocalypse ultime sera la Révélation suprême, celle où toutes les énergies cosmiques se fondront dans le Tout unique...

*
**

Mais il nous est bien difficile d'imaginer la Parousie alors que, déjà, l'avènement d'un Grand Monarque éclairé et d'un Souverain Pontife à vocation œcuménique nous paraît presque irréalisable ! Comment espérer une civilisation universelle et naturellement fraternelle quand nous voyons chaque jour s'étaler la brutalité des régimes dictatoriaux et le cynisme de nos prétendues démocraties ? Des démocraties qui n'hésitent pas par exemple à injecter du sang contaminé dans les veines de leurs citoyens * ou qui camouflent volontiers sous un déguisement humanitaire des interventions militaires à but stratégique ou bassement économique.

Quel gouffre inouï nous sépare des réconciliations de l'ère du Verseau telle que nous venons de l'évoquer ! Quel choc, quel extraordinaire cataclysme nous faudra-t-il endurer pour que s'accomplisse une telle révolution de la pensée et que puisse voir le jour ce nouvel âge d'or ? Car si nous refusons de prendre les mesures pour que la transition se fasse en douceur, il n'y aura plus qu'une solution : notre civilisation devra être brisée net.

N'oublions pas en effet que ce passage à l'ère

* *Cf. Nostradamus, Centurie V, 96ᵉ quatrain :*
Sur le milieu du grand monde la rose,
Pour nouveaux faicts sang public espandu ;
À dire vray on aura bouche clause,
Lors au besoin viendra tard l'attendu.

du Verseau se fera que nous le voulions ou non : il est inscrit dans le Cosmos. D'ici une ou deux décennies, nous changerons de « mois » dans l'année précessionnelle, le pêcheur de poissons déposera son sac pour que naisse le jeune homme du Verseau. Le moment précis est difficile à chiffrer : disons que la charnière astronomique se situe entre 2005 et 2030. Quoi qu'il en soit, ce changement n'est pas un vœu, mais une réalité inéluctable qui n'attendra pas notre bon gré.

Le problème, c'est que plus l'humanité s'écarte de la voie qu'elle devrait emprunter, plus le virage imposé sera brutal. Plus nous ignorons les appels de Gaïa à changer de plan vibratoire, plus nous courons le risque d'être incapables d'accomplir sans dommages le grand saut qui doit nous permettre d'entrer dans l'ère nouvelle...

Ce qui laisse mal augurer de nos chances, c'est l'apathie générale que nous avons déjà évoquée, et que de nombreux éléments semblent devoir conforter. Parce qu'ils tirent avantage du statu quo, ou parce que tout changement leur serait coûteux, certains nient même qu'il y ait urgence en la situation. Ces incrédules préfèrent tourner en dérision les prophéties. Ils se tapent sur les cuisses en disant : « Tout cela n'arrivera pas ! » Pierre nous avait d'ailleurs mis en garde dans sa Deuxième Épître (chapitre 3, versets 3-5) : « *Sachez tout d'abord qu'aux derniers jours, il viendra des railleurs pleins de railleries, guidés par leurs passions. Ils diront : où est la promesse de son avènement ? Depuis que les*

Pères sont morts, tout demeure comme au début de la création. Car ils ignorent volontairement qu'il y eut autrefois des cieux et une terre qui, du milieu de l'eau, et par le moyen de l'eau, surgit à la parole de Dieu, et que par ces mêmes causes, le monde d'alors périt inondé par l'eau. Mais les cieux et la terre d'à présent, la même parole les a mis de côté et en réserve pour le feu, en vue du jour du Jugement et de la ruine des hommes impies. »

Ces derniers, ignorant tous les avertissements, se contentent de vivre au jour le jour, et de prendre ce qu'ils peuvent prendre. Qu'importe demain : après nous le Déluge ! « *Ils disent : il n'y a point d'autre vie que la vie actuelle* », brocarde le Coran dans la 45e sourate. Mais le jour venu, ceux-là périront, « *parce qu'ils ont pris les signes de Dieu pour l'objet de leurs railleries, et que la vie du monde les a éblouis* ».

D'autres ne bougent pas le petit doigt parce qu'ils sont terrorisés. Partout ils constatent la montée des périls mais ils réagissent de mauvaise manière. Ils se contractent, prêts à défendre bec et ongles leur petit lopin de terre ; ils s'accrochent à leurs possessions matérielles comme s'ils espéraient les emporter dans la tombe. La peur est bien souvent piètre conseillère. Surtout qu'en ces Temps réduits, nos instincts ont tendance à s'affoler et à nous entraîner dans de périlleuses directions. Ainsi les peureux sont parfaitement conscients du danger, mais ils ne se rendent pas compte qu'à s'affoler comme ils le font, ils émettent des ondes d'angoisse qui amplifient encore les égrégores négatives pesant sur notre Planète bleue. Ils s'intègrent à cette agressivité et à cette folie qui sont en passe de les précipiter, plus sûrement encore, vers la catastrophe.

Dernière cause d'apathie face à l'urgence : la résignation. En dressant un tableau noir – mais que je crois profondément exact – de la situation planétaire, en énumérant les terribles tourments qui nous attendent peut-être, je sais que je cours le risque de plonger certains dans une forme de « désespoir », au sens étymologique d'absence d'espoir. Ignoreraient-ils la maxime selon laquelle il n'est pas nécessaire d'espérer pour entreprendre ? Sans doute, car ils renoncent à réagir.

Et ce renoncement, c'est exactement ce contre quoi je m'efforce aujourd'hui de lutter ! Je ne brandis pas le catalogue des tribulations apocalyptiques comme un prédicateur désireux de plonger ses ouailles dans une terreur respectueuse et docile. Mon but est au contraire de provoquer chez tous une réaction salvatrice. Mais je suis conscient que, parvenus à ce point de réflexion sur l'Apocalypse, certains seront tentés de se résigner à leur sort, accablés par leur impuissance face à l'ampleur d'une catastrophe planétaire, entre autres désastres. Or ce serait faire là une erreur de parcours colossale ! Au moment où elle devrait être sensibilisée au problème de sa survie, l'humanité pourrait alors se transformer en un gigantesque troupeau de bétail qui se laisserait mener à l'abattoir...

Insouciance, catalepsie ou capitulation... Toutes ces attitudes coupables négligent un fait essentiel : nous ne sommes pas les simples témoins mais les acteurs de cette fin de civilisation ! Chacun de nous est partie du monde, lié intrinsèquement à lui, et nous ne pouvons en aucun cas dégager notre responsabilité. Le sort de l'humanité n'est pas quelque chose de totalement abstrait que nous devons abandonner aux mains de quelques politiques pour qui les échéances électorales sont malheureusement plus pressantes que celles de l'eschatologie. Nous pouvons encore agir sur notre destinée, au niveau individuel et collectif.

Car urgence ou pas, nous conservons entier notre libre arbitre. À chaque moment de notre vie, même confrontés aux pires difficultés, nous avons encore la possibilité de faire des choix. Rappelons-nous ce que nous disions au sujet du symbolisme de la pomme d'Adam et Ève... Aujourd'hui, nous pouvons opter pour les paradis artificiels, pour un occultisme de pacotille ou bien pour la lucidité et l'action positive. Notre libre arbitre nous offre encore la possibilité de renverser la vapeur et de corriger les tendances suicidaires de notre civilisation.

Mais que faire ? La première nécessité, c'est... de prier. Luc (chapitre 21, verset 34) nous y invite ardemment : « *Soyez vigilants et priez tout le temps pour avoir la force d'échapper à ce qui peut arriver.* » Ce qui « peut » arriver, dit-il, car les hommes ont bien encore leur mot à dire.

Depuis deux siècles environ, les exhortations les plus pressantes sont venues de la Vierge. « *Priez, mais priez beaucoup !* » conjure Marie lors de son apparition en 1933 à Beauraing, petit village de Belgique. « *On prie peu !* s'émeut-elle à San Damiano en 1965. *Si on ne prie pas, les fléaux viendront très nombreux et très forts.* »

Mais j'entends déjà les railleurs : que peut une prière pour sauver le monde ? Il est important d'expliquer que prier ne signifie pas ânonner une suite de mots appris par cœur. Il ne s'agit pas de réciter machinalement son chapelet : un *Notre Père* sur les gros grains, un *Je vous salue Marie* sur les petits... La prière pour moi constitue une ouverture de la conscience, c'est une mise à l'écoute du monde et des autres. Prier, c'est se placer dans un état de générosité pure, de don gratuit de soi. C'est une dilatation, un relâchement, une soumission joyeuse à la munificence divine. Prier, c'est élargir sa perception de la réalité, ne plus s'enfermer dans un égoïsme réducteur pour aller au contraire vers tous ceux qui souffrent.

Prier, c'est finalement appeler le Tout, et donc entrer en contact avec cette énergie cosmique qui traverse toute chose. Je vis en permanence avec la sensation que le monde qui m'entoure et l'amas cellulaire qui me constitue ont été créés, voulus par une pensée extraordinaire, qui m'est à la fois extérieure et intérieure, mais qui est surtout une pensée d'amour. Dans la méditation, j'exprime à cette puissance créatrice que je lui suis redevable de mon existence. Je prends conscience que tous les êtres de cette planète sont de la même étoffe que la mienne, que nous sommes comme les gouttes d'eau qui forment l'océan. Je suis naturellement « obligé » d'aimer l'autre qui vient à ma rencontre puisque notre origine et notre substance sont identiques.

Je me suis toujours méfié des gens qui prônaient

haut et fort le « droit à la différence ». Non, nous ne sommes pas différents, nous sommes tous semblables, sans distinction d'âge, de classe, de race. L'autre est toujours un autre moi-même. Le « droit à la différence » procède sans doute des meilleures intentions, mais n'oublions pas que c'est aussi au nom de cette différence que l'on tient l'autre à distance, que l'on alimente les racismes et les haines de toutes sortes. N'est-ce pas également au nom de la différence que l'on justifie la misère, les ghettos, la balkanisation ethnique, la mise sous tutelle des femmes, la condamnation des mariages mixtes ?

Être en état de prière, c'est au contraire aller vers l'autre. C'est une attitude constante, qui s'exprime non pas seulement dans des prises de position tonitruantes mais dans les gestes les plus simples de la vie : une porte toujours ouverte, une considération égale donnée à tous, humbles ou puissants, un sourire qui accueille l'inconnu, une curiosité toujours en éveil, une main tendue à un enfant qui pleure. Cet amour qui nous a créés, il doit s'épanouir comme une aura, se réfléchir tout autour de nous. La vie est une joie dont je sens partout les vibrations. Et plus je donne, plus je reçois...

Ainsi conçue, la méditation n'est jamais un acte égoïste. Prier, c'est prier pour l'humanité, pour les autres, donc – mais finalement – pour soi. C'est créer une égrégore positive qui chasse les ténèbres. Si tous les habitants de la planète priaient de cette façon, ensemble, pendant une journée entière, je gage que la Terre pourrait être sauvée. Toutes les guerres, toutes les catastrophes dont nous avons parlé se trouveraient évitées ou réduites à quelques soubresauts.

Vous restez sceptiques ? Et pourtant, comment les hommes pourraient-ils reprendre les armes les uns contre les autres ou contre les éléments qui assurent leur survie, si vraiment ils prenaient conscience, ensemble, de leur osmose totale ? Mais ne rêvons pas. Les hommes sont-ils disposés à cette communion universelle ? Les propos de la Vierge lors de son apparition en Bretagne, à Kerizinen, en 1948, nous laissent cependant un certain espoir : « *Bientôt, lorsque les historiens chercheront l'événement qui a changé la face du monde, qui lui a apporté la paix et la prospérité, ils découvriront que ce ne fut pas une bataille, mais une prière.* »

Cet appel à une prière fervente, profondément mystique, ne signifie pas pour autant qu'il faille renoncer à tout pour se plonger dans une vie strictement méditative. Après nous être trop intéressés aux biens matériels, nous ne ferions qu'échanger un déséquilibre contre un autre. Pendant des siècles, nous avons privilégié le matériel au détriment du spirituel, le rationnel au détriment du sensible. Cela a conduit à la mise en coupe réglée de la Nature, au culte effréné du corps, au désir de possession. Aujourd'hui, nous devons impérativement changer de cap. En prenant soin toutefois de ne pas donner de coup de barre trop brusque vers le spirituel : nous tomberions d'un excès dans l'autre et nous deviendrions alors la proie facile de tous les gourous et faux prophètes dont nous avons dénoncé l'action désastreuse.

Les mysticismes non contrôlés engendrent souvent un orgueil néfaste, et surtout inefficace. Restons sur terre, avec nos impératifs d'êtres humains, notre minimum de matérialité à gérer. Il ne s'agit pas, par exemple, de faire vœu de pauvreté complète pour se dévouer entièrement aux autres, mais plus simplement d'être toujours prêt à donner. Les riches ne seront pas exclus d'office du nombre des Justes, à condition que, « dans leurs richesses, il y ait une part pour le mendiant et pour l'infortuné » (le Coran, sourate 21).

Ce que nous devons nous efforcer de faire, je l'ai déjà dit, c'est de rétablir l'équilibre entre matérialité et spiritualité, entre le corps et l'âme. Car nous ne pourrons accéder au Quatrième Plan vibratoire de l'ère du Verseau sans une montée harmonieuse de ces deux principes complémentaires.

Quant aux grands bouleversements qui accompagneront ce passage d'une ère à l'autre, encore une fois leur ampleur reste entre les mains de notre libre arbitre. Rien n'est perdu et, à défaut d'une prière universelle qui pourrait tout changer comme par « miracle », car c'en serait un, je vois partout des raisons d'espérer. Les individus comme les gouvernements ont pris conscience qu'un changement de comportement devenait nécessaire. Les uns comme les autres font les premiers pas et s'efforcent de baisser la garde, au profit d'une certaine générosité. Ah, certes, il y a toujours des grincheux pour critiquer ou brocarder la moindre initiative ! Ces derniers temps, par exemple, on a beaucoup insisté sur les effets pervers de la « charité-spectacle » ; mais c'est oublier que ce phénomène révélait un formidable élan d'altruisme !

Ici et là, j'apprends que se forment des groupes de prière. Des gens se réunissent, afin de prier pour les autres, des malades proches ou lointains, des amis ou des inconnus, et aussi pour le salut du monde. On fait cela depuis la nuit des temps dans les couvents et monastères, mais n'est-ce pas un signe lumineux que de voir des « civils », des gens « dans le siècle », pratiquer cette prière collective à leur tour ?

Au niveau des responsables, par ailleurs, quels progrès depuis dix ou vingt ans ! Les cris d'alarme des scientifiques et des écologistes ont été finalement entendus par les hommes politiques et par les diplomates. De protocole en conférence et conventions diverses, on passe peu à peu des simples déclarations d'intention aux mesures concrètes de lutte contre la pollution ou de réduction de l'armement. Bien sûr, on attaque le mal tardivement et le succès de la cure ne peut être garanti : mais au moins un traitement est-il amorcé. Nous avons compris que toute autre attitude menait inéluctablement à l'anéantissement. Savants, intellectuels, religieux s'efforcent de formuler une éthique nouvelle, qui ne serait plus fondée sur l'exploitation de la Nature ni des hommes. On s'attelle à cette tâche formidable qui consisterait à concilier l'écologie, au sens le plus large du terme, et le nécessaire développement technologique.

Et dans le domaine de la religion, on voit s'organiser des rencontres – encore timides, certes, mais prometteuses – entre les chefs des différentes confessions.

La dilatation que l'on réalise dans la prière, je la retrouve aussi dans le mouvement d'élargissement planétaire qui se dessine, en dépit des résistances nationales. Ainsi, les hommes sont de plus en plus nombreux à affirmer que leur pays, c'est la Terre ; ce qu'une conférence de chefs d'État réunie à La Haye en 1989 a résumé par une lapalissade à l'humour involontaire : « Comme les problèmes sont planétaires, leurs solutions ne peuvent être conçues qu'au niveau mondial. » Le sociologue Edgar Morin souligne de son côté que nous sommes parvenus « *au moment historique où s'impose l'exigence fondamentale d'une unité de l'espèce humaine... Si l'humanité ne parvient pas à réaliser cette unité, elle courra certainement le risque de s'autodétruire* ».

Partout, j'entends qu'on admet comme une vérité nouvelle un des principes fondateurs de l'ésotérisme : le monde est Un, la partie est dans le tout et le tout dans la partie. Cette position a des conséquences essentielles : elle signifie en effet que tous les phénomènes doivent être considérés comme dépendants. Nous savons désormais qu'il n'y a plus d'ailleurs : nous ne pouvons plus par exemple nous débarrasser de nos déchets nucléaires ou chimiques chez le voisin, car cet « ailleurs », c'est encore chez nous...

Une telle conception éclaire d'un jour nouveau les rapports entre pays riches et pays pauvres. Les premiers commencent à comprendre qu'ils ne peuvent continuer à exploiter les seconds sans risquer un sérieux retour de flamme : migrations déstabilisatrices, explosion sociale, saccage du patrimoine écologique, velléités guerrières... Désormais, les chefs d'État et les organisations internationales établissent un lien direct entre développement et paix.

Encore une affirmation du caractère positif de l'expansion et de la dilatation...

Dans tous les domaines et à tous les niveaux, on voit donc naître un nouveau mode de pensée et de nouveaux comportements. Néanmoins, ne crions pas trop tôt victoire... Les dangers que nous avons énumérés tout au long de ce livre sont trop pesants pour être si vite balayés. D'autant que la prise de conscience est encore loin d'être générale ou sincère. Un exemple parmi d'autres : il y a quelques années, les Nations unies ont pris la décision d'inviter chaque pays à consacrer 1 % de son produit national brut à l'aide aux pays du tiers monde. Jusqu'à présent, à l'exception de la Suède, cette décision n'a été respectée par aucun État...

Il faut donc se garder d'un optimisme trop angélique... Notre civilisation est sans doute allée trop loin dans le négatif pour que nous espérions entrer en douceur dans l'ère du Verseau. Disons seulement, et qu'on me pardonne la trivialité du propos, que nous pouvons encore sérieusement limiter les dégâts.

Cela dit, quelle attitude nous reste-t-il à respecter, individuellement, face à ces dégâts de plus ou moins grande importance ? L'acceptation – qui n'est pas résignation – me semble la seule solution. « *Placez-vous sous l'invocation de ma mère*, dit le Christ par la bouche du Padre Pio. *Quoi que vous puissiez voir ou entendre, ne désespérez pas... Ne doutez pas de votre délivrance ! Je vous garderai de tout danger si vous avez confiance en Mon Amour.* »

Une fois que chacun de nous aura accompli tous

les efforts possibles d'amélioration, d'altruisme, bref d'élévation vers un plan supérieur, que peut-il faire d'autre, en effet, que de s'en remettre avec confiance à la volonté divine ?

L'Apocalypse de saint Jean nous dit que seuls seront sauvés ceux qui seront marqués au front. On retrouve cette même idée dans l'Évangile selon saint Luc (chapitre 17, verset 33) : « *Qui cherchera à épargner sa vie la perdra et qui la perdra la sauvegardera. Je vous le dis, en cette nuit-là, deux seront sur un même lit : l'un sera pris et l'autre laissé, deux femmes seront à moudre ensemble ; l'une sera prise et l'autre laissée.* » Donnons-nous donc toutes les chances de figurer parmi ceux qui seront marqués de l'indulgence divine. Et si nous manquons de grandeur, ou simplement de force, pour nous amender, si nous n'arrivons pas à « choisir », dans notre libre arbitre, cette voie étroite de la difficulté sanctificatrice, choisissons Dieu, tout simplement ! Le meilleur usage que nous puissions faire de notre libre arbitre, c'est ce que j'appelle le « lâcher prise » : « *Que ta volonté soit faite !* » disent nos prières. C'est par ce total abandon dans le flux de l'énergie divine que nous aurons la chance d'appartenir aux Justes sauvés du chaos et des épreuves. Combien seront-ils ? Cent quarante-quatre mille selon l'Apocalypse de Jean. Mais il ne dépend que de nous qu'ils soient plus nombreux. Car en ces Temps réduits, une formidable opportunité nous est offerte : la puissance des vibrations cosmiques en cette fin du Kali-Yuga joue comme un accélérateur du temps. Les gens ont la possibilité de développer leur conscience beaucoup plus vite qu'autrefois : la quête de la Connaissance qui prenait souvent toute une vie, et même plusieurs, peut aujourd'hui s'effectuer sous la forme d'une révélation presque instantanée. « *Vos fils et vos filles prophétiseront,* lit-on dans la Bible, *vos vieillards auront des songes, vos jeunes gens des visions.* »

Les Élus seront ceux qui auront su jeter une passerelle vers ce monde suprasensible. La marque au front qui les signale selon Jean, n'est-ce pas très exactement le sixième chakra de la tradition hindoue ? Ce centre subtil est le lieu de passage de l'énergie cosmique avec le « lotus aux mille pétales », situé au sommet du crâne et dont l'ouverture correspond à la révélation de la conscience universelle...

Ainsi les Justes ne seront pas ceux qui auront suivi à la lettre un code moral rigide, édicté par les hommes. Ce sont ceux qui auront atteint un niveau de spiritualité leur permettant de percevoir la Divinité en toute chose, ceux pour qui la prière ne sera plus seulement une parole mais un *acte* d'amour.

Plus les hommes seront nombreux à parvenir à ce stade, plus les tourments apocalyptiques s'en trouveront amoindris. Souvenons-nous en effet que Dieu n'est pas une force vengeresse qui prendrait un plaisir sadique ou puéril à détruire Sa Création. Sa « punition » ne dépassera pas notre faute. Mieux, nous l'avons dit, Il abrégera nos souffrances par miséricorde pour les Justes. Les tribulations apocalyptiques auront donc la violence que nous voudrons bien leur donner ! Parce qu'il est le simple catalyseur de nos énergies négatives, l'Antéchrist n'aura comme puissance que celle qu'il pourra puiser en nous. Faisons en sorte de limiter au maximum ses pouvoirs et cette fin de cycle s'accomplira dans les meilleures conditions : les catastrophes planétaires pourraient se muer en de « légères » péripéties.

À l'échelle de l'histoire des hommes, cette Apocalypse n'est qu'une étape, et non pas le Grand Châtiment. Je me refuse à croire que Dieu ait créé le monde pour le mener à l'impasse d'une destruction ou pour satisfaire un désir de vengeance. Le Seigneur est Miséricorde. Et l'Apocalypse est une Révélation : celle du devenir de l'humanité et de sa longue ascension vers la Lumière. Chaque fois qu'ils perdent conscience de cette vérité, les hommes courent le risque de se voir brutalement rappelés à l'ordre. Depuis ses origines, l'humanité a entrepris un long voyage que nous n'avons pas le droit d'interrompre avant l'éblouissement final. « *Je suis l'Alpha et l'Oméga,* dit le Seigneur à la fin du livre prophétique de Jean, *le Premier et le Dernier, le Principe et la Fin. Heureux ceux qui lavent leurs robes, ils pourront disposer de l'arbre de vie et pénétrer dans la Cité.* »

L'essentiel, c'est de se persuader que le pire n'est jamais acquis. Et si l'humanité, en se reprenant à temps – de toute urgence ! –, parvenait à entrer sans catastrophe universelle dans l'ère du Verseau, alors elle se montrerait digne de son nom, et de son Créateur.

LIVRE III

LE TEMPS PRÉSENT

Les Chemins des grands Initiés

Pour que demain soit aussi une promesse

Ce livre est le dernier volet d'une trilogie. Dans Trajectoire, *j'évoquais mon passé, à travers mes premières découvertes spirituelles, et notamment ma croyance en la réincarnation.* La Fin des Temps *essayait ensuite de dresser un tableau – souvent noir – de notre avenir « possible », en confrontant les prophéties anciennes et les craintes des scientifiques contemporains.*

La nécessité du premier ouvrage s'était imposée naturellement. Où, sinon dans notre mémoire, pourrions-nous puiser le fragile souvenir de notre bonheur édénique, et la nostalgie de l'époque où nous vivions dans l'unité divine ? Quant à la Fin des Temps, *il s'agissait d'une sévère mise en garde, et non de prédictions catastrophiques irrémédiables, je l'ai bien précisé : à titre individuel et collectif, nous restons maîtres de notre destin. J'ai rappelé que la « fin des temps » n'était pas la fin du monde, mais la fin d'un Temps, le passage d'un cycle à l'autre – de l'ère des Poissons à l'ère du Verseau –, auquel s'ajoute le terme du Kali-Yuga des hindous, cet âge de fer, de violence et de ténèbres grandissantes. Que les prophéties annoncent à cette occasion des bouleversements cataclysmiques et un grand péril pour le genre humain, nous ne pouvons qu'y croire : nous y sommes déjà. Les scientifiques eux-mêmes s'en inquiètent : la rupture de la chaîne humaine est aujourd'hui une possibilité technique, l'homme ayant les moyens de mettre fin à son histoire. Ce ne sont plus les civilisations qui se savent mortelles, selon l'expression de Valéry, mais l'humanité tout entière. Cependant, j'ai dit et je répète que cet anéantissement n'a rien d'inéluctable, à condition que les êtres humains acceptent de changer leur comportement, vis-à-vis d'eux-mêmes, des autres, et du Cosmos en général, auquel nous participons tous.*

*Car l'accès à l'ère du Verseau va s'accompagner – aussi – d'une mutation formidable, prometteuse de lumière et de paix : en profiterons-nous ? Nous sommes en effet à l'aube d'un changement de plan vibratoire. Rappelons que depuis la chute originelle, l'homme est séparé de la lumière divine, prisonnier de la matière. Sa lente remontée vers la spiritualité s'effectue en sept paliers, du plus dense au plus éthéré. Après le stade d'humanoïde à peine sorti du règne animal, puis le stade de l'homme préhistorique, nous sommes actuellement dans le Troisième Plan, celui de l'*Homo Sapiens. *Lorsqu'ils quittent cette Terre, la plupart d'entre nous passent au Quatrième Plan, un monde décorporé où les âmes se perfectionnent, mais ne sont pas encore dans la lumière de Dieu. Celle-ci n'est atteinte qu'au Septième Plan vibratoire. Et pour en arriver là, l'âme devra se réincarner afin d'effacer – dans une nou-*

velle épreuve terrestre – toutes les actions négatives qui lui sont restées attachées. Si elle réussit cette épuration, elle passera progressivement au Cinquième Plan, le plan paradisiaque, puis au Sixième, où elle retrouvera le souvenir de toutes ses vies passées, et enfin au Septième Plan vibratoire, l'extase dans la communion avec Dieu. Long chemin s'il en fut, sachant que nous végétons ici-bas au troisième degré de l'échelle !

*Or toutes les traditions indiquent que l'ère du Verseau marquera le passage, sur terre, du Troisième au Quatrième Plan vibratoire. C'est dire que cette nouvelle Époque n'aura rien à voir avec notre sauvagerie actuelle ! Ce sera un âge d'harmonie, où l'*Homo Sapiens *lui-même devrait s'élever au rang d'*Homo Spiritualis, *réconcilié dans un Amour universel. On se demande pourquoi nous faisons si peu d'efforts pour profiter de cette promotion ! Les signes sont pourtant là : nous pouvons déjà voir, si nous savons regarder, que le Cosmos tout entier se prépare à cette mutation vibratoire ; pourquoi l'homme résiste-t-il, s'enlise-t-il dans la négativité des actes destructeurs, au risque de mettre en péril sa planète ? Qu'il ne s'y trompe pas, l'Univers perdurera sans lui, voire sans la Terre : est-ce vraiment ce que nous souhaitons ? Alors que nous pouvons intervenir, non seulement pour sauver notre monde, mais pour mieux vivre, aujourd'hui, ces périodes de turbulences ! Tout est lié, encore faut-il faire vite. Nous sommes dans les « Temps réduits » où tout s'accélère ici-bas, pour le meilleur ou pour le pire. Or le microcosme de notre être est à l'image du macrocosme, le « monde » commence en chacun de* *nous. Alors à nous d'agir, d'abord, sur nous-mêmes et dans le Temps présent.*

C'est pourquoi ce livre se propose de nous soustraire à la contemplation fascinée de l'hier comme du lendemain. Selon la formule bien connue, le premier n'existe plus et le second pas encore. Ne nous dérobons pas à la réalité présente ! Méfions-nous de la vague actuelle des anniversaires en tout genre qui saisit les gouvernements, les institutions comme les médias, et chassons de notre esprit les regrets passéistes. Le temps essentiel, celui où tout se joue, c'est le présent. Je concède qu'il n'y a pas là grande révélation, mais il est des évidences qui ne sont pas mauvaises à rappeler.

Est-il besoin de préciser que vivre ce présent ne se résume pas en un carpe diem *hédoniste qui aboutirait à une morale du relâchement, avec pour devise : « Profitons-en tant que ça dure, et après nous le déluge » ? N'oublions pas que le Déluge, il a fallu plus de six mille ans pour en revenir, et que l'Arche de Noé n'a sauvé que quelques-uns.*

On me rétorquera que mourir n'est pas grave, quand on croit à la réincarnation. Sans doute, mais si l'homme disparaît du Cosmos, comment se réincarnera-t-il ? Les naufragés de la grande tempête de fin de cycle, s'ils n'ont pas évolué pendant cette vie-ci, risquent fort d'errer éternellement dans un plan vibratoire intermédiaire, incapables à jamais de s'approcher de Dieu.

Il faut se garder, en effet, de mal interpréter la théorie de la transmigration des âmes. Précisons bien que nous ne nous réincarnons pas pour avoir une vie meilleure que la précédente, mais pour alléger notre karma. C'est dans l'au-delà que se situe la progression, la récompense si j'ose dire, pas ici. Vous pouvez être empereur sur terre et vous trouver néanmoins au plus bas de l'échelle spirituelle, tandis qu'un berger en sera peut-être à son ultime réincarnation. Le but est de mériter, à sa mort, de passer au Cinquième, puis au Sixième Plan, avant de se fondre dans le Tout, séjour de Joie sans retour. C'est dire que, même si je me souviens de mes vies antérieures, l'important reste ce que je fais chaque jour de cette vie nouvelle, pour m'améliorer, mieux approcher les autres, et mieux me rapprocher de l'Un. Se rappeler, ou imaginer ses existences passées ne doit pas inciter au fatalisme paresseux : « Je me suis mal conduit au siècle dernier, ou bien j'ai été trop heureux, mon malheur actuel n'est que justice. » C'est là une caricature dangereuse de la théorie de la réincarnation. Si croire à cette réincarnation ne doit être qu'un refuge pour timorés ou masochistes, alors j'aimerais autant qu'on y renonce. Assumer notre karma, c'est savoir que notre destin, notre évolution et notre remontée vers la Lumière dépendent de notre façon de vivre aujourd'hui.

« Convertissez-vous car le Royaume des Cieux est tout proche », *lit-on dans l'Évangile selon Matthieu (4, 17). Cette conversion ne consiste pas – en tout cas pas seulement – à nous repentir de nos fautes : il s'agit d'un véritable « retournement » vers une réalité entièrement autre, qui passe par l'adoption dans la pratique d'un mode de vie différent. Et dans ces Temps réduits, l'alternative devient pressante : ferez-vous partie de ceux qui périront dans l'adoration de fausses idoles, ou bien vous joindrez-vous à ces pionniers qui s'efforceront de sortir indemnes du passage vers l'ère du Verseau ?*

Il ne s'agit d'ailleurs pas d'en conclure que le seul moyen d'atteindre cette vie nouvelle implique de se détourner des choses matérielles pour devenir moine ou mendiant. Cette croyance n'est au fond que l'excuse la plus commune pour ne pas commencer le chemin : si l'on se met en tête que le seul choix réside entre une vie d'ascèse et une vie d'abondance, on a tôt fait de renoncer à devenir un apprenti saint. Or nous verrons que les textes sacrés, de quelque horizon qu'ils soient, nous montrent bien qu'on peut franchir les étapes de l'évolution spirituelle tout en menant une vie « normale », en assumant son travail, sa famille, ses amours. Ils nous donnent même de multiples « recettes » pour mieux affronter les difficultés quotidiennes. Le Nouvel Âge n'a rien inventé : toutes les saintes lectures sont, dans une première approche, autant de manuels de mieux-vivre sur terre. Après quoi viennent, pour qui sait lire les « mots qui sont derrière les mots », les routes difficiles de ce que nous appelons le Ciel.

Et de nos jours, ces routes ne doivent plus être l'itinéraire de quelques rares élus. Le travail d'affinage alchimique, l'épuration personnelle sont devenus une nécessité, et bien davantage, une urgence, pour chacun d'entre nous. Certains traités gnostiques prétendent, certes, que les révélations permettant la réintégration dans la lumière divine doivent rester strictement secrètes. Ils mettent en garde contre une divulgation inopportune de ces secrets, invoquant même des êtres effrayants qui assureraient leur protection. Platon de son côté conseillait à tout homme sérieux de s'abstenir de disserter par écrit des questions sérieuses. Peut-être avaient-ils raison, les uns et les autres, de se montrer aussi prudents... Mais nous sommes aujourd'hui à un moment critique : toutes les traditions anciennes reconnaissent qu'à la fin des Temps, au passage d'un cycle à l'autre, il est permis et même souhaitable de porter au jour certaines connaissances, afin que la Vérité, perdue de vue par une humanité déboussolée, puisse redevenir opérative et régénérer le monde.

N'allez pas croire pourtant que j'aie l'outrecuidance de révéler ici cette Vérité première, ni la présomption de proposer une méthode infaillible pour y parvenir. Je ne vise qu'à remettre en pratique les conseils fondamentaux des grands Initiés, pour aider chacun d'entre nous à faire le chemin. Mon vœu le plus cher serait qu'à la fin de cet ouvrage le lecteur puisse rejeter le désespoir ambiant, et cette attitude qui considère l'objet divin comme désirable mais toujours inaccessible, sauf peut-être pour quelques athlètes de la spiritualité, âmes sanctifiées ou mystiques. L'espoir de réunion avec Dieu se situe bien dans cette vie présente et il est offert à chacun d'entre nous. À ceux qui en doutent ou qui hésitent à se lancer dans l'aventure, le Coran (sourate 6, verset 50) conseille de leur parler ainsi : « Dis-leur : je ne vous dis pas que je possède les choses cachées ; je ne vous dis pas que je suis un ange, je ne fais que suivre ce qui m'a été révélé. Dis-leur : l'aveugle et le clairvoyant seront-ils à l'égal l'un de l'autre ? N'y réfléchissez-vous pas ? » *Car, lit-on plus loin (sourate 17, 72),* « celui qui est aveugle dans ce monde le sera aussi dans l'autre, et se trouvera sur le sentier du plus funeste égarement ».

Mais encore une fois, c'est à vous de choisir. L'ascension spirituelle appartient à l'intimité de chaque être. Si ce livre vous donne envie de l'entreprendre, alors il aura atteint son but. Pour le reste, méditez la phrase d'Hermès Trismégiste : « L'Œuvre est avec vous et chez vous, de sorte que, le trouvant en vous-mêmes, où il est continuellement, vous l'avez aussi toujours, quelque part que vous soyez, sur terre ou sur mer. »

Et plus vous poursuivrez cet œuvre, plus les voiles de la Connaissance se soulèveront pour vous. Vous trouverez alors dans les Textes une vibration révélatrice, au-delà des phrases. Peut-être aurez-vous envie d'aller encore plus loin, et de vous plonger dans les grimoires de l'interprétation ésotérique des Écritures sacrées.

Mon propos, cependant, n'est pas ici de jouer les kabbalistes ou autres grands décrypteurs des révélations ancestrales, mais juste de transmettre quelques découvertes utiles de ma longue expérience.

Amos disait : « Je ne suis pas prophète, ni fils de prophète, mais seulement un pâtre ramasseur de figues. » *Sur les humbles sentiers de ma quête personnelle, j'ai cueilli pour vous quelques fruits...*

Paco RABANNE

CHAPITRE PREMIER

CHASSER LES SERPENTS DU STRESS

Yahvé Dieu appela l'homme : « Où es-tu ? » dit-il. « J'ai entendu ton pas dans le jardin, répondit l'homme ; j'ai eu peur parce que je suis nu et je me suis caché. »

Genèse, III, 9-10

Le monde d'aujourd'hui est saisi d'une étrange maladie. Depuis une génération environ, nous avons été les témoins de la lente propagation de ce virus, qui se glisse dans nos veines, glace notre sang et dessèche nos cœurs. Nous lui cherchons vainement un vaccin : extrêmement contagieux, le mal se répand comme une traînée de poudre, faisant des ravages dans toutes les couches de la société. Ce cancer, c'est le stress, la forme la plus pernicieuse de la peur.

Longtemps, bercés d'illusion par les chants du progrès et par l'optimisme béat des experts en prospective, nous avons vécu sans cette sourde épouvante – à moins qu'elle ne se fût momentanément repliée sur une autre partie de la planète. Les guerres restaient locales (et lointaines), les crises passagères. Jusqu'aux catastrophes technologiques et naturelles qui semblaient exceptionnelles et circonscrites. Mais de nos jours, la peur fait un retour en force, elle triomphe aux quatre coins du globe, et rares sont ceux qui peuvent prétendre lui échapper.

Peur du chômage, peur des étrangers, peur de l'échec dans un univers compétitif, peur de ne pas être à la hauteur, de ne pas trouver de logement, de manquer de nourriture, ou d'amour, peur de tomber malade, de périr d'ennui, peur de s'ouvrir aux autres, de vieillir, de ne plus séduire, de voir s'en aller les êtres aimés, peur de la solitude, peur de devoir prendre sa retraite, ou de ne jamais la toucher, peur des couloirs du métro, peur du qu'en-dira-t-on, peur des ténèbres, peur des jeunes générations, peur du Diable, de l'envoûtement, de la « fatalité »... Peurs individuelles et collectives, peur du terrorisme, des trafiquants de drogue, de la délinquance, du sida, de la famine, de la pollution, peur de l'épée de Damoclès nucléaire, du trou de la couche d'ozone, des manipulations génétiques, peur de tout.

Chacun perçoit désormais de façon quasi physique le voile noir de cette angoisse omniprésente, face à la folie d'un monde dont les principaux moteurs sont la haine et la cupidité. Massacres, misère, corruption, crises et sinistres en tout genre constituent désormais le lot quotidien de nos médias, jusqu'à la nausée. Et voilà que resurgissent des spectres que l'on croyait oubliés... Dérapage vers l'hystérie collective, comme celle qui s'est emparée de l'ancienne Yougoslavie ou du Rwanda, demain de quel continent ?

Lorsque l'homme prend peur, son agressivité ne tarde pas à éclater. C'est le terreau sur lequel croissent avec la vivacité des mauvaises herbes les maux dont souffre actuellement l'humanité : le racisme, le nationalisme, le repli sur soi, la violence urbaine... Les autres pâtissent les premiers de notre inquiétude montante, tant celle-ci est prompte à s'inventer des boucs émissaires.

Portée aujourd'hui à une intensité sans précédent, la peur n'en constitue pas moins une de nos plus vieilles compagnes. Dans la Bible, n'apparaît-elle pas comme la conséquence immédiate de la chute d'Adam, qui se découvre nu et fragile après avoir mangé le fruit défendu ? D'une certaine façon, ce sentiment figure ce qui nous sépare de notre état pré-adamique, de ce Paradis dans lequel l'homme évoluait avant son involution dans la matière. Vaincre ce dragon intérieur devrait donc être le premier objectif d'un chemin de recherche visant à retrouver l'équilibre premier...

Et au lieu de cela, de quelle manière traitons-nous aujourd'hui l'ennemi ? Nous nous dérobons à lui, nous le fuyons, nous le nions au besoin, et par là même nous ne faisons que le renforcer. Le stress, c'est la peur inavouée, irraisonnée, qui se colle à nous et accroît son emprise. Nous passons notre temps à lutter contre un monstre que nous avons nous-mêmes créé : nous épuisons ainsi toute l'énergie que nous pourrions investir ailleurs, dans la vraie vie. Nous sommes semblables à Bucéphale, ce cheval rétif que l'on avait offert à Alexandre. Le roi de Macédoine n'a pas tardé à comprendre que l'animal avait tout simplement peur de son ombre. Comme le célèbre destrier, nous nous cabrons, et plus nous gesticulons plus notre ombre s'agite et redouble notre terreur. Pour interrompre le cercle vicieux, n'est-il pas temps de dire « halte ! », cesser de remuer en tous sens pour prendre enfin la mesure de la situation, et bien différencier la peur salutaire du stress tétanisant ?

*
**

La vie m'a très tôt exposé à la peur-sauvegarde, et par là même préservé du stress. Tout jeune enfant, dans l'Espagne déchirée par la guerre civile, j'ai connu le pilonnage meurtrier de Guernica. En 1939, à l'âge de cinq ans, après l'exécution de mon père par les franquistes, j'ai fui d'abri en abri avec ma mère, mes frère et sœurs sur les routes des Pyrénées, à la merci des avions ennemis, bénissant le Ciel de nous avoir laissés rallier la France sains et saufs. Puis ce fut l'Occupation allemande, avec la menace permanente des délations – ma mère étant communiste – ou des exécutions sommaires. En Bretagne, chaque fois qu'un maquisard tuait un Allemand, dix civils étaient pris au hasard et fusillés. Quand les Allemands frappaient à la porte, le cœur battait à tout rompre, nous étions transis d'effroi. Peur immédiate, glandulaire, qui n'a rien à voir avec le stress imaginatif. Nous n'avions pas le loisir d'imaginer le pire, il était là, sous nos yeux, dans les cadavres affalés au pied d'un mur ou sur le bord de la route. Nous nous contentions de mettre à profit notre terreur pour mieux nous cacher, nous aider, nous sauver, nous réjouir. Mais oui ! Je me souviens de ma mère soupirant d'aise le matin :

– Nous sommes encore tous en vie aujourd'hui...

Cette phrase me paraissait hallucinante, mais c'était bien ce qui comptait : la joie d'être encore vivants. S'il n'y avait que trois pommes de terre à partager pour la journée, nous les savourions comme un festin miraculeux. Le danger réel, abrupt, immédiat décuplait notre bonheur d'exister.

Depuis, chaque jour qui passe est pour moi une bénédiction. Le stress moderne ne m'a donc jamais touché. Je l'ai découvert avec étonnement chez des contemporains plus jeunes que moi qui, n'ayant pas vécu la guerre, se sont complu dans le mal de vivre, le sentiment d'être incompris ou de ne pas trouver leur place dans la société. Un stress de luxe, en somme, réservé à ceux qui, dans le confort et les illusions des années 50-70, pouvaient s'amuser à se fabriquer des souffrances. Aujourd'hui, les temps ont changé. Le stress témoigne de certaines craintes bien réelles, et tout le monde en est atteint.

Il n'en reste pas moins que cet avatar moderne de la peur ne nous permettra jamais de résoudre nos problèmes, individuels ou collectifs. Révélateur, le graphisme de ce mot anglais contient trois « s » menaçants. Le stress, ce sont tous « ces serpents qui sifflent sur nos têtes », l'émanation de notre négativité. C'est la pire des pollutions car elle est invisible, aussi ne pensons-nous pas à en venir à bout. La « bonne peur », elle, fait réagir. Si un travailleur a peur de perdre son emploi, ce qui est assez normal à notre époque, il va tenter d'améliorer son rendement, ou chercher des solutions de dépannage en cas de licenciement. S'il nourrit, en revanche, l'obsession *stressante* du chômage, il va travailler de plus en plus mal, devenir agressif, se mettre professionnellement en péril et se révéler incapable d'envisager des remèdes à son éventuelle inoccupation. Le stress paralyse, tétanise, ou alors il nous plonge dans une activité brouillonne, et donc condamnée à l'inefficacité, à moins qu'elle n'aggrave encore la situation.

La peur nous avertit, le stress nous menace de façon inutile. Certains lecteurs m'ont dit que *La Fin des Temps* leur avait fait peur. Mais c'était voulu ! Seulement qu'on ne se méprenne pas : en soulignant la correspondance entre les textes apocalyptiques de toutes les religions et les constats de nos scientifiques contemporains décrivant un monde en train de s'autodétruire, je ne cherchais pas à jouer les oiseaux de malheur, mais à nous « alerter », dans le but de nous faire réagir. Tout au long de ce siècle (même si le mal remonte plus loin), sans la moindre considération pour les générations futures – ces grandes muettes –, nous avons saccagé notre planète, sacrifié notre vie quotidienne au Veau d'or, au progrès mal compris, à la facilité, à l'accumulation de gadgets où nous perdions notre âme : comment nous étonner si nous nous éveillons soudain terrifiés à l'idée que notre aveuglement a scié la branche sur laquelle nous étions assis ? Il s'agissait donc pour moi d'accélérer cette prise de conscience et de démontrer l'urgence d'une modification radicale de notre comportement si nous voulons vaincre les dangers qui nous menacent. Cette peur-là n'est pas une vulgaire pusillanimité, mais une réaction de respect pour l'avenir de l'espèce humaine. N'oublions jamais que le sonneur d'alarme n'a d'autre ambition que de détourner – de *prévenir* – la catastrophe qu'il annonce. Quitte à courir le « risque », s'il réussit, de voir ses mises en garde détrompées par la suite des événements. Et ce désaveu, sachez-le, a toujours été mon souhait le plus cher...

*
**

Seulement pour que ce désaveu survienne, et triomphe, il ne va pas falloir nous cantonner dans une expectative épouvantée. Il va falloir agir, d'abord sur nous-mêmes et sur notre existence, laquelle, d'ailleurs, s'en trouvera aussitôt embellie. Alléger son karma n'implique pas de souffrir avec délectation de mille maux, réels, imaginaires ou inconsciemment provoqués. Le sage n'est jamais masochiste, ni contraint, encore moins stressé. Et pour se libérer des serpents du stress, première démarche vers un mieux-être et une pleine réalisation de soi, il convient de commencer par en mesurer les dégâts, et en trouver les causes.

Finalement, de nos jours, l'homme a autant peur de vivre que de mourir. Tel un boa constrictor, le stress étouffe notre pulsion de vie, il nous phagocyte et fait régner sur notre faible volonté un sentiment d'impuissance que tout vient entretenir.

Face à la montée des périls, ne voit-on pas aujourd'hui que c'est ce sentiment d'impuissance qui prédomine ? Cela se vérifie non seulement à l'échelle des individus, mais aussi des nations. Chacun sent la nécessité d'entreprendre une action correctrice, mais on ne sait par quel bout commencer, la tâche semble insurmontable. Au fond, on en reste à la fameuse logique de l'inertie : on attend que les autres commencent, en sachant bien que personne ne lèvera le petit doigt et que donc on ne fera rien. Et puis que faire ? On ne comprend plus ce qui se passe, les liaisons logiques entre les événements se perdent, les sources d'information se mêlent, se brouillent et se contredisent à l'envi. Où sont les causes, où sont les effets ? Face au même événement, nous croulons sous les interprétations, l'excès d'angles de vue nous empêche d'y voir clair.

En fait, l'homme moderne a perdu le sens d'une unité dans le monde. Toute la civilisation occidentale a abouti à une fragmentation extrême de notre univers mental. On a commencé par rendre à César ce qui lui appartenait. Puis la philosophie, la science ont réclamé leur indépendance. Peu à peu, le savoir s'est parcellisé en d'innombrables disciplines, économiques, sociales, scientifiques, culturelles. Disciplines éclatées en myriades de sous-sections qui, pour revendiquer un statut propre, prennent le plus grand soin de dresser des barrières infranchissables entre elles. La modernité a mis l'accent sur la complexité du monde. On aurait pu s'en émerveiller, car cette variété inépuisable est le reflet de l'infini du Cosmos. Mais en se noyant dans le détail, l'homme moderne s'est coupé de la globalité primordiale. Et dans cette appréhension de l'Univers ainsi dynamitée, il n'éprouverait pas de stress ?

Cette fragmentation, notre civilisation technique l'a imposée aussi au monde du travail ; de plus en plus spécialisés dans des tâches de plus en plus frustrantes, les gens perdent le sens d'une certaine finalité, et par là même de leurs responsabilités : et ils garderaient du goût pour leur ouvrage ? Notre existence quotidienne éclate en compartiments séparés, nous avons le plus grand mal à recoller les morceaux, exigences professionnelles, vie amoureuse et familiale, loisirs, aspirations spirituelles : et nous nous sentirions en harmonie ? La seule unité envisagée à notre époque n'est qu'une abominable réduction, l'être humain devient l'*Homo Economicus,* limité donc à sa seule dimension économique, abstraction faite de sa spiritualité : et nous voudrions, en plus, être heureux ?

Quelle ironie, quelle ruse de l'Histoire que ce sentiment d'impuissance et d'incompréhension qui nous saisit aujourd'hui ! Nous qui pendant des siècles avons caressé le rêve de la toute-puissance sur la matière... Car c'est avec les meilleures intentions du monde que des crimes ont été commis contre la nature humaine. Dans les années cinquante, les experts de la prospective claironnaient que l'homme de demain allait vivre dans un pays de cocagne créé par la machine. Par l'automation des moyens de production, il allait se libérer d'un travail dégradant et vivre heureux dans l'abondance matérielle, la connaissance et les loisirs. Utopie bien sûr que ces élucubrations mécanistes, mais aussi erreurs coupables, car elles ont contribué à endormir notre vigilance. La prospective avait oublié ce que les récits de science-fiction des années trente avaient pourtant déjà entrevu : la machine triomphante finissait par évincer l'homme, qui se retrouvait sans travail, déclassé, et même délesté de son pouvoir d'intervention.

Nous avions pourtant inventé une merveilleuse justification à notre appétit de jouissance et à nos instincts de prédateurs. Dieu Lui-même n'avait-Il pas laissé la Terre à notre domination ? Nous avions liberté de la soumettre. Oui, mais c'était pour la faire fructifier, non pour la dégrader. Bien sûr, certains pays ont vu s'accroître de façon considérable leur niveau de vie et leur confort matériel, mais au prix d'une exploitation inconsidérée des richesses communes de la planète, au prix d'un gaspillage exorbitant et d'un appauvrissement dramatique d'une immense partie de l'humanité, en butte à la misère et la famine pour que les autres fassent ripaille. Seulement les nantis commencent à se rendre compte que dans ce monde-village où tout est lié, ils se sont exposés à un terrible coup de fouet en retour. En fait de progrès, les innovations technologiques ont réalisé l'exploit de saigner à blanc en l'espace d'un siècle une planète vieille de plusieurs milliards d'années !

Or que fait l'être humain de la fin du deuxième millénaire pour réparer ses erreurs ? Il avale à longueur de temps les scoops terrifiants des catastrophes qu'a engendrées son manque de prévoyance. Et il achève de se décourager.

Car du ventre enflé de la technologie sont sorties les deux premières Bêtes de l'Apocalypse, la radio et la télévision. J'ai expliqué dans *Trajectoire* et dans *La Fin des Temps* comment ces deux moyens de communication extraordinaires, au potentiel fabuleux, ont été pervertis et mis au service de l'avilissement des âmes. Le 666, chiffre de la Bête dans l'Apocalypse de saint Jean, fut, ne l'oublions pas, la fréquence de la première radio ondes courtes aux

États-Unis. Quant à la télévision, elle est cette Bête qui « *a le pouvoir d'animer l'image pour la faire parler* », nous dit Jean.

Les médias figurent aujourd'hui les meilleurs chiens de garde et les plus belles sirènes du culte du Veau d'or. Contrôle des populations manipulées par une information plus ou moins impartiale, mesmérisées par des divertissements abrutissants, analysées à coups de sondages et d'audimats. Perfectionnement inouï d'un conditionnement hier assuré par les lourdes institutions que sont l'école, l'armée ou l'Église, et qui s'effectue désormais de manière beaucoup plus subtile grâce au développement de tout un matériel informatique et technologique. Plus subtile et bien plus efficace : autrefois, l'homme échappait encore au contrôle pendant son temps libre – il est vrai réduit. Aujourd'hui, l'homme accède de plus en plus aux loisirs, mais ceux-ci sont complètement pris en charge, quadrillés par le vaste domaine des services : voyages organisés, attractions parquées, jeux vidéo solitaires... Jamais d'ailleurs il ne trouve là de véritables joies, mais un simple divertissement au sens pascalien du terme. Comment ne pas s'effrayer de voir l'humanité abdiquer et plonger avec une telle frénésie dans l'oubli ?

C'en est au point que le monde décrit par George Orwell dans son classique *1984* nous apparaît comme doux et un peu désuet comparé à cet enfer de surveillance électronique et mentale dont nous sommes les objets. On calcule par exemple qu'un enfant de douze ans a déjà ingurgité une centaine de milliers de messages publicitaires. Petit à petit, sournoisement, sans violence apparente, ces messages lui imposent une vision du monde, fixent ses futurs critères du vrai, du bien, et du beau. Pseudo-critères qui reposent en fait sur une étude approfondie de nos instincts les plus bas : désir de domination, égoïsme, appétits sexuels... Car évidemment tout cela est concerté, rien n'est laissé au hasard : des cohortes d'experts de tout poil, statisticiens, sociologues, psychanalystes, linguistes, ethnologues, passent à la loupe nos comportements dans le seul but d'exploiter notre vulnérabilité. Ils disposent par exemple d'appareils capables de discerner avec précision l'endroit où le regard se pose en premier lorsqu'il appréhende une affiche publicitaire ou un rayonnage de supermarché. Cachés derrière les glaces sans tain de nos lieux de consommation, ou relayés par des caméras couplées aux postes de télévision, les experts traquent nos faiblesses, décortiquent nos désirs pour mieux nous influencer par la suite. Déjà, aux États-Unis, un gadget associe la télécommande de la télévision avec la carte de crédit. L'homme n'existe plus : il n'est qu'usager ou consommateur. L'image s'est animée, et nous voilà marqués, au front et à la main, du signe de la Bête.

Seulement, hurler haro sur les médias ne sert pas à grand-chose, car la vraie cause de notre conditionnement... c'est que nous nous laissons conditionner ! Nous avons perdu non seulement le sens de l'unité du monde, mais celui de notre propre moi. Ainsi Dieu, dans Sa miséricorde, nous aurait accordé un libre arbitre, et nous nous laisserions manipuler par un tube cathodique ? Par le matraquage publicitaire qui nous incite à correspondre, coûte que coûte, à une image modèle, stéréotypée ? Il faut apprendre à nous recentrer, à refaire connaissance avec notre réalité profonde, à ne plus subir tout et n'importe quoi. Car le dédoublement tragique entre l'individu « social » et son être propre est aussi source de stress. Objets-cultes, match-cérémonie, vedettes-idoles, obligation d'avoir lu tel livre à scandale, d'acheter tel objet dernier cri, d'afficher telle opinion en vogue : ce n'est plus du snobisme, mais du panurgisme planétaire ! En ce qui me concerne, j'ai assez prôné l'anticonformisme dans la haute couture pour ne plus avoir à en faire l'apologie. Vous n'êtes pas obligés d'aller jusqu'à la provocation systématique, mais sachez qu'imiter les autres n'est pas un moyen de diluer son stress personnel : c'est toujours abdiquer sa liberté. Quelqu'un disait joliment que s'acharner à être dans le vent, c'était se vouloir un destin de feuille morte. Ne pas confondre notre désir spirituel de fusion avec le Tout et ce ridicule instinct grégaire. Et n'oublions pas qu'à force de singer la majorité, nous finissons par devenir le contraire de ce que nous sommes : cette perte d'identité est de toute évidence une source terrible de mal-être.

Nous devons à tout prix nous retrouver, nous calmer, éviter l'éparpillement, échapper à la folie de l'accélération, au « toujours plus » et « c'est nouveau, cela vient de sortir ». Les modes surgissent et disparaissent à un rythme effréné. Nous n'aimons plus, nous avons des toquades, pour brûler aussitôt nos idoles. Boulimie de plaisirs, ou incapacité de tromper un ennui profond qui viendrait de notre vide spirituel ?

Sachons aussi que nous plaindre sans arrêt ne sert à rien et ne saurait apaiser notre peur viscérale. La plainte de l'homme moderne fait désormais écho aux lamentations de Job : « *Pour toute nourriture, j'ai mes soupirs, comme l'eau s'épanchent mes rugissements... Ni tranquillité ni paix pour moi, et mes tourments chassent le repos.* » Néanmoins, c'est à Dieu que Job s'adressait ! La Divinité reste le seul interlocuteur valable en matière de déboires. Se répandre en critiques parmi ses contemporains n'a rien de positif. « Le pire, disait Alain, c'est que cette maladie se gagne comme un choléra des esprits... Ainsi la jérémiade s'établit comme un dogme et fait bientôt partie de la politesse. » Tant il est vrai que le stress ne tient pas seulement aux circonstances extérieures. Nous le sécrétons nous-mêmes, nous l'entretenons, nous participons à sa propagation, comme si la grogne était devenue le seul moyen de parler aux autres...

*
**

Ne nous y trompons pas, en effet : cette époque de « communication » est une époque où l'on ne communique plus ! Nous évitons les contacts oculaires, sourire à un inconnu nous paraît inconvenant, voire dangereux, nous adoptons des postures défensives, nous arpentons d'un pas pressé les rues et les galeries marchandes, croisant parfois, malgré nos œillères, le regard interrogateur d'un autre nous-même ou celui, éperdu, d'un laissé-pour-compte qui nous culpabilise et nous donne envie de fuir. Nous rencontrons les gens sans vraiment les accueillir, sans leur offrir toute notre attention, restée prisonnière de nos tracas égocentriques. Par nos vêtements, nos divertissements, nos marottes, nous nous fondons dans le troupeau mais, paradoxalement, cela ne nous inspire pas le moindre sentiment de similitude, encore moins de fraternité. Dans le chemin que ce livre propose à travers la voie des grands Initiés, il conviendra aussi d'effacer la peur de l'Autre, de nous resituer par rapport à l'humanité tout entière, et de savoir nous servir de l'Amour. Sinon nous n'aurons pour issue que l'« ultramoderne solitude », qui n'est pas une solution, il s'en faut.

Car, autre paradoxe, l'homme moderne, qui redoute tant de se singulariser, copie les autres mais s'en méfie. Beaucoup s'imaginent se défendre du stress en se repliant sur eux-mêmes. Et de la pire manière. Ils pourraient, en solitaires, retrouver dans la Nature l'harmonie avec les vibrations cosmiques, prendre conscience de leur correspondance avec la Création, et du même coup comprendre que leurs congénères, autres créatures du Divin, peuvent figurer pour eux un miroir, une salutaire analyse, une aide bienvenue. Il leur faudrait, également, se ressourcer ainsi. Et nous verrons plus loin quelles possibilités fantastiques sont, à cet égard, mises à notre disposition.

Au lieu de cela, beaucoup choisissent de se claquemurer, sans la moindre activité créatrice. Peindre, broder, bricoler, menuiser ? Non, ils préfèrent guérir le stress par le stress : voir les ravages des jeux vidéo, qui « augmentent » les réflexes, peut-être, mais dans une telle atmosphère de violence et d'effroi que les plus « accros » avouent mettre deux heures ensuite à s'endormir tant ils sont sur les nerfs. Quand on sait que le stress « habituel » provoque déjà l'augmentation de la pression artérielle, l'accélération du rythme respiratoire et cardiaque, des tensions musculaires, des affections cutanées, et entraîne une plus grande vulnérabilité aux maladies infectieuses, on s'étonne que certains en redemandent. Ne le laissons pas devenir une drogue, car la drogue, c'est la fuite. Il est grand temps de reprendre en main l'utilisation du progrès.

***

Il n'est pas question, évidemment, de regretter l'homme de Neandertal ni de rejeter en bloc les innovations dues à notre génie, mais de faire en sorte que la « machina sapiens » ne débouche pas sur l'expulsion progressive de la ressource humaine. Demain, nous le savons, les machines ne se contenteront pas de calculer plus vite que l'esprit humain, mais seront animées de leur propre raisonnement, de leur propre mode de pensée. Elles pourront rendre, certes, de fabuleux services à la science, mais à condition que l'homme garde la maîtrise de ses outils, pour le bien de l'humanité.

Or il ne gardera cette maîtrise que s'il reprend pleinement conscience de la signification de sa vie, et de son essence divine. Un être divin se soumet-il à un robot ? Encore une fois nous avons le choix : ou nous utilisons le progrès pour un mieux-être général, ou nous cédons à la facilité abrutissante qu'il peut aussi nous procurer. Satan veille à cette seconde perversion. Satan – dont nous aurons l'occasion de reparler dans ces pages – refuse le passage au Quatrième Plan vibratoire, là où les Écritures affirment qu'il sera enchaîné mille ans. Aussi use-t-il de tous ses charmes, excitant la créativité humaine, mais détournant ses effets. À cause de lui, le développement de l'informatique va permettre à une troisième Bête, d'une efficacité implacable, de supplanter bientôt la radio et la télévision. Lors d'un récent voyage aux États-Unis, j'ai eu l'occasion d'approcher cette nouvelle invention grâce à laquelle l'opérateur – vous, demain ? – se trouve projeté dans un monde tridimensionnel, entièrement imaginaire. C'est « comme s'il y était », à cette nuance près que tout cela est un leurre. Alors, de même qu'on peut profiter utilement des bonnes émissions de télévision, on pourra se servir de cette invention à des fins salutaires : les chirurgiens pourront « répéter » leurs opérations sans causer de dommages *in vivo*, les étudiants feront leurs travaux pratiques sur écran, ou se perfectionneront au tennis. Mais hélas, l'acteur-spectateur pourra également s'abîmer dans des jeux et programmes qui lui donneront une impression de toute-puissance... tant que durera l'expérience. « Vous serez comme des dieux », soufflait le serpent satanique à Adam et Ève pour les inciter à manger le fruit défendu et les entraîner dans la chute. Grâce aux images virtuelles qui s'imprimeront sur sa rétine, l'homme de demain pourra recréer son univers, sentir les objets, avoir l'impression de les toucher, halluciner totalement. Déjà à Los Angeles circulent des jeux pornographiques où les amants en manque vivent ainsi « en direct » leurs phantasmes, avec des fantômes informatiques. Demain, face à sa console, on ira à Venise, on décidera d'entrer dans tel palais, plus besoin de voyages. Qui pourra résister ? Les humains vont s'enfermer chez eux et s'offrir à bon prix du tourisme et des sensations fortes : sexe, violence, et encore la peur... Dans ces jeux à trois dimensions, on jouera sa vie au lieu de la vivre, on n'aura plus aucune personnalité.

Nul besoin d'être devin pour comprendre qu'en pareil cas, au retour de ses « voyages », le mutant du virtuel va nécessairement souffrir de la réalité. Il va se sentir accablé par une sensation d'insignifiance, et se révélera incapable de gérer ses rapports avec les autres – jamais réductibles, eux, à des créatures vidéo. Il n'aura donc de cesse de replonger dans le virtuel et l'on assistera dès lors à une sorte de décomposition psychologique : tout le potentiel contenu dans cet être humain va se trouver absorbé dans l'inexistant.

Va-t-il ainsi achever le cycle de son autodestruction ? Scindé en deux (mâle et femelle) au moment de son involution sur terre, puis prisonnier d'une pensée dualiste (rationnel/irrationnel), haché menu par les découpages du savoir, rendu schizophrène par une société normative, évacué par la technologie, enfin happé par l'irréel, va-t-il devenir la proie de dictateurs diaboliques qui sauront profiter de sa perte d'identité, sa défaite culminant peut-être dans les dérives de la génétique et de l'eugénisme, qui vont pouvoir intervenir avant même sa naissance, déterminer sa viabilité, son utilité, son obéissance ?

Je ne le crois pas. Je pense qu'en pareille occurrence il y aura une réaction extrêmement violente de l'au-delà. Je ne crois pas que cette Pensée colossale qui a créé l'homme, le Cosmos et les lois qui le régissent laisse faire un tel scandale – au sens étymologique de piège sur lequel on trébuche.

Mais sachons-le bien, cette « réaction violente » du Ciel peut aboutir à la disparition de la Terre et des êtres humains. Alors, ne vaut-il pas mieux freiner nous-mêmes dans nos dérapages ? Éviter les pièges sataniques, l'« esprit de contrefaçon » évoqué par les traditions anciennes, qui nous fait inverser les valeurs ? « *Vous riez et vous vous réjouissez dans les rires de la folie,* nous dit le Livre de Thomas. *Vous ne comprenez pas que vous êtes dans les ténèbres et la mort. Les ténèbres vous sont apparues comme si elles étaient la lumière.* »

Ne le subodorons-nous pas quand au milieu de notre agitation, dans un moment de répit solitaire ou au cœur d'une foule qui nous renvoie à notre propre image, un éclair soudain nous traverse, une question qui nous hante comme un souvenir ancien : « Est-ce là la vraie vie ? Qui suis-je vraiment ? Où est-ce que je cours ainsi comme un fou ? »

Dans *L'Hymne à la Perle,* le christianisme des origines racontait l'histoire d'un prince envoyé en Égypte à la recherche d'une perle fabuleuse. En route, le prince oublie sa mission, succombe aux attraits de la matérialité, et sombre dès lors dans une vie passive et routinière. Un jour, pourtant, un ange vient le visiter pour lui dire : « Réveille-toi et lève-toi de ton sommeil. Souviens-toi que tu es fils de roi, prends conscience de ton esclavage et du maître auquel tu es asservi. Souviens-toi de la perle pour laquelle tu t'es rendu en Égypte... »

Cet ange symbolique, c'est le double lumineux

du prince, qui l'aide à vaincre sa torpeur. Soyons nous aussi attentifs à cette part spirituelle qui ne demande qu'à grandir en nous. Laissons-nous guider par elle pour retrouver le sens de notre existence, et par là même du Temps présent.

*
**

Ce qui nous fait le plus défaut pour mener à bien ce réveil de notre conscience, ce sont des guides authentiques, et de vrais repères. Car les serpents du stress se sont nourris de la grande défaite des idéologies et des valeurs, à laquelle nous assistons depuis quelques décennies. Le communisme a fait preuve de son ingérabilité, tandis que le capitalisme triomphant apparaît de plus en plus comme le moteur de la dynamique fatale du monde actuel. Le projet salvateur, celui qui permettra de réconcilier le destin de l'homme et de la Nature, ne viendra donc pas de là.

Il fut des temps immémoriaux où la vie de la cité était entre les mains des « adeptes », ou des « rois-prêtres », c'est-à-dire des hommes qui mettaient leur action au service d'une vérité supérieure et du bien commun, et qui pouvaient par leur connaissance ésotérique relier la Terre et le Ciel. Aujourd'hui, les hommes politiques, à l'image de leurs concitoyens, idolâtrent davantage l'argent ou le pouvoir. Empêtrés dans de vaines dissensions, beaucoup ne songent plus qu'à satisfaire des ambitions personnelles, sombrant pour certains dans la corruption, tandis que les plus éclairés s'arrêtent à la défense du territoire national. Malgré ce qu'ils prétendent, ils ne tiennent plus les rênes : ils se perdent en gesticulations, promesses démagogiques, myopie politique, quand ce n'est pas exaltation raciste ou appels à la violence ethnique. Dans ce monde en proie au désarroi, nos dirigeants nous apparaissent désormais d'un bien maigre secours, et ce stress démissionnaire des hautes sphères de la société se répand en ondes négatives sur la population, accroissant le désenchantement. À cette faillite du politique, il faudrait ajouter le pourrissement dont se rendent coupables certains spéculateurs boursiers et fonciers, les profiteurs de guerre et de misère, les trafiquants de drogue, et tous ceux qui mettent à sac notre planète... Il y a de quoi en « être malade » et d'ailleurs beaucoup le sont, qui espèrent trouver l'apaisement de leur stress chez le médecin. Celui-ci découvre non sans une certaine panique qu'on l'a laissé seul en première ligne. Le voilà devant la tâche écrasante de répondre au malaise de toute une société. Débordé, il ne peut que contenir l'ennemi en prescrivant presque systématiquement antidépresseurs ou anxiolytiques.

Mais les médecins ne peuvent traiter que les symptômes, sans résoudre le problème de fond, qui sort du champ médical. Ils soulagent, mais ne sauraient guérir, véritablement, la souffrance morale. Où sont les hommes de bien qui pourraient nous conduire à travers le labyrinthe terrifiant de nos appréhensions ?

En fait d'hommes de bien – nous sommes si naïfs, et si pressés de trouver des remèdes à l'emporte-pièce –, nous trouvons surtout beaucoup d'hommes de mal. Les exploiteurs de notre déréliction se bousculent à nos portes. C'est la curée des charlatans, des tentateurs et faux prophètes. On se raccroche à ce qu'on peut : la drogue, les pilules euphorisantes, les psychothérapies les plus farfelues, les voyants, les sectes transformées en multinationales à but lucratif. Les paradis artificiels ne manquent pas, partout on nous propose des recettes de bonheur, comme hier l'Église vendait des indulgences pour accéder au Royaume des Cieux. Quel salut pouvons-nous espérer de ces faux-fuyants ? « *Si un aveugle guide un autre aveugle, tous deux tombent dans le trou* », dit l'adage biblique.

La prolifération de ces fausses chapelles provient évidemment, en majeure partie, de la crise que subissent les religions. N'est-ce pas la religion qui jusqu'à présent se chargeait, en quelque sorte, d'exorciser nos peurs ? Aujourd'hui, elle ne remplit plus cet office. Elle a même poussé ici et là le comble du dévoiement jusqu'à répandre elle-même la crainte et le fanatisme, pour mieux maintenir le peuple sous son joug. Quant au christianisme, je rappelais dans *La Fin des Temps* que toutes les religions sont, à l'image des civilisations, soumises à des cycles. Au bout de deux millénaires environ, elles sont amenées à se fossiliser : les historiens en ont fait le constat. Après le culte du taureau Apis, puis celui du Bélier, nous voici au terme de l'ère des Poissons, symbole du christianisme. Sous sa forme actuelle (je dis bien sous cette forme), la religion chrétienne ne peut plus nous apporter de réponses pour la bonne raison qu'elle n'en détient plus.

Face à la désaffection dont elle s'est elle-même

rendue victime, l'Église ne sait plus comment réagir. Depuis longtemps déjà, on la voit balancer entre les raidissements grotesques, comme cette injure au bon sens que constitue le dogme de l'infaillibilité papale, et les concessions ignobles à la haine ambiante. Le pape actuel n'a-t-il pas reconnu que la peine de mort pouvait se justifier « dans certains cas », enfreignant ainsi le commandement inflexible « tu ne tueras point » ? Incapable de se renouveler, corrompue par les affaires, par l'intolérance et par le goût du trône, l'Église s'apprête à sombrer corps et biens. « *Quel est parmi vous le survivant qui a vu ce Temple dans sa gloire passée ?* interroge le prophète Aggée dans l'Ancien Testament. *Et comment le voyez-vous maintenant ? À vos yeux n'est-il pas pareil à un rien ?* »

Comment l'Église en est-elle arrivée là ? De conciles en encycliques, de querelles théologiques en compromissions impérialistes, elle a progressivement mais définitivement perdu le contact avec l'Esprit, le pouvoir de la vraie Parole. L'Évangile de Luc (11, 52) mettait ainsi en garde les représentants de la hiérarchie ecclésiastique : « *Malheur à vous, docteurs de la loi, parce que vous avez enlevé la clé de la science ; vous n'êtes pas entrés, et vous avez empêché ceux qui entraient.* » À l'aube des temps, en effet, Dieu S'est présenté aux hommes dans toute Sa gloire. Ceux qui ont conservé en eux la connaissance de cette manifestation ont reçu l'appellation de maîtres, de sages, de prêtres. Mais les hommes peu à peu oublièrent la Parole, et les révélations qu'elle recelait leur devinrent obscures. Un lent processus de dégradation s'est accompli : le message divin a subi des erreurs d'interprétation, puis des falsifications, pour finalement se scléroser dans la routine. Vidés de leur sens, les versets bibliques deviennent lettre morte, les sacrements, les rites chrétiens ne sont plus que des gestes mécaniques. Les rares personnes qui vont encore à la messe se plient, la plupart du temps, à un vague rituel dont elles ne perçoivent plus la portée. Elles se rendent à l'église en troupeau aveugle et repartent inchangées, avec le sentiment du devoir accompli, négligeant de cultiver ce levain dont on a mis les germes en elles.

Ailleurs, les « fous de Dieu » sont devenus des fanatiques sanguinaires, alors qu'à l'origine ceux qu'on appelait ainsi étaient de grands Initiés, dont la folie ne représentait qu'une connaissance élargie échappant au commun des mortels, et une aspiration au confondement.

Un peu partout, de surcroît, on prend le mysticisme pour un délire de l'imagination, alors qu'il est partie intégrante de notre destinée, un désir ardent qui nous élève vers le Divin. Or c'est pour avoir oublié la présence divine dans le monde que nous sommes saisis par la peur. La réalité de notre existence terrestre, cessant d'être à nos yeux la manifestation de la Divinité, apparaît opaque, indéchiffrable, forcément inquiétante. Quand retrouverons-nous l'apaisement du célèbre verset (Psaume 23) : « *Passerais-je un ravin de ténèbre, je ne crains aucun mal car Tu es près de moi* » ?

*
**

Il nous faudrait redécouvrir la clé perdue, et d'abord le chemin qui mène à la porte étroite. Nombreux sont ceux qui en ressentent l'urgente nécessité. Car malgré tous les lavages de cerveau, l'homme se posera toujours les mêmes questions existentielles, ne serait-ce que pour résoudre ici-bas ses difficultés d'existence. Quand ces questions vont devenir lancinantes, il va commencer sa quête, d'abord en secret. J'ai vu ainsi des gens qui entrent timidement dans les librairies ésotériques, frôlant les murs, espérant que personne ne les a vus pénétrer dans ces lieux souvent considérés comme des pièges à gogos. Car dans la conjoncture actuelle, la recherche spirituelle fait sourire autant qu'elle inquiète, comme si l'on pressentait qu'elle est porteuse d'une extraordinaire force de contestation. Le rationalisme continue de se parer des vertus d'un comportement « raisonnable », faisant passer pour immatures ceux qui admettent la possibilité de ne pas tout comprendre. N'en tenez pas compte : c'est une affaire de santé. Carl Jung, déjà, insistait sur la multiplication des « névroses causées par le fait que certains veulent rester aveugles à leurs propres aspirations religieuses, par suite d'une passion infantile pour les lumières de la raison ». L'immaturité, vous le voyez, n'est peut-être pas celle que l'on croit.

Cependant, même si vous avez décidé d'entreprendre le chemin, ne vous trompez pas de route. La recherche spirituelle n'est pas une expérience passive où l'on se contenterait d'attendre que la grâce nous tombe des cieux et nous sauve de nos angoisses. Elle suppose une véritable démarche, pas à pas, elle commande certains comportements, voire des batailles.

Mais rassurez-vous, ce n'est pas « difficile » : la seule difficulté réside dans l'acceptation de la... simplicité. Un premier exemple en fait foi. Tout cet itinéraire, qui doit aboutir à la naissance de l'homme nouveau, se trouve détaillé dans les textes sacrés, le plus clairement du monde. Or depuis trop longtemps, nous considérons ces textes comme des monuments historiques imposants et académiques. Nous croyons qu'ils nous parlent d'un passé mythique, ou d'un au-delà inaccessible, d'un autre monde sans rapport avec celui dans lequel nous sommes obligés de vivre, et de nous dépatouiller. Nous les croyons abstraits, poussiéreux, alors qu'ils ont tout pour nous accompagner sur le chemin. Ils sont « la Voie et la Vertu », c'est-à-dire qu'ils possèdent une efficacité pratique, pour nous aider à vivre bien tout en nous élevant vers Dieu. Ils sont doués d'un véritable pouvoir « transformant ». La quête n'est jamais linéaire et plate. Lorsque nous suivons la Voie, jour après jour, et dans nos occupations les plus « terre à terre », une transformation s'opère, insensiblement, qui finit par modifier notre regard sur le monde et sur les autres tout en nous libérant du malheur.

Découvrons donc, ou redécouvrons, les vertus éducatives de ces textes. Retrouvons l'esprit de la Bible, « *Viens des quatre vents, esprit, souffle sur ces morts, et qu'ils vivent !* » s'exclame Ézéchiel (37, 9). Relisons les Évangiles à la lumière des Initiés, c'est-à-dire non de ceux qui « savent », mais de ceux qui ont entrepris le chemin, en toute humilité, en toute fraîcheur, afin de vivre mieux. « *Ce que je vous dis est esprit de vie* », dit Jean. Savourons les conseils et les paradoxes édifiants des bouddhistes ou adeptes du zen. Éclairons-nous à la lumière des soufis musulmans, qui ravivent notre espérance. Ne cherchons pas tout de suite la grande révélation. Elle viendra peu à peu, d'elle-même. Les dimensions spirituelles des Textes se dévoilent à l'initié au fur et à mesure de sa quête. Au début, contentons-nous de la pratique, voire « du » pratique. On lit dans le Coran, sourate 6, verset 48 : « *Quiconque croit et pratique la vertu sera à l'abri de toute crainte.* » Il ne s'agit pas là, bien sûr, d'une vertu pudibonde de grenouille de bénitier mais du terme au sens propre : énergie morale, force d'âme.

Si chaque lecture des Textes nous amène à un degré de compréhension supérieur, ceux-ci nous incitent d'abord à l'action sur soi. Que les psaumes, poèmes, sourates, paraboles, pensées ou cantiques nous séduisent par leur beauté ou leur puissance allégorique ne doit pas nous faire oublier qu'ils contiennent dans un premier temps la méthode pour vaincre la peur et le mal, chez nous et chez les autres.

Tant il est vrai que tout le travail que nous ferons sur nous-mêmes rejaillira en bien sur l'ensemble du monde, et sur le stress généralisé. Louis-Claude de Saint-Martin, dit le « philosophe inconnu », écrivait dans *le Ministère de l'homme-esprit : « L'Univers est sur son lit de mort, c'est à toi de lui rendre les derniers devoirs. C'est à toi de le réconcilier avec cette source pure dont il descend, en le purgeant de toutes les substances de mensonge dont il ne cesse de s'imprégner depuis la Chute, et de le laver d'avoir passé tous ses jours dans la vanité.* »

PACO RABANNE

Jusqu'à présent, nous n'avons exercé que notre force destructrice, sur les autres mais aussi sur nous. Si nous tentions de prendre conscience de notre force transformatrice, capable de nous réintégrer dans l'harmonie de l'Univers ?

CHAPITRE DEUXIÈME

POUR APAISER LE JEU, CALMER LE « JE »

L'homme agité fait s'esclaffer les anges.

SHAKESPEARE

Lorsqu'on prend la mesure du stress formidable qui étreint l'homme moderne, il est difficile de ne pas s'épouvanter face à l'énormité de la tâche qui consiste à terrasser ces dangereux serpents. Quelle stratégie allons-nous déployer ? Quelles armes devons-nous choisir ? Exposés au vaste complot des agressions extérieures et de nos peurs intimes, objets permanents de leur action érosive, nous avons peu à peu perdu le lien direct qui nous unissait à notre être, mais aussi à la Nature et à Dieu. Nous vivons désormais en constant décalage, nous « marchons à côté de nos pompes ». Cette expression un peu triviale revêt pour moi une signification particulière : je ressens ce dédoublement autour de moi. Je le « vois », même ! Les êtres humains sont en effet normalement entourés d'une aura plus ou moins lumineuse selon leur développement spirituel, une sorte de corps éthéré qui nimbe leur corps physique. Un don naturel, soutenu par une attention aiguisée, me rend perceptif à ces enveloppes subtiles. Or je constate tous les jours, en rencontrant les gens, que leur aura s'est déplacée vers la gauche, signe patent de cet « excentrage ».

L'homme a été « distrait » du vrai chemin, au sens fort de « tiré au-dehors ». Aujourd'hui, il « déraille ». Pour corriger cet écart de conduite aux funestes conséquences, il va falloir d'abord réintégrer peu à peu notre espace intérieur. Étape indispensable : commencer par nous retrouver. Comment en effet agir sur notre être s'il nous demeure insaisissable ? Comment ensuite espérer changer le monde si nous ne sommes pas maîtres de nous-mêmes ? Essayons de nous centrer avant de chercher l'harmonie avec notre environnement, avec les autres, avec la Divinité enfin. Pour accéder à l'Un, soyons d'abord « uniques », et notre vie terrestre s'en ressentira.

Une première direction s'impose d'elle-même, comme une invitation au voyage. Puisque la source de notre stress réside dans la confusion et les égarements de notre mental trop sollicité, tâchons d'abord de lui imposer silence. Autrement dit, pour apaiser le « jeu » de notre agitation perpétuelle, faisons taire ce tambour creux qu'est le « je ». Nos sensations, nos pensées se croisent et se bousculent comme les voyageurs dans un hall de gare ; souvent même, elles se télescopent et se querellent bruyamment, faisant régner dans nos cerveaux toute une excitation piaffante dont les chicanes monopolisent notre attention. Trame épaisse de nos désirs et de nos préoccupations matérielles, goût maniaque de notre esprit pour les labyrinthes de l'analyse, ronde obsessionnelle de nos tracas personnels, distorsions opérées par nos phobies : autant de voiles qui font écran à notre perception brute, directe, de la réalité, comme les nombreux voiles de la déesse Isis masquaient la lumière divine. Dès lors, si nous voulons vraiment « recoller » au réel, la première étape consiste à calmer le tumulte de notre trop belle mécanique mentale, aujourd'hui détraquée, et dont les rouages craquent de toutes parts.

Bouddha comparait l'esprit de l'homme confus à un verre d'eau troublée par la boue. Celle-ci nous empêche de constater la clarté du liquide, comme notre confusion mentale nous empêche de reconnaître la nature véritable de notre être. Comme l'eau souillée devenue non potable, notre comportement se trouve contaminé par nos ratiocinations incessantes. Laissons décanter, afin que la pureté divine de l'esprit apparaisse.

Mais gardons-nous toutefois de sous-estimer les obstacles que nous allons rencontrer. Car nous devrons affronter non seulement l'anarchie mentale due au stress, cette écume des jours, mais aussi une vague de fond constituée par l'ensemble des notions préfabriquées que nous collons sur le réel. Il nous suffit de songer à la grille de pensée que font peser sur nos esprits notre nationalité, notre âge ou notre langue, pour en admettre l'existence. Poids d'une culture, esprit de caste, déformation professionnelle, fausse perception de notre corps physique, manipulations occultes de notre inconscient : tout nous incite à reconnaître la puissance de ce conditionnement, et la nécessité de le dépasser. Quand un seul grain de sable est capable de nous troubler la vue, on imagine à quel point ces écrans de fumée finissent par devenir aveuglants. Il va nous falloir les traverser, aller au-delà, pour savoir qui nous sommes réellement.

Nos capacités de raisonnement intellectuel, qui par ailleurs peuvent nous rendre de grands services, ne nous aideront en rien dans notre recherche d'apaisement intérieur. Cette recherche est une démarche d'humilité, de simplicité, et sans doute d'ailleurs est-ce là le plus... difficile au départ : poser ses bagages avant de descendre en soi.

Curieusement d'ailleurs, la « crise des valeurs » que connaît le monde moderne nous incite à agir de cette manière. La remise en question de nos croyances, de nos pseudo-certitudes intellectuelles, génère certes dans un premier temps un mouvement de peur, mais c'est aussi une chance pour nous puisque nous voilà d'un coup débarrassés d'un nombre de préconceptions – inculquées depuis notre plus jeune enfance, ou développées par la suite, au gré de lectures mal digérées ou d'enseignements faussés. Aujourd'hui, et c'est une des grandes opportunités de cette fin du Kali-Yuga, le prisme déformant est en train de se craqueler. Contraint à la modestie, notre mental pourrait ainsi s'effacer et nous ouvrir l'accès à l'objectivité nue, aux plaisirs de la présence directe au monde, non médiatisée. Tous les chemins de la rationalité semblant avoir été épuisés, nous formons le vœu d'un grand torrent d'eau vive qui nettoierait les écuries d'Augias de nos cerveaux. Dès que nous arrêterons de considérer la vie à travers un filtre, celle-ci prendra soudain des couleurs nouvelles, simples et merveilleuses à la fois, et le monde cessera d'être une mécanique pour réellement s'animer.

*
**

Créer le vide mental, instaurer le silence en nous, faire taire l'ego... Tous les manuels du New Age l'ont recommandé, prônant entre autres la relaxation, dont je ne nierai sûrement pas les bienfaits, mais qui se révèle bien en deçà des objectifs qu'on peut atteindre avec une méditation à dimension « sacrée ».

La relaxation vise à se débarrasser de ses tensions en relâchant ses muscles ; le bras droit, le bras gauche, les jambes, jusqu'à obtenir un relâchement corporel qui doit entraîner logiquement un mieux-être mental. Mais c'est là un apaisement qui tient lieu de soporifique. Or il ne s'agit pas pour nous, ici, de nous évader d'un monde difficile, mais au contraire de mieux appréhender le réel, ici-bas et peu à peu dans l'au-delà. Il ne s'agit pas d'anesthésier nos sens mais de les affiner. « *Il faut prier et ne point se relâcher* », dit Luc (Évangile, 18, 1). Si l'on ne recherche qu'une détente musculaire, il serait sans doute aussi profitable de faire une heure de gymnastique ou de natation, activités hautement recommandables, aucunement opposées à la pratique de la méditation, mais qui n'ont rien à voir avec elle. Car il ne s'agit pas de « décompresser », mais de nous abandonner en profondeur – en faisant le vide – aux forces supérieures qui pourront alors descendre en nous, nous assistant aussi bien dans notre vie courante que dans notre quête spirituelle, quand nous serons mûrs pour elle.

Tant il est vrai qu'apaiser le jeu/je n'est pas le but en soi, mais une étape absolument nécessaire, avant celles que nous aborderons dans les chapitres suivants. Je serai d'ailleurs amené, au fur et à mesure de notre progression, à distinguer trois sortes de méditations : une méditation réalisant le silence intérieur, une autre qui demande protection, et enfin la méditation qui doit permettre d'atteindre l'illumination divine. Nous ne parlerons pour l'instant que de la première.

Et ne croyez pas qu'instaurer le silence soit si simple ! Il ne suffit pas d'ordonner à notre mental de se taire. Cet incorrigible bavard défie nos meilleures dispositions. La plupart des gens qui tentent de pratiquer la relaxation en solitaire se plaignent amèrement de lui. « J'arrive à détendre mes muscles, mais je ne peux pas chasser les pensées parasites. » Il existe pourtant des techniques pour ce faire. Des techniques qui nous ont été enseignées par toutes les religions, mais qu'au fil de la modernité nous avons jugées formalistes, fétichistes, naïves, alors qu'elles sont le support de nos méditations.

Il ne s'agit d'ailleurs pas seulement d'imposer à son ego le silence, mais de faire le vide, c'est-à-dire de nous débarrasser de cette boue dont parle le Bouddha. Les sages orientaux précisent bien que le secret de la fleur de lotus n'est pas dans la boue dont elle est sortie, mais dans les rayons du soleil : à nous de les faire pénétrer en nous. De même la sérénité, la joie, voire simplement la maîtrise de notre vie terrienne ne seront pas le fruit d'un simple travail mécanique de relaxation : elles ne viendront que par l'ouverture de notre canal spirituel, et par le mouvement vers nous d'une vibration supérieure. Créer le vide, oui, mais pas pour se construire un cocon insonorisé. Faire le silence, non pour ne plus rien entendre, mais pour mieux écouter.

Sachez-le : il est impossible de faire l'économie de ce nettoyage mental. C'est difficile, sans doute, mais ce n'est pas un pensum rébarbatif : à la longue, cela devient aussi plaisant que de prendre une douche ! Et ne vous imaginez pas qu'à force de « calmer le je » vous allez devenir une sorte de témoin indifférent à ce qui se passe autour de vous et que la gaieté ou le bonheur de la vie vous échapperont. C'est exactement le contraire qui va se produire. Car le « jeu-je » que nous combattons, c'est celui qui joue avec la réalité, ou plutôt qui triche avec elle, qui nous la rend fausse, faussée, donc pleine de pièges. Freud disait que le contraire du jeu n'était pas le sérieux, mais le réel. Or la vraie joie, le vrai bonheur (je parle d'ici-bas pour commencer) ne sont à chercher nulle part ailleurs que dans le réel. « *Le Royaume du Père est répandu sur la Terre, mais les hommes ne le voient pas* », nous dit l'Évangile apocryphe de Thomas (logion 113).

Ce « je » logorrhéique qui nous empêche d'écouter, ce n'est pas en le muselant de force qu'on en viendra à bout, mais grâce à des pratiques qui ruseront avec lui, presque à notre insu. Les exercices préparatoires qui vont suivre ont la faculté de nous faire passer de l'état anarchique d'agitation stressante à une provisoire vacuité qui va permettre à notre réalité intérieure de grandir, de réoccuper progressivement le devant de la scène dont elle a été chassée. « *Ne perds pas une parcelle de la lumière que tu détiens, disait le poète musulman Iqbal, saisis fermement le nœud de ton être. Sculpte de nouveau ta forme ancienne, examine-toi toi-même, crée un être vivant. Seul un être ainsi vivant est digne de louanges, sinon le feu de l'existence n'est que de la fumée.* »

Programme ambitieux ? Peut-être. Mais c'est aussi le seul à notre portée, puisque précisément il nous prend pour matériau premier de cette transmutation. De plus, ce travail se révèle très tôt bénéfique, il suffit de le commencer pour qu'il ne cesse ensuite de porter ses fruits. Dans le *Tao tê King,* ce guide de la « Voie et de la Vertu » rédigé par Lao-tseu quelques siècles avant Jésus-Christ, on insistait ainsi sur ce qui pourrait être la règle d'or de toute pratique : « *Cet arbre qui remplit tes bras, son principe est un germe infime, cette tour et ses neuf étages, ils sont issus d'un petit tertre, ce voyage de mille lieues, il a commencé par un pas.* » Alors lançons-nous, faisons ce premier pas. Et si, comme l'affirme le Coran, « la pureté est la moitié de la foi », souvenons-nous que le « commencement est la moitié de tout » (Aristote). Certains feront le trajet en courant, d'autres en boitant, mais tous viendront, à leur rythme.

*
**

Maintenant que nous avons une idée de la stratégie d'ensemble et de l'enjeu du combat, essayons de déterminer comment nous allons procéder de façon concrète. Quels sont les moyens à notre disposition pour instaurer le silence et se mettre en paix avec soi ? Ils sont nombreux, expérimentés par l'homme depuis des millénaires et inscrits pour la plupart, nous l'avons dit, dans les rites des religions majeures. Certaines techniques peuvent paraître anecdotiques, certains conseils accessoires. Pourtant, ne nous y trompons pas : les maîtres spirituels leur ont accordé une grande importance, sans doute parce qu'ils avaient conscience que se jouait là l'impulsion nécessaire au néophyte.

Ainsi lorsqu'on parle de pratique de la méditation, il convient de commencer par le début, c'est-à-dire par la position à adopter. « *S'asseoir en posture convenable est la véritable entrée à la pratique du zen* », disent les moines adeptes. Et l'entrée, comme chacun le sait, fait déjà partie de la maison. Bien s'asseoir, c'est donc déjà être sur la voie.

Cela ne signifie pas pour autant que je vais adopter la fameuse position du lotus – jambes croisées à plat – à l'honneur dans les religions orientales. Les craquements de mes articulations risqueraient trop de troubler le silence ! Je ne me considère pas comme un homme de l'« assis par terre » mais de l'« assis sur une chaise ». Notons au passage que contrairement à ce qu'on croit souvent, la position qui consiste à s'asseoir sur une chaise n'est pas absente de l'iconographie bouddhiste. Rien ne s'oppose non plus, à mon sens, au fait de s'allonger. On encourt le risque tout mécanique d'un assoupissement, certes, mais si vous êtes alité par la maladie, ou trop fatigué pour ne pas résister au besoin de vous étendre, ne vous privez pas de méditation pour autant.

Au fond, je suis d'avis de conseiller la plus grande commodité dans ce domaine. En lotus, sur une chaise ou même allongé, je propose à chacun de choisir la position qui lui paraît la plus confortable.

J'ajouterai qu'il est important de ne pas copier machinalement les techniques des autres, car accepter d'emblée une autorité extérieure serait une bien curieuse manière de débuter un travail de libération... Nous avons chacun un corps, un âge, avec des possibilités physiques complètement différentes. Il serait donc absurde d'imposer à qui que ce soit une attitude qui pourrait le gêner. Gardons-nous de faire de la position une discipline trop contraignante car elle risque alors de focaliser notre attention, ce qui empêche l'autre concentration. Une pléiade de faux gourous prennent un malin plaisir à enfermer les gens dans un formalisme dangereux : ils décrètent qu'il faut lever les pieds en l'air, faire le poirier ou loucher sur la pointe de son nez... Dans toutes ces aberrations, on recherche une fausse originalité et non la transformation. On me rétorquera que les ordres monastiques prônent l'agenouillement, voire la prosternation sur le sol. C'est tout à fait acceptable, dans la mesure où ces positions ne se révèlent pas douloureuses, et surtout à condition de ne pas voir là des postures humiliantes visant à « piétiner le corps ». Il me semble pour ma part que le plus important est de retrouver le plaisir total de la prière en faisant en sorte que ce corps ne soit pas un obstacle mais une caisse de résonance. Il ne s'agit pas de le contraindre, mais de l'oublier, pour mieux libérer le mental sur lequel s'effectue le travail.

En ce qui me concerne, je suis donc assis sur une chaise, les bras et les jambes non croisés pour laisser circuler les énergies, la plante des pieds reposant bien à plat sur le sol afin de m'ancrer en terre, les mains étendues sur les genoux. Je garde les yeux mi-clos car, pour calmer le jeu, il faut d'abord tromper l'adversaire. En fermant les paupières, je m'exposerais imprudemment aux fantasmagories de mon mental ; en les laissant complètement ouvertes, je pourrais être distrait par tel livre dans ma bibliothèque, telle silhouette dans mon jardin, ou par un vol d'oiseau dans le ciel...

Je m'assieds légèrement en avant, afin de ne pas couper la circulation du sang à hauteur des cuisses, et surtout pour ne pas être tenté de prendre appui sur le dossier de la chaise. Je dois contrôler moi-même la droiture parfaite de mon dos : je tâche de décrisper les épaules, tout en résistant à la possibilité d'un avachissement progressif. Je me représente ma moelle épinière comme la corde d'un violoncelle ou d'une contrebasse : trop tendue ou pas assez, elle sera mal accordée. Peu à peu, à tâtons, j'essaie d'obtenir la note juste...

Il s'agit en fait de se placer en perception vers le haut, comme pour exprimer à travers le corps la disposition de notre âme. En effet, s'il faut renoncer à la définition d'une position universelle, il reste un point capital à observer : l'attitude corporelle doit réinstituer la verticalité, ou du moins la rectitude de la colonne vertébrale si l'on est allongé. Il faut sentir cette colonne vertébrale, l'étirer au besoin vertèbre après vertèbre par de légères mobilisations du buste et de la nuque, tout en stabilisant l'assise du bassin. On harmonise ainsi toute cette charpente osseuse, autour de laquelle vont se réorganiser nos muscles et nos nerfs. Nous prenons une conscience « lourde » de nos organes, de nos vaisseaux sanguins, nous cernons enfin notre enveloppe épidermique.

On ne peut pas se ressourcer efficacement si l'on est décalé par rapport à son corps. Ce décalage provoque en effet des échanges électromagnétiques constants et épuisants : le corps subtil – l'aura – veut revenir à sa place, il en est empêché, et il s'ensuit une énorme perte d'énergie. Beaucoup de nos maladies découlent du fait que la colonne vertébrale est faussée, et qu'elle n'occupe pas le centre de la colonne énergétique. Tout se déclenche : maux de dos évidemment, tensions musculaires, mais aussi migraines, courbatures, et blocages d'organes qui vont entraîner progressivement de graves dysfonctionnements. Le point de départ de la santé, sinon la panacée de tous nos maux, c'est une colonne vertébrale droite. Car c'est autour de cet axe que s'enroule la kundalîni, ce ruban énergétique reliant nos chakras, comme la double spirale qui serpente autour du bâton dans le caducée d'Hermès, un des plus anciens symboles du monde. Si la colonne est faussée, les forces dynamiques de la kundalîni ne peuvent s'exercer librement. Quand elle est redressée, ces forces jouent à plein et la fatigue s'envole. Notre colonne devient alors un totem élevé vers la Divinité, une sorte de pilier cosmique autour duquel s'organise notre univers.

Cette « rectification » va permettre à notre aura de retrouver sa place. Progressivement, elle deviendra même plus lumineuse, blanche ou bleu pâle pour les gens très avancés dans la recherche. À ce stade, elle est obligatoirement centrée. Lorsqu'elle parvient au violet absolu, l'aura se transforme en une sorte d'auréole au-dessus de la tête : l'homme est en parfaite harmonie avec son être intérieur...

Les débutants, eux, même en choisissant l'attitude la plus détendue, éprouveront peut-être des difficultés à tenir la position, et quelques douleurs aux jointures. N'oublions pas que nous sommes tout juste en train de recoller les morceaux. Mais bientôt, nous nous rendrons compte que nous sommes capables de prolonger la position sans effort, elle nous deviendra même parfaitement naturelle. Il nous suffira de l'adopter quelques instants pour en ressentir aussitôt les effets bénéfiques. Une sensation de bien-être, de régénération nous envahit, comme si la déperdition de notre énergie physique et psychique s'inversait soudain. Nous abordons la méditation en meilleur équilibre, et déjà en meilleur état.

Ce mieux-être va être accru par ma respiration. Lorsque je suis bien installé, en pleine recherche de verticalité, je peux entreprendre ce deuxième exercice. J'adopte une respiration d'abord très lente, mais profonde, grâce à laquelle je vais ventiler le corps tout entier. C'est une respiration intense, qui part du bas du ventre jusqu'en haut des poumons. J'inspire et j'expire à fond trois fois, puis ma respiration se réduit naturellement, jusqu'à ce que je finisse par l'oublier.

J'insiste sur ce dernier point car toute technique respiratoire qui devient obsessionnelle me semble faire obstacle au silence. Respirons de façon naturelle : avec une certaine force tout d'abord afin de bien nous oxygéner – nos corps sont empoisonnés par le manque d'oxygène – puis de façon paisible, en harmonie avec notre flux vital. Dans la Genèse, la respiration est présentée comme une « haleine de vie » : Dieu l'insuffle dans les narines d'Adam, qui devient alors un « être vivant ». Par le souffle, nous sommes encore liés au Divin. « *Que le souvenir de Dieu ne fasse qu'un avec ta respiration* », disait au VIIe siècle saint Jean Climaque, l'abbé du mont Sinaï. C'est également en soufflant dans leurs narines que les maîtres hindous transmettent l'initiation à leurs disciples. Et si l'on appelait les alchimistes les « souffleurs », ce n'est pas seulement parce qu'ils ranimaient le feu sur lequel cuisait leur mixture aurifère mais parce qu'ils soufflaient aussi le savoir. Dans la respiration comme dans la recherche de verticalité, nous avons l'occasion de toucher ce noyau intérieur de notre identité profonde, qui n'a que faire de nos discours et qui, en chacun de nous, demeure en quête de Vérité.

Ces préparatifs ont une réelle utilité : ils nous mettent en condition. Comme le faisaient les gestes de la prière chrétienne – mains jointes ou paumes ouvertes tournées vers le ciel, agenouillement, signe de croix – qui ont hélas aujourd'hui souvent perdu leur sens aux yeux des fidèles. Car ils se sont figés en rites stéréotypés, accomplis machinalement, coupés de l'expérience sensible et mystique sur laquelle ils doivent ouvrir. Le chrétien croit franchir un pas vers une religion de plus grande conviction en rejetant ce qu'il prend pour le comble du formalisme : il a juste perdu quelques étais précieux dans la pratique de sa foi. Beaucoup de gens, en fait, ne savent simplement plus « se recueillir » parce qu'ils ne comprennent plus l'origine des rites. Et ils finissent par « faire » leur prière comme ils font la vaisselle ou le ménage. Véhicules de la Tradition, les rites religieux cachent des secrets à raviver.

Qu'on ne me prenne pas cependant pour un redoutable intégriste ! Je suis au contraire persuadé que ce sont les carcans instaurés par les hommes qui ont perdu ou perdront chacune de nos religions. Les rites aident nos enveloppes corporelles à s'élargir jusqu'à l'esprit, les interdits transforment Dieu en dictateur. Souvenons-nous du Christ répondant aux Pharisiens qui s'étonnaient de le voir guérir un malade le jour du sabbat : « *Quel sera d'entre vous l'homme qui aura une seule brebis et, si elle tombe dans un trou, le jour du sabbat, n'ira la prendre et la relever ? Or combien un homme vaut plus qu'une brebis !* » (Matthieu, 12, 11-12). La recherche de rectitude, de verticalité dont nous venons de parler n'est pas synonyme de rigidité ; au contraire, nous devons nous montrer flexibles : le roseau sent l'effet du Souffle plus que le chêne.

Un certain rituel en méditation demeure nécessaire dans la mesure où il vaut mieux retrouver chaque fois la même position, éventuellement la même direction, à l'instar des musulmans qui prient tournés vers La Mecque et des juifs vers Jérusalem. Mais n'abordons pas la méditation avec l'idée que le respect dogmatique à une règle nous fera mieux réussir. Ne donnons pas dans le prétentieux. Comment ne pas voir que ce côté pompeux, cette codification excessive, ce désir de perfection rapide restent la manifestation la plus outrecuidante de l'ego, toujours prompt à tout récupérer à son profit, jusqu'aux promesses d'élévation spirituelle ?

En somme, et il faudra sans doute le répéter des dizaines de fois au cours de cet ouvrage, restons simples et humbles. Et patients ! Le novice, maladroit, endolori, encombré de distractions au départ, va faire chaque jour à son insu des progrès. Ne proclamons pas d'emblée : « Je ne peux pas, je ne sais pas. » Tout le monde sait faire de la méditation, puisqu'il s'agit simplement d'attendre : attendre non des miracles instantanés, mais que, grâce à notre préparation, les forces supérieures viennent nous éclairer.

*
**

Heureusement, il existe des moyens non pas pour tromper cette attente mais pour maintenir notre disposition et nous faire avancer dans la quête. Le plus facile d'utilisation est certainement la prière orale. Comme pour la méditation, dont en l'occurrence elle fait partie, nous en distinguerons trois formes différentes, de façon un peu artificielle car au fond elles sont liées entre elles : la prière-litanie, la prière-demande d'aide, et enfin la véritable prière du cœur, celle qui est approche de Dieu. Dans ce dernier cas, la prière cesse d'être un moyen pour devenir un état. Mais pour le moment, intéressons-nous seulement à la prière-litanie, premier chemin vers les autres oraisons.

Ce que j'appelle la litanie, qui consiste à répéter inlassablement une formule ou une prière, est aujourd'hui tombé en désuétude. On n'y voit plus qu'un rite d'un autre âge, vaguement ridicule, à la limite de l'absurde, et que seuls pratiqueraient les bigotes ou quelques illuminés mystiques. Les dizaines de *Je vous salue Marie* et de *Notre Père* du rosaire chrétien apparaissent à certains comme l'exemple le plus frappant d'une foi devenue mécaniste et comptable, aux antipodes de la vraie ferveur.

Et pourtant ! Rejeter la litanie, c'est se priver d'un instrument d'une extraordinaire efficacité pratique. Quel meilleur moyen d'emprisonner le mental que de répéter une prière apprise « par cœur » ? Grâce à elle, nous ne donnons plus prise aux assauts de notre esprit, qui nous bombarde sans cesse d'images ou de pensées, bonnes ou mauvaises. « *En vérité, la prière empêche de se livrer à la turpitude et de commettre des abominations* », lit-on dans la 29e sourate du Coran. La prière-litanie nous met à l'abri de toute distraction, elle canalise notre attention, lorsque notre imagination rue dans les brancards. Même si la litanie reste au début « automatique », elle a ses mérites, ne les sous-estimons pas. En position de recentrage, après l'exercice de respiration, calmement, récitons – par exemple – le *Notre Père*. On peut s'adresser aussi à la Vierge, la Vierge originelle, « Notre Mère », ou, pour les musulmans, dire la *Fatiha* qui se trouve en tête du Coran et, chez les juifs, la prière obligatoire *Écoute, Israël*.

Récitons et répétons. Car l'efficacité de la prière itérative ne se limite pas au muselage du mental. Les formules sacrées, les noms divins portent en eux-mêmes leur effet. « *Quiconque invoquera le nom du Seigneur sera sauvé* », dit Joël (3, 5). Dans toutes les religions, l'invocation du nom de la Divinité est support de la méditation car il est à la fois nourriture et remède. Prononcer le nom divin, c'est déjà capter la bienveillance de Dieu. Dans le Japa hindou, un des exercices fondamentaux réside dans la récitation infinie du nom de Ram, ou des célèbres mantras, ces formulations sonores que le maître communique à son disciple et dont la répétition, à voix haute ou basse, va déclencher l'éveil de la kundalîni. L'islam, de son côté, ne demande-t-il pas à ses fidèles de répéter des versets coraniques en arabe, même lorsque ces fidèles ne comprennent pas la langue de Mahomet ? Ce sont en effet les formulations par excellence de la Vérité. Psalmodier cette Parole, c'est en quelque sorte l'infuser dans notre être, nous absorber en elle et nous en enrichir. Ce n'est pas la répétition monotone qui a des vertus apaisantes : ce sont les mots eux-mêmes qui véhiculent une puissance divine capable d'anéantir nos mauvaises pensées. La répétition ne fait que multiplier cette force. L'alchimiste qui se prépare au Grand Œuvre prononce avant d'entamer ses travaux une série d'incantations destinées à faire descendre le « feu secret » dans l'athanor, le creuset des transmutations.

En récitant ces prières, mentalement ou à voix haute, c'est donc un peu de la puissance transformante de l'Esprit que nous faisons entrer en nous par degrés. Ce « souvenir de Dieu », c'est le *dikhr*, la prière des soufis, telle que la définit magnifiquement Ghazali, un maître persan du XIe siècle : « *Tu te tiendras le cœur vide, mais l'attention concentrée en t'orientant vers Dieu le Très Haut. C'est-à-dire qu'au début ta langue sera assidue à répéter le nom de Dieu le Très Haut. Tu ne cesseras de dire*

“Allah !Allah !” avec une attention éveillée et intelligente, jusqu’à ce que tu arrives à ce point où, si tu cessais de remuer la langue, il te semblerait que le mot continue à courir sur elle, si grande est son accoutumance. Tu continueras ainsi jusqu’à ce que la langue n’ait plus de rôle à jouer ; tu verras ton âme et ton cœur travaillés par ce dikhr sans que la langue bouge. Tu continueras avec assiduité jusqu’à ce qu’il ne reste dans ton cœur que le sens du vocable et que tu ne t’en représentes point les lettres et les formes, mais la signification pure qui soit indéfectiblement et continuellement présente à ton esprit. Ton libre arbitre va jusqu’à cette limite. Il ne la dépasse que pour repousser sans trêve les obsessions distrayantes. Puis il cesse de jouer. Tu es dans l’expectative, attendant l’illumination. Elle peut être fugitive comme l’éclair, ne pas demeurer, puis revenir... Voilà la méthode des soufis. »

Tout est là : la concentration, la répétition, le silence du « je » et l’attente... Dans les *Récits d’un Pèlerin russe,* un des ouvrages de référence de la religion orthodoxe, un père spirituel conseille à un aspirant de répéter 3 000 fois par jour, puis 6 000 fois et jusqu’à 12 000 fois par jour la prière de Jésus, celle du publicain du Nouveau Testament : « Seigneur Jésus-Christ, Fils de Dieu, aie pitié de moi pauvre pécheur. » Il ne s’agit pas pour nous, bien sûr, de nous astreindre à pareille prouesse mais de faire de la prière un rythme aussi naturel que la respiration, d’en faire la nourriture de notre être. Alors soudain, les lèvres se taisent, et c’est le cœur qui parle. Les soufis ne disent pas autre chose : « *Le dikhr commence avec la langue et finit avec le cœur...* » Comme les gammes du musicien qui se métamorphoseraient soudain en une lumineuse improvisation.

Toutefois, en pratiquant notre prière-litanie, nous devons prendre soin d'éviter le rabâchage sans conviction dénoncé par la Bible. « *Dans vos prières, ne rabâchez pas comme les païens : ils imaginent qu'en parlant beaucoup ils se feront mieux écouter* », lit-on dans l'Évangile de Matthieu (6, 7). Isaïe nous met également en garde (29, 13) : « *Ce peuple est près de moi en paroles et me glorifie de ses lèvres, mais son cœur est loin de moi.* »

Peu à peu, essayons de ne pas chantonner nos prières « la la la, la la la », comme une vieille ritournelle. Écoutons-les. Prenons le *Notre Père* : Que Ton nom soit sanctifié, que Ton règne vienne... Que Ta volonté soit faite (humilité, remise entre Ses mains, apaisement)... Donne-nous aujourd'hui notre pain de ce jour (protège mon existence terrestre)... Pardonne-nous nos offenses (examen de conscience) comme nous pardonnons aussi à ceux qui nous ont offensés (rude effort, dont nous reparlerons dans l'utilisation de l'Amour)... Ne nous soumets pas à la tentation, mais délivre-nous du mal (Satan) : Amen, tout est dit... à condition de prendre conscience de ce qu'on nous dit là.

La répétition et l'invocation dans un premier temps, l'entendement et la sincère conviction ensuite : voilà qui va préparer la place pour les anges, les grands Guides et la Divinité. Mettons-nous en état de « re-cueillement ». Prononçons et répétons les paroles. « *Une bonne parole est comparable à un bon arbre dont la racine est solide et la ramure dans le ciel* », nous dit la 14e sourate du Coran. Ainsi comprise, la répétition qu'on croyait limitative nous procure la liberté, la litanie qu'on disait monotone s'ouvre sur une formidable explosion de joie.

*
**

Si vous craignez de ne pas réunir la concentration nécessaire à cette pratique de prière, sachez qu'il est possible, voire souhaitable, d'utiliser ce que j'appellerai des objets-relais. Ceux-ci vont nous aider à créer autour de nous un havre de paix, et à établir le contact avec le macrocosme. Les bouddhistes tibétains utilisent ainsi un « moulin à prières », un cylindre dans lequel ils ont placé un parchemin sacré et qu'ils font tourner sur un axe. Véhicule ou aiguillon de notre prière, l'objet peut alors en augmenter le rendement. Le chapelet, archaïque dans la chrétienté mais toujours utilisé par les musulmans ou les Tibétains, n'est rien d'autre qu'un support de la prière.

En ce qui me concerne, je dispose d'un certain nombre d'objets que j'aime et qui viennent me rappeler à la sérénité. Ils me font souvenir aussi de la nécessité de ma recherche. Si mon univers quotidien était dénué de tout repère spirituel, le mental y trouverait sans doute plus de force pour interférer dans ma méditation. Mon attention n'étant soutenue par rien, la folle du logis reviendrait au galop pour exercer sa domination sur mon esprit. Ces objets viennent donc à point nommé pour me redonner la véritable direction de ma vie. Dans le Cantique des Cantiques (1, 13), on lit : « *Mon bien-aimé est un sachet de myrrhe, qui repose entre mes seins.* » Quel qu'il soit, l'objet choisi, conservé à portée de main ou du regard, répand autour de nous ses effluves, ou ses ondes, instaurant une atmosphère parfumée, vibratoire, qui évoque la présence divine à nos côtés.

Il faut faire attention bien évidemment à ne pas se laisser entraîner dans la superstition ou l'idolâtrie. Mais telle que je la conçois, l'utilisation d'objets-relais échappe complètement à ces écueils, car il s'agit juste d'un rappel à l'ordre. Il y a là plus de symbolisme que de magie. Je place autour de moi ces objets-codes, qui n'ont aucune autre signification ou valeur que celles que je leur prête. Je les sanctifie personnellement en leur donnant une fonction de mémoire. J'ai accroché dans mon bureau un tableau du Christ, une peinture presque naïve, et je suis conscient bien sûr qu'elle reste une simple toile, amalgame de couleurs d'une valeur marchande presque nulle. Mais le chemin qu'elle a emprunté pour venir à moi, la présence qu'elle signale dans cette pièce, tout cela devient un soutien utile à ma vigilance. Ce portrait n'est pas une « idole » que j'adorerais pour elle-même, mais il n'est pas non plus une image plate, qui ne me serait d'aucun secours. Il devient « icône », support sensible d'une transcendance, fenêtre ouverte entre le Ciel et la Terre.

Je possède aussi une statue de Bouddha, qui m'a été offerte par des amis chers, au retour d'un voyage : lorsque je la regarde, avec son sourire mille fois plus énigmatique que celui de la Joconde, je me répète « je suis un bouddha », le bouddha étant un état espéré, celui de la sérénité. De tels objets me sont des points de repère dans mon espace visible. Et si je m'en sers, ce n'est pas parce que je leur suppose des propriétés magiques, mais bien plutôt par simple humilité, parce que je sais que le combat est difficile et que je n'aurai pas trop de ces balises extérieures.

Avec les pierres, le rapport est un peu différent car ce sont des mémoires vivantes, des entités vieilles de quatre cents millions d'années qui, si on les réveille, possèdent un pouvoir étonnant, car leur vibration est en harmonie avec celle du Cosmos. Elles nous permettent donc de nous accorder. J'ai toujours sur mon bureau une grosse améthyste triangulaire que j'ai réveillée, et qui s'adresse à moi ainsi : « Attention à ton chemin, n'oublie pas ton chemin. » Mais ne tombons pas là non plus dans le piège de la « pierre porte-bonheur » : pour le novice, ou plus généralement pour tous ceux qui sont dans le monde et dont la recherche doit se concilier avec les exigences d'une vie professionnelle active, les pierres comme les autres objets font simplement des clins d'œil, et nous invitent à prendre le recul nécessaire pour mieux nous recentrer. Le moine qui consacre toute son existence à la spiritualité peut avoir besoin d'un crucifix. Pourquoi nous, qui sommes sans cesse exposés au divertissement, et donc menacés de nous désengager, n'aurions-nous pas nos propres béquilles ? La décision première qui nous a conduits sur le chemin a parfois besoin d'être revitalisée, et les priorités que nous avons aperçues doivent nous être rappelées. Dans les églises orthodoxes, devant les icônes, on trouve un cierge ou une lampe allumée en permanence. Cette flamme est une « veilleuse », elle symbolise l'esprit de sainteté, ce feu intérieur que nous devons sans cesse entretenir.

*
**

Une autre façon de coincer le mental, également une des techniques les plus anciennes, consiste à utiliser le son. Utiliser le son pour faire le silence ? A priori cela semble contradictoire puisqu'il s'agit de créer dans le silence un état vibratoire neutre alors que le bruit, le cri, les hurlements sont des vibrations négatives et épuisantes. Mais en fait la démarche est parfaitement logique : on va combattre le bruit par un bruit de même nature mais intérieur. C'est le principe des barrières sonores qu'on met en place actuellement autour des aéroports. On renvoie vers les avions le même son que celui produit par leurs réacteurs, à la même fréquence, et voilà qu'on n'entend plus rien.

J'utilise pour cela le fameux « Om » de la tradition hindoue, ce « Aum » dont on retrouve d'ailleurs la sonorité dans le Shalom des juifs, le Salam des musulmans, et le « Nom » de Dieu. « Om », c'est le mantra des mantras, le son primordial du Cosmos, peut-être aussi celui de la fin, de l'« oméga ». « *Celui qui ne connaît pas la Syllabe qui est le séjour de tous les dieux dans l'espace suprême, que pourra-t-il faire avec l'hymne ?* » lit-on dans le *Rig Véda,* l'un des textes sacrés que les hindous ont hérités de leurs ancêtres aryens.

Cette syllabe sacrée nettoie tout l'intérieur du corps et enlève le parasitage vibratoire – désir, violence, haine – comme si l'on réaccordait les cordes de sa lyre intérieure. Dans le travail de préparation, on va prononcer ce « aum », commencer par tenir le « a » ouvert, puis prolonger cette vibration en « om ». Le « a » guttural, qui doit venir du plus profond de la gorge, va s'épanouir en « o » avec une force inouïe à l'intérieur de nous, résonner dans notre cage thoracique, vibrer dans nos entrailles, puis finalement échouer sur nos lèvres dans ce « m » labial qui referme la porte sur cette vidange intérieure. On dit que Dieu a 99 noms, plus un qui est inconnu : ce Grand Nom capable de chasser nos démons et d'exaucer tous les vœux, ne serait-ce pas cette vibration, qui ne peut s'écrire mais qui doit se moduler à l'infini ?

Aaa-oooooooo-mm-mmm... Je sens le son sourdre de mes cordes vocales, me remplir les poumons, puis descendre très bas le long de la colonne vertébrale, avant de sortir pour exhaler tout le stress. Parvenu ainsi au rééquilibrage des énergies intérieures, je me sens très loin, comme si je me trouvais sur une montagne enneigée. « *Purifie-toi des attributs du moi, afin de pouvoir contempler ta propre essence pure,* dit un poète arabe. *Le livre du soufi n'est pas composé d'encre et de lettres ; il n'est rien d'autre qu'un cœur blanc comme la neige.* »

Lorsque l'apaisement commence à venir, lorsque j'ai exhalé mon stress, je me mets à l'écoute. L'oreille gauche est aux aguets. Tous les bruits extérieurs me parviennent encore. Je me dis : « Non, ce n'est pas cela que je veux ; je veux entendre les sons qui émanent de ce volume énergétique situé à vingt-cinq ou trente centimètres autour de l'oreille. » Les yeux toujours mi-clos, je prête toute mon attention, je suis tout ouïe, et brusquement j'entends un autre son, celui du sang qui bat le long de l'oreille interne. C'est une sorte de sifflement, une note de musique que j'écoute avec la plus grande concentration. Automatiquement, le mental se calme car il est lui aussi à l'écoute de ce son étrange et nouveau. Peu à peu les bruits du monde extérieur s'estompent. Il ne reste plus que ce sifflement de proximité.

Je m'efforce alors de transférer ce son à l'intérieur de moi. Lentement, il pénètre jusqu'au tréfonds de mon être et je l'accompagne : je rentre à l'intérieur de moi, je me sens minuscule, condensé au centre de mon enveloppe corporelle, tandis que celle-ci et mon corps éthéré s'élargissent aux dimensions du Cosmos. Je me retrouve tout petit, regroupé à l'intérieur de mon être, et en même temps gigantesque, cosmique, dans une dilatation universelle qui n'a que faire des mesquineries de mes tracas.

Faire le silence, c'est faire de son corps cette cathédrale intérieure dans laquelle on peut éprouver tour à tour ou simultanément l'intimité apaisante d'une crypte et le vertige d'une nef ouvrant sur l'immensité de la voûte céleste...

Lorsqu'on parvient à identifier son intériorité à un Cosmos, lorsque votre cœur prend les proportions d'une cathédrale sans limites, on éprouve un sentiment de paix, d'harmonie. Alors apparaît le sourire imperceptible du Bouddha se penchant sur son ventre rond, énorme, sur ce « soi » intérieur et infini. La méditation réussit à annihiler cet écart – grand générateur de stress – entre ce que nous sommes et ce que nous voudrions être. Elle nous redonne un regard d'unicité sur nous-mêmes. En faisant le vide de la peur et du stress, nous permettons alors aux maîtres de Lumière de descendre dans cette cathédrale purifiée. Le monde vibratoire lumineux nous envahit : tout change. Au terme de ma méditation, je me sentirai animé d'un surcroît d'énergie, prêt à soulever les montagnes.

*
**

Prenez bien garde cependant à ne pas contrarier les forces supérieures en essayant de jouer vous-même les faiseurs de miracles ! Autant, dans la méditation, j'utilise abondamment le son et la parole-prière, autant je me méfie de certaines visualisations. Sans être aussi iconoclaste que les musulmans, je redoute ces représentations formelles prônées par le Nouvel Âge (en tout cas par ses dérapages) et où l'on privilégie généralement le matériel par rapport au spirituel. Les manuels du New Age ont fait de la visualisation positive un de leurs principaux leitmotive. Selon eux, une fois le calme venu, il suffirait de se « visualiser » beau, riche et réussissant tout pour que cela arrive. Pratiquer cette méthode Coué dans la vie peut se révéler bénéfique, mais pas dans la méditation ! Que vous vous prépariez à un rendez-vous délicat en imaginant votre attitude au mieux de son efficacité, et en reprenant confiance en vous relève d'un auto-management recommandable. Vous « pensez positif », selon la formule à la mode, et vous avez raison. Mais en méditation, vous attendez au contraire – implicitement – que les forces divines vous éclairent, au-delà des méandres sinueux et parfois broussailleux de votre pensée humaine. Si vous prenez leur place au lieu de faire le vide pour les accueillir, vous réveillez le tintamarre du mental et de ses phantasmes. Or on ne calme pas la tempête intérieure en agitant des chimères sous ses yeux. C'est là le type même de récupération perverse dont est capable notre ego, toujours prêt à empêcher de laisser « mourir le vieil homme » : celui de nos erreurs, de nos pensées préfabriquées, celui qui nous empêche de renaître.

Les énergies célestes ne peuvent venir nous inspirer que si l'on a fait place nette. Lorsqu'on a réussi à calmer le « jeu-je », on reste en attente, dans le sentiment ineffable du « je suis ». Nous avons créé à l'intérieur de nous un monde de réception. Qu'attendons-nous ? Des vibrations supérieures. On se refuse à leur donner forme, mais on peut les appeler, espérer quelque chose de fantastique, de lumineux, d'extraordinaire. Visualiser ne pourrait qu'atténuer ou déformer. Restons plutôt dans un silence respectueux. La nature a horreur du vide, même et surtout spirituel : ainsi, quand le vide mental est réalisé, descendent des énergies divines qui prendront une forme correspondant à la religion du récipiendaire. Pour les chrétiens, par exemple, ce seront des anges gardiens, des êtres de lumière fantastiques, des colonnes de lumière formidables qui s'adressent à nous. Les gens les appelleront les « voix de la conscience », mais c'est d'une conscience supérieure qu'il s'agit. Et ces voix nous disent des choses extraordinaires, elles vont nous guider dans la suite du chemin.

Exerçons-nous donc à développer en nous cette faculté d'écoute, nous en sortirons transformés. Souvenons-nous de l'épisode de la Transfiguration (Luc, 9, 29), lorsque Jésus a gravi la montagne avec Pierre, Jacques et Jean pour prier. « *Comme il priait, l'aspect de son visage devint autre, et son vêtement d'une blancheur fulgurante.* » D'une nuée au-dessus d'eux, une voix partit : « *Celui-ci est mon Fils, l'Élu, écoutez-le.* »

*
**

Où, quand et avec quelle fréquence convient-il de pratiquer tous ces exercices d'apaisement du jeu/je ? Dans l'idéal, il faudrait le faire dès qu'on a un moment libre, dès qu'on sait par exemple qu'on dispose d'une vingtaine de minutes entre deux rendez-vous, dans un taxi, dans le métro... On peut aussi essayer de se mettre à l'écart sur un banc public, dans une église, dans un lieu soustrait aux sollicitations extérieures. Mais ce n'est pas toujours possible. Personnellement, après plusieurs décennies de pratique, j'arrive à me recueillir dans le métro, dans le bus, je peux méditer là où je me trouve. Il faut penser à garder les yeux mi-clos pour ne pas être attiré par les formes, les couleurs qui passent. Dans la journée, on peut se livrer à cet exercice d'apaisement une fois, deux fois ou dix fois, selon les moments privilégiés que l'on se ménagera. Les fakirs, en Inde, sont capables de faire le vide en eux assis au milieu de la circulation, dans les bruits, les hurlements des klaxons. Un maître soufi disait à propos de cette capacité de concentration : « *Cela consiste à être si profondément occupé à son propre dikhr que l'on peut se promener sur la place du marché sans avoir conscience du moindre bruit.* »

Mais il faut pour cela avoir acquis une maîtrise colossale. Ce qui est loin encore d'être le cas de tout le monde... Pour ceux qui commencent le chemin, il est donc conseillé de pratiquer la méditation dans une pièce calme, le plus possible isolée des bruits extérieurs. « *Si tu veux prier, descends dans la crypte de ton cœur* », préconise Matthieu (6, 6).

On l'a vu, la répétition fréquente est un élément essentiel pour garantir l'efficacité de ces techniques. Mais là encore, c'est rarement possible pour les néophytes. Les musulmans insistent pour que la prière soit faite cinq fois par jour. Les juifs suivent l'exemple de Daniel : « *Daniel monta dans sa maison, les fenêtres de sa chambre haute étaient orientées vers Jérusalem et trois fois par jour il se mettait à genoux, priant et se confessant à Dieu.* » Contentons-nous, dans un premier temps, de faire le silence en nous le matin et le soir. On lit dans le Psaume 5 de la Bible : « *Au matin tu écoutes ma voix, au matin je fais pour toi les apprêts et je reste aux aguets.* » Le matin est sans doute à mes yeux le moment le plus privilégié. Je me lève toujours à l'aurore, au moment où les oiseaux se mettent à chanter, comme pour me rappeler le célèbre conte ésotérique du poète mystique persan Attâr dans lequel trente oiseaux partent en quête de leur roi, l'oiseau légendaire Simorgh... pour découvrir finalement qu'ils le portaient en eux.

Les bienfaits de la prière matinale se manifestent aussi bien, sur le plan matériel, dans le déroulement de notre journée. Si dès le réveil nous nous laissons assaillir par les soucis du jour, la précipitation, l'angoisse, nous arriverons déjà entamés par le stress sur notre lieu de travail, ou simplement parmi les êtres proches au petit déjeuner. La prière du matin désamorce nos appréhensions et nous redonne confiance.

Les bénéfices psychologiques de la prière du soir vont de soi. S'il est un moment où il faut se débarrasser de la pollution mentale, c'est bien à l'instant de s'endormir. Avant d'en appeler aux somnifères ou calmants, « *parlez en votre cœur, sur votre couche faites silence* » (Psaume 4). Ce silence empêchera votre esprit de se voir tourmenté de rêves et de cauchemars, et les puissances d'en haut veilleront sur votre sommeil.

*
**

Bien entendu, tous ces « exercices » ne seront profitables que si vous tordez le cou une fois pour toutes à ce doute qui voudrait vous souffler : « Tout cela est inutile, je n'y parviendrai pas... Et puis à quoi cela rime-t-il ? » Sachons-le, ce doute fait partie de la peur, c'est lui qu'il faut vaincre en premier. Je dis et je répète que les résultats sont probants et rapides. Chose extraordinaire, le stress nous quitte lentement, comme une baudruche qui se dégonfle. Sur le plan intellectuel, on ne tarde pas à constater la différence. Les pensées parasites disparaissant, il ne reste que l'essentiel. Débarrassé de ses scories, le vif-argent de notre esprit a retrouvé la netteté de ses reflets. Nous avons un autre regard sur le monde, un regard qui relie les choses. On s'aperçoit que celles-ci ne sont pas hétérogènes mais que tout est homogène, que nos réactions négatives embrouillées étaient à l'origine de tel ou tel problème dans notre vie sentimentale ou professionnelle... En calmant le jeu/je, on calme tout, et l'on voit clair. On acquiert la lucidité. Non pas une lucidité « féroce », mais une clairvoyance pleine d'apaisement.

Les déséquilibres intérieurs s'atténuent, les problèmes ne nous touchent pas de la même façon. Pourtant je n'ai pas perdu le sens de la réalité, bien au contraire : je continue à faire mon travail, à créer, à donner des interviews, à recevoir des gens, mais dans un état différent, un état de paix intérieure, d'acceptation des choses. On s'aperçoit aussi qu'autour de soi, les autres se calment. Les gens agités, qui s'empoisonnent la vie de soucis, vous regardent soudain d'une autre façon et vous disent : « On se sent bien à côté de vous ! » ou : « Quand je parle, on sent que vous écoutez. » Une espèce de quiétude vous gagne, comme un long fleuve qui apaise votre entourage.

Tel est le prodige accompli par la prise de position du corps et la prise de possession du mental... Et cela vient assez vite lorsqu'on a franchi l'étape du doute. Alors pourquoi ne pas essayer ? Cela ne coûte rien, et c'est à la portée des enfants. Sachez retrouver la fraîcheur de l'enfance, et la disponibilité des esprits non tortueux. C'est eux que privilégiait le Christ en disant : « *Laissez venir à moi les enfants et les simples en esprit*. »

CHAPITRE TROISIÈME

NETTOYER LA DEMEURE

Quand le temple sera consacré, ses pierres mortes redeviendront vivantes, le métal impur sera transformé en or fin et l'homme recouvrera son état primitif.

Robert FLUDD,
Tractatus theologo-philosophicus

Vous avez pratiqué avec une certaine constance les exercices destinés à « calmer le jeu/je », vous vous êtes absorbé dans la méditation, vous en avez même déjà tiré quelques bénéfices concrets... Et pourtant survient une certaine déception. En fait, vous êtes parvenu à un stade où vous vous sentez freiné, incapable de profiter pleinement de ces diverses techniques d'apaisement. Une sorte de vrombissement désagréable résonne en vous, perturbant avec plus ou moins d'intensité votre silence intérieur. Dans votre tentative de mise au diapason de votre être, vous n'arrivez pas à faire le « la » parfait. Tout cela est normal, prévisible même. Le sentiment d'harmonie dont vous devriez faire l'expérience se trouve en effet entravé par un obstacle de taille : votre corps refuse de suivre le mouvement, il traîne lamentablement les pieds.

À vrai dire, ce n'est pas votre organisme lui-même qui vous alourdit, mais les impuretés dont il est surchargé. Les alchimistes savaient bien, dans leur quête de l'or fin, qu'une partie du travail consistait à parfaitement préparer la matière. Déjà, en tenant bien droite votre colonne vertébrale, vous avez contribué à rétablir une meilleure circulation des énergies, mais le grand nettoyage reste à faire. Il faut encore évacuer tous ces indésirables que sont la nicotine, l'alcool ou les drogues qui circulent dans vos veines, toutes formes de toxines enfin, dues à une alimentation inadéquate et globalement trop négligée. Quand je dis qu'« il faut évacuer », loin de moi l'idée de vous prescrire quoi que ce soit. Mais si vous avez mené à bien vos premiers exercices de méditation, vous avez certainement découvert que, afin d'évoluer vers une réelle transformation, le « nettoyage de la demeure » devient une nécessité impérieuse...

Curieusement, la plupart des gens s'échinent à faire le trajet inverse : ils s'infligent un chapelet de règles diététiques avant même de se lancer dans la méditation. À mon sens, c'est mettre la charrue avant les bœufs et se soumettre à une discipline vaine car non comprise. On se persuadera bien plus volontiers de l'importance de son entretien physique lorsqu'on aura effectué les premiers pas dans la méditation... et pris conscience de ses blocages corporels.

Le premier secteur sur lequel nous pourrons alors intervenir, c'est notre alimentation. « *L'estomac accueille toute sorte de nourriture, mais tel aliment est meilleur qu'un autre* », lit-on dans l'Ecclésiastique (36, 18). La médecine indienne considère pour sa part les aliments comme de véritables médicaments, capables de nous garder en bonne santé ou de nous affaiblir lorsque nous mangeons sans discernement. À nous de faire le tri...

« Tiens ta lyre accordée, dit le poète antique, si tu veux entendre vibrer en toi la musique des sphères. » Car les forces célestes descendent vers nous, mais encore faut-il être en mesure de les accueillir et les héberger comme il convient. Ainsi Hermas de Cumes, un des premiers Pères apostoliques, écrivait au Ier siècle, en comparant ces puissances célestes à de jeunes Vierges : « *Je vois que ces Vierges se plaisent en ta demeure, seulement nettoie-la bien ! Elles auront plaisir à habiter une maison propre, car elles sont elles-mêmes pures, chastes, actives. Tant que la propreté régnera en ta demeure, elles y habiteront.* »

Je vois d'ici les mécréants sourire. Que leur importe d'être habités par les Vierges et autres forces célestes, quand ils recherchent d'abord le bien-être ici-bas ? Et pourtant, ces mêmes incrédules se sentiront troublés, envieux, à la vue de certaines personnes en parfaite harmonie avec elles-mêmes, « protégées » semble-t-il, « rayonnantes ». Alors, au nom du Ciel, si les voies du Seigneur vous paraissent inaccessibles, lointaines, « pour plus tard », n'entravez pas les routes des énergies divines dans votre enveloppe corporelle du Présent ! Le corps, l'esprit et l'âme sont intimement liés. Prendre soin de son corps, c'est libérer l'esprit pour les contingences quotidiennes, puis élever son âme vers la joie surhumaine.

Ce n'est pas pour rien que toutes les religions se sont abondamment occupées de nous donner des conseils quant à notre alimentation et à notre hygiène de vie en général. Certes, ces règles varient d'une obédience à l'autre, elles dépendent du climat, de traditions anciennes, ou d'interprétations multiples des textes sacrés. Mais nous avons là à notre disposition toute une pratique méticuleuse. Trop méticuleuse ? « Après tout, pourquoi la religion se mêle-t-elle de savoir ce que je vais manger et comment je dois le manger ? Que la religion parle à mon âme, sommes-nous tentés de dire, je me chargerai comme je l'entends de sustenter mon corps. » Ceux que cette apparente ingérence du spirituel dérange sont prompts à invoquer les paroles célèbres du Christ, rapportées dans l'Évangile de Matthieu (6, 31-32) : « *Ne vous inquiétez donc pas en disant : Qu'allons-nous manger ? qu'allons-nous boire ? de quoi allons-nous nous vêtir ? Ce sont là toutes choses dont les païens sont en quête.* » C'est oublier cependant que le Christ ne dit pas « mangez et buvez n'importe quoi, habillez-vous n'importe comment ». Par les paroles citées plus haut, il visait d'abord à écarter notre peur stérile du lendemain, en nous rassurant sur le fait que la providence divine fournira tout ce dont nous avons besoin. Mais il nous reviendra la tâche délicate d'en faire bon usage. C'est-à-dire de nous préparer, physiquement, à recevoir l'Esprit...

Si les Textes et traditions se sont préoccupés de régime alimentaire, idée apparemment légère et sujette à variation, c'est qu'il se joue là quelque chose d'essentiel. Dans ses *Exercices spirituels* conseillés aux retraitants, Ignace de Loyola ne craint pas de s'attarder sur les « Règles sur la nourriture à observer pour l'avenir ». Il ne s'agit pas pour lui d'un dressage coercitif de notre comportement naturel, mais bien de la prise de conscience que dans cette pratique quotidienne, presque triviale, s'accomplissent à la fois la maîtrise de notre être et notre relation au monde. Si nous traitons si mal notre organisme, de nos jours, faut-il s'étonner que nous soyons aussi négligents à l'égard de notre environnement ? Notre attitude à l'égard de l'un et de l'autre relève de la même inconscience : nous les détruisons à petit feu, nous les contaminons, nous leur injectons des poisons mortels, et surtout nous refusons de reconnaître l'urgence de la situation. Souvenons-nous pourtant que la Bible nous incite à la vigilance, car Dieu pourra venir dans notre demeure à l'improviste, « comme un voleur »...

*
**

Si nous commencions par nous débarrasser de ces poisons flagrants, dont la nocivité est reconnue par tous, le tabac et l'abus d'alcool ? Dans *Trajectoire,* je me contentais de relever cette « aberration » qui pousse nombre de gens à obstruer leurs poumons, alors que ces derniers sont le premier signe de notre consubstantialité au Cosmos. Si les fumeurs ou les alcooliques refusent d'admettre les risques encourus, grand mal leur fasse, étais-je alors tenté de dire. C'était manquer de compassion. N'est-il pas possible de montrer une direction à tous ceux qui voudraient renoncer à ces nuisances ? Si.

Car c'est là que nos efforts pour apaiser l'agitation mentale vont se révéler payants. D'abord parce que nous ne serons pas longs à mesurer ce que nos consommations de tabac, d'alcool ou de drogue doivent à notre ennemi le stress. Tous ces produits toxiques sont avant tout des supports de la peur, et d'ailleurs les usagers en sont conscients, pour la plupart. C'est l'angoisse – panique ou sourde – qui fait sauter sur un paquet de cigarettes ou sur une bouteille de whisky. Et c'est bien pour fuir une réalité jugée inquiétante ou morose que certains choisissent de s'évader dans les paradis artificiels, quitte même à n'en plus sortir.

Malheureusement, il ne suffit pas d'avoir conscience de notre dépendance, ni même de ses effets lentement destructeurs, pour nous défaire de nos mauvaises habitudes. Ce serait trop facile. C'est pourtant l'erreur tactique que commettent tous ceux qui placent l'obligation d'abstinence comme condition *sine qua non* des premiers exercices de méditation. Il y a là une certaine logique, malheureusement vouée à l'échec. Les fumeurs connaissent les effets nocifs du tabac, ils savent que chaque cigarette rogne sur leur longévité, qu'elle est un clou de plus dans leur cercueil : on leur a présenté en images chocs des poumons noircis et rongés, on les a menacés de tous les cancers, on a essayé de les culpabiliser, de les taxer... Rien n'y fait. Pourquoi une telle résistance à la plus évidente raison ? Justement parce que la raison n'a rien à faire ici...

En revanche, lorsque, à l'occasion d'une expérience de méditation, vous aurez véritablement *ressenti,* dans chacune de vos cellules, que la nicotine est un goudron épais qui encrasse le sanctuaire du cœur et les poumons, alors que la respiration est une de nos principales portes d'ouverture vers l'infini, vous aurez *envie* de renoncer à la cigarette. Tous les thérapeutes admettent que le succès d'une cure de désintoxication tient à la ferme et libre décision prise par le dépendant. Cette décision, vous allez la prendre non pour faire plaisir à votre conjoint ou pour vous déculpabiliser, mais pour accéder – vous – à une forme d'élargissement, d'épanouissement entrevu dans vos méditations. Les possibilités de rechute dues à l'entourage ou à un moment de faiblesse ne seront bien sûr pas complètement écartées, mais un fait est certain : c'est dans ce ressenti que réside la solution. Malheureusement, je ne peux pas vous en convaincre de façon absolue, car je ne pourrais le faire une fois de plus que de façon rationnelle, à l'aide de mots abstraits. Mais je vous garantis que lorsque vous aurez effectivement éprouvé la joie de sentir votre inspir/expir se mettre en harmonie avec la « respiration » du Cosmos, vous n'aurez de cesse d'accroître les capacités de vos bronches. Commencez par rechercher cette perception très pointue de votre corps, jusque dans ses moindres fibres, et vous y puiserez ensuite la motivation nécessaire pour l'entretenir.

La même méthode peut s'appliquer à l'abus d'alcool, qui embrume notre esprit, fausse notre appréhension du réel et nous rend accessibles à toutes les mauvaises influences. Toutefois, en prenant appui sur la Bible, je me garderai de bannir radicalement le vin, boisson divine par excellence, symbole de la connaissance initiatique. Mais il faut surveiller étroitement sa consommation, en se souvenant que notre seuil de tolérance est beaucoup plus bas que nous ne l'imaginons, et que si les maîtres soufis pouvaient prétendre préférer « la taverne à la mosquée », c'était uniquement parce qu'ils parlaient d'ivresse spirituelle et non d'ivrognerie...

Chaque fois que vous serez tenté de reprendre une cigarette ou de boire un verre de trop, placez-vous en position de méditation, pratiquez les exercices de respiration et d'écoute. Vous pourrez ainsi fortifier votre volonté, calmer l'aiguillon du stress et surtout raviver vos sensations corporelles, qui constituent en dernière analyse votre meilleure défense.

Chacun sait que les sportifs de haut niveau ne fument pas et qu'ils consomment peu ou pas d'alcool. Pensez-vous vraiment qu'il s'agisse pour eux d'un renoncement douloureux ? N'ont-ils pas plutôt écarté « naturellement » tout ce qui pouvait porter atteinte à leur potentiel physique ? Ils n'ont pas eu à résister à la tentation, ni à lire des manuels de médecine pour se convaincre : ils ont simplement acquis une connaissance sensible de ce qui est mauvais pour eux. Nous devrions en faire autant. Sur les routes de l'Inde, six siècles avant Jésus-Christ, Bouddha expliquait ainsi sa doctrine : « *Ne vous laissez pas guider par des rapports, par la tradition ou par ce que vous avez entendu dire... Mais lorsque vous savez par vous-mêmes que certaines choses sont défavorables, fausses et mauvaises, alors renoncez-y... Et lorsque par vous-mêmes vous savez que certaines choses sont favorables et bonnes, alors acceptez-les et suivez-les.* » Ignace de Loyola ne disait pas autre chose lorsqu'il nous demandait de « *sérieusement examiner ce qui est utile, pour le prendre, et ce qui est nuisible, pour le supprimer* ».

Sous les apparences d'une lapalissade, il y a là

une ligne de conduite d'une profonde justesse et d'une absolue simplicité... À condition de parvenir à cette sélection « par nous-mêmes », c'est-à-dire par l'expérience, dans le « ressentir ». Première conséquence : on découvre que surveiller son alimentation n'exige aucun sacrifice. Comment pourrait-on parler de sacrifice alors que nous ne faisons que nous éloigner d'un mode de vie que nous aurons reconnu comme mauvais, contraire à notre épanouissement ? Nous touchons là un des grands enjeux de notre hygiène physique : prendre soin de son corps, c'est déjà choisir, à chaque instant, la direction que nous voulons emprunter. C'est donc s'engager sur la Voie.

*
**

Pour notre malheur, nous avons renié progressivement cette Voie, de façon de plus en plus accablante. Les premiers hommes se nourrissaient uniquement de fruits et de légumes, puis ils ont mangé les produits des animaux vivants (lait, œufs), avant de basculer dans la catégorie d'êtres carnivores. L'entrée en « civilisation » leur a fait découvrir l'usage du tabac et inventer l'alcool. Récemment, nous avons franchi un nouveau pas avec les médicaments et les drogues synthétiques, demain les aliments synthétiques...

Jusqu'où devons-nous remonter le courant de cette évolution négative ? Et comment allons-nous effectuer le tri de nos aliments quotidiens ? Surtout, il va falloir résister aux tentations, faire taire nos désirs, en sachant que notre corps éprouve un certain penchant naturel pour la mollesse et les plaisirs immédiats...

Faut-il dès lors se résoudre à une stricte ascèse ? Ce seul mot nous fait aujourd'hui frémir, car il est devenu synonyme de mortification et de pénitence. Il évoque tout un cortège de privations dont l'efficacité serait proportionnelle à la sévérité. On sait qu'à trop vouloir mortifier la chair pour purifier l'âme, toute une tradition religieuse a fini par flageller le corps, considéré comme le siège de ces puissances trompeuses que seraient nos sens, source de tous les vices, principal obstacle à notre élévation spirituelle.

Par ailleurs, nous avons en tête les images d'Épinal de ces ermites et autres « Pères du désert » qui renonçaient à tout pour aller se réfugier dans une grotte. Un peu d'eau fraîche, une poignée de fèves et quelques racines, éventuellement un pagne autour de la taille, voilà qui leur suffisait largement ! Ce détachement extrême nous fascine, mais la plupart d'entre nous sentent bien qu'ils ne sont pas faits pour ce genre de vie. Rappelons du reste que la plupart des saints chrétiens ou avatars hindous qui contraignaient ainsi leur corps le faisaient pour prendre sur eux la souffrance des autres, sacrifiant leur santé à un bien supérieur. Rares sont ceux qui peuvent devenir leurs émules...

En revanche, on voit apparaître de nos jours une autre famille d'ascètes, moins intransigeants peut-être, plus policés, mais qui à mon sens s'engagent dans une impasse. Gourous divers, adeptes de la macrobiotique ou écologistes fanatiques voudraient nous nourrir uniquement de plantes, de graines ou de fibres, espérant probablement nous faire revenir à l'état de la Terre au troisième jour de la Création. Ils invoquent l'exemple de certains sages indiens ou de la fameuse secte des Esséniens – dont serait issu le Christ –, tous si stricts dans leur mode de vie. Faut-il aussi épouser la doctrine du jaïnisme, ce courant hindouiste particulièrement rigoureux qui va jusqu'à interdire la consommation des légumes poussant en terre, sous prétexte qu'en les déterrant d'un coup de bêche on pourrait assassiner quelques insectes ?

Se nourrir exclusivement de graines convient probablement à certains sages qui se consacrent à la contemplation. C'était bon peut-être à une époque où les hommes étaient sédentaires. Mais pour nous, qui sommes actifs, qui voyageons, qui sommes soumis à certaines contraintes sociales, ce régime draconien est impossible à suivre... et de toute façon largement insuffisant pour nos organismes.

De surcroît, les « nouveaux ascètes » restent prisonniers d'une logique de privation, et donc de peur. Le corps ne figure plus un tremplin possible vers une réalité supérieure, mais le signe de notre condition de mortels, et par conséquent un obstacle qu'il faut à tout prix dépasser. Consciemment ou non, les nouveaux ascètes reprennent à leur compte ce péché de gourmandise que les premiers Pères de l'Église avaient inscrit en tête des péchés capitaux, avant de le reléguer en avant-dernière position, devant la luxure. Péchés de « chère » et de « chair »... Car si les moines repoussaient avec abomination la *carnis,* c'était aussi bien la chair des animaux que leur propre corps. La bouche n'est plus qu'un gosier, une *gula* satanique, voie d'accès de toutes les souillures du monde extérieur, qui nous rapproche de la bête. Ainsi la nourriture, longtemps considérée comme un bienfait du Ciel, relève pour les « déviants » d'une tentation sensuelle à proscrire. Tous ces ascètes inquiets finissent par s'effrayer des bonnes choses, s'imaginant que le Diable les a placées sous leur nez comme autant d'appâts dans un piège. Résultat, nos fanatiques deviennent tellement obsédés par l'idée de se détacher du monde que toute impression agréable suscite en eux un terrible sentiment de culpabilité : ils mangent pour vivre, mais surtout ils suppriment le reste, en premier lieu le plaisir, forcément suspect... Et c'est en affichant un comportement aussi morbide et contraignant que l'on voudrait convaincre les foules de s'engager dans une recherche pour parvenir à un mieux-être ? On a beau savoir que le voyage initiatique n'a rien du périple gastronomique, il y a tout de même de quoi refroidir les meilleures volontés...

Le plus étrange, c'est que contrairement à ce que laisse croire cette dangereuse dérive, les grandes religions n'ont jamais prôné la stricte ascèse comme la voie privilégiée. Avant de devenir le Bouddha, le jeune prince Gautama vivait dans le luxe de son palais au nord de l'Inde. N'y trouvant pas le bonheur, il renonça brusquement à tout pour se soumettre pendant plusieurs années aux pires privations... avant de s'apercevoir finalement que l'ascétisme en lui-même ne menait à rien et que cette souffrance physique n'était pas nécessaire à l'Éveil.

Pour le bouddhisme, on peut très bien se réfugier au fin fond du désert et n'en être pas moins animé de pensées impures, comme on peut vivre au cœur d'une ville et rester pur. Même conception dans l'islam, le Prophète n'ayant jamais encouragé formellement la vie monacale et ses privations.

En ce qui nous concerne, gardons-nous de tout extrémisme, en matière d'alimentation comme ailleurs. Lorsqu'on traite d'hygiène de vie, le prohibitionnisme conduit toujours au résultat inverse de celui escompté. Un régime imposé a tendance en effet à se muer en carcan, en inhibition. Malheureusement, trop de gens essaient encore de se débarrasser de leurs mauvaises habitudes alimentaires en se lançant dans une attitude radicale, par exemple dans un végétalisme strict. Ils deviennent sectaires, souvent agressifs dans leur prosélytisme. Sans s'en apercevoir, ils se sont enfermés dans une déviation. Sachez qu'en refusant catégoriquement de manger tel poisson, tel plat pourtant appétissant, vous vous rendez prisonniers d'un nihilisme aussi dangereux que l'anarchie des grands excès. Ne tombons donc pas dans le systématisme grotesque véhiculé par certaines sectes. Si votre régime vous apparaît comme une restriction insoutenable, renoncez-y, je vous garantis que vous n'êtes pas sur la bonne voie. On ne se libère pas d'un désir en disant « je ne veux surtout pas voir cela » : on risque de l'enfoncer en soi et d'en faire un ferment de pourriture. À quoi bon bannir une mauvaise habitude, si c'est pour passer son temps à la regretter ? Tâchons donc d'abandonner les choses lentement, avec naturel, dans la joie, parce que nous avons pris conscience qu'elles nous étaient inutiles, ou nuisibles. Mais le jour où l'on ressent brusquement le besoin de manger tel ou tel plat, pourquoi se priver ? Fuir les excès ne nous oblige pas par exemple à déserter les repas de fête comme des grincheux, car il s'agit d'honorer un ami ou un parent, de communier avec les autres dans le même bonheur de partage.

Je me demande si le « fondamentalisme » diététique qu'adoptent certains ne relève pas de la simple excitation des néophytes. Or on sait que l'excitation obscurcit toujours la pensée... Ces extrémistes ne font en somme que tourner en passion nouvelle ce qui à l'origine devait être l'antidote des passions. Ils ne voient pas qu'il est tout aussi facile de s'attacher à ce genre de pratique rigoriste qu'à n'importe quelle déviance ou doctrine erronée. Quand comprendrons-nous qu'il ne suffit pas de changer radicalement sa façon de manger ou de s'habiller pour opérer une transformation authentique ? Si la recherche doit nous métamorphoser en phénomènes, elle manque son but.

Et non seulement cette démarche s'avère stérile, mais elle risque d'avoir des conséquences fâcheuses. À plus ou moins brève échéance, nous supporterons en effet le contrecoup de cette violence infligée à notre corps. C'est une loi universelle et irrévocable. Le choc en retour est d'une force inouïe, comme la balle de pelote basque qui revient deux fois plus vite après avoir heurté le mur. Les privations, les désirs refoulés finissent par nous ronger de l'intérieur et entraîner de graves maladies. « *À force de se dresser sur la pointe des pieds,* prévient Lao-tseu, *on perd son équilibre.* »

Avançons donc avec précaution et n'entourons pas notre vie quotidienne de règles absurdes. On sera peut-être surpris d'apprendre que l'islam, volontiers soupçonné de se montrer scrupuleux en matière d'alimentation, prône en fait une éthique de mesure, que l'on pourra retrouver dans toutes les grandes religions. « *Ne déclarez pas illicites les bonnes choses que Dieu a rendues licites pour vous et ne commettez point l'excès car Dieu n'aime pas ceux qui dépassent les limites.* » Dans la sourate 5, intitulée *La Table*, on lit ces phrases apaisantes : « *Dieu ne veut vous imposer aucune charge ; mais il veut vous rendre purs et mettre le comble à ses bienfaits, afin que vous lui soyez reconnaissants* » (verset 6). Et, deux versets plus haut : « *Ils te demanderont ce qui leur est permis. Réponds-leur : tout ce qui est bon et délicieux vous est permis.* »

Mais gardez-vous de mal interpréter ces phrases en en faisant le chemin du laxisme ! Ce qui est « bon et délicieux » doit l'être avant tout pour votre organisme. Autrement dit, tout est permis, mais tout n'est pas profitable. D'où la nécessité de réintroduire une certaine dose de discipline. Une discipline qui, pour être efficace, doit s'accompagner de persévérance, car seule la répétition des gestes peut instituer les bonnes habitudes.

En fait, il nous faudrait parvenir à une redéfinition de l'ascèse, en lui ôtant ce qu'elle peut avoir de sacrificiel. En grec, *askesis* ne signifie nullement mortification mais « exercice », « effort », « exploit ». Le mot fut d'abord utilisé en référence non pas aux ermites efflanqués mais aux athlètes de l'Antiquité. À plusieurs reprises, la Bible donne de l'ascète l'image d'un sportif ou parfois d'un soldat. Dans une telle acception, l'ascèse ne peut viser à piétiner la chair pour élever notre âme. Il s'agit d'un effort, d'un travail réglé qui doit profiter autant à notre corps qu'à notre esprit. Comment en effet espérer pacifier le second en malmenant le premier ?

Abordons notre régime comme de vrais athlètes : il convient d'affûter notre potentiel physique et de le maintenir au plus haut niveau. Cela signifie adopter une vigilance de tous les instants, mais pour rendre le corps souple et obéissant, non pour l'éreinter. Si nous voulons oublier notre enveloppe corporelle pendant nos exercices de méditation, il faut lui permettre de fonctionner au mieux, le plus librement et paisiblement possible. Il s'agit en outre d'assurer la bonne rotation de nos chakras, sans échauffement des courroies, et sans mettre de bâtons dans les roues, ce qui, pour notre simple santé, se révélera déjà bénéfique.

Cet effort-là relève en fait de la « cure de désintoxication », au sens propre du terme. Ainsi Diogène pratiquait-il l'ascèse avec pour ligne de conduite un retour à la nature, donc le rejet des effets néfastes de la civilisation. Il faudrait retirer au corps comme à l'âme tout ce qui peut les encombrer. Alors le métal vil pourra se muer en métal noble, et l'homme aura l'espoir d'accompagner l'élévation vibratoire du Cosmos...

*
**

Si l'entraînement sportif obéit forcément à certaines règles, on sait qu'il doit néanmoins être taillé sur mesure pour chaque athlète. En guise de conseil diététique, et pour éviter tout dogmatisme, je me contenterai donc d'exposer mon propre régime alimentaire. Tout en espérant convaincre le plus grand nombre de lecteurs...

Très tôt, j'ai été amené à supprimer complètement la viande de mes menus. À vrai dire, je n'ai eu aucun mérite puisque je ne la supportais pas : chaque fois que j'en mangeais, j'éprouvais de terribles brûlures au niveau des chakras, tout le long de la kundalîni. Sans le savoir, je faisais l'expérience des inflammations que provoquent les toxines sur nos centres énergétiques subtils.

Aujourd'hui, mon régime est donc essentiellement végétarien, mais sans rigueur excessive puisque je mange encore du poisson et exceptionnellement de la volaille. La Bible m'a d'ailleurs éclairé sur ces choix alimentaires. Dans la Genèse, il est dit que les végétaux ont été créés le troisième jour, que les oiseaux et les animaux marins sont apparus le cinquième jour ; mais les « bestiaux, bestioles, bêtes sauvages selon leurs espèces » ont été créés le sixième jour, c'est-à-dire *en même temps* que l'homme. Cette appartenance à une même « génération » exclut à mes yeux de façon claire la consommation de ces animaux.

Mais encore une fois, il n'y a pas de recette infaillible. Bien que convaincu d'avoir atteint un certain équilibre physique grâce à cette hygiène de vie, je me garderai de demander à quiconque de m'imiter du jour au lendemain : nous avons besoin de découvrir les choses par nous-mêmes. Ainsi pour le régime, on avance à tâtons, on apprend que tel ou tel ingrédient ne nous réussit pas, en telle ou telle quantité, qui ne sera pas celle du voisin. C'est déjà ce que nous disait l'Ecclésiastique (37, 27-28) : « *Mon fils, pendant ta vie éprouve ton tempérament, vois ce qui t'est contraire et ne te l'accorde pas. Car tout ne convient pas à tous et tout le monde ne se trouve pas bien de tout.* »

Je reste persuadé que si vous pratiquez *réellement* les exercices de méditation, vous finirez par découvrir que ces crispations sourdes à l'intérieur de vous, cette excitation que vous ressentez proviennent en partie de la chair de ces animaux stressés que l'on a menés à l'abattoir. Un jour, vous vous direz : « Je dois évacuer ce stress, je vais laisser tomber peu à peu la viande rouge pour manger plutôt du poisson ou de la volaille. »

Il y a là un subtil effort de repérage de nos propres réactions. Nous devons tout passer sous l'œil de notre microscope personnel. Prenons garde aux habitudes familiales, ou aux coutumes nationales que nous remettons rarement en question. Combinaison des menus, heure des repas, vitesse à laquelle on mange, etc. N'acceptons rien que nous n'ayons nous-mêmes appréhendé. Nous pourrons affiner notre régime en fonction de nos besoins, et renoncer librement à certaines choses, sans avoir l'impression de nous soumettre à une quelconque contrainte.

Là encore, je dois insister sur le caractère progressif de cette mise au point. Les néophytes qui brûlent les étapes sont comme ces machinistes qui enfournaient trop de charbon dans le foyer de leur locomotive, ce qui les exposait à des phénomènes de surchauffe dangereuse. Ils « brûlent du karma » à grandes pelletées. En ce qui nous concerne, nous devons appliquer la prudence de l'alchimiste Happelius, qui écrivait dans ses *Aphorismi Basiliani : « Fais d'abord au feu doux, comme si tu n'avais que quatre fils à ta mèche, jusqu'à ce que la Matière commence à noircir. Puis augmente, mets alors quatorze fils. La Matière se lave, elle devient grise. Enfin mets vingt-quatre fils et tu auras la blancheur parfaite. »*

*
**

Un des meilleurs combustibles de nos impuretés physiques, c'est le jeûne. Un jeûne qui malheureusement est tombé en désuétude, puisqu'il a subi le même sort que l'ascèse, se trouvant rejeté du côté de la pénitence morbide. L'abstinence volontaire d'aliments est pourtant un moment privilégié, qui permet la « vidange » de notre machine corporelle.

Personnellement, je jeûne une fois par semaine. Je trouve là une pratique excellente, un nettoyant d'une efficacité formidable. Ce jour-là, je bois beaucoup d'eau, pour purifier aussi bien le corps que le cerveau : je sens que mes idées coulent de façon plus limpide, et que le bon fonctionnement de mes organes se trouve stimulé.

Sans être des périodes de jeûne absolu, les longues « pauses » d'abstinence comme le carême chrétien ou le ramadan musulman sont l'occasion d'une purification en profondeur. Le principe est le même : élimination des toxines, développement d'une certaine endurance physique et morale, et rapprochement symbolique de l'humain avec les anges, qui n'absorbent aucune nourriture.

Aujourd'hui, l'Église a pratiquement supprimé les privations alimentaires lices au carême. Évidemment, n'attendez pas que je m'insurge contre la levée d'interdits formels. Mais je regrette que l'on ait perdu le sens véritable, et donc l'efficacité, de cet outil de transformation. Souvent, le jeûne n'a pas été complètement oublié, mais faussé au point d'être méconnaissable. On sait par exemple que le ramadan interdit de manger, de boire ou fumer du lever au coucher du soleil, mais que nombreux sont les fidèles qui l'accomplissent comme une obligation, pour s'adonner ensuite à d'excessifs banquets nocturnes. Et si notre Vendredi saint est prétexte à manger du caviar et boire du champagne, je ne suis pas sûr qu'il ait atteint son objectif... Zacharie nous fait entendre que Dieu n'est pas dupe de cette hypocrisie : « *Est-ce pour l'amour de moi que vous avez multiplié les jeûnes ? Et quand vous mangiez et buviez, n'étaient-ce pas vous, les mangeurs et les buveurs ?* »

Encore une fois restons simples. Ne faisons pas carême comme on entre en bigoterie. Soyons même pragmatiques : si les religions s'accordent à prôner ces périodes de « régime », c'est aussi, dans un premier temps, pour la meilleure santé de chacun. Vous n'avez pas les moyens de vous offrir une cure de thalassothérapie diététique ? Profitez du carême – du ramadan ou des jeûnes ponctuels du judaïsme – pour juguler vos pulsions boulimiques et vous rendre compte que les débauches de nourriture, d'alcool ou de tabac ne compensent en rien votre stress mais ne font au contraire que l'aggraver.

Dans un deuxième temps, mettez-vous en harmonie avec la raison profonde de ces sevrages alimentaires. L'abstinence quadragésimale rappelle celle de Jésus pendant quarante jours dans le désert, après son baptême. Quarante est un nombre symbolique que l'on retrouve fréquemment dans les rituels mortuaires de toutes les civilisations : il désigne le nombre de jours nécessaires pour que l'âme d'un mort quitte complètement son enveloppe corporelle. Cette « mise en quarantaine » constitue une transition dans le cycle de vie et de non-vie. C'est par excellence le nombre de l'épreuve et de la préparation. Ainsi l'abstinence volontaire d'aliments devient un rite de passage, qui figure la « mort du vieil homme ». Cette abstinence est donc synonyme d'un deuil, mais un deuil joyeux précédant une renaissance, qui ne devrait pas susciter la tristesse austère qu'on lui associe normalement. Matthieu nous exhorte à ne pas la pratiquer en affichant une contrition de convenance (6, 16-18) : « *Quand vous jeûnez, ne vous donnez pas un air sombre comme font les hypocrites : ils prennent une mine défaite, pour que les hommes voient bien qu'ils jeûnent. En vérité je vous le dis, ils tiennent déjà leur récompense. Pour toi, quand tu jeûnes, parfume ta tête et lave ton visage, pour que ton jeûne soit connu, non des hommes, mais de ton Père qui est là, dans le secret ; et ton Père, qui voit dans le secret, te le rendra.* »

Saurez-vous pratiquer le jeûne ou la privation dans la joie ? Je vous le souhaite car vous découvrirez alors que le nettoyage de la demeure devient une véritable libération, physique et spirituelle, et que loin de nous enfermer dans un cocon de souffrance solitaire, il va nous ouvrir aux autres et nous illuminer de l'intérieur. Isaïe s'emporte ainsi contre les privations qui ne seraient qu'humiliation personnelle (58, 5-8) : « *Est-ce là le jeûne qui me plaît, le jour où l'homme se mortifie ? (...) N'est-ce pas plutôt ceci, le jeûne que je préfère : défaire les chaînes injustes, délier les liens du joug, renvoyer libres les opprimés et briser tous les jougs ? N'est-ce pas partager ton pain avec l'affamé, héberger chez toi les pauvres sans abri, si tu vois un homme nu, le vêtir, ne pas te dérober devant celui qui est ta propre chair ? Alors ta lumière éclatera comme l'aurore, ta blessure se guérira rapidement, ta justice marchera devant toi et la gloire de Yahvé te suivra.* »

*
**

Un autre moyen – très efficace – de respecter la nourriture, et donc de ne pas l'absorber inconsidérément, est de se souvenir qu'elle est un don du Ciel. En conséquence, toute ingestion d'aliments doit devenir un acte sacré. L'homme sage glorifie aussi la Divinité par sa façon de manger.

L'immense majorité des Occidentaux vit entourée d'une telle abondance qu'elle a perdu l'habitude de remercier le Ciel pour sa générosité. Les civilisations anciennes avaient coutume de perpétuer par leurs offrandes le souvenir de cette bienfaisance céleste. Aujourd'hui, nul doute que quelqu'un qu'on surprendrait en train de prononcer son *benedicite* ou ses grâces avant et après son steak-frites passerait pour un doux imbécile, complètement anachronique. Pourtant cette attitude de révérence avait probablement du bon... Le Coran (sourate 5, 114-115) raconte comment Jésus, le fils de Marie, adressa cette prière vers les cieux : « *"Dieu notre Seigneur, fais-nous descendre une table du ciel, qu'elle soit un festin pour le premier et le dernier d'entre nous. Nourris-nous." (...) Le Seigneur dit alors : "Je vous la ferai descendre mais malheur à celui qui, après ce miracle, sera incrédule ; je préparerai pour lui un châtiment le plus terrible qui fût jamais préparé pour une créature."* » Si nous avons le droit de manger « tout ce qui est bon et délicieux » c'est toujours « *en invoquant le nom du Seigneur* ».

Ne croyez pas que je me sois transformé en bénédictin ! Je ne demande pas de chevroter quelque formule magique en latin, les yeux pieusement baissés sur son assiette, ou de prendre une mine papelarde en rompant son pain. Surtout si c'est pour se jeter ensuite sur le repas avec la gloutonnerie d'un moine rabelaisien... Prenons simplement conscience du caractère sacré de la nourriture : nous ne l'avalerons plus comme des goinfres. Prêtons une plus grande attention à ces aliments qui vont fortifier notre corps, et dont les molécules vont se mêler aux nôtres.

Pourquoi ne pas profiter du repas pour nous rappeler que tout objet est symbole et manifestation de la Divinité ? Une attitude de révérence face à des objets aussi « triviaux » que des aliments périssables peut surprendre et paraître risible. Pourtant, le sage est celui qui ne se laisse pas duper par l'apparente vanité des choses et qui cherche constamment à décrypter les signes qui le relient au plan divin. Efforçons-nous de percevoir la substance derrière l'apparence, et d'entendre partout, dans le moindre objet, minéral, végétal, animal, chanter l'harmonie de la Création.

Manger devient ainsi un acte de participation à l'infinie ronde cosmique, une ouverture à une réalité supérieure. Fuir ou vilipender notre dimension matérielle ne nous transformera pas en saints. Notre travail consiste au contraire à réintégrer le spirituel dans tous les gestes de notre vie ! « Il ne s'agit pas de mépriser les choses, dit le philosophe Emmanuel Mounier, mais de savoir ce qu'elles feront pour nous. » Ce qu'elles peuvent faire, c'est nous rendre réceptifs à cette forêt de présences qui nous entourent et qui nous font des clins d'œil de l'au-delà, anges gardiens, guides célestes, tous disposés à nous tendre la main, à nous conduire vers la réalisation...

Lorsque notre intention est dirigée vers ces puissances divines, nos gestes deviennent source d'énergie. Et en mangeant de façon « sacrée », c'est-à-dire en pleine conscience de ces bienfaits qui nous sont offerts, cette énergie se trouve décuplée. Les éléments nutritionnels que nous absorbons ne se contentent plus de couper la faim : ils deviennent, comme le prétend la médecine indienne, de véritables remèdes et fortifiants.

Dès lors, ces aliments qui guérissent notre corps apparaissent comme le reflet d'une autre nourriture, spirituelle celle-là, manne céleste venue emplir notre âme. « *Je suis le pain descendu du Ciel* », annonce Jésus dans l'Évangile de Jean (6, 41). « *Qui mange ma chair et boit mon sang a la vie éternelle... car ma chair est vraiment une nourriture et mon sang vraiment une boisson* » (55).

*
**

Le rôle de la véritable ascèse, tel qu'on le voit se dessiner désormais, serait donc moins de nous détacher du monde que d'éveiller notre attention à nos gestes quotidiens. Quelle vaste entreprise, et combien passionnante ! Développer notre prise de conscience à l'égard de toutes les activités de notre existence, jouir enfin de ce que nous avons là, à portée de main, sous les yeux, au présent...

Et quelle meilleure occasion avons-nous pour commencer que nos repas, ce rituel que nous répétons deux ou trois fois par jour, et qui représente l'un des axes centraux de notre relation au monde ? Pourtant la plupart d'entre nous passent à côté de ces instants. Nous avons tous observé ces gens qui mangent sur le pouce au restaurant, le journal coincé entre la carafe et la corbeille de pain. Ou nous sommes nous-mêmes comme cet homme ou cette femme qui avale son petit déjeuner en notant les rendez-vous importants de sa journée sur un coin de table. Évidemment, nous ne faisons bien ni l'un ni l'autre. Ce qui revient à dire que nous nous privons immanquablement du plaisir que nous pourrions trouver là.

Le rythme de la vie moderne ne nous facilite pas la tâche. Nous évoluons désormais dans un environnement où tout nous est offert, où tout fonctionne en appuyant sur un bouton : commutateurs électriques, robinets d'eau froide ou chaude, robots ménagers... Rien de mal à se simplifier l'existence, au contraire. Mais reconnaissons que cette automatisation nous rend moins accessible le plaisir du geste créateur, qui caresse et transforme les objets les plus usuels. Pourquoi le fruit cueilli dans notre jardin nous semblera-t-il toujours meilleur que celui acheté au coin de la rue ? À cause de l'attention particulière que nous lui portons. Tâchons d'étendre cette attitude réceptive à tous les fruits que nous goûtons, et à tous les instants qui passent. Lorsque nous préparons nos repas, lorsque nous mangeons, nous devons nous efforcer d'être toujours *présents*. Redécouvrir le bonheur des gestes simples, voilà notre *askesis*, notre entraînement olympique – ou mieux, olympien.

Un novice demanda un jour à un maître zen s'il faisait un quelconque effort pour s'élever vers la Vérité. « Oui, je fais des efforts, lui répondit-on. – Lesquels ? – Eh bien, lorsque j'ai faim, je mange et, lorsque je suis fatigué, je dors. » Le novice s'étonna : n'était-ce pas là ce que tout le monde faisait ? « À cette différence près, expliqua le sage, que lorsque les gens mangent, ils ne mangent pas réellement, mais pensent à autre chose, de telle sorte qu'ils se laissent déranger dans leur tâche ; et lorsqu'ils dorment, ils ne dorment pas mais rêvent de mille et une chimères. C'est en cela qu'ils diffèrent de moi. »

Par ses aspects concrets et cérémoniels, le repas est certainement le meilleur moment pour redécouvrir notre « être au monde ». Mais peu à peu, à mesure que nous aurons développé notre nouveau regard, nous devons étendre cet exercice à toutes nos activités quotidiennes. Idéalement, celles-ci deviendront en elles-mêmes une forme de méditation. Nous serons alors vigilants dans tout ce que nous faisons et disons : nous habiller, faire notre toilette, marcher dans la rue, travailler, rencontrer les autres...

Attention ! Je n'entends pas par là qu'il faille penser en permanence « je suis en train de faire ceci ou cela ». Une telle attitude relève du narcissisme et de l'autocomplaisance. Il faut en réalité s'abîmer, s'oublier dans ce qu'on fait, un peu comme un enfant entièrement absorbé dans ses jeux, ou comme l'artisan tout préoccupé par le soin qu'il met à atteindre le geste adéquat, à la fois précis et sans effort. Voilà qui représente, dans le travail, la meilleure recette de concentration.

Cette attitude ne signifie pas que nous devons fermer les yeux sur le passé et le futur : simplement nous les considérons différemment, toujours par rapport au présent. Comment pourrions-nous connaître un vrai plaisir de vivre, si nous n'apprenons pas à jouir de la seule réalité qui nous est offerte, ce présent ? « *Nous ne vivrons jamais,* disait Pascal, *nous espérons de vivre et, nous disposant toujours à être heureux, il est inévitable que nous ne le soyons jamais.* » Tant que nous serons incapables de nous donner entièrement au présent, notre demeure, physique et spirituelle, se dévitalisera lentement. Bouddha nous a prévenus : « *En se préoccupant de l'avenir et en se repentant du passé, les sots se dessèchent comme des roseaux verts coupés au soleil.* » Alors ne mourons pas idiots : tâchons de bien nous enraciner dans le réel afin de puiser dans la source de vie.

Parmi les plus grandes vertus, à côté de la discipline, de la patience, de la générosité, le bouddhisme place cette énergie joyeuse qui va muer chaque seconde de notre vie en une célébration enthousiaste. Nous avons une obligation à l'émerveillement. Essayons de faire nôtre la fameuse formule : « Désire tout ce que tu as et tu as tout ce que tu désires. » Sachons nous *contenter* de ce que nous avons, de ce que nous faisons, au sens plénier du terme. Pour le cœur joyeux, nous dit la Bible, la vie est un banquet perpétuel. Car la joie est dans ce monde. Éclairée par cet émerveillement, notre vie que nous croyions ordinaire devient soudain plus spirituelle et plus inspirée que l'ascétisme le plus « intellectuel »...

*
**

Qu'il suffit de peu à un homme bien élevé !
Aussi, une fois couché, il respire librement.
À régime sobre, bon sommeil,
on se lève tôt, on a l'esprit libre.
L'insomnie, les vomissements, les coliques,
voilà pour l'homme intempérant (...).
Écoute-moi, mon fils, sans me mépriser :
plus tard tu comprendras mes paroles.
Dans tout ce que tu fais sois modéré
et jamais la maladie ne t'atteindra.

L'Ecclésiastique (31, 19-22)

Modéré : le mot est lancé, et pourtant on se trompe lourdement si l'on croit que je pourrais me satisfaire d'une morale du compromis. Éviter les excès ne signifie pas dans ma bouche réinventer l'eau tiède. Et mon « régime diététique » ne consiste pas à « s'autoriser un peu de ceci, mais jamais trop de cela ». Ce serait une ligne de conduite bien floue et mièvre, tout juste bonne pour les frileux ou les tartufes.

Il s'agit au contraire d'explorer nos réactions pour trouver toujours cette pointe effilée où se réalise l'équilibre parfait de notre organisme. C'est au fond la tempérance antique, le fameux « *in medio stat virtus* », qui n'est pas complaisance dans la médiocrité, mais tension vers la perfection : rejetant à la fois la lâcheté et la témérité, nous devons aiguiser notre courage.

Le vrai rôle de l'ascèse n'est-il pas en définitive de nous révéler la différence entre le mauvais usage des choses, ce que d'aucuns appellent la faute, et leur bon usage, qui nous met sur la Voie ? Et elle nous enseigne au passage que contrairement à ce que nous pensions peut-être au début, le vrai plaisir n'est pas du côté du péché...

Et tant mieux après tout si cela doit nous mener à une certaine frugalité ! Une des règles établies par Ignace de Loyola est la suivante : « *En évitant de nuire à sa santé, plus on fera de restrictions sur la nourriture normale, plus vite on parviendra au juste milieu qu'il faut garder dans le boire et le manger.* » Nous tâtonnons pour déterminer la quantité que nous conviendra à chacun, mais il y a beaucoup à parier que celle-ci se trouve en deçà de nos habitudes actuelles. Ne savons-nous pas que nous sommes dans une société de consommation à outrance et de gaspillage ? Or le Tao fait de la frugalité l'un des trois trésors essentiels, aux côtés de la miséricorde et de l'humilité.

Gorgés de boire, de manger,
Nantis outre leurs besoins,
Voies de brigandage
Mais non pas la Voie.

Tao tê King, chapitre 53

Le gaspilleur est celui qui fait un mauvais emploi des choses nécessaires à la vie, c'est un fauteur de troubles. Ses gestes tombent dans le désordonné, il introduit donc la disharmonie autour de lui. Devons-nous nous étonner si nos comportements, à l'échelle de la planète, finissent par créer de dangereux déséquilibres alimentaires, écologiques, et finalement sociaux ?

Les moines zen insistent sur la maxime suivante : « *Porte attention au lieu où tu te tiens.* » J'ajouterais « et à ce que tu fais ». Cela signifie bien maîtriser nos faits et gestes, bien saisir comment il convient que les choses soient accomplies. Dans la pratique quotidienne, à notre échelle microscopique, c'est déjà introduire le respect vis-à-vis des éléments et des autres. C'est économiser l'eau du robinet que nous faisons couler inconsidérément, quand on sait combien l'eau peut venir à manquer.

C'est ne pas jeter le pain, l'aliment sacré par excellence. C'est éviter de laisser brûler inutilement une lampe électrique, alors que l'un des maux de la planète réside dans notre consommation abusive des ressources énergétiques. La Divinité se cache aussi dans l'eau et le courant électrique, comme dans tous les objets concrets, dont nous devons user comme il convient, c'est-à-dire dans la recherche du *geste juste*. Nous pensions parler de pratique ordinaire, et nous nous rendons compte que c'est là que se joue notre salut, et même celui de l'humanité. Cela ne mérite-t-il pas toute notre vigilance ?

En tibétain, la discipline se dit *tsultrim* : *tsul* désigne ce qui est adéquat, tel que cela doit être réellement, et *trim* signifie la règle. La discipline, c'est donc la « règle de la réalité ». Pour obtenir un résultat juste, il nous faut faire les choses sans aller à l'encontre de la réalité. Nous devons agir en fonction de ce qui est, changer nos comportements plutôt que l'ordre du monde.

Dès lors, l'ascèse n'est plus une contrainte mais une recherche de l'harmonie avec le Cosmos, et elle débouche finalement sur une régénération de notre organisme comme de notre environnement immédiat ! Si l'ascèse n'était qu'économie, elle ne serait encore que modération de nos défauts : il faudrait presque se passer de l'acte pour atteindre la perfection. En revanche, lorsque nous avons atteint le geste juste, l'acte n'est plus un défaut mais une réparation. Il ne s'agit plus de se contrôler à tout prix, mais bien d'entrer dans la danse cosmique en adoptant naturellement le comportement adapté à chaque situation. Au XVIIIe siècle, le kabbaliste Luzzatto chantait ainsi les vertus de la kabbale par rapport à la lecture exotérique, qui se contente de prêcher la modération : « *La supériorité de la kabbale tient à ce que, selon elle, les actes eux-mêmes redeviennent bons et sont des réparations supérieures.* » Nous devons atteindre le geste juste, celui qui ne dérange pas l'harmonie générale, qui n'est pas source de désordre, dans notre organisme, dans notre âme, puis dans notre environnement.

Au Tarot, la quatorzième arcane est la Tempérance, considérée comme le symbole de l'Alchimie. Cette vertu est représentée par un ange qui verse de l'eau pure d'un récipient bleu dans un récipient rouge. Il ne s'agit pas vulgairement de mettre de « l'eau dans son vin », mais bien d'effectuer la transmutation de l'un en l'autre et de réaliser enfin notre aura violette, où s'unissent le rouge terrestre et le bleu céleste.

*
**

Nettoyer notre demeure corporelle, c'est donc en premier lieu faire attention à ce que nous absorbons et à la façon dont nous l'absorbons. « *Purifie d'abord l'intérieur de la coupe et de l'écuelle, afin que l'extérieur aussi devienne pur* », lit-on dans l'Évangile de Matthieu (23, 26). Ce qui n'empêche pas de « nettoyer » également cet extérieur en « faisant ses ablutions », expression d'hygiène élégante passée dans le langage profane, mais qui, au sens religieux, signifie bel et bien « laver son corps, ou une partie de ce corps, en vue d'une purification sacrée ». L'eau a toujours été ressentie comme l'élément purificateur par excellence dans toutes les religions.

Au second jour de la Genèse, Dieu a séparé « les

eaux qui sont sous le firmament d'avec les eaux qui sont au-dessus du firmament ». Il nous faut passer par les ablutions – les eaux d'en bas – avant de nous purifier par la prière – les eaux du haut. Les musulmans se lavent les pieds, les mains, le visage avant d'entrer dans la mosquée, suivant en cela la sourate 5 du Coran (verset 6) : « *Ô croyants ! quand vous vous disposez à faire la prière, lavez-vous le visage et les mains jusqu'au coude ; essuyez-vous la tête et les pieds jusqu'aux chevilles.* » On retrouve cette pratique chez les Orientaux, et les premiers chrétiens se pliaient au même rituel, avant de se contenter de tremper un doigt dans le bénitier.

Il s'agit là d'une préparation à la méditation – prière, qui doit dans un premier temps nous déconnecter de la vie matérielle, nous apaiser, « calmer le jeu/je », afin de nous rendre disponibles. Plus sacrée encore se révèle l'immersion totale, chère aux hindous, aux musulmans (qui l'appellent la grande ablution), et qu'on retrouve dans presque toutes les préparations initiatiques. Dans certaines tribus africaines, le futur initié devait se lover dans une niche aménagée sous un torrent et passer une journée entière sous le bouillonnement torrentiel. Chez les Esséniens, les gens venaient trouver saint Jean Baptiste et « *ils se faisaient baptiser par lui dans les eaux du Jourdain, en confessant leurs péchés* » (Évangile de Matthieu, 3, 6). Si certaines Églises protestantes perpétuent cette immersion totale, les catholiques se limitent à une simple aspersion. Dans tous les cas, l'eau nous permet de nous raccorder à la source divine. Aucune transformation magique n'est attendue là, mais l'immersion (ou l'aspersion) confère la force de se maintenir dans la Voie, tout en soulageant l'initié de ses fautes.

Vous me direz qu'il s'agit là de cérémonies quasi sacramentelles que nous ne saurions perpétuer dans notre vie de tous les jours. Certes, mais ce n'est pas une raison pour se priver des bienfaits divins de l'eau, dont malheureusement beaucoup d'entre nous ne savent plus profiter. Il faut dire que longtemps, les pruderies instituées par l'Église, qui considérait la toilette – entre autres – comme une incitation à la sensualité, voire à la débauche, n'ont rien arrangé à l'affaire. Encore au début de ce siècle, il n'était pas rare que l'on prenne les bains tout habillé dans les couvents et les écoles religieuses ! Qui plus est, l'Église préconisait de se laver à l'eau glacée, pour mater le corps.

Les progrès de la médecine et de la prophylaxie ont balayé ces pudibonderies détestables, et le bain comme la douche sont devenus quotidiens, mais dépourvus, la plupart du temps, de leur signification – et de leurs bienfaits – salvateurs. Ne nous en privons plus !

Pour ma part, ces ablutions totales sont davantage qu'un moment de détente, et bien plus qu'un moyen d'assurer une propreté hygiénique : elles sont une forme de nettoyage intégral, corps et âme, et de régénération. Le matin, à l'instar des musulmans, je me débarrasse ainsi de tous les mauvais rêves – souvent émanations d'un subconscient tourmenté – qui auraient pu troubler mon sommeil et qui suintent encore à travers les pores de ma peau. Je savoure dans ce bain matinal une harmonie bienfaisante avec l'un des quatre éléments de la Nature. Cela peut paraître un peu trop animiste au goût de certains, cependant ce contact liquide a la propriété d'accroître mes forces vitales au moment de commencer la journée. Je me rappelle ces vers du *Rig Véda* :

Vous les Eaux qui réconfortez,
apportez-nous la force, la grandeur, la joie, la [vision !
Vous les Eaux, donnez sa plénitude au remède,
afin qu'il soit une cuirasse pour mon corps,
et qu'ainsi je voie longtemps le soleil !

Et surtout, je prie ! Certains dansent sous la pluie, moi je prie sous la douche. J'apprécie pleinement cet instant où l'eau m'isole des réalités de ce monde, pour de nouveau recevoir les grands Inspirateurs, pour me purifier, me libérer du stress, me maintenir en Dieu et me rénover en vue des efforts que j'aurai à fournir dans la journée.

Le soir, en lavant mon corps de la pollution urbaine, je me nettoie également des souillures morales ou psychiques dont j'ai pu être la cible, le témoin... ou le coupable. N'oublions pas que notre corps physique est entouré d'un corps plus subtil, invisible, éthérique, qui capte toutes les bonnes et mauvaises pensées environnantes. L'eau est un excellent moyen de se débarrasser de ces égrégores nocives qui font de nous des prisonniers. Et elle y parvient d'autant mieux que nous faisons du moment de la douche un moment de méditation. Tandis que l'eau ruisselle sur votre corps, emportant avec elle toutes les impuretés, vous pouvez répéter à voix haute ou mentalement ce vers du *Miserere* (Psaume 51) : « *Lave-moi, et je serai plus blanc que neige.* » Ou bien remémorez-vous cette promesse que l'on trouve dans le Livre d'Ézéchiel (36, 25) : « *Je répandrai sur vous une eau pure et vous serez purifiés ; de toutes vos souillures et de toutes vos ordures je vous purifierai. Et je vous donnerai un cœur nouveau, je mettrai en vous un esprit nouveau, j'ôterai de votre chair le cœur de pierre et je vous donnerai un cœur de chair.* » Là encore, tout est dit. Méditez ces phrases, et recevez l'eau comme un onguent divin qui va vous désencombrer de vos soucis, faire glisser peu à peu votre stress, vous donner du courage (« cœur » au sens cornélien), vous clarifier les idées (évidemment, la poésie de la Bible se révèle infiniment moins vulgaire que mes explications, mais il n'est pas mauvais de démontrer que ces phrases merveilleuses sont aussi terriblement « pratiques »), vous rendre un peu plus généreux que vous ne l'êtes, esclaves de vos peurs dans votre « cœur de pierre » et insensibles aux autres.

Qu'on la considère physiquement ou symboliquement, l'eau est un principe de vie et, comme la nourriture, une manne céleste. « *Nous faisons descendre du ciel l'eau en certaine quantité,* dit le Coran (sourate 23, 18), *nous la faisons rester sur la terre, et nous pouvons aussi l'en faire disparaître.* » On ne peut exprimer plus clairement que l'eau est, elle aussi, un cadeau du Ciel. Apprenons à nous en servir, comme de tout ce qui est offert, au quotidien, et nous serons déjà beaucoup plus riches.

Sans oublier que l'eau figure, en ces Temps réduits, le moyen de notre transformation et de notre renaissance, à l'aube de l'ère nouvelle du Verseau, symbolisée... par deux ondes parallèles.

*
**

Une manière saine de se nourrir, une discipline joyeuse, des exercices de purification... Toutes ces pratiques vont nous procurer un mieux-être, nous permettre d'ouvrir un « œil neuf » sur les beautés du réel. Elles n'apporteront pas de solution miraculeuse à nos problèmes, mais elles représentent un salutaire entraînement pour mieux appréhender les difficultés de l'existence. Apprendre pour son corps la tempérance sans se priver de la notion de plaisir, lequel est aussi un cadeau divin ; cerner le geste juste qui nous harmonisera, et nous fera respecter en outre notre environnement et les autres : voici une excellente préparation que nous ferions bien d'étendre à notre manière de « gérer » notre vie sociale, familiale et professionnelle. Sans oublier l'essentiel : nettoyer notre véhicule terrestre de ses impuretés, c'est aussi préparer la demeure pour les grands hôtes divins qui viendront plus volontiers nous aider dans notre quête.

Mais, vous l'imaginez aisément, ce grand ménage et ces rafraîchissements ne sauraient suffire à nous ouvrir les routes du Ciel, ni même à nous assurer une existence terrestre sans embûches. Les pièges demeurent, perfides, nombreux, ceux qui font clamer dans le psaume de David : « *Yahvé, qu'ils*

sont nombreux, mes oppresseurs, nombreux ceux qui se lèvent contre moi, nombreux ceux qui disent de mon âme : "point de salut pour elle en son Dieu". »
Nos ennemis sont là, qui nous guettent, à l'extérieur mais aussi à l'intérieur de nous...

CHAPITRE QUATRIÈME

SE PROTÉGER DE SES ENNEMIS

Le malheur ne peut fondre sur toi,
Ni la plaie approcher de ta tente :
Dieu a pour toi donné ordre à ses [anges
De te garder en toutes tes voies.

Psaume 91

Croirez-vous que nous voici arrivés à mi-chemin ? Les remous du mental ont laissé place à une mer d'huile, notre corps longtemps négligé se revigore peu à peu, tandis que notre attention réveillée donne une nouvelle portée à nos gestes quotidiens... Patiemment, nous avons levé les premiers voiles qui nous séparaient de la lumière divine, nous cessons ainsi de nous étioler pour avancer vaillamment sur le chemin d'une épuration alchimique qui doit révéler en nous les matériaux les plus nobles. Et pourtant, malgré ces progrès incontestables, nous n'avons peut-être jamais été aussi en péril...

Certes, nous avons fait place nette dans nos esprits comme dans notre chair, mais qui va venir occuper cet espace libéré ? Nos anges gardiens, nos guides célestes, annoncions-nous plus haut... En sommes-nous d'emblée si convaincus ? Beaucoup de ceux qui désirent initier une quête spirituelle sont retenus par cette interrogation inquiète : faire table rase de nos préjugés comme de nos mauvaises habitudes, c'est bien tentant, mais n'est-ce pas en définitive s'exposer en terrain découvert ? Ce lâcher prise de ma méditation, ce calme provisoirement reconquis ne vont-ils pas me rendre vulnérable ? Ne vais-je pas, tel un doux rêveur, prêter le flanc à toutes les agressions extérieures, de quelque origine qu'elles soient ?

Certaines personnes se demandent par exemple si elles ne vont pas être plus accessibles aux manigances des « autres ». En renonçant aux défenses instaurées depuis l'enfance, je risque en effet de subir l'assaut en règle des vibrations négatives émises par un environnement social auquel je ne peux me soustraire. Il ne faut pas oublier que la vie quotidienne est faite d'agressions plus ou moins graves, mais continuelles : sur mon lieu de travail, dans mes déplacements, mes projets, mes créations, je suis sujet à des animosités plus ou moins exprimées, exposé à des pièges plus ou moins fomentés. Certes, je vois grandir les bienfaits concrets de mes méditations, mais comment concilier ces moments privilégiés de recentrage avec les inévitables conflits de ma vie extérieure ? En dévoilant mon vrai visage au monde, je cours le danger stigmatisé par Matthieu : « *Ne jetez pas vos perles devant les porcs : ils pourraient bien les piétiner, puis se retourner contre vous pour vous déchirer* » (7, 6).

La vérité c'est qu'on a encore peur. Une formidable peur de l'inconnu ! Car on prend soudain conscience qu'entamer un vrai travail de recherche ne se résume pas à un simple « hobby » innocent : on doit en sortir profondément transformé, différent. Or, dans cette voie, les « initiés », c'est-à-dire, je le rappelle, ceux qui entreprennent le chemin, se connaissent tels qu'ils sont aujourd'hui, mais ne savent pas ce qu'ils deviendront demain. Sans être forcément satisfaits de leur situation actuelle, ils redoutent la métamorphose à laquelle doit les mener leur itinéraire. S'ils conviennent que le « vieil homme » doit quitter sa dépouille, la figure du futur jouvenceau leur paraît encore trop floue. Va-t-il falloir en passer nécessairement par une crise mystique difficilement compatible avec nos responsabilités familiales, sociales, ou simplement humaines ?

Tant il est vrai qu'on veut bien suivre la route, mais pas trop loin. La plupart n'ont aucune envie de ressembler un jour à ces illuminés qui clament leur amour de la Divinité en tapant sur des tambourins, à ces « barbus » qui haranguent la foule perchés sur un cageot, ou encore à ces silhouettes noires qui se recueillent au Père-Lachaise sur la tombe d'Allan Kardec, le maître du spiritisme. Et beaucoup d'autres sentent d'instinct qu'ils n'ont pas, en matière de mysticisme, la trempe d'un saint François d'Assise, qui vendit les biens de son père et jeta par la fenêtre l'argent récolté avant de s'enfermer dans un réduit ; ni l'humilité spectaculaire d'un saint Jean de Capistran, lequel, en 1456, après sa conversion au cours d'un séjour en prison, rentra chez lui juché à rebours sur un âne, couvert de haillons et coiffé d'une mitre de carton sur laquelle il avait écrit la liste de ses péchés. Il nous est difficile de nous persuader avec Ignace de Loyola : « *Je préfère être regardé comme un sot et un fou pour le Christ, qui le premier a passé pour tel, plutôt que comme un sage et un prudent en ce monde.* »

Mais qui nous demande de devenir des saints ? L'approche de Dieu ne leur est pas réservée ! D'autre part, dussé-je me répéter, on peut très bien concilier la quête spirituelle et les vicissitudes ou joies de la vie terrestre. Seulement à ce stade de l'évolution, l'initié a encore des craintes. Crainte des autres et surtout de ces obscures « forces du Mal » qui semblent le harceler, le provoquer, l'entraver dans sa recherche beaucoup plus que par le passé, quand il vient d'amorcer son changement.

Et il n'a pas tout à fait tort ! L'Évangile de Luc (11, 24-26) nous confirme que l'homme en quête de pureté se trouve confronté à la menace d'un retour offensif de l'esprit du Mal : « *Lorsque l'esprit impur est sorti de l'homme, il erre par des lieux arides en quête de repos. N'en trouvant pas, il dit : "Je vais retourner dans ma demeure, d'où je suis sorti." Étant venu, il la trouve balayée, bien en ordre. Alors il s'en va prendre sept autres esprits plus mauvais que lui ; ils reviennent et y habitent. Et l'état final de cet homme devient pire que le premier.* »

Ce retour de l'« esprit impur » peut se manifester de diverses manières : anicroches, retards dans la réalisation de nos projets, accidents, excuses que nous saisirons au vol, si nous ne persévérons pas, comme autant de raisons de ne pas faire d'efforts supplémentaires dans notre mutation. Pour donner une analogie « terre à terre », n'est-il pas arrivé à certains d'entre vous, au moment où ils avaient réussi un examen, obtenu un poste convoité, acheté l'entreprise de leurs rêves, d'être saisis soudain d'une terreur panique, d'une envie incoercible de tout laisser tomber, de redevenir insouciants comme avant, bref de fuir leurs responsabilités ? De douter d'eux-mêmes, de se dire « je n'y arriverai pas, j'ai sous-estimé les difficultés » ?

Puis ils s'aguerrissent, apprennent à se défendre, à s'épanouir, et poursuivent la route. Eh bien faites de même ! Avant de vous jeter à orgueil perdu dans la conquête de l'Absolu (cet absolu-là ne se conquiert pas, il se mérite), marquez un temps de répit en toute humilité. Apprenez à vous protéger de vos ennemis, quels qu'ils soient... quitte à découvrir que les pires ne sont pas ceux que vous croyez, et que vos meilleures armes sont celles auxquelles vous pensiez le moins. Il existe pour cela tout un réseau de protections efficaces. Oui ! Même contre le Diable ! D'autant qu'il n'existe pas...

*
**

L'histoire des grands Initiés atteste que plus on avance dans le chemin intérieur, plus on subit d'attaques. Saint Antoine, saint Jérôme, ou le Padre Pio ont été violemment malmenés par des forces démoniaques. Jésus lui-même, après un jeûne de quarante jours, a subi dans le désert l'entreprise de séduction de Satan. Mais ce n'est pas le « privilège » des grandes âmes : nous tous, lorsque nous nous lançons dans une démarche d'élévation, sommes à la merci de ces forces négatives qui, avec une implacable insistance, essaient de nous retenir accrochés à la matière.

Dans *Trajectoire,* j'ai raconté comment j'ai subi l'attaque de Satan, sous la forme d'une nuée sombre qui s'est soudain abattue sur moi, en pleine rue. Lorsque ce nuage visqueux m'a touché, j'ai hurlé de terreur, et il s'est éloigné. Une expérience similaire s'est produite récemment, à Neuilly, alors que j'étais en train de lire sur un banc. J'étais plongé dans la lecture d'un livre merveilleux, l'Évangile ésotérique de saint Jean, et brusquement, j'ai senti que dans mon dos se dressait un mur noir, colossal. Cette muraille sinistre est venue vers moi à une vitesse terrifiante. J'ai prié ardemment, malgré les frissons d'épouvante qui m'agitaient. Et la matière a reculé... Une nouvelle tentative satanique pour m'intimider, pour m'empêcher de poursuivre mon travail ?

Lorsqu'on parle de démonologie, il faut cependant faire attention car il existe toute une tradition populaire, faite de superstitions anciennes, dont se sont abondamment servies les Églises pour effrayer les gens. Diables cornus aux pieds fourchus, satyres ou vampires assoiffés de sang : autant de chimères grimaçantes censées nous tirer par les pieds dans notre sommeil, ou nous pousser de leurs tridents dans les flammes de l'Enfer...

Ces images grotesques sont l'invention des hommes. Le Diable n'existe pas ! Mais Satan, lui, existe bel et bien. La différence ? demanderez-vous... Elle est énorme. Le Diable serait une puissance rivale de Dieu, comme s'il pouvait y avoir deux maîtres de l'Univers qui se disputeraient nos faveurs. Satan, c'est juste la matière. Une matière créée par Dieu, qui à l'origine était donc partie prenante de la Divinité. Cette matière, c'est notre domicile terrestre, actuellement encore situé au Troisième Plan vibratoire, dont nous allons peu à peu nous libérer, selon notre comportement, pour nous diriger, d'une vie à l'autre, vers la lumière du monde spirituel. Rejetée du côté de l'obscurité, voire de l'obscurantisme, la matière en a donc conçu une forme de rancune, mêlée toutefois à une certaine jouissance parce que ainsi elle échappait à Dieu, devenant pour nous humains un habitacle dense, lourd et opaque certes, mais au moins tangible, faussement rassurant. Qui, chez les prisonniers, n'a jamais eu peur de quitter sa geôle ? Ainsi allaient s'affronter peu à peu, chez les êtres humains, les forces du bien et du mal, qui ne sont jamais que l'hésitation entre notre ancrage dans la matérialité – laquelle nous donne pourtant de terribles soucis – et l'ascension de l'âme, laquelle trouverait cependant dans cette montée de quoi ne pas vivre ici-bas un enfer.

Cette force, cette cohésion de la matière, sa hargne à l'idée d'être séparé de la Divinité, ce désir humain de rester tel qu'on est, cette occultation de la mort, cette absence de questionnement sérieux sur la finalité de la vie ont créé ce qu'on appelle Satan.

Satan existe, il nous entoure. Lorsque nous descendons sur le plan terrestre nous entrons dans son royaume. Quand les Apôtres posent au Christ cette fameuse question : « *Es-tu le prince de ce monde ?* » ne répond-il pas : « *Non, le prince de ce monde, c'est Satan* » ?

Encore une fois, Satan n'est pas l'anti-Dieu, mais la matière dans laquelle l'homme s'englue au lieu de chercher à s'élever. Et ce sont les humains qui, par leurs attitudes négatives, ont encombré cette matière satanique d'intentions malsaines, lui conférant des pouvoirs grandissants de millénaire en millénaire. Depuis des millions d'années, nous avons donné à Satan une force colossale. Nous l'avons nourri de nos désirs, de nos envies, de nos vengeances, de nos crimes, de tout ce qui était négatif en nous. Satan s'enrichit de nos angoisses, de nos peurs, de ce stress qu'il fomente pour accroître sa domination.

Or s'il se déchaîne de nos jours, c'est qu'il n'ignore pas qu'en cette fin du Kali-Yuga, cette mort de l'Âge de Fer où le démon a triomphé, l'opportunité va nous être offerte de nous élever vers la Divinité, et de passer au Quatrième Plan vibratoire. Satan sait que le Cosmos est en train d'évoluer. Toutes les vibrations s'élèvent en intensité, la matière elle-même va changer : Satan risque de perdre son domaine. Il n'est pas étonnant qu'il se manifeste partout, dans une tentative terrible pour maintenir les hommes sous son emprise. Pour cela, et par une démarche « diabolique », il n'hésitera pas à donner à l'être humain un maximum de pouvoir. Mais quel pouvoir ? Celui de nous autodétruire. Satan va nous ramener vers les vibrations basses, ce que l'homme accepte avec délectation, s'abandonnant aux séductions de son ennemi intime, lequel pervertit par l'entremise du dieu argent toutes les activités humaines, dans la science, la politique ou la communication de masse, et la vie personnelle de tout un chacun.

Lorsque Satan a tenté de séduire le Christ dans le désert, il n'a pas agi autrement. Il l'a entraîné sur une montagne et, lui montrant les richesses de ce monde, il lui a dit : « Tout cela, je te le donnerai si, te prosternant, tu me rends hommage. » Le Christ a facilement rejeté cette offre : qu'allait-il vouloir de la matière, de l'obscurité, puisqu'il était le maître de la Lumière ?

Pour notre malheur, il nous est beaucoup plus difficile de résister à la tentation. Et lutter se révèle d'autant plus épuisant, en ces Temps réduits, que Satan met tout en œuvre pour nous empêcher de lui échapper, de nous préparer à l'ère harmonieuse, éthérée, du Verseau. Il n'hésitera pas à employer, dans son ultime combat, les moyens les plus perfides. Déjà pullulent les sectes, les faux prophètes, qui préfigurent l'Antéchrist, l'« Anti-Christ », émanation satanique pleine de charisme qui exercera, à la fin de l'ère des Poissons, son pouvoir fallacieux sur le monde. Les Écritures nous annoncent néanmoins – je l'ai évoqué dans *La Fin des Temps* – que l'Anti-Christ sera tôt ou tard terrassé, grâce à deux êtres d'exception qui vont arriver du Cosmos : Élie et Hénoch. Deux entités colossales qui aimaient tellement Dieu que Celui-ci les a rappelées à Lui sans qu'ils passent par la mort ni la décomposition du corps. Ces deux Êtres de vérité reviendront sur terre pour entreprendre la lutte contre l'Anti-Christ. Un duel terrible s'ensuivra, dernier combat contre la matière qui permettra l'accès au Quatrième Plan vibratoire... pour ceux qui ne se seront pas laissé entraîner par Satan, sous quelque forme qu'ils l'aient rencontré.

Comment faire partie de ces élus ? En persévérant dans la recherche spirituelle que nous avons initiée, ce travail de recentrage de notre être. « *Soyez sobres, veillez,* lit-on dans la Première Épître de saint Pierre (5, 8-9). *Votre partie adverse, comme un lion rugissant, rôde, cherchant qui dévorer. Résistez-lui, fermes dans la foi, sachant que c'est le même genre de souffrance que la communauté des frères, répandue dans le monde, supporte.* »

*
**

Malheureusement, la persévérance dans la recherche est sans doute la vertu la plus difficile à maintenir. Parce que nous sommes sur terre, que nous devons y vivre et, partant, affronter des problèmes quotidiens qui parfois nous envahissent à tel point qu'il nous semble plus urgent de les résoudre que d'escalader les marches du Ciel. Dans un sens, nous n'avons pas tort : nous sommes également ici-bas pour y vivre, et saint François de Sales nous rappelle fermement que Dieu ne nous a pas tous incarnés pour devenir ermites, moines ou martyrs. Il n'empêche que la quête spirituelle n'est pas incompatible, je ne le répéterai jamais assez, avec la « lutte pour la vie » que nous impose le monde terrestre. Et que si nous avons l'humilité de nous en remettre à Dieu, non pour qu'Il fasse tout à notre place à coups de miracles triviaux mais pour qu'Il nous accorde assistance dans notre vie de tous les jours, nos problèmes affectifs, professionnels, physiques se résoudront plus facilement. Voilà en quoi consiste la prière « demande d'aide ». La prière-litanie avait pour but de calmer notre mental, la demande d'assistance divine nous permettra de trouver remède à nos maux actuels, ou de mieux les supporter. Toutes les religions possèdent des hymnes, des incantations qui ont pour objet de s'attirer les faveurs de la Divinité ou de ses puissances déléguées, grands Guides, Êtres de Lumière ou anges gardiens.

En ce qui me concerne, j'ai depuis longtemps trouvé dans les Psaumes de la Bible un formidable outil de protection, l'un des meilleurs sans doute dont disposent les judéo-chrétiens. Il me semble qu'on peut puiser là des forces nouvelles pour affronter les temps de crise. Au fil des Psaumes, Dieu est décrit comme le « *roc hospitalier* », la « *forteresse de salut* », « *mon bouclier, mon rocher, mon rempart, mon espoir, ma citadelle, mon sûr abri, ma force, mon secours et mon sauveur* ». « *Frappe ton adversaire avec le nom de Dieu,* dit saint Jean Climaque, *il n'est pas d'arme plus puissante sur terre et dans les cieux.* »

N'hésitons pas dès lors à faire appel à Lui, chaque fois que nous avons besoin de soutien. Et employons-nous à retenir Son attention ! Les bouddhistes qui entrent dans un temple font retentir une cloche ou un gong pour demander aux dieux de leur prêter une oreille attentive. Ce n'est pas dans nos habitudes. Mais cela ne nous empêche nullement d'insister, encore et encore. Ne nous décourageons pas ! Quand nous voulons demander l'aide divine, prions sans relâche. Prions et crions, pour qu'Il nous entende ! Prenons exemple sur les implorations des Psaumes (3, 4, 5, 10, 13, 17, 22, 28, 38, 39, 54, 55, etc.).

« À pleine voix je crie vers Yahvé,
il me répond de sa montagne lointaine. »

« Quand je crie, réponds-moi, Dieu de ma [justice,
dans l'angoisse tu m'as mis au large :
pitié pour moi, écoute ma prière ! »

« Ma parole, écoute-la, Yahvé,
discerne ma plainte. »

« Pourquoi, Yahvé, restes-tu loin,
te caches-tu aux temps de détresse ? »

« Jusques à quand, Yahvé, m'oublieras-tu ?
jusqu'à la fin ?
Jusques à quand me vas-tu cacher ta face ? »

« Écoute, Yahvé, la justice,
sois attentif à mes cris,
prête l'oreille à ma prière,
point de fraude sur mes lèvres. »

« Mon Dieu, mon Dieu, pourquoi m'as-tu
abandonné,
insoucieux de me sauver,
malgré les mots que je rugis ? »

« Vers toi, Yahvé, j'appelle, mon rocher, ne sois [pas sourd ! »

« Ne m'abandonne pas, Yahvé,
mon Dieu, ne sois pas loin de moi ;
vite, viens à mon aide,
Seigneur, mon salut ! »

« Écoute ma prière, Yahvé,
prête l'oreille à mon cri,
ne reste pas sourd à mes pleurs. »

« Ô Dieu, entends ma prière,
écoute les paroles de ma bouche ! »

« Entends, ô Dieu, ma prière,
ne te dérobe pas à ma supplique,
donne-moi audience, réponds-moi,
je divague en ma plainte. »

Et surtout ne craignez pas d'abuser de la patience céleste ! Seule une détermination sans faille vous permettra de vous faire entendre. Vous n'osez pas apparaître comme un plaideur qui relance sans arrêt une chicane ? Alors relisez dans l'Évangile de Luc (18, 1-5) l'histoire de ce juge qui, de guerre lasse, finit par accéder aux demandes d'une « veuve importune ». Le Christ cite cet exemple pour nous exhorter à l'insistance : « *Et Dieu ne ferait pas justice à ses élus qui crient vers lui jour et nuit, tandis qu'il patiente à leur sujet ! Je vous dis qu'il leur fera prompte justice.* »

Ne renoncez pas, car la réussite est forcément au bout, pour peu que vous vous armiez de patience... La prière est d'une efficacité quasi automatique. Souvenez-vous encore de l'Évangile de Luc (11, 9-10) : « *Et moi je vous dis : demandez et l'on vous donnera ; cherchez et vous trouverez ; frappez et l'on vous ouvrira. Car quiconque demande reçoit ; qui cherche trouve ; et à qui frappe on ouvrira.* » Alors frappez, et frappez encore ! Je vous garantis qu'on vous répondra.

Pratiquez la prière avec une régularité empreinte de conviction et nul doute que vous verrez alors s'accomplir des miracles, comme le dit le Christ dans l'Évangile de Matthieu (XXI, 21) : « *En vérité je vous le dis, si vous avez une foi qui n'hésite point (...), même si vous dites à cette montagne : "Soulève-toi et jette-toi dans la mer", cela se fera. Et tout ce que vous demanderez dans une prière pleine de foi, vous l'obtiendrez.* »

Chacun sait qu'il est des jours, malheureusement, où nous nous sentons incapables de prier : nos pensées se bousculent, nous ne parvenons pas à nous concentrer, comme si quelqu'un ou quelque chose agissait sur nous à distance pour brouiller ou dévier notre demande. C'est pourtant dans ces moments qu'il faut insister, encore et encore, jusqu'à ce nous ayons rétabli ce rayon lumineux qui nous relie à la Divinité. Nous ne pouvons pas prier ? Prions quand même ! Lisons les Textes, au mot à mot, le doigt sous les lignes, comme des enfants. Prononçons les formules des Psaumes (cela est recommandé, d'ailleurs, en toute circonstance) deux tons au-dessus de notre tessiture normale : c'est là une technique admirablement mise en œuvre par le chant grégorien, mais que l'on retrouve dans la plupart des religions. Ceux qui entendent ces prières psalmodiées parlent alors de « voix célestes ». Pour nous, en haussant notre voix au-dessus de son ton coutumier, il s'agit de sortir de l'intellectualisation pour entrer dans le monde vibratoire, celui où les grands Guides comme le Guide suprême nous entendront, au-delà des mots.

Je dis bien « au-delà des mots » ! Il convient en effet d'écarter quelques malentendus à propos de cette prière-demande d'aide. J'ai peur que certains naïfs, ou des égoïstes forcenés, s'imaginent qu'ils vont pouvoir recourir à cette méthode pour obtenir la satisfaction de tous leurs désirs. Si tel est le cas, ils se trompent lourdement. Peut-on déranger les puissances célestes pour obtenir un crédit immobilier ou la révélation des prochains numéros du loto, quand bien même on y mettrait la meilleure conviction ? Ce serait se priver de la sagesse divine. Bien sûr, nous pouvons, en cas de détresse, supplier Dieu de nous sortir d'une situation dramatique ; bien sûr, quand nous sommes dans une impasse, nous pouvons lui demander de nous ouvrir une brèche. Mais évitons de formuler trop précisément, avec nos mots et objectifs humains, ce que nous désirons. Car savons-nous si ce que nous désirons – même ardemment – représente le mieux pour nous ? Les mystiques ont souvent répété que l'important dans la prière était moins ce que l'on disait à Dieu que ce que Lui avait à nous dire. Tant il est vrai qu'il nous faut prier « *en Son nom* ». Le Christ le souligne dans les Évangiles : « *Ce que vous demanderez en mon nom, je le ferai, Il vous le donnera.* » Et chaque fois que la Bible affirme la toute-puissance de la prière adressée à Dieu, elle s'empresse de préciser : « *Mais que Ta volonté soit faite et non la mienne...* »

Tâchons de nous comporter en adultes : la prière n'est pas un catalogue de souhaits adressés au Père Noël. Notre demande d'aide est – aussi – une demande de miséricorde. Comment pouvons-nous savoir, de notre petit point de vue, limité par notre incarnation actuelle, ce que notre destin nous réserve afin d'alléger notre karma ? Gardons-nous d'être trop précis dans nos supplications. Contentons-nous de nous placer sous la protection divine, de nous présenter en serviteurs, et le reste suivra. « *Donne-moi ton cœur et le reste je te le donnerai par surcroît* », lit-on dans l'Ecclésiaste. « *Cherchez le Royaume de Dieu et le reste vous sera donné par surcroît* », nous dit l'Évangile de Luc (12, 31). Ainsi va le dicton populaire : « Dieu vous ferme une porte mais vous ouvre un portail. » Les puissances célestes ne nous donneront pas fatalement ce que nous demandons, mais bien plutôt ce qu'il nous faut.

Essayons en outre de ne pas nous montrer trop égocentriques dans nos appels au secours. Prions pour les êtres qui nous sont chers, ou proches, ou familiers, et pour les êtres humains en général. Sachez que votre prière-demande d'aide ne sera jamais plus efficace que lorsqu'elle sera une supplique désintéressée d'intercession au profit des autres...

*
**

Si cette prière-demande d'aide était faite avec une infinie confiance, elle devrait suffire à nous protéger. Hélas, « croyons »-nous autant que nous le croyons ? La peur demeure, des incidents, des échecs, des malveillances, des rivaux, des voisins, des inconnus lâchés avec de mauvaises intentions dans cet univers de violence. Mais il demeure aussi une forme de méditation-protection, je dirais de « mise sous protection », qui peut nous isoler de certains dangers.

Cette méditation simple peut se pratiquer n'importe où, y compris bien sûr là où on en a le plus besoin. Au milieu d'une foule, vous voulez simplement vous protéger, vous ne voulez pas qu'on vous regarde... Vous bâtissez alors un cocon autour de vous : vous vous imaginez enfermé dans un œuf qui encercle votre corps. Vous emplissez l'intérieur d'une lumière rose-dorée, la couleur des vrais rosicruciens, et vous donnez à l'extérieur de l'œuf l'aspect d'un miroir. Le miracle s'accomplit : les gens cessent de vous fixer car ils ne vous voient plus. Leur regard comme leurs pensées se reflètent et dévient sur la paroi bombée de cet objet ovoïde : vous pouvez alors commencer à méditer, à prier. À tout moment, lorsque la panique vous saisit, vous pouvez ainsi vous entourer d'une égrégore bénéfique qui vous isole d'un monde inconnu, visqueux, rampant, alimenté par vos angoisses enfantines, par des lectures ou des films malsains.

Les femmes, pour leur part, ont depuis longtemps utilisé leur parfum comme une forme de champ protecteur. Le parfum en effet peut instaurer un climat intérieur qui nous permet de percevoir une réalité spirituelle autre, ou de nous relier à la présence d'entités subtiles. Mais il existe aussi des émissions odorantes susceptibles de nous faire descendre en des profondeurs opposées : parfums magiaques qui nous font affleurer les plans démoniaques. Les alchimistes savent qu'il est des fumigations nocives à éviter. Méfiez-vous des effluves proposés par les apprentis sorciers qui pullulent actuellement et vous vendent de ces onguents malsains prometteurs de « retours d'affection » ou d'anéantissement de vos rivaux. Contentez-vous d'acheter l'eau de toilette dans laquelle « vous vous sentez bien... et bon ! ». Prenez garde : se protéger de ses ennemis n'implique jamais, sous peine de grave châtiment, de chercher à nuire à autrui.

Pour évincer l'adversaire, il existe également des recettes simples, éternelles, comme l'image-relais, ou la médaille bénie qui sécurise : autant d'objets-tampons sur lesquels les ondes néfastes vont se briser. Ils élèvent un barrage de puissance qui va s'opposer aux forces du Mal venues nous agresser de l'extérieur. Car pour le novice, le danger vient avant tout de l'extérieur. Ce n'est pas si sûr et nous y reviendrons, mais il faut reconnaître qu'il vient – aussi – de l'extérieur, parfois... Et les objets-relais, de la même façon qu'ils nous ont aidés à nous concentrer dans la méditation-litanie, peuvent nous rappeler que notre ange gardien est penché sur notre épaule, et que nous pouvons compter sur lui.

Répétons-le : ces objets n'ont aucune réalité magique en soi, mais nous pouvons – sans aucune superstition – les investir d'un pouvoir les reliant à la Divinité. Disons qu'ils servent alors de catalyseurs du soutien des dieux. On peut prendre par exemple une statuette en bois, un crucifix, une image de la Vierge, une pierre, cristal ou améthyste, et magnétiser ces objets avec les mains, en les touchant. On transmet sa propre vibration à l'objet, en lui disant : « Protège-moi. Si quelqu'un me veut du mal, que tu sois mon bouclier. Les pensées négatives ne m'atteindront pas car tu vas les intercepter. » Attention ! Votre « talisman » sert uniquement à capter les pensées négatives. Il ne doit faire de mal à personne. En le magnétisant, il faut prendre garde que notre prière soit pure de toute mauvaise intention et ne lui confère aucun pouvoir néfaste sur les autres.

Quand on est en proie à des doutes terribles, pour un voyage ou autre initiative, une médaille bénie de la Vierge peut s'avérer un excellent support. Parce qu'on ne peut pas se promener partout avec sa statue de Bouddha ou son icône russe, on se rassure en portant sur soi, dans sa poche, à portée de main, de petits objets. En réalité, nous sommes protégés par bien d'autres entités que des médaillons et des images saintes, mais ce n'est pas toujours pour nous suffisamment tangible. Alors nous créons nous-mêmes le relais-témoin de cette protection. Pour mieux nous souvenir de la bienveillance de ce fameux ange gardien, de cet Être de Lumière qui ne nous quitte pas. La Bible nous dit que déjà les Hébreux portaient attachés à leur front ou leur bras des phylactères, littéralement « ce qui protège », des petits sachets de cuir contenant des morceaux de parchemin extraits de la Loi de Moïse.

J'ai pratiqué ces techniques de protection au début. Elles sont tout à fait efficaces, mais progressivement, elles se révéleront inutiles, lorsque l'initié aura atteint la seconde étape, dont nous reparlerons :

il se rendra compte en effet que l'Amour protège mieux que n'importe quel talisman.

*
**

Il peut arriver également que nous soyons confrontés à des lieux chargés de vibrations négatives, qui ne sont pas expressément dirigées contre nous mais dont nous subissons cependant l'influence nocive. Certaines demeures, par exemple, ont été le théâtre d'événements terribles, ou le refuge de personnes dotées d'intentions nuisibles, et leurs murs sont encore chargés de cette négativité accumulée. Il peut s'agir aussi d'une mauvaise orientation, qui place la maison en conflit avec la trame des forces telluriques.

Précisons que les cas de demeures ainsi « maudites » sont excessivement rares. Et gardons-nous de croire notre appartement possédé parce que trois ampoules ont grillé dans la même soirée. Avant d'appeler un exorciste, consultez un électricien ! Se croire sans cesse persécuté par des puissances démoniaques est – encore – une déviation de notre mental, qui cherche à nous tromper sur ses responsabilités propres.

Toutefois, nous pouvons avoir réellement besoin de décharger un lieu jugé maléfique, ou simplement de purifier une maison dans laquelle nous emménageons. Il existe pour cela des pratiques « magiques ». Précisons qu'il s'agit de « magie blanche » et non de « magie noire ». La première est un travail qui s'accomplit au service et avec l'appui des forces célestes, et pour le bienfait des hommes. C'est en fait l'application de facultés qui étaient celles de l'homme des origines, lorsqu'il était encore installé dans sa nature divine. L'Art royal des alchimistes n'est rien d'autre qu'une tentative de retour graduel vers cette véritable nature. La magie noire, au contraire, nourrit des desseins mauvais, voire criminels.

La seule magie envisagée ici est celle qui s'applique dans un désir désintéressé d'entraide. La kabbale, pour sa part, préfère au mot magie celui de théurgie, qui est l'art de produire des effets dans la sphère du divin, dans un but rédempteur et non pas à des fins égoïstes. Il s'agit de parvenir à une connaissance de l'homme et de la Nature pour agir favorablement sur eux. La théurgie, c'est en somme l'art d'assurer les passages entre les différents plans vibratoires. Nous avons grâce à certaines pratiques la faculté de toucher l'invisible : « l'en-bas réveille l'en-haut », dit une formule du *Zohar,* le *Livre de la Splendeur* des kabbalistes. De sorte que tout peut influer sur tout, et que l'homme ici-bas peut établir le contact avec les mondes supérieurs.

Il m'arrive ainsi de recourir à certaines pratiques que j'ai héritées de vieilles traditions familiales. Lorsqu'on doit s'installer dans une maison ou un appartement et qu'on redoute la présence de vibrations négatives, par exemple, il faut poser sur une assiette ou sur une feuille de papier blanc une poignée de gros sel marin, et ce aux quatre coins de la maison ou de l'appartement. J'insiste sur le sel d'origine marine car, obtenu par évaporation, il est selon l'expression de Louis-Claude de Saint-Martin « le feu délivré des eaux », ce qui lui confère une grande vertu purificatrice. En plaçant là votre sel, vous devez lui demander d'avaler toutes les énergies négatives qui traînent dans cette maison. Vous laissez passer la nuit, et le lendemain, à votre retour, vous enlevez le sel et vous le jetez en dehors de votre demeure : celle-ci se trouve désormais entièrement purifiée. En ce qui concerne les énergies, elle est devenue neutre, vous venez de procéder à un nettoyage radical. C'est à vous maintenant d'imprégner ce lieu de votre présence et d'en faire ce que vous voulez qu'il soit.

Cette vertu protectrice du sel est d'ailleurs attestée dans la plupart des traditions. Les musulmans la connaissent bien. Les Asiatiques l'utilisent communément pour purifier les lieux jugés souillés ; ils répandent du sel sur le seuil de leur maison pour en défendre l'accès aux influences néfastes, et l'on voit également les lutteurs de sumo en jeter sur le cercle du combat afin que celui-ci se déroule dans le meilleur esprit de loyauté.

De même, après le départ d'une personne détestable, venue vous ennuyer chez vous, et dont vous voulez chasser les mauvaises intentions, lancez une poignée de sel sur le pas de la porte, puis balayez ce sel vers l'extérieur : cette personne ne pourra plus revenir vous importuner. J'insiste encore : il faut faire cela sans intention négative à l'égard de l'importun, simplement en guise de prévention.

Il se peut toutefois que certaines présences résistent à l'action du sel. L'âme d'un mort, décédé dans ces lieux, continue par exemple de les habiter. Au moment de son trépas, se refusant à quitter ce monde, il s'est accroché à la matière, et hante désormais les murs, les meubles ou autres objets. Cet être disparu se rappelle à votre souvenir. Il n'y a pas de raison d'avoir peur, car ces « fantômes » n'ont pas de mauvais desseins à notre égard. Ils ont simplement compris que rester éternellement prisonniers ici-bas était un drame et ils implorent notre aide en se manifestant, en faisant craquer violemment le bois, en déplaçant les objets, en créant des phénomènes inhabituels. Au fond, la situation est inversée : ce n'est pas vous qui avez besoin d'aide, mais vous pouvez en apporter.

Placez quatre bougies de cire d'abeille – si possible bénies, c'est-à-dire arrosées d'eau bénite, prières à l'appui – autour de l'objet que vous croyez « possédé ». S'il s'agit d'une pièce, placez ces bougies aux quatre coins. Au moment d'allumer les mèches, vous devez prononcer une prière, demander à cette flamme qui s'élève de vous protéger. Ceci est d'ailleurs une règle valable chaque fois que vous allumez un cierge, ou un bâton d'encens, par exemple dans vos exercices de méditation. Ne jamais allumer un cierge ou un bâton d'oliban sans prier et demander qu'ils nous apportent des choses positives. Car lorsque vous allumez un cierge « dans le vide », n'importe quelle force maléfique peut en profiter. Cela peut être plus dangereux que de ne rien faire. En ce qui concerne l'encens, les Orientaux nous confirment qu'il faut prier avant de l'allumer. Il vous suffit de dire par exemple : « Que ce bâton d'encens me protège. » Alors la fumée de l'encens va amplifier cette protection. Dans le cas contraire, vous risquez d'intensifier une vibration négative.

Une fois les bougies allumées autour de l'objet, laissez-les se consumer : vous venez de créer un champ ascensionnel circulatoire. L'âme bloquée dans la matière va se trouver projetée dans le monde astral, dégagée donc du meuble ou des murs. Lorsque vous vous livrez à ce rituel, le Cosmos vous salue parce que vous aidez une âme bloquée dans ce plan intermédiaire qu'est le nôtre à monter vers la Divinité. D'une certaine façon, vous venez d'accomplir un travail de salubrité et une œuvre charitable.

Dans le même désir de libérer les âmes prisonnières, quand j'entre dans une église, j'allume toujours un cierge pour un défunt errant. Je prie : « Que la première âme errante qui passe dans ce lieu se serve de la lumière de ce cierge comme d'une porte de sortie du plan intermédiaire où elle se trouve et qu'elle se dirige vers la lumière de la Divinité. » Je prononce ces mots à voix basse ou mentalement. À ce moment-là, il arrive que la flamme de mon cierge double ou triple de volume, et je sais qu'un défunt prisonnier des limbes para-terrestres a trouvé les voies de son salut.

À cet égard, rappelons qu'il n'est pas recommandé de « prier ses morts », mais de prier pour eux. Quand elle a quitté sa dépouille terrestre, l'âme a devant elle tout un travail d'élévation à faire, en quête de Dieu, quitte à accepter de revenir dans ce monde pour purifier encore son karma. Si nous l'appelons au secours, elle se retournera vers la Terre, vers le bas, au lieu de continuer son chemin ascensionnel. Les morts ont autre chose à faire que de nous venir en aide. Nous avons à notre disposition, pour ce genre de travail, une foule d'entités lumineuses : les Principautés, les Trônes, les Puissances, les Dominations, les Chérubins, les Séraphins, les Archanges, les anges, les saints faisant partie de cette cour divine. Et ceux-là aussi, pardonnez ma familiarité, il faut les houspiller, leur demander d'agir !

Mais pas n'importe comment. Si vous avez décidé que saint Antoine était le préposé aux objets perdus, ma foi, ce n'est pas un crime, mais avouez que cela témoigne d'une certaine naïveté. Vous avez tellement plus à obtenir, de saint Antoine, sainte Thérèse, saint Expédit, l'archange Gabriel, saint Michel et tant d'autres : votre ange gardien, les grands Vieillards... Toutes ces Hiérarchies à votre disposition, demandez-leur d'intercéder auprès de Dieu en votre faveur, pour retrouver vos clés ou obtenir un emploi si cela vous chante, mais bien plutôt pour vous « montrer le chemin ». Dans la vie dite « courante », et dans votre vie spirituelle.

Mettre un cierge au pied de leur statue aide votre requête à monter vers eux. Une précaution, toutefois, s'impose : allumez ce cierge soit avec une allumette ou un briquet, soit à trois flammes de trois autres cierges. Car si vous allumez cette bougie à un seul cierge, vous perpétuez le vœu de la personne qui l'a posé là, et vous risquez parfois d'apporter votre contribution à un acte maléfique. Certains « croyants » demandent à Dieu de drôles de choses... Ne vous faites pas leur complice. Utilisez une première flamme, puis une deuxième, et une troisième : ce petit « tour » de magie opérative annulera les intentions négatives que pourrait colporter l'une ou l'autre de ces flammes. Votre vœu personnel va pouvoir monter librement vers qui de droit.

Et avant de supplier qu'on éloigne de vous les contrariétés, maladies, trahisons et dangers de toute sorte, commencez donc par demander qu'on apaise vos démons intérieurs...

*
**

Lorsque nous songeons à l'adversité, nous avons un peu trop tendance à ne penser qu'à ce qui nous vient de l'extérieur, à ce qui nous « arrive ». Or que nous arrive-t-il ? Des événements inéluctables, qu'il va falloir apprendre à surmonter, ou bien à contourner, et d'autres ennuis qui résultent simplement de notre comportement faussé. Dans ce dernier cas, un seul remède : changer ce comportement, en vue d'un mieux-agir et d'un mieux-être. On ne cherche pas autre chose quand on entreprend une psychothérapie.

Cela dit, beaucoup de « psy » vous diront qu'ajouter à ce nettoyage intellectuel une dimension sacrée ne peut qu'en magnifier les résultats.

Depuis la chute d'Adam, les forces du Mal se sont insinuées en nous et nous influencent malencontreusement. Ces forces, ce sont toutes les passions négatives – l'orgueil, l'envie, la haine... – que nous nourrissons en notre sein, chacun d'entre nous, si nous voulons bien avoir l'honnêteté de l'admettre. Dans leur immense majorité, les hommes n'ont que deux attitudes vis-à-vis de ce noir remugle intérieur. La première consiste à le refouler, à l'enfouir au plus profond de nous-mêmes : réflexe efficace à court terme, mais ces démons alors nous minent de l'intérieur, lentement, ils façonnent *a contrario* nos comportements, et nous éloignent chaque jour de notre être réel. D'ailleurs, leurs entraves sont fragiles : viendra bientôt le jour où ils resurgiront, plus puissants que jamais...

Pour tenter de couper court à cette lente corrosion interne, la deuxième attitude consiste au contraire à laisser libre cours à ces démons, à les extérioriser chaque fois qu'ils se manifestent en nous : nous explosons de colère, nous ne dissimulons plus notre envie, nous affichons notre orgueil.. et nous « ratons » notre vie.

Alors évitons ces deux attitudes et armons-nous de courage. Affrontons ces dragons intérieurs. Nous devons faire mourir en nous l'homme de la passion-pulsion débridée, de cette « libido » dont Freud nous dit qu'elle dépasse de beaucoup le domaine sexuel et détermine la quasi-totalité de notre comportement. Cherchons à vaincre l'éternel ennemi, ce dragon ailé que saint Michel ou saint Georges terrassent de leur lance, comme nous le montre le pilier central du porche droit de Notre-Dame de Paris : l'adepte couronné tenant le livre de la Connaissance fracasse de sa lance-crosse le dragon qui jaillit du sexe de l'alchimiste endormi dans son lit. La même symbolique se retrouve dans le pied délicat de la Vierge écrasant l'antique serpent pour rendre à l'initié la virginité de l'esprit. C'est la parabole, picturale ou sculpturale, de la mort initiatique du vieil homme, et de la renaissance du nouvel homme, vierge et pur.

Mais pour que meure ce vieil homme de la folie

mentale et que renaisse le jeune homme pur, le travail se révélera colossal. Il va falloir pénétrer nos tréfonds enténébrés, traquer les perversions de notre volonté. Il ne s'agit pas de se complaire dans la contrition et de se battre la coulpe en pensant : « Je suis un misérable » : la culpabilité est parfois trop commode, qui revient à baisser les armes en laissant entendre qu'on est ainsi, c'est bien dommage mais on n'y peut rien. Non, ce qu'il faut, c'est d'abord ne pas se mentir, apprendre à se connaître sans complaisance, et dans l'intention ferme de s'améliorer. Les soufis comparent volontiers l'âme à un miroir oxydé dont la rouille couvre la surface. « *Celui qui voudra le remettre en état devra s'acquitter de deux besognes,* nous dit Ghazali, le philosophe musulman du XIe siècle, *frotter et polir... Si, cédant aux appétits, l'homme persiste à provoquer les causes qui déterminent l'accumulation de la rouille sur le miroir de l'âme, son aptitude à refléter le vrai s'éclipsera totalement.* »

Le problème, c'est que le vieil homme ne veut pas se laisser évincer aussi facilement ! On sait qu'il nous empoisonne la vie, mais on a fini par s'y attacher, au point qu'on se dit que la maison paraîtra bien vide sans lui. Et pourtant, il va falloir venir à bout du dragon ailé de notre imaginaire passionnel. Nous avons calmé le mental, porté attention à notre mode de vie au quotidien, le moment est venu du grand lessivage en profondeur. Et sachons qu'il ne se fera pas sans efforts. Souvenons-nous des travaux d'Hercule : lorsque le roi Augias demande à celui-ci de nettoyer ses écuries, la tâche semble insurmontable. Que fait Hercule ? Il creuse une tranchée et il dévie un fleuve. Le flot va emporter avec lui tout le fumier. De quoi s'agit-il ? D'une histoire de palefrenier ? Dans ce mythe, celui qui a ouvert l'intelligence du cœur comprend qu'il ne faudra pas reculer devant les grands moyens pour se débarrasser de ce qui reste en lui des pièges de la matérialité, de tous ces désirs enfouis et inavoués, troubles malsains, vouloirs baroques, rêves de domination et de puissance. On ne peut se satisfaire d'un coup de serpillière, il va falloir nettoyer de fond en comble, sans tricher.

Il est temps d'entreprendre la descente aux Enfers des alchimistes, l'œuvre au noir du corbeau qui frappe sur le sol, à coups de bec incessants, faisant croire aux vers enterrés que c'est la pluie qui tombe. Alors les vers remontent à la surface et le corbeau les mange : la pourriture du sol se trouve désormais extirpée...

Cet Œuvre au noir, vous seul pouvez le faire, personne ici-bas ne peut vous y aider. Il n'est pas nécessaire de se retirer dans son ermitage pour accomplir ce travail. Sans doute, une retraite temporaire peut s'avérer utile pour faire le point, pour prendre le recul nécessaire, mais c'est au jour le jour que le combat doit être mené.

Et si cela peut vous donner de l'ardeur à la tâche, sachez que non seulement votre karma bénéficiera de ce labeur ardu, mais aussi votre bonheur terrestre.

Pour préparer le terrain de l'introspection, il existe un exercice simple, à faire au quotidien : l'examen de conscience. Encore une fois, il ne s'agit pas uniquement de penser « c'est ma faute, ma très grande faute », et de s'infliger des pénitences proportionnelles à ses « péchés », quitte à replonger demain dans les mêmes erreurs. Il est impératif de procéder d'abord en toute honnêteté à cet « examen », dans le but de remédier à nos travers. Après tout, les séminaires qui réunissent les cadres des grandes entreprises leur conseillent une « mise au point » analogue dans la gestion des relations humaines : ai-je bien fait de traiter ainsi Untel ou Untel, d'avoir poussé un « coup de gueule », d'avoir menti éhontément sous prétexte de diplomatie alors qu'il s'agit de lâcheté, etc., toutes ces questions visant à nous faire modifier notre manière d'être, pour une meilleure gestion de notre vie professionnelle.

L'examen de conscience, lui, va évidemment plus loin. Il s'attaque à beaucoup plus profond, et le but recherché est non seulement une plus grande harmonie spirituelle, mais aussi un bonheur retrouvé dans notre parcours terrestre. Répétons-le : la quête de la Lumière n'est pas faite de renoncements frustrants, mais d'une libération dont nous allons bénéficier – aussi – au quotidien.

Or, si nous y réfléchissons bien, qu'est-ce qui fausse le plus notre jeu de la vie ? La gourmandise, l'envie, la luxure, la colère, la paresse, ou principalement l'orgueil ? C'est évidemment l'orgueil, le péché capital. C'est de lui que découlent presque tous nos défauts.

Orgueil qui entraîne à comparer son propre sort avec celui de son entourage, au point qu'on finit par se compromettre avec ceux dont on envie la réussite, alors qu'on ne les admire pas toujours. Oubliez les mondanités, mais ne faites pas non plus semblant d'être au-dessus de la mêlée, ce serait la pire des vanités.

Orgueil qui nous fait cultiver le goût du pouvoir pour le pouvoir. La seule façon de bien exercer le pouvoir, c'est d'assumer ses responsabilités. Le reste n'est que déviance : vanité, gourmandise effrénée pour les plaisirs ostentatoires, conquêtes amoureuses qui relèvent de l'argent ou de la carte de visite, luxure, débauche, et la cruauté qui s'ensuit quand on s'aperçoit que rien de cela ne saurait nous satisfaire.

Orgueil encore, qui anime en nous le besoin d'être sans arrêt reconnus, et aimés. Faiblesse bien humaine, sans doute, mais qui nous fait souvent nous trahir nous-mêmes, voire trahir les autres, afin de plaire. Désir d'être encensés au-delà des moyens de notre entourage, qui provoque en nous de fabuleuses colères, des indignations égocentriques, quand ce n'est pas de la paranoïa. Alors que si nous étions moins paresseux, nous nous acharnerions d'abord à nous plaire à nous-mêmes, à nous accepter tels que nous sommes ou à nous améliorer : nous serions dans ce cas beaucoup moins boulimiques de déclarations d'amour et de compliments et, comme par hasard, c'est à ce moment-là qu'ils viendraient.

Orgueil de la tentation suprême : se prendre pour un futur saint ! Contentons-nous d'être des initiés, de ces êtres qui ont entrepris la route (et non de ces êtres qui savent tout). Méfions-nous des révélations factices. Les gens ont besoin d'un supplément d'âme, en ces temps de matérialisme, soit ! Mais qu'ils n'aillent pas le chercher n'importe où ! Prenez garde à ceux qui prétendent avoir découvert les arcanes du Savoir : le vrai chemin intérieur est fait d'humilité.

Pour mater cet orgueil satanique, cause première de la chute d'Adam, rien de tel donc que l'examen de conscience. Les soufis ont beaucoup insisté sur l'importance de cet examen, considéré comme l'un des meilleurs moyens d'approche de la perfection. Certains maîtres conseillaient de noter sur un carnet, matin et soir, toutes les pensées, intentions, actes ou paroles qui avaient pu nous détourner chacun de la Voie. « *Demandez des comptes à votre âme, avant qu'Allah ne vous en demande* », nous dit le Prophète.

Et demandons, là encore, à Dieu de nous aider. Avec un nouveau point de vue. En sachant que si nous subissons des épreuves dont nous ne comprenons pas la portée, nous sommes responsables de beaucoup de nos déboires. Chassons nos démons intérieurs. Et sachons qu'ils ne partiront pas au premier coup de balai. Nos tares sont enracinées, la seule « résolution » rationnelle ne peut suffire à les déloger.

L'âpreté de cette lutte contre Satan qui s'est introduit en nous – car il ne s'agit pas d'autre chose – se trouve spectaculairement exprimée dans les Psaumes de la Bible autant que dans le Coran, et même dans le bouddhisme, où le fidèle réclame la destruction de ses ennemis : « Brandis la lance et la pique contre mes poursuivants ! », « Brise en leur bouche leurs dents », « Fais périr les imposteurs... » Ces imposteurs, ces impies qui persécutent le juste, ce sont moins des personnes physiques que nos démons intimes. Dans l'islam, la fameuse Guerre sainte – le *djihad* –, malheureusement interprétée comme une volonté de conquête militaire, n'est en fait rien d'autre que l'« effort sur le chemin de Dieu ». C'est si vrai que pour mieux marquer la différence, les soufis appellent « petit djihad » le combat mené les armes à la main, et « grand djihad » le combat que l'homme doit livrer contre ses passions.

Nous devons être en permanence des combattants sur le pied de guerre : le Bouddha, au pacifisme bien connu, est cependant lui aussi présenté comme un « guerrier en armure ». La victoire espérée, c'est celle que nous obtiendrons sur l'ego, sur l'anarchie des puissances démoniaques. C'est la conquête des forces vives de notre équilibre intérieur, la réalisation de l'unité, la découverte de notre noyau central, et la restauration de la Lumière.

*
**

Quand nous serons ainsi restructurés, il est probable que nos rapports à autrui vont beaucoup y gagner. N'oublions pas que nous aussi, nous émettons des ondes vers notre entourage. Si nous nous trouvons en harmonie, cet entourage se sentira « bien » auprès de nous et nous voudra, partant, nettement moins de mal.

L'expression « l'Enfer, c'est les autres » est un piège démoniaque. Elle renforce notre autocomplaisance, nous persuade que nos échecs professionnels ou sentimentaux échappent à notre responsabilité. Elle est surtout, elle aussi, une formidable manifestation de notre orgueil : avons-nous une telle importance que l'humanité entière ait envie de se liguer contre nous ?

Cela dit, les autres existent, et ils ne sont pas tous animés de bonnes intentions à notre égard, c'est exact. Certains êtres se révèlent même carrément maléfiques, et leurs seules pensées de haine à notre endroit peuvent nous atteindre, nous affaiblir, fausser notre manière d'agir.

N'allez cependant pas vous croire envoûté chaque fois que vous vous sentez tourmenté par des forces inexplicables. Les cas d'envoûtement sont excessivement rares. Mais il est vrai que l'Église elle-même en reconnaît certains puisqu'il existe en son sein ces prêtres exorcistes, dont on peut obtenir l'adresse facilement auprès de la hiérarchie catholique. Dans quelques civilisations animistes, comme il y en a en Afrique, on peut trouver des êtres capables, par des moyens magnétiques et vibratoires, de capter la pensée de quelqu'un et de dévier ainsi son libre arbitre. Mais en règle générale, nos ennemis ne vont pas si loin. Tel cousin avec lequel nous sommes en bisbille d'héritage, tel collègue de bureau qui voudrait prendre notre place ne vont pas forcément passer leurs week-ends à planter des épingles dans une figurine de cire à notre image. Il n'empêche qu'ils peuvent fort bien nous envoyer de telles vibrations négatives, souhaiter si fort que les choses s'enveniment pour nous qu'ils perturbent à notre insu notre concentration et notre confiance en nous-mêmes.

Les plus francs manifestent clairement leur inimitié, nous attaquent parfois dans notre travail ou notre famille. D'autres se révèlent beaucoup plus sournois, parent leur haine de sourires factices et ruminent en secret leurs noirs desseins. Sans tomber dans le délire de la persécution chaque fois que les choses ne marchent pas comme nous le voulons, nous pouvons être alertés par des embûches à répétition assez inexplicables, une fatigue anormale, de mauvaises pensées qui soudain nous assaillent, une paresse inattendue, des colères inhabituelles, le spleen ou le découragement. Quand les intentions sont particulièrement fortes vient la manifestation la plus flagrante de ces phénomènes : nous n'avons plus envie de prier, nous oublions de le faire, nous ne le pouvons plus.

C'est pourtant le moment ou jamais de s'accrocher aux Textes, comme nous l'avons conseillé plus tôt : à la ligne la ligne, au mot à mot, à haute voix et sans faillir. Les Psaumes de la Bible ne nient en aucune manière les assauts de ces ennemis extérieurs : « *Pitié pour moi, ô Dieu, on me harcèle, tout le jour des assaillants me pressent,* lit-on dans le Psaume 56. *Délivre-moi de mes ennemis, mon Dieu, contre mes agresseurs protège-moi, délivre-moi des ouvriers du mal, des hommes de sang sauve-moi.* » Jésus lui-même, quand il libère un enfant « démoniaque épileptique » possédé, ne dit-il pas à ses disciples : « *Cette espèce-là ne peut sortir que par la prière* » (Marc, IX) ?

Cela dit, outre l'appel à l'aide divine, nous pouvons nous-mêmes recourir à des techniques pratiques de protection, sans pour autant nous laisser entraîner dans une quelconque lutte d'influences. Il ne s'agit pas de rendre coup pour coup, mais de neutraliser une attaque, sans rancœur aucune.

Nous avons déjà parlé de l'utilisation du sel pour protéger votre maison des indésirables. On pourrait ajouter l'eau, dont nous avons mentionné également les vertus purificatrices. Lorsque vous avez approché quelqu'un dont vous ressentez fortement l'aura négative, allez dans la salle de bains, ouvrez le robinet d'eau froide et aspergez-vous généreusement le pli du bras : toutes les énergies négatives sont coupées net et s'écoulent avec l'eau qui ruisselle le long du coude. C'est une protection efficace chaque fois que vous avez prononcé le nom d'une personne qui vous met mal à l'aise, ou lorsque vous avez serré la main de quelqu'un de dangereux – les exigences de la vie professionnelle sont ainsi faites qu'on peut difficilement refuser ce contact. N'oubliez pas non plus l'eau bénite, que vous pouvez vaporiser dans votre maison ou votre lieu de travail, sans penser nécessairement à une personne déterminée, juste pour désarmer les ennemis inconnus.

Une de mes recettes de protection privilégiée reste cependant l'utilisation du miroir. Les taoïstes lui prêtent la vertu de révéler la nature des influences malfaisantes et de les repousser. Aussi placent-ils souvent un petit miroir au-dessus de leur porte. Quant aux chamans de l'Asie, ils portent des costumes sur lesquels ils ont cousu des éclats de miroir, censés les protéger contre les pointes des esprits méchants. J'ai peut-être retrouvé instinctivement de telles pratiques lorsque j'ai créé des robes incorporant des plaques de métal poli et réfléchissant...

Quoi qu'il en soit, il existe plusieurs « techniques du miroir », ou plutôt plusieurs variantes d'une même technique. Nous avons évoqué celle de l'« œuf de lumière » qui vous isole dans les lieux publics. Supposons maintenant qu'une personne pratique la magie noire sur vous, ou plus simplement vous agresse de ses vibrations basses. Chez vous, par précaution, à l'occasion d'une méditation, transformez-vous mentalement en miroir. Puis imaginez la personne en question comme une silhouette sombre en face de vous, et adressez-vous à elle : « Contemple-toi dans ce miroir ; tout ce que tu me donneras, *par amour,* je te le renvoie en mille. » Si cette personne n'a eu pour vous que des sentiments positifs, elle va se trouver récompensée par des bienfaits extraordinaires. En revanche, si elle a eu des pensées négatives, le coup de fouet en retour sera aussi terrible qu'automatique... Ce n'est pas vous qui aurez formulé ce souhait, puisque vous n'avez fait allusion qu'à ce qu'elle envoie « par amour », mais c'est la Loi. Et n'oubliez jamais cette Loi, si par hasard vous vous surprenez à souhaiter du mal à quelqu'un : les pensées nocives ont toutes les chances, tôt ou tard, de revenir vers vous comme un boomerang.

Une autre méthode consiste à cerner d'une certaine manière celui ou celle qui peut avoir de mauvaises intentions à votre égard. Il peut s'agir de quelqu'un qui œuvre en secret, ou de quelqu'un qui vous traite avec trop d'injustice, de jalousie, un collègue qui glisse des « peaux de banane » sur votre parcours, un patron tortionnaire, une femme égarée par la jalousie. Visualisez l'auteur de ces persécutions comme s'il était enfermé dans un cube dont l'intérieur serait tapissé de quatre miroirs. De quelque côté qu'il se tourne, l'individu se trouve ainsi confronté à ses mauvaises pensées et à ses turpitudes. Non seulement ses vibrations négatives seront alors neutralisées « dans l'œuf », mais vous lui donnerez une chance de prendre conscience de ses égarements. « Comment peut-on se venger d'un ennemi ? » demandait-on un jour au philosophe Diogène. « En faisant de lui un honnête homme », répondit-il sans hésiter.

Mais souvenez-vous, là encore, que vous devez toujours prendre garde à ne pas gâter cette technique par votre propre animosité. « *Une aimable réponse apaise la fureur,* lit-on dans les Proverbes (15, 1), *une parole blessante fait monter la colère.* » Un dicton babylonien disait déjà : « Avec celui qui te cherche querelle n'agis pas mal, à celui qui t'a fait du mal rends du bien. » Il convient donc d'entourer cette cage de miroirs d'un amour absolu, en demandant à Dieu de venir en aide à la personne circonscrite. Et ne craignez pas qu'elle profite de cette aide divine pour vous causer du tort. Les puissances célestes n'apporteront jamais leur concours à de vils desseins...

Soyez donc vous-mêmes vigilants sur l'intention profonde qui motive vos exercices de protection. J'insiste ! Je suis parfois horrifié d'entendre certains pseudo-guides conseiller à leurs disciples de couler mentalement leur ennemi dans du béton ! Par cette pensée criminelle, vous ne ferez qu'alourdir votre karma.

Et vous perdrez le soutien bienveillant de votre ange gardien... Car les puissances célestes ne nous protégeront que tant que nous serons justes. Si dans nos méditations nous demandons une faveur injuste, égoïste, qui va causer du mal à autrui, ces êtres divins ne nous aideront pas, bien au contraire. Un choc en retour viendra nous réveiller et nous ouvrir les yeux... C'est plus fréquent qu'on ne le croit : les gens se servent souvent de leurs médailles ou autres objets-relais pour faire le mal. Et ils s'étonnent ensuite de payer les conséquences, à plus ou moins longue échéance, de leur pensée néfaste. Si la tentation vous prend de les imiter, souvenez-vous du Psaume 7 : si l'homme ne se reprend pas, « *qu'il affûte son épée, qu'il bande son arc et l'apprête, c'est pour lui qu'il apprête les engins de mort et fait de ses flèches des brandons ; le voici en travail de malice, il a conçu la peine, il enfante le mécompte. Il ouvre une fosse et la creuse, il tombera dans le trou qu'il a fait ; sa peine reviendra sur sa tête, sa violence lui retombera sur le crâne* ».

Cette mise en garde est d'autant plus importante à mes yeux que l'initié va sans doute rencontrer sur le chemin de sa quête la tentation d'exercer sur son entourage certains des pouvoirs qu'il ne va pas manquer de se découvrir. Car plus on approche de la connaissance de soi, plus les capacités d'agir sur le monde psychique se développent. Cette situation nouvelle peut se révéler périlleuse. J'ai raconté dans *Trajectoire* comment moi-même, dans ma jeunesse, j'ai pu mettre mon potentiel de médium au service de fins personnelles et combien je l'ai payé cher. La recherche ésotérique n'est pas forcément un long fleuve tranquille : elle peut être jalonnée de dangereux écueils. Mal comprise, mal appliquée, elle devient destructrice. Certains ne cherchent le « feu sacré » de la Connaissance que pour l'utiliser à leur profit, alors que nous devons entrer dans ce monde des symboles avec un esprit pur, clair, pour aider les autres et pour élargir notre champ de conscience.

En revanche, s'il est humble et sincère, l'initié va se rendre compte que ses meilleures protections vis-à-vis des autres, ce sont les pensées positives qu'il émet à leur égard. Ce champ positif est notre plus solide bouclier, car il empêche nos « ennemis » de nous nuire. D'une manière qui nous paraîtra d'abord paradoxale, en tout cas surprenante, c'est en leur souhaitant sincèrement beaucoup de bonheur que nous nous mettrons le mieux à l'abri de leurs méfaits. Et vous verrez que la personne va vous oublier, ou mieux, prenant conscience des effets destructeurs de son comportement, elle fera vers vous un pas de réconciliation. Pour vous les retombées seront doubles : vous aurez mis un terme aux agressions extérieures, et vos pensées positives vont vous revenir. Car nul n'échappe, en mal comme en bien, à la loi de l'effet « boomerang ».

J'entends d'ici évidemment vos récriminations : « Il n'est pas si simple de souhaiter du bonheur à quelqu'un qui manifestement cherche à vous nuire.

Et comment souhaiterais-je à mon rival le bonheur qu'il convoite, à savoir de prendre ma place, dans un cœur ou dans un bureau ? »

Vous échapperez à ces difficultés si au lieu de vœux païens à l'égard de vos persécuteurs, vous utilisez la prière. Car là aussi, leur bonheur n'est pas celui qu'ils pensent, mais celui que Dieu leur réserve. Et il est beaucoup plus facile de se recueillir en méditation afin de « prier » pour qui nous a nui que de rationnellement désirer des bienfaits pour lui. Car là nous quittons le raisonnement mesquin qui tient compte de nos émotions matérielles pour nous replacer dans l'enseignement suprême, transmis par le Christ : « *Vous avez entendu qu'il a été dit : Tu aimeras ton prochain et tu haïras ton ennemi. Eh bien ! moi je vous dis : Aimez vos ennemis, et priez pour vos persécuteurs, afin de devenir fils de votre Père qui est aux cieux, car il fait lever son soleil sur les méchants et sur les bons, et tomber la pluie sur les justes et les injustes.* »

En clair, le châtiment comme les récompenses appartiennent à Dieu. Contentons-nous, en ce qui concerne les autres, de calmer le jeu des aversions et jalousies terriennes et faisons un pas en avant dans la compréhension qui manque tellement à cette fin de l'Âge de Fer. Comme l'a dit Mgr Gaillot : « Une fois que l'on a prié pour les gens, on ne peut plus les rencontrer de la même manière... »

Il serait temps de nous souvenir que nous sommes tous des créatures divines, et que, dans l'immense danger qui menace la planète en ces années de violence, nous ferions bien de nous unir au lieu de nous attaquer. Sortons de nos médiocres chicanes : elles ne sont même pas des poussières au regard du Cosmos. Sachons nous resituer par rapport à la Création, nous nous sentirons beaucoup plus sereins.

CHAPITRE CINQUIÈME

SE SITUER PAR RAPPORT AU COSMOS

> *Toute chose est en harmonie avec moi, qui est en harmonie avec toi, ô Univers. Rien n'est trop précoce ou trop tardif, de ce qui est de saison pour toi. Toute chose est fruit pour moi, que m'apportent tes saisons, ô Nature : car de toi tout vient, tout est en toi et c'est en toi que tout retourne.*
>
> Marc Aurèle

« *Dieu, créateur du Ciel et de la Terre.* » Quand on sait combien cette Terre porte encore de splendeurs naturelles, quand on imagine les milliards d'étoiles, de planètes et de galaxies qui forment le Cosmos, l'émerveillement s'impose, et un sentiment de respect religieux. Je regrette que tout le monde ne puisse faire l'expérience des astronautes, qui ont eu l'occasion extraordinaire d'embrasser d'un seul regard la grande sphère lumineuse de Gaïa, notre Planète bleue. Cette vision globale leur donne un aperçu du Tout cosmique, et les éclaire sur la formidable convergence entre les mécanismes universels et leur être propre. On imagine aisément qu'un tel spectacle puisse changer bien des comportements. Car alors, et paradoxalement, loin d'éprouver face à l'immensité une impression de totale insignifiance, on découvre qu'on fait partie de ce Tout cosmique, de cette Création et que, partant, chacun a – grâce à Dieu – une importance colossale.

À condition toutefois de se resituer par rapport au Cosmos, de ressentir en profondeur sa consubstantialité au Tout, et de s'en réjouir comme il se doit.

Hélas, nous ne sommes pas tous des astronautes, et les touristes amateurs de clichés-souvenirs qui se bousculent sur les sites trois étoiles sont souvent loin de la contemplation. De surcroît, la plupart des êtres humains de cette fin de l'ère des Poissons vivent dans des lieux qui ne les enchantent guère, et leur mal-être dépend pour une bonne part de cette disharmonie entre eux et leur environnement, surtout lorsque celui-ci est urbain, ce qui est le cas de l'immense majorité de la population dans les pays dits développés.

Or vivre pleinement le Temps présent consiste à s'absorber dans le « maintenant », mais également dans l'« ici ». Nous évoluons dans un « espace-et-temps » indissociable. Et malheureusement, nous commettons la même erreur dans notre relation à l'espace que dans notre rapport au temps. Nous regrettons un Éden enfantin ou adamique, ou bien nous rêvons d'un ailleurs exotique. Nous oublions que l'endroit où nous vivons, nous l'avons choisi au moment de notre incarnation sur terre. Avant de redescendre ici-bas, nous avons opté pour un couple de géniteurs, et du même coup pour un lieu, une tradition, des racines. Cela peut paraître révoltant si nous avons des parents indignes ou des conditions de vie misérables, mais ce sont quand même les outils que nous avons décidé d'utiliser pour accomplir notre travail d'allégement karmique. Alors pourquoi nous sentir ainsi déracinés, apatrides, ou simplement « décalés » ?

Je ne cesse de rencontrer des gens qui se déclarent insatisfaits de leur condition, et du lieu où ils habitent. Dans leur bouche revient le même leitmotiv : « Comme j'aimerais quitter cette ville, cet appartement, cet entourage ! » Je leur réponds invariablement : « Si vous êtes mal ici, c'est que vous êtes mal dans votre peau (expression qui retrouve toute sa saveur quand on se réfère à la réincarnation). Ailleurs, vous resterez les mêmes, vous n'aurez donc rien résolu. »

Où que l'on aille, on ne peut faire autrement que de s'emporter avec soi. Alors, avant de rêver de plier bagages, au lieu de vouloir « changer de décor », pourquoi ne pas essayer plutôt de changer notre rapport au monde ?

Nous aurons accompli un grand pas lorsque nous aurons admis que notre bonheur doit se conquérir là où nous sommes, en menant à bien cette réoccupation de la demeure que nous tentons de réaliser depuis le début de notre quête. Cette demeure, nous l'avons vu, c'est notre corps, et sans doute notre âme, mais c'est aussi cet espace physique dans lequel nous évoluons, et que nous pouvons étendre à des cercles concentriques de plus en plus vastes : une pièce, une ville, une planète, le Cosmos tout entier... Mais tout part du noyau de notre être, ne l'oublions jamais. Et le seul voyage qui compte vraiment, c'est celui que découvraient finalement les chevaliers de la Table ronde partis en quête du Graal. Lorsqu'ils revenaient bredouilles à Camelot, auprès du roi Arthur, Merlin les accueillait avec cette question : « Avez-vous trouvé ce que vous cherchiez ? » Comme ils avouaient penauds leur échec, l'Enchanteur leur disait en riant : « Asseyez-vous à la Table ronde et recommencez votre voyage, cette fois à l'intérieur de vous-mêmes. » Cette Table ronde symbolise à la fois le centre de notre être et le disque de l'immensité cosmique. Nous rejoignons la parole de Bouddha, qui disait en substance : « *Le meilleur mouvement est dans l'immobilité car c'est ainsi que l'on trouve l'Univers en soi.* »

Nous verrons que nous pouvons parvenir à cette intériorisation révélatrice de l'Univers grâce à la méditation, mais sans doute faudra-t-il être encore plus avancé sur le Chemin. En attendant, sachons profiter des richesses que nous offre encore ce monde-cathédrale, au lieu de le considérer tantôt comme foncièrement hostile, tantôt comme un esclave corvéable à merci. Seuls l'inertie et l'engluement dans la matière sont sataniques, ne l'oublions pas : la Nature en elle-même, telle que Dieu l'a créée, est magnifique ! Commençons donc par retrouver, en toute humilité, la magie de notre planète, sa beauté divine, les esprits qui la hantent et qui ne nous sont pas hostiles, loin de là. Sachons nous enchanter de la réalité terrestre, utiliser les éléments pour nous régénérer. Peut-être alors, comprenant quels trésors demeurent encore à notre disposition, aurons-nous à cœur de les préserver.

*
**

On me rétorquera qu'il est difficile d'envisager les splendeurs de la Terre dans les agressions urbaines que représentent le bruit, le béton, la pollution et les embouteillages. Pourtant, à peu de kilomètres des grandes agglomérations subsistent encore des prairies, des forêts, des rivières et des marais, des lacs ou des cascades, des sentiers de campagne. Pourquoi, en dehors des jours de cueillette de champignons ou de muguet, n'y trouve-t-on quasiment personne ? L'homme moderne a tendance à considérer la Nature comme une force déraisonnée qu'il a pour mission de mettre au pas – barrages, aménagements des grands fleuves, investissements des sites pour telle autoroute ou train à grande vitesse, épuisement des sols – quand il n'en fait pas simplement une vaste poubelle. Et ensuite, sans la moindre vergogne, il déclare cet environnement hostile, défiguré, « plus comme avant », ne retenant des choses qui l'entourent que leur aspect démoniaque, au lieu d'aller chercher à côté de chez lui ce qui reste de divin. Nous ne pensons que macadam, nous parlons de « cadre » de vie, comme pour souligner inconsciemment que nous nous y trouvons enfermés, hésitant entre la tentation d'un cocooning léthargique et une désagréable claustrophobie. Nous nous sentons à l'étroit, nous manquons d'air...

Redevenons capables de changer notre regard, de faire quelques pas vers tout ce qui, sur terre, vibre encore de vie et de force. Car autour de nous se mêlent, dans un ballet incessant, les quatre éléments de la Tradition, l'eau, l'air, le feu et la terre. Autant de pouvoirs dynamisants, dont nous devons réapprendre à nous servir.

À l'aube de l'ère du Verseau, nous devons nous mettre en phase avec ces éléments simples qui forment la Nature. Notre bien-être quotidien comme la survie de l'humanité passent par ce doux animisme. Il faut revenir aux rituels d'harmonisation, imiter chaque fois qu'on le peut l'alchimiste qui ne manquait pas, avant ses opérations, de réciter l'hymne ancien d'Hermès Trismégiste. « *Univers, sois attentif à ma prière ! Terre, ouvre-toi, que la masse des eaux s'ouvre à moi. Arbres, ne tremblez pas ; je veux louer le Seigneur de la Création, le Tout et l'Un. Que les cieux s'ouvrent, et que les vents se taisent. Que toutes les facultés qui sont en moi célèbrent le Tout et l'Un.* »

Je passerai rapidement sur le premier élément, l'eau, puisque nous avons déjà parlé de ses vertus purificatrices et revigorantes. Tous, médecins ou vacanciers, connaissent bien la force thérapeutique des bains de mer, comme des sources thermales. Mais si vous faites de ces immersions un rite sacré, vous y puiserez mille fois plus d'énergie. La simple contemplation de la mer peut d'ailleurs s'avérer aussi bénéfique que le bain ou l'absorption d'eau minérale. Le Tao attribue ainsi à l'élément liquide une valeur d'enseignement incomparable (chapitre 8) :

La bonté transcendante est comme l'eau,
L'eau aime faire du bien à tous les êtres ;
Elle ne lutte pour aucune forme ou position [définie

Mais se met dans les lieux bas dont personne ne
[veut.
En ce faisant, elle est l'image du Principe.
À son exemple, ceux qui s'abaissent, se creusent,
Sont bienfaisants, sincères, réglés, efficaces et se
[conforment avec temps.

Le deuxième élément est le feu. Notre feu naturel, c'est avant tout l'astre solaire. La méditation dans la lumière du soleil matinal est certainement un des meilleurs énergisants qui soit. Les yeux mi-clos, en position de recueillement face à l'orient, vous vous sentez soudain pénétré et empli par un rayon lumineux qui « recharge vos batteries » de façon presque instantanée, comme si votre corps n'était plus qu'un capteur solaire. Et l'efficacité de vos techniques de méditation s'en trouve décuplée.

Prenez garde, toutefois ! Les éléments peuvent s'avérer tour à tour bénéfiques et maléfiques. Ainsi, s'exposer à la lumière de l'après-midi comme tous ceux qui vont sur les plages à partir de quatorze heures constitue un danger. Si la lumière blanche ou bleue du matin calme et soigne, le disque rouge ou orange à son zénith détruit, provoque des brûlures épidermiques, voire des cancers de la peau.

La terre qui nous soutient est elle aussi une merveilleuse pourvoyeuse d'énergie. C'est pourquoi, suivant en ceci les traditions indiennes, le premier travail du méditant consiste à s'ancrer dans le sol, à rechercher une bonne stabilité dans l'assise, afin de favoriser le flux vibratoire entre le Ciel et Gaïa.

S'asseoir sur l'humus, toucher l'herbe sont des gestes bénéfiques, à condition bien sûr de ne pas faire de ces pratiques une superstition mais une simple « prise de contact » avec la Création, reflet de la volonté divine.

La terre, ce sont aussi les pierres et les cristaux. On redécouvre aujourd'hui les pouvoirs qu'une tradition plurimillénaire leur attribuait déjà. Et rassurez-vous : cette puissance n'est pas proportionnelle à leur valeur marchande. Vous pouvez vous procurer des cristaux à bon marché dont vous tirerez un grand profit. Vous pouvez aussi acheter des pierres dites précieuses ou semi-précieuses à l'état brut, ce qui réduit considérablement leur coût.

L'ambre fait partie de ces pierres « abordables », et elle est plus facile à trouver de nos jours qu'à l'époque où les Grecs et les Romains parcouraient des milliers de kilomètres pour la prélever dans les pays Baltes. Il s'agit en fait d'une résine vieille de sept millions d'années, qui provient d'anciens conifères. Cette convergence du minéral et du végétal donne à l'ambre un pouvoir de guérison et de protection formidable. Celle que je possède était très mate à l'origine, mais je l'ai réveillée par mes caresses, aujourd'hui elle est d'une brillance étonnante.

Je ne saurais m'étendre sur des pages et des pages concernant les vertus comparées des pierres et cristaux, améthyste, quartz, onyx, turquoise, saphir, tourmaline... et autres. De nombreux livres ont été consacrés à ce genre d'étude : au lecteur de trouver les meilleurs. J'attire seulement votre attention sur le fait qu'on ne manipule pas étourdiment les pierres, sans connaître leurs particularités ainsi que leur pouvoir. Or ce pouvoir diffère radicalement selon qu'elles sont dextrogyres ou sénestrogyres. Les pierres se forment en effet en tournant vers la droite – elles seront dites dextrogyres – ou vers la gauche – elles seront alors sénestrogyres. Les premières accélèrent et amplifient l'énergie. Elles peuvent donc nous revitaliser... mais aussi se révéler parfois dangereuses. Si vous souffrez d'une maladie, elles vont « réactiver » le processus pathologique.

Les pierres sénestrogyres, au contraire, « avalent » les énergies. En les tenant dans votre main lors de vos méditations, ou en les passant sur la partie souffrante de votre corps, vous pourrez absorber les ondes négatives et les proliférations malignes. En revanche, elles risquent de vous affaiblir, car elles absorbent aussi bien les énergies positives. Une de mes amies, à qui j'ai offert une améthyste, a pour habitude de se libérer de tout son stress professionnel en posant cette pierre sur son chakra frontal avant de s'endormir. Le résultat, me dit-elle, est spectaculaire. Je lui ai néanmoins conseillé de ne pas garder l'améthyste toute la nuit près d'elle, et de prendre quelques gélules d'oligo-éléments pour compenser la déperdition énergétique que représente son exercice vespéral.

Comment savoir si vous avez affaire à une pierre énergisante ou « libératrice » ? Si vous êtes éveillé dans ce domaine, vous pouvez le sentir d'instinct. Vous pouvez aussi, en observant ses effets (vitalisants ou « effaçant » le mal de tête, le stress ou autre), savoir si votre pierre est sénestrogyre ou dextrogyre.

Inutile de préciser, je suppose, que les bienfaits

des pierres et cristaux ne sauraient vous épargner une consultation médicale en cas de problème de santé. Les roches ont des vertus, pas des pouvoirs « miraculeux », ni de diagnostic : elles n'ont pas fait leur médecine !

Quant à l'air, qu'il soit marin, alpin ou campagnard, le bon sens n'a cessé de chanter ses vertus. Sauf que l'air pur se fait rare, et que maintenant nous déchantons ! L'air vicié de nos villes, et plus généralement l'atmosphère de plus en plus dégradée qui englobe la planète non seulement se révèlent dangereux pour notre santé, mais ne sont certainement pas étrangers à la violence croissante du monde. Des études ont montré que les nuages de pollution qui stationnent au-dessus de nos mégapoles influaient directement sur notre agressivité et notre stress. Qui nous libérera de cette lourde puanteur ?

Quoi qu'il en soit, essayons d'aller respirer le plus souvent possible là où les tuyaux d'échappement des voitures n'accentuent pas la pollution. Et, plus symboliquement, rappelons-nous que l'air symbolise le monde subtil, intermédiaire entre le Ciel et la Terre. Dans la Bible, il est considéré comme porteur d'enseignements et de messages. David consulte Yahvé en prêtant attention au bruissement du vent à la cime des micocouliers (Deuxième Livre de Samuel, 5, 24). Lorsque nous nous livrons à nos exercices respiratoires, préambules à la méditation, souvenons-nous que le souffle est synonyme d'Esprit divin, qu'il est cette « haleine de vie » transmise de Dieu vers l'homme. Réapprenons à l'entendre dans la brise légère comme dans les bourrasques de la tempête.

Celui qui n'a pas été ravi par le frémissement des feuilles sous le vent, ni par le murmure d'un ruisseau, celui qui n'a jamais pétri entre ses doigts une poignée d'humus ou ne s'est jamais extasié devant les chatoiements flamboyants d'une pierre est à plaindre : il fait partie de ceux qui ont des yeux pour voir, des oreilles pour entendre, mais qui ne voient rien et n'entendent rien.

Lorsque, au contraire, nous apprendrons à nous servir de tout ce qui nous est offert, au quotidien, nous emmagasinerons déjà des trésors de force et de joie. L'homme qui suit cette voie sera « *comme l'arbre planté auprès des cours d'eau ; celui-là portera fruit en son temps et jamais son feuillage ne sèche ; tout ce qu'il fait réussit* » (Psaume 1).

Dans mon émerveillement pour la Nature, je porte une attention toute particulière aux arbres, peut-être parce qu'ils combinent de façon si fertile les quatre éléments : la terre enserrée dans leurs racines, l'eau qui se mêle à leur sève, le feu qui se cache dans leur bois, prêt à jaillir, et enfin l'air qui agite leur feuillage (et qui est purifié par lui).

Comment ne pas éprouver un sentiment de révérence et d'humilité face à ces géants plusieurs fois centenaires – parfois même millénaires comme les séquoias – qui respirent la force et la puissance de vie ? Dressés vers le ciel, ils sont comme les emblèmes de l'ascension spirituelle du Cosmos. Il n'existe pas une civilisation qui n'ait glorifié l'arbre :

le chêne celtique, réputé pour sa robustesse et sa longévité ; le bouleau, l'arbre sacré des populations sibériennes ; l'olivier symbole de paix ; le cèdre du Liban, dont on dit qu'il est le plus vieil arbre du monde, aujourd'hui menacé de disparition... Comment, dans une forêt, au milieu de ces « vivants piliers », ne pas se croire dans une cathédrale ?

Lorsque je me promène sous les hautes futaies, j'aime le contact rugueux de ces arbres, je les touche en les remerciant de l'oxygène qu'ils nous donnent. Les soirs de lune montante, s'appuyer le dos contre leur tronc procure une énergie extraordinaire. Dans certaines traditions indiennes, mais aussi en Afrique ou en Amérique du Nord, les jeunes mariés devaient embrasser littéralement les arbres pour protéger leur union des mauvais esprits et assurer la fécondité de leur couple.

Dans toutes les religions, l'arbre est symbole de vie et de Connaissance. C'est sous l'arbre de la Bodhi, sur la rive d'un fleuve, que le prince Gautama atteignit l'Éveil et devint le Bouddha. C'est sous le « jujubier d'Al Montaha » que le Prophète de l'islam eut la vision d'un ange (Coran LIII, 14). Au centre du jardin de l'Éden se trouve l'Arbre de vie, cet *axis mundi* autour duquel s'organise le Cosmos. « *Tout lieu saint dans le monde est placé au pied d'un arbre sacré* », lit-on dans le *Shiva-Purana,* avant de se voir livrer une série de « recettes » pour en tirer profit : « *Celui qui adore le Grand Dieu sous la forme d'un linga au pied de l'arbre Bilva a l'âme purifiée et atteint Shiva avec certitude... Celui qui verse de l'eau sur sa tête au pied d'un arbre sacré peut considérer qu'il s'est baigné dans toutes les eaux sacrées de la*

Terre. En vérité il est sanctifié... L'homme qui accomplit le rituel d'adoration en offrant des parfums et des fleurs au pied d'un arbre Bilva atteint la sphère de Shiva. Son bonheur augmente, sa famille prospère. »

Or, loin de prospérer, le genre humain court à sa perte, lui qui massacre toutes nos forêts, en particulier les forêts équatoriales, qui constituent – ou constituaient ? – notre ceinture de sécurité, vaste réservoir d'espèces végétales et animales... Privée de ce pilier cosmique qu'est l'arbre, la Terre risque de retourner au chaos...

*
**

Rassurez-vous, je ne suis pas en train de demander à l'homme de regrimper dans les branches ! Il ne s'agit pas de prôner un retour à la nature au sens strict mais une prise de conscience que cette Nature est notre soutien, notre base, et que nous ne pourrons survivre sans elle.

Mais il est évident que ce sens du sacré, nous devrions le ressentir aussi dans nos villes. Traditionnellement, leur emplacement et la construction urbaine étaient déterminés en étroite relation avec les quatre éléments : les fondateurs se fiaient à la position des astres, ou bien à la convergence des eaux, des vents, ou à celle des lignes de force telluriques. Les nomades pouvaient se regrouper autour d'un arbre-balise, d'un totem ou d'un autel. Les villages se créaient autour d'un rocher, au pied d'un tertre ou d'une montagne magique. Et quand il n'y avait rien de tout cela, on édifiait un tumulus, une pyramide ou une cathédrale. Il s'agissait toujours d'établir un lien entre notre petite parcelle terrestre et l'immensité du Cosmos. En tout cas, le lieu choisi n'était pas un point inerte, indifférent, mais le croisement de forces magnétiques, une sorte de nœud magique. Chaque habitant pouvait se sentir dans le nombril du monde. La cité se voyait parée d'une symbolique maternelle et protectrice, espace de gestation dans lequel l'homme, toujours en contact avec les énergies terrestres, pouvait s'élever paisiblement vers le monde céleste.

Comme nous sommes loin aujourd'hui de cette sagesse ancienne ! Rares sont les vieilles villes qui ont su conserver intacte une organisation spatiale porteuse de sens. Au Moyen Âge, les cathédrales communiquaient clairement un sentiment, un message : aujourd'hui, elles apparaissent « déplacées », muettes. Ce manque de repères identifiables engendre un sentiment d'insécurité. Les villes modernes distillent une angoisse sourde, avec leurs perspectives arbitraires, leurs parkings immenses, leurs interminables couloirs souterrains, leurs galeries commerciales sans âme...

Les constructeurs ont voulu compartimenter, rentabiliser, « zonifier » l'espace à l'extrême, ils ont fini par stériliser ses qualités subtiles. Dépourvus de toute référence symbolique, les tracés géométriques exercent une dictature néfaste sur nos comportements. Les seules lignes de force dont on tienne encore compte sont les axes de circulation des marchandises, à moins que, totalement débordé, on n'ait renoncé à toute tentative de planification intelligente... Métropoles américaines taillées au cordeau, sans vrai centre ville, ou pieuvres anarchiques du tiers monde : le résultat est toujours le même, la violence urbaine sous toutes ses formes. Modernes Babylone, aux antipodes de la Jérusalem céleste...

Que faire ? Vous me direz que c'est avant tout la responsabilité des urbanistes et des architectes. Sans doute, mais en attendant qu'ils modifient leur vision du monde, nous pouvons essayer de réinventer nos propres rites d'orientation. Dans nos déplacements quotidiens, nous devons imiter le geste du fondateur qui instituait un centre, avant de creuser un sillon signalant la limite de la cité. Lorsque vous marchez dans la rue, lorsque vous vous promenez – et ceci est valable en ville comme à la campagne – faites de même, mentalement cela s'entend. Repérez les lieux, balisez-les, redonnez une signifiance à votre parcours, soyez sensible aux forces telluriques en action autour de vous. Les gangs des banlieues l'ont bien compris, qui tentent désespérément de revitaliser leurs quartiers déprimés en marquant ostensiblement leur territoire à coups de graffiti. Marquons symboliquement le nôtre, non pour en interdire l'accès, mais pour mieux l'habiter, pour que cette terre ne soit pas stérile, mais semblable au creuset fertile de l'alchimiste.

Le rite d'orientation fait surgir le sacré : toutes les lignes de force convergent vers soi, comme elles sortent de soi. Participant aux puissances revitalisantes, l'homme donne dès lors un sens à tous ses gestes. Et il s'attire des alliés !

*
**

Car la Terre est habitée ! Et pas seulement par les humains... Chacun des éléments se trouve servi par des génies, qui figurent l'âme cachée des choses, des êtres féeriques aux facéties de lutins et aux possibles colères de Titans. Ce sont les djinns du folklore musulman, ou les neter des Égyptiens, au service de la déesse Isis, ou encore les elfes des Scandinaves et les innombrables esprits adorés par les Celtes, les esprits de Gaïa.

Je sais, à ce stade de mon discours, que je risque de passer encore pour un illuminé qui mélange tout. Comment, demanderont les ironisateurs, mêler l'idée d'un unique Créateur du Tout et l'antique fantasmagorie des feux follets de la lande bretonne ? Et moi je répondrai : que savons-nous de ce que Dieu a créé ? Il y a peu de temps encore, avions-nous découvert l'immensité du Cosmos ? Pourquoi n'y aurait-il pas, aussi, dans les airs, sous la terre, dans les ondes et dans le feu des entités vivantes ? Pourquoi les hommes, par leur pure imagination romanesque, auraient-ils « ressenti » cette animation de la Terre et des cieux, de la même manière au fil des temps, juste avec une formulation différente, si ces êtres qui animent les éléments n'existaient pas d'une certaine façon ? Pourquoi éprouverions-nous de telles émotions devant les merveilles de la Nature si elles n'étaient après tout qu'une montagne, un lac, une chute d'eau ou un volcan ? Vous savez très bien que cela « parle » (et d'ailleurs nous allons en reparler) à autre chose en nous : quelque chose qui nous dépasse, mais que nous pouvons « capter » si nous faisons taire notre rationalité. Est-ce revenir en arrière que de se référer aux anciennes légendes ?

Parfois peut-être, mais pas toujours. Penser que le « progrès » doive rejeter ce savoir antique ne me semble plus être, désormais, que le lot des mécréants de salon. Les scientifiques s'avèrent beaucoup plus humbles, et ouverts à d'autres possibilités. Gageons qu'ils auront leur part dans le vrai progrès de l'ère du Verseau. On a condamné Galilée, brûlé les premières soigneuses – les premiers médecins, au fond – en les faisant passer pour des sorcières, on a brocardé les découvreurs avant de les encenser. Aujourd'hui, la télépathie comme les pouvoirs de l'homme sur les « choses qui sont derrière les choses » font l'objet de recherches scientifiques. On s'intéresse aux médecines du corps « énergétique », qui font encore souvent figure de douce fantaisie, mais qui finiront bien par gagner du terrain au même titre que l'acupuncture ancestrale.

Bien sûr, toute approche naissante de phénomènes mystérieux, en tout cas provisoirement inexplicables, amène son cortège de charlatans, lesquels apportent de l'eau au moulin des sceptiques. Seulement, au nom du Ciel, ne soyons pas systématiquement hostiles à toute révélation dite « paranormale », mais qui peut-être un jour se révélera être bel et bien dans la normalité.

Donc, en toute humilité mais sans craindre les quolibets, je crois que la Terre est habitée. Les Ondins règnent dans les eaux, les Gnomes courent sur le sol, les Sylphes animent l'air, les Salamandres se nourrissent du feu. Nos ancêtres étaient conscients de leur présence, qui leur réservaient une place dans leur maison ou leur faisaient des offrandes. Ce sont tous de bons génies, mais souvent facétieux. Et la première de leur facétie est de ne se montrer qu'à ceux qui croient en leur existence, à ceux qui ont su conserver leur capacité d'étonnement face au réel mouvant, à ceux qui sont pourvus d'imagination, cette « faculté quasi divine, nous dit Baudelaire, qui perçoit les rapports intimes et secrets des choses, les correspondances et les analogies »... N'avez-vous pas vous-même guetté ces êtres surnaturels dans les flammes d'une cheminée ou dans ces merveilleux nuages qui passent au loin ? Nous devons apprendre à apprivoiser ces lutins, et à nous distraire de leurs jeux incessants. Que de stress superflu nous nous épargnerions si nous savions reconnaître dans nos minuscules tracas quotidiens les simples fantaisies des Gnomes ou des Sylphes ! Un trousseau de clés qui s'égare, un appareil électrique qui refuse de marcher puis se remet en route, une porte qui claque sans courant d'air, une ondée soudaine dans un ciel bleu, un obstacle invisible qui vous fait un croc-en-jambe. Au lieu de vous énerver, de pester contre « ces objets qui se liguent contre moi », prenez ces incidents pour des manifestations de nos lutins.

Elles ne sont d'ailleurs pas toujours innocentes. Efforcez-vous d'interpréter ces signes, car les génies, au service de l'au-delà, viennent aussi parfois nous aider. Ils sont loin bien sûr d'avoir la stature de nos grands Guides, mais ils peuvent nous envoyer des messages ou nous remettre sur les rails, parfois par des chemins détournés...

J'en ai des illustrations presque quotidiennes. Récemment, j'ai été contacté par une journaliste qui s'était d'emblée déclarée « éprise d'ésotérisme ». Ce genre de profession de foi a tendance à me mettre en alerte, et pas dans le bon sens : rien ne m'indispose autant qu'une spiritualité accrochée à la boutonnière. Quoi qu'il en soit, cette journaliste m'a demandé de lui prêter un livre de Jacob Boehme, le célèbre « cordonnier mystique » allemand du XVIIe siècle, qui a figuré une étape importante de mon évolution spirituelle. J'ai raconté en effet dans *Trajectoire* comment, à la suite d'un éblouissement mystique, j'ai vu surgir de nulle part un homme vêtu de noir, qui m'a remis entre les mains ce livre de Jacob Boehme, avant de disparaître...

Ne pouvant refuser cette lecture à une personne qui en exprimait le désir, j'ai donc préparé le livre, que j'ai posé sur un coin de mon bureau. La journaliste se présente, nous bavardons un peu, puis vient le moment où je dois lui donner l'ouvrage : il est introuvable. Je cherche partout, je prie la dame de bien vouloir m'excuser. Impossible de mettre la main sur mon bouquin. La journaliste termine son interview, je la raccompagne à la porte de mon bureau... Lorsque je reprends place à ma table de travail, le livre de Boehme est là, en évidence ! Les Gnomes l'avaient-ils caché pour m'indiquer que cette personne n'était pas encore apte à recevoir cette œuvre ?

Amusez-vous ainsi à repérer les signes de ces génies qui deviendront peu à peu pour vous des complices, des compagnons de jeux, et vous rappelleront sans cesse que la matière n'est pas seulement synonyme d'inertie satanique : la Nature qui nous entoure, nos objets mêmes sont animés d'une vie propre, ils vibrent comme nous, possèdent une aura qui leur permet d'inter-réagir avec nous et de transfigurer la matérialité brute. Comme le poète ou l'alchimiste, apprenez avec eux à changer la boue en or...

***

Les Gnomes, les Ondins, les Sylphes et les Salamandres ne nous sont pas hostiles, nous l'avons dit. Pourtant ils n'ont pas prêté allégeance à l'homme mais à la Terre. Leur mission est moins de nous protéger que d'assurer la sauvegarde de la planète. De joyeux trublions, ils pourraient donc se transformer en monstres impitoyables si l'homme continuait – comme il le fait actuellement – à détériorer Gaïa. Par notre comportement destructeur et pollueur, nous allons les contraindre à des interventions sévères. Déjà, ils ne cessent de nous alerter : les Gnomes provoquent des secousses sismiques de plus en plus fréquentes, les Ondins multiplient les inondations comme les sécheresses, les Salamandres réveillent les volcans et allument de gigantesques incendies de forêt, les Sylphes font souffler les ouragans, ou cessent de soutenir les avions... Nous sommes entraînés semble-t-il dans une spirale de destruction : nous saccageons Gaïa, les génies se vengent, mais ils se créent ainsi un karma négatif que nous aurons à surmonter collectivement en plus du nôtre.

La Planète bleue est aujourd'hui défigurée, méconnaissable. Elle a fait place à l'Hyle des gnostiques, cette terre dégradée qui figure un anti-Éden. En voulant jouer les apprentis sorciers, l'homme a mis en péril l'équilibre naturel. En toute logique, s'il ne se reprend pas, il subira le contrecoup de ses crimes. « *À tailler du bois à la place du Grand Charpentier, bien malin qui ne se fait mal* », dit Lao-tseu. Que n'avons-nous écouté la sagesse du grand Chinois ?

Quiconque veut s'emparer du monde et s'en servir
Court à l'échec.
Le monde est un vase sacré
Qui ne supporte pas qu'on s'en empare et qu'on s'en serve
Qui s'en sert le détruit
Qui s'en empare le perd.

Tao tê King (chapitre 29)

Ces vers font écho aux paroles bibliques que je citais déjà dans *La Fin des Temps*. « *Le temps est venu de juger les morts et de détruire ceux qui détruisent la Terre* », lit-on dans l'Apocalypse de Jean. Isaïe, lui, s'écriait (33, 1) : « *Malheur à toi, dévastateur ! Ne seras-tu pas dévasté ? Artisan de violences, n'essuieras-tu pas la violence ? Lorsque tu auras achevé tes ruines, tu seras ruiné.* »

Il est inutile de dresser une nouvelle fois le tableau des dégradations que notre folie moderne a fait subir à Gaïa. Nous en connaissons l'effroyable litanie : forêts rasées, fleuves moribonds, mers dépotoirs, contamination chimique des sols, ressources naturelles à la limite de l'épuisement, péril nucléaire, atmosphère polluée... Pour plus de détails, on se reportera à mes deux précédents livres, ou à la lecture des journaux, qui font état chaque jour de cette agonie encore inimaginable il y a à peine un siècle, pour ceux qui n'avaient pas lu les prophéties anciennes...

J'aimerais pourtant revenir sur un sujet qui a tendance à devenir tabou, peut-être parce qu'il s'agit à mon sens de la source de tous ces maux : la démographie galopante. Songez qu'il nous a fallu attendre le milieu du XIXe siècle pour atteindre le premier milliard d'individus sur Terre. Actuellement, une simple décennie suffit à accroître la population de ce même milliard d'âmes ! Nous sommes quelque 6 milliards aujourd'hui, et nous serons 4 milliards de plus dans une ou deux générations. Les scientifiques s'accordent pour admettre que ce serait là une limite au-delà de laquelle la planète ne serait plus viable. Le *Mahabharata,* cette épopée sanscrite qui date de plusieurs siècles avant Jésus-Christ, le disait déjà (douzième chant, 248, 13-17) : « *L'anéantissement de l'espèce humaine aura lieu lorsque le Créateur ne trouvera plus d'autres remèdes qu'une destruction totale du monde pour mettre fin à la multiplication désastreuse et non prévue des êtres vivants.* »

Il ne faut pas chercher ailleurs que dans l'accroissement colossal de la population mondiale la cause de toutes les destructions : parce qu'il faut toujours plus bâtir, défricher, consommer, et se battre pour un pouce de terrain... Depuis la fin de la Seconde Guerre mondiale, on a construit du béton à tire-larigot, des tours monstrueuses ont surgi comme des champignons : monstrueuses car si l'architecture verticale est adaptée au travail, elle constitue un désastre pour la qualité de la vie. Malheureusement, l'autre solution proposée ces temps-ci n'est pas meilleure à long terme. Elle consiste en effet à construire des lotissements de plus en plus tentaculaires, qui gagnent à grande vitesse sur la campagne. Option plus humaine, cet urbanisme horizontal n'en signifie pas moins la disparition progressive de toute la terre arable. La planète recouverte de maisons individuelles, l'ère de la civilisation pavillonnaire ! Le mal sera complet : plus d'animaux sauvages, plus de forêts, plus d'agriculture...

Comment ne pas voir que la seule façon de résoudre le problème pour l'avenir consiste à enrayer un accroissement globalement suicidaire des naissances ? Je sais, je l'ai déjà dit : c'est un sujet tabou. Parce que certains vivent cette limitation des naissances comme une atteinte à la liberté individuelle, et que d'autres y voient une désobéissance au traditionnel « croissez et multipliez ». Et pourtant... Quand d'aucuns prennent des mines horrifiées en apprenant que le gouvernement chinois se montre draconien sur le nombre d'enfants à ne pas dépasser, ils oublient qu'il s'agit pour ce pays d'éviter la famine généralisée. Quant aux injonctions – pas si anciennes – des hommes politiques français : « Faites des enfants, faites des enfants, sinon qui va payer votre retraite ? », on s'aperçoit, à l'ère du village mondial, qu'il ne faut pas trop y obéir, d'autant qu'il n'y aura bientôt plus de retraites...

Le péril d'une surpopulation à l'échelle mondiale commence à pénétrer les esprits les plus ouverts. Mais nombreux sont ceux qui en demeurent encore inconscients, car l'information circule très mal dans certaines civilisations et cultures, où le sectarisme des religions reste inflexible. Et je ne parle pas seulement des pays musulmans et de ceux du tiers monde ! Nous avons à Rome un pape qui refuse avec obstination tout moyen de contraception, et pour qui « proliférez, proliférez » reste le credo de rigueur. Mais on finit toujours par payer ses erreurs : « *Les insensés, les fous se conduisent vis-à-vis d'eux-mêmes comme des ennemis, faisant de mauvaises actions dont le fruit est amer* », lit-on dans le *Dhammapada,* l'un des principaux textes bouddhistes.

Malgré nos œillères, nous savons pourtant que nous ne pouvons pas continuer au rythme actuel. Gaïa est un organisme vivant – certains scientifiques eux-mêmes le reconnaissent – qui va devoir réagir pour assurer sa survie. Elle possède un grand nombre de flèches dans son carquois pour frapper l'homme si celui-ci ne change pas d'attitude. Pour se défendre, elle peut inventer de nouvelles maladies virales épouvantables, liées au sexe et à la reproduction. Tous les moyens seront bons à la planète pour limiter la croissance d'une humanité dévastatrice. Jusqu'aux plus radicaux, comme une Troisième Guerre mondiale ou la collision avec une comète...

*
**

Faut-il dès lors céder au catastrophisme et se résoudre à la fatalité ? Attendre d'être décimés pour renaître ? Ou bien admettre, en ce qui concerne la surpopulation en premier lieu, qu'une réduction volontaire des naissances représente peut-être une entorse à notre liberté individuelle... mais une entorse au service du bien général ?

Il faudra tôt ou tard que nous réussissions à faire la distinction entre individu et être humain. L'individu n'est qu'une petite entité conditionnée, qui tourne autour de son moi égoïste, protégée par ses petits dieux et ses petites traditions. L'être humain, lui, la créature divine, se sent responsable du monde entier, de son bien-être comme de sa confusion. « *Tout homme doit se dire : c'est pour moi que le monde a été créé et j'en assume la responsabilité* », affirme un proverbe de la sagesse juive (*Sanhédrin*, 37 b).

On aura beau faire, on n'y échappera pas : cette prise de conscience est la condition *sine qua non* de l'émergence d'une ère nouvelle. Celle-ci ne se produira, dit le sage indien Krishnamurti, que « *si chacun de nous reconnaît le fait central que nous, individus, en tant qu'êtres humains, en quelque partie du monde que nous vivions ou à quelque culture que nous appartenions, sommes totalement responsables de l'état général du monde* ». Cela signifie que chacun de nous, à cause de ses préjugés et de son agressivité égocentrique, est responsable de chaque conflit. De plus en plus, les gens s'en persuadent intellectuellement, mais pour espérer un véritable changement, il faudrait l'éprouver.

Accepter cette responsabilité ne signifie pas, comme pourraient le redouter certains, se charger d'un lourd fardeau de culpabilité. Il s'agit au contraire d'une démarche entièrement positive : assumer une responsabilité, c'est aussi se redonner les moyens d'agir. Je n'ai pas la prétention d'apporter le remède aux maux de la planète mais d'insister sur le fait que chacun de nous, dans son comportement individuel, peut et doit contribuer à la réconciliation nécessaire entre l'homme et Gaïa. Quand ils ne sont pas incompétents, nos hommes politiques et nos « décideurs » sont débordés : nous ne pouvons nous contenter d'attendre d'eux la solution à nos problèmes. Notre comportement est notre meilleur droit de vote, et notre moyen de salut.

La première chose à faire est de mettre un frein à notre cupidité. Les habitants des pays riches ne doivent pas écouter les appels à la consommation que l'on entend ici et là : loin d'être une panacée, la croissance à tout prix ne fait que nous entraîner plus vite dans le gouffre. Il nous faut modifier à la baisse nos habitudes de gaspillage, réduire notre production pléthorique, apprendre la frugalité. Il ne s'agit pas de se « serrer la ceinture » mais de se rendre compte que nous sommes dans une logique d'excès. Aujourd'hui, on estime qu'un petit cinquième de l'humanité dispose des quatre cinquièmes des richesses. En termes de consommation d'énergie commerciale, un Américain du Nord « vaut » 140 Bangladeshis, 280 habitants du Tchad ou de Haïti... Leurs besoins ne sont pas les mêmes, dira-t-on : cela donne-t-il le droit aux pays dits développés de dilapider le patrimoine mondial ? Pardon d'enfoncer une porte ouverte, mais un Haïtien ou un Tchadien « vaut » exactement autant qu'un Européen, ni plus ni moins. Et si nous voulons vraiment éviter la catastrophe, il va falloir fournir un effort de solidarité et de partage. L'eau courante est devenue pour nous un fait acquis, une évidence dont nous usons et abusons, alors qu'une personne sur trois dans le monde souffre aujourd'hui de la sécheresse la plus cruelle. Il en est de même de nos ressources alimentaires, et de l'énergie. Tôt ou tard, les gouvernements devront se résoudre à accroître de façon dramatique les taxes sur l'eau et sur les ressources naturelles, qui se raréfient. Pourquoi ne pas devancer le mouvement et circonscrire, chez soi comme dans son entreprise, nos tendances au gaspillage ? Savez-vous, à cet égard, que les pays producteurs de viande utilisent, pour nourrir leurs animaux, plus de céréales que n'en consomme la totalité des habitants du tiers monde ? Quand on sait à quel point cette viande est nocive pour notre équilibre spirituel, on se dit qu'il faudrait peut-être changer ses menus...

C'est par la multiplication d'actes individuels que nous pourrons réduire les trois déséquilibres qui minent la planète : entre le Nord et le Sud, entre riches et pauvres dans les sociétés développées, entre l'homme et la Nature.

Pour préserver la Terre comme pour nettoyer notre demeure intérieure, il va falloir retrouver l'importance du geste juste, celui qui correspond à nos besoins et ne trouble pas l'ordre des choses. « *Que le sage vive en son village comme l'abeille recueille le nectar sans avoir abîmé la fleur dans sa couleur et son parfum* », dit le *Dhammapada.*

Quant à penser que « cela ne sert à rien », qu'une résolution individuelle ne saurait influencer l'avenir du monde, c'est un raisonnement qui ne tient pas.

Les grandes révolutions ont toujours commencé par des initiatives personnelles. De la même façon, je ne suis peut-être qu'une goutte d'eau dans l'océan, mais si cette goutte est pure, elle peut purifier autour d'elle. La recherche spirituelle n'a rien d'un enfermement égotique : elle implique non seulement de se sauver soi-même, mais aussi d'entraîner les autres dans son élévation. Le défi du troisième millénaire est énorme : il s'agit d'entreprendre une réintégration universelle dans les lois du Cosmos.

Aujourd'hui, la montée des vibrations, le flux des énergies invisibles nous invitent à ce changement d'attitude. Nous ressentons de plus en plus nettement le fait que, malgré les crimes des hommes, la Terre est en train d'essayer de se hisser à un plan de conscience supérieur, plus aigu, et qu'il nous faudra obligatoirement suivre le mouvement. Ce changement vibratoire est visible dans les règnes minéral, végétal et animal. Je le constate chaque jour : les animaux sont joyeux, les oiseaux chantent comme jamais. Les dauphins, les baleines s'approchent des humains... qui ne trouvent rien de mieux que de les massacrer. Dans les forêts où je me promène souvent, j'ai pu constater que les biches elles aussi s'approchaient... à condition que nous ne soyons pas enfermés dans des vibrations basses. Si vous êtes fumeur ou buveur excessif – c'est-à-dire encore prisonnier d'une logique d'autodestruction – elles vous éviteront... Mais les animaux éprouvent actuellement cette joie colossale de savoir qu'un nouvel état de conscience se prépare dans une nouvelle harmonie. Pour y participer, l'homme doit se réconcilier avec la Nature. Il ne ferait en cela que suivre le mouvement général du Cantique des Cantiques : d'abord l'éblouissement, puis la crise, et finalement – souhaitons-le – les retrouvailles. Dans le cas contraire, souvenons-nous que la Terre n'appartient pas à l'homme, mais l'homme à la Terre. Et si nous tenons au rapport de forces, sachons que nous n'avons aucune chance de gagner...

*
**

Vous me direz sans doute que la responsabilité collective concernant la Terre comme le sentiment d'appartenance au Cosmos sont bien difficiles à appréhender quand nous nous débattons quotidiennement dans l'espace restreint stigmatisé par la formule « métro-boulot-dodo ». Pourtant Lao-tseu a raison quand il nous recommande : « *Ne trouvez pas trop étroite votre demeure natale, ne vous dégoûtez pas de la condition dans laquelle vous êtes né. On ne se dégoûte pas à condition de ne pas vouloir se dégoûter* » (*Tao tê King*, chapitre 72). Courir au bout du monde ne nous servira guère, par ailleurs, à raviver notre émerveillement et à mieux nous situer par rapport au Tout. Contentons-nous, comme dit Plotin, de fuir dans « notre chère patrie » : « *Notre patrie est le lieu dont nous venons, et notre Père est là-bas. Pour ce voyage, il ne faut pas préparer un attelage, ni quelque navire, mais il faut cesser de regarder et, fermant les yeux, échanger cette manière de voir pour une autre, et réveiller cette faculté que tout le monde possède, mais dont peu font usage.* »

Cette faculté, c'est encore la méditation. « *Sans sortir par la porte, on peut connaître tout le monde ;*

sans regarder par la fenêtre, on peut se rendre compte des voies du ciel », confirme le *Tao tê King* au chapitre 47. Reprenez donc la méditation initiale destinée à calmer le mental, ce mental qui n'a de cesse de nous éparpiller et de nous masquer l'unité de l'univers. En position de méditant, descendez en vous, explorez votre moi épidermique, avec les limites du corps. Faites le tour du propriétaire. Puis visualisez votre corps, votre moi en train de devenir de plus en plus minuscule à l'intérieur de vous-même. La cage thoracique devient alors immense, comme une énorme voûte dans laquelle descendent les énergies. Vous vous élargissez aux dimensions du Cosmos. Mais maintenant que vous possédez la pratique, ce n'est plus seulement pour vous une « image » comme lorsque vous cherchiez seulement à calmer votre esprit, c'est une sensation vraie. Vous êtes en osmose avec le Tout, le « Tout » de la Création, pas encore Dieu lui-même, qui est l'Un, et beaucoup plus difficilement atteignable, mais ce n'est déjà pas si mal !

Pour vous aider à parvenir à cet état, vous pouvez recourir à la technique de la prière en inspiration : récitez cette prière mentalement par fragments *dans l'inspir,* en vous relâchant totalement dans l'expir. Vous êtes en train d'imiter la loi fondamentale du Cosmos, c'est-à-dire l'alternance entre la concentration et la dilatation.

Quand vous serez rompu à cet exercice, vous approcherez de l'émerveillement : non pas encore l'extase que procure l'illumination divine, mais un émerveillement simple de l'enfance qui vous ouvre à la signification profonde des choses, à la dimension féerique, miraculeuse du monde. Vous ferez la découverte – ou la redécouverte – de l'unité de la Nature, postulat des hermétistes et des alchimistes, aujourd'hui largement confirmé par la science : un est dans tout, tout est dans un. « *Toutes choses viennent d'une même semence, elles ont toutes été à l'origine enfantées par la même Mère* », écrit Basile Valentin, l'une des figures de proue de l'Alchimie.

Le mode de pensée occidental nous a fait perdre de vue cette notion que le monde est un. Et si nous avons pu ainsi détruire notre environnement dans l'inconscience, c'est en premier lieu parce nous avons oublié – ou feint d'oublier – que nous lui étions consubstantiels. Un sage soufi essayant d'expliquer en quoi consiste sa religion disait que « *le soufi ne considère pas son propre extérieur et intérieur, mais regarde tout comme appartenant à Dieu* ». Tant il est vrai que cet émerveillement nous laisse déjà deviner ce que l'on peut appeler la loi de causalité, ou le grand Architecte de l'univers, la Divinité, l'Un...

Quand vous aurez ainsi, à l'intérieur de vous, approché l'idée de l'appartenance à toute la Création, vous ne regarderez plus la Nature de la même façon. Vous ne commenterez plus, un peu naïvement, les paysages comme des touristes : vous « nommerez » les choses. Dans la Genèse, Dieu a permis à l'homme de nommer les choses. Qu'est-ce que cela signifie ? Cela signifie les connaître, approcher leur nature secrète, prendre conscience que toute chose créée est un don de Dieu, une œuvre de miséricorde. La Divinité est présente dans le monde qui nous entoure, de telle sorte que nous pouvons, à travers lui, atteindre la joie. Comme l'écrivait magnifiquement le grand poète persan Rumi :

Tous les atomes qui peuplent l'air et le désert
Savent bien qu'ils sont épris comme nous
Et que chaque atome heureux ou malheureux
Est étourdi par le soleil de l'Âme universelle.

J'ai eu personnellement la chance d'avoir une grand-mère qui a su développer en moi le sens du « voyeurisme ». Passionnée de magie, elle me répétait sans cesse : « Regarde, observe... L'Esprit de Dieu est derrière chaque objet, chaque objet a une raison d'être, une signification, chaque objet est symbole et reflet de l'univers... » « Tout est lié », me disait-elle encore. Cette contemplation attentive mène à la prise de conscience que ce monde d'apparence, cette façade floue, cache et révèle à la fois l'autre réalité. Comme Nerval, nous devons faire l'effort de franchir, en « frémissant, les portes d'ivoire ou de corne qui nous séparent de l'invisible ».

Nous sommes dans une culture qui n'a jamais autant fait la part belle au visuel. Mais un visuel médiatique, télévisé, publicitaire, qui flatte avant tout nos vibrations basses, par des images « sensationnelles ». Or l'émerveillement dont je parle passe précisément par l'expérience contraire : de l'extraordinaire vers le plus ordinaire. Cet émerveillement devient un événement quotidien, vécu en permanence, sans cérémonie ni sésame secret. C'est ce que le bouddhisme zen exprime par la formule suivante : « *Au début les montagnes sont des montagnes et les rivières des rivières. Puis les montagnes ne sont plus des montagnes, ni les rivières des rivières.* (Traduisez que l'on intellectualise et romance.) *Mais finalement les montagnes sont à nouveau des montagnes et les rivières sont à nouveau des rivières.* » Ce que dit en d'autres termes, peut-être plus clairs pour nous, le moine chrétien pour lequel « *le contemplatif n'est pas celui qui découvre des secrets ignorés de tous, mais celui qui s'extasie devant ce que tout le monde sait* ».

En somme, cela signifie que l'initié va pouvoir se « contenter » de ce que l'univers lui offre, c'est-à-dire se trouver comblé par ce que la Nature lui donne gratuitement. Se situer par rapport au Cosmos, à toute la Création, est aussi une manière de vivre heureux. À condition bien sûr de savoir contempler, « profiter », et de se sortir le plus souvent possible de l'enfer agité de nos ambitions à court terme.

*
**

Retrouver l'harmonie avec le Cosmos, en effet, implique aussi respecter les cycles qui le régissent et l'animent. Le premier de ces cycles, c'est celui qui a présidé à la Création du monde : l'activité, puis le repos. L'inspiration, puis l'expiration, le flux puis le reflux...

Ainsi la Genèse nous incite à sanctifier le septième jour de la semaine à l'imitation du Seigneur, « *car Il a chômé après Son ouvrage de création* ». Signe de l'alliance entre Dieu et l'homme, ce « jour du Seigneur », sabbat pour les juifs, nous permet de « reprendre haleine » – c'est-à-dire de retrouver le

Souffle de vie. Il nous permet de nettoyer nos neurones fatigués, de purifier notre organisme, et aussi de nous retrouver en nous-mêmes. Le week-end consacré aux dossiers en retard, à la grande bouffe ou aux courses poursuites sur les autoroutes (à moins que ce ne soient les embouteillages) n'est pas le plus fertile moyen de se ressourcer. L'un des tout premiers préceptes fixés par l'Exode pour le jour du Seigneur n'est-il pas : « *Restez chacun là où vous êtes, que personne ne sorte de chez soi le septième jour* » ? Il ne s'agit pas – en tout cas pas au sens strict – de se claquemurer dans sa maison, mais bien de réinvestir son espace intérieur et de réorienter ses activités dans le monde.

Vivre au rythme du Cosmos devrait nous engager aussi à suivre le cycle des saisons. Cela se révèle hélas de plus en plus difficile. L'électricité nous a affranchis des contraintes du jour et de la nuit, et le passage d'une civilisation rurale à une civilisation urbaine a considérablement diminué le respect qu'avaient nos ancêtres de l'alternance des saisons. Et je sais bien qu'on ne peut contraindre les hommes et femmes modernes à vivre à l'heure des poules. Essayez cependant de moins veiller en hiver, faites, comme la Nature, des nuits plus longues à la saison froide, et vous en tirerez d'immenses bienfaits. L'été, en revanche, levez-vous avec le soleil et méditez à l'aube : votre énergie en sera décuplée.

Et, puisqu'il semble qu'on remette au goût du jour la fête, pourquoi ne pas retrouver les célébrations traditionnelles qui saluent le retour de chaque saison ? Fête des Azymes au printemps, fête de la moisson ou des Semaines en été, fête de la récolte ou des Huttes en automne, toutes favorisent la rencontre des rythmes cosmique, terrestre et humain...

Car la fête participe aussi de la mise en harmonie avec le Cosmos ! En dehors des coutumes agrestes, toutes les religions possèdent leurs fêtes propres, liées généralement aux événements de leur histoire sainte. Le mot fête dérive du *festum* latin qui implique une solennité. C'est une journée ou une période divine, que nous consacrons à Dieu. Le calendrier apparaît alors comme une respiration : l'homme rongé par l'angoisse ou le surmenage va pouvoir se régénérer.

Malheureusement, beaucoup de ces fêtes religieuses se limitent aujourd'hui à de simples commémorations, alors qu'elles devraient être une occasion de recréer les énergies des origines. Prendre part à la fête, c'est entrer de nouveau de plain-pied dans une vaste danse cosmique, c'est éviter la sclérose de la routine et retrouver notre aspiration à l'élévation.

La fête, c'est une renaissance, symbolisée un peu partout par cette coutume qui consiste à enfiler des vêtements neufs, ou bien à inverser les rôles de la vie quotidienne : le fou devient sage, le riche devient pauvre, et vice versa. On jette aux orties les vieilles habitudes, on tente de regarder le monde avec un œil différent, pour tâcher d'inventer un nouveau mode de vie.

Alors ne boudez pas votre plaisir. Profitez de la fête pour hâter le pourrissement du « vieil homme ». Posez vos bagages, videz vos poubelles, trempez-vous dans cette fontaine de jouvence qui va vous permettre d'affronter avec plus de dynamisme vos lendemains.

Sur le plan spirituel autant que psychologique, la fête est l'occasion de se ressourcer. Son ludisme permet l'expulsion de nos démons intérieurs, son exubérance est une sorte de catharsis grâce à laquelle nous pourrons – paradoxalement – éviter de sombrer dans l'excès au quotidien, car elle nous réajuste par rapport à la vibration cosmique. La fête, en effet, n'est pas nécessairement synonyme d'abandon à une sorte de paganisme barbare, ni de beuveries suivies de bagarres sur les stades : elle doit être une participation à la joie de la Création, et un partage.

Tant il est vrai que la recherche spirituelle n'implique pas un sérieux empesé mais amène au contraire peu à peu une alacrité communicative, dont les premiers bénéficiaires seront les autres. Ils en ont le plus grand besoin, et nous aussi en retour. Nous sommes presque tous là, à nous regarder en chiens de faïence, oubliant que nous avons été créés, comme le Cosmos, par une volonté aimante. Et que si l'émerveillement retrouvé face à la Création peut nous aider à vivre et survivre sur notre planète, nous avons encore plus à gagner en sachant nous servir de l'Amour.

CHAPITRE SIXIÈME

SE SERVIR DE L'AMOUR

C'est l'amour que je veux et non le sacrifice.

JÉSUS-CHRIST

Se servir de l'Amour ? L'expression va en choquer plus d'un, je suppose. Comment donc ? Un sentiment qui signifie pour beaucoup l'attachement, voire la dépendance, ou même l'oubli de soi (je me suis « sacrifié » pour lui, elle, mes enfants, ma famille, mes amis), voilà qu'on l'utiliserait ? Mais oui ! L'Amour bien conçu représente une arme formidable, pour notre équilibre, notre force, notre réussite, notre bonheur ici-bas et notre chemin spirituel. Mais vous remarquerez que j'ai parlé de l'Amour « bien conçu », et que j'y ai mis une majuscule. Cœurs sensibles, s'abstenir : cet Amour-là ne flattera en rien nos mièvreries affectives, mais nous comblera de bien plus belle façon, et dans tous les domaines.

C'est un lieu commun de rappeler que l'amour manque de mots, surtout en français. On aime pêle-mêle sa mère, la mer, son ami, son mari, les carottes. Et quand on prétend parler, humainement, de l'amour « véritable », on s'égare encore dans un labyrinthe de sentiers épineux. Penchant sensuel, passion amoureuse, amour conjugal, affection filiale, parentale, élan fraternel, amitié, charité : tout ceci relève de l'amour, en effet. Mais savons-nous aimer, et nous en satisfaire ?

N'attendez pas de moi, cependant, que je commence à jeter l'anathème sur le désir, par exemple. Il est un don divin, comme tous les plaisirs des sens que nous procure la Nature. Lorsque nous tombons amoureux, un enthousiasme fantastique, une montée de sève nous soulèvent. Ils sont plus qu'une pulsion de vie : l'attraction qu'éprouvent deux êtres l'un pour l'autre permet d'intenses moments de joie et de communion charnelle, où l'on touche au souvenir de l'androgynie primitive.

Seulement le désir se révèle souvent éphémère et l'amour purement sexuel nous laisse un sentiment d'insuffisance, d'incomplétude. Bien sûr, il constitue un pan de notre être qu'il convient d'explorer. Au risque de glisser dans la débauche... On sait que beaucoup de saints sont passés par là, jusqu'au jour où ils se sont rendu compte que ces excès laissaient un goût de cendres dans la bouche, et que le désir charnel était peut-être là, aussi, pour nous rappeler l'existence d'un besoin supérieur, surhumain.

Nous n'en sommes pas à ce stade : encore une fois, nous ne sommes pas des saints. Mais nous avons tous appris à faire la différence entre l'amour « amoureux » et ce sentiment plus profond que nous portons aux êtres qui nous sont particulièrement chers. Aimer un homme ou une femme d'amour « vrai », dans l'acception humaine de l'adjectif, suppose d'en être amoureux, certes, mais davantage encore. Et dans les autres formes d'amour où le sexe n'a pas cours – amour parental, filial, amical, amour d'autrui –, nous avons tendance à croire que nous parvenons à une relation « pure », et surtout désintéressée.

Le désir veut posséder, l'amour « donne » : c'est du moins ce que nous prétendons. Mais nous savons bien que dans la pratique, si j'ose dire, cette définition ne se vérifie pas toujours. Inconsciemment, impulsivement, nous avons envie de faire des êtres chéris ce que nous attendons qu'ils soient. Nous critiquons nos parents parce qu'ils ne se comportent pas selon nos désirs. Nous attendons de notre conjoint qu'il se révèle un compagnon fidèle à notre « idéal », lui refusant parfois le droit à l'autonomie, ou le servant comme des esclaves afin de mieux nous rendre indispensables, ce qui revient au même. Beaucoup de pères et mères voient en leur progéniture une « prolongation de leur propre existence », oubliant que, si l'on croit à la réincarnation, demain nous aurons une autre vie, une autre famille, une autre descendance ponctuelle dans le temps. En tout cas bien des géniteurs se désolent de voir leurs enfants ne pas « reprendre » leurs affaires, ne pas exercer le métier dont ils auraient rêvé pour eux, ou leur « faire honte » s'ils déméritent à leurs yeux. Nous claquons parfois bruyamment la porte de l'amitié en disant : « Il m'a délaissé, je ne peux accepter son attitude, il ne m'a pas aidé quand j'avais besoin de lui. » Il n'est jusqu'à nos camarades, collègues, patrons, auxquels nous avons lié une partie de nos jours, parfois passionnément, qui ne nous déçoivent, et dont il nous arrive étourdiment de dire : « Après tout ce que j'ai fait pour eux ! »... avant d'aller sangloter dans un coin, blessés de tant d'ingratitude.

En somme, si nous faisons à peu près notre lot – fût-ce provisoirement – de l'Éros païen qui relève non seulement de la sensualité mais d'un élan nous permettant de nous surpasser, nous n'avons guère de talent pour l'Agapé, le moi-pour-l'autre, sans exigence de « remboursement ». C'est humain, me direz-vous, nous ne sommes pas parfaits, ni si généreux. L'ennui, c'est que lorsque nous sommes à la place de l'aimé, nous exigerions volontiers d'être chéris de cette façon-là : avec respect pour notre liberté, indulgence, munificence, fidélité, gratuité totale !

Comment s'étonner, dans une telle contradiction, que le poète s'exclame : « Il n'y a pas d'amour heureux » ?

Et pourtant, s'il n'y a pas d'amour heureux, c'est notre faute ! C'est que nous attendons de l'amour humain un absolu que Dieu seul peut nous procurer. Voilà la grande erreur ! Et qu'on ne se trompe pas sur mes intentions : je ne vais pas vous conseiller de vous enfermer dans l'adoration divine pour vous consoler des insuffisances humaines, mais simplement de vous « servir » de cet Amour divin pour combler vos famines affectives, afin de mieux aimer et mieux être aimé ici-bas, sans souffrir indûment ni faire souffrir les autres.

Ceci dans un premier temps, car nous verrons que se servir de l'Amour comprend bien d'autres avantages, sur les sentiers de la Terre comme sur les routes du Ciel.

*
**

Qu'espérons-nous de l'amour terrestre, fous que nous sommes ? La compréhension totale et le partage. Autant dire l'impossible. Les autres « ne comprennent pas » : nos efforts pour leur être agréables, les blessures qu'ils nous infligent, parfois à leur insu, nos vœux secrets dont nous estimons qu'ils devraient les deviner, nos angoisses personnelles (comme s'ils n'avaient pas les leurs), nos espoirs et nos désespoirs. Partager ? Ils sont tous égoïstes (et nous, donc !), pensant à leurs propres soucis comme nous privilégions les nôtres, manquant de temps et, surtout, se révélant incapables de prendre des décisions à notre place ! On a suffisamment écrit, chanté, pleuré l'isolement mélodramatique des amants, parents, adolescents, patrons, puissants, chefs d'État, artistes ovationnés se retrouvant perdus quand s'éteignent les feux de la rampe pour que je n'en fasse pas moi-même des pages et des pages.

Et pourtant, sur ces chemins de haute solitude, une Présence demeure, qui a tout l'amour du monde à notre disposition. Un amour sans partage et dont nous acceptons néanmoins le partage, nous les jaloux endémiques ! Parce que nous savons qu'il est indivisible, destiné à tous et entier pour chacun. Évidemment, je parle de l'Amour de Dieu.

Alors, en attendant que cet Amour divin nous donne le mode d'emploi de nos sentiments terrestres, réfugions-nous en lui, nous y trouverons une source de réconfort indicible.

Est-il utile de préciser qu'il n'est pas question pour autant de se couper du monde à l'image de certains misanthropes qui pensent ainsi se distinguer de la « masse » et faire partie des élus ? Il suffit de rechercher – sinon encore la béatitude – au moins ce bonheur supraterrestre qui apaisera nos besoins d'absolu.

Ce bonheur, vous le trouverez dans la méditation-prière du cœur, la plus gratifiante de toutes.

La méditation du cœur commence par une attente. Il faut se placer dans une expectative adoratrice, au cours de laquelle tout peut se passer. Le mental est calmé, le remugle intérieur a été balayé, on ne demande rien, il ne reste qu'une prière pure, une vibration « en creux », qui offre la formidable empreinte de nos manques, de nos faiblesses aussi, bref de ce vide colossal créé par notre besoin d'amour. Une loi naturelle inéluctable veut que toute vibration attire une réponse proportionnelle à son intensité. Si vraiment, en pleine humilité, nous restons dans cette intense expectative, la radiation de l'Amour divin va descendre vers nous. La communication s'établit : le cinquième chakra, situé entre les seins, est activé. Nous sentons une chaleur naître dans la région du cœur. Non pas une brûlure qui nous consumerait, mais un doux échauffement : nous nous faisons littéralement « chaud au cœur ».

Une joie immense se développe alors, une joie qui nous fait découvrir soudain qu'en quelque lieu que nous nous trouvions, dans quelque malheur ou dans le plus terrifiant désert, nous ne sommes jamais seuls. Les sphères supérieures nous répondent, et nous sommes submergés. C'est cette vibration inouïe qui, maintenue, nous conduit jusqu'au ravissement. La méditation du cœur nous transforme en « oints ». Nous éprouvons la sensation d'une nouvelle naissance, comme s'il s'était produit une refonte alchimique du moi : notre existence acquiert un autre sens. Nous nous dissolvons dans une tendresse colossale, nous l'accueillons dans les moindres recoins de notre âme, et nous nous en trouvons comblés.

Cette vibration est une vibration féminine, celle de Dieu dans sa Trinité première, dont la Vierge n'était pas exclue. Elle est d'une douceur ineffable et nous plonge dans un état de délicieux abandon, cet abandon auquel nous osons si rarement nous livrer entre humains, même et surtout dans les relations affectives, où règne encore le jeu de la compétition, du charme obligatoire, voire de la possessivité. Cet Amour-là balaie à jamais notre peur de ne pas être aimés. Quelle rassurance ! Nous nous savons enfin acceptés tels que nous sommes. Dieu ne nous aime pas parce que nous avons plus ou moins mérité : Il nous aime, tout court, magnifiquement.

N'oublions pas de Lui en rendre grâces ! Car enfin, nous avons quémandé, supplié, obtenu des bienfaits appréciables en bénéficiant de Son aide, puis connu la Joie. Cela mérite un merci ! Une reconnaissance éblouie pour cet Amour baume céleste, qui devrait nous donner une idée de la gratuité obligatoire de notre amour humain.

Cette leçon, cet exemple nous permettront-ils de mieux aimer les autres, sans rien demander – au moins au nom de ce sentiment – en échange ? Il est vrai qu'à l'issue de ce genre d'expérience, une immense compassion pour l'humanité s'empare de nous : les autres ne sont-ils pas à notre image, solitaires, démunis, quémandant une tendresse régénératrice ? Nous ressentons le besoin de répandre autour de nous cette allégresse qui soudain déborde. À nous de ne pas regimber encore, en nous imaginant que cette tendre générosité risque de nous faire perdre nos atouts, dans la « jungle » de nos chicanes professionnelles ou familiales.

*
**

Nous vivons dans un univers de dureté impitoyable. Là, je suis sûr que tous les lecteurs seront d'accord. Nous devons, dans notre parcours professionnel, parental, conjugal, filial, faire parfois preuve d'autorité, imposer nos vues, démasquer les tricheurs, débusquer les pièges, « gagner ». Et beaucoup d'entre vous pensent bien sûr qu'en pareille circonstance, même si la méditation-ravissement leur a fait prendre conscience de l'humble similitude de tous les êtres humains, ce n'est vraiment pas le moment de se montrer sentimental.

Mais qui parle ici de sentimentalité ? Dieu est-Il sentimental ? Non, Il est bien-veillant, c'est-à-dire qu'il nous considère avec indulgence et qu'Il ne nous veut aucun mal. Si nous L'imitons vis-à-vis de nos congénères, nous puiserons là des ressources étonnantes : dans notre travail, notre famille, nos amitiés, nos rapports aux autres en général. Mesurez l'énorme déperdition de force que représentent vos a priori négatifs contre vos rivaux, adversaires, contradicteurs en tout genre. Vous voilà d'emblée irrités contre eux parce qu'ils ne sont pas de votre avis ou contrarient vos projets. Si vous les considérez comme des créatures de Dieu, d'autres vous-mêmes, en somme, dotés d'une liberté analogue à celle que Dieu vous a offerte, y compris celle de ne pas céder à tous vos désirs, vous allez gagner un temps précieux : celui de la révolte égocentrique, capricieuse, infantile qui consiste à trépigner moralement sans fournir d'arguments valables ni affûter ses armes, en cas de bagarre. Ajoutez que celui qui voit en son interlocuteur un autre lui-même sera beaucoup plus apte à deviner les objectifs réels et les motivations profondes de son « alter ego », voire à déjouer ses manigances. Se « servir » de l'Amour, de cette bienveillance dont Dieu nous fournit l'exemple, c'est faire table rase de tous les « préjugés » qui nous empêchent d'y voir clair. Ce n'est pas se transformer en victime docile, c'est maîtriser dix fois mieux les conflits, et savoir se défendre comme on devrait le faire sur un terrain de sport : dans un combat loyal, où l'on connaît bien l'adversaire mais où l'on ne le hait pas, et où on ne le juge pas.

Car « tu ne jugeras pas », lit-on dans les saintes Écritures. Laissons ce lourd fardeau à la Divinité. Une personne que nous décrétons « détestable » n'est au pire qu'une personne dans l'erreur. Demandons à Dieu de la remettre sur le bon chemin. Cherche-t-elle à nous nuire ? Ne dépensons pas des tonnes d'adrénaline en vitupérant alentour ses mauvaises intentions. Préparons-nous plutôt à l'affronter, mais en faisant notre profit de la loi de non-résistance conseillée par les Textes. Là encore, on se trompe sur leur signification. On a beaucoup glosé sur la terrible exigence du Christ, transmise dans l'Évangile de Matthieu (5, 38-39) : « *Vous avez entendu qu'il a été dit : Œil pour œil et dent pour dent. Eh bien ! Moi je vous dis de ne pas tenir tête au méchant : au contraire, quelqu'un te donne-t-il un soufflet sur la joue droite, tends-lui encore l'autre.* » L'Évangile tente ici de nous faire comprendre que si nous ne répondons pas à l'agressivité par l'agressivité de principe, notre adversaire va se sentir déstabilisé, car ce n'est pas ce qu'il attendait de nous. De même quand la tradition biblique dit : « *Bénis ton ennemi, et tu lui dérobes ses flèches* », elle ne nous incite pas à une hypocrisie vengeresse. Elle veut expliquer que si nous n'opposons pas la violence irréfléchie à l'animosité affichée, nous faisons perdre à notre adversaire une bonne partie de ses moyens. Ce qui ne nous empêchera nullement de faire valoir nos droits. Ce n'est rien d'autre, au fond, qu'un judo mental de première qualité.

Pour ma part, si un ami, sur la foi d'une rumeur, fait irruption chez moi pour me chercher querelle, je refuse de lui répondre du tac au tac, de laisser monter le ton jusqu'à l'irrémédiable. Il est en rage ? J'écoute attentivement ses griefs. Au besoin, je reconnais mes torts éventuels. « Si tu prétends que j'ai agi ainsi, c'est sans doute vrai. J'ignorais que ma conduite ait été aussi répréhensible, mais je te demande pardon, si tu l'as ressenti de cette façon, tu dois avoir raison. » Comme par miracle, la colère de mon interlocuteur – pourtant venu déclarer la guerre – tombe aussitôt et, après une mise au point dans le calme, nous nous quittons réconciliés. Combien de fois ai-je désarmé l'agressivité des gens en refusant de mettre mon ego en avant ! Il y a là une règle naturelle toute simple : lorsqu'une forte vague arrive sur le rivage, elle explosera avec violence si elle se heurte à un rocher, mais viendra mourir calmement sur une grève de sable...

Je me souviens que ma mère répétait souvent ce proverbe espagnol : « Deux ne peuvent se quereller quand un ne veut pas... » Un proverbe dont on retrouve l'écho dans cette formule zen : « *Quel est le bruit d'une seule main ?* » Chaque fois que nous sommes confrontés à un conflit, familial ou professionnel, avant de monter sur nos grands chevaux, essayons d'admettre que nous avons pu jouer un rôle, même indirect, dans la création de cette situation.

« *Vaincs la colère par l'amour, le mal par le bien,* insiste le Bouddha. *Conquiers l'avare par la générosité et le menteur par la vérité.* »

Nous avons beaucoup à gagner dans l'utilisation de cette neutralité bienveillante. Et la méditation, sous toutes ses formes, nous aidera dans l'acquisition de cette qualité. Grâce à notre nettoyage intérieur et à l'Amour que les puissances célestes nous prodiguent dans la prière du cœur, nous apprendrons à nous aimer nous-mêmes. Et si nous nous aimons, nous souffrirons beaucoup moins de l'inimitié ambiante. « *Aime ton prochain comme toi-même* », dit le Christ. Donc commence par apprendre à t'aimer, tu sauras aimer alentour...

Le *Notre Père,* lui, demande à Dieu : « *Pardonne-nous nos offenses, comme nous pardonnons aussi à ceux qui nous ont offensés.* » Et cela, je vous l'accorde, est encore plus difficile. Quand on nous a fait vraiment mal, nous avons plutôt envie de nous venger. Mais quel tracas nouveau, et quelle perte de temps ! N'avons-nous jamais fait souffrir personne, pour nous montrer aussi intransigeants ? Alors pardonnons ! Même forcés et contraints par les Textes, pardonnons ! Vous rendez-vous compte de la liberté que vous allez recouvrer pour vos autres tâches ? Ourdir des « opérations revanches » prend des jours, des mois, des années... Imaginez combien vous vous sentirez désencombré, donc plus fort, si vous renoncez à gaspiller votre énergie vitale dans la rancœur ! Vous n'êtes pas obligé de revoir vos ennemis, vous avez même intérêt à les écarter de votre chemin, mais oubliez-les !

Et puis, il ne faudrait quand même pas trop orienter l'interprétation des Textes, qui ne sont pas seulement des cours de « management » familial, professionnel et autre... Ne pas violenter son prochain, même en cas de rancune, lui pardonner, c'est aussi et avant tout alléger son karma, en tout cas ne pas l'alourdir.

D'autre part, cette prière d'amour qui nous a tant comblés ne signifie-t-elle pas que les autres – comme nous – ont davantage besoin de caresses que de coups ? Faut-il attendre qu'ils deviennent tous agréables, séduisants et parfaits pour commencer à les aimer ? La tâche de l'initié n'est-elle pas de devancer les ignorants dans la voie de la fraternité ?

***

Cette fin de l'ère des Poissons est marquée par un insatiable besoin d'amour, face à un mépris généralisé. Traumatisés peut-être par l'anonymat des grandes foules, égarés dans une civilisation de fourmis, nous souffrons de plus en plus de ne pas « exister ». Beaucoup de jeunes gens cherchent à échapper à ce malaise dans l'exaltation de l'amitié grégaire, des « messes » rock ou des manifestations sportives. Mais chez certains, la souffrance est si vive que pour attirer l'attention ils sont prêts à tout, y compris aux actes d'agression.

N'est-ce pas aussi parce qu'ils souffrent du mépris que les laissés-pour-compte se jettent à corps perdu dans les intégrismes les plus divers ? Ils trouvent là un moyen de « s'identifier » à un mouvement, une bouée de sauvetage dans un monde livré au non-sens, une occasion de « faire quelque chose » et d'échapper à notre dédain.

Chasser le mépris devrait être une des premières tâches de l'initié. La théorie de la réincarnation peut l'y aider. Car celle-ci pose avec vigueur que notre sexe, notre couleur de peau, notre statut social n'ont aucun rapport avec l'élévation de notre âme. Je l'ai dit dans le prologue de ce livre, on peut être chef d'État et traîner un karma effroyable, tandis qu'un mendiant sera plus évolué que celui qui lui fait l'aumône. L'intelligence elle-même n'est pas un titre de noblesse au regard de l'ascension des âmes. Elle est agréable à fréquenter, certes, mais sous l'emprise du mental, elle a souvent tendance à fournir un terreau privilégié aux puissances sataniques. L'intelligence n'est finalement qu'une faculté d'adaptation, c'est-à-dire parfois une forme de fourberie. La véritable clé de la progression, ce n'est pas le jeu cérébral, mais la simplicité. Choisissons le soufisme plutôt que le sophisme.

Et en tout cas, forts des lois de la transmigration des âmes, ne considérons plus jamais avec condescendance ceux qui semblent être, dans l'échelle sociale, « inférieurs » à notre rang.

Nous désamorcerions, là encore, bien des drames en puissance, si nous savions voir notre prochain – même étranger à notre « milieu » – dans cette perspective. Au lieu de détourner le regard de ce qui nous paraît trop différent, si nous le rendions au contraire un peu plus disponible ? L'un des moyens les plus immédiats de développer notre sentiment de fraternité (tous les humains proviennent de Dieu comme moi) consiste à renouveler sans cesse notre curiosité devant la variété infinie des visages humains. Cette variété est une richesse et un émerveillement, même si le mot a de quoi vous surprendre. Travaillant dans la mode, je crois bien connaître la beauté, classique ou exotique. Beauté « évidente » de superbes top-models, sans doute, à laquelle chacun peut être sensible. Mais aussi et partout, dans la rue, au restaurant, dans les transports en commun, beauté de tous les visages – sans exception aucune. Je les ai beaucoup observés, ces visages, au point d'en tirer quelques conclusions, exposées dans mon premier livre : certains traits physiques, comme la taille des lobes d'oreille, ou l'emplacement des pupilles, me fournissent des indications précieuses sur l'« âge » réel des gens. Car il est des âmes vieilles, ayant déjà vécu de nombreuses existences, et des âmes jeunes, qui en sont à leur première incarnation. Et chacune possède pour moi sa valeur. Dieu offre la Nature à notre contemplation, mais à mon sens le plus grand cadeau nous est offert dans les visages, tous différents, tous admirables : car la laideur n'existe pas, ou bien elle n'est qu'une facette du beau. Si vous voulez vous familiariser avec la grande fraternité humaine, commencez par vous abreuver de cette fresque sublime et inépuisable. De plus en plus cosmopolites, nos cités sont dans ce domaine une découverte sans cesse renouvelée. Le visage, seule partie du corps toujours à nu, c'est d'abord un être qui s'offre à nous, dans une vulnérabilité semblable à la nôtre, et qui incite au rapprochement.

Car c'est bien le rapprochement que la fraternité suppose. C'est la « communion » des premiers chrétiens rassemblés dans un corps unique, c'est la réconciliation avec la communauté humaine, c'est la pleine réalisation de l'humanité dans l'être humain. Cette attitude se trouve célébrée dans le *Suttanipata* des bouddhistes comme la meilleure façon d'exister : « *Ainsi qu'une mère au péril de sa vie surveille et protège son unique enfant, ainsi avec un esprit sans limites doit-on chérir toute chose vivante, aimer le monde en son entier, au-dessus, au-dessous et tout autour, sans limitation, avec une bonté bienveillante et infinie. Étant debout ou marchant, étant assis ou couché, tant que l'on est éveillé on doit cultiver cette pensée. Ceci est appelé la suprême manière de vivre.* »

La fraternité, c'est la compassion, exigée aussi bien par le Coran que par les textes judéo-chrétiens et orientaux. C'est le fait de comprendre, et de partager, au moins moralement, les maux d'autrui. On ne peut tous les soulager, certes, mais au moins pouvons-nous essayer de ne pas fermer la porte aux manifestations de sympathie et d'accueil.

Dans toutes les religions, l'hospitalité est présentée comme une vertu divine. Sans doute devrions-nous en réapprendre le sens. Curieusement, le latin établissait un pont phonétique et peut-être étymologique entre l'*hostis* et l'*hospes,* entre l'ennemi et l'hôte, comme pour souligner que la civilisation avait franchi un pas décisif lorsque l'autre, l'étranger, était passé du statut d'ennemi à celui d'hôte. L'Antiquité voyait une source de bénédiction céleste dans l'arrivée du « voyageur », considéré comme le protégé ou le messager des dieux.

Sans doute nous est-il impossible d'héberger tous les pauvres et les étrangers chez nous, mais efforçons-nous de développer nos qualités d'accueil, et de disponibilité. Dans notre cercle familial, amical, et même professionnel, savons-nous « recevoir » les autres ? « Recevoir », ce n'est pas forcément offrir le gîte et le couvert, mais d'abord observer, écouter surtout. Nos contemporains sont perdus dans leurs contradictions, et dans leur complexité, ils cherchent des auditeurs, ils ont besoin de parler. Il n'y a plus de confesseurs, les Églises ont failli. Il nous faut donc chacun avoir ce don d'écoute.

Car au fond, ce que l'on nomme par de grands

mots désuets comme la « charité », ou par des néologismes comme l'« altruisme », c'est d'abord cette attention offerte à nos semblables. Je vais au-devant d'eux parce que nous sommes compagnons de voyage dans cette fragile « piscature barque » dont parle Nostradamus. Je sais que notre évolution, nos destins, sont indissociablement liés. Nous ne pouvons pas nous contenter d'évoluer « chacun de son côté », car en plus de notre karma personnel, nous sommes descendus sur cette Terre pour prendre en charge le karma collectif, somme de toutes les actions humaines. Si je me suis intégré, matériellement, dans cette société, à ce moment historique précis, c'est que les faits positifs comme négatifs des hommes sont aussi les miens actuellement. Je fais partie de ce karma, et donc je dois m'employer à le faire évoluer.

Nous avons dit plus haut que ce dont les êtres humains modernes souffrent le plus, c'est de ne pas « exister » aux yeux des autres, et que là résidait la source de bien des provocations. J'en ai souvent la preuve, quand je vais m'asseoir à une célèbre terrasse de café dans le quartier des Halles, à Paris, lieu central où débouchent plusieurs RER, modernes trains de banlieue. J'ai l'impression de regarder un film en cinémascope dont les centaines de figurants défilent devant moi. Ils sont de toutes les races, de tous les âges, circulent seuls ou en groupe, mais toujours le regard anxieux qui cherche éperdument un autre regard : celui d'un inconnu qui daignerait les considérer comme des êtres familiers, et non des curiosités touristiques. Un des grands crimes de la modernité est d'avoir supprimé cette *agora* où les gens pouvaient se rassembler, échanger leurs points de vue. D'où l'immense solitude des foules urbaines, toutes prêtes, dès lors, à écouter et soutenir le premier « meneur » venu.

À défaut de les haranguer, ce qui serait contraire à mes plus élémentaires principes, au moins je les observe avec aménité. Certains me sourient alors, d'autres me reconnaissent, viennent vers moi, me demandent parfois un autographe. Il m'arrive de proposer à quelques-uns d'entre eux de prendre un verre, et je vois dans leurs yeux combien cette simple invitation les touche et les fait revivre. Une de mes élégantes clientes, mais qui ne rechigne pas à prendre le métro, m'a raconté qu'un jour, saisie de vertige sur le quai, elle a demandé à un jeune Indien de l'aider à regagner la sortie. « Quand j'ai pris le bras qu'il me tendait, j'ai vu Noël dans ses yeux », m'a-t-elle dit. Cette dame n'est pas jeune, elle ne se vantait donc pas là de l'effet de ses charmes. Elle s'émerveillait juste de la simplicité avec laquelle elle avait offert un instant de joie : en traitant d'égal à égal un être qui se croyait sans doute d'une caste inférieure.

*
**

La compassion est l'un des piliers essentiels de la quête alchimique : « *Si tu veux réaliser notre Pierre,* écrit Basile Valentin dans *Le Rebis des douze clefs, sois sans péché, persévère dans la Vertu. Que ton esprit soit éclairé de l'amour de la Lumière et de la Vérité. Prends la résolution, après avoir acquis le don divin que tu souhaites, de tendre la main aux pauvres embourbés, d'aider et de relever ceux qui sont dans le malheur.* »

Encore faut-il nous méfier de la fausse charité. Celle que nous pratiquons pour nous donner bonne conscience, pour nous dédouaner. Comme moi, vous avez sans doute vu des gens qui, au sortir d'un lieu de culte, lançaient une insulte à un passant qui avait eu le malheur de se mettre en travers de leur route. Je sais bien que nous ne sommes pas censés sortir « parfaits » d'une église, mais lorsqu'on apprend aussi peu de son passage dans un lieu saint, on perdrait moins son temps au comptoir d'un bistro que sur un prie-Dieu !

On ne fait pas l'aumône – sous quelque forme que ce soit – pour amadouer la chance, ni pour satisfaire son amour-propre et paraître « bon », ni pour en retirer quelque mérite ostentatoire, encore moins pour alléger son karma. Dieu n'est pas une caisse enregistreuse. Si nous faisons le « bien » dans le but de gagner des « indulgences » pour passer dans les plans vibratoires supérieurs, on ne nous en tiendra pas compte. La récompense ne nous sera donnée que « de surcroît », si nos intentions se sont révélées réellement généreuses, c'est-à-dire désintéressées. « *Pour toi, quand tu fais l'aumône, que ta main gauche ignore ce que fait ta main droite* », nous dit Matthieu (6, 3).

On ne fait pas non plus acte de charité en prétendant « éduquer » pompeusement les personnes dont on croit qu'elles sont ignares sur le plan spirituel. C'est là une tentation fréquente de ceux qui s'imaginent déjà bien avancés sur le chemin de la Connaissance. La sagesse orientale nous met en garde : « *Celui qui croit être sur la Voie du Tao n'est pas sur la Voie du Tao.* » « Le sage n'est pas celui qui prétend tout savoir, mais celui qui est capable d'apprendre de tout homme », confirme un proverbe juif. Aller vers les autres avec le sentiment d'être un individu exceptionnel et merveilleux ne peut que les faire fuir.

Un autre écueil à éviter, dans nos tentations généreuses, est d'en faire un exorcisme à la peur. Essayer d'amadouer les « zoulous » des banlieues en leur témoignant une sympathie tremblante pour éviter qu'ils nous prennent à partie, ça ne marche jamais. N'oublions pas que dans « charité », il y a « chérir » : nous ne pouvons faire vraiment le bien que si nous aimons – toujours de cette bienveillante neutralité divine – ceux à qui nous le faisons. Et si nous les aimons, nous ne saurions avoir peur d'eux. Et si nous n'avons pas peur, ils le sentent, ils s'en réjouissent, contrairement à ce que leurs attitudes provocatrices laisseraient à penser, donc ils ne nous font pas de mal. La vraie générosité implique forcément une absence fondamentale de crainte à l'égard de nos prochains. L'amour est l'antidote de la peur.

Je sais bien que cela ressemble à un conte de Noël, qu'il y aura toujours, ici et là, des chapardeurs en quête de larcins, des malfrats prêts à couper un doigt pour arracher une bague, des forcenés avides de sang, des déséquilibrés irresponsables. Mais au nom du Ciel, ne considérons pas que c'est la généralité, sinon nous entrerons nous-mêmes dans le cycle de la haine, et nous ne ferons plus rien pour sauver l'humanité, c'est-à-dire notre propre état.

***

Cette compassion, cet Amour dont nous devons nous servir pour survivre, individuellement et à titre collectif, il va falloir de surcroît l'élargir à la planète entière. Et là encore, fustigeons la fausse charité, les tartufes du cœur planétaire ! Que penser des États qui vendent partout des armes et qui ensuite montent des opérations « survie » pour se dédouaner, et faire oublier qu'ils ont participé aux crimes qu'ils dénoncent ?

Mieux vaut tard que jamais, me direz-vous. Je ne suis pas de ceux qui critiquent systématiquement la charité organisée, médiatisée, mise sur ordinateur. Qu'elle aide à ramasser quelques millions pour telle ou telle cause, tant mieux. Que nous en tirions l'orgueil d'avoir participé à une noble démarche est beaucoup plus suspect. L'amour doit aller de soi : en ce sens, il ne saurait être déculpabilisateur. Et avant d'être autosatisfait, il doit se montrer efficace. La véritable « utilité » doit être sa primordiale conséquence.

Aujourd'hui, dans une société qui n'a plus de sens à offrir, nombreux sont ceux, jeunes ou vieux, qui caressent le rêve de se vouer à une activité humanitaire. On peut s'en réjouir, à condition de bien mesurer les limites et dangers de cet élan romantique. Les spécialistes des causes humanitaires savent qu'il faut se montrer vigilant sur les motivations réelles de ceux qui proposent leurs services. On ne va pas vers les démunis par condescendance. On les soigne comme ses semblables, et en se donnant les moyens de le faire. En rassemblant ses forces, ses compétences, et en tenant le coup : pas en se disant qu'on « fait le bien ». L'infirmière qui travaille dans un camp de réfugiés en Afrique ne pense pas qu'elle est en train de faire le bien, elle n'en a ni le loisir, ni l'envie : elle pare au plus pressé, exécute son travail, dans la réalité urgente, si horrible soit-elle.

En fait, il ne faudrait pas « faire la charité », mais « devenir » charité, « être » compassion, sans aucun calcul, aucune arrière-pensée, sinon celle d'aider vraiment nos prochains.

Pour cela, il faudra autre chose que la charité au coup par coup, à la mode de nos jours. Celle-ci en effet sera impuissante à éviter les affrontements mondiaux. Cessons de nous rassurer par ces politiques du « pansement » local, et tâchons d'attaquer le mal à son origine. À quoi bon donner deux sous à un pauvre, si l'on passe derrière pour lui « pomper » littéralement ses ressources, lui réclamer le paiement de dettes que nous avons en grande partie suscitées et finalement lui ôter sa dignité ? À quoi bon faire des vœux pieux sur le « développement » du tiers monde si nous continuons de lui soutirer toujours plus d'argent que nous lui en apportons ? Espérons que nos dirigeants occidentaux le comprendront, sinon les grandes guerres de l'Apocalypse auront cours.

*
**

Tant il est vrai que l'amour est non seulement notre arme secrète, notre loi intérieure, mais représente désormais la seule façon d'éviter la destruction apocalyptique. L'humanité est sur le fil du rasoir, entre son salut et sa perte. Son salut, c'est le passage dans l'ère du Verseau, promise à la réconciliation universelle. Sa perte résiderait dans le non-usage de l'amour.

Car l'amour reste à mettre en pratique. La sentence « nous sommes tous frères » relève trop souvent d'un idéalisme lénifiant auquel personne, en fait, ne croit vraiment. L'homme est peut-être un loup pour l'homme, mais il est temps que cela cesse. Regardons la réalité en face : nous sommes à l'heure du choix. Ou nous renonçons tous azimuts à la violence (de quelque nature qu'elle soit), ou nous sombrons dans le néant. Les bons sentiments ne servent à rien, il convient de les appliquer, de les réaliser. « *Celui qui entend et ne met pas en pratique est comparable à un homme qui a bâti une maison à même le sol, sans fondations : le torrent s'est jeté contre elle et aussitôt elle s'est effondrée ; et la destruction de cette maison a été totale* » (Luc 6, 49).

Cette destruction nous guette. La Bible nous a mis en garde contre elle, et le Christ a bien précisé : « *N'allez pas croire que je sois venu abolir la Loi ou les Prophètes : je ne suis pas venu abolir, mais accomplir* » (Matthieu 5, 17).

Méfions-nous ! Ne sombrons pas dans l'erreur de penser que cet amour prôné parfois en termes suaves est un prêchi-prêcha soporifique. « *Voyez ! Qu'il est bon, qu'il est doux d'habiter en frères tous ensemble,* lit-on dans le Psaume 133. *Là, Yahvé a voulu la bénédiction, la vie à jamais.* » Et voilà les sarcasmes qui pleuvent ! Et pourtant cette « douceur » n'est-elle pas préférable à notre barbarie actuelle ? Attention ! N'oublions pas que l'Apocalypse ferme la Bible, avec sa cohorte – possible – de tourments. Apocalypse, certes, veut dire « révélation », mais nous ne parviendrons à ces lumières que si nous changeons radicalement notre façon d'être. « Tout l'amour du monde » est devenu une obligation. Profitons de la prière du cœur, qui nous rapproche de Dieu, pour découvrir cet amour-là. « *Celui qui n'aime pas n'a pas connu Dieu, car Dieu est Amour* », précise la Première Épitre de Jean (4, 8). Cet amour « total » n'implique pas la moindre sensiblerie. Il n'est pas un état d'âme, mais un état de l'âme, une force et une nécessité. Oublions l'anti-solitude, l'anti-peur, l'anti-haine, l'anti-danger, il faut aller plus loin. Parvenir à un amour universel, dépourvu de passion, de désir de possession ou de profit, un amour « neutre » et d'autant plus généreux : nous ne nous en sortirons pas sans cette mutation.

On a usé et abusé de la célèbre citation attribuée à Malraux, selon laquelle « le XXIe siècle sera religieux ou ne sera pas », sans vraiment mesurer la menace qu'elle implique. Malraux n'annonçait pas là une « tendance » à venir, un retour en vogue de la chose spirituelle – comme on prédirait le retour des pantalons à pattes d'éléphant ou du hoola-hoop. Il disait : « Prenez garde ! » L'important, en effet, c'est le second terme de l'alternative : « ou ne sera pas ». Cela signifie en clair que si l'on ne retrouve pas le vrai message des textes sacrés, fait de partage, d'amour, de fraternité, alors l'humanité sombrera inéluctablement dans le néant et la destruction. Ou bien le monde du XXIe siècle s'ouvrira à l'Amour, ou bien il ne survivra pas...

Et encore une fois, il s'agit de « tout l'amour du monde », le plus difficile à envisager pour nous, encore si désireux de fermer les yeux sur cette mondialité, si enclins à croire que nous ne sommes pas responsables de nos frères humains. Souvenons-nous du cri terrible de Caïn après le meurtre d'Abel : « *Suis-je le gardien de mon frère ?* » Eh bien oui ! Nous sommes tous les gardiens de nos frères ! Et c'est à nous que s'adresse la réponse de Yahvé à Caïn : « *Qu'as-tu fait ? Écoute le sang de ton frère crier vers moi du sol !* » Caïn sera épargné, on le sait, mais sa descendance maudite se verra finalement exterminée par le Déluge...

Donc à nous de jouer. La plus grande preuve d'amour que nous donne la Divinité, c'est sans doute d'avoir laissé intact notre libre arbitre. Nous restons maîtres de notre destin, et par là même responsables du sort de la planète. À nous de choisir le chemin que nous voulons emprunter... Dans Son Amour, Dieu aimerait nous indiquer la bonne direction, mais l'option finale dépend de nous. C'est le sens des interrogations lancées par Yahvé à Caïn avant le meurtre : « *Pourquoi es-tu si irrité et pourquoi ton visage est-il abattu ? Si tu es bien disposé, ne relèveras-tu pas la tête ? Mais si tu n'es pas bien disposé, le péché n'est-il pas à ta porte, une bête tapie qui te convoite ? Pourras-tu la dominer ?* »

Pourrons-nous dominer nos tendances à la crispation égoïste ? Saurons-nous nous ouvrir ? Relever la tête pour contempler, à l'image du Sphinx de Guizeh, l'astre solaire, le rayon de lumière divine ?

*
**

Si nous choisissons la bonne voie – pas nécessairement la plus facile –, si après nous être servis de l'amour, nous apprenons à servir l'Amour qui vient de Dieu, cette énergie colossale nous sortira des affres de la matière. L'amour ainsi conclu sera non seulement source de joie, mais une fantastique trajectoire qui poussera chaque être à explorer ses limites supérieures. « *L'Amour est fort comme la Mort* », dit le Cantique des Cantiques (8, 6). Je gagerais qu'il est plus fort qu'elle, quand il vient de Dieu et y mène. C'est « un feu apporté sur terre », pour que les hommes s'aiment dans la dimension divine. À cet égard, les autres représentent – aussi – notre meilleur chemin vers la Divinité. Cet Amour que nous leur portons est une boussole vers la grâce. C'est sans doute pour cela que le Christ dit, dans ce geste célèbre qui montre le chakra du cœur : « *Ceci est le passage qui mène au royaume de mon Père.* »

CHAPITRE SEPTIÈME

TROUVER DIEU ?

Les Pharisiens lui ayant demandé quand viendrait le Royaume de Dieu, il leur répondit : « La venue du Royaume de Dieu ne se laisse pas observer, et l'on ne dira pas : voici, il est ici ! ou bien : il est là ! » Car voici que le Royaume de Dieu est au milieu de vous.

Luc, 17, 20-21

La quête spirituelle et les techniques qui l'accompagnent ont beau nous persuader chaque jour davantage d'une Présence immanente qui nous guide, nous soutient, nous « ravit » parfois, le rêve absolu demeure : apercevoir, ne fût-ce qu'un instant, cette Présence, ressentir cette certitude (douterions-nous encore ?) – trouver Dieu...

Certains êtres humains ont la chance d'avoir cette « illumination » sur le chemin de la Connaissance. Brusquement, la Divinité leur apparaît, rayonnement colossal qui éveille toutes les cellules de leur enveloppe corporelle, laquelle s'épanouit alors dans la jubilation de l'amour infini. Des poèmes soufis au Cantique des Cantiques en passant par la « chambre nuptiale » des gnostiques, tous les grands textes du mysticisme ont eu recours au langage amoureux pour exprimer l'ineffable confondement avec la Divinité.

Le sentiment de l'éternité dans le temps présent... Telle pourrait être ma « définition » de l'approche de Dieu, si je ne savais pas, par expérience, que cette proximité est indéfinissable. Comment exprimer la joie de cette longue vibration qui naît alors en vous, ces frissons, ce « transport » qui vous mène aux confins de l'univers, et la grandiose humilité qui en même temps vous saisit ?

Au risque de faire sourire les incrédules, j'avoue avoir vécu, l'espace d'un instant, cette révélation. Dans *Trajectoire,* j'ai raconté comment, après plusieurs années d'intenses prières, au moment où je m'y attendais le moins, j'ai connu cette Lumière qui a changé ma vie. Ce n'était pas dans un lieu saint, mais dans le cadre insolite du stade Pershing, à Vincennes... Une colonne luminescente, semblable à un arc-en-ciel déchirant les nues, a surgi devant moi, me laissant terrassé. Je me suis senti en harmonie parfaite avec le Tout cosmique, happé par cette Énergie suprême qui anime toute chose, confondu avec l'Un. Dans cette infime parcelle de seconde, j'ai fait l'expérience de l'Éternité.

Et j'imagine bien ce que semblable aveu peut avoir d'irritant ! Vous admettez à la rigueur les extases d'un saint Jean de la Croix ou d'une sainte Thérèse d'Avila, parce qu'elles vous apparaissent comme la logique conclusion d'une vie tout entière vouée à la recherche de Dieu. Mais que des hommes du commun, même « croyants », même priant beaucoup, aient cette chance, vous vous dites : « Pourquoi cette préférence, pourquoi pas moi ? » Ne soyez pas trop impatients. Le moment viendra, s'il doit venir, quand vous serez prêts à soutenir la périlleuse rencontre avec l'Indicible. Car si les voiles d'Isis masquent le foyer lumineux, ce n'est pas seulement pour amener l'initié à une découverte progressive : c'est aussi pour nous rappeler que la Vérité est aveuglante... Nombreuses sont les traditions dans lesquelles la Divinité ne peut se révéler à sa créature, sous peine de la « désintégrer » ou de la phagocyter.

Dans notre religion judéo-chrétienne, Dieu S'est ainsi présenté sur terre à Élie et à Hénoch. Tous deux ont été avalés, ils ont disparu dans un tourbillon de feu sans laisser de cendres, leur être tout entier se trouvant transformé en énergie pure. D'où la nécessité pour nous, plutôt que de demander à « voir » Dieu, de nous adresser d'abord à tous Ses intermédiaires qui constituent autant de paliers entre Lui et nous. Ces anges gardiens et Hiérarchies célestes sont là pour nous rassurer, avant l'éblouissement final, sur la justesse de notre itinéraire...

*
**

Car le chemin qui mène à Dieu n'a rien d'une désolante traversée du désert, où seul vaudrait le but du voyage ! L'attente de l'extase est ponctuée de balises réjouissantes. À chaque nouvelle étape, lorsque vous progressez dans le nettoyage de la demeure et la clarification du mental, un moment de joie formidable éclate à l'intérieur de vous. Ce genre de phénomène peut même se reproduire avec régularité, pierres blanches qui vont vous redonner du cœur à la pratique et vous permettre de constater les progrès accomplis. Ces vibrations célestes descendront en vous chaque fois que, dans votre méditation, vous aurez atteint le son juste.

Ne vous focalisez pas sur l'illumination finale. L'important est de savoir qu'en vous mettant en quête *réellement* – non pas pour vous targuer d'un nouvel état de conscience, mais pour parvenir à une Connaissance supérieure – vous verrez peu à peu s'accomplir votre propre transformation. Toute pratique régulière entraîne nécessairement des résultats. À défaut d'expérience extatique, vous ne tarderez pas à sentir s'éloigner les tracas quotidiens. Plus exactement, c'est votre regard à leur endroit qui va changer... Vous allez prendre du recul, de l'altitude. Mais vous allez aussi vous dire : attention ! C'est peut-être un avertissement.

Nous touchons là un sujet délicat, car on risque de dévier rapidement sur le thème de la « punition divine ». Or il ne s'agit pas d'une « punition », mais d'un rappel à l'ordre. Nuance capitale, qui maintient intact l'Amour de Dieu, et Son désir de nous voir progresser. Beaucoup de nos déboires nous ramènent ainsi dans la *réalité* du chemin. Alors au lieu de désespérer ou de nous énerver, pourquoi ne pas apprendre à faire bon usage de ces mises en garde ? Porter d'autres yeux sur nos incidents de parcours, nous responsabiliser davantage...

Si vous écopez d'un procès, n'est-ce pas *aussi* parce que vous n'avez pas su ou voulu négocier à temps ? Si votre enfant se laisse tenter par la drogue, n'est-ce pas *aussi* que vous n'avez pas su lui transmettre un plaisir de vivre ou votre amour ? Et si vous avez un problème de santé, n'est-ce pas *aussi* parce que vous avez trop longtemps négligé l'entretien de votre corps ? Bien sûr, les liens de cause à effet ne sont pas toujours si directs, ils sont même parfois tortueux, mais le principe reste le même : toute épreuve est un coup de semonce. Attention toutefois ! Cela ne vous autorise pas à tirer la moindre conclusion sur les épreuves endurées par les autres : leur destinée vous sera toujours plus impénétrable que la vôtre, et vous ne pouvez en « juger »... Mais en ce qui vous concerne, au lieu de vous indigner – « pourquoi moi ? » – demandez aux puissances divines de vous montrer de nouveau le droit chemin. Vous pouvez même prier avec une certaine violence : « Je suis dans le pétrin, que dois-je faire ? Je m'en remets à Votre volonté, mais venez à mon secours. Donnez-moi un signe ! »

Une fois qu'on aborde une embûche sous cet angle, le miracle se produit : elle tend à s'aplanir, et les signes se font jour. Ma responsabilité assumée, les choses se mettent à évoluer, d'une façon qui ne cesse de m'émerveiller. Plus vous vous crisperez sur un problème, moins vous entreverrez la solution. Si au contraire vous demandez pardon à Dieu, avec sincérité et confiance, si vous cherchez où, dans votre existence, le « bât blesse » et que vous y remédiez, alors le légendaire « cheval du Prophète » vous emmènera sans doute là où se trouve la solution. Et peu à peu, de problème accepté en problème résolu, vous trouverez les voies de la sérénité.

Sérénité... Le mot ne vous plaît pas ? Vous avez tort. Car la sérénité dont je parle n'a rien d'une morne indifférence. C'est déjà, dans son survol des choses de ce bas monde, une merveilleuse approche de Dieu. Pour y parvenir, il faut pratiquer ce que j'appelle la macération. Pour obtenir la pierre philosophale, but ultime de sa recherche, l'alchimiste devait d'abord placer dans un mortier la matière première, l'antimoine, qu'il broyait finement afin de séparer, nous dit Hermès Trismégiste, « le subtil de l'épais ». La macération représente ce travail intérieur grâce auquel la partie lourde de notre être va se décanter pour permettre à la partie subtile, l'esprit, de s'élever. Les faux problèmes se distinguent des vrais, le terrestre du céleste, le momentané de l'éternel.

La macération va venir à bout du doute qui s'empare de vous lorsque, ayant engrangé les lectures, les informations et les expériences, vous ne parvenez pas encore à relier tous ces éléments. Vous avez compris certains points, mais la vue d'ensemble vous fait encore défaut, vous ne savez pas encore saisir tous les messages. Ce savoir accumulé va « macérer » en vous, comme dans un creuset, pilonné par l'espoir... Et puis brusquement, toujours grâce aux techniques de méditation, une illumination intervient et c'est un pan entier de la Connaissance qui s'ouvre à vous dans sa splendeur. Le chemin se déroule devant vous, dallage large et droit. La Connaissance vous arrive dans sa simplicité primordiale, qui dissout l'apparente complexité du monde et des opinions humaines.

Nous sommes alors semblables à cet archer que l'on retrouve dans le zen japonais comme dans l'islam. L'archer vise sa cible, métaphore de Dieu. Il prend son arc, son outil, sa philosophie ; il se campe sur ses deux pieds, maîtrise ses tremblements, positionne la flèche. La tension de la corde figure la méditation, cette prière ardente qui monte de l'archer. Mais tant que la corde reste tendue, il ne pourra atteindre Dieu. Un beau jour, il regarde la cible, la flèche, et son arc, puis se dit : tout cela n'est qu'un. Il lâche prise, et la flèche file droit au but. Elle troue les ténèbres de l'ignorance pour établir un lien direct, en droite ligne, entre le cœur de l'archer et le centre de la cible, entre le noyau de son être et l'Un. C'est la perfection spirituelle, c'est l'union parfaite que chante le mystique musulman Hallaj, que l'on a surnommé le « Christ de l'islam », car sa foi radicale lui valut d'être mis en croix à Bagdad au IXe siècle.

Il n'y a plus entre moi et Dieu d'explication,
ni preuves, ni signes pour me convaincre.
Voici que s'irradie l'apparition de Dieu,
flamboyante en moi, comme une perle irrécusable.

*
**

Pour augmenter l'efficacité de cette macération, et donc pour approcher plus sûrement Dieu, vous pouvez recourir aux bienfaits d'une « retraite ». Cette brève mise « hors jeu » est actuellement à la mode, mais nombreux sont ceux qui abordent cet exercice de la pire manière : ils s'imaginent qu'en se retirant deux jours dans un couvent ou un monastère, ils vont bénéficier de l'hôtel/autel de Dieu, et réfléchir à loisir aux problèmes qui les préoccupent. Dans votre quête divine, admettez que c'est presque une offense. Vous avez des soucis ? Cherchez d'abord Dieu, dans ce lieu « exprès pour ». Vous verrez ensuite combien vos tracas vont se relativiser.

Commencez par « habiter » l'espace de votre cellule, prenez conscience de ce prie-Dieu, ce crucifix ou cette icône qui vont vous rappeler pourquoi vous êtes ici. Absorbez-vous dans ce silence qui, dit la règle monastique, est à lui seul une « grande cérémonie ». Assistez à tous les offices, profitez des bienfaits multipliés de la prière en commun. Vous n'êtes pas là pour analyser votre existence, mais pour vous situer uniquement sur le plan de la vibration, de l'instant présent, et non de la pensée réflexive.

La retraite nous aide à comprendre que les soucis de notre vie quotidienne sont comme les avions qui traversent le ciel : ils rompent peut-être le silence et strient l'azur, mais l'immensité du ciel était là avant eux... Nous nous apercevons alors que les plus grands secrets nous sont offerts en permanence mais que nous passons à côté sans les voir, trop fascinés que nous sommes par le passage des avions... Dans ces moments-là, ou bien lorsque vous méditez un texte des Écritures et que le sens profond des mots sacrés jaillit au cœur même de votre être, vous oubliez le fracas des moteurs : vous vous sentez rempli de force et de joie.

Ce n'est pas encore voir Dieu, certes, mais cette vibration-prière s'élève vers les Cieux, et nous avançons soudain d'un pas immense. Nous savons avec certitude que Dieu et Ses Hiérarchies sont autour de nous. Nous sentons leur présence, la caresse de leur souffle, ou leurs rires d'encouragement. Car Dieu est Joie, soyez-en sûrs ! Les souffrances des saints et autres martyrs, nous l'avons déjà dit, sont là pour alléger notre trop lourd karma collectif, mais Dieu, Lui, si nous acceptons de nous en remettre à Son extrême prévenance, est synonyme de bonheur. Et ce bonheur indescriptible est la panacée de tous les dangers. Lorsque vous êtes pris dans cet Amour divin, c'est tout le monde astral qui se penche vers vous et murmure : « Plus rien ne peut t'atteindre. »

Voilà ce que doit être le bienfait d'une retraite. Et il ne s'arrête pas là ! Si vous avez bien compris la leçon, vous serez capables d'« entrer en retraite » n'importe où, dans votre maison de campagne aussi bien que dans un lieu consacré. Un jour peut-être, ces « mises entre parenthèses » deviendront même superfétatoires, car vous aurez réussi à prolonger indéfiniment l'état d'esprit du retraitant...

*
**

Ceux qui ne parviennent pas à cette sérénité suprême sont-ils bien conscients que la clé réside dans l'absolu du lâcher prise ? Toutes les religions insistent sur ce passage obligé vers la Divinité, quel que soit le nom qu'on lui donne : capitulation, annihilation, reddition, abnégation, abandon, obéissance... Le mot même d'islam ne signifie-t-il pas « soumission » ? Notion sujette à tous les malentendus... On entend volontiers par là soumission aux rites et aux dogmes, alors qu'il s'agit de se soumettre à la volonté divine. Et il ne s'agit pas d'une défaite, mais de notre plus belle victoire ! Elle ne nous condamne pas à une apathie servile mais nous jette dans le grand fleuve de la vie. Elle ne nous demande pas d'accepter un joug, mais au contraire de déposer notre fardeau ! Le lâcher prise veut dire : « Cessez de vous contracter inutilement, *quelque chose* vous soutient. » Alors que nous sommes, généralement, dans la position grotesque de ce voyageur qui, monté à bord d'un navire, s'obstinerait, contre tout bon sens, à porter ses valises à bout de bras...

Concédons qu'il n'est rien de plus difficile que ce lâcher prise complet. Il revient à accepter tout ce qui nous arrive comme l'expression de l'Amour de Dieu à notre égard, et Son désir de nous montrer le chemin. Bien plus que de nous rendre disponibles aux vulgaires contrariétés de la vie, cela signifie accueillir sans peur la maladie, la vieillesse et la mort. Quoi de plus révélateur de notre angoisse contemporaine que l'évacuation systématique de ces trois notions clés ? Les malades et les vieillards sont mis en quarantaine, non pour leur protection, mais afin de ne pas déranger le reste de la population. On calfeutre les chambres des mourants, on enterre les morts au petit matin, à la va-vite... Et pourtant, qui ne voit que c'est la non-acceptation de la vieillesse et de la mort qui nous empêche d'être heureux ? Ce refus tétanique nous rend avides de pouvoir, de richesses, de plaisirs, comme pour compenser notre peur panique. Effort vain, vu la brièveté du passage ici-bas...

Nous sommes si désemparés que nous ne nous intéressons de nouveau à nos morts que pour les rappeler à l'aide lorsqu'ils ont quitté leur dépouille ! Nous leur demandons de déplacer les tables, ou bien nous quémandons un soutien moral. Ce qui n'est pas à faire, nous l'avons déjà signalé. « *Laissez les morts enterrer les morts* », disait brutalement le Christ. Une âme défunte est plongée dans un univers énergétique, où elle va lentement franchir les paliers du Ciel. De quel droit l'interromperions-nous dans son ascension ? Pleurer ses morts est un crime, nous devrions « rire nos morts » ! Leur dire, au lieu de les ramener vers nous : « Ne te détourne pas de la Divinité, monte vers elle et notre joie sera plus intense. »

Veillons à ce que notre intérêt pour la spiritualité ne devienne pas un voile supplémentaire grâce auquel nous masquerions la vieillesse et la mort. Nul évidemment ne peut prouver Dieu, ni la théorie de la réincarnation, mais lorsque notre conviction relève du *ressenti,* nous savons que nous n'avons pas cherché là une réponse commode à notre peur de mourir, comme le prétendent les incrédules. Nous ne nions plus la souffrance ni le malheur, nous cessons simplement de les placer en conflit irréductible avec la vie.

Une des paroles les plus éclairantes de la Bible est peut-être cette phrase extraite du Livre de Job (2, 10) : « *Si nous accueillons le bonheur comme un don de Dieu, comment ne pas accepter de même le malheur !* » Ce que le *Tao tê King* dit en ces termes (chapitre 57) : « *Le malheur porte le bonheur, le bonheur sous-tend le malheur.* »

De tout temps, l'homme a cherché le bonheur. Mais sa quête n'a-t-elle pas reposé sur de terribles quiproquos ? Nous avons espéré une permanence du plaisir, un état qui expulserait tout désagrément. D'où les tragiques méprises de notre civilisation : nous avons confondu le bonheur avec l'accumulation et le confort matériels. Prenons garde à ne pas tomber sous le charme d'une autre illusion, qui consisterait à chercher la félicité dans l'évasion spirituelle. La quête spirituelle n'a rien d'une fuite illusoire : c'est une longue marche vers la réalité. N'est-il pas temps de comprendre que nos conceptions dualistes, séparant le bien et le mal, le rationnel et l'irrationnel, le bonheur et le malheur, nous enferment dans d'interminables dilemmes et frustrations ? Je ne nie pas l'existence du bonheur, mais je lui préfère pour plus de clarté le terme de sérénité, car le vrai bonheur passe d'abord par la prise en compte du malheur.

« Que Ta volonté soit faite, et non la mienne ! » Aucun initié ni adepte ne peut prétendre connaître cette volonté. Nous devons l'accepter quelle qu'elle soit, en sachant qu'elle sera bien pour nous. Encore une fois, aucun fatalisme ici : il s'agit au contraire de faire face, de se colleter non pas avec « ce qui devrait être » mais avec « ce qui est », afin de mieux rebondir. N'est-ce pas là encore se remettre en prise avec le Temps présent ?

Cette attitude est d'ailleurs la seule qui vaille d'un point de vue logique. Qui s'épuiserait à nager contre le courant alors qu'il suffit de se laisser porter ? Qui a pu résister à la volonté divine et demeurer en paix ? demande le Livre de Job. En m'abandonnant au vouloir divin, je ne m'aplatirai pas servilement, je m'élèverai vers lui.

***

Loin de rester une simple « technique », la méditation du cœur envahit peu à peu notre façon de considérer l'existence. La prière devient un état, et notre vie une oraison. « Pense à Dieu plus souvent que tu ne respires », disait Épictète. Après la prière-litanie, la prière-demande d'aide, la prière du cœur, nous voici prêts pour la prière-adoration, l'appel ébloui de la Divinité.

Et n'allez pas croire que cette prière perpétuelle soit réservée aux ordres contemplatifs. N'allez pas vous en priver sous prétexte que vous « n'avez pas le temps ». Dieu ne prend pas de temps, puisqu'Il est toujours là ! On travaille, on mange, on discute, la prière continue. Quand j'inspire, je prie ; en expiration, je prie encore. On parvient ainsi à faire de la respiration un acte d'adoration. « Penser à Dieu », ce n'est pas se perdre dans des arguments théologiques, c'est simplement vivre dans Son Énergie.

Lorsque la Vierge, dans ses apparitions récentes, nous presse, pour enrayer la course folle de l'humanité vers la destruction, de « devenir des êtres de prière », elle ne nous demande pas de consacrer un quart d'heure de notre planning à de vagues incantations, mais de parvenir à cet état d'homme nouveau, capable de porter sur le monde un regard unifié par une compréhension retrouvée. Une âme qui, comme disent les gnostiques, peut affirmer qu'elle « s'est connue elle-même et a ramassé ses membres dispersés ». Surmontés, la complexité du monde et l'écartèlement de son moi, ainsi que les dualismes sources de stress ! Jusqu'à l'opposition traditionnelle entre vie active et vie contemplative qui s'efface d'elle-même.

« *Heureux les unifiés et les élus : vous trouverez le Royaume, vous êtes issus de lui et vous y retournerez* », lit-on dans l'Évangile de Thomas (logion 49). Le texte grec dit : heureux les *mona-*

chos, qui ne sont pas seulement les « moines », mais aussi tous ceux qui ont su reconstruire leur cohésion primordiale.

Ce même Évangile apocryphe de Thomas (logion 22) résume par cette unicité, dont l'image est la simplicité enfantine, le secret qui doit nous permettre d'accéder au confondement avec Dieu :

Jésus vit des petits qui étaient au sein.
Il dit à ses disciples : « Ces petits qui tètent
sont semblables à ceux qui entrent dans le
[Royaume. »
Ils lui demandèrent :
« Alors, en devenant petits, nous entrerons dans
[le Royaume ? »
Jésus leur dit :
« Lorsque vous ferez le deux Un
et que vous ferez l'intérieur comme l'extérieur,
l'extérieur comme l'intérieur,
le haut comme le bas,
lorsque vous ferez du masculin et du féminin
un Unique,
lorsque vous aurez des yeux dans vos yeux,
une main dans votre main,
et un pied dans votre pied,
une icône dans votre icône,
alors vous entrerez dans le Royaume ! »

Cette unité, est-il besoin de le souligner, c'est celle que nous recherchons depuis le début de notre quête : résistance à l'éparpillement du mental, osmose reconquise entre notre corps et notre esprit, réconciliation de l'individu social et de l'être humain spirituel, harmonie réinstituée avec le Cosmos, solidarité dans l'amour fraternel... tout un vaste travail de ré-union qui, peut-être, sera couronné par la fusion avec la Divinité.

*
**

Et pourtant cette unité, comme elle nous fait cruellement défaut, et comme nous aimerions la voir exaltée ou mise en pratique par les Églises ! Partout elle est battue en brèche par le règne du fanatisme ou du repli identitaire...

Au long de ces pages, nous n'avons cessé de faire appel à des textes extraits des grandes religions, en nous limitant volontairement aux trois piliers judéo-chrétien, musulman et oriental. Sur ces piliers, nous avons appuyé indifféremment nos exercices pratiques, montrant à quel point, si la forme extérieure, rituelle, pouvait varier, le but était partout le même, celui d'assurer notre bien-être et notre salut. En somme, nous avons continuellement apporté la preuve que ces grandes religions se rejoignaient. Or malgré cette évidence, nous voyons partout les « religieux » s'entre-déchirer, revendiquer la suprématie de leur croyance, de façon verbale le plus souvent, mais aussi les armes à la main. Au lieu de constituer le dernier rempart face à la guerre et à la haine, les religions actuelles en sont plus souvent le prétexte, le catalyseur, ou le ferment.

Et pourtant... Si je reconnais pour mienne une religion donnée, parce qu'elle correspond à la civilisation dans laquelle je me suis incarné, dois-je nécessairement rejeter du côté de l'erreur et du mensonge toutes les autres voies ? Ce problème qui a longtemps entretenu les arguties entre théologiens et athées est en passe de devenir un enjeu majeur pour la paix de demain...

Pour le résoudre, il faudrait d'abord établir une nette distinction entre les Églises « historiques », officielles, et le message qu'elles sont censées véhiculer, et qu'elles dénaturent sans vergogne, sous prétexte de prosélytisme. De ce gouffre entre « institution » et « inspiration » surgissent les plus effroyables malentendus. Qui pourrait soutenir que le véritable islam est à chercher dans les intégrismes actuels, que l'Inquisition ou les déchirements irlandais sont le vrai visage du christianisme, ou que la sagesse orientale s'illustre avantageusement dans les combats meurtriers qui opposent les sikhs et les hindous ? Le judéo-christianisme, que nous nous plaisons à croire proche des déshérités, a longtemps été le compagnon de conquête du colonialisme occidental, au point que pour le définir, on a pu dire avec ironie qu'il « avait quelque chose à voir avec le port du pantalon ». Les religions n'échappent pas au désir de domination et de prestige...

Heureusement, l'initié s'habitue très tôt à prendre un recul salutaire vis-à-vis de ces caricatures séculières. Il sait débusquer, dans ceux qui prétendraient encadrer sa quête, les manipulateurs coupés de l'Esprit divin. L'Apocalypse apocryphe de Pierre nous incite à nous méfier de ceux « *qui se donnent le nom d'évêques et de diacres comme s'ils avaient reçu de Dieu leur autorité. Ils ploient sous le jugement de leurs chefs. Ces gens-là sont des canaux asséchés* ». Autrement dit, le flux de l'Énergie suprême cesse de passer à travers eux, ils ont perdu la clé du Royaume.

Les « ultras » des différentes religions font songer à ces observateurs qu'un prince envoya dans une grande salle plongée dans le noir, afin qu'ils lui en rapportent la description d'un éléphant qui venait d'être capturé. Le premier, qui toucha la trompe, décrivit l'animal comme un long serpent sinueux ; un second, qui heurta une patte, parla d'une colonne inébranlable, tandis que le troisième, qui tâta le flanc, évoqua une large étendue rugueuse... En nous limitant à nos perceptions parcellaires, nous aboutissons forcément à un antagonisme irréductible... sans voir que nous parlons tous de la même chose ! Un Dieu unique, une Vérité sur laquelle chaque religion apporte son éclairage propre. Alors pourquoi nous battre pour décider laquelle des religions – avec ses moyens imparfaits car humains – L'approche et Le sert au mieux ? Pourquoi ne pas se reporter plutôt à la parole même des grands Initiés et des plus hautes figures de la mystique ? De quelque confession qu'ils soient, ils n'ont cessé de prêcher une tolérance universelle.

Les esprits éclairés ont bien vu en effet qu'à dénigrer une croyance « étrangère », on finissait par jeter le discrédit sur sa propre foi en l'enfermant dans le sectarisme. Au IIIe siècle avant Jésus-Christ, le grand empereur indien et bouddhiste Asoka fit graver dans le roc cette inscription, qu'il est encore possible de déchiffrer aujourd'hui : « On ne devrait pas honorer seulement sa religion et condamner celles des autres, mais honorer les religions des autres pour cette raison-ci ou pour cette raison-là. Quiconque honore sa propre religion et condamne celles des autres le fait bien entendu par dévotion, en pensant “je glorifierai ma religion”. Mais au contraire, en agissant ainsi, il lui nuit gravement. Ainsi la concorde est bonne : que tous écoutent et veuillent bien écouter les doctrines des autres religions. »

Face à l’expansion du fondamentalisme, quel réconfort d’entendre le Bouddha, pourtant fondateur d’un des mouvements de pensée les plus importants de l’humanité, déclarer : « *Il n’est pas convenable pour un homme qui soutient la Vérité d’en venir à la conclusion : “Ceci est la Vérité et tout le reste est faux”* » !

Pourquoi occulte-t-on à plaisir le verset 68, sourate 5, du Coran, dans lequel Mahomet tend la main aux juifs et aux chrétiens en exhortant ainsi ses fidèles : « *Vous qui avez reçu l’Écriture, vous serez dans l’erreur, tant que vous ne vous conformerez pas à la Torah, à l’Évangile et à ce qui vous est révélé de la part de votre Seigneur* » ? Car le pratiquant sait bien que « *Dieu est mon Seigneur et le vôtre ; j’ai mes œuvres et vous avez les vôtres. Dieu nous réunira tous, car il est le terme de toute chose* » (sourate 42, 15).

Pour avoir professé cet universalisme, certains maîtres soufis ont pourtant encouru les foudres de la religion officielle, qui les a accusés d’hérésie. Il en a été de même de nombreux mystiques qui, s’appuyant sur une expérience intuitive ou illuminative, ont osé affirmer au retour de leur extase qu’ils ne préféraient aucune doctrine en particulier.

Dès qu'il est suffisamment avancé, l'initié peut en effet poursuivre avec un certain détachement à l'égard des pratiques légales. Visant une réalité intérieurement vécue, sa quête dépasse les observances conventionnelles. Il recherche dans la Parole une nourriture à plusieurs niveaux. « *Si tu veux le noyau, tu dois briser l'écorce* », dit Maître Eckhart, le prédicateur rhénan. L'important est d'aller toujours plus avant dans le sens caché des mots, quelle que soit la religion qui bercera notre enfance. C'est ce qu'exprime avec poésie Ibn Arabi, le grand maître de l'ésotérisme musulman (1165-1240) : « *Mon cœur est capable de devenir toute forme : cloître du moine chrétien, temple des idoles, prairie des gazelles, pierre noire des pèlerins, Tables de la Loi mosaïque, Coran... Amour est mon credo et ma foi...* »

Un de ses contemporains, le fameux poète-apothicaire Attâr, auteur du *Langage des Oiseaux*, conte dans lequel la diversité des chants vient suggérer la variété des approches de Dieu, ne se contente pas quant à lui de prôner la tolérance. Il prophétise un retour à l'unité : « *Je sais de science certaine que demain les soixante-douze sectes ne feront qu'une. Pourquoi dirais-je que celle-ci est mauvaise, celle-là bonne puisque, si tu y regardes bien, elles sont toutes à la recherche de l'Être suprême ? Veuille, Seigneur, que nos cœurs s'occupent uniquement de Toi et rejettent loin de Toi le fanatique.* »

*
**

Aujourd'hui, ce chemin vers l'unité – vers la « réconciliation » religieuse – n'est pas le privilège des « extatiques ». Il fut un temps, certes, où les religions étaient, les unes par rapport aux autres, aussi secrètes que sacrées. Les contacts étaient rares, interdits, alors qu'aujourd'hui tout chrétien a la possibilité de s'informer en profondeur sur la religion juive, les religions orientales et l'islam. « *Je me méfie de l'homme d'un seul livre* », disait saint Augustin. Faisons donc preuve de curiosité. Sans obligatoirement devenir des experts en religions comparées, remplaçons nos rejets par un désir de compréhension et d'ouverture. Car enfin, si vous croyez à l'existence d'un Dieu unique, d'un Dieu-Amour, pensez-vous réellement qu'Il se soucie de savoir dans quelle langue s'exprime la prière que vous Lui adressez ? Qu'Il s'intéresse au fait que vous vous présentiez à Lui assis, à genoux, ou en tailleur ? Qu'Il privilégie tel culte ou tels rites ?

Loin d'être seulement désirable, cet œcuménisme élargi devient aujourd'hui une obligation. Tout autre choix mènerait à l'affrontement généralisé. On sait que les arrière-plans culturels ou religieux sous-tendent tous les conflits, même économiques. Le dialogue entre les différentes religions relève désormais de l'urgence. C'est le meilleur moyen de trouver un modus vivendi avec ceux qui sont nos voisins, et que nous serons de plus en plus amenés à côtoyer dans notre village planétaire.

Vatican II a fait à cet égard un pas timide, encore que bien théorique, dans la bonne direction. Au début des années 60, et pour la première fois, un Concile reconnaissait du bout des lèvres la valeur des autres religions : « *Depuis les temps les plus reculés jusqu'aujourd'hui, on trouve, dans les différents peu-*

ples, une certaine sensibilité à cette force cachée qui est présente au cœur des choses et des événements de la vie humaine, parfois même une reconnaissance de la Divinité suprême ou encore du Père. » Mais depuis, où sont les réelles avancées dans le dialogue ? Pourtant, ce que nous demandons aux différentes religions ne devrait rien avoir d'exorbitant puisqu'il s'agit en définitive de vivre en conformité avec leur message de paix...

Au fond, il faudrait que chacun comprenne que la séparation entre le vrai et le faux ne passe plus entre une confession et les autres, mais qu'elle se situe à l'intérieur même de chaque religion. Nous devrions pouvoir reconnaître ce qui, dans nos rites, nos dogmes et même dans certains textes, doit davantage à l'altération historique qu'à la Vérité révélée. Faire le tri de ce qui appartient à la lettre et à l'esprit, à l'exotérique et à l'ésotérisme...

*
**

Une telle lecture, qui redonnerait vie à l'esprit des Textes, fonderait sans doute la religion universelle annoncée par toutes les prophéties. Cette évolution est inscrite dans le déroulement des cycles de l'histoire humaine. À chaque ère nouvelle est associée une morale différente. L'homme a ainsi connu successivement la religion du Taureau, reposant sur le sacrifice, puis celle du Bélier, fondée sur la justice, enfin celle des Poissons, ère de l'amour annoncé. L'ère du Verseau sera celle de l'amour réalisé, où l'on en finira avec les bondieuseries, la pompe ostentatoire et les dogmes imposés de nos religions actuelles. « *La gloire à venir de ce Temple dépassera l'ancienne, dit Yahvé Sabaot, et dans ce lieu je donnerai la paix* », lit-on dans le Livre d'Aggée (2, 9). Une morale « naturelle » aura remplacé la morale du devoir.

On ne peut guère en dire plus sur cette religion encore à venir, si ce n'est qu'elle sera à la fois nouveauté radicale et retour aux sources. Tout héritage est métamorphose, dit le penseur... Mais comment parvenir à cette métamorphose ?

Peut-être faudrait-il se souvenir de la fameuse histoire biblique de Hiram, le maître constructeur. Le roi Salomon était hanté par le désir d'élever un temple dans lequel il pourrait servir dignement la Divinité. N'étant pas capable de construire lui-même ce temple, il fit appel au maître constructeur Hiram, surnommé le « transfiguré », celui qui possède la force intérieure, et les secrets de fabrication... Si les Églises actuelles veulent nous sortir de l'impasse – et s'en sortir elles-mêmes –, elles devront sans doute accepter l'aide du mysticisme ésotérique. Longtemps, la religion s'est acharnée à rejeter le mysticisme du côté de la folie, et l'ésotérisme du côté de l'occultisme. Sans doute défendait-elle là son pouvoir sur les hommes, en faisant un procès d'intention sans fondement. En réalité, l'ésotérisme et le mysticisme s'attachent à découvrir la signification cachée des Textes, *intérieure,* par opposition à leur présentation extérieure. Loin d'être de dangereuses déviances, ces mouvements pourraient bien constituer le garde-fou nous empêchant de basculer dans l'intégrisme.

Car de tout temps, les grands Initiés ont su établir des ponts entre les différentes traditions, et s'enrichir mutuellement. Ils ont été les dépositaires de la « Parole perdue », de la vraie Connaissance. Avec quelques lieux de rencontre privilégiés... L'Égypte, où se sont croisés les Savoirs atlante, hermétique, puis soufi. La Perse, où le contact a été instauré avec les traditions zoroastrienne et hindouiste, et où les confréries chrétiennes et musulmanes ont appris les techniques respiratoires du yoga. L'Espagne bien sûr, où ont fleuri les alchimistes inspirés par les savants arabes et les kabbalistes juifs auteurs du *Zohar*, l'Espagne où sont nés deux grands mystiques que l'on a souvent comparés malgré leur différence de culture, le soufi Ibn Arabi et le chrétien saint Jean de la Croix. Il faudrait des volumes entiers pour suivre les extraordinaires entrelacs de toutes ces influences grâce auxquelles a été préservée l'étincelle du feu sacré, prête à rejaillir.

L'Église, pour sa part, a toujours jeté l'anathème sur l'ésotérisme chrétien, qui s'est trouvé marginalisé. Le bouddhisme n'a pas commis cette erreur, qui s'est toujours enrichi de ces pointes fines que sont le zen ou le Tao. L'islam lui-même, en dépit de certaines tensions épisodiques, ne s'est jamais coupé du soufisme. Quoi qu'il en soit, gageons que la religion de l'ère du Verseau puisera ses forces vives dans l'Esprit et non dans la lettre.

*
**

« *Il n'y aura qu'un seul troupeau, un seul pasteur* », nous dit Jean (10, 16) à propos de l'ère nouvelle. Nous devons cependant prendre garde à la tentation globalisante comme au syncrétisme naïf. Lorsque je parle d'un œcuménisme « élargi », il ne s'agit pas de vouloir résorber à tout prix les différences qui font l'originalité du christianisme, de l'islam ou du bouddhisme, mais seulement de rétablir les ponts intérieurs qui nous permettent de communiquer de l'un à l'autre, sans effacer nos richesses propres.

Quand saint Augustin dit se méfier de l'homme d'un seul livre, il nous met en garde aussi bien contre les œillères du fondamentalisme que contre la tentation d'une religion « totalitaire ». Et si j'évoque une religion universelle, je n'appelle pas de mes vœux la disparition de tous les particularismes des multiples confessions. Il s'agit seulement – mais c'est énorme – de parvenir à une unité supérieure, qui serait d'ordre spirituel et intime. Les religions, avec chacune ses spécificités, apparaîtraient alors comme des fenêtres de formes différentes ouvertes sur le même Ciel, ou mieux encore comme les couleurs formant le spectre chromatique, et réunies en une seule source de lumière.

Le mythe de la tour de Babel nous a prévenus, en effet, contre le rêve d'une culture unique et apparemment favorable à la paix mondiale, puisque tous travailleraient à la réalisation d'un même projet. Tentation rampante aujourd'hui que cette civilisation globale et uniforme... Or Dieu a mis fin au projet fou des bâtisseurs en créant la multiplicité des langages. La Bible ne pouvait nous montrer plus clairement que l'idée d'un système totalitariste comme remède à tous nos problèmes est une idée perverse, issue de notre orgueil et de notre tendance à la démesure. À l'instar des personnes humaines, les religions doivent prendre conscience qu'elles sont « semblables mais différentes » : alors seulement notre œcuménisme élargi sera la base d'une rencontre, d'un échange, d'un enrichissement réciproque.

*
**

Malheureusement, nous sommes bien obligés de constater que nous n'en prenons guère le chemin... Les rares incitations au dialogue sont presque aussitôt réduites à néant par un vieux réflexe de crispation. En ce terme du Kali-Yuga, l'âge des ténèbres grandissantes, on est visiblement moins disposé à la réconciliation qu'à l'affrontement. Il serait cependant grand temps de réagir. La prolifération des sectes religieuses et la guerre qu'elles vont se livrer sont l'un des premiers signes annoncés de l'Apocalypse, ne l'oublions pas. Mais nous ne savons pas lire les signes...

Pourtant, ceux-ci ne manquent pas à celui qui sait voir. Ainsi, en 1993, des astronomes américains détectent un objet, une comète, se dirigeant vers Jupiter : ils la baptisent de leurs propres noms, Shoemaker-Levy, en y ajoutant le chiffre 9, car c'est leur neuvième découverte. En juillet 1994, cette comète vient frapper la surface de Jupiter. En fait elle s'est fragmentée auparavant en vingt-deux astéroïdes, formant un curieux collier de perles cosmiques. Les impacts, d'une violence inattendue, sont aisément observables depuis la Terre...

Pour celui qui manie la kabbale phonétique, le message apparaît clairement. Shoemaker, c'est le cordonnier, le fabricant de chaussures, des étuis qui vont enserrer le pied. Or celui-ci est, avec le poisson, le symbole du Christ, qui lave les pieds de ses disciples, comme pour les purifier de leurs faux pas. Le « shoemaker » annonce ainsi la fermeture de l'ère des Poissons. Levy figure le troisième fils de Jacob et Léa, l'ancêtre, donc, d'une des douze tribus d'Israël. Les « fils de Lévi » sont présentés dans la Bible comme les garants de la descendance, les châtieurs des adorateurs du Veau d'or, et ceux qui devaient transmettre l'enseignement de la Loi...

Shoemaker-Levy 9... Étrange : le 9, c'est le nombre parfait, 3 x 3 = 9, l'ennéade sacrée pythagoricienne, le chiffre de Dieu le Père. Dieu le Père que l'on retrouve encore dans Jupiter, le Zeus grec, le pouvoir souverain, qui fait tonner la foudre. Quant aux vingt-deux astéroïdes, ils évoquent immanquablement les vingt-deux lames du Tarot : celles-ci ont été abattues, l'Œuvre alchimique est terminé. Autrement dit, les Poissons sont en train d'achever leur cycle, et la fin de cette ère, décrétée par Dieu, nous est annoncée par « les fils de Lévi », pourfendeurs de ceux qui se sont révoltés contre Yahvé. Nous voici entrés dans ce moment terrifiant que le Christ appelle les Temps réduits et dont l'Apocalypse de Jean nous dit : « *Ces temps seront si durs que par amour pour vous je les réduirai.* » Nous sommes dans les temps de l'accélération, du karma direct : les erreurs ne se paieront plus d'une vie à l'autre, mais de manière instantanée.

« *À la fin des Temps,* nous a dit la Vierge dans une apparition récente, *il y aura des signes visibles par le monde entier.* » Or chacun a pu assister, avec une lunette astronomique ou surtout grâce aux images diffusées par les télévisions de toute la planète, à la collision des fragments de Shoemaker-Levy 9 sur Jupiter... S'agit-il de cette comète annoncée par les prophéties, cette « estoile chevelue » venue nous lancer un ultime avertissement ? Personne ne s'en est inquiété. « *Ils auront des yeux pour voir et ne verront point, ils auront des oreilles pour entendre et n'entendront point...* »

Nous entrons de plain-pied dans une période de grande confusion, nous allons au-devant d'un vaste cataclysme et de ces Trois Jours de Yahvé où la colère divine se donnera libre cours. Il semble qu'il va falloir passer par ces tribulations apocalyptiques avant d'entrevoir la réconciliation universelle des habitants de Gaïa, lorsque seront apparues de façon évidente l'inanité de tout fanatisme et la sclérose de certaines religions, incapables de faire face à l'urgence de la situation.

Notre espoir, c'est qu'un événement extérieur d'une effroyable portée, un événement que je perçois comme ne provenant pas de la Terre mais du Ciel, comme cette comète, oblige tous les hommes à se rassembler, à communier et à prier, sous la menace d'un anéantissement. Tous les antagonismes fondront alors comme neige au soleil devant ce péril planétaire. Les gens vont véritablement « ressentir » cette terreur d'une mort de l'humanité, et faire l'expérience spirituelle de leur fraternité.

Alors tout sera possible : débarrassée de tout égoïsme, et de toute obsession matérielle, la conscience humaine pourra modifier dans un sens positif le cours des choses. Cette prière universelle aura véritablement, comme nous le dit la Bible, le pouvoir de « *soulever les montagnes* ». Pourquoi ne dévierait-elle pas la course d'un astéroïde ? Gardons à l'esprit l'espoir communiqué par la Vierge lors de son apparition en 1948 à Kerizinen, en Bretagne : « *Bientôt, lorsque les historiens chercheront l'événement qui a changé la face du monde, qui lui a apporté la paix et la prospérité, ils découvriront que ce ne fut pas une bataille, mais une prière.* »

*
**

Face à une telle urgence, et à une responsabilité de cette ampleur, ne tombons pas dans le piège du découragement solitaire. Nous avons au moins deux excellentes raisons de renforcer au contraire la vigilance et la diligence qui animent notre quête personnelle. D'abord parce que ces Temps réduits jouent aussi en notre faveur : pour la première fois en effet, les âmes ont la possibilité d'escalader plus vite les plans vibratoires, pour accéder en une seule vie à l'illumination divine.

La deuxième raison, c'est que du succès de notre quête dépend la plus ou moins grande violence du passage à l'ère du Verseau, qui sera proportionnelle à notre degré d'élévation spirituelle. Nous pouvons agir, par l'usage que nous ferons de notre libre arbitre, sur les tribulations à venir. Efforçons-nous d'accroître le nombre des justes, ces justes qui auraient permis d'épargner Sodome et Gomorrhe, s'il s'en était trouvé une poignée (Genèse, 18).

Et sachons bien que, quoi qu'il advienne, la trajectoire prévue de notre itinéraire n'est pas la destruction finale mais le retour vers Dieu. « *Tout étant issu de l'Unité, tout doit y retourner de semblable façon* », dit Jacob Boehme dans *De Signatura Rerum.* Seulement cela dépend de notre libre arbitre. Tout ce qui se trouve ici dégénéré, prisonnier du monde grossier, peut prétendre de nouveau à son origine divine, mais il faut pour cela entreprendre une œuvre de réintégration universelle, de régénération de notre être comme du Cosmos tout entier. Là réside le but ultime des alchimistes qui, par leurs manipulations, cherchent à réaliser la transmutation de la matière, la métamorphose qui va sauver l'humanité en la faisant passer à un plan vibratoire supérieur.

De même, si l'initié choisit la Voie étroite, si les croyants font le bien autour d'eux, ce n'est pas pour leur gloriole personnelle ni pour s'assurer une bonne place dans un paradis saint-sulpicien. Leur conversion, leur obéissance à l'égard des commandements divins doivent se répandre autour d'eux en ondes bénéfiques. Isaïe (58, 9-12) nous remplit d'espoir en clamant les effets reconstituants de notre Œuvre : « *Si tu bannis de chez toi le joug, le geste menaçant et les paroles méchantes, si tu te prives pour l'affamé et si tu rassasies l'opprimé, ta lumière se lèvera dans les ténèbres (...). Yahvé sans cesse te conduira, il donnera la vigueur à tes os, et tu seras comme un jardin arrosé, comme une source jaillissante dont les eaux ne tarissent pas. On reconstruira, chez toi, les ruines antiques, tu relèveras les fondations des générations passées, on t'appellera Réparateur de brè-*

ches, Restaurateur des chemins, pour qu'on puisse habiter. »

Comme l'humanité a besoin, aujourd'hui, de ces « réparateurs de brèches » ! Non pas seulement de ces saints et avatars qui, tels des trous noirs, absorbent les forces du mal, mais des gens qui, en eux, dans leur famille, leur lieu de travail, leur quartier, ont retrouvé l'harmonie avec le monde alentour et qui, ayant calmé leur jeu intérieur, savent remédier à la confusion extérieure. D'hostile et de chaotique, notre univers pourrait ainsi devenir un havre de paix. N'attendons pas de miracle du dehors, mais de notre chemin intérieur. En commençant par nous harmoniser, nous ne baissons pas la tête pour ne plus voir ce qui se passe ailleurs : nous nous donnons la force d'y remédier. Hermès le trois fois grand écrivait dans son *Corpus Hermeticum* (I, 31-32) : « *Remplis-moi de force, Dieu père de tout... Alors j'illuminerai de cette grâce ceux de ma race qui vivent dans l'ignorance, mes frères, tes enfants.* » Saint Séraphin disait de même : « *Acquiers la paix intérieure et une multitude d'hommes trouveront le salut auprès de toi.* » Et le *Dhammapada* bouddhiste nous indique que « *même un jeune moine qui se consacre à la Doctrine du Sublime Éveillé illumine ce monde comme la lune émergeant des nuées* ».

Oui, nous pouvons échapper à cette destinée « apocalyptique », sur laquelle nous pensions n'avoir aucune prise. Ne restera alors de l'Apocalypse que sa signification première : la révélation d'un monde meilleur. « *On oubliera les angoisses anciennes,* promet Dieu par la bouche d'Isaïe (65, 16-25), *elles auront disparu de mes yeux. Car voici que je vais créer des cieux nouveaux et une terre nouvelle (...). Le lion comme le bœuf mangera de la paille (...). On ne fera plus de mal ni de violence sur toute ma montagne sainte.* »

Ne vous y trompez donc pas, le travail que nous avons accompli jusqu'ici n'est pas un simple « ravalement de façade ». Ce vers quoi nous poussent l'évolution du Cosmos, la course des cycles, les plans vibratoires et notre karma, c'est un véritable « changer tout ». Certes, chaque époque a pu se targuer d'être un « tournant », mais nous sommes confrontés à un virage en épingle à cheveux. Les mutations qui nous attendent sont grandioses, à nous d'être à la hauteur.

L'ère du Verseau représentera un bouleversement des mentalités, le passage du Troisième au Quatrième Plan vibratoire, notre transfiguration et notre renaissance. Nous touchons le fond du gouffre, et il ne nous reste que deux possibilités : ou bien y disparaître, ou bien rebondir, transformés, forts d'une conscience nouvelle. Ce défi n'est pas celui d'un avenir lointain et utopique, il appartient d'ores et déjà à notre *Temps présent,* aux Temps réduits, au changement d'époque.

Pour relever ce défi, nous avons une main courante, nos techniques de méditation et de prière. Car encore une fois, c'est dans cette pratique au quotidien que s'effectueront les changements réels, et non pas dans nos « bonnes résolutions mentales ». C'est dans cette pratique incessante que vous puiserez la force d'affronter les temps à venir, et la joie du moment présent.

*
**

Finalement, au cours du voyage, même si vous n'avez pas rencontré Dieu, vous découvrirez, stupéfait, que vous avez gagné ce que certains appellent la *foi,* et qui n'est rien d'autre que la *confiance*. Celle qui chasse à jamais la peur et le stress. Cette confiance, n'est-ce pas le vrai bonheur ? La confiance, c'est celle que nous portons à la volonté de Dieu, mais aussi celle que Dieu nous accorde en nous laissant notre liberté d'initiative.

Et si nous craignons encore de ne pas avoir la force de nous élever jusqu'à Lui, rassurons-nous : Il fera la moitié du chemin vers nous. Car Dieu ne prend pas un malin plaisir à se dérober. Il n'attend pas même d'être « découvert », mais seulement « cherché ». Dans la *Bhagavad-Gita* (XVIII, 65) on trouve ces phrases : « *Emplis de Moi ta pensée, deviens Mon amant et Mon adorateur, sois prosterné devant Moi, à Moi tu viendras, c'est l'assurance et la promesse que Je te fais, car tu M'es cher.* » « *Dieu vient à toi dans la mesure où tu vas à Lui* », dit le soufi Ibn Arabi. Et les *Pensées* de Pascal achèvent de nous rassurer : « *Console-toi, tu ne me chercherais pas si tu ne m'avais trouvé.* »

Fort de cette assurance, ne vous souciez pas d'atteindre je ne sais quelle perfection, oubliez vos rêves d'illumination, avancez dans le Présent sans peur de l'inconnu ni phantasmes de châteaux mystiques en Espagne, mais en sachant que le moment venu, Dieu reconnaîtra les siens.

LE TEMPS PRÉSENT

Pour l'heure, travaillez sans relâche à faire fructifier le trésor que vous portez en vous. Cultivez votre paradis intérieur. Car tout réside là, souvenez-vous-en toujours : vous êtes à la fois le Temple, l'Autel et l'Officiant.

BIBLIOGRAPHIE

René ALLEAU, *Aspects de l'alchimie traditionnelle,* Éditions de Minuit, Paris, 1986.

Anthologie de la poésie nordique ancienne, traduction de Renauld-Kranz, Unesco-Gallimard, Paris, 1964.

Jacques d'ARES, *Encyclopédie de l'ésotérisme,* Éditions du Jour, J.-P. Delarge.

Atlantis, nº 364, hiver 1991, « Où en sommes-nous de la fin des temps ? »

Farid ud Din ATTÂR, *Le Langage des oiseaux,* traduction de M. Garcin de Tassy, Éditions Sindbad, 1982.

Raoul AUCLAIR, *La Fin des temps, le nouveau livre des cycles,* Librairie Fayard, 1973. *Kerizinen, apparitions en Bretagne,* Nouvelles Éditions latines, Paris, 1968.

Dr Jean-Luc AYOUN, *Du corps humain au corps divin,* Éditions Recto-Verseau, Chêne-Bourg, 1990.

Michael BAIGENT, Richard LEIGH, Henry LINCOLN, *L'Énigme sacrée ; Le Message,* Éditions Pygmalion-Gérard Watelet, Paris, 1987.

Paul BARGUET, *Le Livre des morts des anciens Égyptiens,* Éditions du Cerf, Paris, 1967.

Élizabeth BELLECOURT, *Nostradamus trahi,* suivi du texte original et complet des dix centuries, Éditions Robert Laffont, 1981.

Charles BERLITZ, *L'Atlantide retrouvée, le huitième continent,* Éditions du Rocher, 1984.

La Bhagavad-Gita, traduction et commentaires par Anne-Marie Esnoul et Olivier Lacombe, Éditions du Seuil, 1981.

La Bible de Jérusalem, Éditions du Cerf-Desclée de Brouwer, Paris, 1975.

Jacob BOEHME, *Mysterium Magnum,* Éditions Aubier-Montaigne, Paris, 1978.

El BOKHARI, *Les Traditions islamiques,* traduction de O. Houdas, Paris, 1914.

Édouard BRICON, *Recueil de prédictions depuis le seizième siècle jusqu'à la consommation des temps,* Librairie catholique Édouard Bricon, Paris, 1830.

Titus BURCKHARDT, *Introduction aux doctrines ésotériques de l'islam,* Éditions Dervy, 1969.

Roger CARATINI, *Le Génie de l'islamisme,* Éditions Michel Lafon, 1992.

Pierre CARNAC, *Le Monde commence à Bimini,* Éditions Robert Laffont, 1973. *Prophéties et prophètes de tous les temps,* Éditions Pygmalion, Paris, 1991.

Georges CERBELAUD-SALAGNAC, *Le Livre des Prophéties,* Éditions Astra, Paris, 1982.

Robert CHARROUX, *Histoire inconnue des hommes depuis cent mille ans,* Éditions Robert Laffont, 1963.

Jean CHEVALIER, *Le Soufisme dans la tradition de l'islam,* Éditions Retz, 1974.

Jean CHEVALIER et Alain GHEERBRANT, *Dictionnaire des symboles,* Éditions Robert Laffont et Jupiter, 1982.

Annette COLIN-SIMARD, *Les Apparitions de la Vierge,* Librairie Fayard, Paris, 1981.

Le Coran, traduction de Kazimirski, Éditions Bordas, Paris, 1991.

Marie-Magdeleine DAVY, *Initiation à la symbolique romane,* Éditions Flammarion, Paris, 1972.

Arnaud DESJARDINS, Véronique LOISELEUR, *En relisant les Évangiles,* Éditions de la Table Ronde, 1990.

Thorwald DETHLEFSEN, *Le Destin, une chance à saisir,* Éditions Randin (Suisse), 1982.

Le Dhammapada, traduction de R. et M. de Maratray, Paris, 1989.

Édouard DHORME, *Les Religions de Babylonie et d'Assyrie,* Paris, 1949.

J. DORESSE, *Les Livres secrets des gnostiques d'Égypte,* Paris, 1958.

Georges DUMÉZIL, *Les Dieux indo-européens,* Éditions PUF, 1957.

Mircéa ÉLIADE, *Le Mythe de l'Éternel Retour,* Éditions Gallimard, Paris, 1969. *Histoire des croyances et des idées religieuses,* Payot, 1976-1982. *La Nostalgie des origines,* Éditions Gallimard, 1971. *Traité d'histoire des religions,* Éditions Payot, 1949.

R. W. EMERSON, *Pages choisies,* traduction et introduction par M. Dugard, Éditions Armand Colin, 1908.

Encyclopédie des mystiques occidentales, sous la direction de M.-M. Davy, Éditions Seghers, 1973.

Encyclopédie des mystiques orientales, sous la direction de M.-M. Davy, Éditions Seghers, 1973.

Évangile de Thomas, traduit et commenté par Jean-Yves Leloup, Éditions Albin Michel, 1986.

Luc FERRY, *Le Nouvel Ordre écologique,* Éditions Grasset & Fasquelle, 1992.

A.-J. FESTUGIÈRES, *La Révélation de Hermès Trismégiste,* Éditions Les Belles Lettres, Paris, 1983.

André FROSSARD, *Le Parti de Dieu, Lettres aux Évêques,* Librairie Fayard, 1992.

FULCANELLI, *Le Mystère des cathédrales,* Éditions Jean-Jacques Pauvert, Paris, 1964.

Jean GABRIEL, *Présence de la Très Sainte Vierge à San Damiano,* Nouvelles Éditions latines, 1975.

André-Marie GÉRARD, *Dictionnaire de la Bible,* Éditions Robert Laffont, 1982.

Josef GIEBEL, *Prophéties face à la science,* Éditions Sand, 1983.

René GIRARD, *Des choses cachées depuis la fondation du monde,* Éditions Grasset, 1978.

Alphonse et Rachel GOETTMANN, *Sagesse et pratiques du christianisme,* Éditions Droguet et Ardant, 1991. *Prières de Jésus, prières du cœur,* Éditions Albin Michel, 1994.

Edward GOLDSMITH et Nicholas HILDYARD, *Rapport sur la Planète Terre,* Éditions Stock, 1990.

Joëlle DE GRAVELAINE, *Prédictions et Prophéties,* Librairie Hachette, Paris, 1965.

Jean GRENIER, *L'Esprit du Tao,* Éditions Flammarion, 1973.

René GUÉNON, *Formes traditionnelles et cycles cos-*

miques, Éditions Gallimard, 1970. *Symboles fondamentaux de la Science sacrée,* Éditions Gallimard, Paris, 1962. *Introduction générale à l'étude des doctrines hindoues,* Éditions Véga, 1971.

HALLAJ, *Diwan,* traduction de Louis Massignon, Cahiers du Sud, 1955.

Serge HUTIN, *Les Civilisation inconnues,* Arthème Fayard, 1961. *L'Alchimie,* Éditions PUF, 1951.

Werner KELLER, *La Bible arrachée aux sables,* Éditions Amiot-Dumont, 1956.

Gaston KEMPFNER, *La Philosophie mystique de Simone Weil,* Éditions La Colombe, 1960.

Dorothée KOECHLIN DE BIZEMONT, *Prophéties d'Edgard Cayce,* Éditions du Rocher, Monaco, 1989.

S. N. KRAMER, *L'Histoire commence à Sumer,* Librairie Arthaud, Paris, 1975.

S. KRAVELIC, *Les Apparitions de Mejdugorje,* Paris, 1988.

Jacques LACARRIÈRE, *En suivant les dieux,* Philippe Lebaud Éditeur, 1984. *Les Hommes ivres de Dieu,* Éditions du Seuil, 1983.

LAO-TSEU, *La Voie et sa vertu, Tao tê King,* texte chinois présenté et traduit par François Houang et Pierre Leyris, Le Seuil, 1979.

Paul LE COUR, *L'ère du Verseau,* Dervy-Livres, Paris, 1980. Paul LE COUR, Jacques d'ARES et Doru TODERICIU, *L'Atlantide atlantique,* Atlantis, 1971.

La Légende immémoriale du dieu Shiva, le Shiva-Purana, traduit du sanscrit par Tara Michaël, Éditions Gallimard, Paris, 1991.

Max LE HIDEC, *Les Secrets de La Salette,* Nouvelles Éditions latines, 1969.

Jean-Yves LELOUP, *Écrits sur l'hésychasme,* Éditions Albin Michel, 1990.

Gilles LIPOVETSKY, *L'ère du vide, essai sur l'individualisme contemporain,* Éditions Gallimard, Paris, 1985.

Michel MALHERBE, *Les Religions de l'humanité,* Éditions Critérion, 1992.

Jean MARKALE, *Les Celtes,* Éditions Robert Morel, 1971.

H. MASPERO, *Le Taoïsme,* Musée Guimet, 1950.

Jean-Luc MAXENCE, *La Mystérieuse prophétie de saint Malachie,* Éditions Oswald, 1979.

Thomas MERTON, *Nul n'est une île,* Éditions du Seuil, 1956. *Mystique et Zen,* Éditions du Cerf, 1972.

Éric MURAISE, *Histoire et légendes du grand monarque,* Éditions Albin Michel, 1976.

Fernand NIEL, *La Civilisation des mégalithes,* Éditions Plon, 1970.

NOSTRADAMUS, *Texte original et complet des prophéties,* commentées par P. Édouard, Les Belles Éditions, Paris, 1939.

Louis PAUWELS et Jacques BERGIER, *Le Matin des magiciens,* Éditions Gallimard, Paris, 1961.

Étienne PERROT, *La Voie de la transformation,* Éditions La Fontaine de pierre, Paris, 1980.

Jean PHAURE, *Le Cycle de L'Humanité adamique,* Dervy-Livres, Paris, 1988. *Les Portes du IIIe millénaire,* Éditions Ramuel, 1994.

PLATON, *Timée,* Édition de la Pléiade, Éditions Gallimard. *Critias,* Édition de la Pléiade, Éditions Gallimard.

André POCHAN, *L'Énigme de la grande pyramide,* Éditions Robert Laffont, 1971.

Les Prophéties de Nostradamus, édition intégrale établie et commentée par Serge Hutin, Éditions Belfond, Paris, 1972.

La Quête du Graal, édition présentée et établie par Albert Béguin et Yves Bonnefoy, Éditions du Seuil, 1965.

Walpola RAHULA, *L'Enseignement du Bouddha, d'après les textes les plus anciens,* Éditions du Seuil, 1961.

Pierre A. RIFFARD, *L'Ésotérisme,* Éditions Robert Laffont, 1990.

Jean ROSTAND, *Inquiétudes d'un biologiste,* Éditions Stock, 1967.

Alex ROUDENE, *Les Prophéties, vérité ou mensonges ?* Les Éditions de l'Athanor, Paris, 1976.

F. SANCHEZ-VENTURA Y PASCUAL, *Marie annonce la fin des temps,* Nouvelles Éditions latines, 1969.

Anna SCHAKINA, *Entretiens avec l'ami,* Éditions Partage, Dourdan, 1989.

Frithjof SCHUON, *De l'unité transcendante des religions,* Paris, 1948.

Science et Avenir, n° 584, octobre 1992, « 26 septembre 2000, la collision ? Les fins du monde ».

G. SHOLEM, *Les Grands Courants de la mystique juive,* Éditions Payot, 1983.

R.-A. SCHWALLER DE LUBICZ, *Le Roi de la théocratie pharaonique,* Éditions Flammarion, Paris, 1961.

Isha et R.-A. SCHWALLER DE LUBICZ, *L'Ouverture du chemin,* Éditions Aryana, Paris.

Fernand SCHWARZ, *La Tradition et les voies de la Connaissance,* Éditions Nouvelle Acropole, 1991.

Idries SHAH, *Contes derviches,* Éditions Le Courrier du Livre, 1979.

Chögyam TRUNGPA, *Méditation et action,* Éditions Fayard, 1972.

Le Véda, textes réunis, traduits et présentés sous la direction de Jean Varenne, Éditions Vervier, Gérard et Cie-L'Inter, Paris, 1967.

Éva de VITRAY-MEYEROVITCH, *Anthologie du soufisme,* Éditions Sindbad, 1978.

Vers une conscience nouvelle, Tours, 1998, Premier Symposium international, Libertés et limites de l'homme, Jean Boully, 1990.

TABLE DES MATIÈRES

LIVRE I
TRAJECTOIRE

LA TRILOGIE

Directrice littéraire
Huguette Maure

Maquettiste
Pascal Vandeputte

Attachées de presse
Nathalie Ladurantie
Myriam Saïd-Errahmani
Sophie Hourdequin

Composition P.C.A.
Bouguenais 44340

Impression réalisée sur CAMERON par
BRODARD ET TAUPIN
La Flèche

pour le compte des Éditions Michel Lafon
en novembre 1997

Imprimé en France
Dépôt légal : novembre 1997
N° d'impression : 1244T-5
ISBN : 2-84098-333-8
50-1630-8
ML 484